Cidade pequena, cidade grande

LIVROS DO AUTOR PUBLICADOS PELA L&PM EDITORES:

Diários de Jack Kerouac (1947-1954)
Geração beat (Coleção **L&PM** Pocket)
O livro dos sonhos (Coleção **L&PM** Pocket)
On the Road – Pé na estrada (Coleção **L&PM** Pocket)
Os subterrâneos (Coleção **L&PM** Pocket)
Tristessa (Coleção **L&PM** Pocket Plus)
Os vagabundos iluminados (Coleção **L&PM** Pocket)
Viajante solitário (Coleção **L&PM** Pocket)

Jack Kerouac

Cidade pequena, cidade grande

Com introdução de Douglas Brinkley
Tradução de Edmundo Barreiros

L&PM EDITORES

Título original: *The Town and the City*

Tradução: Edmundo Barreiros
Capa: Ivan Pinheiro Machado
Revisão: Jó Saldanha e Lia Cremonese

CIP-BRASIL. CATALOGAÇÃO-NA-FONTE
SINDICATO NACIONAL DOS EDITORES DE LIVROS, RJ.

K47c   Kerouac, Jack, 1922-1969
        Cidade pequena, cidade grande / Jack Kerouac; com introdução de Douglas Brinkley; tradução de Edmundo Barreiros. – Porto Alegre, RS: L&PM, 2008.
        392p.

        Título original: *The Town and the City*
        ISBN 978-85-254-1737-4

        1. Geração beat - Ficção. 2. Ficção americana. I. Barreiros, Edmundo, 1966-.
I. Título.

08-0119.   CDD: 813
                                        CDU: 821.111(73)-3

© 1950 by John Kerouac
© renewed by Stella Kerouac, 1978
© Introduction copyright Douglas, 2000

Todos os direitos desta edição reservados a L&PM Editores
Rua Comendador Coruja, 314, loja 9 – Floresta – 90.220-180
Porto Alegre – RS – Brasil / Fone: 51.3225.5777 – Fax: 51.3221-5380

Pedidos & Depto. Comercial: vendas@lpm.com.br
Fale conosco: info@lpm.com.br
www.lpm.com.br

Impresso no Brasil
Verão de 2008

para R.G.
Amigo e editor

Introdução

*Douglas Brinkley**

O<small>ZONE</small> P<small>ARK</small>, um bairro comum de trabalhadores no Queens, região de baixa renda da cidade de Nova York, não tem pretensões de ser uma meca literária no estilo do Greenwich Village ou de Brooklyn Heights. Mas foi em Ozone Park, entre 1947 e 1949, que Jack Kerouac, pai da Geração Beat, escreveu seu primeiro romance a ser publicado, *Cidade pequena, cidade grande*, e deu início a uma carreira literária que iria ampliar os horizontes da prosa americana.

Desde Plutarco, em 70 a.C., muitos postularam que a grande inspiração da arte é o pesar, e esse sem dúvida parece ser o caso com Kerouac, que foi levado a escrever *Cidade pequena, cidade grande* pela morte de seu pai, Leo, de câncer no estômago, em 1946. Durante meses Jack Kerouac ficou deitado, escutando a tosse de seu pai, em sofrimento terrível. A cada duas semanas um médico vinha, e o filho observava enquanto o fluido era bombeado do estômago de seu pai para um balde. Jack e Leo estavam sozinhos no apartamento do segundo andar, em cima da farmácia na esquina da 33rd Avenue com o Cross Bay Boulevard, quando a morte finalmente chegou, uma cena recriada com muita dor em *Cidade pequena, cidade grande*: "'Coitado de você, velho', exclamou ajoelhado em frente ao pai. 'Meu pai!', gritou alto, com uma voz que soava a loucura solitária na casa vazia... Peter saiu e foi até uma loja de doces e ligou para a mãe na fábrica de sapatos... e depois voltou para casa e se sentou e olhou para o pai pela última vez." Leo sempre quis que seu filho "arranjasse um emprego", e foi isso que fez o Jack Kerouac de 24 anos: ficou em casa e começou a escrever *Cidade pequena, cidade grande*, que foi publicado pela Harcourt Brace em 1950 sob o nome de "John Kerouac".

Em seu livro seguinte, *On the Road*, sua obra-prima, Kerouac tratou dos anos imediatamente posteriores à morte de seu pai em uma única frase: "Naquela época fiquei em casa, terminei meu livro e comecei a estudar por conta da lei de reinserção de ex-combatentes". O poeta Allen Ginsberg ficou tão impressionado com a dedicação imperturbável com que o seu amigo escrevia o Grande Romance Americano na mesa da cozinha de sua mãe no Queens que apelidou Kerouac de "O Mago de Ozone

---

* Professor de história da Universidade de Nova Orleans, autor de diversos livros sobre história dos Estados Unidos e organizador de *Diários de Jack Kerouac*, 1947-1954 (L&PM, 2006).

Park". Na verdade, sob o feitiço de Thomas Wolfe, cujos romances vastos e arrebatadores *Of Time and the River* e *Look Homeward, Angel* provaram que era possível romantizar a desolação da crueza vasta que eram os Estados Unidos da América, Kerouac estava determinado a se transformar em um narrador nativo tão grande quanto seu amado herói literário da Carolina do Norte. Kerouac admirava muitas facetas da prosa robusta de Wolfe: a coragem de criar ficção autobiográfica a partir do próprio mito pessoal; os rasgos de escrita frenética; que se danasse a edição; o dom de conjurar a tristeza em momentos nostálgicos; uma profundidade na qual se conseguia encontrar o espiritual na desesperança; a inspiração para celebrar a santidade inerente à terra americana; e o otimismo para preservar uma melancolia romântica por muito tempo na vida adulta. Segundo Kerouac, os romances de Wolfe o engolfaram em uma "torrente de céu e inferno americanos... [que] abriram meus olhos para os Estados Unidos como tema".

No fim, como diz Regina Weinreich em *The Spontaneous Poetics of Jack Kerouac*, o acólito de Wolfe, em *Cidade pequena, cidade grande,* não apenas imitou seu ídolo: de certa forma, ele o superou. De fato, o principal elogio usado pela Harcourt Brace para vender o primeiro romance de Kerouac, feito pelo importante professor de literatura da Universidade de Columbia Mark Van Doren, o considerava "mais sábio que Wolfe". Entretanto, este mesmo elogio expôs o que seria o calcanhar-de-aquiles de *Cidade pequena, cidade grande*: virtualmente todos os que resenharam o livro observaram que o talento de Kerouac não era original e que ele tinha uma grande dívida literária com Wolfe. O grande peso de *Cidade pequena, cidade grande* – um manuscrito de mil e duzentas páginas que Kerouac chamou de "um verdadeiro Niágara de romance" – provocou comparações com *Look Homeward, Angel,* de Wolfe, que é ambientado em uma pensão em Asheville, na Carolina do Norte, administrada pela mãe do protagonista Eugene Grant. Os críticos não deixaram de notar que os capítulos iniciais do primeiro romance publicado de Kerouac são ambientados em uma casa parecida em Lowell, Massachusetts, grande o bastante para abrigar nove crianças que não param de crescer. O modelo para a casa de Lowell de Kerouac era a família Sampas e seus dez filhos, entre eles seu amigo mais íntimo, Sebastian Sampas.

Cidade pequena, cidade grande conta a história de uma grande família de classe média wolfiana/sampasiana; os Martin de Galloway, Massachusetts, um grupo muito unido, em que todos levavam vidas bastante ativas. Por meio de caracterizações ricas, Kerouac documentou a desintegração dessa grande família à medida que seus membros se espalhavam em Nova York e encaravam problemas diferentes. (Por acaso, a família Sampas morava na Martin Street em Lowell, na mesma vizinhança onde Jack cresceu.) Os filhos dos Martin acabam se reunindo depois da Segunda Guerra quando voltam para o funeral do pai na cidadezinha natal dele em New Hampshire. A saga oferece uma das narrativas filiais mais emocionantes já escritas – a do jovem Peter Martin e seu pai, e seus empenhos e esforços por si mesmos e um pelo outro. Kerouac talhou também outros personagens memoráveis: a mãe obstinada; Joe Martin, o viajante intrépido; Francis Martin, que se considera um intelectual e finge insanidade para escapar da Marinha; Alex Panos, um poeta romântico; Kenny Wood, uma alma perdida; Liz Martin, a esposa amargurada; Leon Levinsky, um *hipster* do Greenwich Village, e muitos outros. Esses personagens vivos, pintados com o olho de Kerouac para o detalhe dramático e dotados de voz por seu ótimo ouvido para o modo peculiar de expressão americano, fazem de *Cidade pequena, cidade grande* um notável livro de estréia.

Seguindo o dito de Wolfe de que toda ficção séria é autobiográfica, a Galloway de Kerouac na verdade é Lowell, Massachusetts, onde ele cresceu e viveu o drama pai-filho recriado através de Peter Martin. Mas o auto-exame não parou por aí; na verdade, cinco dos irmãos Martin representam aspectos do próprio Kerouac, um ponto destacado em seus diários de trabalho daquela época pelas preocupações constantes do autor com sua "personalidade esquizofrênica".

Para a sorte dos fãs e estudiosos, durante todo o tempo em que Kerouac escrevia *Cidade pequena, cidade grande,* em Ozone Park, ele manteve esses detalhados diários de seu progresso – estilístico e outros – com a trama e os personagens do romance. É revelador, por exemplo, ouvir do próprio Kerouac que, na época, sua determinação de produzir um grande épico wolfiano fazia com que se interessasse mais pela contagem diária de palavras que pela precisão e rigidez de sua prosa. "Acabei de tomar uma dessas grandes e cruéis decisões na vida de uma pessoa – não apresentar meu manuscrito de *C&M* para qualquer editora até estar terminado, com todas as suas trezentas mil palavras", registrou Kerouac em 16 de junho de 1947. "Isso significa sete meses de trabalho ascético e melancólico – apesar de a dúvida não ser mais meu demônio, agora, só a tristeza."

Durante os meses seguintes, Kerouac, um católico devoto, usou seus diários como um confessionário onde podia catalogar seus sentimentos mais íntimos, permitiu-se reflexões filosóficas e rezar a Deus por ajuda através de um diálogo interior. Os cadernos eram, explicou ele, seus "diários de estado de ânimo". Essas anotações deixam claro que Kerouac queria dar a *Cidade pequena, cidade grande* uma faceta religiosa. No diário admitiu que esperava encontrar inspiração nos ensaios morais de Leon Tolstói, mas em vez disso achou o conde russo um tanto centrado em si mesmo e espiritual demais, presunçoso demais em suas evocações altivas do "bem e do mal". Assim, Kerouac voltou-se para outra fonte de inspiração russa: Fiódor Dostoiévski, cujo romance *Os irmãos Karamazóv* fora chamado de obra de ficção perfeita. "Cheguei à conclusão de que a sabedoria de Dostoiévski é a sabedoria mais elevada que existe no mundo, porque não é apenas a sabedoria de Cristo, mas de um cristo Karamazóv de luxúrias e alegrias. Diferente do pobre Tolstói", concluiu Kerouac, "Dostoiévski nunca teve de se refugiar na moralidade."

Sob esse ponto de vista, é impressionante ver a freqüência com que Jesus estava na cabeça de Kerouac enquanto ele escrevia *Cidade pequena, cidade grande*. De fato, ele mantinha *O Novo Testamento* ao seu lado e rezava a Cristo antes de cada sessão de trabalho, e enquanto há pouco humor em *Cidade pequena, cidade grande*, nos diários de trabalho de *Cidade pequena, cidade grande* há uma fartura de teologizações cristãs místicas: "Se Jesus estivesse sentado aqui à minha mesa esta noite, olhando pela janela para todas essas pessoas rindo e felizes porque as grandes férias de verão estão começando, talvez sorrisse, e agradecesse a seu Pai. Não sei", escreveu Kerouac em 26 de junho de 1948. "As pessoas precisam viver, e ainda assim sei que Jesus tem a única resposta. Se um dia eu reconciliar a verdadeira cristandade com a vida americana, farei isso recordando meu pai, Leo, um homem que conhecia essas duas coisas."

Tendo ou não alcançado esse objetivo, *Cidade pequena, cidade grande* foi publicado em 2 de março de 1950 para opiniões em geral de admiração. Charles Poore enalteceu Kerouac no *The New York Times* como um "brilhante e promissor jovem romancista" com uma "compreensão magnífica do esplendor e da miséria desordenados da existência". A *Newsweek* chegou ao ponto de declarar Kerouac "o melhor e mais promissor dos jovens romancistas cujas obras de estréia foram recentemente publicadas". De modo parecido, Florence Haxton Bullock, do *The New York Herald Tribune*, impressionou-se com o "sabor extremamente atraente" e a "vitalidade extravagante" do romance.

Mas houve ressalvas em meio aos elogios. A *Saturday Review* criticou *Cidade pequena, cidade grande* por ser "radicalmente deficiente em estrutura e estilo", enquanto a *The New Yorker*, com seu característico escárnio intelectual, rejeitou a narrativa como "vacilante e cansativa... enfadonha". A maior decepção de Kerouac foi com a resenha negativa no jornal de sua cidade natal, o *Lowell Sun*, que desaprovava suas descrições de "bichas do Greenwich Village" e "mulheres de virtude fácil".

Entretanto, o reconhecimento doméstico veio quando o colunista do *Sun*, Charles Sampas – irmão de Sebastian – chamou *Cidade pequena, cidade grande* de "O Grande Romance de Lowell", e o jornal comprou os direitos para publicá-lo em capítulos e publicou inúmeros trechos junto a fotos que mostravam as pessoas e lugares citados no romance. *Cidade pequena, cidade grande* também foi bem recebido na Grã-Bretanha, apesar de mais como um primeiro trabalho promissor do que como obra duradoura de uma literatura madura. Quando foi lançado em junho de 1951 pela hoje falecida Eyre and Spottiswoode, os críticos britânicos em geral aplaudiram o vigor de Kerouac, mas criticaram seu desprezo pela auto-edição. Muitas das resenhas inglesas sugeriam que, se o excessivamente ambicioso Kerouac parasse de caçar a quimera do "Grande Romance Americano" e em vez disso encontrasse sua própria voz, teria chance de se tornar o F. Scott Fitzgerald de sua geração. O que admiravam no jovem Kerouac era o ímpeto visionário, a exuberância, a noção genuinamente sentimental da vida americana de classe média expressa em um estilo retórico parecido com o de Wolfe e que o *The Times Literary Supplement* considerou "dotado de força autêntica". O *Sunday Mercury* observou elogiosamente que a tese geral de *Cidade pequena, cidade grande* era que "a família é mais forte que os males da civilização moderna".

Kerouac ficou bem satisfeito com a elegante edição inglesa de *Cidade pequena, cidade grande*, ainda mais por ela ter recebido críticas positivas em jornais de Liverpool, Newcastle, Nottingham, Belfast, Dublin e Cardiff, e também nos diários de Londres. "Não expressei minha satisfação e gratidão por meu livro ter sido finalmente publicado na Inglaterra", escreveu Kerouac a seu editor londrino, um tal de sr. Morley, em 27 de julho de 1951. "Apesar de distante, os louvores são como trombetas sobre o mar ou algo assim." Na mesma carta Kerouac também contou a Morley que seu editor na Harcourt Brace tinha rejeitado seu novo romance, *On the Road*, que ele tinha contratado um novo agente e que a partir de agora ia ser seu "próprio editor". Então Kerouac falou com entusiasmo sobre cruzar em breve o Atlântico, só para experimentar "uma noite de verão inglesa", e sobre começar um terceiro romance, este sobre jazz e bebop, com seu amigo inglês Seymour Wyse como modelo para o personagem principal, "um viajante desleixado e de chapéu do século XIX em meio aos impressionistas através da França". No fundo, Kerouac estava contando a Morley que, na época em que *Cidade pequena, cidade grande* foi publicado na Grã-Bretanha, seu autor tinha evoluído na direção daquela voz original que os críticos de Londres lhe haviam insistentemente recomendado buscar, em uma obra em que ainda estava trabalhando chamada *On the Road*. Significava que Thomas Wolfe não seria mais o norte de Kerouac; em vez disso, ele iria procurar harmonizar com os trompetes uivantes dos músicos de jazz das meias-noites americanas, com a fala rápida dos vigaristas de estrada, os discursos exaltados de poetas existencialistas e as orações dos padres solitários em busca de uma nova fé, de Lowell até Laredo. De fato, o terço final de *Cidade pequena, cidade grande* pode mesmo ser visto como o início do gênero "*road*" de Kerouac que iria lhe angariar legiões de fãs ardorosos em todo o mundo. Mas, com todo ardor com que abraçou os conselhos de seus críticos para ser mais criativo, ele abertamente rejeitou suas sugestões de cortar alguns adjetivos e refrear-se em suas elocuções demasiado entusiasmadas... a própria característica que iria marcar os trinta livros de prosa e poesia de Kerouac.

Esta foi a primeira e única tentativa de Kerouac de escrever um romance tradicional. John Kerouac iria, é claro, em pouco tempo se tornar o reverenciado Jack Kerouac cujo romance, de 1957, *On the Road* inspirou toda uma Geração Beat a buscar a santidade no mundano; Deus dentro de si mesmo e a beleza em cada caco de vidro de uma garrafa quebrada na rua. Hoje, primeiras edições de *Cidade pequena, cidade grande* valem mil dólares – que é o valor do adiantamento pago pela Harcourt Brace a Kerouac para escrevê-lo –, e fãs agora fazem romarias regulares ao bairro ainda operário de Ozone Park só para ler a placa de bronze chumbada ao prédio de tijolos de onde Kerouac partiu para sua jornada *On the Road* meio século atrás.

Nova Orleans, abril de 1999

1

A cidade é Galloway. O rio Merrimac, largo e plácido, desce até ela das colinas de New Hampshire, interrompido nas cachoeiras para criar um caos borbulhante nas rochas, espumando sobre pedra antiga na direção de um lugar onde o rio repentinamente faz uma curva e se abre em um remanso amplo e sereno, segue margeando a cidade e vai para lugares conhecidos como Lawrence e Haverhill, passa por um vale coberto de florestas e chega ao mar em Plum Island, onde o rio entra em uma infinidade de águas e desaparece. Em algum lugar bem distante ao norte de Galloway, nas cabeceiras perto do Canadá, o rio é continuamente alimentado e enchido até a borda por fontes infindáveis e nascentes incomensuráveis.

As crianças pequenas de Galloway se sentam às margens do Merrimac e pensam sobre esses fatos e mistérios. Na noite agreste ecoante e enevoada de março, o pequeno Mickey Martin se ajoelha diante da janela de seu quarto e escuta a torrente do rio, o latido distante dos cães, o murmúrio trovejante das cachoeiras e reflete sobre as fontes e nascentes de sua própria vida misteriosa.

Os adultos de Galloway se preocupam menos com essas reflexões à beira-rio. Eles trabalham – em fábricas, em oficinas e lojas e escritórios, e nas fazendas em toda parte. As fábricas de tecido feitas de pedra, altas e sobranceiras, sólidas, ficam enfileiradas ao longo do rio e dos canais, e a noite inteira as indústrias se movimentam e zumbem. Esta é Galloway, uma cidadezinha industrial no meio de campos e florestas.

Se um homem for à noite à mata que cerca Galloway e subir em uma colina, pode ver tudo ali, diante dele, em um panorama amplo: o rio correndo devagar em arco, as fábricas com suas longas fileiras de janelas todas acesas, as chaminés das fábricas se erguendo mais altas que as torres das igrejas. Mas ele sabe que essa não é a verdadeira Galloway. Algo na paisagem invisível e sorumbática que cerca a cidade, algo nas estrelas brilhantes que oscilam perto de uma encosta onde dorme o cemitério velho, algo nas folhas macias e sussurrantes das árvores sobre os campos e muros de pedra contam a ele uma história diferente.

Ele olha para os nomes no velho cemitério: "Williams... Thompson... LaPlanche... Smith... McCarthy... Tsotakos". Sente a pulsação lenta e profunda do rio da vida. Um cachorro late na fazenda a um quilômetro de distância, o vento murmura sobre as lápides antigas e as árvores. Aqui está o registro escrito do viver longo e lento e da morte por muito tempo lembrada. John L. McCarthy, lembrado como um homem de cabelos brancos que caminhava meditativo pela estrada ao entardecer; o velho Tsotakos, que viveu e trabalhou e morreu, cujos filhos continuam a trabalhar a terra não muito longe do cemitério; Robert Thompson – agacha-se perto e lê as datas, "Nascido em 1901, Morto em 1905" – a criança que se afogou no rio há três décadas; Harry W. Williams, o filho do dono do armazém que morreu na Grande Guerra em 1918 cuja antiga namorada, agora mãe de oito crianças, ainda é assombrada por seu rosto há muito perdido; Tony LaPlanche, enterrado perto do muro antigo. Há pessoas velhas, vivas e ainda lúcidas, que podiam contar muita coisa a você sobre os mortos de Galloway.

Quanto aos vivos, desça a encosta na direção das ruas e casas silenciosas dos subúrbios de Galloway – você vai ouvir a torrente sussurrante permanente – e passe sob as árvores frondosas, os postes de luz, passe pelos quintais gramados e pelas varandas escuras, as cercas de madeira. Há uma luz em algum lugar no fim da rua, e um trevo que leva às três pontes de Galloway que trazem você ao coração da própria cidade e à sombra das paredes das tecelagens. Siga até o centro da cidade, até a praça, onde ao meio-dia todo mundo conhece todo mundo. Olhe ao redor agora e veja as atividades da cidade deserta na assombrada meia-noite: os mercados baratos, as duas ou três lojas de departamentos, as mercearias e lanchonetes e farmácias, os bares, os cinemas, o teatro, o salão de bailes, os salões de bilhar, o prédio da Câmara de Comércio, a Prefeitura e a Biblioteca Pública.

Espere o amanhecer por aí, pela hora em que os escritórios das imobiliárias ganham vida, quando os advogados erguem as persianas das janelas e o sol invade os escritórios empoeirados. Olhe para esses homens nas janelas, nas quais seus nomes estão escritos em letras douradas, fazendo um aceno com a cabeça para a rua quando outros moradores da cidade passam. Espere até que cheguem os ônibus repletos de trabalhadores que tossem e andam de cara amarrada e correm até a cafeteria para mais uma xícara de café. O guarda de trânsito se posta no meio da praça e faz um gesto com a cabeça para um carro que buzina de leve e alegremente para ele; um político muito conhecido atravessa a rua com o sol brilhante batendo em seu cabelo branco; o colunista do jornal local entra sonolento na charutaria e cumprimenta o balconista. Aqui há alguns fazendeiros de caminhão comprando provisões e mantimentos e fazendo pequenos negócios. Às dez horas as mulheres chegam em exércitos, com bolsas de compras, seus filhos seguindo ao lado. Os bares se abrem, homens engolem uma cerveja matinal, o balconista limpa o mogno do bar, há um cheiro de sabão limpo, cerveja, madeira velha e fumaça de charuto. Na estação de trem o expresso que desce até Boston expele nuvens de vapor em volta dos velhos torreões marrons do prédio da estação, os guardas de trânsito descem majestosamente para deter o tráfego quando toca a campainha metálica, as pessoas correm para pegar o trem de Boston. É de manhã, e Galloway ganha vida.

Lá na encosta, perto do cemitério, o sol rosado penetra em diagonal por entre as folhas de olmos, uma brisa fresca sopra através da grama macia, as pedras reluzem à luz da manhã, sente-se o odor de barro e grama – e é uma alegria saber que vida é vida e morte é morte.

Essas são as coisas que cercam de perto as tecelagens e os negócios de Galloway, que fazem dela uma cidadezinha com raízes na terra na pulsação antiga da vida e do trabalho e da morte, que fazem de seu povo gente do interior e não gente da cidade.

Comece do centro da cidade em uma tarde ensolarada, da Daley Square, e suba caminhando a River Street para onde converge todo o trânsito, passe pelo banco, pela Galloway High School e pela A.C.M., e continue seguindo até que comecem a surgir as residências particulares. Deixando o distrito comercial para trás, os muros das fábricas ficam à esquerda e à direita do bairro comercial, quase ao alcance da mão. Ao longo do rio há uma rua tranqüila com algumas casas funerárias sedadas, um orfanato, mansões de tijolos de um tipo particular, e as pontes que atravessam para os subúrbios, onde mora a maior parte das pessoas de Galloway. Cruze a ponte conhecida como White Bridge, que passa bem por cima das cachoeiras do Merrimac, e pare por um instante para ver a paisagem. Na direção da cidade, há outra ponte, o remanso tranqüilo onde o rio faz a curva, e depois uma margem de terra distante densamente povoada. Deixe a cidade e olhe para o outro lado, por cima da cachoeira borbulhante, e olhe para dentro dos confins enevoados que incluem New Hampshire, um trecho de terra verde e plácida e águas calmas. Há os trilhos de trem que acompanham o rio, alguns tanques de água e desvios ferroviários, mas o resto é só floresta. O outro lado do rio traz uma auto-estrada pontilhada de casinhas e barraquinhas de beira de estrada, e uma olhada de volta rio acima revela os subúrbios cobertos de telhados e árvores. Atravesse a ponte até esses subúrbios e vire rio acima, passando pela borda de povoamento que acompanha a auto-estrada, e ali há uma estrada de asfalto negro que leva para o interior.

É a estrada velha de Galloway. Bem no ponto em que sobe, antes de mergulhar outra vez nas florestas de pinheiros e fazendas, repousa uma concentração de casas tranqüilas espaçadas umas das outras – uma residência de pedra coberta de hera, a casa de um juiz; uma casa velha caiada com colunas de madeira redondas na varanda – é uma fazenda leiteira, há vacas no campo dos fundos; e uma casa vitoriana grande, velha e de aspecto triste e abatido; circundada por uma cerca viva, com árvores enormes e frondosas que escurecem sua fachada, uma rede na velha varanda, e um quintal dos fundos bagunçado com uma garagem e um celeiro e um balanço de madeira velho.

Esta última casa é o lar da família Martin.

Do topo do olmo mais alto no quintal da frente, como podem atestar alguns dos filhos vigorosos dos Martin, em um dia bom é possível ver com clareza até New Hampshire, além das fazendas e florestas densas de pinheiros, e em dias excepcionalmente claros, até as sugestões enevoadas das White Mountains podem ser avistadas, cem quilômetros ao norte.

Essa casa atraiu George Martin de modo especial quando pensou em alugá-la em 1915. Na época, ele era um jovem vendedor de seguros, que morava na cidade em um apartamento com a esposa e a filha.

"Meu Deus", disse ele à esposa, Marguerite, "isto é exatamente o que o médico receitou!"

Depois disso, durante os vinte anos seguintes na grande casa velha, com a colaboração da sra. Martin, ele se dedicou a produzir mais oito crianças, três filhas e seis filhos no total.

George Martin entrou para o ramo gráfico e obteve grande sucesso na cidade, primeiro como gráfico e depois como editor de pequenos jornais políticos que eram lidos principalmente nas cadeiras giratórias da prefeitura ou nas charutarias. Ele era um homem de expressão carrancuda, preocupado, de aspecto viril, grande, cordial e extremamente simpático, que podia subitamente irromper num ataque de riso ou com a mesma facilidade ficar muito sentimental e com os olhos úmidos. Franzia a testa em uma espécie de concentração ameaçadora acima de um par de sobrancelhas negras pesadas, os olhos eram francos e azuis, e, quando alguém falava com ele, tinha o hábito de olhar para cima com ar de espanto e admiração.

Viera de Lacoshua, New Hampshire, uma cidadezinha nas montanhas, quando era jovem, abandonando o trabalho nas serrarias por uma chance na cidade.

Com o passar dos anos, sua família deu personalidade à velha casa cinza e a seu terreno, dando a eles seu aspecto cansado e estranho de simplicidade, casualidade e vidro. Era uma casa que soava a barulhos e conversas, música, marteladas, gritos pela escada. À noite, quase todas as suas janelas brilhavam enquanto a família desempenhava suas inúmeras atividades. Na garagem havia um carro velho e um carro novo; no celeiro, toda a tralha acumulada que só uma família americana com muitos meninos pode reunir ao longo dos anos; e, no sótão, a confusão e a variedade de objetos eram igualmente admiráveis.

Quando toda a família estava ferrada no sono, quando o poste de luz a alguns passos da casa brilhava à noite e projetava sombras grotescas das árvores na casa, quando o rio suspirava na escuridão, quando os trens apitavam a caminho de Montreal, bem longe rio acima, quando o vento assoviava entre as folhas macias das árvores e alguma coisa batia e chacoalhava no velho celeiro – você podia ficar na Galloway Road e olhar para esse lar e saber que não há nada mais assombrado que uma casa à noite quando a família está dormindo, algo estranhamente trágico, algo eternamente belo.

[2]

Cada membro da família que mora nesta casa está envolto em sua própria visão de vida, e medita por dentro da inteligência envolvente de sua própria alma em particular. Com a marca da família de alguma forma impressa sobre a vida de cada um deles, surgem abraçados e protegidos e enfurecidos no mundo como os Martin, um clã de pessoas energéticas, vigorosas, graves e absortas, repentinamente aterrorizadas e melancólicas, risonhas e alegres, ingênuas e astutas, freqüentemente preocupadas e com a mesma freqüência vorazmente excitadas, pessoas fortes, muito unidas e astutas.

Observe-os um a um, dos mais jovens, que estão tirando suas impressões do mundo ao redor como se esperassem viver para sempre, até os membros mais velhos da família, que encontram garantias em toda parte e todo dia de que a vida é exatamente o que eles sempre acharam ser. Veja como todos eles atravessam sua sucessão de dias, os dias robustos e exuberantes, os dias de celebração e os dias de doença do coração.

O pai da família Martin é um homem de mil interesses: ele toca seu negócio de impressão, opera uma linotipo e uma prensa e controla os livros. No meio disso ele joga nos cavalos e faz suas apostas com um *bookmaker* em uma rua secundária do centro da cidade, a Rooney Street. Ao meio-dia, entabula uma conversa aos gritos com agentes de seguros, jornaleiros, vendedores e donos de charutarias em um barzinho perto da Daley Square. No caminho de casa para jantar, pára em um restaurante chinês para ver seu velho amigo Wong Lee. Após o jantar, escuta seus programas favoritos, sentado em seu escritório com o rádio no volume máximo. Depois que anoitece, vai de carro até o boliche e salão de bilhar que supervisiona, para ganhar um dinheirinho extra. Lá fica sentado no escritório pequeno conversando com uma congregação de seus velhos amigos enquanto as bolas de bilhar batem umas nas outras, as pistas de boliche funcionam com estrondos e há fumaça e conversa por toda parte. À meia-noite ele se vê em um jogo de pôquer ou pinocle que entra pela noite. Chega em casa exausto, mas de manhã sai novamente para sua empresa, deixando atrás de si uma trilha de fumaça de charuto, gritando bons-dias para seus companheiros na oficina, comendo um lauto café-da-manhã na lanchonete perto da linha do trem.

Aos domingos ele não pode passar de jeito nenhum sem sair no seu Plymouth e levar com ele uma boa parte da família que gosta de ir junto. Ele dirige por toda a Nova Inglaterra, explorando as White Mountains, as cidadezinhas antigas no litoral e no interior. Tem vontade de parar em todo lugar onde a comida ou o sorvete pareçam bons, quer comprar sacos de maçãs *mackintosh* e garrafões de cidra nas barraquinhas de beira de estrada, e cestos repletos de morangos e mirtilos e tanto milho quanto possa carregar no chão do carro. Ele quer fumar todos os charutos, entrar em todas as mesas de pôquer, conhecer todas as estradas e praias e cidades da Nova Inglaterra, comer em todos os bons restaurantes, fazer amizade com todos os homens e mulheres bons, ir a todos os hipódromos e apostar em todos os salões de jogos clandestinos, ganhar tanto dinheiro quanto gasta, rir e se divertir por aí e contar piadas o tempo todo – ele quer fazer tudo, ele faz tudo.

A mãe da família Martin é uma dona de casa maravilhosa que segundo o marido é "fácil a melhor cozinheira da cidade". Ela faz bolos, faz grandes assados de carne de vaca, carneiro e porco, mantém a geladeira repleta de comida, varre o chão e lava roupas e faz tudo o que faz a mãe de uma família grande. Quando senta para relaxar, pega um baralho, fica embaralhando as cartas, olhando por cima da armação de seus óculos e antevendo marés de boa sorte, presságios do destino, maus augúrios de todos os tipos e tamanhos. Ela se senta à mesa da cozinha com a filha mais velha e interpreta as notícias no fundo de sua xícara de chá. Vê sinais em toda parte, acompanha com atenção a previsão do tempo, lê os obituários e anúncios de casamento e nascimento, acompanha todas as doenças e infortúnios, toda a saúde e a boa sorte, segue o crescimento das crianças e o encolher dos velhos na cidade inteira, as notícias de presságios de outras mulheres e a aproximação das estações novas. Nada escapa à vasta visão maternal dessa mulher: ela já previu tudo, sentiu tudo.

"Você não precisa acreditar, se não quiser" diz ela para a filha mais velha, Rose, "mas outra noite sonhei que o meu pequeno Julian veio até mim à noite, entrou direto na cama como costumava fazer quando estava doente demais para dormir ou quando estava com medo do escuro, como fazia no ano em que morreu, e falou para mim: 'Mamãe', disse, 'você está preocupada com Ruthey?', e eu respondi: 'Estou, querido. Mas por que você está perguntando isso?', e ele disse: 'Não se preocupe mais com Ruthey, está tudo bem, agora, está tudo bem, agora'. Ele continuou dizendo isso: 'Está tudo bem, agora'. E ele estava igual a algumas semanas antes de morrer, com seu rostinho pálido coberto de suor, seus olhinhos tristes arregalados como se quisesse saber por que tinha ficado doente. Foi um sonho tão *nítido*! Ele estava bem ali na minha frente, Rose! E eu contei isso para seu pai e ele sacudiu a cabeça, você sabe como ele faz, de um lado para outro, e disse: 'Tomara que sim, Marge, tomara que sim'. E agora veja!", conclui ela triunfante. "Ruthey chegou em casa do hospital e está bem de novo, e nós achávamos que ele estivesse correndo um grande risco!"

"Está bem!", exclama Rose, erguendo a mão de um jeito docemente zombeteiro. "É isso mesmo."

A mãe ergue lentamente o olhar e sorri.

"Está bem", diz ela agora. "Você pode dizer o que quiser, mas eu entendo isso melhor que todos vocês. Eu sonho, fico nervosa quando algo errado está para acontecer, e também sinto quando vai haver felicidade na casa – e é isso que andei sentindo a semana inteira, desde que tive esse sonho com Julian. Eu também vi nas cartas..."

"Lá vai ela de novo!", exclama Rose, sacudindo a cabeça em um gesto atônito de derrota. "Agora a gente vai ter que escutar tudo de novo."

"Acontece sempre assim", diz a mãe com firmeza, como se a garota nunca tivesse falado. "Meu pequeno Julian me conta todas essas coisas. Ele não nos esqueceu e ainda está cuidando de nós, mesmo que não o vejamos... ele ainda está aqui."

"Ah, a mamãe sabe do que está falando, não se preocupe", diz Joe, o filho mais velho, com um súbito afeto silencioso, enquanto sorri timidamente para o chão e anda pela cozinha. "Ela sabe o que diz."

E a mãe, com um leve sorriso ruminante de consolo e alegria porque sua Ruthey voltou do hospital, porque ela tinha previsto aquilo tudo em um sonho e em suas cartas, fica ali sentada à mesa da cozinha meditando sobre sua xícara de chá.

A filha mais velha, Rose, é uma garota grande e atraente de 21 anos, a "irmã mais velha" da família, a companhia e auxiliar constante da mãe, uma criatura robusta e cheia de alegria e vigor e calor, dotada de uma natureza grande e generosa. Ela fica ao lado da mãe examinando ansiosamente o interior da geladeira, caminha pela cozinha com os passos pesados de um paquiderme que chacoalham e fazem retinir os pratos na copa, arrasta para dentro os grandes cestos de roupa do quintal. Quando seu irmão favorito, Joe, chega em casa de suas andanças freqüentes, ela solta um grito rouco e o persegue em volta da casa. Quando chegam à casa notícias de catástrofe ou de grande triunfo, troca com a mãe aquele olhar rápido de profecia atordoada.

Os poucos namorados com quem sai são todos criaturas grandes e atraentes como ela, que trabalham em fazendas ou dirigem caminhões ou fazem o trabalho pesado nas fábricas. Quando um deles corta o dedo ou queima a mão, ela o põe sentado e administra os cuidados necessários, e os repreende furiosamente. É o primeiro membro da família a acordar de manhã, e o último a deitar. Desde que se entende por gente, ela é a "irmã mais velha". Lá está ela ao anoitecer, no quintal, tirando a roupa da corda e guardando-a em cestos. Ela anda de volta para a casa, faz uma pausa rápida para lançar um olhar sério para as crianças que brincam no terreno ali perto, e então sacode a cabeça e desaparece casa adentro.

O filho mais velho é Joe, nessa época com cerca de dezessete anos. Este é o tipo de coisa que ele faz: pega emprestado o carro velho de um amigo – um Auburn 1931 – e, na companhia de outro rapaz indômito como ele, vai até Vermont ver sua namorada. Naquela noite, depois de bater pé loucamente nas polcas de beira de estrada com suas garotas, Joe sai da estrada em uma curva e bate em uma árvore e eles são lançados ao redor do carro batido com pequenos ferimentos. Joe está deitado de costas no meio da estrada pensando: "Uau! É melhor fingir que estou praticamente morto – ou vou ficar encrencado com os tiras e levar uma bronca daquelas do velho".

Eles levam Joe e os outros para o hospital, onde ele fica deitado em "coma" por dois dias, sem dizer nada, examinando furtivamente ao redor, escutando. Os médicos acham que ele sofreu ferimentos internos sérios. De vez em quando um policial local aparece para fazer perguntas. O amigo de Joe de Galloway, que sofreu apenas um pequeno corte, logo está de pé, paquerando as enfermeiras, ajudando com a louça na cozinha do hospital, perguntando-se o que vai fazer a seguir. Ele vai até a beira do leito de Joe vinte vezes por dia.

"Ei, Joe, quando você vai melhorar, meu chapa?", geme ele. "Qual o *problema* com você? Ah, por que isso foi acontecer!"

Por fim, Joe murmura.

"Cale a boca, pelamordedeus", e fecha os olhos novamente, com gravidade, de um modo quase religioso, com uma propriedade e um propósito loucos, enquanto o outro rapaz fica ali olhando embasbacado.

Naquela noite, o pai vem de carro pelas montanhas à noite para buscar seu filho louco e indomável. No meio da noite, Joe pula da cama e se veste e foge satisfeito do hospital, e um momento mais tarde ele está levando todos de volta para Galloway a cem quilômetros por hora.

"Essa é a última vez que você sai numa dessas malditas viagens!", promete o sr. Martin, dando baforadas violentas em seu charuto. "Você está me ouvindo?"

Sua mãe teme que ele chegue em casa de muletas, mutilado para sempre, mas pela manhã ela olha pela janela e lá está seu filho Joe deitado no quintal embaixo do velho Ford 1929, metido em um serviço de revisão, com um borrão de óleo no lábio como se fosse um bigodinho de um jeito que ele parece de certa forma "igualzinho ao Errol Flynn". E no dia seguinte, Joe é visto mergulhando da janela de um cortiço que dá para um canal de Galloway, no bairro industrial, onde tem uma namorada. Joe sempre tem um emprego, sempre ganha dinheiro, e nunca parece encontrar tempo para ficar triste e deprimido. Seu próximo objetivo é uma motocicleta incrementada com rabos de coelho e botões reluzentes.

Seu irmão, Francis Martin, está sempre triste e deprimido. Francis é alto e magro, e, no primeiro dia de aula no secundário, anda pelos corredores olhando fixamente para todos de um jeito taciturno e amargo, como se perguntasse: "Quem são esses tolos?" Então com apenas quinze anos, Francis tem o hábito de falar pouco, ler ou apenas ficar olhando pela janela de seu quarto. A família não consegue "entendê-lo". Francis é o irmão gêmeo do falecido e amado Julian, e como Julian, sua saúde não é igual à do resto dos Martin. Mas sua mãe o ama e o compreende.

"Você não pode esperar demais de Francis", diz ela sempre. "Ele não está bem e provavelmente nunca vai estar. É um garoto estranho, você só precisa entendê-lo."

Francis surpreende todos eles exibindo enorme habilidade em seus trabalhos de escola, tirando uma das médias mais altas da história do colégio – mas sua mãe também compreende isso. Ele é um jovem macambúzio, melancólico, de lábios finos, postura levemente curvada, olhos azuis frios e um ar de dignidade inviolável e com tato. Em uma família grande como os Martin, quando um membro se mantém distante dos outros, sempre é visto com suspeita – mas ao mesmo tempo com um respeito curioso. Francis Martin, um receptáculo desse respeito, dessa forma toma consciência desde cedo do poder da discrição.

"Você não pode apressar Francis", diz a mãe. "Ele é dono de seu próprio nariz e vai fazer o que quiser quando chegar a hora. Se ele guarda tanta coisa para si mesmo, é porque tem muita coisa na cabeça."

"Se perguntar para mim", diz Rose, "ele tem é alguma coisa errada aqui". E ela gira seu dedo grande em torno da orelha. "Escreva o que eu digo."

"Não", diz a sra. Martin. "É que você não o entende."

Ruth Martin tem, então, dezoito anos de idade, e está no último ano do secundário. Ela vai aos bailes, às festas de patinação, aos jogos de futebol americano da vida no colegial, uma garotinha pequenina, quieta e de boas maneiras com um temperamento alegre e generoso. É um membro querido da família, que espera que ela se case no momento certo, crie seus filhos e encare as responsabilidades de seu jeito paciente, confiável e alegre, como sempre fez. Agora ela quer ir para uma faculdade de administração para aprender a profissão de secretária e ser auto-suficiente por alguns anos. Ruth é aquele tipo de garota que não faz muito barulho no mundo, a garota de quem você nunca ouve falar, mas encontra em toda parte, uma mulher acima de tudo que guarda sua alma para si e para um único coração.

Peter Martin, de treze anos, fica chocado quando vê a irmã Ruth dançar tão perto de outro garoto no baile do colégio – depois do show musical anual no auditório da escola. Examinando toda a pista de dança, tingida de rosa e enevoada e fascinante, chega à conclusão que a vida é mais excitante do que ele achava ser permitido. É 1935, a orquestra está tocando *Study in Red*, de Larry Clinton, e todos começam a sentir a excitante música nova que está prestes a se desenvolver sem limites. Há rumores de Benny Goodman no ar, de Fletcher e das novas orquestras surgindo. No salão de bailes lotado, as luzes, a música, as figuras dançantes, os ecos, tudo enche o garoto com sentimentos estranhos novos e um pesar misterioso.

À janela, Peter olha para a escuridão meditativa da primavera, queimando com a visão dos dançarinos bem abraçados, agitado pelas ondas da música e cheio de um desejo infinito de crescer e ir ele mesmo para o colegial, onde também vai poder dançar abraçado com garotas bem torneadas, cantar no show e talvez ser também um craque no futebol americano.

"Está vendo aquele sujeito com o cabelo à escovinha??", Ruth o aponta para ele. "O sujeito troncudo ali, dançando com a loura bonita?? É Bobby Stedman."

Para Peter, Bobby Stedman é um nome enaltecido e reverenciado em páginas de esportes, uma figura nebulosa que se movimentava nas cenas de cinejornal do jogo Galloway x Lawton no Dia de Ação de Graças, um herói de heróis. Algo sombrio e orgulhoso e distante envolve seu nome, sua figura, sua atmosfera. Enquanto ele dança ali, Peter não consegue acreditar em seus olhos – será que esse é o *próprio* Bobby Stedman?? Ele não é o maior, mais veloz, ágil e arisco *half-back* no estado?? Não imprimiram seu nome em letras negras grandes, não há uma música lenta e pomposa para seu nome e o mundo orgulhoso e sombrio que o cerca??

Então Peter se dá conta de que Ruth está dançando com Lou White em pessoa. Lou White, outro nome distante e heróico, uma figura nos campos chuvosos ou nevados, um rosto nos jornais que brilha com dedicação e é muito elogiado por seu desempenho no centro do campo...

Quando Lou White vai à casa dos Martin pegar Ruth para ir patinar, Peter fica em um canto escuro e o observa longamente em reverência tímida. Quando Lou White fica um pouco para escutar o programa de Jack Benny, e ri das piadas, Peter fica completamente maravilhado. E quando o vê outra vez no dia do grande jogo de Ação de Graças, lá longe no campo, curvado sobre a bola, Peter não consegue acreditar que esse deus distante foi à sua casa visitar sua irmã e rir de piadas. As multidões rugem, o vento de outono açoita entre as bandeiras em torno do estádio, Lou White, lá longe, agarra novamente a bola no campo listrado, faz jogadas sensacionais que provocam urros, passa correndo e é aplaudido ruidosamente quando sai do campo em seu último jogo pela escola. As bandas tocam o hino do colégio, que se perde no vento.

"Vou jogar essa partida daqui a dois anos", diz Peter para seu pai.

"Ah, vai, hein??"

"Vou."

"Você não acha que é um pouco pequeno demais para isso?? Esses rapazes aí são fortes como caminhões."

"Vou ficar maior", diz Peter, "e mais forte também".

O pai dele ri, e daquele momento em diante, Peter Martin finalmente é impulsionado por todos os triunfos fantásticos e fabulosos que acha serem possíveis neste mundo.

Se em uma noite cheirosa e fresca de abril Elizabeth Martin, de doze anos, for vista passeando pesarosa sob as árvores úmidas e gotejantes, impetuosa e rija e solitária, com as mãos metidas no fundo dos bolsos de sua pequena capa de chuva marrom enquanto reflete sobre a lenda horrível da vida, e medita enquanto volta lentamente para a casa de sua família – tenha certeza que a escuridão e o horror dos doze anos resultarão em dias de sol quente e delicioso da feminilidade.

Ou se aquele garoto ali, o único com o rostinho resoluto, que umedece rapidamente os lábios antes de responder a uma pergunta, que anda absorto com passos largos e determinação na direção de seu objetivo, que conserta um aparelho ou motor velho solenemente no porão ou na garagem, fala muito pouco e olha para todo mundo com olhos azuis francos e de racionalidade absoluta, se aquele menino de nove anos, Charley Martin, fosse examinado com cuidado enquanto está envolvido nas tarefas de sua jovem existência autoconfiante e determinada, asas negras surgiriam sobre ele como se para obscurecer uma luz estranha em seus olhos pensativos.

E, por fim, se em um anoitecer nevado, com a luz do sol poente sobre a encosta de uma colina, com o reflexo flamejante do sol nas janelas das fábricas, você vir uma criança de seis anos, um menino chamado Mickey Martin, de pé, imóvel no meio da estrada, à frente de seu trenó, atordoado com sua repentina descoberta de que não sabe quem é, de onde veio, o que está fazendo ali, lembre-se de que todas as crianças têm um primeiro choque quando saem do útero de um mundo materno antes de conseguirem saber que a solidão é sua herança e seu único meio de redescobrir os homens e as mulheres.

Essa é a família Martin, os adultos e os jovens, e até as crianças, as adejantes extremidades fantasmagóricas de uma linhagem que vai crescer e se desenvolver ao longo das estações com uma presença enorme como as outras, e queimar loucamente através dos dias e noites da vida, e dar uma rara articulação reflexiva às coisas pobres da vida, e às coisas ricas e sombrias também.

[3]

Acima de Galloway e acima dessa casa os climas seguem adiante, avançando pelos céus em majestade sazonal. O grande inverno desmorona em suas próprias fundações e derrete, há água gotejando por baixo da neve, os pedaços de gelo flutuante se atropelam nas cachoeiras, e o ar subitamente fica barulhento com um degelo lírico.

O jovem Peter Martin ouve o ecoar do apito alto do trem que partiu interrompido por alguma grande mudança no ar de março, de repente escuta vozes se aproximando na brisa que vem do outro lado do rio, latidos, chamados, marteladas, que param quase na mesma hora em que as escuta. Ele fica sentado à janela acordado em expectativa, os telhados pingam, alguma coisa ecoa como um trovão distante. Ele olha para cima, para nuvens desalentadas que cruzam os céus escabrosos, passando velozes acima de seu telhado, acima das árvores entrelaçadas, desaparecendo em hordas, avançando em exércitos. Há um cheiro de bétula, terra e cheiros fervilhantes como da lama que está escura e úmida, dos galhos escuros e sem ramos do chão acarpetado do outono anterior se dissolvendo em uma pasta perfumada, de ondas inteiras de ar que avançam, do ar nebuloso de março.

Há algo desconcertante e indômito em seu coração, ele corre para a rua e caminha pelas calçadas, em toda a sua volta há um grande derretimento. Algo suave e musical flutua à deriva no ar, um degelo, um toque de calor, um sopro. Na rua, o monte de neve está se desfazendo, a água corre nas sarjetas, o derretimento faz muito barulho e há uma novidade lírica em toda parte. Ele corre cheio de premonições indizíveis de primavera, precisa correr até a casa de Danny e brincar com ele na neve que derrete, fazer bolas de neve, arremessá-las através do ar enevoado contra troncos de árvores negros gotejantes, gritar em meio a todos os sons repentinos que o vento vem carregando de todos os lugares.

"Quando a neve derreter, vamos bater uma bola só para soltar esse velho braço de arremessar, para recuperar aquela rebatida de *homerun*, hein, Dan?"

"Éé!"

O "Éé!" do garoto ecoa pelo campo como o som de uma corneta. Eles constroem um boneco de neve e o atacam com bolas de neve e agora começa a anoitecer e o céu de março está louco e ameaçador com nuvens raivosas e púrpuras. Em um instante o sol vai romper flamejante pelas janelas de Galloway, as janelas das tecelagens serão como mil archotes vermelhos, algo vai descer pelo céu e sobre o rio.

"Éé!"

Então vem a chuva, abril lava a neve com água e a leva para o rio que ruge enlouquecido, troncos de árvores descem flutuando de New Hampshire, as cachoeiras estão em turbilhão, águas cinzentas, amareladas fervem e explodem nas rochas revirando galhos e troncos. As crianças correm ao longo da margem arremessando coisas na água. Elas fazem fogueiras e gritam exultantes.

Um dia, de repente, a noite cai em um silêncio tranqüilo, o sol se põe grande e vermelho, e uma escuridão silenciosa e perfumada toma conta, enquanto as folhas das árvores silvam suavemente com uma brisa, tudo cheirando a folhagem e barro. Uma grande lua marrom se eleva no horizonte. Os velhos de Galloway saem e ficam por um tempo parados nas varandas, lembrando-se de velhas canções. O grande George Martin acende um charuto e olha para a lua. A fragrância da fumaça de charuto deixa-se ficar na varanda, não há vento, não há mais barulho e fúria. "Você vai me amar em dezembro como me ama em maio..."*

De manhã, quando o sol se eleva quente, um enorme coral de pássaros toma conta dos galhos por toda a parte, conforme a sugestão de flores doces se espalha no ar, é maio.

O pequeno Mickey acorda e vai até a sua janela: é sábado de manhã, não tem escola hoje. E para ele ainda há música no ar, um som tênue de preparações sobre a mata, como homens, cavalos e cães se reunindo sob as árvores à distância, do outro lado do campo, para alguma expedição divertida e aventureira. Tudo é suave e musical, e doce, e cheio de desejos, sugestões nebulosas e revelações impronunciáveis que flutuam no mais suave ar azul. Ali, nas sombras azuis sob as árvores matinais, na sombra salpicada fresca, na nova cor verde enevoada das florestas distantes, no chão escuro ainda úmido e todo coberto com flores pequenas, há a sugestão do glorioso verão que se espalha, e do futuro. Mickey sai de casa correndo, batendo a porta da cozinha às suas costas, vai rolando seu velho pneu de borracha com uma vara. Ele excursiona pela velha Galloway Road sobre o asfalto fresco e orvalhado, em cada um dos seus lados os pássaros cantam, ele se pergunta quando haverá maçãs no pomar do velho Breton, ali. Ele resolve que este ano vai explorar o rio de barco. Este ano, rapaz, ele vai fazer tudo!

---

* No original, "Will you love me in December as you do in May...", popular canção romântica no início do século XX. (N.T.)

No meio da manhã Mickey observa todos os caras grandes no campo de beisebol, batendo com seus punhos nas luvas, jogando uma bola branca de beisebol novinha entre eles. Alguém tem um taco e rebate sem muita força, os garotos se agacham para esperar a bola e gritam, "Este ano vou mandar uma daquelas velhas bolas curvas!"

Um deles corre para pegar uma bola alta, estuda um pouco onde ela vai cair e depois a devolve com facilidade pelo alto. É a época dos treinos de primavera, eles precisam ver "o velho braço". Mickey cheira a fumaça odorífera do cigarro no ar da manhã onde os garotos mais velhos estão de pé conversando. O irmão maior, Joe Martin, está ali se aquecendo despreocupado, arremessando para outro rapaz que recebe com o equipamento de apanhador. Joe é um arremessador de primeira, sabe esperar a hora certa para mandar aquelas bolas curvas na primavera. Todo mundo o observa arremessar a bola pelo alto com facilidade, com um movimento seguro e uma expressão deliberadamente impassível. Um minuto depois, morre de rir quando alguém recebe uma bola rebatida forte no queixo.

Na cozinha fresca e sombreada de sua mãe, Mickey devora uma tigela de cereal e olha com atenção para a foto de Jimmy Foxx na caixa. Seus amigos estão chegando pela estrada, pode ouvi-los, eles vão brincar de caubói na colina. Ele sempre é Buck Jones*. Agora eles estão no quintal, chamando:

"Mick-ee!"

Mickey sai correndo da cozinha com os dois revólveres na mão. "Pou! Pou! Pou!" e se agacha atrás de um barril; os outros se protegem e respondem as ataque. Alguém dá um salto, gira e se contorce, e cai morto sobre a grama.

Na noite de primavera, Joe regula o motor do velho Ford e sai roncando para beber cerveja com seus parceiros. E na primeira noite quente de junho, a sra. Martin e Ruth limpam o velho balanço no quintal dos fundos, botam almofadas nele, fazem uma grande tigela de pipoca e vão se sentar ao luar, sob as sombras oscilantes da sebe alta.

Uma prima está sentada com elas com a brisa da noite e exclama: "Oh, a lua não é maravilhosa!"

O velho Martin faz bagunça na cozinha enquanto prepara um sanduíche de ovo e a imita de um jeito muito engraçado: "A lua não é ma-ra-vi-lho-sa!"

As três mulheres no quintal, balançando ritmadamente no velho balanço rangente, estão contando umas para as outras sobre os melhores videntes que elas já conheceram.

"Eu garanto, a Marge é *inacreditável*!

A sra. Martin balança, esperando pacientemente, com os olhos semicerrados, cética.

"Ela previu praticamente tudo o que aconteceu naquele ano, detalhe por detalhe, estou dizendo!" E depois disso a prima Leona ergue os olhos para a lua e suspira, "A ironia desta vida, Marge, a ironia da vida."

O pai da casa sai a passos pesados da cozinha com seu sanduíche, e imitando-a outra vez, loucamente.

---

* Buck Jones (1889-1942). Popular caubói do cinema nos anos 1920 e 1930. (N.T.)

"Oh, a ironia da viiiida!"

As mulheres se balançam para frente e para trás no velho balanço rangedor. Pegam pipocas na tigela mecanicamente, meditando, satisfeitas, com seu lugar próprio na escuridão maravilhosa do mundo maduro de junho, possuindo-o, como nenhum daqueles homens que andam fazendo barulho pela casa jamais poderia esperar pertencer a qualquer parte da Terra ou possuir um centímetro dela.

Perto daquele lago da Nova Inglaterra em uma noite de julho, os jovens dançam em um salão de bailes iluminado por lanternas e agitado pela brisa, as luzes são azuis e rosa suaves, a lua está reluzente sobre as águas escuras lá fora, além do balcão. As canções são sentidas com ternura, para serem lembradas com ternura. Os jovens amantes se abraçam, sussurram, dançam. Em uma plataforma de mergulho flutuante afastada da praia do lago, jovens estão sentados com os pés balançando nas águas frescas da noite, eles ouvem a música do salão de bailes flutuando sobre o lago. Em um cabaré onde Joe está bebendo cerveja aos galões e dançando polca com grandes louras polonesas e franco-canadenses, a fumaça é densa, ouve-se o barulho de rabecas e batidas de pés, e a visão do lago e da lua através das janelas protegidas por telas é bela e sombria, um pinheiro solitário sussurra na brisa bem perto das janelas. Um jovem passando mal pela cerveja e zonzo com a fragrância da noite caminha pela margem do lago em devaneio confuso. Ele ouve a música que vem de lá, de onde eles dançam, a brisa escura a traz até ele em uma fusão remota de sons de melancolia. A noite fresca, potente e de aromas fortes, o cheiro de pinho, os juncos oscilando na água rasa, os sons de muitos sapos e grilos juntos, e a grande lua redonda e marrom com seu rosto grande e triste, meditando de perfil de um modo compassivo.

Nos campos quentes das tardes de agosto, os fazendeiros se empenham em suas tarefas à luz do mormaço, suando atormentados pelo sol. As crianças pequenas brincam na água do riacho como peixes, mergulham da margem e de árvores como pequenos lambaris brancos. À sombra dos pinheiros, sob os murmúrios sinfônicos do vento que descem até os campos, os riachos, através de corredores de sol dourado e espaços verdes claros, vê-se os fazendeiros, as crianças e, depois, as colunas de fumaça das fábricas de Galloway tremulando ao longe.

O calor na Daley Square é desconfortável, as ruas sem ar, as casas quentes ao meio-dia, as pessoas de camisa branca, chapéu de palha, banhadas pelo sol se movem em uma multidão triste e sombria. O homem dos seguros dá uma parada em uma esquina para secar o suor da fita de seu chapéu, o guarda de trânsito com o pescoço vermelho está parado imóvel em seu posto, e o sr. O'Hara, um inspetor municipal, caminha devagar pelos corredores escuros e mal ventilados da prefeitura, cumprimentando um funcionário:

"Nossa, como está quente, não é?"

"O jornal diz que vai chover esta noite."

"Tomara, tomara."

George Martin chega da gráfica à tardinha e entra arrastando os pés, exausto, suando e com o rosto vermelho, respirando com dificuldade, desconfortável e desgostoso. O pequeno Mickey observa o pai remover o paletó, a gravata, a camisa molhada sem forma, observa-o cair na velha poltrona de couro no escritório e acender outro charuto. O sol vermelho e quente penetra obliquamente através das persianas baixadas do escritório, a casa está sem ar e preguiçosa. Peter está estirado sobre o chão fresco de linóleo da varanda com um copo de limonada, o rádio emite os sons sonolentos, os gritos e as vaias de um jogo do Red Sox, disputado em uma Boston queimando de tão quente.

"Quanto está?", pergunta o pai.

"Tigers três a zero. Bridges está acabando com eles."

O sr. Martin acena com a mão carnuda, enfastiado, dá uma baforada no charuto e suspira. De repente, a multidão desperta e se levanta quando alguém marca um ponto depois de uma rebatida dupla.

"Cronin!", diz Peter. "Ponto de McNair, Foxx é o próximo!"

Os ruídos do jogo se acalmam outra vez, ouve-se o murmúrio das conversas do público, um assovio repentino, o ronco de um avião no céu preguiçoso de verão, alguém no banco de reservas gritando para o arremessador. O locutor aguarda distraído. Repete:

"Duas e um. Duas bolas e um *strike*."

De repente, um frescor. O sol está de um vermelho profundo, chega um vento do rio que varre a campina. A mãe dos Martin está fritando hambúrgueres na manteiga, Ruth trabalha na cozinha, arruma a mesa, a porta da geladeira bate, e um litro de leite é posto sobre a mesa.

"O jantar já vai ficar pronto!"

"Eu quero ver o que vai acontecer nessa entrada", diz Peter. Ele rola até um ponto mais fresco no linóleo, encosta a face contra o chão liso, espera ali esticado pelos acontecimentos em um campo quente e empoeirado em Fenway Park, em Boston.

O sr. Martin chacoalha o jornal e lança um olhar penetrante para o editorial, bufando de raiva.

"Agora esses loucos filhos da mãe querem aumentar os impostos municipais!"

Mickey perambula pelo quintal e vai até a garagem quente de sol onde Charley está consertando a bicicleta, o Charley suado e absorto e diligente. Mickey ergue os olhos e vê o irmão Francis sentado meditativo à janela de um dos quartos.

A brisa está mais fresca, o sol é de um vermelho quase escuro, e lá vem chegando Joe com seu Ford de seu dia de trabalho no posto de gasolina. Agora está na hora do jantar, será noite de verão em um instante.

Então certa noite, quando o pequeno Mickey está prestes a ir para a cama, ele se senta por um tempo na varanda da frente da casa – a gangue toda foi para casa dormir – e enquanto está ali sentado, percebe o frescor sutil no ar, a premonição de algo diferente, a aproximação dos dias de aula outra vez. Acima dele há um céu rico em estrelas, calmo e com o frescor de agosto, cheio de uma luz nebulosa e com uma pontada de frescor. Tudo tem cheiro de velho e empoeirado. Ele vai para a cama com uma sensação vaga de melancolia e perda – e de repente, no meio da noite, acorda sobressaltado, com um terror arrebatador.

Sua janela está estremecendo. Lá fora, o vento flexiona os galhos de um lado para o outro, ele ouve maçãs caírem no chão com um baque surdo! Da janela vê, ao norte, nuvens noturnas – sente o cheiro de uma profecia – fecha bem a janela – ela estremece! Começa a chover.

Ele leva outro cobertor para a cama. Fica ali deitado pensando, sob a colcha, cheio de pensamentos novos e fantásticos. Outono! Outono! Por que ele está cheio de tamanha excitação louca, com tanta exultação e alegria? O que é isso que vem agora?

Ele adormece e sonha com ventos incríveis, nuvens sem forma que passam velozes, cidades no norte ao longo da costa onde voa o borrifo louco das ondas. E quando acorda de manhã, lá está, no amanhecer enevoado e avermelhado, uma espécie de tonalidade azul suave por todo o céu da manhã, o céu chamuscado de marrom nas bordas – e lá, chuva limpa e nova sobre os troncos de árvores escuros, e algo rústico e fresco nas nuvens. Por todo aquele dia as nuvens se reúnem e entram em forma em grandes nós e molduras no horizonte, algo passa assobiando, uma folha voa.

Os dias se amontoam uns sobre os outros. Uma noite, finalmente, Mickey lava as mãos e as orelhas com cuidado, vai para a cama cedo, cheio de devoção e pensamentos, acorda na manhã fria para o primeiro dia de aula. A aveia e a torrada o aguardam na cozinha, há algo cheiroso e quente perto do fogão da cozinha, lá fora está frio e úmido. Ele sai com seu estojo novinho com cheiro de borracha e couro novos. E veja! Todas as outras crianças de Galloway estão na escola, e nenhuma delas está mal por causa disso!

Então, quando o sol de outubro cai no fim da tarde, as crianças disparam para casa, fazem bolas de meia, pulam e correm nos ventos poderosos e gritam de prazer. Há lumes acesos em toda parte, o ar está cortante e lírico com o cheiro de fumaça. Nas cozinhas, há grandes jantares fumegantes para serem comidos enquanto a escuridão viva de outubro se acumula do lado de fora, e algo tremeluz à distância. As crianças saem outra vez à noite, formam grupos excitados em frente a fogueiras, as nuvens cinza-escuro se agrupam juntas e se movimentam pelos céus. Os homens e os meninos estão reunidos lá nas esquinas, discutindo algum boato novo, notícias, algum furor que pode ser sentido no ar – talvez futebol americano, ou a grande luta pelo título de pesos pesados, ou as eleições. As folhas estão amontoadas nas sarjetas, as luzes dos jantares brilham quentes em todas as casas, sai fumaça de todas as chaminés, a noite inteira ecoa com os chamados e gritos das crianças, o latido dos cães. Uma pessoa caminha pela rua fumando um cachimbo. A luz na loja da esquina projeta sombras em uma grande dança negra, o letreiro da loja balança e range ao vento, voam folhas, as maçãs nos pomares caem no chão com um barulho surdo, as estrelas reluzem no céu sombrio – tudo é rústico, esfumaçado e impressionante.

Peter Martin caminha a passos largos até a biblioteca no centro da cidade e retorna com livros e intenções acadêmicas empolgadas. Francis enrola o cachecol no pescoço e fecha a cara. O pai chega em casa gritando:

"O que tem para comer? Estou com fome!"

Agora, as nuvens de neve convergem sobre os campos fulvos. Os céus estão cinzentos e sombrios de presságios de neve, é novembro. Os primeiros ventos gelados chegam em rajadas fortes e repentinas através de charnecas que até pouco tempo eram paisagens estivais – e em seguida vem a neve, esvoaçante e soprada para frente em um sudário extenso e vasto. Os riachos congelam, à noite os patinadores erguem grandes fogueiras, ouvem-se os gritos no ar gelado, o retinir do raspar de pás, um silêncio suave e travado no ar. Eis os campos de neve ao longo dos quais os caminhantes solitários deixam suas marcas nas tardes de domingo e param para ver a luz rosa tomar as encostas leitosas, ou para sacudir uma pilha de neve do alto de um broto de árvore. E segue-se o dezembro amargo, selvagem, com granizo e neve e tempestades fortes e notícias de nevascas catastróficas vindouras.

A casa velha se expõe às intempéries por outro inverno no alto de sua colina, com as janelas refletindo o sol durante o dia enquanto o vento levanta os flocos de neve nos beirais, dos quais pendem os longos pingentes de gelo. Os galhos das árvores arranham e batem contra suas paredes nas longas noites uivantes. A roupa lavada no quintal dos fundos tremula congelada em formas onduladas, e lá vem a grande Rosey embrulhada em um casaco que parece um urso, com a ponta do nariz muito vermelha e fungando, as grandes mãos rústicas outra vez segurando um cesto. Joe está na garagem com o motor do carro ligado, seu pai está fazendo barulho em um canto do celeiro à procura de umas latas velhas de anticongelante, a eterna trilha de fumaça de charuto atrás dele, e agora ele pragueja porque está muito frio e as estradas tão ruins.

George Martin vai à cidade na manhã de fevereiro e toma café-da-manhã no restaurante. Ele empurra a porta do vagão-restaurante e se protege das rajadas invernais. Todo o negócio fumegante da culinária de restaurantes em vagões está ali, os homens comem, riem e gritam para ele fechar aquela porta, e o amanhecer de inverno deixa rosado o gelo na janela. O gráfico George Martin consome duas pilhas de panquecas com xarope de bordo de Vermont e manteiga, ovos e presunto, torradas e três xícaras de café antes de ir para o trabalho.

"Você acha que vai dar para agüentar a manhã, Martin?", berra o balconista.

"De jeito nenhum, eu volto em uma hora para comer mais panquecas!"

O riso chacoalha as janelas cobertas de gelo quando Martin empurra a porta e sai a passos largos e atravessa os trilhos de trem sob o vento forte. Ele entra em sua oficina batendo a porta, livra-se das galochas, esfrega as mãos com satisfação, acende um charuto e mergulha nos afazeres do dia de trabalho à mão em meio a livros comerciais velhos e galerias de tipos sujos de tinta.

"Está frio o bastante para você, George?", exclama alegre Edmund, o impressor.

A vida continua em Galloway como as próprias estações, aproximada da Terra de Deus por esses climas, por meio dos quais a vida pulsa em um cortejo de estados de ânimo e saltos e erros, enquanto os estados de ânimo do universo seguem sem parar através dos céus.

[4]

EM UMA NOITE enluarada em um bosque de pinheiros, em meio às mesas e bancos de alguma área para piquenique esquecida, um lugar onde havia luzes enfeitadas com grinaldas e a música das valsas antigas acima das árvores – em algum lugar em 1910 na maravilhosa noite de primavera da Nova Inglaterra – George Martin viu pela primeira vez a garota que viria a ser sua esposa. O nome dela era Marguerite e ela era francesa e bonita. George Martin, o rapaz prosaico, refletiu sobre sua vida e os desígnios de sua alma e resolveu cortejar aquela moça afetuosa, simples e sensível. E se casou com ela. Seu pensamento era: "Marguerite é uma garota de verdade".

Marguerite Courbet era a filha de um lenhador franco-canadense de Lacoshua que tinha economizado dinheiro e aberto uma pequena taberna lucrativa, só para morrer súbita e tragicamente aos trinta e oito anos de ataque do coração. Isso a deixou órfã, pois a mãe tinha morrido quando ela era criança, e depois disso Marguerite foi morar com as irmãs de seu pai e trabalhar nas fábricas de sapatos de Lacoshua por iniciativa própria, e nessa época, com quinze anos, tornou-se independente. Ela sempre foi um tipo de mulher afetuosa, alegre e de faces rosadas na qual mal se percebia qualquer traço evidente dos efeitos de uma infância trágica e solitária, exceto por aquele ocasional ar de silêncio soturno que os órfãos têm em momentos de reflexão.

Nos primeiros anos de seu casamento, naqueles dias em que as pessoas penduravam fios de contas na porta da sala e botavam grandes bonecas *Kewpie** em cima do piano, quando os jovens maridos e esposas saíam nas tardes de domingo para perambular com as crianças balançando em cestos de palha, quando os jovens maridos usavam colarinhos altos e duros e chapéus de feltro e calças com pregas que faziam com que ficassem espigados, quando as jovens esposas usavam chapéus grandes e vestidos compridos com golas cheias de babados, o jovem casal Martin passou pelo nervosismo inicial do casamento da melhor maneira possível.

Ela às vezes o esperava acordada até tarde da noite quando ele jogava pôquer com os rapazes do teatro no B.F. Keith, e quando ele chegava em casa ela chorava e ele procurava mitigar suas lágrimas, e então ele deixaria de jogar pôquer por uma ou duas semanas e retomariam a lua-de-mel. Cada vez que ele retornava ao pôquer as lágrimas dela ficavam menos amargas e aturdidas, e, depois de cada reconciliação triste, doce e meditativamente seu casamento ficava muito mais sólido. Começaram a vir as crianças, Martin alugou a casa grande da Galloway Road e deixou o negócio de seguros para abrir a sua própria gráfica, e, com o tempo, o tom e a substância real de seu casamento começaram a tomar forma.

Marguerite era uma mãe dedicada cujo amor marital por seu esposo decresceu na proporção que sua família cresceu e ela passou a dedicar cada vez mais tempo às crianças. Mas em sua relação com ele havia uma ternura simples e digna. Uma eventual discussão risível que surgisse era logo esquecida, e um amor mútuo maravilhoso pelos filhos e o lar os unia mais que qualquer outra coisa poderia fazer. Eles eram parceiros, eram pessoas ainda imbuídas de uma velha simplicidade e de zelo racial em relação ao lar e à família, e depois de vários anos de casamento e daquelas primeiras desavenças enfrentadas pelos jovens amantes, nunca mais entrou em suas cabeças qualquer pensamento de interesse pessoal agudo no lugar das vantagens do casamento. Tudo se direcionava para a família, que por isso era muito unida. Dessa

---

* Bonecas inspiradas em personagens de histórias de Rose O'Neill publicadas no *Ladies Home Journal* a partir de 1909. Tornaram-se extremamente populares e hoje são itens de colecionador. (N.T.)

maneira eles conseguiram encontrar a felicidade e uma verdade solene através dos próprios caminhos da natureza. Eram um casal à moda antiga.

Não havia religião oficial na família, mas a mãe sempre contou a lenda da religião católica para os filhos que pareciam mais interessados. Por isso, nos feriados religiosos, como a Páscoa ou o Natal, alguns filhos iam à igreja com ela. Ou não iam, tudo segundo os comportamentos caprichosos da família. Dessa forma, alguns dos jovens Martin cresceram sob a influência de religião formal, enquanto os menos suscetíveis não tinham praticamente nada a ver com isso. Era uma situação única – especialmente depois da morte do pequeno Julian Martin, quando a mãe, aflita e cheia de remorsos, sentiu que era seu dever de enlutada levar os filhos mais devotos para mais perto da igreja e de seus significados. Não se criou nenhuma tensão familiar por isso, já que as crianças viam a religião como um tipo de atividade, como a escola, em vez de um sacramento divino, e elas nunca fizeram comparações.

O próprio Martin não era um homem que freqüentava a igreja. Seu contato com a religião católica tinha sido por meio da mãe, uma irlandesa católica devotada cujo nome era Clementine Kernochan. Tanto ele quanto a sra. Martin acreditavam que havia um Deus, e que havia o certo e o errado, e que a vida virtuosa de amor e humildade era a própria vida de Deus.

"E quem, na verdade, nunca acreditou em Jesus?", perguntava ele.

"Nunca vou me arrepender por ter criado as crianças desse jeito", dizia sua esposa. "É uma educação que eles não teriam em nenhum outro lugar, algo que sempre será bom e certo para eles, agora e mais tarde na vida. E em relação a todos os meus filhos, eu os eduquei para saberem o que é certo e o que é errado e o que Deus espera deles."

"Marge", dizia Martin devagar, sacudindo a cabeça, "Marge, eu nunca tive nenhuma reclamação pela maneira com que você criou nossos filhos. O que você achava que era a coisa certa para eles, estava bom para mim, Deus sabe disso."

E agora, quando a maioria dos filhos dela tinha crescido, chegando à idade em que estavam prontos para começar suas próprias vidas, esse amor maternal sereno por eles não havia se abatido. Era uma mulher solitária, uma órfã completa, cercada pelos frutos de uma vida boa passada com Martin em sua casa e em sua cidade, mas ainda assim para sempre assombrada pela memória de sua infância pobre e assustadora. Então ela freqüentemente se sentava à janela da sala da frente para costurar e passava tardes inteiras olhando para a estrada, esperando seus filhos chegarem da escola ou do que quer que estivessem fazendo, sem saber por que se sentava ali ou o que esperava ou procurava. Era a mãe de oito filhos, a esposa de um homem bom e respeitado na cidade, e mesmo assim havia algo estranho em sua alma que ela não conseguia entender. Era uma mulher com uma convicção profunda e duradoura na correção dos propósitos de sua vida, e mesmo assim havia algo que a preocupava.

Uma memória a assombrava mais que qualquer outra, lembrando-a desse sentimento solitário e inexplicável em sua vida. Era uma jovem mãe de vinte e quatro anos e estava chamando seus filhos para jantar da varanda dos fundos da casa, protegendo os olhos com a mão em concha enquanto o sol irrompia através de grandes molduras e aglomerações das nuvens cinzentas de março ao anoitecer, lançando subitamente sua luz vermelha magnífica sobre tudo. Ela estava chamando seus filhos pelos nomes, e seus filhos estavam lá fora na luz vermelha estranha sobrenatural do fim de tarde, lá fora nos sons cantantes de órgão do crepúsculo, gritando de volta. E ela parou, desconfortável, de pé ali na varanda sob aquela luz vermelha estranha, e se perguntou quem realmente era, e quem eram aquelas crianças que gritavam de volta para ela, e o que podia ser esta terra de luz estranha e triste.

Tudo se passou muito rapidamente, mas naquele momento que ela nunca esqueceu pelo resto de sua vida ficou implícita a crônica essencial de sua vida por qualquer razão irrevogavelmente órfã, sua solidão órfã.

"Eu não me importo com o que os outros falam", dizia ela. "Eu me preocupo com meus filhos e sempre quero ajudá-los. É, vocês estão todos crescendo e logo vão partir para viverem suas vidas, mas isso não significa que não sou sua mãe – e que eu não os ame tanto quanto quando vocês eram todos meus bebês."

"Não estamos falando disso", exclamava alguém, rindo. "Estamos só brincando com você, com o jeito com que se preocupava quando John viajou!"

"E por que não deveria me preocupar? Rezei por ele toda a noite. Pedi a Deus e a meu pequeno Julian para tomarem conta dele. Era o mínimo que eu podia fazer quando ele estava longe desta casa", e enquanto dizia isso, balançava a cabeça de um jeito firme e satisfeito.

"Bem, você é desse jeito, mãe", alguém dizia com ternura. "Que droga... as mães são assim."

E então ela piscava os dois olhos em um pequeno gesto estranho e engraçado de satisfação, uma característica dela que fazia com que os outros sorrissem afetuosamente, e eles sabiam que ela estava certa e era maravilhosa.

Então eles a viam quando observava sobre os óculos cartas espalhadas diante de sua xícara de chá, consultando as sortes, contemplando o destino, traçando o caminho das coisas no tempo e na estação. Viam-na cozinhar e remendar roupas e fazer as tarefas domésticas, depois se sentar à janela e ficar olhando para fora, viam-na ali na casa, às vezes de expressão fechada e quieta e pensativa, na maior parte das vezes ocupada e serena, cheia de propósito maternal, uma mulher muito forte e tranqüilizadora que mantinha o próprio mundo nos trilhos para eles, todos os dias, todas as noites, todos os anos – pois ela era a mãe deles.

[5]

Quando Joe tinha treze anos e Peter nove e Charley cinco, eles fizeram uma expedição da qual a família nunca se esqueceu. Na verdade, a expedição foi idéia de Peter, mas jamais teria sido levada a cabo sem a determinação e a grande liderança de Joe.

O melhor amigo de Peter era Tommy Campbell, na época também com nove anos, que morava na fazenda de seu pai, estrada acima. Como quase todas as outras crianças de Galloway, Tommy não conseguia se decidir se a sexta-feira à noite era mais excitante que a manhã de sábado, nem mesmo se a própria noite de sábado podia ser comparada a ela. Sexta-feira à noite a escola tinha terminado, e, naquela escuridão pulsante, bastava se sentar e pensar em todo o fim de semana de liberdade que estava pela frente. Mas o fim de semana propriamente dito não começava até as oito horas da manhã de sábado, quando, depois de um desjejum apressado de cereal com banana e açúcar e leite, todo o vasto mundo de luz do dia e céus e árvores e matas e campos e rios estava apenas esperando para ser tomado. Entretanto, não era porque o fim de semana *começava* em ponto às oito da manhã de sábado que esta poderia ser tão misteriosamente agradável quanto a antecipação de sexta à noite daquele começo. Havia algo sobre a noite de sexta-feira que nenhum deles podia negar. Era mais gostosa, mais ociosa, eles faziam planos, mapeavam caminhos e campanhas, sentavam-se e esticavam as pernas, ponderavam, refletiam sobre assuntos vindouros, consultavam chefes amigos, riam tolerantemente, perambulavam despreocupados. Não havia pressa, ninguém perdia a cabeça, não havia um sentimento arrasador de desespero de que tudo estivesse escapando na ampulheta do dia. A noite de sexta-feira era a hora de convocações ociosas, perspicazes, políticas.

E então vinha o sábado à noite com seu próprio sabor e tom pessoais, composto de revistas em quadrinhos e de aventuras empilhadas em fardos de cores fortes em frente à loja de balas, a empolgante casa vazia depois que os pais saíam para a noite, e os segredos da meia-noite de ficar acordado para ler *O Sombra* sem ser incomodado, ou *Star Western*, ou *Argosy*, ou *Operator 5*, ou *Thrilling Adventures**, ou um livro de biblioteca com cheiro de cola forte e páginas gastas como *O último dos moicanos*. O sábado à noite era por si só muito divertido.

Tommy podia passar bastante tempo escolhendo entre vários momentos divertidos, mas era incontestável que as manhãs de domingo eram ruins. O domingo de manhã era um tipo de hora sufocante, quando você comia bacon com ovos no café-da-manhã, e então botava uma gravata e ficava por ali esperando enquanto sua mãe e suas irmãs levavam horas para se arrumar e finalmente o levavam para a igreja. Toda a luz do dia e os céus abertos e árvores e matas e campos e o rio naquele dia eram adiados. Você odiava essas matas e campos e aquele rio nos domingos de manhã não tanto por não poder tê-los, mas principalmente porque eles não se importavam se você os tinha ou não. Você ia para a igreja asfixiado pelo colarinho e sufocando e morrendo, e o perfume de sua mãe em suas roupas de domingo era o suficiente para acabar com você de uma vez – ele penetrava em seu nariz e descia por sua garganta e você se asfixiava com ele. O cheiro de incenso na igreja, e o cheiro de trezentas outras mães e irmãs perfumadas, e o cheiro dos bancos, e o cheiro do sebo queimando – isso bastava para extinguir a vida de você. Tudo cheirava a domingo. Tudo era tão distante dos macacões macios, quase aveludados, muito usados e gastos através de escuridões aventureiras e interessantes.

Então Tommy Campbell resolveu fugir de casa e transformar todos os dias em sábados. Seu irmãozinho Harry, que tinha cinco anos como Charley Martin, aprovou silenciosamente a idéia quando Tom a apresentou a ele em uma tarde de sexta-feira. Então eles partiram imediatamente de casa e não tinham andado nem duzentos metros quando Harry se sentou, onde a estrada fazia uma curva, para descansar, para

---

* Algumas das mais famosas revistas *pulp* – publicações baratas e populares de ficção, recheadas de histórias de ação e aventura, extremamente populares nos Estados Unidos na primeira metade do século XX. (N.T.)

pensar um pouco e olhar apreensivo para a casa da fazenda do pai. Ele nunca tinha ido tão longe de casa. Seu irmão maior sabia "o que estava se passando naquela cabeça dele", então o pegou pela orelha e o puxou por mais duzentos metros.

Quando eles chegaram a uma casa flutuante no rio, nos limites da cidade de Galloway, e Tom mostrou a ele o barco que iam roubar quando escurecesse, o pequeno Harry decidiu que, no fim das contas, queria ir, e não seria mais preciso arrastá-lo. Eles se sentaram ali e esperaram o pôr-do-sol. Enquanto isso, o irmão Tom saiu à procura pela mata e juntou um monte de porretes e pedras que podia usar para arrebentar o cadeado do barco a remo. Eles ficaram ali observando o bote balançando, subindo e descendo devagar na água, e esperaram ansiosos que o sol baixasse.

Quando Peter Martin chegou andando pela margem do rio com uma vara, Tom contou a ele aonde estavam indo. Peter sentou-se um pouco com eles e lançou pedras chatas na água para fazê-las quicar. Depois foi para casa jantar. Quando o sol se pôs, Tom arrebentou o cadeado, e ele e o irmão subiram o rio remando na direção de New Hampshire. Quando Peter terminou de jantar naquela noite, desejou ter partido com os irmãos Campbell.

No dia seguinte, o sr. Campbell e alguns policiais foram até a casa dos Martin, conversaram com o pai de Peter e por fim chamaram Peter até a sala da frente.

"Escute, filho", disse com tristeza o sr. Campbell, "meu Tommy e meu pequeno Harry sumiram há vinte e quatro horas. Você sabe que eles fugiram de casa, não sabe?".

"Sei, sr. Campbell."

"E você sabe para onde eles foram, não sabe?"

Peter olhou para seus sapatos. Então um dos policiais se ajoelhou diante dele, deu-lhe um leve beliscão no queixo, e riu e disse:

"É melhor dizer à gente para onde eles foram, sabe, porque se não fizer isso, eles podem se perder e morrer de fome no mato. *Eles* não iam querer que você os deixasse morrer de fome no mato. A gente está de carro lá fora e, se você contar para onde eles foram, pode vir no carro com a gente... se quiser."

Peter saiu na varanda e apontou para o lado errado, para as montanhas.

"Eles foram para lá, para as montanhas, disseram que iam até o oceano e pegar um barco para a China."

Peter sempre tinha pensado em fazer aquilo, e isso parecia uma boa mentira.

Toda a força policial saiu em busca pelas montanhas durante a tarde inteira. Peter ficou no celeiro com o pequeno Charley. Ao anoitecer, Joe foi até lá com uma câmara de ar e começou a remendá-la sobre a bancada de ferramentas. Peter contou tudo para o irmão, que coçou o queixo e se sentou para pensar. Por fim, ele falou:

"Vou dizer uma coisa. Vamos subir o rio amanhã cedinho para avisar a eles. Vamos sair às cinco e meia. Esta noite a gente dorme no celeiro."

O pequeno Charley disse que queria ir junto. Joe e Peter olharam para ele, aborrecidos, e resolveram que era melhor levá-lo, ou ele podia contar a alguém.

"Esse é o problema com todos vocês", gritou Joe, brigando com eles. "Não sei *por que* estou fazendo tudo isso por vocês. Tenho outras coisas com que me preocupar, tenho meus próprios problemas. Não posso passar o tempo todo tirando vocês, pirralhos, de encrencas!"

Eles tinham dois beliches no segundo andar do celeiro, onde às vezes dormiam no verão. Havia uma escada que levava até um buraco no teto grande o bastante para baixar fardos de feno, como acontecia nos velhos tempos quando a casa dos Martin era uma casa de fazenda e o quintal bagunçado dos fundos era usado para plantar. Agora o celeiro era apenas um velho barracão de tábuas que servia para guardar o carro, misturando o cheiro de gasolina com o de vacas há muito tempo mortas e esterco seco como pedra entre as fendas do chão. Mas era um bom celeiro grande com uma torre à qual se chegava por outra escada, onde Joe e seus amigos sempre iam jogar cartas nos dias chuvosos. O próprio Joe tinha feito os dois beliches no segundo andar com tábuas e botou colchões velhos e mantas de cavalo para dormir. O beliche de Joe era o de cima. Peter naquela noite dormiu no de baixo com Charley.

Era maio, e tiveram de discutir com sua mãe até ela deixar que dormissem lá tão cedo no ano. Ela ficou por cinco minutos no celeiro falando com eles na escuridão bruxuleante antes de cruzar o quintal de volta para casa. Sabia que estavam aprontando alguma. Eles conversaram e contaram histórias até a vela se apagar, e então Joe disse:

"Vamos lá, gente, vamos tirar um cochilo, agora, temos que pegar a estrada às cinco e meia em ponto."

E todos se viraram nos colchões enrugados e fecharam os olhos, mas demoraram uma hora até conseguir dormir.

Ao amanhecer, Joe ouviu o galo dos Campbell cantar estrada acima, e pulou do beliche para o chão. Fazia frio, havia cerração e ainda estava escuro lá fora. Calçou as botas e vestiu sua camisa grossa e seu casaco de couro e ajeitou as calças por dentro das botas e as amarrou e acordou os meninos, que dormiam juntos como dois gatinhos em um cesto.

"Está bem, seus vagabundos, vamos pular da cama! Temos um bom caminho pela frente, hoje!" Então ele se ocupou ali pelo celeiro, juntando suas coisas – sua faca, suas luvas grandes de trabalho, sua lanterna, sua machadinha – cantarolando o tempo inteiro sua canção favorita:

> O the hinges are of leather, and the windows have no glass,
> And the board-roof lets the howling blizzard een–
> And you kin hear the hongry coyote
> As he sneaks up through the grass,
> On my little old sod shanty on my claim–*

Peter e Charley não estavam mais tão animados com a idéia, estava tão frio e úmido e escuro. Eles se viraram nos cobertores como se fossem uma equipe, mas Joe disse:

"Rapazes, é melhor não ficarem muito confortáveis aí ou vou arrancar vocês desse beliche!" Então Joe acendeu uma vela e se debruçou para amolar sua faca, e os dois meninos o observaram fascinados, maravilhados, e desejaram poder fazer as

---

* "Oh, as dobradiças são de couro, e as janelas não têm vidro, / E o telhado de tábuas deixa a nevasca uivante entrar... / E você pode ouvir o coiote faminto / Andando furtivamente pela grama, / Oh, meu velho barraco de barro na minha terrinha..." (N.T.)

coisas do jeito que Joe fazia. Isso os fez terem vontade de levantar e serem iguais a Joe, então acabaram se levantando.

Peter foi até o buraco grande na parede do celeiro e olhou para a escuridão nebulosa sobre o rio a duzentos metros. Mas então, do outro lado do celeiro, o lado leste, ele olhou pela janela e viu o céu rosa sobre os morros distantes, e sem dúvida aquilo era lindo e o fez ter vontade de partir e dar um jeito de encontrar os irmãos Campbell.

Eles entraram escondidos na cozinha e fizeram sanduíches de pão com manteiga e pegaram bananas e maçãs, e Joe explicou a eles como prender os sacos com o lanche por baixo dos cintos, no lado do corpo. A casa inteira estava silenciosa e dormindo no andar de cima. Podiam ouvir o pai roncar e o tiquetaquear dos relógios, podiam sentir o cheiro de sono vindo do andar de cima, o silêncio e a inocência, e aquele tipo engraçado de ignorância daquilo. E quando caminharam furtivamente na cozinha sobre o piso que rangia, tiveram uma sensação de excitação secreta e contentamento que se agarrava a suas gargantas e os fazia querer gritar e cantar e lutar, mas isso acordaria todo mundo lá em cima.

Joe foi à frente, atravessou a passos largos o quintal e o terreno nos fundos do celeiro. Beauty, a velha collie, saiu bocejando de sua casinha de cachorro e os seguiu em silêncio pelo terreno. Atravessaram a estrada, passaram pela vala, cruzaram a grama alta da beira do rio e subiram pela margem em fila indiana sobre a grama molhada, com Beauty a segui-los silenciosa, tão silenciosa quanto quando se juntara a eles no quintal dos Martin.... e ainda bocejando.

Subiram o rio sob o brilho do sol nascente. Descansaram três quilômetros rio acima, comeram algumas maçãs e jogaram os restos na água, e ficaram ali sentados mascando hastes de capim e pensando.

"Pelos meus cálculos", disse Joe, espetando uma vara no chão e desenhando uma linha, "naquele barco não podem ir muito rápido, rio acima, e devem ter perdido muito tempo brincando, então a gente deve alcançar eles esta tarde. E sabem de uma coisa? Aposto mil dólares que eles não passam da ponte Shrewsboro" – ele fez uma marca cruzando a linha – "porque depois daí eles estão bem dentro de New Hampshire e vão encontrar umas corredeiras lá perto da cidade. E vão ficar com medo, porque são só dois pirralhos malucos como vocês!" Ele apagou as linhas e jogou a vara fora.

Subiram o rio por mais três quilômetros com o cachorro à frente, agora que ele sabia que eles estavam seguindo a margem. Às 11h ele voltou correndo com um corvo morto pendurado na boca, e Joe o pegou e o jogou no rio e empurrou Beauty na água para que ela nadasse um pouco e ficasse limpa outra vez. Beauty subiu a margem de volta, ensopada, e se sacudiu furiosamente, molhando todo mundo. Foi então que Charley emitiu o primeiro som no dia inteiro: caiu na gargalhada e rolou na grama, por razões próprias incompreensíveis.

Continuaram em frente até o meio-dia, quando ficou quente e empoeirado, mesmo na trilha do rio, e o pequeno Charley estava com sede; então eles entraram numa mata de pinheiros do outro lado de uma estrada de terra para procurar um córrego, e encontraram um gorgolejando sobre rochas sob os pinheiros. Beberam a água fresca, molharam os cabelos nela e ficaram ali um tempo descansando na sombra. Charley dormiu por alguns minutos. Joe pegou sua machadinha e cortou para ele um grande cajado de uma bétula no morro do outro lado do córrego.

Voltaram para a trilha do rio e caminharam até as três da tarde. Longe adiante as curvas cobertas de florestas perdiam-se no vislumbre de névoa branca do rio, de forma que nunca parecia que eles estavam indo a lugar algum. Mas, por volta das três horas, avistaram a ponte Shrewsboro. E, como era esperado, lá na frente, Tommy Campbell e Harry Campbell estavam sentados imóveis na beira do rio, erguendo-se acima da grama alta, comungando pensamentos de arrependimento e pensando em como estavam com fome.

Tommy Campbell ficou feliz em vê-los. Ele pulou de pé e veio correndo, saltando as valas gritando ("está se exibindo como sempre", como disse Peter) e rindo e experimentando a machadinha de Joe em alguns arbustos. Eles abriram os lanches e os cinco comeram tudo em dois minutos e jogaram as cascas de banana na água. Todo mundo tagarelava, menos Joe, que estava debruçado sobre o bote que tinha sido puxado para a areia.

Passaram o resto da tarde ensolarada sentados na grama alta perto da água. Era uma tarde bonita e preguiçosa, fresca e com brisa. Tommy Campbell só ficou recostado, cuspindo através dos dentes na brisa que ondulava a grama. O jeito com que cuspia na grama era a imagem mais calma e preguiçosa que Peter já havia visto. O pequeno Harry Campbell se apoiava de bruços sobre os cotovelos e olhava fixamente para as formigas de um formigueiro bem embaixo de seu nariz, e Charley, apenas encolhido com as mãos em torno dos joelhos, observava o irmão maior, Joe. Joe estava examinando o barco a remo de proa a popa e não falava com ninguém. Peter começou a perceber que Joe viera só por causa do barco. Ele continuava a examiná-lo, olhando por baixo dele e saindo de vez em quando para remar um pouco na água.

De repente, o céu se encheu de nuvens, e em poucos minutos começou a chover, em gotas grossas e espalhadas. Joe remou rapidamente de volta, puxou o barco para a areia e gritou: "Certo, rapazes. Vamos todos correr até a ponte. E peguem todos os gravetos e papéis que virem no caminho. Vamos lá, vamos lá!"

Todos correram para a ponte catando gravetos e, quando chegaram embaixo dela, a chuva caía trovejante, e tudo estava ficando cinza, e um vento forte descia o rio, varrendo a água e deixando-a suja e escura. Joe estava fazendo um grande esforço para arrastar o bote pelas águas rasas perto da margem. Estava sozinho, e estava xingando, e como sempre estava bem fundo em pensamento solitário.

E então, de repente, ficou quase tão escuro quanto a noite, e ventava e estava ficando frio e úmido. O pequeno Harry Campbell começou a chorar, mas ele era mesmo "um bebê chorão", e o irmão Tom disse isso a ele, apesar de se arrepender um momento depois, e o obrigar com força a sentar a seu lado. Mas Joe conseguiu acender uma fogueira grande com os gravetos e os sacos de comida, um grande inferno de fogo estalando que fez todos se sentirem bem outra vez; todos ficaram em volta, esfregando as mãos e rindo. Todo mundo esperava que Joe dissesse alguma coisa, também, mas ele estava só olhando fixamente para as chamas e pensando. Quando ergueram os olhos das chamas, só viram escuridão e água negra e chuva caindo, e algumas luzes lá longe do outro lado do rio.

O vento começou a apertar e a uivar, e de repente ele mudou e toda a chuva começou a molhar embaixo da ponte e suas gotas caíam fazendo fumaça no fogo. Os meninos correram para o outro lado, sob a ponte, e se encolheram na areia e viram seu fogo morrer. Joe xingava e tentava acender uma fogueira nova com papel velho e úmido. O pequeno Harry viu um rato correr pela areia e começou a chorar outra vez, e até Peter e Tommy Campbell estavam quase chorando, mas o pequeno Charley Martin só ficava ali sentado observando seu irmão Joe, sem dizer uma palavra. Eles olharam ao redor com olhos assustados para as grandes florestas desoladas, o rio escuro e toda a fúria da chuva em volta. Todos os meninos acreditavam terem traído algo, algo que tinha a ver com o lar e seus pais, seus irmãos e irmãs, mesmo suas coisas em gavetas e caixas em armários e baús – e que, agora, esse era seu castigo sombrio. Eles olhavam um para o outro e se perguntavam o que ia acontecer, agora.

Foi então que os carros de polícia os acharam. Os homens estavam passando sobre a ponte e perceberam o fogo lá embaixo na areia e as sombras dos meninos se debruçando sobre ele. O velho Campbell desceu o barranco aos saltos, atravessando os arbustos com suas pernas de fazendeiro e abraçou seus filhos junto de si e chorou. Os tiras ficaram bem atrás dele sacudindo a cabeça e encarando o mais velho, Joe. Por fim George Martin apareceu, zangado e esbaforido pelos arbustos e gritando: "Deus todo-poderoso! Eles estão aqui!"

"Graças a Deus achamos vocês", chorava o velho Campbell, abraçando seus meninos, "ou esta, sem dúvida, teria sido sua última noite na Terra! Suas mães estão preocupadas e esperando vocês, meninos! Vamos todos para casa beber um bom chocolate quente com bolo!"

Chocolate quente com bolo não era coisa para se desprezar, Tommy Campbell contou a Peter alguns dias mais tarde, e foi por isso que ele voltou para casa naquela noite, a única razão para isso. Peter perguntou por que, então, ele chorou e beijou seu pai quando eles o encontraram? Tommy Campbell não pareceu se lembrar de nenhuma atitude tão maricas de sua parte. "Estávamos doze quilômetros rio acima", disse ele, "e eu teria subido doze *mil* quilômetros se vocês não tivessem aparecido para estragar os nossos planos."

Então eles se separaram e não se falaram por seis semanas, até o momento de trocar todas as suas revistas, que eles tinham lido inúmeras vezes, pois era difícil sair e comprar novas assim, e *alguma hora* eles tiveram que fazer uma troca, mesmo que isso significasse falar com um indivíduo especialmente teimoso e fazer uma trégua com ele para trocar revistas sem prestar tanta atenção assim nele – o que os dois fizeram.

Com o tempo, tudo estava novamente envolto pela terra, o lar estava alegre novamente.

Tudo isso aconteceu dois meses antes da morte de Julian Martin. Quando o pequeno Julian morreu na tarde em que o padre foi até a casa deles, Peter correu para o quintal quando seu pai chegou em casa de carro e o agarrou com força pela mão e chorou: "Ei, pai! Francis morreu! Francis morreu!"

"Você quer dizer o pequeno Julian, Petey meu filho, o coitado do seu irmão Julian." E o pai entrou em casa se arrastando e fechou a porta com tristeza.

Durante todo o terror soturno de caixões e faixas negras de luto na porta com os parentes chorando, Peter não conseguiu apagar o horror e o mistério de dizer ao pai que Francis estava morto. Francis era o gêmeo de Julian e se parecia muito com ele. Ele esteve doente todo o tempo como Julian, mas não era Francis quem tinha morrido, era Julian. Mesmo quando desceram o caixãozinho de Julian na cova, enquanto sua mãe e suas irmãs choravam e soluçavam e todos os parentes permaneciam de cabeça baixa, Peter continuava a pensar que era o caixão de Francis – porque Francis não estava no enterro, estava em casa, doente e de cama. Mesmo quando cobriram aquele caixão de terra no túmulo, Peter continuou a pensar em Francis.

À noite na cama de repente se lembrou de um ano antes quando Francis estava doente e acamado. Chegara correndo ao quarto dele com uma revista *Star Western* para mostrar as figuras. Estava rindo sentado na beira da cama, e Francis lhe deu um tapa no rosto e o mandou embora. Peter nunca entendeu porque ele fizera aquilo.

Então Peter foi até a gaveta da escrivaninha do escritório onde sua irmã Ruthey guardava suas imagens sagradas: ela mesma fazia aqueles quadros, e eles eram muito bonitos; ela os vendia de porta em porta na Páscoa e no Natal para ganhar uns trocados. Peter pegou uma pilha deles e voltou em silêncio ao quarto de Francis e, enquanto Francis dormia, espalhou-os em torno de sua cabeça no travesseiro, no seu lado e até ao redor dos pés, por toda a cama, até deixá-lo totalmente cercado de imagens santas, e saiu do quarto na ponta dos pés. Em seu quarto, rezou outra vez e pediu a Deus que as imagens funcionassem e que fizessem Francis ficar bom.

Quando Francis melhorou, uma semana depois, Peter achou que as imagens santas tinham funcionado bem, e que tudo estava bem outra vez.

Seus pais morreram de rir daquilo e acharam bonitinho. Peter não entendia do que eles estavam rindo e voltou a cuidar de suas coisas como antes.

[6]

Quando George Martin ia trabalhar de manhã, levantava da cama com os olhos embaçados de sono e tossia com tanta força que podia ser ouvido lá fora na estrada. Ele bocejava e resmungava, tossia do fundo do peito de um jeito monstruoso outra vez, resfolegava e respirava com dificuldade, botava as calças e as meias e os sapatos e descia arrastando uma perna, com um andar bamboleante, gotoso, embriagado de sono que chegava a balançar as paredes da casa. No banheiro fazia muito barulho e espalhava água por todo lado. Ele se barbeava e se penteava, sua tosse enorme e explosiva soava mais uma vez, e por fim emergia deixando atrás de si a trilha de fumaça de charuto, usando uma expressão carrancuda de absorção matinal, pegava o chapéu e um punhado de charutos e o programa das corridas no escritório e saía. E mais uma vez eles ouviam a grande tosse alta e explosiva lá fora quando abria com estardalhaço a porta da garagem e saía de carro para o trabalho.

"Quando seu pai tosse, parece uma trovoada", dizia a mãe. "Não sei como alguém pode tossir desse jeito e não cair morto na hora."

"Bem", dizia Rosey, "acho que ele tem bastante sustança para agüentar o tranco".

Então Martin ia de carro até o centro da cidade, até a praça, estacionava em um terreno atrás da sua gráfica e ia andando até um restaurante num vagão no outro lado da linha de trem onde, na companhia de outros homens de negócios, comia seu grande desjejum habitual.

Naquele ambiente, Martin era sempre visto com um respeito curioso que os outros homens da cidade pareciam reservar apenas para ele. Era singular porque ao mesmo tempo em que era um empresário de certa importância em Galloway, sempre mantinha um ar de humildade junto dos outros homens, ou brincava e implicava com eles com a verve e a animação de uma criança grande que ainda precisava aprender as vantagens da discrição, de escolher com inteligência o que dizer e não dizer, e do silêncio. Era um homem a quem você chamava de George; sua conduta não exigia que você o chamasse de sr. Martin, ao mesmo tempo, tampouco era apropriado chamá-lo de "Georgie". A dignidade particular do homem ficava mais evidente na maneira com que os outros o chamavam de George, abertamente, com simplicidade e respeito profundo.

"O George é assim mesmo, é sim."

"Um sujeito legal, o George."

"Ele tem lá os seus defeitos, mas é um homem muito decente."

"Não pode haver melhor."

"Ele é de Lacoshua, não é?"

"É, acho que George veio de Lacoshua. Ah, ele mora aqui há muitos anos, mas nasceu lá."

"Um bom homem com quem se pode fazer negócios. Pelo menos foi o que me disseram."

"Ah, é, o George é legal."

"Menos quando perde nas cartas."

"Bem, acho que é muito difícil ser um bom perdedor, e George não é exceção. Vou contar uma coisa sobre George Martin: ele é capaz de dar a você até a roupa do corpo."

"Isso é verdade!"

"É, sim senhor. Há alguns anos atrás ele emprestou um dinheiro para um sujeito e quando tudo deu errado e o sujeito foi à falência, ora!, George nunca disse uma palavra, e hoje eles são tão bons amigos quanto sempre foram. Por acaso eu conheço esse homem, e ele hoje praticamente deu a volta por cima, e George nunca tocou nesse assunto com ele."

"Bem, alguns homens podem se dar o luxo de fazer negócios desse jeito, é claro."

"George está razoavelmente bem de vida, mas trabalha para viver. Posso contar a vocês mais uma coisa sobre George: ele está jogando demais: já me disseram que hoje em dia tem descuidado demais do seu negócio. Claro, eu só ouvi dizer, não posso afirmar com certeza. Mas foi o que me contaram."

"Verdade!"

"Claro, ele sempre jogou muito nas cartas, mas agora também está apostando nos cavalos, sabe, e dizem que às vezes ele passa oito horas por dia naquele clube da Rooney Street. Dá para perceber que isso está indo um pouco longe demais. É claro que não tenho certeza de tudo isso, como já falei, é o que me contaram."

"Bem, George sempre jogou muito. Um amigo me conta sobre aqueles grandes jogos de pôquer que havia nos bastidores do teatro de Keith há muitos anos, na década de 20, quando George estava no ramo de seguros."

"É, eu me lembro, só que nessa época ele já havia largado os seguros, acho que estava começando aquele seu velho jornal sobre teatro – como era o nome dele?"

"O velho *Spotlight*."

"Isso mesmo, o velho *Spotlight*. É, naquela época havia grandes jogatinas. Acho que o próprio George Arliss* esteve em uma dessas mesas, uma que durou um fim de semana inteiro."

"George Arliss, o ator?"

"Isso mesmo. George Arliss costumava vir a Galloway com uma trupe. Você não sabia, Henry? Nossa, o vaudevile naquela época era algo... Os irmãos Marx quando começaram com aquele número da escada, e mais uma centena de outros de quem nem me lembro mais – os velhos menestréis de Van Arnam, Ruby Norton, Lydell e Mack, Harry Conley, Olsen e Johnson..."

"Eu me lembro deles."

"Droga, eu me lembro de todos eles. Naquela época, eles jogavam pôquer bem aqui no teatro B.F. Keith, e George não perdia uma vez. Dizem que ele normalmente era o último a ir para casa e o primeiro a chegar de volta."

Enquanto isso, George Martin chegava à sua gráfica e ia trabalhar. Acendia o segundo charuto da manhã, sentava-se na cadeira giratória diante da velha escrivaninha com tampo corrediço e dava uma olhada nos jornais e nos assuntos que estavam à mão à sua frente. A essa hora, Edmund, o impressor, estava ocupado na preparação das duas prensas, mantendo seu habitual silêncio absorto no qual havia um leve traço de melancolia alcoólica, e o velho John Johnson, que era linotipista de Martin havia dezessete anos, chegava todo enrolado em um casacão de inverno, um boné de caçador com protetores de ouvidos, um grande cachecol de lã e sapatos do tipo usado pelos fazendeiros de New Hampshire.

Por volta das dez, os clientes e fornecedores começavam a chegar. A essa hora a gráfica estava zumbindo com todos os seus elementos em ação, e Martin estava usando óculos antigos de armação de ouro na ponta do nariz e um suéter de lã velho abotoado na frente que dava a ele um aspecto patriarcal desleixado e estranho no trabalho, parado diante de estantes de tipos sujos de tinta, olhando com muita atenção um trabalho meticuloso infinito que era como o próprio tecido do tempo. Com aquela sua expressão de surpresa súbita, erguia os olhos para os clientes que se apresentavam e os encarava como se nunca os houvesse visto antes, terminando por dizer: "Ora, bom dia, Arthur. Como está o menino esta manhã?"

"Está bem, George."

"A minha encomenda de papel está chegando?"

"Claro, George. Só passei aqui para perguntar sobre o próximo sábado à noite."

Por volta das onze horas Jimmy Bannon chegava à oficina trôpego e cambaleante, observava embasbacado ao seu redor, e gemia um alô para Martin acima do

---

*George Arliss (1868-1946): ator inglês de grande sucesso nos Estados Unidos. Nos palcos, consagrou-se interpretando figuras históricas que muitas vezes levou para as telas. (N.T.)

rugido das prensas. Sacava uma pilha de papéis de seu paletó disforme com um movimento que o deslocava violentamente para o lado, seguia em frente cambaleante até a máquina de escrever e, com os olhos girando, suplicantes, o pescoço em movimento, caía em sua cadeira e ficava se mexendo para frente e para trás em êxtase botando o papel na máquina de escrever, até sair de repente daquela agitação atormentada da carne, gemendo e chorando ao botar para fora seus sentimentos – a cabeça caindo pesadamente na manifestação calorosa de uma inteligência repulsiva –, e começar a esmurrar as teclas, e aquelas palavras limpas, sóbrias e convencionais surgirem na página:

> Galloway, 3 de novembro – Dep. Frank Grady, candidato da Aliança a prefeito, anunciou hoje que vai apelar da decisão do juiz do Tribunal Distrital, James T. Quinn, que ontem rejeitou uma petição de Grady relacionada aos registros dos custos de projeto da Spool Street, alegando não ter sido feita de maneira apropriada...

Jimmy Bannon, um paralítico espasmódico, era editor do jornalzinho político semanal impresso por Martin. Apesar de ter de cambalear trôpego por todos os seus dias e noites, apesar de ter de comer sozinho e viver sozinho com uma irmã mais velha, apesar de ter de aturar os olhares curiosos e aflitos das pessoas de Galloway quando passava cambaleando como um bêbado pelas ruas, como se sua vida fosse um retorcer e espichar explosivos do pescoço, dizia-se que Jimmy Bannon era um dos homens mais inteligentes da cidade, que conhecia mais sobre a prefeitura que qualquer outra pessoa, e ganhava a vida apenas escondendo dez por cento da informação sobre todos os políticos que ocuparam qualquer cargo em Galloway nos últimos 25 anos.

Jimmy Bannon tinha carteira de motorista e dirigia um carro, e as pessoas o olhavam fixamente sem acreditar quando viam o carro subindo a rua em ziguezague, com o motorista girando a cabeça extaticamente e inclinando-se sobre o volante. Normalmente ele buzinava para saudar uma garota bonita na calçada, gemendo seus olás libidinosos com um arrebatamento angelical.

Naquelas manhãs em que se sentava em frente àquela máquina de escrever simples e a esmurrava sem piedade com os punhos velozes e agitados e se entusiasmava sobre suas teclas, Martin e Edmund e o velho John Johnson olhavam um para o outro com pesar e remorso incomuns. Todos esses quatro homens estavam aqui no trabalho de manhã, cada um com sua própria ocupação, todos velhos amigos de alguns anos, e entre eles circulava um sentimento inominável de afinidade que encontrava sua manifestação mais profunda na pessoa e na situação incrível de Jimmy Bannon. Homens sofrem porque são feitos para sofrer, e Jimmy Bannon, caricatura feroz e resumo de suas vidas, estava ali de manhã com eles.

Um dos amigos mais antigos de Martin era Ernest Berlot, um barbeiro que certa época fez fortuna no teatro e dissipou-a totalmente em uma orgia de gastos e jogo e luxos, perdeu tudo e voltou grisalho para seu velho ofício de barbeiro. Mas, é estranho dizer, mesmo então continuou com seus modos irrefletidos e tempestuosos, pois era um homem de forte vigor natural. Quando Martin o conheceu, os dois saíram juntos em uma série longa de farras tão memoráveis durante anos que até hoje eram lembrados por todos os capitães de barcos de pesca, gerentes de hotel, balconistas de bar e donos de casas de jogo na Nova Inglaterra inteira, de cima a baixo, de um lado ao outro. Mas Berlot envelhecera rapidamente e agora era um velho melancólico. Quando Martin aparecia de vez em quando em sua barbearia no início da tarde para cortar o cabelo ou conversar, eles se olhavam com aquela tristeza especial que uma dupla de velhos amigos tem depois de muitos anos de uma bela parceria.

"Lá vem George", dizia o velho Berlot, olhando para Martin com olhos cansados, sem nem um traço de sorriso, olhando para ele com uma expressão séria e uma afeição solene escrita em seu rosto magro e enrugado.

"Olhe você aí, seu velho safado. Tenho procurado você em toda parte!", exclamava Martin.

"Procurado por mim em toda parte? Você sabe o caminho até aqui."

"Aqui?", dizia Martin com incredulidade, olhando ao redor para a barbearia com toda a sua coleção de vidros, espelhos brilhantes, escarradeiras enfeitadas de dourado, vasos com plantas na vitrine e cadeiras de barbeiro antigas. "Não esperava encontrar você aqui. Vir aqui foi minha última alternativa. Nossa, tenho procurado você em toda parte, fui até o Jimmy Sullivan's, olhei no Golden Moon, no Picard's, perguntei a todo mundo se tinham visto você, e por Deus, ninguém tinha visto!"

"Ah, você fala muita bobagem, George. Você sabe que eu parei de beber."

"Como assim, o que você quer dizer, Ernest? Por fim eu fui até o Frontier Club, achando que talvez você estivesse caído de bêbado na sala dos fundos, mas você também não estava lá. Eu disse para mim mesmo, agora onde diabos pode estar Ernest? Será que está no Charley's, em Lawrence?"

"Ah, você é louco, George."

"Ora, o que você quer dizer com isso, Ernest?" E com esse gracejo canhestro levado ao limite, Martin morria de rir e dava um tapinha nas costas encurvadas e melancólicas de Berlot, e enfiava um charuto em sua mão.

"Corte meu cabelo, seu velho sem-vergonha!", exclamava. "Você não pode dizer que não sou seu amigo. Corto meu cabelo aqui há muitos anos e nunca reclamei nem uma vez!"

"Como assim, nunca reclamou nem uma vez?!"

E enquanto Martin gargalhava descontroladamente na cadeira de barbeiro, o velho Berlot espalhava creme de barbear no rosto do velho amigo e o massageava com dedicação com as mãos grandes em um devaneio meditativo e afetuoso, sempre franzindo o cenho e sacudindo a cabeça enquanto Martin prosseguia com seus gracejos canhestros, e os outros homens na barbearia riam dos dois veteranos.

Quando Martin saía da barbearia, estava sempre tomado de um pesar estranho e pensava consigo:

"Ernest agora está tão velho, está envelhecendo tanto. Deus! E pensar que tanto se reduz a tão pouco, pensar que a vida é mesmo curta assim. Também estou ficando velho. Meu Deus, quem pode dizer o que as pessoas já souberam e as coisas que foram esquecidas, em todos os milhares de anos. Deus, como tudo é curto, é só um estalar de dedos, e está tudo acabado."

No início da tarde, Martin terminava de resolver os últimos detalhes na gráfica antes de sair para a casa de apostas de seu bookmaker favorito e passar uma tarde feliz de jogatina nos cavalos. Às vezes, por volta das duas, um cura velho chamado padre Mulholland aparecia na gráfica para saber sobre a impressão costumeira de envelopes de coleta e papelaria e outros assuntos relacionados à sua paróquia. Era um homem velho alto e venerável que certa época estivera ligado a uma paróquia em Lacoshua, e há muito tempo conhecera o pai e a mãe de Martin.

"Um dia você vai entender o que eu digo, George", dizia ele nas ocasiões em que discutiam religião. "Sua mãe era uma das mulheres mais devotas que conheci, e o pai dela, John Kernochan, era um homem de Deus como poucos, um homem realmente religioso em sua época."

"Espere aí, padre! O senhor não está exagerando um pouco? É impossível que tenha conhecido John Kernochan. Vejamos, o velho John morreu em 1880, mais ou menos, não é?"

"George, você se esquece de que sou um homem muito velho", dizia padre Mulholland com um franzir bem-humorado dos lábios. "Você não parece entender que eu caminho sobre esta terra há 83 anos e que estou a serviço oficial de Deus há 61 anos."

"Não diga?!", gritava Martin, surpreso, removendo por um instante o charuto da boca. "E eu achei que o senhor tinha só uns setenta."

"Agora, quando sua mãe se casou com seu pai, Jack Martin, ela se casou com um bom homem, mas ele não era religioso. Mesmo assim eu sabia que depois, como resultado de sua união, algo profundamente devotado surgiria. Sabe", o velho padre dava uma risada e cutucava o braço de Martin, "agora você vê como isso foi verdade! Aqui está você, um homem em busca de Deus e em busca de Sua luz, como eu poucas vezes vi! Sim, senhor! E seus filhos, os pequenos, o pequeno Michael, Peter, Ruth e o jovem Francis, todos eles têm as qualidades essenciais de católicos esplêndidos e sem dúvida de cristãos esplêndidos."

"É verdade, padre, mas pergunto ao senhor mais uma vez, será que um pouco de água e algumas palavras em latim os deixariam melhores? O senhor diz que sou um homem em busca de Deus – e isso não é mais do que pode dizer sobre muitos dos que dizem buscar Deus que conhecemos? Será que preciso de um documento oficial para provar que sou cristão? Quando quero ser bom e fazer o bem... sempre que possível?"

"Já conversamos sobre isso tantas vezes antes, George, e nunca chegamos a um acordo, não é?" O velho padre erguia o rosto com uma risada agradável e piedosa e sacudia a cabeça com um lento tremor senil e surpreendente. "É, é. Você é um sujeito teimoso, George."

"Veja", dizia Martin, estendendo as mãos, "deixe-me explicar. Se eu fosse um fazendeiro, ia arar minha terra e teria apenas Deus como minha testemunha. Agora, como impressor, vivendo nesta cidade, eu aro a terra que tenho, estou trabalhando e tenho apenas Deus como testemunha. Não vejo como a igreja pode entrar entre um homem e seu Deus sem em algum ponto romper esse contato direto. Olhe para esses envelopes de coleta – claro que o senhor entende, padre, e só estou fazendo isso em nome da discussão..."

"Claro, George!"

"Então olhe só para esses envelopes de coleta. Claro que compreendo que a igreja não se sustenta sozinha, ela não é um negócio, precisa da contribuição de seus paroquianos e de sua base, essas coisas. Mas o senhor nunca viu este tipo de coisa ser explorado, corrompido? Padre Mulholland, em seus 61 anos de sacerdócio, sem dúvida já deve ter visto isso!"

"Eu já vi isso."

"Bem, e então?"

"Não há padres que são os representantes de Deus, e não há padres sem cujo tino comercial, sem cujos esforços incansáveis, não haveria igreja? Claro que você sabe que quanto mais alto o sacerdote, mais político ele é. Você sabe disso."

"Eu não sabia exatamente."

"Algum dia, George, vou lhe contar a história do Cristianismo moderno. É uma história longa e complexa, que envolve muito de alta política." O padre Mulholland franzia os lábios em reflexão pedagógica. "Mas agora quero perguntar a você: se é necessário haver dois padres mundanos pelo benefício e sustento de um único sacerdote autêntico e devotado a Deus, você acha que vale a pena? Lembra-se do grande padre Connors lá em Lacoshua. Vale a pena?"

George sacudiu a cabeça com assombro. "É, por Deus, vale a pena. Padre Connors. É, é. Ele era um sacerdote. E eu só conheço um sacerdote que o superou. E é o senhor, padre, e estou falando sério, acredite em mim."

"Ora, ora! Há apenas um minuto você estava discursando enfurecido sobre minha coleçãozinha corrupta de envelopes."

"Não, isso não é justo. Só falei isso para animar a discussão! Eu quero perguntar uma coisa ao senhor: no domingo de manhã, seus paroquianos vão à igreja, recebem a Sagrada Comunhão e voltam para seus assentos com uma poderosa expressão beatífica. Mas enquanto o senhor está sentado em sua casa paroquial no sábado à noite, padre, eu vejo todos eles nas ruas e nos bares, e não há nada beatífico neles! Ah, é que eu não agüento aquela expressão na igreja! Não sei onde eles aprenderam isso! Então, o que acha disso, padre Mulholland? O senhor não admite que há pelo menos uma pontinha pequena de hipocrisia nisso?!" E Martin caía na gargalhada, cutucando o braço do sacerdote velho e magro e olhando avidamente para seu rosto à procura de qualquer sinal de desconforto ali.

"George", o padre Mulholland dizia, "George, acredito que você se ache um filósofo. Não vou responder à sua pergunta. Na verdade, vou deixar que você reflita sozinho sobre ela."

"Vou pensar sobre ela, padre, e qual será minha conclusão?"

"Bem, agora", dizia o velho padre, ajustando com cuidado um chapéu velho e surrado no alto da cabeça, olhando para Martin com ar de superioridade e um lampejo de alegria nos olhos, "supondo que quando chega a madrugada de domingo nossos amigos que você descreve ainda estão, como você diz, aprontando por aí, hein?".

"Nessa hora, padre, eles estão mortos para o mundo, eu sei!"

"Mas não estão mortos para Deus, é evidente, porque parece que todos vão à igreja de manhã."

"Eles vão! Mas só porque sua consciência os atormenta!"

"Meu caro George", o padre ria, apertando o braço de Martin e o sacudindo gentilmente, quase delirante, "você está discutindo consigo mesmo, não comigo. Agora deixarei você com sua consciência e vou embora." E dava um tapinha carinhoso em seu ombro e baixava o olhar até ele com sua enorme expressão de benevolência e velha amizade. Ele saía dando um aceno alegre para trás e deslizava para fora da gráfica, inclinando-se na porta para passar. Martin observava sua partida com tristeza e admiração, porque ele era um homem tão velho, porque era uma pessoa tão rara e maravilhosa, e um padre.

Havia algo no coração de Martin que nunca interrompia seu pesar e sua admiração. Havia dias em que tudo o que via parecia gravado na luz que se esvaía, quando se sentia como um velho parado, imóvel, no meio dessa luz e olhando ao redor de si com arrependimento e alegria para todas as pessoas e coisas neste mundo. Os homens o viram rir e mascar seus charutos e falar empolgado e ficar com raiva, mas nunca o viram em suas solidões lúgubres e pesarosas quando se asfixiava com uma tristeza inexprimível. Ele via homens enganarem uns aos outros, ouvia-os escarnecer todos os dias, via a confusão nos olhos dos outros homens, perambulava por um círculo atormentado de raiva, gargalhadas, maldade, ódio, repulsa, fadiga. Então, no momento seguinte, abraçava a vida e corria bondoso, alegre, através dela, apenas para retornar subitamente a uma melancolia mórbida, às vezes perversa, na qual ficava cego de ódio e escárnio. Mas quando estava imerso em si mesmo, à luz antiga de sua compreensão mais profunda, ele via todas essas coisas, e ficava à parte delas, com o velho arrependimento infinito, ele se questionava e lamentava e fazia críticas a si mesmo, e se afligia na solidão.

"É isso", pensava. "A vida é assim. É uma coisa tão estranha – ah, é tão engraçada, tão curta, só Deus sabe."

Em momentos como esse, fitava meditativamente seus filhos e se perguntava o que se entrelaçava e se entrelaçava e sempre gerava mistérios, e nunca tinha fim.

Ele também era um homem animado. Nas corridas de cavalos, espalhava seus programas na mesa à sua frente e bebia um copo de cerveja espumante, estalando os lábios, acendia um charuto novo e mergulhava em seus números com um prazer absorto. À noite voltava para casa e comia por três homens. E mais tarde na noite, enquanto refletia profundamente se o outro homem estaria blefando ou não, ficava ali sentado, pensativo, dando baforadas no charuto, remexendo suas fichas e sorrindo maliciosamente para os outros homens.

Assim eram os dias e noites de Martin.

[7]

UMA PRIMAVERA o jovem melancólico Francis Martin descobriu que estava apaixonado. Tinha dezessete anos e estava terminando o último ano colegial, e pensava vagamente em ir para a faculdade no futuro.

Ela se chamava Mary e era uma beleza irlandesa de cabelos negros fartos. Bastou um olhar dela para congelar a alma de Francis. Sabia que ela sempre o prenderia com aqueles seus olhos, e riu, de certa forma, por causa disso.

Ele a conhecera na escola onde, em uma aula de inglês, ela sentou-se em diagonal à sua frente e ficava balançando as madeixas nas tardes modorrentas. Ele era o aluno mais brilhante da turma, e em pouco tempo ela estava balançando as madeixas para ele naquelas tardes apaixonadas e melancólicas que em nenhum lugar são mais encantadoras que nas salas de aula do colegial.

"Francis, leia para nós o soneto 29", sugeria sonhadora a professora orgulhosa. Era o fim da aula, hora de poesia e maior disposição para a "beleza e a verdade". No fundo da sala, os rapazes cochilavam mal-humorados. Na parte da frente, o alto e espichado Francis ficava de pé, cercado pelas garotas.

Francis lia de um jeito preciso e maduro:

When, in disgrace with Fortune and men's eyes,
I all alone beweep my outcast state,
  And trouble deaf heaven with my bootless cries,
  And look upon myself, and curse my fate –*

"Francis, 'Deef' heaven?"

"Isso, sra. Shaughnessy. Acredito que 'deef' seja a pronúncia elisabetana. E o poema soa melhor assim do que com 'déf' heaven."

"Bem, vamos pesquisar isso", sorriu sonhadora aquela senhora. "E, turma, quero que vocês percebam como Francis tem suas próprias idéias sobre poesia. Vocês não devem apenas ler, também devem ler a si mesmos dentro da poesia."

Os rapazes do fundo da sala se entreolharam com uma indiferença imperturbável.

Francis continuou:

Yet in these thoughts myself almost despising –
  Haply I think on thee –**

E ali, voltados para ele cercados de madeixas encaracoladas, estavam os olhos escuros e enfeitiçantes de sua amada Mary...

Na noite lírica de primavera, então, ele saía para a casa dela, com a bicicleta do irmão emprestada, pedalando devagar através da cidade, daquele seu jeito austero e invencível. Ela morava na parte sul de Galloway, em uma casa de fazenda aos pedaços lá às margens do rio Concord. E sempre que ele fazia a curva da estrada e chegava deslizando sobre os pneus macios de borracha na direção da casa dela, aquilo sempre lançava sobre ele um feitiço de encanto impressionante. Às vezes mal era capaz de controlar sua ignóbil excitação, e mais de uma vez bateu com força em um mourão de sua cerca.

---

*Tradução livre do "Soneto XXIX" de Shakespeare: "Quando, em desgraça com a sorte e aos olhos dos homens, sozinho choro minha condição de pária, e perturbo o céu surdo com meus gritos vãos, e olho para mim e amaldiçôo meu destino..." (N.T.)

**Tradução livre: "E quando quase me desprezo nesses pensamentos –, Alegre penso em ti –" (N.T.)

Os irmãos dela, fazendeiros jovens e magros que o chamavam de Frank, sempre estavam sentados por ali na escuridão suave da noite, talhando madeira e contando histórias que nada diziam a ele.

"Ei, Frank!", chamavam eles.

"Lá vem o velho Frank!"

"Frank" então ia até a varanda onde Mary estava sentada com a mãe e algumas irmãs pequenas em redes que rangiam, e ficava de pé, tenso, apoiado em uma coluna na silhueta escura das trepadeiras.

"Nossa, Frank, parece que você está ficando cada vez mais magro", dizia a mãe obsequiosa. Isso agradava muito a Francis, sugeria que ele devia ser alimentado e cuidado por alguém como Mary.

Com o mesmo jeito obsequioso, Mary o examinava em um silêncio sorridente.

Mais tarde, quando ficavam sozinhos na varanda e os outros se preparavam para ir dormir, Francis diria: "Olhe para essa lua. Ela nunca foi mais bonita do que é bem aqui na parte sul de Galloway".

"Ah, você e sua poesia."

"Bem, sobre o que a gente vai conversar?"

"Não sei, não pergunte para mim."

Então Mary ficava pensativa de um jeito bem voluptuoso, muito calada, com os lábios entreabertos, tristes, e olhos escuros impenetráveis.

"Deus, os seus olhos!"

"O que têm meus olhos?"

"São tão lindos, tão francos."

"Você sempre diz isso, Francis. Olhe para eles, olhe para eles", e com isso Mary abria bem os olhos e encarava Francis de um jeito cômico e um pouco cruel, também. Ele a amava mais que nunca quando ela o tratava como um tolo.

Ele nunca quis beijá-la por ela ser absolutamente voluptuosa – seus lábios eram aquiescentes e doces demais quando ele apertava os seus contra eles, a mão em torno da cintura dela inadvertidamente tateava carne macia e bem formada demais. Essas eram coisas em relação a ela sobre as quais nunca ousava pensar muito porque amava-a como se ela fosse um anjo. Secretamente, com uma melancolia amarga, ele desejava passar o resto da vida vendo-a amuada e pensativa. Isso incomodava Mary.

"Beije-me, Francis. Você às vezes é muito aborrecido."

E mais tarde, quando a noite esfriava, ele jogava seu casaco em torno dela, que se sentava aninhada em seus braços e ficava olhando para a escuridão. A voz dela ficava rouca, um leve sorriso brincando nos cantos de sua boca, e enquanto falava ela às vezes olhava para ele com aqueles olhos. Ele continuava a encará-la com atenção, como se quisesse garantir que ela se alternasse ora ficando entediada, ora curiosa.

"Francis, você é muito inteligente, não é? Um dia você vai fazer muito sucesso. O que você quer fazer?"

"Não sei, mas sei que vou ganhar muito dinheiro."

"Você é um cara engraçado. Eu me pergunto como seria ser casada com você. O que você faria?"

"O que eu faria?"

"É. Você sabe alguma coisa sobre mulheres, sobre o amor?"

"Ah, bem, quero dizer, eu agora não estou interessado nisso."

"Sei que não está. Você é engraçado. É isso que eu quero dizer."

"Mary", dizia, "olhe para mim".

"Por quê?"

"Quero ver seus olhos."

"Outros rapazes sempre querem ficar de agarramento. E tudo o que você quer fazer é olhar para meus olhos."

"Que outros rapazes?", perguntava Francis um pouco ardentemente.

"Já saí com outros rapazes antes de conhecer você, o que pensava?"

"É. Mary, se nos casássemos, nós iríamos..." Mas ele nunca conseguia ir em frente e explicar a ela que ele queria passar o resto de sua vida olhando para ela, estudando seus humores, devorando a imagem amuada e misteriosa dela.

"Nós iríamos o quê?"

"Iríamos ficar juntos, não iríamos?"

"Bem, claro."

"O que quero dizer é..."

"Ah, vá para casa, Francis; você é maluco. Eu não vou à aula amanhã. Vou fingir que estou doente. Venha me ver na quinta à noite."

"Quinta! É quase uma semana!"

"Vou escrever um bilhete esta noite e mandar Jimmy entregar para você na escola. Agora vá para casa, estou com sono e quero me deitar."

"Está bem, Mary. O que você vai escrever no bilhete?"

"Como vou saber?... Eu ainda não escrevi!"

E Francis partia docilmente, virando-se para vê-la entrar em casa com seu jeito triste e preguiçoso. Bocejando e distraída e cansada dele e de tudo. Era então que ele mais a amava.

Pedalava a bicicleta para casa pelos campos escuros, sempre parando perto de um cemitério para se debruçar sobre o guidão e refletir sobre a visão de sua amada Mary. Do alto de um morro podia ver a casa dela lá embaixo perto do rio, perto do fluxo lento do Concord que Thoreau conhecera cem anos atrás, que Francis conhecia agora com todo o encantamento especial do mórbido amor concentrado. Ela agora estava em casa, estava andando com seu jeito moroso e desgostoso, a luz que se apagava era a de seu quarto, ela agora estava na cama e encarava a escuridão com sua expressão enfastiada. Ela pedalava para casa em meditação sonhadora, perseguindo pensamentos de Mary em todos os seus recônditos mais obscuros.

De manhã espreitou os corredores da escola secundária à procura do menino, Jimmy, que traria para ele o bilhete de Mary. Estava meia hora adiantado; Jimmy não estava lá, não havia praticamente nenhum outro aluno, só um velho servente que varria os corredores. Agora que os estudantes começavam a chegar em grupos sorridentes, Francis estava parado de pé na porta principal procurando em todos os rostos. Jimmy morava ao lado de Mary, tinha acesso à sua presença miraculosa quando ela queria que entregasse bilhetes, ele a via dia após dia passando pelas janelas ou no quintal – parecia o Jimmy mais afortunado e favorecido do mundo.

Por fim o menino apareceu com um bilhete na mão.

"Mary Gilhooley pediu que entregasse este bilhete a você, Francis."

"Um bilhete", perguntou Francis erguendo uma sobrancelha. "É mesmo? Deixe-me ver."

Assim que o pequeno calouro sumiu de vista, Francis desapareceu agarrando o bilhete em seu bolso e correu até seu escaninho em grandes passos apressados ansiosos; ali, em meio aos gritos e ao vozerio dos outros garotos, leu o bilhete em um segredo trêmulo, olhando fixamente ao redor, maravilhado e sem fala, como se alguma força nele o elevasse louco e numa trilha de algas acima da superfície do mar comum para paraísos indizíveis.

Querido Francis,
Nossa, esta manhã estou tão cansada que mal consigo abrir os olhos. Vejo que meu vizinho Jimmy está tomando seu café-da-manhã, o que significa que deve estar quase pronto para ir para a escola, por isso é melhor que este bilhete seja curto. Bessie vai passar o dia comigo e nós vamos escutar rádio. Vou pensar em você sempre que tocar algo bonito.

Com todo meu amor,
Mary

Durante as aulas da manhã, Francis tirou repetidas vezes aquele bilhete do bolso e examinou suas letras manuscritas. Procurava sugestões em cada curva e forma das letras, na pressão da caneta sobre o papel em palavras-chave como "querido" e em "você" e "amor". Pareceu ver uma pressão especial na palavra "todo" de "todo meu amor". Nenhuma das elocuções musicais de Shelley ou Shakespeare podiam estar envoltas em tamanha melancolia triste e prolongada quanto aquilo. Botava o bilhete aberto sobre uma página de poesia e ficava horas comparando os versos.

Tonto e desfalecido de amor, comprou um presente de aniversário para Mary em uma joalheria de Galloway – uma fieira única de pérolas boas e lisas – e as guardou delicadamente em um estojo de veludo vermelho. Em uma tarde fresca de maio, saiu outra vez de bicicleta com toda sua atitude austera e melancólica e atravessou pensativo a cidade, um pretendente triste enlouquecido pela feitiçaria de seu objetivo.

Naquela tarde do aniversário dela, um dia do qual jamais iria se esquecer, ele chegou à casa da fazenda e foi saudado por seus irmãos.

"Ei, Frank! Frank, meu velho! Está procurando Mary?"

"Ela acabou de sair de carro com Chuck Carruthers. Você conhece o velho Chuck, jogador de futebol americano!"

"Ele chegou aqui em um Ford conversível."

"E aonde eles foram?", perguntou sem forças Francis.

"Foram naquela direção."

"Ela vai voltar, Frank. Sente-se e fique à vontade."

"Não", disse Francis baixinho. Ele olhou do alto de sua bicicleta para os dois irmãos dela com ar de indiferença fria. "A propósito, quando ela chegar, entreguem isso a ela, está bem?!" E deu a eles o estojo das pérolas.

Os dois o chamaram, gritaram: "Frank, meu velho!", mas ele descia veloz a estrada, afastando-se da casa dela, para longe da cidade, na direção da mata que se estendia à sua frente em escuridão poética.

Chegou à ponte da linha de trem e olhou para a água lá embaixo. Algumas crianças gritavam na margem do rio e brincavam na água. Ele ouviu alguém chamar. "Fran-cis. Ei, Fran-cis!" – um chamado distante, misterioso.

E era Mary. Lá embaixo, na beira da água, ele viu um Ford cupê conversível, e Mary em pessoa estava acenando e sorrindo para ele. Um rapaz alto e forte estava ao lado dela de pé, de roupa de banho, sorrindo enquanto secava o cabelo com uma toalha.

Francis saltou da bicicleta e desceu empurrando-a até a beira da água por uma trilha que atravessava os arbustos. Chegou devagar, triste, enquanto Mary se dirigia a ele com uma petulância despreocupada e preguiçosa.

"Não sabia que você viria hoje", disse ela com seu jeito mal-humorado. "Por que não me avisou?"

Ele permaneceu imóvel, olhando-a fixamente das profundezas de uma solidão furiosa e inútil. Ele podia ver o biquinho nos lábios dela, os olhos escuros flamejantes, os cabelos jogados sobre uma face na brisa de fim de tarde.

"É seu aniversário", disse ele com indiferença. "Pensei em fazer uma surpresa."

"De qualquer jeito, você sempre devia avisar. Às vezes tenho outros planos."

"Não tem importância, não tem importância!", sibilou com raiva, e virou-se para fechar os olhos e pensar. De repente, soube que a havia assustado com aquela demonstração súbita de raiva reprimida. Fez uma mudança completa, sorriu e disse: "Desculpe, acho que devia ter avisado..."

Ela o encarou com curiosidade.

Um momento depois, ele caminhava atrás dela na direção da praia e do carro. Estava escurecendo, e o outro rapaz acendeu os faróis do carro enquanto se vestia atrás da porta aberta.

"Saiam da água agora", gritou Mary para as crianças. "Cissy! Maggie!" Ela bateu o pé. "Vou contar para mamãe se vocês não saírem daí neste minuto!"

"Ah, você é uma gatinha assustada!", gritou o rapaz que se vestia. "Um dia vou jogar você dentro d'água e então vai ter de aprender a nadar!"

"Não não não!", soltou um gritinho. "Tenho medo de me afogar. Tenho medo, verdade!", e ela se dobrou rapidamente para soltar um risinho de prazer.

Francis a olhava pasmo.

"Verdade, Francis", continuou ela, virando-se animada para ele com um rápido movimento de cabeça. "Tenho medo de morrer afogada desde que o menino dos Crouse se afogou no verão passado. Aaaah! Vocês deviam ter visto quando o tiraram da água. Eu estava lá. Foi meu pai que o achou. Fiquei morrendo de medo!"

"Então você não deve nadar", disse Francis, com decisão, quase como se falasse para si mesmo.

Pelos minutos seguintes ele ficou em silêncio olhando para Mary, e escutou-a falar com as crianças, observou-a secá-las com uma toalha de um jeito enérgico e maternal que enviava pontadas de uma solidão inexprimível através de seu coração. "Mary, Mary", dizia ele bem baixinho, construindo as palavras com os lábios em doce súplica devotada. Queria tomá-la nos braços e ir embora, levá-la embora, o mais longe possível, até chegarem a um lugar onde não houvesse ninguém, apenas um silêncio sombrio.

"Mary", ele disse em voz alta, num sobressalto.

Ela se virou e o encarou.

"Venha comigo na bicicleta. Vamos fazer um longo passeio." E ele pôs a mão em seu ombro bem de leve, com dedos tensos.

"Ah, a gente vai pegar a estrada para tomar sorvete lá no Bill's. Você pode vir com a gente, se quiser", exclamou ela com alegria. "E batatas fritas também! Elas são deliciosas no Bill's. Pode vir com a gente se quiser."

"Se eu tivesse um carro, levava você ao Bill's todas as noites", disse ele, de um jeito meigo.

"Ah, não seja ciumento, Francis; não é como você."

"Não estou com ciúmes", retrucou com uma fungada leve.

"Bem, *diga* alguma coisa!", exclamou ela de repente.

"Hein? Bem... acho que vou para casa, acho que é isso que vou fazer agora, ir para casa."

"Se é o que você quer."

"É o que eu quero", disse ele em voz alta para si mesmo, saindo desajeitado com a bicicleta, começando a fazer a volta, arrasado. Naquele momento Chuck, que tinha terminado de se vestir e pentear o cabelo na praia, apareceu diante deles à luz forte dos faróis. Ele gingou graciosamente até eles com um passo leve orgulhoso sobre a areia, um atleta afável, grande e saudável com um sorriso ingênuo e maneiras elegantes e sem cerimônia.

"Oi, Martin!", cumprimentou. "Veio para o passeio?"

"Não, tenho de ir a um lugar."

Chuck deu uma leve chicotada em Mary com a toalha e irrompeu em riso, gritando: "Bem, vamos lá, não quero ficar aqui a noite inteira! Vamos lá, crianças. Entrem no carro! Todo mundo para dentro!"

Mary voltou correndo para o carro, gritando algo para Francis que ele não ouviu, e no instante seguinte Chuck ligou o motor do carro.

Francis foi embora correndo, empurrando a bicicleta pelo caminho com uma sensação de horror seco e pútrido no coração.

O carro seguia pela estrada de terra, seus faróis alcançando os arbustos onde ele caminhava, e um momento depois ele soube que sua figura desgraçada em fuga seria exposta pela luz dos faróis à vista de todos. De repente ele se jogou no chão com a bicicleta e ficou ali no escuro, abraçando a grama com a respiração presa.

Ouviu o carro andar lentamente na estrada, e a voz de Mary gritar na noite fresca: "Onde está Francis? Não o vejo em lugar nenhum! Ele simplesmente sumiu! Onde ele está?"

"Talvez ele seja um campeão de ciclismo de seis dias!"*, exclamou o jogador de futebol americano, e no momento seguinte não havia sons além do feito pelo carro que se afastava e pelos grilos ao redor.

---

* Corridas de bicicleta que duravam seis dias ininterruptos, surgidas no fim do século XIX na Inglaterra. No início, eram competições individuais sem pausa sequer para o sono. (N.T.)

Francis ficou ali deitado na grama por bastante tempo, até que finalmente caiu em si, percebendo que estava deitado no meio da mata na noite agitada por grilos, sob uma abóbada de escuridão apavorante. Ele olhou ao seu redor apoiado em um joelho com uma solidão assombrada e louca.

No mesmo estado de semidemência, ele se levantou, subiu na bicicleta e seguiu pelo caminho. Entrou na estrada e continuou a pedalar, com aquela sensação enlouquecida de assombro. Não podia acreditar no que acabara de acontecer; tentou ignorar aquilo. "Vou pensar nisso mais tarde", disse distraído, e refletiu sobre aquela região e os galhos sob os quais ele deslizava velozmente.

Assim, ganhou velocidade, aproximou-se rapidamente e passou pela velha casa de fazenda aos pedaços onde Mary morava, quase com o espírito elevado agora quando pensava no que faria em casa amanhã depois da escola. Mas os dois irmãos de Mary estavam ali fumando na escuridão dos degraus da varanda da frente.

"Ei, Frank!", chamaram eles. "Mary foi nadar perto da ponte da linha de trem. A gente acabou de ouvir isso."

"Você a encontrou, Frank?"

"Encontrei!", gritou Francis enquanto passava por eles pedalando. "Ela está nadando... espero que ela se afogue!", acrescentou ele com um choro engasgado que eles não tinham como ouvir àquela distância. E instantaneamente lágrimas queimaram em seus olhos, e ele acelerou para casa chorando sobre sua bicicleta.

Quando chegou em casa, guardou a bicicleta e foi para o quarto, pisando forte com a determinação viril e orgulhosa de jamais vê-la novamente e dirigindo seus pensamentos para novos assuntos. De repente não podia deixar de pensar que Mary estava à sua procura enquanto ele se escondia deitado nos arbustos escuros.

Ele a ouviu dizer seguidas vezes: "Onde está Francis? Não o vejo em lugar nenhum! Onde está Francis? onde está Francis? onde está Francis?"

Então agora o jovem Francis estava aprendendo a se encerrar em seu próprio casulo de adolescência atormentada. Tudo era dureza ao seu redor. Estava gastando seu tempo e esperando com paciência triste até que a vida se abrisse para ele do jeito que desejava que fizesse. Era um jovem leitor de livros, pensativo e insatisfeito, dos quais há tantos nos Estados Unidos, espalhados de modo esparso e patético pelas cidades pequenas e grandes: fácil de machucar, aberto ao abuso e ao escárnio, sensível demais em uma solidão reflexiva formal para enfrentar as brincadeiras cruéis e estúpidas, a brutalidade animal e a louca indiferença dos Estados Unidos da América selvagens e extáticos, e às vezes também desdenhosos. Era diferente dos outros garotos de sua idade que geralmente passavam o tempo em sorveterias, em farmácias de esquina, em campos esportivos, ou em encontros no cinema e em bailes. Era diferente deles e se orgulhava disso.

Agora que tinha dezessete anos podia estar andando da biblioteca de volta para casa com alguns livros embaixo do braço, ou fazendo caminhadas solitárias à meia-noite, ou sentado à sua janela lendo depois da escola, ou bebendo uma Coca na farmácia da esquina em uma melancolia absorta, mas o tempo todo estava equilibrando vida e morte, resvalando sem firmeza entre mil estados de ânimo de horror e ódio, observando a si mesmo pular discretamente por todas as filosofias, seitas, facções e cultos de uma centena de livros, vivendo os infortúnios de muitos heróis – Jean Valjean, Príncipe Andrei Bolkonski, Ana Karenina, Greta Garbo, Byron, Tristão, Hedda Gabler.

Ele vai à biblioteca e passa a manhã estudando atentamente várias biografias. De vez em quando ergue os olhos com um sorriso divertido mas um tanto dócil. Ao meio-dia, ele anda pela praça Daley examinando as pessoas da cidade de Galloway com um prazer secreto e uma sensação de compreensão madura. Mesmo quando seu pai passa em meio aos outros, caminhando devagar para o almoço conversando com outro homem de negócios sob a luz ondulada do sol, ele o observa em segredo do umbral. Mesmo então Francis se enche de um prazer estranho e da crença de que é a única alma mortal na cidade que compreendeu aterradoramente o significado da vida e da morte.

[8]

O JOVEM PETER MARTIN estava ocupado tentando entrar no time de futebol americano da Galloway High School. Isso significava glória e triunfo, e fama em Galloway, e havia pouca coisa mais em sua mente quando corria para casa no escuro todas as noites, atrasado para o jantar, exausto e distraído com todas as centenas de detalhes de seu objetivo. Sua mãe lhe daria de comer grandes jantares quentes e os comeria com uma intensidade voraz distraída, ponderando sobre suas chances e dedicando-se ao mesmo tempo à carne e ao pão, como se tudo fosse parte de um grande plano faminto para alcançar o sucesso.

"Como você está se saindo na equipe?", seu pai lhe perguntava brincando, mas num tom bondoso.

"Vamos ver, vamos ver", respondia sorrindo o jovem Peter. "Talvez eu até ganhe meu uniforme na semana que vem!"

Ele tinha quatorze anos quando se inscreveu para o primeiro treino da equipe de futebol americano. Estava crescendo, mas ainda não era o suficiente. O técnico e seus assistentes nunca prestavam atenção naquele garoto que ainda parecia uma criança, que na verdade era uma criança, que mal tinha crescido o suficiente para empurrar o carrinho de água ao redor do campo por qualquer período de tempo. No primeiro dia de treino, depois de passar pela rotina de ginástica com todo mundo, Peter caiu exausto na grama e ficou ali por uma hora tentando se recuperar enquanto todos os outros correram pelo campo, entraram no ônibus e foram para casa corados pela excitação do primeiro dia de treino. Peter teve, então, de fazer a longa caminhada de cinco quilômetros para casa, deprimido só pela idéia de que não conseguiria sequer chegar ao ônibus.

Mas ele continuou indo aos treinos, e mais tarde naquela temporada era visto de pé nas extremidades da equipe no campo, vestido em um uniforme de futebol americano patético e comum que alguém, provavelmente o treinador do time, por acaso tinha entregue a ele só porque demonstrara tanta obstinação vindo aos treinos. De vez em quando um dos treinadores assistentes sinalizava para que fosse até o meio do campo e ficasse lá como uma espécie de boneco de defesa, em torno do qual os luminares do time corriam e saltavam em toda a sua reconhecida glória.

E mesmo assim o jovem Peter caminhava de volta para casa a passos largos ao anoitecer, a mente fervilhando com as possibilidades de seu futuro como astro do futebol. Entrava apressado em casa onde sua mãe o esperava ansiosa com seu grande jantar quente, e outra vez ele mergulharia na carne e no pão e pensaria sobre os triunfos gloriosos que o aguardavam.

No ano seguinte, apesar de ter apenas quinze anos e ainda estar crescendo, ele já estava no penúltimo ano, e a maior parte de sua época na escola tinha passado.

"Não desanime, Petey", seu pai lhe dizia, rindo à socapa. "Afinal, você pulou anos no primário porque era um moleque muito esperto, e agora está quase terminando o colegial. Não quero que você se sinta mal, entende? Não é sua culpa, você é apenas um bebê."

"Não sou um bebê... vou entrar para o time este ano."

E naquele ano ele ficou por ali, nas beiradas do campo de treino, e olhava, e esperava por uma oportunidade de ser chamado para o campo para atuar como boneco no lugar de um jogador de defesa, ou apenas ser visto realizando algum feito impossível sob circunstâncias que iriam, de repente, surgir miraculosamente: ele se via ser chamado para jogar na defesa durante um lance de verdade por algum golpe de sorte que lhe tomaria apenas um minuto para imaginar. Passava horas pensando sobre o que faria: alguém daria um passe, destinado para o grande Bobby Stedman ou para Mike Bernardi, os técnicos estariam de pé com rostos impassíveis esperando que a jogada se materializasse, os jornalistas sorririam uns para os outros e diriam: "mais uma jogada perdida!". De repente, saída do nada, uma figura forte cruzaria correndo suas vistas saltaria e interceptaria o passe e desceria o campo zunindo, a toda velocidade, esquivando-se de todos os braços que tentavam agarrá-la, driblando e fintando e abrindo caminho em piques de velocidade fenomenal que simplesmente iriam surpreender e maravilhar todos os presentes.

Nas aulas, em casa, enquanto comia, na cama à noite e no campo de treinamento durante as longas tardes de outubro açoitadas pelo sol, o jovem Peter se perdia em sonhos assim, e estremecia só de ver o técnico Reed sempre que aquele estrategista velho e venerável olhava em sua direção. Mas quando o treino começava, ele só ficava ali no fim do grupo, sozinho, insignificante, tímido, todo paramentado em outro uniforme de segunda mão horrível, bastava um dos treinadores olhar em sua direção, ou um dos astros do time esbarrarem nele que seus joelhos tremiam.

Um dia seu pai foi assistir ao treino, e quando o velho estava ali sentado nas arquibancadas vazias e viu seu filhinho abatido e triste atrás do grupo, sem sequer dar um passo à frente ou fazer alguma das piruetas que os outros garotos faziam com regularidade como um meio de chamar a atenção do técnico, percebeu que Peter não era apenas jovem e pequeno demais para o jogo brutal do futebol americano, mas também tinha modos gentis e modestos demais. Ninguém jamais o notaria neste ou em qualquer outro campo.

Acenou para o filho, que respondeu com um sorriso tímido. George Martin foi para casa sacudindo a cabeça pesarosamente.

Um dia, o técnico estava treinando uma jogada de defesa com o time principal da escola e de repente olhou na direção de Peter e de vários outros jovens excluídos que, como ele, iam até lá todos os dias fielmente. Alguém tinha acabado de se machucar, e precisavam de um substituto para completar a última linha do time que estava atacando. Era uma tarde modorrenta de segunda-feira, muita gente tinha faltado.

"Chame um daqueles meninos para completar", gritou o grande técnico. O auxiliar se aproximou e avaliou os garotos com ar mal-humorado. Vários meninos se adiantaram ansiosos, apesar de um pouco hesitantes, enquanto Peter permaneceu onde estava, observando, quase corando. Entretanto, calhou de Peter parecer o menos delicado do grupo – aos quinze anos, começara a desenvolver músculos salientes nas pernas – e o auxiliar, encarando-o com expressão entorpecida de tédio, olhou ao redor para os outros e finalmente o chamou.

"Você, aí! Vá para o campo. Pegue um capacete ali."

Peter correu até a lateral e pegou um capacete com dedos trêmulos. Em seguida deixou o capacete cair no chão, engoliu em seco e o apanhou outra vez. Precisou de ajuda para botá-lo do jeito certo enquanto cambaleava de modo infeliz para o local da jogada.

"Apresse esse garoto!", rugiu o grande técnico Reed enquanto esperava que aquela cena estranha terminasse, mas Peter de repente descobriu que um de seus cadarços estava desamarrado e lá estava ele apoiado sobre um joelho e levantando o olhar com uma espécie de desespero.

Finalmente tudo ficou pronto, e Peter se viu amontoado entre dez jogadores de dentes arreganhados e suados que escutavam as instruções para a próxima jogada violenta e brutal.

"Você, garoto", rosnou o auxiliar técnico no meio do grupo, "fica lá naquela ponta, entendeu?"

"Sim, senhor!", murmurou Peter. Ele estava morto de medo.

A jogada se desenrolou de modo explosivo, e Peter se viu correndo na direção de um jovem alto e comprido que vinha com os braços abertos direto para ele. Peter baixou a cabeça com capacete e se lançou para frente de cabeça e assim que fez contato sentiu o impacto explosivo de osso e músculo revestidos por lona dura, e caiu no chão momentaneamente atordoado, sentindo que tudo aquilo tinha acontecido havia muito tempo daquela maneira vertiginosa e precisa. Ele se sentiu mal e com um medo mortal. Os outros voltaram para a roda, Peter seguiu-os com os pensamentos obscurecidos, perguntando-se por que tudo estava tão estranho, olhando incrédulo ao seu redor.

"A mesma jogada", rosnou o auxiliar técnico. "É para pegar duro com a primeira linha!"

E Peter ouviu aquelas palavras à distância.

O central passou outra vez a bola para trás, e Peter percebeu que estava novamente na hora de atacar aquele jogador alto e forte que tinha acabado de derrubá-lo no chão com seus joelhos malignos e pulsantes. Mas de repente, no lampejo daquele momento, foi assomado por uma onda de pavor e raiva solitária, teve uma visão de retribuição, olhou para o outro garoto e viu o brilho de brutalidade estúpida em seus olhos, sentiu algo forte e sanguinário entre eles e só entre eles. No instante seguinte, cego, rosnando e com lágrimas nos olhos, Peter correu o mais rápido que pode e acertou-o com o ombro, com toda a força..

O rapaz alto foi detido violentamente.

"Bom bloqueio", gritou o auxiliar técnico.

O rapaz alto, que agora Peter mais ou menos reconheceu como Al Macready, o famoso atacante de Galloway, deu um tapinha rápido nas costas de Peter e disse: "Bom, bom".

De volta ao grupo, Peter reluzia com o primeiro triunfo de seu trabalho: uma dor aguda no ombro se dissolvia rapidamente e parecia fazer seu sangue pulsar mais quente. Nervoso, deu piques e saltos pelo gramado.

"Espere um minuto", disse lá atrás uma voz baixa. O venerável técnico Reed em pessoa se adiantou, observou o campo com olhos de águia, reflexivo, profundo, grande, aproximou-se deles com as mãos juntas às costas em autoridade majestosa. Juntou-se ao círculo de jogadores e falou com os jovens ofegantes com voz profunda e áspera, o hálito fedendo a tabaco, respirando com dificuldade devido a um triste problema de asma, uma tristeza que impressionou Peter, que jamais estivera tão perto dele. "Vamos tentar uma mudança, aqui", resmungou o velho. "E vamos passar a bola para este garoto aqui, que vai conduzi-la por trás da linha. Qual o nome dele? Ei, qual o seu nome?"

"Martin", engoliu em seco Peter.

"Você conhece essa jogada?"

"Sim, senhor."

"Tudo bem! Vá em frente!" E com isso, o velho se afastou, as mãos juntas às costas, e esperou que a jogada recomeçasse. "Atenção!", gritou para seus jogadores titulares da defesa. "Não deixem esses garotos aprontarem para cima de vocês!"

Com isso, os jogadores do time se postaram, inclinaram-se para frente ansiosos e esperaram que a jogada começasse. Um dos titulares era a sensação daquele ano, um defensor fenomenalmente selvagem que sempre rompia a linha. Era um irlandês pequeno, rijo e forte chamado Red Magee, que entrava cortando por dentro de uma linha defensiva e a espalhava pelos quatro cantos apenas por meio de puro prazer e com coragem de verdade. Agora, com as palavras do treinador, ele saltitava e dava piques curtos com ansiedade perversa enquanto esperava a jogada.

Quando Peter viu a bola girando em sua direção, já estava correndo um pouco para frente, nervoso, e assim que ela chegou a suas mãos, partiu em um pique para a direita, literalmente fazendo a volta em sua defesa e por fim abrindo bem para a ponta. Passou pelo alto Al Macready, que cambaleou e caiu tentando alcançá-lo, enquanto todos os outros pareciam se mover sem velocidade na direção de Peter, sem na verdade parecerem avançar. Em um momento Peter estava correndo totalmente livre pela lateral do campo olhando assustado para trás, como se estivesse tão embaraçado quanto os outros jogadores. O técnico apitou para interromper a jogada, mas naquele instante Red Magee caiu rápido como uma bala sobre Peter, que tinha parado de correr, e atingiu-o com toda a força, derrubando-o com um baque surdo rápido enquanto a bola girava no ar, e os dois garotos caíram por cima dos baldes na lateral.

"Droga, eu já tinha apitado, Magee!", berrou o técnico do outro lado do campo. "A jogada estava parada!" Ele se virou e sussurrou algo no ouvido do auxiliar, e os dois deram um leve sorriso.

Magee pulou de pé e trotou exultante de volta até sua posição. Era conhecido como o demônio do grupo, que nunca conseguia controlar sua própria maldade selvagem, e nas tardes de sábado nos grandes jogos o público gritava na torcida com seus modos inflamados, pitorescos e violentos.

Peter não estava machucado, mas voltou devagar para sua posição, pensativo, como se estivesse novamente em torpor, e tão incrédulo quanto antes.

"Boa corrida, filho", disse o técnico Reed diretamente para Peter. Quando se preparavam para a jogada seguinte o menino repentinamente tomou consciência de que a mão daquele senhor repousava sobre seu ombro, e engoliu em seco medo e surpresa. O que seu pai diria se pudesse ver este momento, agora?

"Vamos tentar você, na jogada sete, por dentro da linha de defesa. Você conhece essa?"

"Sim, senhor", engoliu o garoto.

"Tudo bem!", gritou o técnico para o campo. "Esse garoto aqui vai correr para cima de vocês outra vez. Chegue mais para frente, Bernardi, você está muito para trás. Atenção na bola, na bola! Vocês não vão poder brincar desse jeito no sábado! Se um menino pode passar correndo por vocês assim, imaginem o que Lynn Classical vai fazer? Stedman, acorde!"

E assim, no zumbido modorrento daquela tarde de outubro, Peter aguardou palpitante que a bola voltasse para ele, os joelhos tremendo, o sangue latejando de tanto correr. E novamente a jogada se desenrolou de maneira explosiva. Na linha, houve batidas e empurrões violentos enquanto ele esperava que a bola chegasse às suas mãos. Quando chegou, partiu novamente como um cervo, correndo atrás de seus jogadores de proteção, brincando ao redor deles como um bailarino, metendo-se pelos espaços abertos e passando pela linha, e ganhando velocidade. Ele estava quinze jardas além da linha, e ainda corria, curvando as costas para se desviar dos braços de alguém que tentava alcançá-lo, parando, saltando sobre uma perna, desviando-se rapidamente para o lado e continuando em seu pique para frente, movendo-se na direção dos espaços abertos – quando, de repente, foi confrontado por Bobby Stedman, o último defensor, e mais outra pessoa, e ele deu uma guinada para a esquerda e avançou apenas para ver rapidamente Red Magee vindo reto em sua direção em um salto no ar, do qual ele se esquivou de modo tímido, dando um passinho para trás e tornando a seguir em frente. O apito soou outra vez, e Peter e Red Magee se entreolharam dissimuladamente.

"Qual o problema com vocês, rapazes?!", reclamou o treinador. "Quero que vocês acordem!", e em um sussurro ofegante e confidencial no círculo de jogadores, disse: "Tudo bem, vamos tentar de novo, filho, você entra pelo segundo homem e cai para a esquerda; vamos, garotos." E o senhor se afastou pensativo.

E mais uma vez Peter se viu à espera sob o sol modorrento, suando, arquejante, os dentes à mostra de cansaço e alegria, socando as mãos impacientes pela bola enquanto as linhas se enfrentavam, e colidiam, e se empurravam, e se abriam para ele.

Correu direto para a esquerda, seguindo a jogada que conhecia muito bem depois de tanto tempo memorizando-a. E então cortou de volta para dentro, direto para o "segundo homem": estava completamente aberto, e correu direto por ali a toda velocidade, como um coelho assustado em campo aberto. Mas assim que emergiu, a figurinha rija de Red Magee lançou-se através do ar direto para ele; Peter viu tudo, e houve uma colisão terrível de osso, músculo e lona, uma pancada que pôde ser ouvida claramente, alta, do outro lado do campo.

Peter ficou imobilizado ali no chão após a colisão cabeça a cabeça, uma perna postada deliberadamente em frente à outra no gesto congelado de correr, e Red Magee, congelado de maneira parecida no gesto de tentar detê-lo, estava estirado, apoiado apenas sobre os joelhos e com os dois braços ao redor dos quadris de Peter, gemendo: "Meu pescoço, meu pescoço, oh, meu pescoço!".

E como um trapo sem forma, no silêncio mortal que se seguiu, o garoto rolou no chão segurando o pescoço, enquanto Peter permaneceu horrorizado e entorpecido, olhando para baixo, a bola ainda abraçada junto ao corpo.

Todos correram para o jogador machucado. Houve um minuto de confusão durante o qual trouxeram o carro do técnico, e Magee foi colocado com cuidado no banco traseiro. Ele não parava de gemer e de segurar o pescoço, e olhava ao redor com uma expressão branca de medo.

Peter ficou petrificado atrás da multidão com a bola ainda nas mãos.

"Ele quebrou o pescoço?", sussurrou alguém.

"O barulho foi de alguma coisa se quebrando!"

"Eles estão levando ele para o hospital. Nossa mãe!"

Peter estava lá atrás parado acreditando que de alguma maneira, de certa forma, ele enganara o outro garoto e o fizera pensar que poderia ser derrubado com facilidade, ao se submeter imóvel ao primeiro ataque furioso na lateral e se esquivar da segunda tentativa com agilidade mansa. Mas dessa vez, quando viu Magee vindo faminto em sua direção num de seus famosos bloqueios violentos, mesmo assim ele correu direto para ele com joelhos altos e toda sua força projetada para frente, com a intenção deliberada de atingi-lo com todo o peso e força que sabia ter e até então tinha escondido.

"O que eu fiz?", ele se perguntava em horror e espanto.

Levaram Magee para o hospital, mas em dez minutos chegou a notícia que ele não tinha quebrado o pescoço, que tinha apenas se machucado com o choque e estaria bom no dia seguinte.

"Foi como duas locomotivas batendo de frente!", disse com aspereza o técnico Reed, e todo o time riu.

Depois disso, por todo o resto da tarde Peter foi o centro das atenções. Ele foi separado do grupo por um dos auxiliares técnicos e começou para ele a tarefa onerosa de aprender todos os requintes do jogo. Ele girou, inverteu, gingou, se esquivou, aprendeu todos os movimentos básicos do jogo duro e sutil por trás da linha de ataque. Estava desconfortável, acanhado e extremamente nervoso – mas algo exultava nele, e os técnicos o observavam com cuidado, com uma espécie de orgulho carrancudo. O velho treinador Reed em pessoa ficou circulando por ali observando impassível, virando-se de vez em quando para um jornalista curioso que estava ao seu lado e falando em voz baixa. Então virou-se outra vez na direção de Peter e gritou:

"Relaxe! Relaxe! Quando girar, não pense em mais nada, só no giro, e depois comece a correr. Pense apenas na bola e nos seus três passos, entendeu?"

Depois do treino, quando a escuridão rústica de outubro começava a se acumular ao redor do campo, e todos os jogadores tinham corrido para seus chuveiros, Peter ainda estava dando piques e girando e passando a bola em movimentos para trás enquanto o técnico Reed e seu auxiliar ficavam perto, gritando para ele no ar frio e cortante.

"Não! Não! Não! Dê uma paradinha e depois gire!"

"E quando girar, apóie-se no pé direito, no pé direito!"

Assim, suado, e ofegante e feliz, o jovem Peter foi mandado para o chuveiro: e lá, na algazarra em meio ao vapor dos chuveiros e dos armários, todos se aproximaram para falar com ele, desde os próprios homens do time principal – Mike Bernardi, até Bobby Stedman – aos reservas mais baixos. Se no dia anterior ele tinha se sentado para se vestir no canto mais escuro do vestiário barulhento, hoje era o centro de toda a cena animada e barulhenta que ele observara por tanto tempo em sua solidão. Dançou sob a ducha quente, enxugou-se vigorosamente, vestiu-se, penteou o cabelo e saiu andando com a ginga e o passo de um atleta de verdade, orgulhoso e quebrado e exausto.

E então, em uma confusão vertiginosa de acontecimentos, ele recebeu um uniforme de futebol americano oficial com um número grande, sua foto foi tirada por um fotógrafo do jornal local, o técnico Reed veio falar com ele sobre suas notas na escola, o gerente do time se apressou em trazer dois pares de chuteiras brilhando de novas, e Peter achou que ia perder os sentidos com tamanha excitação e confusão que de repente o cercaram e que enchiam seu coração com uma incredulidade vertiginosa.

Foi depressa para casa, caminhando alegre a passos largos na escuridão, exultante com o que seu pai diria e com o que toda a família diria, pensando todos os pensamentos febris de glória e triunfo juvenis. Olhava para os rostos de todos os que passavam por ele nas ruas escuras e se perguntava se eles sabiam daquilo, ou o que pensariam quando soubessem, e toda a escuridão crua da noite de outubro com suas folhas esvoaçantes e ventos poderosos e lume de chamas em algum lugar pertenciam a ele. Nas profundezas de sua alma, mais fundo que o arrependimento de seu coração, estava exultante e orgulhoso porque tinha praticamente quebrado o pescoço de Red Magee: pois Red Magee tinha tentado fazer purê de Peter Martin e todo mundo viu o resultado, todo mundo sabia que Peter Martin era o vencedor.

Corria sob os fortes ventos outonais ignorando o novo conhecimento sombrio que agora começava a compreender – que triunfar também era provocar destruição.

Saía fumaça da chaminé de sua casa, ele saltou os degraus com alegria, golpeou a parede da casa satisfeito, fez a volta na varanda inalando ar profundamente e olhando em júbilo para as estrelas, e então adentrou a casa para contar a novidade a todos eles, para se sentar à mesa de sua mãe e devorar outra refeição de carne e pão e batatas com apetite impressionante.

Durante o restante daquela temporada Peter foi submetido aos exercícios duros e intermináveis do treinamento do jogo atrás da linha, girando, fintando, invertendo, esquivando-se e driblando através de todas as centenas de movimentos intrincados de cada jogada, sentindo tanta dor, ficando tão brutalmente cansado que às vezes desejava apenas poder cair no chão e desistir de tudo. Mas no momento em que deixava o campo, novamente começava a correr e girar com uma urgência louca, mesmo enquanto caminhava para casa; ou ia para o meio de seu quarto e começava tudo de novo, segurando a bola junto do estômago, passando-a, girando, avançando. Se pudesse levar a bola de futebol para a sala de aula, teria levado.

Dormia com a bola sobre uma cadeira ao lado da cama, e ao acordar ele a pegava e a girava várias vezes na mão antes do café-da-manhã.

Os movimentos desajeitados, tímidos e inseguros do novato no campo de futebol aos poucos se transformaram nos movimentos de um *half-back* rápido e esperto. Ele começou a andar com uma confiança elegante. Corria com ímpeto e velocidade poderosa e bem treinada, o olho examinava os obstáculos avaliando tudo com cuidado, e o corpo inteiro balançava de um lado para outro após julgamentos rápidos.

Em pouco tempo participou de seu primeiro jogo importante – ficou consideravelmente impressionado pela grande excitação do estádio em toda a sua volta, mas conseguiu causar uma impressão favorável em todos nas últimas jogadas da partida. Seu pai passou a assistir aos seus treinos praticamente três vezes por semana. Ficava de pé na lateral do campo dando baforadas em um charuto em absorção feliz.

Os jornalistas esportivos locais sabiam que o treinador Reed estava preparando vários jovens membros da equipe para o estrelato no futuro, mas foi só na última sessão de treinos do ano, quando todos estavam presentes para ver o treinamento para o grande jogo do dia de Ação de Graças, que o velho técnico chamou a atenção deles para o outro lado do campo, para Peter, que treinava piques com o time B no gramado coberto de neve.

"Aquele ali é o Bobby Stedman do ano que vem", anunciou o velho naquele seu famoso jeito impassível.

"Pete Martin", responderam surpresos os repórteres.

"Se esse é o nome dele", replicou o velho treinador com sua famosa piscadela, "se esse é o nome dele, acho que então é esse mesmo!"

[9]

Nessa época, o jovem Joe Martin dirigia caminhões enormes na rota que ia até Portland, Maine, em estradas noturnas que ribombavam até o amanhecer com o som de motores potentes e grandes pneus que assoviavam pelo asfalto quente e se estendiam por quilômetros, todas iluminadas por faróis e néons de motéis de beira de estrada, a luz dos postes, postos de gasolina e restaurantes, seguindo através da noite costeira em uma velocidade trovejante e perigosa. Tinha encontrado um emprego que se encaixava a ele maravilhosamente.

Durante a noite, sentava compenetrado na cabine, conduzindo a máquina imensa com uma sensação exultante de alegria e realização. Às vezes, quando precisava reduzir antes de entroncamentos que riscavam o grande e amplo cinturão de velocidade da auto-estrada, sentia a força enorme do baú às suas costas com suas toneladas de carga, como um empurrão gargantuesco em suas costas. Então, na hora de acelerar outra vez da primeira para a segunda para a terceira e a quarta marchas em uma série consecutiva de arrancadas e aceleração, sentia o motor poderoso girando e empurrando com força irresistível até tomar velocidade outra vez mergulhando direto em frente na estrada reta. Ele soltava gritos altos e selvagens de prazer. Nas descidas, o caminhão assumia uma quantidade de energia gigantesca, ele botava o ponto morto e deixava toda aquela massa poderosa rodar em silêncio, e então, no pé da descida, pisaria outra vez no acelerador e se mandaria novamente roncando morro acima em glória inacreditável.

Nas primeiras semanas de seu novo emprego, soltava gritos de alegria cem vezes por noite. Ele agora tinha vinte anos e estava mais "louco" que nunca.

Perto de Portland, em uma lanchonete em um vagão de um caminhoneiro, conheceu um bando de garçonetes que ficaram completamente loucas por ele. Provou-as uma atrás da outra: e freqüentemente ao amanhecer, quando era hora de levar o caminhão de volta para Galloway, deixava sua bela donzela e subia na cabine alta do caminhão poderoso como se fosse um cavaleiro montando seu cavalo para a batalha, e partia roncando e mandando beijos. Foi por volta dessa época que ele achou oportuno exibir um ousado bigodinho, bem em cima do lábio em uma linha marrom fina que, junto com suas botas de amarrar e as calças de montaria e quepe, contribuía para dar a ele a aparência de um conquistador de primeira classe e de um belo libertino. Estava tentando economizar seu dinheiro; em alguns meses seria visto sobre uma motocicleta novinha em folha – e então, como ele mesmo dizia: "Me aguardem!".

As mulheres o amavam porque ele parecia um menino, e os homens lhe davam tapinhas nas costas e lhe pagavam drinques porque ele era um homem. E o tempo inteiro ele soltava altas gargalhadas, contava histórias intermináveis, andava sempre despreocupado e considerava tudo muito engraçado e divertido.

Mas em todo esse turbilhão de auto-estradas brancas e resplandecentes com seus motéis e restaurantes de beira de estrada, homens e mulheres comendo e bebendo, o riso, o sexo, as piadas grosseiras, a cerveja, a música das vitrolas automáticas, os quilômetros de asfalto liso através de florestas de pinheiros e o ronco e a arremetida do motor, a presença enorme do caminhão, as noites enfadonhas extáticas – em tudo isso, o jovem aventureiro Joe também era uma espécie de Joe austero, trabalhador e solitário. Às vezes ele estacionava o caminhão no acostamento e fazia uma pausa para fumar pensativo um cigarro – ou, outras vezes, depois de deixar os amigos em algum bar de Portland, dava passeios solitários pela cidade e caminhava a passos largos em devaneio juvenil.

Uma vez ele parou o caminhão em um restaurante perto de uma cidadezinha do Maine e lá conheceu uma garota estranha e adorável que não parecia prestar muita atenção nele. Era uma garçonete, e, quando conseguiu conhecê-la, ela indicou para ele a casa onde morava com a família, a menos de um quilômetro de distância em uma colina acima da estrada. Era uma casa colonial charmosa cercada pelas árvores severas do inverno da Nova Inglaterra. O nome dela era Patrícia. Ela estudava de dia e ganhava um dinheirinho para suas despesas trabalhando como garçonete.

Algo naquele restaurantezinho de beira de estrada fora de mão perto de uma cidadezinha atraiu Joe, e em pouco tempo ele começou a parar ali sempre para fazer suas refeições e relaxar, e para a sua paquera semanal com a bela Patrícia, que recebia suas investidas com um charme sábio e distinto. Era uma garota alta e angulosa, com algo desolado e belo no rosto, olhos sérios, cílios longos, dentes brancos fortes e um corpo feminino de seios fartos. Com o tempo ela começou a aceitar e a esperar com ansiedade as visitas freqüentes e a paquera de Joe, eles botavam moedas na vitrola automática e dançavam, ela preparava grandes pilhas de panquecas, café forte, rosquinhas caseiras especiais só para ele, servia-o com exclusividade quando ele estava lá, e em pouco tempo começou a ir e voltar com ele de caminhão até Portland. Era o tipo de garota que vestia macacão para andar de caminhão e que bebia cerveja em grandes quantidades, dançava bem, andava em passos largos como ele, ria muito, e estava sempre pronta para seguir alguém que amasse "até o inferno", como aprendeu com Joe a dizer.

"Quando eu comprar minha motocicleta", Joe dizia a ela com alegria, "vamos passear por toda a parte, vamos a todos os lugares! Ei! Você não consegue nos ver arrancando a 120 sob a luz do luar? Iahuuu!"

"Consigo, mas você não pode ficar bêbado até o fim do passeio, Joey, querido."

"Para isso você vai ter de me beijar!"

E ela o beijava, com uma paixão forte surpreendente.

Joe tornou-se uma figura familiar na casa dela. Estacionava o caminhão em frente, na estrada, e subia pelo gramado para brincar com os cachorros e com os irmãozinhos e irmãzinhas dela. A mãe de Patrícia fazia bolos para ele levar nas viagens exaustivas. O pai dela lhe dava tapinhas nas costas e contava piadas. E às vezes, quando Joe partia por uma semana e via Patrícia acenar triste para ele enquanto se afastava, percebia muito bem que aquilo estava "ficando sério", e que gostava dela "demais".

"Ah, mas ela é uma grande garota!", ria, e pensava com prazer enquanto conduzia seu grande caminhão pelas auto-estradas da noite.

"Por onde você tem andado, Joe?", seus camaradas de Portland gritavam quando ele tornou a aparecer nos bares loucos por lá.

"Ah, encontrei a coisinha mais doce deste mundo, sem brincadeira!"

"Qual o nome dela, Joe? O que você está escondendo?"

Mas Joe era inquieto e jovem demais para ficar pensando em uma mulher por qualquer período de tempo, e aos poucos começou a deixar de ir ao restaurante onde ela trabalhava. Voltou aos seus velhos caminhos, às turbas cegas e bêbadas e aos jogos de pôquer com seus camaradas caminhoneiros despreocupados – cuja metade usava o mesmo tipo de bigodinho, e todos eram ousados e briguentos como ele.

Naqueles dias Joe às vezes chegava de volta em Galloway zonzo de cansaço, e entrava com o caminhão grande na garagem. Descia exausto, fumava um cigarro exausto, fazia uma pequena pausa no pequeno barracão onde funcionava o escritório para gracejar com os funcionários da garagem e os motoristas que o viam como um cara bacana e um bom trabalhador, e então ia andando para casa para dormir por doze horas seguidas.

Joe era incansável em seus prazeres, maravilhosamente adorado por todos, cobiçado pelas mulheres de todos os tipos, forte e responsável no trabalho, pródigo com seu tempo e dinheiro e risadas. Ainda assim, no fundo de sua alma, como todos os outros homens, pensava muito e era inquieto e insatisfeito e sempre olhava para o futuro como um desafio e um enigma triste. Queria uma motocicleta para poder se mandar rápido e roncando para qualquer lugar que quisesse, queria a camaradagem de seus amigos, queria mulheres e mais mulheres, muita cerveja e comida e dinheiro, queria tudo o que um jovem despreocupado e alegre quer – mas ao mesmo tempo sabia que havia algo mais que desejava, que não sabia o que era, e nunca iria conseguir. Para todos os seus amigos e sua família, ele era apenas Joe – robusto, despreocupado e sempre armando alguma coisa. Mas para ele mesmo, era alguém abandonado, perdido, realmente esquecido por algo, algo majestoso e belo que via no mundo. Um dia em sua motocicleta ele quis cruzar todos os Estados Unidos – só pelo "prazer da viagem" e só por mais outra coisa, também – para ver montanhas sublimes, desfiladeiros enormes, florestas grandiosas nas montanhas retumbantes sob o vento forte, lagos nos quais poderia acampar, os desertos e as mesetas e os grandes rios que de alguma forma o haviam esquecido, o vasto "território de homem" de seus sonhos de menino. Joe às vezes acreditava que devia ter nascido em outro lugar e outro tempo. Ele podia trabalhar com toda a sua energia por quinze horas por dia em algum motor velho em uma garagem, e então subitamente levantar os olhos e de alguma forma se lembrar que estava perdido e esquecido por aquele mundo sublime e cheio de significado que reluzia em sua visão: e onde conseguira aquela visão, ele não sabia.

Às vezes falava sobre isso com Francis, que "sabia tudo".

"Droga, France, eu gostaria de ter vivido naqueles dias em que você montava cavalos e tudo o que tinha à sua frente era um espaço grande e inexplorado, e todo mundo tinha que trabalhar junto para erguer uma cabana ou construir um bar ou arrastar uma carroça para atravessar um rio."

"Você está falando dos tempos da fronteira."

"Quando os homens eram homens", gritou bem-humorado Joe, "e os homens possuíam praticamente tudo o que viam. Você sabe..."

"Não, não sei."

Ele falava sobre isso para seu pai, e o velho imediatamente decolava em entusiasmo político.

"Você tem razão nisso, Joe. Nessa época, a América era a América, quando as pessoas juntavam forças e não hesitavam em fazer isso."

"Eu sei, mas o que quero dizer é..."

"Naquela época", trovejava o pai, "havia honestidade e havia uma vida boa. As coisas eram difíceis, os pobres-diabos às vezes acabavam embaixo de um monte de neve por mudanças repentinas do tempo e grandes nevascas e índios, qualquer coisa, mas, por Deus, isso produzia homens melhores! Aqueles pioneiros foram os homens que fizeram deste um grande país, antes de ele começar a desmoronar nos últimos trinta anos, os companheiros que resolveram deixar comunidades confortáveis e partir rumo a seu destino com as mulheres e filhos para construir um país novo. E veja agora! Agora você vê no que todo o seu sofrimento e suor resultaram ..."

Não era sobre aquilo que Joe queria conversar. Não tinha nome, ele não sabia o que era. Era apenas um sonho de menino, seu próprio sonho triste e secreto. Então, como qualquer outro homem – e ele já era um homem bom e justo aos vinte –, como qualquer outro homem ele meditava nas profundezas inquietas de seu coração. Enquanto trabalhava e bebia e ria e andava por aí.

[10]

A MÃE TERMINA uma tarefa na cozinha, escuta as notícias no fim de noite no rádio, toma sua xícara de café com bolachas e boceja e diz a Rosey que feche as janelas do andar de cima. Comer, dormir, ter uma casa e morar nela, ter uma família e viver com ela – essas são coisas que ela conhece. Se aquecer ao sol nos dias que vêm e vão, manter a casa quente e limpa e agradável, preparar comida e comê-la e guardá-la, vencer a doença, manter as coisas no lugar, presidir sobre as necessidades doces e as satisfações simples da vida e comandar fúrias de existência em torno de todas essas coisas – é isso o que ela conhece, e ela compreende que nada mais há a conhecer.

As profundezas do coração de uma mulher são tão incompreensíveis quanto as do homem, mas ali não há nada como inquietação e remorsos febris. No fundo desse coração estão contidos todos os segredos e aquele único segredo manifesto da vida, algo acolhedor, rouco, sensual e profundo, algo que é eterno porque é sereno e espera pacientemente. Um homem pode passar a noite traçando o curso das estrelas acima da terra, mas a mulher nunca precisa preocupar sua cabeça com as estrelas acima da terra, porque ela vive na terra e a terra é seu lar. Um homem pode sentir saudades das mil nuances e formas que cercam suas vidas febris, mas para a mulher há apenas uma nuance e uma forma para as coisas, que ela contempla para sempre na plenitude de sua profundidade, e nunca perde isso de vista.

Alguns homens revolvem o coração da Terra para escavar cidades e civilizações perdidas inteiras, querem descobrir mistérios sobrenaturais e coisas estranhas até então desconhecidas. Mas se escavar o coração de uma mulher, muito mais fundo que qualquer superfície que ele apresente, quanto mais fundo você for, mais mulher haverá, e se estiver ali à procura de mistérios, vai descobrir que eles não importam.

A mãe da família Martin era esse tipo de mulher profunda, que podia mirar com respeito as vidas e atividades do mundo ao seu redor com o olho criterioso e paciente de eternidade, sabendo que todo rebuliço e furor terminaria, e as coisas retornariam a seus devidos lugares. Por isso, às vezes, quando por acaso seus três filhos mais velhos calhavam de comer à mesma mesa em um meio-dia qualquer, ela botava comida em seus pratos e ficava circulando sem rumo e os observava do canto da mesa com um sorriso feliz, pensativo e astuto.

Conforme eles conversavam e comiam e fumavam, recebiam o café e a sobremesa daquele jeito distraído e afeito à discussão que os homens têm à mesa, ela percebia como cada um deles estava consumido furiosamente por uma solidão particular, raiva e desejo desolados especiais escritos em cada par de olhos, e ela sabia que todos os homens eram iguais.

O que importava se Francis sofria do pesar pelo amor abandonado, envergonhado e orgulhoso e cego de ódio, e pálido com a solidão, todo envolto em seus livros e pensamentos e em seus hábitos solitários? Sua mãe sabia que ele devia comer mais, e dormir mais, e cuidar de si mesmo para a vida longa que estava à sua frente, apesar de tudo, até dele mesmo. De alguma forma ela sabia que qualquer coisa que Francis fizesse, tudo resultaria no mesmo abuso e insensatez e desperdício que todos os homens praticavam – ele continuaria em sua trilha de melancolia, amando o pesar e o abandono de seu próprio coração triste, olhando fixamente para o abismo, esvaindo-se em um enfado sombrio, sentado junto do tique-taque de um relógio, com um livro, um pensamento, uma idéia, um esgar melancólico. Mas, para ela, ainda assim tudo isso parecia belo e digno, porque ele era um homem, e o homem triste e desencaminhado é uma criatura bela e desamparada.

E Joe. O que importava se Joe tinha mil arrebatamentos intensos, se estava sempre trabalhando e andando por aí gastando o dinheiro dele, ou se estava solitário na companhia de muitas mulheres e grupos grandes de homens, ou se às vezes bebia tanto uísque que dirigia às cegas pela noite? O que importava se ele gargalhava alto e umedecia os lábios de um jeito rápido e de menino e passeava pela cidade com suas botas de trabalho grosseiras e o quepe e ainda assim se sentia ao mesmo tempo perdido, esquecido, abandonado por algo que ele queria, mas jamais poderia sequer imaginar – tudo resultava na mesma coisa. Joe ia se casar, ter filhos, trabalhar, viver intensamente com toda sua virilidade, envelhecer e morrer, deixando mais vida atrás de si, e morrer em silêncio e pasmo com os dedos marcados pelo trabalho e os olhos perdidos na distância. Jamais saberia o valor incomensurável do presente, o próprio momento de ser seu próprio eu belo e sensual, e as mulheres olhavam para ele e o amavam porque ele era tão cego.

O jovem Peter, com sua ambição sorumbática, um tantinho mais esperto que os outros irmãos, mas de longe o mais cego, um rapaz mal-humorado, descontente e cheio de desejos confusos, que podia olhar para si mesmo com surpresa profunda e alegria e seriedade, e ao mesmo tempo nunca se ver ali ou em qualquer lugar, que perseguia o futuro com desespero maníaco e corria direto para frente através de todos os seus dias e noites com assombro louco e ávido, que um dia ia se jogar contra todos os muros de pedra possíveis e se levantar triste apenas para se deparar com outros, e ser amado pelas mulheres porque era tão deprimido – e a mãe também o conhecia bem. Ele iria se catapultar solitário na direção de objetivos mais sem sentido, como todos os homens, e era muito pesaroso, rude, nobre e sensual aos olhos daquela mãe silenciosa.

Ela sabia que, apesar de as mulheres às vezes serem sozinhas, os homens sempre são solitários. Ela sabia todas essas coisas, e ainda assim não havia surpresa em seu coração, apenas paz, paz bem-aventurada e contemplativa de mulher, sabendo muito bem o propósito do conhecimento.

É impressionante como as mulheres são mulheres, mesmo na infância. A pequena Elizabeth fica de pé no meio do campo observando o irmãozinho Mickey fazer papel de bobo correndo enlouquecido à procura de mais combustível para o fogo, que queima em fúria na boca de uma manilha de esgoto jogada fora, fazendo a fumaça jorrar no outro lado da manilha e dançando na fumarada como um índio. A pequena Liz sabe que isso nada vai acrescentar à paz natural da vida. É hora do jantar, hora de ir para casa e comer e ficar mais forte, mas Mickey quer dançar na fumaça e fazer mais fumaça para dançar por mais tempo, e não vai para casa comer até ficar exausto e entediado com a manilha fumegante.

"Vá para casa! É hora de ir para casa", grita ela.

Mickey dança na fumaça.

"Wheeeooo!"

Ele queima um dedo durante a dança do fogo, e quando chegam em casa Lizzy esfrega manteiga nele para aliviar a dor, e o empurra para longe, dizendo:

"Você é ma-lu-co! Saia daqui!"

Ela o observa pensativa enquanto ele faz uma busca minuciosa por biscoitos. Está em silêncio enquanto o observa com seu rosto e mãos sujos, o dedo queimado, o nariz entupido, e a maneira como coça a cabeça com força e sai para comer os biscoitos de um jeito idiota.

"Ma-lu-co!", diz ela, mas o segue até o outro aposento para ver um pouco mais.

O pai chega em casa do trabalho e acende um charuto e se senta com o jornal vespertino, e quando Ruthey pergunta o que vai querer beber com o jantar, ele ergue os olhos com uma expressão sem palavras e surpresa, olha fixamente para ela com descrença, chacoalha o jornal, dá uma baforada no charuto e diz:

"Por que, eu não sei, qualquer coisa, eu acho, qualquer coisa mesmo."

"Mas ontem você ficou morrendo de raiva porque não tinha café."

"Café?", resmunga, como se nunca tivesse ouvido falar daquilo. "Certo, está bem, café está bem", e continua a ler o jornal. E ela fica parada ali por apenas um instante a observá-lo, com um sacudir de cabeça leve, desamparado, cético, um leve sorriso repentino que sempre diz, "Isso não é exatamente como um homem?!". Então volta para a cozinha para fazer café como sempre.

E a grande Rosey os conhece. Ela fica parada com as mãos nas cadeiras, uma grande guardiã das chaves para a paz e o bem-estar. Ela não tem dúvidas sobre eles: não são mais rústicos, sensuais e bonitos que ela. (Mas ainda assim ela sabe que eles, na verdade, o são.)

Quando por algum acaso a casa dos Martin se esvazia de seus homens por um curto período, as mulheres lá dentro – mulheres e crianças – são tomadas por seu próprio tipo de compreensão solitária, e olham umas para as outras com um conhecimento feminino, aquele olhar de compreensão esperto e vivo que comunica toda a compreensão simples e feminina que existe no mundo, e às vezes também elas olham umas para as outras com alegria feminina.

E os homens se encolerizam na solidão.

[11]

Peter tinha dezesseis anos em seu último ano na escola secundária. Sua timidez, os modos astutos e obstinados, os olhos azuis que espiavam sob uma mecha de cabelos escuros, a determinação infantil pensativa, não eram afetadas em nada por ter desenvolvido um físico musculoso, poderoso. Era forte como uma rocha: ombros largos, peito, cintura e coxas fortes, pesando perto de oitenta quilos com uma altura de apenas um metro e setenta e três. Mas ainda assim era como uma criança. E ninguém o notava na escola até o dia de seu primeiro jogo de futebol americano, quando marcou três *touchdowns* em piques longos e voltou para o banco para descansar até o jogo da semana seguinte enquanto os cartolas jogavam casacos com capuz sobre ele e davam tapinhas em suas costas, e as multidões gritavam.

Ele foi alardeado como um "corredor decisivo" de primeira nos jornais. Instantaneamente ganhou centenas de amigos, tanto estudantes quanto professores, e mal sabia o que fazer em relação a isso tudo. Na companhia de seus companheiros de time, ele logo aprendeu o jeito e começou a andar gingando pelos corredores da escola em toda a glória de um famoso herói do colégio. Mas mesmo assim, quando estava sozinho, continuava a perseguir um caminho acanhado e discreto através deste mundo, sempre envolto em pensamentos profundos do futuro, e de glória e triunfos futuros. Agora tinha começado a pensar na faculdade, em ser um grande estudioso e um astro do futebol universitário, e, por fim, um grande homem.

Nos bailes da escola de repente se viu perseguido pelas moças, apesar de não saber dançar, e, além disso, de ser incapaz de manter uma conversa com uma garota por um minuto sem corar e gaguejar como um idiota extático. Em vez disso, corria para casa e estudava, e quando seu trabalho escolar começou a parecer trivial e muito limitado, ele passou a ler os "Clássicos de Harvard" do dr. Eliot de prateleira a prateleira, acreditando que daquela maneira logo se tornaria familiar com todo o conhecimento do mundo. Ele entendia pela metade o que tentava ler e mergulhava fundo, tentando dominar tudo à sua vista.

Perto do fim da temporada, o time de Galloway começou a enfrentar uma competição mais dura de times de toda a Nova Inglaterra e aos poucos Peter se viu trabalhando como um boi. Em algumas partidas, quando havia muitas contusões, levava a bola durante toda a tarde e se lançava à frente, mergulhava e abria seu caminho adiante jogada após jogada, com cansaço, mostrando os dentes e sangrando pela boca, um corpo arranhado e contundido, e algo que era como uma náusea poderosa na alma.

Nos vestiários após os grandes jogos, ele e os outros gladiadores eram observados com atenção por técnicos e jornalistas e torcedores fanáticos enquanto se despiam exaustos, tomavam banho, tornavam a se vestir e então se sentavam em um cansaço melancólico. Havia banquetes comemorativos e mil tapinhas nas costas, e eles sempre estavam cansados e cheios de premonições de mais uma semana de muita brutalidade. Mas quando coxeavam ou andavam com sua ginga pelas ruas de Galloway, ou pelos corredores da escola, era sempre a glória, e eles sabiam que era tudo o que queriam.

Em uma partida em que choveu torrencialmente sobre o campo enlameado, as arquibancadas estavam cheias de gente que se encolhia sob guarda-chuvas e capas de chuva e jornais, e Peter trombou e abriu caminho através do caos nebuloso e enlameado, e exultava. E de manhã ele viu seu retrato no jornal, uma imagem escura e borrada coberta por manchas e figuras enlameadas grotescas, ele se viu avançando em um mundo fabuloso de escuridão e chuva e heroísmo: da mesma maneira que vira pela primeira vez as fotos de Bobby Stedman e Lou White muito tempo atrás. Essa foi, então, a realização de suas primeiras ambições – mas não era suficiente, tinha de haver mais, tinha de haver muito mais.

O jogo final da temporada, o grande confronto do Dia de Ação de Graças em um estádio de concreto que sempre atraía multidões enormes, era o jogo dos jogos, para o qual todo o entusiasmo e energia do time, da escola e da torcida se dirigiam todo ano. Os jornais abriram fotos grandes nas primeiras páginas de edições especiais, as duas estações de rádio locais transmitiram pelo ar um relato jogada a jogada da partida. Assim, gerou-se uma rivalidade terrível entre os dois times adversários e entre as próprias duas cidades, Galloway e Lawton.

A manhã do Dia de Ação de Graças era a ocasião de grandes migrações de carro e ônibus rio acima até o grande estádio, as pessoas apostavam no resultado do jogo pelas esquinas, crianças pequenas pulavam e gritavam de prazer arremessando bolas de meia e ficavam perto de seus rádios quando a partida começava. O jogo podia ser escutado em rádios nos salões de bilhar, na estação dos bombeiros e delegacias de polícia em toda a cidade. As ruas nas cidades naquela manhã estavam praticamente desertas; os transeuntes estavam com o hábito de gritar uns para os outros: "Quanto está o jogo, agora?".

Naquele ano, os dois times tinham feito campanhas muito boas por toda a Nova Inglaterra e se encontravam para o que prometia ser um duelo de campeonato com "proporções hercúleas", como descreviam os jornais. Em meio à multidão recorde reunida no grande estádio naquele ano estavam muitos membros da família Martin que tinham vindo ver sua própria família representada em um grande evento, o próprio pai da família Martin na vanguarda de sua grande entrada nas arquibancadas. Homens gritavam para ele, que acenava de volta com seu charuto. Ele estava todo prosa e não se importava que os outros soubessem.

Com ele estavam sua esposa, Joe, Mickey, Ruth e Elizabeth, todos enrolados em roupas quentes e corados devido ao vento frio e à excitação. Bandeiras tremulavam no alto do estádio, bandas de metais tocavam alto e desfilavam no campo listrado de branco, grandes nuvens brutas de novembro marchavam através dos céus, tudo estava cinza e tempestuoso e emocionante, e o próprio Peter deles estava empavonado no seu traje de batalha exatamente embaixo das arquibancadas onde as multidões gritavam.

Era o primeiro jogo de futebol americano na experiência da mãe da família Martin, e quando ela viu as bandas desfilando no campo, gritou: "Não estou vendo Petey! É ele que está ali?"

O pai riu, e na mesma hora o time de futebol americano de Galloway surgiu trotando no campo escuro, as multidões gritaram em ovação, os tambores tocaram, e o velho gritou:

"Lá está ele, agora! Marge, seu menino está lá embaixo, agora!" E havia lágrimas escorrendo pelo rosto dele. Ele não se importava que os outros soubessem – estava orgulhoso o suficiente para chorar.

"Onde está ele? Onde está ele?", gritou a mãe.

"Olhe ele ali, mãe!", riu alto Mickey. "O número cinco, está vendo? No final, ali! Ei! Viva Pete Martin!"

"Iupiiiiii! É o meu irmão!", gritou Ruthey.

"Ele consegue ver a gente?", perguntou a mãe ansiosa.

"Claro que não!"

"Nossa, todo mundo está gritando para ele!", disse a mãe com orgulho. "Ele já marcou um *touchball*?"

Joe sorriu. "Mãe, o jogo ainda nem começou, e não é *touchball*, é *touchdown*."

"Hoje está tão frio, espero que ele não caia nesse chão duro!", disse a mãe. "Nossa, todo mundo está gritando demais!"

"Vamos lá, Petey! Faça por merecer seu peru de hoje, meu garoto! Se você marcar um *touchdown*, juro por Deus que pode ficar com as duas coxas!"

"Ei, Martin!", gritou um homem a várias fileiras de distância. "Depois desse jogo talvez ele fique com tanta fome que queira comer o peru inteiro!"

"Por mim, tudo bem!", berrou Martin. "Por mim, tudo bem, juro por Deus! É meu filho, e pode fazer o que quiser!"

As pessoas em volta deles riram. Um homem pegou uma garrafa de uísque, e gritava: "Seu filho vai jogar hoje? Pete Martin? Tome, beba por minha conta. Para não dizerem que não estou fazendo minha parte pelo time de Galloway!" E as pessoas em volta soltaram gritos de aprovação.

Os times voltaram aos vestiários para as instruções finais, as bandas desfilaram no campo escuro, havia barulho e confusão e excitação outonal em toda parte.

No vestiário frio, Peter estava sentado em um banco, apertando as chuteiras e pensando. O velho técnico andava de um lado para outro em frente aos jogadores gritando instruções e avisos. Eles ouviam a música distinta das bandas lá fora, o tinir daqueles sinos usados em vacas, os gritos da multidão – e todos estavam extasiados de medo, engolindo em seco, aterrorizados e perdidos.

"Não achem que vão ter uma vida fácil lá fora!", rosnou o velho treinador. "Oh, não! Não achem que vão sair lá fora e colher margaridas com esses rapazes de Lawton. Vocês não perceberam como eles são pequenos e delicados, perceberam? Vocês não vão sair lá para fora e dançar umas valsinhas e depois agradecer, vão?!"

Os garotos riram e engoliram em seco.

"Vocês perceberam como eles eram grandes, não perceberam? Viram aquele rapaz, o De Grossa, que joga no meio no time deles, não é? Ele pesa mais de cem quilos e tem um metro e noventa?"

Eles também tinham visto a expressão de fúria no rosto dele.

"Vocês viram aquela linha de defesa, não viram? Totalmente sólida e duas vezes mais larga, parecem caminhões? E aqueles *backs*, o que vocês acham que eles parecem? Com garotinhas recatadas, talvez?"

De certa forma, eles pareciam leopardos, e os jogadores engoliram em seco.

A porta dos vestiários se escancarou, e um homem de tênis branco berrou: "Dois minutos, treinador Reed!" Com o som de seu grito de alerta veio o rugido das multidões, a música, o tinir dos sinos simples, o ronco de um avião lá em cima, e os coros de torcida da escola entoados com assovios altos e zi-bum-bás, e repentinos cânticos de incentivo. Acima, ouviram o bater de muitos pés, e o som de muitos tambores.

A porta tornou a se fechar e uma quietude silenciosa tomou conta dos vestiários lúgubres. O velho treinador olhou para seus jovens jogadores e não falou nada. Todos prenderam a respiração e olharam para aquele senhor que os havia estimulado, atiçado e exaurido o ano inteiro ao longo de cem dias de futebol quebra-ossos, e de repente, de alguma forma, sentiram por ele uma afeição estranha: fora como um pai severo para eles.

"Não há nada a falar", disse o velho Reed, dando de ombros. "Não há realmente nada a falar", disse demonstrando impotência, e olhou para eles com olhos gentis e abertos.

Todos aguardavam ansiosos. O treinador andava de um lado para outro com gravidade, outra vez em silêncio triste e macambúzio. Eles se deram conta de que amavam aquele velho rude.

Ele parou e os encarou outra vez com uma expressão gentil e aberta, enquanto seus assistentes permaneciam de pé atrás dele, de cara fechada, quase tomados pelo pânico, rostos pálidos e retorcidos como os próprios jogadores.

"O trabalho de um ano inteiro", disse o velho treinador. "Um ano inteiro visando a este jogo. Este é o único jogo que realmente importa. Vocês já foram crianças e se lembram de outros jogos Galloway x Lawton, vocês os escutavam em seus rádios, queriam crescer e jogar esta partida. Bem", disse, encarando-os, "aqui estão vocês".

"Eu agora vou bater palmas", prosseguiu o velho, "e o que vocês vão fazer quando isso acontecer?"

Houve uma pausa: e então todos os rapazes aplaudiram e deram vivas ao treinador e pularam de pé. Ele bateu palmas, o assistente abriu a porta, e eles saíram se atropelando para os ventos frios, para o campo escuro com listras brancas, correndo furiosamente no vento, exultantes, e por toda a sua volta as multidões gritavam e as bandas tocavam seus tambores e metais, algo no ar parecia trovão e batalha e alegria.

Eles viram o time de Lawton do outro lado do campo reunido em um círculo fechado de grandes capitães, de pé ao vento em seus uniformes escuros; fantasticamente protegidos por seus capacetes, todos grotescos selvagens e nefastos; viram os árbitros de branco colocando a bola de futebol amarela nova na linha do pontapé inicial; viram todo aquele estádio impressionante com a multidão apinhada em uma visão fulgurante açoitada pelo vento. Apitos soaram no ar, o silêncio caiu sobre a multidão, o jogo estava prestes a começar.

E em seguida, quando Peter viu a bola no alto, no ar, girando no vento, e a viu quicar no chão à sua frente, ficou mortificado de medo. Então deu um bote em sua direção, apanhou-a, mostrou os dentes e correu direto pelo campo com todo o seu poder projetado para frente, colidindo e passando a passos largos através de uma confusão de corpos duros até cair no meio-de-campo gelado por baixo de dez outros, e o jogo tinha começado.

"Woooee!", gritava seu pai nas arquibancadas. "Vocês viram isso? Ele carregou a bola por trinta jardas! Como corre!"

"Hurra! Hurra!", gritava Mickey.

"O que aconteceu?", gritou a mãe. "O Peter estava lá embaixo? Todo mundo caiu!"

"E como estava!", gritou Joe. "Estava bem embaixo!"

"Beba mais um pouco, sr. Martin", chamou o homem com a garrafa. "Essa jogada valeu um gole. Beba mais um pouco, sr. Martin!"

Lá no campo os times se alinharam, as duas linhas se abaixaram e se posicionaram frente a frente, encarando-se, os *backs* se agacharam, o *quarterback* gritou números com todo o seu corpo estremecendo a cada grito, os árbitros ali perto esperando ansiosos, e tudo aquilo varrido pelo vento no campo escuro no qual todos os olhares estavam presos com excitação. As linhas se chocaram, colidiram, se desfizeram, os jovens se espalharam por todos os lados, alguém correu e foi submerso em uma pilha de corpos, e não houve progresso na jogada. Os sinos da multidão repicaram, uma pessoa gritou: "Vamos laaaá, Gallo-wayy!"

"O que está acontecendo? O que está acontecendo?", perguntou a mãe dos Martin com inocência arrebatada.

De repente, a multidão explodiu em gritos quando um jogador fez a volta por trás, passou por mãos que tentavam agarrá-lo, arqueando as costas e balançando um braço, e mudando repentinamente de direção sobre pés dançantes, fintou, fez um desvio rápido para o lado e seguiu em frente até parar sob uma pilha de corpos. Os gritos da multidão se amainaram até virarem um zumbido baixo, sinos e tambores soaram no ar cortante, alguém assoviou.

"O que foi isso?", gritou a mãe, agarrando a manga de Joe.

"Petey! Ganhou cinco jardas!"

"Vamos lá, filho!", uivou o pai. "Força, menino!"

De repente, a multidão se levantou e começou a gritar outra vez quando um jogador avançou correndo com a bola nas mãos em disparada, depois desviou para um lado e fez uma curva na direção da linha lateral e saiu dos limites do campo.

"Petey conseguiu uma primeira descida!", gritou Joe para sua mãe. "Você viu?"

"Não, não, eu não estou vendo nada."

"Viva, viva!", berrou Liz, agitando sua bandeira da escola.

E assim o jogo prosseguiu em meio ao ambiente cinza, os dois times colidindo, mergulhando, bloqueando e disputando, e para a mãe dos Martin nada parecia acontecer. Na verdade, ao se aproximar do fim do primeiro tempo, Peter não conseguia mais avançar em suas corridas, assim como os outros corredores de sua equipe, e o time de Lawton apenas bloqueava e lutava, mas tampouco ganhava território, e o tempo terminou sem pontos em um jogo que dependia da habilidade defensiva duas linhas.

"Bem", disse o velho treinador quando voltaram aos vestiários úmidos, "eu falei a vocês que seria assim. Eu falei, e agora vocês sabem."

Os jogadores se estendiam espalhados no chão, ofegantes, olhando com olhos exaustos e desamparados para aquele senhor.

"Quero que vocês tentem mais passes. Quero que tentem a jogada 47 na *end zone* deles e tentem aquele passe de efeito por cima da cabeça do último homem. E vocês, da linha: estão caindo na armadilha deles todas as vezes! Todas as drogas das vezes! Nunca vi uma coisa assim! Magee aqui está fazendo uma grande partida defensiva nas suas costas; mas parece que vocês outros *backs* estão de brincadeira. MacReady está bem na cobertura das jogadas de ultrapassagem. O resto de vocês não passa de um bando de patetas!" E ele continuou assim por quinze minutos, andando com gravidade pelo vestiário cinzento e úmido, olhando para eles com uma aparência furiosa, depois cansada, e encarou seus assistentes aturdido, como se nunca os houvesse visto antes.

"É como eu disse a vocês, meus caros. Este é o jogo. Vão lá para fora, e levem junto travesseiros, por que não, assim o chão não vai ficar duro demais! Ou por que não levam uns livros de poesia e lêem uns poemas para eles? O que será que eles vão achar disso, hein?", rosnou, e então os encarou. E mesmo assim eles sabiam que amavam aquele velho.

Eles voltaram para o segundo tempo.

"Vamos lá, garoto!", gritou o Martin pai nas arquibancadas.

Os times se postaram outra vez frente a frente, encararam-se, colidiram, espalharam-se e lutaram em batidas tremendas de quebrar os ossos que não eram ouvidas nos últimos lances das arquibancadas. E, no campo, os gritos desciam até lá com uma batida surda que lembrava um enorme suspiro murmurante, como manifestações distantes e vagas de humanidade excitada.

"Vamos lá, gente!", o pequeno *quarterback* gritou dentro do círculo fechado de jogadores. "Vamos lá, vamos lá! O tempo está se esgotando! A ultrapassagem seis! Martin!"

E no alto das arquibancadas as multidões gritaram e viram Peter abrir com a bola em uma das mãos agarrada como se fosse um ovo grande, e fazer um desvio rápido na direção das linhas que se enfrentavam e rompê-las em alta velocidade, e descer pelo campo sem medo com as pernas reluzindo em meio à escuridão, perseguido por figuras escuras, derrubado por figuras escuras sobre as listras de cal.

"Foi Peter?", gritou a mãe. "Ele caiu, o número cinco, eu vi! Oh, meu Deus!"

E houve jogadas duras na melancolia sombria de novembro, jogadores se espalhando, fintas, pilhas de corpos, e o silvo de um apito no ar cortante.

"Que jogo engraçado", disse a mãe dos Martin, virando-se para Ruth, "Não acontece nada. Todo mundo cai no chão. Meu Deus!".

"Vamos lá, meu garoto!", gritou Martin com voz poderosa. "Vamos lá, meu filho!"

"Faltam dez minutos!", gritou alguém. Um sino soou desanimado, a área da torcida assoviava muito, suspirava, gritavam zibumbás; e houve um rufar de tambores. Os times colidiram outra vez no campo lá embaixo, e os jogadores lentamente tornaram a se posicionar, pensativamente.

"Mickey", disse a mãe, agarrando o casaco do menino, "diga para a sua mãe quanto está o jogo."

"Zero a zero!"

E então, de repente, a multidão ficou de pé com um grito uníssono de surpresa, explosivo e vasto, quando um jogador de Galloway abriu para a ponta, saltou no ar, fez um giro e arremessou a bola a muitas jardas de distância sobre cabeças escuras cobertas com capacetes, enquanto outro jogador de Galloway deu uma paradinha, fez um giro, esticou os braços na direção da bola, agarrou-a entre os dedos por pouco, virou-se e partiu em velocidade acompanhando a lateral do campo. O grito da torcida elevou-se e transformou-se em trovão, a mãe dos Martin subiu na arquibancada para olhar. E viu uma figura correndo pela lateral, que se desviou de defensores com movimentos sinuosos, encarou outros com determinação impressionante, tropeçou, cambaleou, quase caiu, mas seguiu em frente catando cavaco, conseguiu se reequilibrar, insistiu, o corpo deu uma balançada e de repente estava se aproximando da linha de gol em uma corrida embriagada exausta, com outra figura cambaleante ao seu lado; deu uma parada momentânea e então seguiu em frente, e alcançou a linha com uma passada larga e foi atingido por uma figura escura, e então balançou sobre os joelhos e por fim mergulhou e rolou triunfantemente dentro da *end zone*.

Finalmente um *touchdown*!

"Petey! Petey! Petey!", gritaram Ruth e Elizabeth em uníssono, pulando para cima e para baixo em cima de seus assentos, enquanto a torcida gritava por todos os lados em alegria tremenda.

"O que aconteceu?", gritou a sra. Martin em desespero.

"*Ele conseguiu*", berrou o velho Martin com expressão de surpresa e felicidade indescritíveis. "*Por Deus, ele foi lá e conseguiu!*"

"Conseguiu o quê?", gritou a mãe.

"Ele marcou ponto, mãe, ele marcou!", gritou o pequeno Mickey.

E então houve uma tremenda confusão de sons e barulhos e gritos por toda parte, confusão e som de tambores, e a mãe dos Martin de repente caiu sentada pesadamente e ficou olhando fixamente para as costas das pessoas.

"Você não está entendendo, mãe?", gritou Ruth, inclinando-se na direção da mãe. "Peter marcou um *touchdown*, a gente está ganhando o jogo!"

"Por causa do Petey?"

"Isso, isso mesmo!"

"Viva!", gritou a mãe, que ficou de pé no assento e agarrou a bandeira de Ruth e começou a agitá-la em animação desvairada, e abraçou o marido e beijou-lhe a face com frenesi, enquanto ele a jogava para cima e para baixo entre seus braços, aos berros. E o homem com a garrafa cambaleou embriagado até ele e enfiou a garrafa em suas mãos.

"Pode beber tudo!", berrou. "É tudo seu, ah, é, sim, é tudo seu, a droga da garrafa inteira!"

Depois que o jogo acabou, os gritos da torcida se amainaram e se transformaram em um grande murmúrio e em risos excitados, todos começaram a se dirigir para as saídas, música suspirava no vento atrás deles, tambores incoerentes soavam tristemente acima do campo arrasado....

Martin ficou sozinho olhando para o estádio enquanto sua família o chamava das rampas de saída. Ficou imóvel, com lágrimas nos olhos, e falou para Joe que esperava em silêncio ao seu lado:

"Meu Deus, Joe, eu vou me lembrar deste dia para o resto da minha vida. Esse menino... bem, eu simplesmente não sei como dizer."

"Ele tirou uma jogada realmente incrível da cartola, tirou mesmo!", riu Joe.

"Ele fez mais que isso! Eu só não sei como dizer – quero dizer, eu sabia que ele ia fazer alguma coisa. Sabe? Esse é o tipo de garoto que ele é, é capaz de fazer quase qualquer coisa."

"Bem, vamos para casa, pai, e a gente encontra ele lá."

"Aquele menino! Eu me lembro quando ele era pequenininho, do tamanho do Mickey, apenas um pirralho estranho e tímido. Meu Deus!"

E então, em meio a inúmeras buzinas, gritos, vivas repentinos, cantorias enlouquecidas e apito agudo dos guardas de trânsito, as multidões começaram a deixar o estádio pelas estradas engarrafadas, os carros vibrando com bandeiras e confete, alguns carros ultrapassando outros com súbita algazarra de cantos e vivas, buzinadas longas e gritos pelas janelas. O grande jogo tinha acabado e todo mundo estava indo para casa para o jantar com peru, todo mundo estava com fome.

E o sol de meio-dia de novembro apareceu, grandes faixas de céu azul surgiram, e na estrada os carros reluziam brilhantes ao sol enquanto migravam de volta para Galloway. A praça deserta e silenciosa da cidade de repente se encheu com carros vitoriosos buzinando, nuvens de papel picado eram jogadas das janelas, os jovens gritavam: "Ganhamos! Ganhamos!".

E nos vestiários úmidos e abafados no estádio o vitorioso time de Galloway gritava e cantava nos chuveiros quentes cheios de vapor e sabão, dançavam sobre pés rosados, jogavam toalhas de um lado para outro, pulavam sobre os bancos, batiam nas portas dos armários, cantavam juntos – enquanto não muito longe dali, em outro ambiente úmido, os rapazes de Lawton estavam sentados abatidos e falavam baixo uns com os outros e sorriam com tristeza. Então, pouco tempo depois, os dois times emergiram dos vestiários, mancando, arrasados, penteados e arrumados e orgulhosos, trocaram apertos de mão antes de entrarem nos ônibus, sob o olhar curioso de torcedores fanáticos de futebol que tinham ficado para ver.

"Ano que vem", os jovens jogadores diziam uns para os outros, sorrindo.

"Mais sorte na próxima vez!"

"Vocês jogaram muito bem."

"A gente teve sorte!"

Então o ônibus de Galloway partiu rugindo de volta para casa em triunfo com os garotos cantando alto e com entusiasmo – principalmente os reservas, que nunca ficavam cansados e orgulhosos demais, como os titulares, para cantar e comemorar alto. O ônibus entrou na praça onde multidões acenavam para eles, e na escola grupos grandes de jovens esperavam, comemorando.

Para Peter, tudo era como um sonho. Olhava fixamente para aquilo com cansaço e enfado, quase indiferença, e, apesar de seu nome estar nos lábios de todos, ele queria se encolher sozinho e pensar naquilo. Ele saiu correndo do ônibus, falou um pouco com alguns fãs empolgados, caminhou pelo subsolo da escola e saiu sem ser percebido pelos fundos, e logo se viu caminhando às margens de um canal perto das fábricas. Ele podia ouvir os gritos esparsos dos jovens na escola. Sorriu ao pensar que muito daquilo se devia a ele, só a ele, ao pensar que tanto daquele barulho era misteriosamente um feito seu sem graça e indiferente.

Ele estava surpreso e impressionado.

As pessoas passavam por ele nas ruas, e Peter as encarava com espanto. Agora elas sabiam seu nome, elas o conheciam; se não tinham ido em pessoa ao jogo, tinham escutado sobre ele no rádio, iam ler sobre ele nos jornais ou ouvir por outras pessoas. Não sabiam quem ele era quando passou na rua. Era apenas um deles, e seria esquecido em uma semana.

Ele correu para casa, e ficou feliz por não ter sido notado por ninguém. De repente, desejou que ninguém jamais o notasse, e que ele pudesse andar daquele jeito pelo resto de sua vida, envolto em seus próprios mistérios e glórias secretos, um príncipe disfarçado de mendigo, Orestes de volta de heroísmos distantes e escondido no seio da terra, caminhando incógnito na terra sob céus outonais poderosos. Mas por que eles não o notavam mais que antes?

Depois de atravessar a White Bridge, quando seguia para casa em passo apressado, as pessoas começaram a reconhecê-lo na rua, os meninos que estavam na frente da loja de doces ficaram olhando fixamente para ele em admiração e silêncio curioso, e alguns deles gritaram do outro lado da rua:

"Grande jogo, Pete!"

"Você acabou com eles, cara!"

E Peter sorriu e seguiu apressado sob os grandes galhos escuros de novembro. Mas agora, de alguma forma, sentia que tinha praticamente traído todos os que conhecia por ter desempenhado feitos que provocavam neles silêncio e admiração, reverência e embaraço. Quando o velho juiz Cludge o parou na calçada diante de sua velha casa impassível de pedras cobertas de hera no pé da Galloway Road, trocando de mão o ancinho para apertar a mão dele, dizendo: "Parabéns, meu garoto!", e dando um sorriso, um sorriso rápido e cintilante, Peter sentiu uma pontada de remorso medonha por ter feito aquele homem da lei venerável de cabelos brancos apertar a mão dele e elogiá-lo, por ter de estar ali parado e receber aquele elogio distante e magistral.

Mas seus dois irmãos, Mickey e Charlie, vieram correndo pela rua na direção dele, gritando vivas, jogando uma bola de futebol americano pelo ar e dando piques que imitavam o touchdown do irmão mais velho que agora era famoso, e pela primeira vez Peter ficou satisfeito em ser herói. Os olhos de toda a vizinhança estavam sobre ele. Chegou andando enfadado pela rua, e agora sua própria família se aproximava exultante e orgulhosa e feliz. Mickey subiu em suas costas e sentou-se em seu ombro, Charley caminhava ao lado orgulhoso jogando a bola de futebol de um lado para outro e dizendo: "Que jogo! Eu ouvi tudo no rádio. Devia ter ouvido o locutor ficar maluco quando você fez o *touchdown*! Uau!"

"Tara-ta-tá", corneteou Mickey majestoso, balançando no alto de seu poleiro. "Lá vem Peter Martin! Tara-ta-tá."

E lá na casa a porta da frente estava aberta, e seu pai estava ali parado de pé à espera dele.

"O Rápido Martin!", chamou ele de casa com voz trovejante e um sorriso dissimulado, dando baforadas no charuto. "Bem-vindo ao lar, Rápido Martin!"

Peter se abaixou para entrar em casa ainda levando Mickey no alto de seus ombros, a mãe veio correndo rindo e gritando, "Meu he-rói! Meu herói!", enquanto todos riam. Francis estava de pé num canto com um sorriso atarantado; Joe servia um copo de vinho, as irmãs o beijavam, e na mesa um grande peru assado estava disposto em uma travessa cercado por todos os pratos fumegantes, copos, prataria e linho branco de uma grande ceia festiva.

"Agora você vai se sentar bem aqui e começar a comer; e comer até não agüentar comer mais nada!", gritava excitado o pai. "Vamos, tire esse suéter grande, fique à vontade! Joe, traga esse copo de vinho!"

"Deixe que ele se lave, primeiro!"

"Vá se lavar! Vá se lavar agora! Aqui está seu vinho! O que você quiser, é seu." O pai estava fora de seu juízo normal de tanta alegria e celebração. "Tome um charuto! Pegue este charuto e fume..."

"Meu Deus!", gritou a mulher.

"Ele é um homem, não é? Ele pode fumar um charuto, droga! Além disso, ele agora não tem mais que treinar até entrar na faculdade. Vamos lá, meu craque, mostre a eles do que é capaz!"

Peter estava parado no meio da sala, segurando o charuto e o copo de vinho, rindo e se contorcendo de rir com todos os outros.

"Vamos comer! É hora de comer!", berrou o pai. "Rosey, traga o molho, traga aquela outra garrafa de vinho, traga meu uísque. Ah, mas você tinha que ter ouvido o noticiário do meio-dia no rádio! Se um dia eu encontrar aquele rato sujo que escreveu a notícia!..."

"Qual o problema?"

"Ele disse que depois que você recebeu o passe, foi moleza. Olha, você deu tudo e arrasou por aquele *touchdown*! Estão tentando dar toda a glória para o cara que lançou aquele passezinho vagabundo para você no meio-de-campo, estão tentando dizer que você só recebeu o passe e correu para o abraço, e juro por Deus – se um dia eu... Eu torço aquele pescoço magro dele! Nunca vi um *touchdown* conquistado com tanta dificuldade em toda a minha vida! Nunca vi alguém apanhar tanto e permanecer em pé por tanto tempo! Nunca vi ninguém correr de um jeito tão bonito e tão forte, e agora eles vão espalhar essa besteira por aí, que foi moleza correr para o gol depois de receber um passe! Mas esta é mesmo a cidadezinha mais mesquinha!"

"Calma, pai!"

"Bem, droga, estou com raiva! Estou com raiva o bastante para quebrar o pescoço de alguém e vou quebrar o pescoço daquele locutor de rádio esta semana!"

"O jantar está na mesa!", chamaram as mulheres da sala de jantar.

"É tudo seu, Petey, meu garoto", gritou o pai com os olhos subitamente cheios de lágrimas. "Tudo nesta casa, e tudo que é meu é seu. Sente-se aqui com sua família e coma, meu filho, coma até se fartar. Hoje é um dia de felicidade e comemoração, é um dia raro, meu garoto, um dia raro neste tipo de mundo. Acredite em mim, garoto, um dia você vai entender o que eu estou querendo dizer..."

"Agora você vai começar a fazer discursos!", exclamou Rosey, sem acreditar.

"Não posso evitar, droga, eu me sinto... bem, não sei como dizer, eu só me sinto... feliz e triste! Este é meu próprio filho, hoje ele mostrou ao mundo o que podia fazer, estou orgulhoso dele e não me importo que todo mundo saiba disso! Não me importo se fizer papel de bobo! Ele é o meu menino, e é isso o que importa!"

"Bem, não comece a chorar por causa disso!", disse a mãe. "Todo mundo está com fome e está na hora de comer. Ruthey", disse ela de lado e em voz baixa, "que tipo de drinque você preparou para seu pai?"

"Se eu tiver vontade de chorar, droga, vou chorar!", berrou o pai. "Mas não vou chorar! Aqui, aqui, todo mundo sente-se para comer! O herói se senta aqui perto de sua mãe, deixe que ela chore em cima dele, para mim chega. Agora tudo o que vou fazer é comer! Depois vou sair e torcer o pescoço daquele locutor!"

"Nossa, que peru!", falou Peter, empunhando a faca e o garfo. "Deixem-me começar! Passei a manhã inteira pensando nisso."

"Se você é um herói, Peter, meu filho, é porque sua mãe alimenta você como um cavalo", disse com tristeza o pai. "Olha, que droga, hoje é Dia de Ação de Graças, não é? Vamos fazer um brindezinho. Não somos colonos pioneiros nem religiosos como eles costumavam ser, mas pelo menos podemos fazer nosso brindezinho. Dê um pouco de vinho para as crianças, Marge; vamos todos brindar..."

E as crianças riam debaixo da mesa.

"Este é um dia bom, um dia bom... Este é um dia raro. Um dia todos vocês vão entender o que estou querendo dizer. Você se esqueceu de Francis, ali, dê a ele um copo de vinho, dê um copo de vinho para meu garoto. Eles fizeram isso há alguns séculos atrás aqui mesmo na Nova Inglaterra, eles exultaram e celebraram! Vamos, um brinde ao nosso garoto, Pete, a toda a família. Todo mundo beba!"

"Agora!", concluiu ele. "Todo mundo coma! Estou falando bobagem como um velho tonto. Não prestem atenção em mim, comam!"

2

Aos vinte anos Joe era vítima do fatalismo precoce que diz: "De que adianta? Quem se importa com o que vai acontecer!" Essa disposição evolui na direção de excessos ainda maiores em nome do desespero, enquanto o tempo todo é apenas a seiva da juventude correndo, correndo louca.

Com o irmão Peter na crista da onda de um sucesso maravilhoso, e o irmão Francis formado no colegial e prestes a ir para a faculdade – enquanto o próprio Joe tinha largado a escola com impaciência para arranjar empregos – e com as coisas caminhando, Joe agora se encontrava sozinho e insignificante a seus próprios olhos. Era o filho mais velho e começava a lhe ocorrer que talvez também fosse o filho sem capacidade.

Um certo êxtase lírico possui certos jovens americanos na primavera, um sentimento de não pertencer a lugar nenhum ou a momento nenhum, uma impaciência louca e uma vontade de estar em outro lugar, em todos os lugares, agora mesmo! O ar está perfumado e primaveril, cheiroso com tantas músicas de todos os lugares, tudo parece descrever círculos vertiginosos, há pensamentos ilimitados de espaços grandes e viagens grandes; é um sentimento estranho, enlouquecedor, mas ainda assim extático, um desejo irresponsável da alma de correr o mundo, respondendo a tudo no momento – "Eu não dou a mínima!".

Joe estava com disposição para conhecer alguém como Paul Hathaway. Em seu novo emprego como motorista de uma grande empresa de caminhões que fazia fretes pelos setecentos quilômetros de estradas entre Boston e Baltimore, foi contratado como motorista assistente, e seu motorista principal calhou de ser esse homem.

Paul Hathaway dirigia caminhões havia quinze anos, durante o curso de uma vida agitada, de muito uísque e três esposas. Em sua primeira viagem para o sul no enorme caminhão-baú de alumínio brilhante pela estrada federal Nº1, Joe conheceu Paul bem. Era um homem impetuoso e solitário, de cerca de 35 anos, com um rosto moreno com marcas de varíola, olhos escuros resplandecentes e um jeito raivoso e calado. Tinha sempre uma ponta de charuto presa entre os dentes enquanto dirigia sentado na boléia. Falava muito pouco, a maior parte do tempo ouvia o papo e os risos intermináveis de Joe com expressão fechada, séria e insatisfeita. Mas quando paravam em um restaurante para comer, nunca deixava Joe pagar a conta, ficava com muita raiva se Joe insistisse e o cobria com um olhar de desprezo.

"Ah, que droga de vida horrorosa!", dizia sempre Paul Hathaway, os olhos escuros flamejantes de ódio e solidão. O jovem Joe começou a gostar muito dele, a vê-lo como um homem com coração verdadeiro e um sentimento doloroso de rasgado desespero, que o agradava muito.

Eles fizeram várias viagens juntos até Baltimore e passaram tempo nos bares da Pratt Street, bebendo e conversando, dançando com as mulheres, dirigindo bêbados pelas ruas escuras ao amanhecer e acordando no dia seguinte em algum pulgueiro perto do cais. De volta a Boston, a mesma coisa recomeçava toda de novo: eles perambulavam por South Boston ou Charlestown, dormiam em qualquer lugar que conseguissem, voltavam para casa em Galloway no dia seguinte sujos e cansados e aborrecidos.

Paul Hathaway era casado com uma megera que não fazia nada e que, assim que ele entrava pela porta, pulava no pescoço dele com mil pragas e maldições, reclamações, lágrimas lamurientas e gritinhos de raiva. Ela sempre acabava atirando coisas nele. Moravam em uma casa de cômodos aos pedaços em frente a um canal no bairro industrial de Galloway.

Devido a algum erro bêbado de cálculo, Joe um dia acabou dormindo no apartamento de Paul depois de um grande porre que começou em South Boston e terminou na Rodney Street em Galloway. Acordou apavorado. Havia tanto barulho e confusão vindo do quarto de Paul que achou que o homem estava matando a mulher de pancada. Correu para ver o que estava acontecendo e levou um susto ao ver Paul deitado na cama tranqüilo fumando um cigarro e contemplando o teto, enquanto a mulher dava escândalo em um acesso de raiva, atirando objetos no chão e apontando o dedo para ele em gestos trêmulos furiosos.

"Todo mundo está falando de mim, seu infeliz imprestável, e você sabe muitíssimo bem por quê! Eles vêem você chegar em casa bêbado, dizem lá vem o marido bêbado de Minnie Hathaway de novo. Quando você volta para casa, o que não é comum, seu verme sem vergonha! E eu fico aqui sentada esperando por você, não tenho dinheiro nem para comprar um vestido, tenho que esperar aqui enquanto você fica por aí bebendo com as putas pelo país inteiro. Já não bastava fazer isso na sua cidade, você tem de sair com putas de fora da cidade! Um dia vou comprar um revólver e matar você! Vou embora e não vou voltar nunca mais. Não ria, eu posso tomar conta de mim mesma. Posso arranjar um emprego e ser feliz de novo, ser jovem como eu era! Não preciso de você, seu vagabundo safado!"

Paul apenas virou seu rosto moreno e torturado para o rapaz na porta e disse com sua voz áspera: "Bom dia, Joe".

E lá fora a neve suja derretia nas ruas, o canal passava com os dejetos flutuantes de março, os apitos das fábricas soavam, tudo era frustração e miséria e garrafas de cerveja vazias no corredor.

"Além disso tudo, você tem que trazer para casa toda a droga desses seus amigos bêbados e sujar minha casa. Você não tem consideração por mim. Sai para beber com as putas bem aqui na Rodney Street enquanto eu fico sentada em casa sem nada para fazer, achando que você saiu para trabalhar e ganhar dinheiro para nós, e você sempre está bem pertinho se divertindo à beça enquanto eu fico aqui sentada, aqui sentada, aqui sentada!" E ela gritou alto em um acesso de fúria incontrolável.

Paul Hathaway tirou um punhado de notas da carteira, atirou-o nos pés dela, virou-se para a mesinha-de-cabeceira e tomou outra dose de uísque com calma e no mais profundo silêncio.

Joe foi embora correndo da casa se sentindo envergonhado e muito mal, mas logo depois se engasgou de rir ao lembrar de Paul ali deitado, encarando tudo com a maior calma e bebendo seu uísque. Nunca mais voltou à casa de Paul, mas depois disso, eles se tornaram mais amigos que nunca. Semanas mais tarde, quando Joe dirigia de volta por Maryland, parou o caminhão no acostamento e virou-se para Paul.

"Cara, eu queria saber o que estou fazendo aqui dirigindo este caminhão. Olhe só lá para fora: uma estrada, luzes, uma lua enorme lá em cima, a brisa soprando sobre os campos. Você consegue ouvir a música daquele restaurante? Está vendo esses carros que passam cheios de mulheres bonitas? Para um lado e para outro, para um lado e para outro, de Boston até aqui, e o que a gente aproveita isso tudo? A gente só faz dirigir e dirigir, ficar sempre cada vez mais cansado, cada drinque que a gente bebe só deixa a gente pior. Sério, é assim que estou me sentindo agora!"

"Pff", disse Paul com um aceno de desprezo, "estou me sentindo assim a minha vida inteira."

"É um mundo maluco", disse Joe.

"É uma droga de vida horrorosa!", corrigiu Paul. "Você viu minha mulher, Minnie, não viu? Viu que jararaca faladeira ela é! Bem, ela é a minha terceira mulher, e todas as drogas das outras eram iguaizinhas! Todas as três!"

Joe coçou a cabeça sorrindo.

"As mulheres são assim!", exclamou Paul. "Elas são todas iguais. Nunca conheci uma mulher que tivesse juízo, e nunca vou conhecer! Talvez minha primeira mulher, Jeanie, tenha sido a única que prestava. Agora ela está em Pittsburgh. Mas ela também era uma megera chata e resmungona. Sempre digo para elas irem para a droga do tanque, é só para isso que elas servem!"

"Então aqui estamos nós, sentados neste caminhão", prosseguiu Joe sonhador, "presos a ele como dois escravos, olhando para esses carros passarem cheios de mulheres bonitas. Vrum!!"

Paul fez um gesto de desprezo com a mão e olhou para o outro lado.

"Eu era capaz de pegar esta beleza aqui e dirigir até a Califórnia", gritou Joe triunfante, socando o volante do caminhão. "Pense só nisso, cara! A gente podia nadar numa dessas praias grandes, Malibu, sei lá como elas se chamam, só nadar um pouco, só isso, dirigir cinco mil quilômetros só para nadar um pouco."

"Você é maluco", disse Paul, olhando para o outro lado.

"É! Atravessar o deserto, atravessar o Texas, o Arizona, parar para beber alguma coisa de vez em quando, pegar as mulheres, ir nadar, dirigir até o litoral! Você não está vendo?"

Então eles ficaram em silêncio no caminhão, as janelas abertas para a noite tranqüila de primavera com todos os seus odores de campos argilosos e flores e o cheiro forte e acre dos canos de escapamento na estrada e o próprio calor da estrada esfriando sob as estrelas, e os cheiros de fritura pairando no ar, vindos de todos os lugares. E Joe estava cheio de música e desejo loucos e de gritos selvagens reprimidos, ele fumava seu cigarro com uma angústia inquieta e desesperada; enquanto Paul ficava ali sentado, olhando fixamente para a frente, murmurando consigo mesmo, xingando e pensando.

"Eu vou contar uma coisa a você", disse por fim Paul, com raiva. "Minha mulher me deixou esta semana. Não contei a você, mas ela me largou na quinta-feira passada."

"Para onde ela foi?"

"Como é que eu vou saber!", exclamou com amargor. "Ela só me deixou, só isso!", e olhou para Joe com uma loucura confusa e abjeta.

"O que você vai fazer?"

"Não sei o que vou fazer", murmurou Paul baixinho.

"Você está dizendo que sente falta dela?", exclamou Joe sem acreditar. "Meu irmão, eu não quero dizer nada, mas ela era uma mulher maluca."

"Ela era uma mulher maluca", repetiu Paul baixinho, "mas era uma mulher, era minha mulher. Não sei, talvez eu esteja louco. Já contei a você sobre Jeanie de Pittsburgh?!"

"Sua primeira mulher, ou foi a segunda?"

"Não aja como um moleque sarcástico, não faz seu gênero! É minha primeira mulher."

"O que tem ela?", perguntou Joe com alegria crescente.

Como resposta, Paul abriu um compartimento no alto da cabine, pegou uma garrafa de uísque e bebeu em silêncio solene.

Joe estava outra vez cheio de desejos mudos loucos.

"Paul, vamos fazer alguma coisa! Droga, quero fazer alguma coisa. Eu não sei o quê!"

"Ah", você é maluco."

Mais silêncio – e Paul continuou a secar a garrafa em devaneios solitários aterradores. Joe desceu do caminhão e começou a arremessar pedras sobre os campos, o mais longe que conseguia, do outro lado dos campos enluarados.

"Nós deixamos a carga em Baltimore, não deixamos?", disse Paul, de repente, de dentro da boléia. "Nós descarregamos tudo na Pratt Street. Estamos voltando vazios para Boston, não estamos?"

"E daí?", gritou Joe, sorrindo.

"Quero dizer que não somos ladrões de carga, somos?"

"Do que você está falando!", gritou Joe com uma risada.

"Ah, disse Paul, e ele se virou para o outro lado e tomou outro gole. Mas de repente desceu da boléia e agarrou Joe pelo braço. "Escute!", disse com raiva. "Você acha que eu estou bêbado?"

"Está quase!"

"Isso não importa. Olha, vamos embora!"

"Embora?"

"Embora, droga!", berrou. "Você não sabe falar inglês? Vamos sair neste caminhão e vamos embora para Pittsburgh. Quero ver Jeanie, minha mulher..."

"Jeanie? Você falou que ela foi sua primeira mulher!"

"Ela ainda é minha mulher, droga!"

"O que você quer dizer com isso?"

"Aff!", exclamou Paul com amargura. "Tenho três mulheres e nunca me divorciei! Entendeu?"

"Isso não é bigamia, ou algo assim?", exclamou Joe divertido.

"Quem se importa com o que isso seja! Só sei que tenho três mulheres e nunca me divorciei. Eu quero ver a de Pittsburgh agora neste exato minuto. Vamos embora! Joe, sou um bobo com minhas mulheres! Faria qualquer coisa por elas. Quero dar algum dinheiro para Jeanie, só quero vê-la, droga. Você não entende, é só um moleque que não sabe nada."

Sem uma palavra Joe pulou para dentro do caminhão e ligou o motor com um ronco forte. "Vamos lá!", berrou exultante. "Vamos embora!"

"Dê a volta com esse filho-da-mãe!", gritou Paul, fora de si, agora animado. "Temos de voltar para a Rota 74, subir até Harrisburg e pegar a auto-estrada para o oeste! A gente vai chegar em Pittsburgh bem antes do amanhecer. Dê a volta com ele!"

Joe fez uma volta bem aberta com o grande caminhão-baú e saiu roncando estrada abaixo em velocidade assustadora. E eles partiram.

E assim, desse jeito, sem parar para pensar duas vezes, Joe e seu amigo louco e melancólico começaram uma viagem alucinada que iria levá-los dois mil quilômetros para cima e para baixo pelo litoral e meio-oeste adentro, em um caminhão que, agora, era tecnicamente um caminhão roubado. Tudo foi feito sem sequer um momento de reflexão, e quando se lembravam disso depois, só recordavam a velocidade impetuosa e alucinada do caminhão, os prados enluarados ao longo da estrada, os risos e gritos na boléia alta, os restaurantes em vagões na beira da estrada, a música e a loucura da noite de primavera e dos espaços americanos. Eles não encontraram Jeanie em Pittsburgh.

Quatro dias mais tarde, voltaram para Boston. Entraram nas garagens grandes da Atlantic Avenue às nove horas da manhã e desceram enfastiados da cabine alta, enquanto homens se aproximavam correndo querendo saber o que tinha acontecido, onde eles estavam, qual era a idéia, o que estava acontecendo ali!

E Paul disse apenas: "Vocês me enchem o saco".

Foi isso o que ele disse, apesar do fato de eles estarem com problemas até o pescoço. Com essa observação despreocupada e prosaica, Joe explodiu em um acesso de riso incontrolável bem na cara do representante irado da empresa em pessoa. Ele e Paul olharam um para o outro com aquele olhar furtivo solene de dois homens que tinham passado por muita coisa juntos com a mesma idéia, a mesma loucura, que conheceram um ao outro perfeitamente através de uma enorme quantidade de dias e noites e, portanto, na verdade não se importam com o que os outros homens pensem ou digam deles.

Por sorte, Joe e Paul foram só demitidos. A polícia não foi notificada, e a empresa exigiu que eles pagassem pelos prejuízos com o caminhão.

Alguns dias mais tarde, Paul Hathaway desapareceu de Galloway, partiu para algum lugar sem dizer uma palavra a Joe, seguiu para continuar a ser seu mesmo eu indomável em outras paragens, que sempre seriam de alguma forma idênticas a essas mesmas atmosferas sombrias e angustiadas. Joe ficaria anos sem vê-lo.

Joe passou alguns dias após o incidente em casa, sem fazer nada, com uma espécie de ar pálido, abatido e penitente. Seu pai estava longe de estar satisfeito com ele, e a mãe sacudia a cabeça com tristeza e dizia: "Ooh, Joey!", e olhava para ele com leve pesar e pena. Os irmãos e irmãs sorriam para seu aspecto abatido.

Depois da raiva e do choque iniciais, aos poucos o pai caiu em um estado de ânimo em que ria de suas lembranças, e o ouviram dizer na gráfica: "Droga, mas esse garoto é mesmo um gênio para se meter em encrencas! Eu era igualzinho lá em Lacoshua, sempre conseguia me meter em encrencas infernais, e como o meu pai costumava ficar maluco!" E ele soltava sua risada rouca e divertida.

E sentindo-se na obrigação de compensar, Joe acabou arranjando um emprego na cidade. Saiu na primeira manhã com o almoço cuidadosamente embalado com esperanças por sua mãe, passou a manhã fresca trabalhando absorto em um motor velho na garagem no centro. Na tarde quente, suou embaixo de uma lata velha. À noite, transpirando e exausto de tanto trabalhar, estava lavando carros e trocando pneus e esfregando a área de lubrificação e praguejando em voz baixa por ter tido a sorte de arranjar o pior emprego que já tivera. O homem esperava que ele fizesse todo o trabalho do lugar por um salário muito pequeno, trabalhando até tarde, seis vezes por semana. De repente, Joe ficou com vontade de partir outra vez em uma viagem louca e maravilhosa para o Oeste, para qualquer lugar, todos os lugares.

Naquela noite durante o jantar ele contou ao pai que estava outra vez de partida, e o velho se opôs, primeiro desnorteado, depois com tristeza. "Joey, vamos esquecer a encrenca em que você se meteu, como se nunca tivesse acontecido. Este é o seu lar, garoto, fique bem aqui e não meta na sua cabeça idéias sobre o que nós pensamos. Nós não pensamos nem achamos nada. Vá agora e pergunte à sua mãe se não estou falando a verdade."

"Sei disso, pai, mas sinto como se estivesse só andando por aqui sem fazer nada. Você sabe que a região perto de Pensilvânia, Ohio, naquela direção, é maravilhosa!", gritou Joe com avidez. "Para o Oeste, pai! – eu gostaria de ir direto para a Califórnia e ver que tipo de emprego eles têm por lá!"

"Eu também vou!", berrou de repente o pequeno Mickey. "Eu quero ter um bar no Oeste igual ao Sela de Prata, em Tombstone, igual ao que o Buck Jones vai!"

"Ah, você está maluco. É só um filme!", disse o jovem Charley com desdém.

"Mas o que você vai fazer, Joey?", falou a mãe, ansiosa. "Não pode ir assim, você não tem dinheiro. Onde você vai ficar?"

"Vou cair na estrada, mãe! Não preciso de dinheiro!"

"Isso mesmo!", gritou Peter com um riso excitado. "Você vai só cair na estrada, não vai depender de ninguém! Eu faria a mesma coisa se não fosse para a faculdade – iria com você esta noite, Joe, sem brincadeira!"

"Quem perguntou a você?"

"Ah!", disse Peter, virando-se.

"Não quero mais ouvir falar disso, comam suas sobremesas", disse a mãe, e ela juntou alguns pratos em uma pilha de modo barulhento e impaciente.

"Ah, mãe, ele já tem idade para saber o que fazer, esse vagabundo", disse a grande Rose, zombeteira. "Não se preocupe, ele vai voltar bem depressa, rastejando, eu não acredito muito nessa história de cair na estrada."

"Ah, você está falando bobagem!", exclamou Joe, acertando a irmã mais velha com um guardanapo. "O que vocês acham disso! Ela acha mesmo que é grande coisa. Eu sei que ela não é uma coisa pequenininha, é grande demais para isso!" E com gargalhadas simultâneas que reverberaram por toda a casa, Joe e Rose saíram da sala correndo um atrás do outro, Rose soltava risos loucos e o perseguia pela cozinha, depois pelo vestíbulo, através dos quartos da frente e de volta ao vestíbulo, enquanto as crianças riam e berravam. Por fim, Rose se sentou em uma cadeira, tentando recuperar o fôlego, e Joe sentou-se em seu colo e a chamou de sua "garota favorita".

"Por Deus, você não é lá muito bonita, mas é minha garota favorita."

"Ah, saia daqui, seu vagabundo!", ofegou Rose. "Sabe, eu não nasci ontem! Não sou uma das suas bonequinhas!"

"Minha garota favorita, Rosey. Escute, Rosey, prepare um pouco daquele doce de nozes para esta noite, faça um pouco de doce para mim antes de eu ir embora para a Califórnia–"

"Isso, isso!", disseram em coro as crianças. "Faça um pouco de doce, Rosey!"

E depois, lá fora no quintal pouco antes do pôr-do-sol, o crepúsculo suave de primavera todo perfumado de flores, fresco e ecoando os sons distantes e abafados da cidade, perto das sebes altas que começavam a germinar brotos verdes, sob as árvores grandes, Joe e Peter estavam jogando uma bola branca novinha um para o outro. Mickey e Charley, ao lado, faziam um jogo próprio com uma bola velha remendada, e Francis estava debruçado em uma janela do segundo andar e os observava em silêncio indiferente. Ninguém dizia uma palavra, havia apenas o ruído do mascar meditativo de chicletes, o arremesso despreocupado, a batida da bola na luva, o olhar distante e sonhador. O pequeno Mickey e Charley estavam ao lado, imitando os irmãos mais velhos em todos os detalhes, arremessando despreocupados, com expressão vazia, impassíveis e mascando chicletes, atirando a bola com indiferença, o olhar distante em reflexão meditativa, parados ali com toda a calma e controle de jogadores profissionais se aquecendo para um jogo, igual ao que seus irmãos estavam fazendo.

"O que acha, Francis", perguntou Joe. "O que acha de vir comigo para a Califórnia! Ver o mundo!"

"Não, obrigado", disse Francis, divertido e tranquilo do alto de seu poleiro.

"Não me diga que vai querer passar o resto de sua vida em Galloway!"

"Não exatamente."

"Você não pode passar a vida inteira lendo livros!"

"Não se preocupe, eu não pretendo fazer isso."

"É legal ter muito miolo, mas e a diversão?"

Com isso, Francis recolheu a cabeça e desapareceu no interior da casa.

Então, no escuro, Joe ficou sentado na varanda bem depois que os outros tinham desaparecido na casa ou ido dormir. Estava sentado sob um luar branco recordando-se da noite em Maryland quando ele e Paul começaram sua viagem maluca... Há apenas algumas noites... E tudo porque a noite estava tão vasta e profunda, tão misteriosa e excitante, tão completamente sugestiva do milhão de coisas e lugares que os aguardavam ali no coração escuro e sussurrante, igual à noite que se espalhava agora à sua frente.

Havia luzes fracas brilhando lá longe na estrada, no rio. Havia luzes mesmo depois dessas, estendendo-se por quilômetros noite adentro; ele queria ir lá, ver o que havia lá. Havia luzes como aquelas se espalhando por todo o país, através de todos os estados e cidades e lugares, e coisas acontecendo em toda parte agora mesmo. "Agora mesmo, agora mesmo", ele seguia pensando. Havia pontes que cruzavam rios e Mississipis; à noite, cidades projetavam um halo brilhante no céu que podia ser visto de muito longe. Havia tanques de água gigantes à espera ao lado dos trilhos de trem em Oklahoma, havia bares com toalhas de mesa quadriculadas e serragem no chão e ventiladores no teto, havia garotas à espera em cidades do Colorado de Utah e Iowa, havia jogos de dados no beco e um jogo na parte dos fundos do vagão onde funcionava um restaurante, havia o ar suave e perfumado de Nova Orleans e Key West e Los Angeles, havia música à noite perto do mar e pessoas rindo, e carros que passavam por uma estrada, e luzes suaves de néons brilhantes, e um barraco velho em Nevada no meio do deserto. Havia homens de fala arrastada na Louisiana, negros rolando de rir e puxando facas nas ruelas de Savannah, canteiros de obras ardendo ao sol do Missouri, havia as colinas matinais da Pensilvânia, um pequeno cemitério na encosta, cidadezinhas nos vales, os caipiras magros das montanhas, e outra vez Ohio. Joe tinha de ver aquilo tudo, agora mesmo, agora mesmo.

No dia seguinte disse à mãe que ia ao cinema – para que ela não ficasse chateada – e partiu, pedindo carona, para a Califórnia, simples assim.

[2]

Cedo em uma manhã de maio, Mickey Martin estava sentado à escrivaninha junto à janela de seu quarto com o queixo apoiado na mão. Olhava fixamente para os campos verdes enevoados lá fora do outro lado da estrada velha, meditando na alvorada primaveril. Era a manhã de um grande dia em sua vida. Ia às corridas em Rockingham com seu pai, e depois, à noite, ia jantar em um grande restaurante e ver um filme num daqueles grandes lugares de Boston. Ele já estava todo pronto para sair, estava arrumado, de banho tomado e até penteado, enquanto seu pai ainda dormia e roncava no outro quarto.

Ainda não eram seis da manhã. Ele estava de pé desde as cinco; estava ficando bastante impaciente.

Para esse garoto da Nova Inglaterra, a manhã de maio era como música suave nas matas outra vez, alguma reunião indescritivelmente excitante de acontecimentos distantes nas sombras profundas dos pinheiros matinais, tudo se agitando ali. Podia ouvir tudo indistintamente ao longe nas matas, além dos campos e pastos, no ar matinal fresco e enevoado, e também queria ir para lá.

A primeira manhã miraculosa de maio tinha chegado, muito de leve, bem de mansinho, e tudo estava verde nos campos e árvores, e o céu estava azul, o ar estava dourado e puro, e ouviam-se os trinados pequeninos de mil pássaros reunidos escondidos nos galhos.

Quando essa estação chega à Nova Inglaterra, de repente um menino tem a consciência de todo o mundo que desperta com ele para as novas coisas que existem e que existirão. A época de tempestades invernais e de ficar em lugares fechados terminou, mais um ano conquistado no caminho da masculinidade, e todos os planos incubados na carteira da escola ou no quarto estão finalmente prontos para serem levados a cabo, no verão verde e glorioso.

Mickey ia ser capitão, gerente, técnico, arremessador, rebatedor, presidente, dono e astro do time de beisebol daquele ano. E "ele e seus amigos" iam construir um clubinho secreto e misterioso em algum lugar perto dos barracos dos lixões na beira do rio, com portas secretas e esconderijos e senhas também, com cada membro da gangue (ele sendo X-1, o Chefe) equipado com todas as ferramentas e os trajes necessários à espionagem sombria e disfarçada. E ele ia "fazer" uma história sua igual a *Little Shepherd of Kingdom Come*. E pegaria Beauty Junior, seu cachorro novo, e o ensinaria a correr mais rápido que qualquer outro cachorro de Galloway, e "ele e Mike" iam arranjar um barco a remo e navegar rio Merrimac acima, até os limites de New Hampshire, talvez lá em cima houvesse um Índio Joe de verdade e um barqueiro de verdade praguejando e trabalhando, e fogueiras nas margens à noite...

Havia tanta coisa a fazer, percebia agora enquanto estava sentado em frente à janela e observava a manhã de primavera se descortinar enevoada diante de seus olhos, tantas coisas a fazer e não havia um minuto sequer a perder. Era hora de acordar seu pai.

Mickey passou de mansinho pelo vestíbulo e espiou dentro do quarto de seus pais. Lá viu a mãe em sono profundo, mas seu pai se mexia um pouco, e se virou de lado; os pássaros estavam piando e tremendo nos galhos frondosos do lado de fora das janelas protegidas por telas.

Mickey esperou até ver o pai começar a bocejar e articular alguns sons, encarar o teto e coçar a cabeça, depois do que o garotinho pôs as mãos em concha em torno da boca e sussurrou:

"Pai!"

E o velho virou a cabeça e o encarou.

"São sete horas, pai!"

E ainda assim o pai o encarou por um momento com uma espécie de descrença, e então pareceu que naquele instante se lembrou de que dia era e o que eles iam fazer e resmungou.

"A que horas a gente vai, pai?", insistiu Mickey no mesmo sussurro furtivo, com as mãos ainda em concha sobre a boca e se contorcendo impaciente na soleira da porta como se não quisesse que mais ninguém o visse ali.

"Agora mesmo", resmungou o pai, olhando fixamente com calma e seriedade. "Vou me levantar agora para a gente sair", disse com uma voz matinal rouca e áspera.

E com isso, o grande Martin se ergueu até ficar sentado na beira da cama, e quando fez isso as tábuas do assoalho estalaram alto, as molas da cama rangeram, e as colunas soltaram um gemido poderoso, e ele mesmo soltou um grunhido explosivo, sem perceber, enquanto se levantava, e sua mulher, que estava ferrada no sono até aquele momento apavorante, levantou de repente a cabeça e começou a olhar assustada ao redor e gritou: "Meu Deus!".

"Desculpe por acordar você, Marge", murmurou o pai com docilidade, "mas nós temos que partir cedo".

"Onde? O quê?", exclamou sonolenta a sra. Martin. "Que horas são? O quê?", ela esfregou os olhos por um instante, e então percebeu Mickey atrás do canto da porta, e perguntou: "Pelo amor de Deus, olhe só para Mickey! O que você está fazendo de pé tão cedo?".

"Nós vamos às corridas!", gritou ele com orgulho.

"Agora, a esta hora da manhã?", disse ela sonolenta. "O que vocês estão armando? Vou ter que preparar o café", acrescentou como uma reflexão tardia, e imediatamente começou a se levantar.

"Não, não se levante, Marge", protestou ansiosamente o pai. "A gente toma o café no centro da cidade. Não se preocupe, não se preocupe, a gente se vira direitinho."

"Vamos tomar café-da-manhã na Cafeteria Astoria!", anunciou Mickey com orgulho. "Vou comer uma maçã assada com sorvete e panquecas com xarope e tudo mais."

"Pelo amor de Deus", disse a mãe, e ela se levantou imediatamente, fazendo, agora, uma pausa por um instante para espiar lá fora pela janela, diante da qual ela se deteve em seu robe comprido de algodão em atitude de prazer sonolento, gritando "Ah, os passarinhos lindos! Escutem só! Nossa!"

"Marge, a gente se vira. Não precisa se levantar, está bem?!" E Martin enfiou a camisa por dentro das calças e saiu depressa pela porta, mas ela desceu atrás dele do mesmo jeito.

Então, nos minutos que se seguiram, o pai ficou no banheiro tossindo estrondosamente, fazendo barulho, com a água correndo na pia, enquanto Mickey, sentado perto da porta de tela olhava fixamente para o quintal lá fora, e sua mãe tirava o leite da geladeira e se ocupava na cozinha. Por fim, o pai surgiu do banheiro todo barbeado e penteado e lustroso, com um charuto que deixava atrás dele uma grande trilha de fumaça e uma expressão matinal severa e absorta no rosto, e caminhou até o escritório, pegou seus programas de corridas na escrivaninha, meteu-os no bolso do colete junto com um punhado de charutos, apontou alguns lápis, enfiou seu chapéu de palhinha no alto da cabeça e estava pronto para sair.

A mãe estava parada no meio da cozinha olhando fixamente para eles com os braços cruzados, impotente, e não parava de dizer: "Meu Nosso Senhor! Por que não me avisou? Eu teria preparado o café-da-manhã. Vocês não podem sair de barriga vazia. Beba esse leite – e Mickey", disse ela, tirando fiapos do casaco dele, "por que você tinha que vestir esse casaco velho horroroso. Por que não usou o novo bonito! Beba seu leite, a que horas vocês voltam para casa?", perguntou ansiosa.

"Vamos voltar tarde da noite. Não precisa se preocupar."

"Esta noite vamos comer um bife em Boston e ver um filme!", acrescentou Mickey com excitação, e correu pela varanda e saltou por cima da balaustrada.

"Bem", disse a mãe com tristeza, "vocês deviam ter comido alguma coisa mesmo assim".

E tossindo estrondosamente, resmungando e mascando seu charuto, Martin saiu de ré com o carro da garagem e fez a volta na entrada de automóveis ao lado da casa, onde esperou acelerando o motor impacientemente enquanto a mãe limpava a roupa do menino na varanda e penteava seu cabelo. E quando Mickey pulou para dentro do carro, ela estava de pé na porta da cozinha com os braços apertados junto ao peito, trêmula, dando todas as últimas instruções e sugestões em que conseguia pensar, olhando para o céu para ver se ia chover, avisando para não comerem cachorros-quentes demais, e por aí vai, e por fim eles pegaram a estrada e partiram com Mickey acenando de volta para a mãe, satisfeitíssimo e gritando: "Tchau, mãe! Tchau, mãe! Hoje vamos ganhar cem dólares! Você vai ver só, mãe!"

E por toda a volta da casa dos Martin, nas árvores e nas sebes e nos galhos que cobriam a estrada velha como um dossel, os pássaros cantavam, dardejavam e esvoaçavam nas folhinhas verdes.

Era de manhã, e o menino estava com seu pai.

"Agora", disse o pai, "vamos passar a manhã na gráfica para estudar os números e ver em quem podemos apostar. Acho que tem algumas barbadas, hoje"

"E eu", disse sério Mickey, "vou estudar o *handicap* de todos eles e anotar à máquina de escrever".

Então eles conversaram sobre essas coisas e tomaram café-da-manhã na cafeteria da praça, onde o sol da manhã batia sobre o chão limpo de lajotas que tinha acabado de ser esfregado, e tudo estava marrom e dourado – café forte fumegando nas grandes cafeteiras, os meios pomelos gordos no meio do gelo picado dourados à luz do sol, os painéis marrons de mogno, o bufê reluzente, e todos os homens que estavam ali de manhã comendo e falando.

Mickey tomou depressa seu café-da-manhã e ficou esperando impacientemente que seu pai terminasse de conversar com uns homens na mesa ao lado, e então eles foram andando até a gráfica para começar a trabalhar. Mickey fez uma lista dos cavalos do dia e com cuidado e critério os escolheu de acordo com seus próprios cálculos. O pai abriu o *Morning Telegraph* à sua frente.

O velho John Johnson chegou às dez, olhou para eles por um instante, removeu o cachimbo da boca e disse: "Sabe, acho que se vocês dois não conseguirem descobrir um jeito de ganhar nas corridas, não acredito que alguém mais consiga."

"O que você tem aí no oitavo páreo, Mickey?"

"Green Swords."

"Green Swords? Nunca ouvi falar nesse pangaré."

"Ele vai ganhar o oitavo páreo! É um alazão castrado filho de Sickley", deixou escapar Mickey, impaciente.

"Ele é um o quê? Está vendo isso, John? Esse garoto conhece até os pais e a linhagem dos cavalos. Ele não liga para números, ele procura classe! Rá, rá, rá!" – e despenteou satisfeito o cabelo de Mickey. – "Esse é o meu garotinho maluco!"

Martin soltou uma gargalhada e voltou sacudindo a cabeça para os números com um entusiasmo distraído e renovado.

Ao meio-dia os dois apostadores estavam prontos para partir. Enfiaram seus papéis e números nos bolsos, compraram um bloco de rascunho, o pai foi até o banco sacar um maço extra de dinheiro, fizeram um almoço rápido no restaurante chinês onde Martin brincou com seu velho amigo Wong Lee e deu a ele uma dica para o primeiro páreo, e partiram de carro na tarde quente e ensolarada, desceram o vale de mata verde do Merrimac e depois seguiram para o norte rumo a New Hampshire e ao Rockingham Park nas colinas.

Rockingham era igual a todos os hipódromos em uma tarde quente e sonolenta, mas para Mickey era todo ouro e magia. Em frente aos portões havia os gritos dos ambulantes e vendedores de prognósticos com suas dicas – "O cronômetro do

Kentucky" ou "O Cartão Verde de Lucky Morgan", e havia o tremular e desfraldar das bandeiras no alto das arquibancadas e nas tendas, o cheiro de cachorros-quentes e cerveja no ar quente, o sol quente sobre o cascalho, e aquela sensação de excitação preguiçosa que um hipódromo evoca quando as pessoas entram pelos portões e a presença vasta e invisível da própria pista os aguarda além das tribunas com sua extensão repentina se espalhando além do gramado verde do centro, suas curvas amplas, pedras de apostas, estábulos ao longe e marcos de distância reluzente acompanhando a cerca por mais de uma milha.

Era a cena imensa, sonolenta e agitada do destino e da fortuna de um dia para todos os belos cavalos saltitantes, e os jóqueis, proprietários, treinadores e apostadores estavam reunidos ali sob o sol cálido, um épico de homens que estimulava a imaginação do garotinho, enchendo-o de tamanho assombro que, ao pôr-do-sol, tudo aquilo ficaria registrado para sempre nos arquivos repletos de "O Turfe" – e nos quadros cinza de estatísticas do *Morning Telegraph*, para ser examinado anos mais tarde com recordação e admiração: "8ºP, 4 de maio de 41 – Choctaw 106, Mandy Lou 109, Fading Sun 111". E a lembrança de cavalos esquecidos, velhos jóqueis, a poeira na primeira curva e o sol caindo atrás das colinas.

Era sempre a glória antes do primeiro páreo, antes que os acontecimentos do dia começassem a entrar para os anais do turfe e a lenda antiga dos arquivos, e Mickey não perdeu nenhum deles. Enquanto seu pai trabalhava sobre seus papéis e ia até os guichês apostar, Mickey se apoiava na cerca do padoque e examinava os cavalos com fascínio e alegria, consultava seu programa para conferir a linhagem dos cavalos nobres, perambulava por ali escutando as conversas, e para o mundo inteiro era um aristocrata e aficionado do turfe, sem jamais apostar, sem se aborrecer porque algum cavalo ou algum jóquei pareceram deixá-lo na mão, sempre ali despreocupado à procura de um vislumbre do flanco de um belo baio, prestando atenção na postura de pernas de um jóquei famoso, nas jaquetas reluzentes dos criadores, e todos os arreios, as botas engraxadas, as selas e o equipamento daquele esporte que ele reconhecia e aceitava com satisfação como o esporte dos reis. Quando a campainha tocou e os cavalos desfilaram do padoque até o disco, Mickey os seguiu pela cerca, sem nunca tirar os olhos deles; para ele, era tudo ouro e magia.

Seu pai tinha apostado quinze dólares no vencedor em uma potranca de dois anos no primeiro páreo. Ela era inquieta e arrogante, uma alazã brilhante ao sol. Seu jóquei inclinou-se para frente e sussurrou algo em sua orelha, ela trotou e exibiu os dentes: seu nome era Flight. E Mickey observou cada um de seus movimentos quando ela se apresentou na pista com os outros cavalos, num cânter em direção à primeira curva, ele notou seus cânteres rápidos irrequietos e suas danças, observou as habilidades do jóquei até queimarem os olhos de sua mente, por isso, quando os cavalos estavam parados solenemente no *starting gate*, a quase um quilômetro do outro lado da pista, ele ainda conseguia ver Flight e percebia a postura peculiar do jóquei quando ele se inclinava para lhe acariciar o pescoço.

"O que ela está fazendo agora?", perguntou o pai.

"Ela é teimosa, não quer entrar no *starting gate*."

"O que eles estão fazendo?"

"Os homens a estão empurrando por trás. Agora ela está saltando", gritou Mickey com excitação.

E a multidão murmurou "Oooh!" quando viu uma confusão do outro lado da pista.

"Ela vai estragar tudo", murmurou Martin com tristeza. "Eu não devia apostar nesses de dois anos. São todos umas desgraças nervosas!"

"Ela está quase, pai!", disse Mickey com impaciência.

"O que ela está fazendo agora?", perguntou ansioso o pai.

"Está sacudindo a cabeça de um lado para o outro. Nossa, como é teimosa! Está atrasando toda a partida!", gritou Mickey com alegria. "Agora espere. Vai, vamos, agora."

E de repente do outro lado dos campos sonolentos vespertinos, eles viram os cavalos se lançarem para frente em um só corpo, ouviram o ruído distante da campainha do *starting gate*, a bandeira do cronômetro desceu, e os cavalos arremeteram para frente acompanhando a cerca com velocidade surpreendente em meio a uma nuvem de poeira.

"Vamos lá, Flight querida", berrou o pai, pulando de pé.

E a multidão gritou quando de repente um dos cavalos disparou na frente, junto à cerca, com a cauda balançando para trás, e o jóquei agachado, imóvel.

"Quem é esse?", berrou o pai.

"Flight! Flight! Olhe só para ela", gritou Mickey.

Sem conseguir acreditar de tão satisfeitos, viram o baio disparar pela reta sete corpos à frente do bolo e abrir cada vez mais vantagem, chegando a dez corpos, correndo muito à frente do pelotão, como se corresse por medo, e cada vez mais rapidamente.

"Iaaahuu!", gritou o pai. "Veja como ela corre!"

Flight chegou à curva final quase imediatamente. Seguiu, mas agora parecia correr mais devagar à medida que fazia a curva na direção das tribunas, parecendo quase rastejar enquanto negociava a curva, e de repente surgindo veloz com as pernas bem delgadas no início da reta final, agitada e enlouquecida em um *sprint* frenético e arrasador, descendo a reta alucinada, correndo junto à cerca com os olhos arregalados e fazendo grande esforço – e atrás dela o bolo vinha chegando na reta em uma nuvem de poeira vespertina.

"Ela está completamente sozinha!", gritou alguém com uma surpresa raivosa.

"Êêêêê!", gritou Martin.

E Flight passou a galope em frente às tribunas com seu jóquei virando-se para trás na sela em uma postura rígida, e quase de pé nos estribos enquanto a tocava até o disco final, sorrindo.

Naquele primeiro páreo Martin ganhou 36 dólares limpos. Estava fora de si de alegria. Mergulhou de volta em seus números e papéis com ânimo renovado, erguendo os olhos só por um instante para olhar contente para Flight enquanto lhe tiravam a sela diante da tribuna dos juízes.

"Boa menina, boa menina", berrou. "Viu, filho, você já viu uma criatura tão bela quanto um cavalo de corrida puro-sangue! Ela não é linda! E que animais nobres, tão pacientes, tão leais. Fazem qualquer coisa que seus mestres pedirem que façam – pobres bestas nobres!", exclamou.

Mickey ficou junto da cerca vendo Flight na área de premiação, observando seu velho treinador se aproximar correndo e acariciá-la na fronte com um toque carinhoso da mão, observando o jóquei desmontar, murmurar algo no ouvido do cavalo e seguir andando com agilidade para a sala de pesagem com a sela nos braços, um homenzinho cansado e empoeirado com um rosto moreno, gracioso e enrugado e mãos e punhos grandes e poderosos. Então o cavalariço jogou uma manta sobre Flight, pegou seu cabresto com delicadeza e foi caminhando com ela até as cocheiras – e os dois seguiram lentamente em silêncio seguindo a cerca, com Mickey a acompanhá-los – e ele ouviu o cavalariço sussurrar e cantarolar para a égua séria e silenciosa, então viu o cavalo levar o focinho até a cabeça do rapaz e tocá-lo de leve, então esfregou o nariz no pescoço dele e mostrou os dentes em um gesto sorridente e brincalhão, e bufou de leve, cansado. Seguiu-os a trote até as cocheiras, até sumirem de vista, e se perguntou como seria à noite quando as corridas acabavam e o rapaz se sentava sobre um fardo de feno em frente à cocheira de Flight e conversava com ela enquanto talhava um graveto na noite fresca de primavera nas serras. Desejou ser também um cavalariço, e jóquei, ter a amizade e o silêncio poderoso de um cavalo, o relincho delicado, o som dos cascos no chão do estábulo, o bufar e esgar delicados, e tudo isso em uma noite quente de verão sob as estrelas e árvores dos hipódromos americanos.

Ele voltou ao padoque para ver os cavalos do segundo páreo, e tudo estava lindo e maravilhoso.

Após o fim do terceiro páreo, o sol tinha desaparecido por trás de nuvens cinzentas, e poucos minutos depois começou a garoar e a cair uma chuva leve – e os odores de feno e esterco úmido dos estábulos e do padoque estavam fortes e perfumados no ar, a terra da pista tinha um cheiro agradável e argiloso, as luzes das pedras de apostas piscavam na penumbra, e lá longe as colinas cinzentas baixas de New Hampshire estavam quase invisíveis na névoa cinza. Todo o ritmo e o sentido do dia de corridas, e a própria pista, tinham mudado para algo menos festivo e brilhante e de bandeiras tremulantes: agora chovia, tudo estava cinza, os cavalos estavam molhados e tinham um ar melancólico, os jóqueis reclamavam de seu trabalho, e tudo parecia de alguma forma mais profissional e emocionante: os treinadores e proprietários estavam amontoados no padoque vestindo capas de chuva e conversando em voz baixa, os apostadores convergiam para baixo das tribunas e fumavam e conversavam e consultavam seus palpites, e de vez em quando Mickey via algum tratador ou cavalariço correr pelo meio da multidão para fazer uma aposta nos guichês como se alguma novidade importante e excitante estivesse transpirando na chuva e nebulosa.

Ele ficou ao lado do pai sob as tribunas em meio a todos os homens, e comeram cachorros-quentes e beberam *root beer** e observaram as pedras de apostas piscarem em meio ao cinza.

"Agora a pista está pesada", disse o pai com tristeza. Ele não tinha ganhado nada desde o primeiro páreo e agora estava com um prejuízo de uns vinte dólares, e parecia muito desanimado e mal-humorado. "Não sei em quem apostar nesse próximo páreo. E se as coisas continuarem assim, não vai sobrar dinheiro para jantar nem ver um filme em Boston." Ele baixou o olhar para Mickey, envergonhado.

---

* Bebida não-alcoólica, gasosa e adoçada, feita de raízes. (N.E.)

"Não!", gritou Mickey.

"O que posso fazer? Não acertei nada desde Flight. Fiquei convencido demais – apostei demais nos dois últimos páreos."

E eles ficaram abatidos olhando para a chuva, parados lado a lado com as mãos nos bolsos, então por fim o pai deu uma gargalhada. "Ânimo, filho! Vamos ver o que vai acontecer."

Mas depois do sétimo páreo, só sobraram uns dez dólares ao pai, e ele estava muito chateado. Tinha jogado seus programas e prognósticos no lixo, estava ficando com mais raiva a cada minuto, e por fim quis ir para casa.

"Vamos embora daqui, pelo amor de Deus!", rosnou com raiva. "Hoje deu tudo errado, nunca vi os cavalos correrem de um jeito tão maluco. Deve haver alguma armação em algum lugar – esses malandros daqui sempre estão armando alguma!"

"Vamos ver o último páreo", implorou Mickey ansiosamente. "Quero ver o Green Swords. Não quero ir para casa, pai", choramingou.

"Você ficou muito triste, não é?", resfolegou o pai. "A gente ia ter um jantar de primeira e depois ver um bom filme em Boston e se divertir, agora olhe só o que seu pai aqui fez – perdeu seu dinheiro todo como um idiota." Ele rasgou e jogou fora as pules do sétimo páreo e chutou os pedacinhos com um golpe desventurado e cruel de seu pé. "Quem é esse Green Swords de quem você vive falando?", perguntou com curiosidade.

"Ele correu o inverno todo na Louisiana, pai!"

"Louisiana? Como você sabe disso?"

"Eu tenho acompanhado ele correndo por lá, sabia? Green Swords lá tem *handicap*" – Mickey apanhou um *Morning Telegraph* velho jogado fora – "agora eles o trouxeram para cá".

"Você acha que eles o trouxeram escondido para cá para alguma armação? Deixe-me ver a droga desse jornal!" E eles examinaram com atenção o retrospecto do cavalo quando a sirene do último páreo tocou e uma torrente de excitação percorreu as multidões.

"Bem, por Deus, nunca ouvi falar nesse potro, mas como você disse, ele está correndo bem abaixo de sua classe."

"Claro!", gritou Mickey com excitação. "Você nunca ouviu falar dele porque ele sempre correu lá na Louisiana. Olhe quanto está pagando, trinta para um! Ninguém por aqui também nunca ouviu falar nele. Hein?"

O pai olhou para a pedra de apostas e esfregou o queixo pensativo.

"Meu Deus, ele é mesmo uma pule e tanto. Quase vale a pena arriscar."

"Ele foi trazido às escondidas", sentenciou triunfante Mickey. "Espere só! Agora ele vai vencer e seus proprietários vão conseguir ganhar um monte de dinheiro. Você vai ver!"

"Talvez você tenha razão", disse sonhador o pai. Pegou seus dez últimos dólares do bolso e olhou para eles. "Só me sobraram esses últimos dez dólares – acho que já não vai dar mesmo para ir a Boston – por isso a gente podia muito bem apostar e resolver logo isso e ir para casa direto depois, hein? Se vamos perder, pelo menos vamos fazer isso bem-feito, hein?"

E olharam um para o outro, pensativos, e em seguida para a nota de dez dólares.

"Ele caiu para 18 para um!", observou Mickey, olhando para a pedra.

"O quê? Alguém deve saber de alguma coisa para fazer algo assim! Vamos lá!"

Então correram até os guichês de apostas, e o pai comprou pules de vencedor e placê. "Agora", disse ele, puxando para fora o bolso vazio, "olhe só para nós, os duros! E você disse à sua mãe hoje de manhã que íamos ganhar cem dólares. Que piada!".

O páreo era de 1.800m. No momento em que os cavalos eram conduzidos até o *starting gate*, o sol reapareceu através de uma abertura nas nuvens, e tudo ficou calmo e rubro com a luz que lentamente se esvaía, um friozinho e um frescor se espalharam pelo ar, a água da chuva pingava da cobertura da arquibancada e cintilava nas poças. Para Mickey, era como o último dia do mundo, o entardecer do tempo e do destino, o brilho da luz avermelhada que ele sempre se lembraria de sua infância acompanhado de admiração muda e reverente tomou conta. E agora ele estava com medo.

"Aquele ali é seu cavalo, Green Swords?", perguntou o pai cheio de desconfiança. "Na raia oito? Meu Deus, ele parece estar quase dormindo. Olhe para ele ali parado com a cabeça baixa, entre as pernas."

E de repente ouviu-se o barulho estridente da campainha de largada, a multidão se levantou, os cavalos se lançaram para frente, encrespando-se e galopando na lama.

"Bem", disse o pai, mandando um beijinho com a ponta dos dedos, "adeus, dez dólares!"

Green Swords estava correndo no fim do bolo, ofegando e se esforçando na lenta perseguição. Mas na primeira reta eles o viram se juntar aos últimos do bolo e ficar ali com a cauda ondeando ao vento.

"Olhe!", gritou Mickey. "Ele larga mal. Espere até chegar à reta final."

"É, espere só", disse desesperançado o pai, sem olhar para a pista, mas de vez em quando dando uma espiada com curiosidade arrependida.

Os cavalos seguiram pela reta por um tempo em um grupo compacto, então chegaram à curva e pareceram parar enquanto faziam a volta e tomavam a direção das tribunas novamente, e ali na luz vermelha pareceram se fundir em uma única massa que se movia lentamente. Mickey tinha perdido Green Swords de vista no meio da escaramuça, mas o locutor disse que ele estava em oitavo lugar.

"Ouviu isso?", gritou com raiva o pai. "Oitavo é quase último! E foi assim que eles correram para mim o dia inteiro, o dia inteiro!"

Mickey olhou para seu pai com terror no coração, viu a luz vermelha do sol poente reluzir em seu rosto e em seus olhos, reforçando cada traço de desapontamento, pesar e arrependimento em sua expressão, e de repente teve vontade de chorar.

Mas o estrépito da multidão quando os cavalos se aproximaram fez com que ficassem de pé. Observaram avidamente quando os cavalos entraram na reta em disparada, todos com as pernas delgadas, dando guinadas e espalhando água. As poças na pista estavam vermelhas sob o sol, os rostos dos jóqueis pareciam carregados e concentrados enquanto chicoteavam e se erguiam e esporeavam, os cavalos moviam-se como se formassem um só corpo. Todos passaram acelerados pela marca dos setecentos metros na aproximação emocionante da chegada que soava como um tamborilar surdo sob o clamor da multidão.

Mickey procurava ansiosamente por Green Swords em meio a todos os cavalos e de repente ele o viu todo enlameado, correndo pelo meio e dando uma guinada para fora para sair do bolo e correr livre.

"Lá está ele! Está tentando correr por fora!"

"Eu não estou vendo. Em que posição ele está correndo?"

"Sétimo!"

"Oh, meu Deus!", gritou Martin e se levantou e esfregou a testa, aborrecido. "Vamos embora daqui!"

"Ele ainda está correndo", gritou Mickey. Ele olhava para os cavalos disputando os últimos duzentos metros, todos pareciam esgotados, cansados de correr na lama, e Green Swords parecia correr de cabeça baixa, firme e decidido, e aos poucos foi alcançando os primeiros do bolo pelo lado de fora. Mickey pulou de pé na cadeira, inclinou-se para trás para avaliar a distância que ainda faltava e o ritmo lento do avanço de Green Swords, e de repente ficou horrorizado ao perceber que Green Swords sem dúvida conseguiria com mais duzentos metros, mas não havia tempo, eles estavam quase na linha. Green Swords parecia afundar mais na lama e se esforçar mais, ele avançou, todos chegaram à marca de cem metros e passaram por ela, e, pouco antes da linha de chegada, o cavalo que liderava vacilou em um movimento de cabeça, uma pata escorregou na lama, os outros cavalos lançaram-se à frente em uma falange de pescoços estendidos, e de repente Green Swords surgiu num relance, passou por todos eles e atravessou o disco em primeiro meio corpo à frente do grupo denso e confuso, e o jóquei ergueu-se na sela exultante.

Seu pai já estava na metade do corredor, olhando perplexo na direção de Mickey.

"Ele ganhou! Ele ganhou!", berrava alto Mickey.

"Quem ganhou?", resmungou o pai. Ele viu Mickey correndo em sua direção com um ar delirante de alegria.

"Ele ganhou! Green Swords ganhou!"

"Ele não ganhou."

"Ganhou! Olhe! Estão botando os números. Número oito! Green Swords!"

O pai olhou para a pedra, de cenho franzido; não conseguia enxergar àquela distância. "Acho que não –", disse o pai, em dúvida, e então acima da confusão ouviu o locutor dizer despreocupado:

"O vencedor é o número 8, Green Swords, por meio corpo."

Ele agarrou seu menino e o abraçou enlouquecido, berrando "Iahuuuuu!" e sacudindo-o delirantemente. Estava fora de si de tanta alegria. Ele gritava: "Coitado desse menino! Coitado de você, Mick, não acreditei em você! E pensar que não acreditei em você!"

E Mickey riu com uma satisfação louca, e no momento seguinte eles desciam apressados a escada, de três em três degraus, o homem grande saltando sem jeito e gritando de alegria, o menino correndo pelo meio das multidões na direção do guichê de cinco dólares, onde chegaram correndo sem fôlego e esperaram na fila, trocando socos um com o outro de brincadeira e sorrindo para todos os que estavam ao redor e rindo.

Martin tinha apostado cinco dólares no vencedor e cinco no placê e recebeu 117 dólares no total.

"Agora vamos a Boston para um jantar de primeira, Mickey, meu filho!", exclamou com alegria o pai enquanto contavam o dinheiro e o manuseavam sem jeito e andavam de um lado para outro olhando para ele e sorrindo para todo mundo em um estado que parecia um sonho, distraídos à procura do portão de saída.

"O que acha de cada um de nós comer dois bifes, hein?"

"E depois vamos tomar sorvete no Thompson's!"

"Todo o sorvete que você quiser!", gritou triunfante o pai. "Todos os bifes e costeletas que você quiser, filho, todo o sorvete e tortas e bolos do mundo! Tudo! Mexilhões fritos! Cachorros-quentes! Hambúrgueres! Chucrutes e salsichas! O que vamos comer? Onde vamos começar?", berrou contente. "Garoto! Estou com uma fome de cavalo! Que tal a Old Union Oyster House para comer uma lagosta com manteiga derretida? Ou talvez a gente possa ir ao Jacob Wirth's para comer feijão e pão preto, ou salsichas, ou bife, e um pouco daquela boa cerveja bock para mim? Nossa, estou faminto! Hein, Mickey? – ou o Pieroti's para belas costeletas bem grossas? Hein, meu filho? Onde vamos comer? Por onde vamos começar?"

Saíram caminhando de braços dados do hipódromo e foram de carro para Boston, triunfantes e alegres e com fome.

E o sol se pôs sobre a lenda de Green Swords no último páreo, crônica solene guardada para sempre nos arquivos cinza. O sol caiu, e as luzes da estrada cintilavam ao longo de toda sua extensão em meio às neblinas do anoitecer em New Hampshire.

[3]

Francis conheceu um homem estranho naquele verão. Um dia estava na Biblioteca Pública de Galloway, examinando uma prateleira de romances franceses em edições de bolso – tinha começado a ler em francês antes de se matricular em uma faculdade naquele outono –, quando ouviu alguém se aproximar de mansinho às suas costas, fazer uma pausa, dar uma risada mordaz, e dizer: "*Comment! – on lit le français dans les petites provinces des Etats Unis?*"*

Francis virou-se e encarou o homem.

"Estava apenas expressando minha surpresa...", Wilfred Engels inclinou-se de leve, o casaco sobre o braço, o colarinho suado aberto, sorrindo, esfregando a testa, "minha surpresa por encontrar um rapaz interessado nos originais franceses nesta cidadezinha provinciana americana". E com isso riu outra vez e saiu andando.

Mas um momento depois Engels virou-se e voltou, e se apresentou de repente de maneira insinuante...

"Você pode estar se perguntando a meu respeito, posso até ver isso em seus olhos agora, está se perguntando: o que esse homem de aspecto envelhecido e *outré* pode querer comigo, eu estava apenas cuidando de minha própria vida! Mas diga-me, porém, imediatamente, se aborrece você ter de ficar aqui conversando comigo!"

---

* "Como assim? Lê-se em francês nas cidadezinhas do interior dos Estados Unidos?" Em francês no original. (N.E.)

Francis começou a balbuciar algo.

"Bom! Bom! Você tem aquele respeito delicado com estrangeiros que tão poucos americanos têm. Mas vou ser breve: estou aqui nesta cidadezinha melancólica em viagem de negócios, andando pelas ruas solitário, forasteiro e longe de casa, entro na biblioteca para escapar da chuva e veja! Encontro esse rapaz de aparência inteligente lendo despreocupadamente páginas de Julian Green, Balzac, Stendhal... Mas essa expressão em seus olhos ainda está confusa! Acredite, estou nos Estados Unidos há tempo o bastante para saber o que essa expressão significa... Qual o seu nome?", perguntou repentinamente, com uma reverência rígida.

"Martin..."

"Acredite, Martin, na França, na Europa, pessoas que são perfeitos estranhos falam umas com as outras desse jeito todos os dias!"

"Eu não disse nada", sorriu Francis.

"Ho, ho, ho!", gargalhou estrepitosamente o homem, sob o olhar incomodado da bibliotecária. "Agora eu me sinto melhor, tenho um conhecido espirituoso. Estava me sentindo *muito* desconsolado; lá fora nessas ruas chuvosas é como uma cena de Flaubert. O que acha de um chá? Estou curioso para saber o que um rapaz como você *pensa*, verdade! Você parece tão diferente de todos os outros..."

"Bem...", começou Francis.

"Diga o que quiser, só não se sinta na obrigação de me agradar!", gritou, erguendo o dedo com um risinho estranho.

"Bem", disse Francis, "achei engraçado – quero dizer, o chá, o chá!"

"Eu gostaria de saber o que vocês pensam sobre as coisas nesta parte fora de mão do Universo", disse Engels com repentina seriedade, olhando fixa e atentamente para Francis, mas um pouco de soslaio por trás das lentes grossas. "Acredite, será muito educativo para mim. Você se sente especialmente *invadido*?"

"Ah, não, não."

Então Francis, surpreso, pegou sua capa de chuva. Sorrindo baixinho com certo escárnio diante da idéia daquela coisa toda, que começava a assumir proporções tão engraçadas. "Que personagem!", pensou. "Quem poderia imaginar!" Atravessaram a rua depressa e foram até o restaurante num vagão perto da linha do trem. Quando se sentaram em um reservado perto da porta fumegante da cozinha, o balconista os encarou e por fim inclinou-se e disse:

"O que vão querer, meus caros?"

E eles pediram um chá.

"Chá!", gritou ele, encarando-os. "Chá?" Ele olhou ao redor enfastiado. "Bem", suspirou, "não sei. Vou ver se tenho algum saquinho de chá sobrando."

E o chá lhes foi servido em grandes canecas de café trincadas. Era tão gostoso que Francis mal podia acreditar.

"Sou vienense de nascimento", prosseguiu Engels, refestalando-se no reservado, agora com um ar satisfeito de sociabilidade, "mas, sabe, fui criado em Paris. Imagino que saiba tudo sobre Paris."

"Eu já li sobre ela."

"Rá, rá! Atento e cauteloso!", Engels sacou um cigarro longo de uma cigarreira e agora dava pancadinhas com ele, distraído. "Talvez você esteja se perguntando em que ramo eu trabalho. Você não pensa: 'Ah, um empresário, um Babbit'. Isso *é* a coisa que está mais longe da sua cabeça, não é? Bem, sabe, eu estou ligado a uma firma exportadora de Boston, e aqui na sua cidadezinha adorável se fabricam tecidos. Diante de você está um homem de negócios, um homem mercenário, completamente americanizado em seus três anos nos Estados Unidos."

"O senhor está aqui há três anos?"

"Estou, e já providenciei meus documentos para a cidadania, o chamado do dólar é forte demais, não consigo resistir a ele!"

Retirou os óculos de aros grossos e começou a limpá-los de um jeito lento, deliberado e pensativo. Francis viu que ele estava bem entrado na meia-idade, com olhos de pálpebras caídas e um rosto redondo como o de uma coruja, com algo fatigado e suave na expressão que nada tinha a ver com o modo como ele esbanjava alegria, com leve sugestão de ironia na expressão que não dava para dizer se era reforçada de alguma maneira por uma sobrancelha levemente erguida. Francis estava maravilhado com todo o seu aspecto estranho, sombrio, nitidamente intelectual, estranhamente distinto, surpreso por ele estar em Galloway em uma tarde chuvosa de sexta-feira.

"Talvez possamos trocar idéias! É disso que gosto! E, quem sabe, talvez eu possa ensinar algumas coisas a você – fui professor durante uma época, sabia? Ah, já fiz muitas coisas em minha carreira longa e obscura. Talvez um dia possa contar a você sobre ela, uma lição de resistência obstinada à miséria e futilidade de nosso tempo..." Olhou para longe com raiva. "Entretanto, você salvou minha vida, vai transformar negócios em prazer, terei de vir aqui de vez em quando. E, mais ainda, você ressuscitou minha fé nos Estados Unidos da América. Sim!"

Ele continuou desse jeito por um tempo, enquanto Francis ficava um tanto envergonhado. De repente, Engels parou e deu uma risada nervosa:

"Olhe aqui, Martin! Esse é seu primeiro nome? Francis? Bem, acredite, tenho feito um teatro para você, uma espécie de número europeu de péssimo gosto. Mas você sabia, não sabia?" E olhou para longe, com seriedade. "Mas entenda, eu só estava tentando impressionar você, deixá-lo interessado. O fato é que sou apenas um tolo velho e solitário e queria fazer amigos. E imaginei que você devia se sentir um jovem romântico em uma cidadezinha nada romântica quando eu o vi a folhear os romances franceses."

"Não me acho um romântico", disse Francis de modo desapaixonado.

"Todo mundo é tão sério neste país! É realmente animador, acredite. Mas aperte minha mão, Francis Martin, vamos ser amigos. Tenho muito prazer em conhecê-lo, agora."

Riu com uma espécie de satisfação enlevada, e eles passaram o resto da tarde falando no restaurante, principalmente Engels, com grande verve e empolgação. Francis ouvia, curioso, tentando chegar a alguma conclusão sobre ele, tentando decidir o que queria aprender com aquela espécie estranha de homem "europeu" misteriosamente eloqüente, um tanto ridículo, nervoso e de alguma forma muito importante.

Combinaram de se encontrar em Boston dentro de alguns dias, onde Engels disse que conhecia várias pessoas que eram como ele próprio, "radicalmente envolvidas com arte e política e mudanças". "Sabe, você na verdade não está sozinho em suas opiniões sobre a vida moderna. Você devia andar mais por aí!"

Depois disso, Francis refletiu sozinho em frente à biblioteca. Eram cerca de seis da tarde, tinha parado de chover, tudo estava limpo e fresco, com um brilho lavado ao redor da biblioteca e da prefeitura, uma fenda luminosa nas nuvens, um leve arrebol; tudo isso, de repente, em seu devaneio parecia de alguma forma com uma cidade francesa nas províncias para as quais ele foi magicamente transportado após sua longa conversa com o interessante cavalheiro francês. Mas ele via o quanto Galloway realmente estava longe de uma cidade francesa – riu ao pensar nisso –, viu as fábricas de tijolos vermelhos, os becos sujos nos fundos dos bares na Rooney Street e depois as casas vitorianas com vasos de plantas nas varandas com telas.

E, quando chegou em casa, viu a velha casa feia e cinzenta, o quintal cheio de tábuas, baldes, bancos velhos de carro, latas de óleo vazias e um aparador de grama. Na casa, dois rádios davam os resultados de beisebol e tocavam *swing* alto. Lá dentro Elizabeth estava deitada esparramada no chão, lendo *Thrilling Love Magazine* e *Movie Screen*; Charley lia a *Popular Mechanics*; o pai, o *Evening Courier* de Galloway; Peter engraxava uma bola de futebol americano; Ruth falava de modo vazio ao telefone com um de seus namorados. Todos faziam algo – mas ninguém *pensava*; ninguém estava interessado em algo mais elevado, mais belo, mais refinado.

"Meu Deus", pensou Francis. "Não há *nenhuma* cultura neste lugar!"

Francis e Engels se encontraram e caminharam pelas ruas de Galloway durante todo o verão. Francis chegou a ir a Boston e visitou alguns dos amigos "políticos" de Engels, que davam festas e discutiam "questões" e iam a shows e a manifestações. Alguns deles eram os americanos política e artisticamente bravios e indignados que Engels jamais poderia ser; estudantes de artes, escritores jovens, estudantes de direito, atores, professores universitários, todo tipo de gente jovem e velha.

O mais importante para Francis foi que pela primeira vez na vida ele ouviu falar – e falar na linguagem fluente e articulada do "pensamento contemporâneo" – sobre os sentimentos nebulosos e vagos que vinha carregando pelos últimos anos em Galloway. Pelo menos ele se deu conta de que não estava sozinho nesses sentimentos. Em outros lugares do mundo outros homens e mulheres viviam e pensavam e raciocinavam como ele, outros homens e mulheres não estavam satisfeitos com o estado das coisas, com a sociedade e suas convenções e tradições e manchas opressivas, outros homens e mulheres perambulavam solitários pelo mundo carregando nas mãos o fruto amargo e orgulhoso da "consciência moderna". Como ele, no início se sentiram assustados e sozinhos, até descobrirem que havia outros.

E ele ficou surpreso em pensar que toda uma linguagem coerente passou a existir em torno dessa corrente inteligente e determinada, essa revolta branda nos Estados Unidos. Eles tinham palavras que davam nome às reclamações-chave e davam forma às soluções mais importantes, estudos tinham sido levados a cabo em vários campos em um esforço para expandir as revelações desse novo conhecimento, milhares de pessoas espalhadas pelo país estavam lendo os mesmos livros raros e desconhecidos.

Eles tinham as palavras, tinham seus hábitos e comportamentos, suas características e os lugares e os filmes e os restaurantes e pontos de encontro comuns. Acima de tudo, tinham esse universo e os nomes estranhos e estrelas de sua constelação: Freud, Krafft-Ebin, Kafka, Jung, Rilke, Kierkegaard, Eliot, Gide, Auden, Huxley, Joyce: nomes que quando ouvidos pela primeira vez levaram tanto mistério e alegria e curiosidade para sua alma. Tinha uma visão completa desse novo tipo de vida e de todas as pessoas com seus livros e idéias que davam forma a ele.

"Gostei de ver que você resolveu ir para Harvard, Francis", disse Engels. "Realmente é uma das poucas universidades decentes em toda a terra estéril. Há Berkeley e Chicago e, é claro, Columbia e algumas universidades do Leste. Mas além dessas – meu Deus! As outras existem basicamente como usinas de processamento para jogadores de futebol americano e alunos confusos, *verdade*! E algumas das faculdades dos jesuítas não passam de bastiões do catolicismo reacionário."

Então Francis pensava em "Berkeley" e via o grande número de "intelectuais de verdade" reunidos ali, caminhando pelo campus à noite em grupos e círculos exclusivos, falando fluentemente as palavras mágicas e todos os nomes com uma segurança blasé, quase desinteressada, mas com uma espécie de determinação calma, também, todo um mundo novo exótico, descoberto no centro vasto dos Estados Unidos atraentes, balbuciantes e brutos. Podia ouvir as palavras, os termos – "frustração", "neurose compulsiva", "complexo de Édipo", "ansiedade", "exploração econômica", "liberalismo progressista", "os fatos" – podia ouvir os nomes pronunciados com naturalidade: Picasso, Braque, Cocteau, Heidegger, Tchelitchev, Henry Miller, Isherwood – e podia ver os lugares e se surpreender porque de repente eles existiam e o aguardavam em silêncio.

"Há esperança", disse Engels. "Há muita gente boa surgindo, e as coisas estão mudando. De certa forma, a depressão fez isso. Por muitas razões a Depressão foi a melhor coisa que podia ter acontecido aqui: os americanos estavam com medo e doentes – e como homens doentes reduziram o ritmo – e novas idéias chegaram e de maneira bastante admirável promoveram essas mudanças em todas as direções."

E Francis ficou satisfeito com essas descobertas de um país que não era de jeito nenhum como a futilidade que sempre conhecera em Galloway.

Uma coisa estranha aconteceu certa noite, quando Wilfred Engels partiu para Nova York. Ele tinha visitado Francis em Galloway, e eles estavam entrando apressados na velha estação encimada por torres para pegar o trem dele quando esbarraram com Peter e seu companheiro Danny.

"Ah, este é meu irmão Peter", apresentou Francis.

"Ora, ora!", exclamou Engels, segurando a mão do garoto. "Mas que prazer inesperado!"

"Francis tem me falado muito sobre o senhor, sr. Engels!"

"Você é o que vai para a faculdade jogar futebol americano!", gritou Engels. "O atleta que nunca vai abrir um livro!"

"Não sei disso, não", disse Peter com um sorriso. "Quem disse que nunca vou abrir um livro?"

"Eu conheço vocês, jogadores de futebol", riu o homem, segurando Peter no ombro. "Vocês sempre acabam vendendo seguros, é isso o que aprendem na faculdade! Você vai se juntar a uma fraternidade, ter muitos amigos que o admiram e então vai vender apólices em reuniões de ex-alunos pelo resto de sua vida!"

Lá fora, sob a chuva forte, o trem entrava com estrondo na estação com grande frenesi de vapor e sinos e rodas gigantescas a girar. O chão da estação tremeu. Em meio à excitação repentina do momento, Engels cambaleou até a porta com sua mala. Continuava a gritar para Peter enquanto todos eles começavam a se afastar: "Ah, eu conheço vocês, conheço vocês!".

"Eu também conheço você!", exclamou Peter, virando-se de vez em quando para olhar para Danny com expressão de surpresa.

"E o seu amigo aí. Qual o nome *dele*? Danny? O que ele faz? Que carta ele tem escondida na manga?"

Danny olhou furiosamente e disse: "Eu trabalho para viver. Trabalho nas tecelagens".

"Ah, ele é o cabeçudo!", exclamou Engels. "Por que não conheci você antes! Isso é terrível. Justo na hora em que vou embora! E agora todos vocês vão para a faculdade – exceto o operário sombrio aqui –, estão todos começando suas vidas! Vou embarcar em um trem rumo aos limites da noite com minha mala – apenas um tolo velho e solitário. Secando e se extinguindo malignamente em meus próprios humores antigos e malignos – vocês estão entendendo?"

Os garotos ficaram parados pela plataforma um pouco envergonhados. Engels parecia prestes a se derramar em lágrimas, mas segurou Peter outra vez pelo ombro e bradou: "Eu conheço você, admita! Você é do tipo que esconde deliberadamente seu próprio eu do mundo! Não é verdade?"

"Bem..."

"Seja um bom irmão para Francis, lembre-se disso! Quanto a mim, sou apenas tolo e solitário e agora vou partir para os limites da noite. Vou escrever para você, Francis, assim que chegar a Nova York! Adeus, adeus!"

O trem fez um estrondo e partiu roncando sob a chuva forte. Eles o viram acenar, sorrir e desaparecer, e então o pesar pela partida de um trem em qualquer chuva noturna em qualquer lugar abateu-se sobre a plataforma. Eles voltaram a passos lentos para dentro da estação com as mãos nos bolsos e, por fim, sentaram-se nos bancos velhos.

"Esse cara é *maluco*!", disse Danny com assombro.

"Ele tomou uns martínis antes de virmos para cá e está um pouco bêbado", disse Francis enfastiado.

"Que figura!"

Eles ouviram o apito do trem lá longe em South Galloway, a chuva tamborilava no telhado alto da velha estação, e o silêncio de um trem que partiu e de uma voz excitada que partiu estava por toda parte, assombrado pelo pesar.

E Francis, estranhamente, de repente estava pensando em Mary Gilhooley, que amara na escola e por cuja casa em South Galloway, agora, Engels estava passando velozmente em um trem, sob a chuva noturna, sobre a ponte e sobre a mesma praia onde ela o rejeitara naquela noite, há muito tempo. Era tudo tão triste.

"Ele é um homem muito inteligente, Pete. Você não o pegou na hora certa, só isso."

Ficaram olhando fixamente para a rua de paralelepípedos reluzentes lá fora, os postes de luz que gotejavam sob a chuva, os carros que passavam solitários na escuridão chuvosa, o brilho baço das janelas das fábricas alinhavam-se azulados além dos becos cercados de tijolos. Havia poças na rua, e a chuva tamborilava e respingava por toda parte.

Eles se levantaram e andaram lentamente até as portas.

"Olhem, lá vai o Doido de Pedra!", observou Peter. "Que sujeito mais maluco. Olhem só para ele – bêbado como sempre – a caminho de casa para dormir até passar."

E o Doido continuou a cambalear lá fora, e depois não havia mais nada além de chuva e poças e o brilho de um néon vermelho sobre as pedras do calçamento, e o tamborilar baixo e constante por toda parte.

"Um dia eu vou embora desta cidade horrorosa", disse Danny. "Sabiam?"

Ninguém disse nada, e eles ficaram ali parados com as mãos nos bolsos e olhando para a chuva. De algum lugar ao longe ouviram um som uivante bem baixinho, afogado imediatamente por uma pancada de chuva açoitada pelo vento sobre o telhado.

"Bem. Vamos ao Nick's, no outro lado da rua – tomar uma xícara de café."

A porta da estação se abriu e um condutor magro entrou, sacudiu a chuva de sua capa, virou-se, inclinou-se sobre uma escarradeira com um dedo apertando o nariz e o assoou. Agora andava lentamente pelas tábuas gastas do chão da estação, e olhou para o relógio no alto, na parede, e parou para conferir seu próprio relógio de bolso velho, e seguiu vagarosamente até a prisão de seu escritório e bocejou. E a chuva tamborilava e tamborilava acima sobre o telhado velho.

"Bem – que tal esse café."

"Hein?"

Ficaram parados na porta olhando fixamente para a chuva, esperando. Francis estava solitário, e entediado, entediado. Tudo era como sempre fora, como sempre conhecera, como sabia que sempre seria. Deus, mas como ele estava solitário e entediado.

[4]

O QUARTO DE PETER ficava no segundo andar da casa dos Martin, voltado para o norte, um quarto que dava para a estrada velha, as florestas de pinheiro e as serras que ficavam azuis nos dias cinzentos. Peter dividia esse quarto com Joe desde que podia se lembrar, mas, agora que Joe estava fora, era todo dele com todo o sigilo poderoso que um quarto pode ter quando é herdado e se torna um refúgio solitário. Durante aquele verão, portanto, reorganizou algumas coisas. Empurrou sua escrivaninha pequena para perto da janela, converteu a cama de Joe em uma espécie de sofá contra a parede – seu sofá de "pensar" –, pendurou algumas flâmulas de universidades na parede junto com algumas medalhas de atletismo e um retrato dele em um jornal marcando o *touchdown* no jogo contra Lawton, instalou uma estante de livros surrada que fizera com algumas tábuas velhas e a encheu de livros velhos – e então observou o efeito geral com satisfação.

Agora ele estava "realmente universitário" e estava pronto para ir para a cidade. E passou muitos dias aquele verão só sentado à sua escrivaninha em cima de um livro e olhando sonhador pela janela. Em dias chuvosos via seu futuro nas elevações nebulosas distantes nas colinas no horizonte, lá nas turvas distâncias azuis, e sonhava e sonhava com grandeza. Nunca houve outra coisa capaz de captar sua atenção sonhadora: tudo era o preenchimento de si mesmo, o futuro, a grandeza, uma luta heróica e a superação de todos os obstáculos.

E no quarto ao lado, no quarto dividido pelo pequeno Mickey e pelo jovem Charley, um quarto que também dava para o norte, Mickey estava envolto no mesmo tipo de visão ardente da vida como triunfal. Mickey tinha brinquedos de montar, construía guindastes e caminhões de brinquedo e desenvolvia grandes experimentos de engenharia que no início pareciam impossíveis mas acabavam sucumbindo à sua destreza grave: e, depois de ler *As aventuras de Huckleberry Finn*, decidiu escrever sua própria aventura no rio em um caderno de cinco centavos, um épico cuidadosamente trabalhado chamado *Mickey Martin explora o Merrimac*.

Além disso, Mickey administrava todo um "mundo" imaginário próprio perfeitamente organizado que era exaustivamente posto em movimento e registrado a cada dia em seu próprio "jornal", impresso à mão e ilustrado a lápis. Os esportes predominavam nesse mundo: tudo eram corridas de cavalo, lutas de boxe, boliche, basquete, hóquei, futebol americano e o conseqüente sucesso financeiro, e por toda sua lenda fulgurante e em todos os seus arquivos empoeirados predominava o nome de "Mike" Martin: Mike rebateu mais *homeruns*, rebateu uma média de .395, era o jóquei mais premiado no turfe, o campeão mundial de pesos pesados sem desafiante, o melhor jogador de futebol americano que já passara por uma faculdade, o mais veloz de todos os corredores (ele também corria tranqüilamente uma milha em 4min04 cravados), o mais fenomenal de todos os melhores jogadores de boliche e um dos aventureiros mais ricos dos Estados Unidos, com propriedades e ranchos e esposas pelo mundo inteiro.

Não que não tivesse adversários – ele tinha muitos. Os jornais que ele mesmo imprimia e publicava confirmavam isso tudo em manchetes de oito colunas – e quem podia negá-lo, quando o maior editor de jornais dos Estados Unidos também era o próprio, o único, o genial, o vigoroso "Mike" Martin? Não havia tristeza e nenhuma loucura, apenas determinação, vigor e força no coração. Havia os "malvados", os adversários perversos e também aterradores e poderosos em um mundo de lanças e escudos no estilo americano, mas esses "malvados" sempre sucumbiam após disputas sensacionais no campo açoitado pelo vento da terra, e os heróis alegres, argutos, amados e poderosos levavam a melhor.

Em um dia chuvoso de verão, quando a névoa azul envolveu as montanhas e a paisagem lá fora, Peter estava sentado à escrivaninha debruçado sobre livros elementares de álgebra, geometria e francês – créditos de que naquele ano ele iria precisar na escola preparatória – e, fumando seu cachimbo de um jeito muito universitário, considerava exatamente como iria pôr seu destino em marcha, onde precisaria de uma investida heróica, onde iria necessitar de paciência humilde e alegre, e onde se aproximaria de seus frutos e da hora da imolação extática imortal. Tinha visões de grandes realizações nos estágios preliminares, quase sem importância, ou seja, impressionar as mulheres, surpreender os homens, marcar todos os *touchdowns*, demonstrar excelência acadêmica, conquistando a admiração de todos: os começos humildes explodindo de repente em triunfo, tudo pela virtude de seu heroísmo natural e inquebrantável, as conquistas se empilhando em grandiosidade piramidal, agora se aproximando do ponto de imolação na vastidão de tudo – ele se via fundando famílias e linhagens, organizando eventos mundiais, apontando as necessidades e solucionando-as em pessoa, organizando, desorganizando, revisando erros lamentáveis dos outros, consertando tudo a seu gosto ali parado, um líder sério, poderoso e humilde de homens e coisas – e então desaparecendo de repente em uma névoa de imolação, para o assombro completo do mundo ao seu redor, desaparecendo na neblina imensa do universo, no Valhalla de si mesmo e de tudo.

Ia à igreja nas tardes escuras de chuva da Sexta-Feira da Paixão, e Mickey também, todo silencioso e solene, e viu Jesus sofrendo e heróico, sombrio, Jesus sombrio e sua cruz, o grande Jesus sacrifical, o herói e o cordeiro, e chorou diante do espetáculo daquele pesar heróico. E foi à igreja, e Mickey também, nas manhãs de Páscoa de sinos dourados e sol e flores e viu Jesus elevar-se triunfante, imortal, radiante e verdadeiro – e todos os mortais bocejantes eventuais sentados ao seu lado nos bancos da igreja, aqueles que tossiam e se remexiam irritantemente e caíam no sono e cantarolavam enquanto o drama poderoso do significado da vida estava em marcha por todo o seu redor, aqueles eram os "malvados" da Terra virando-se indiferentemente para longe da imortalidade e do heroísmo, abismais, vazios e sem assombro. Aquilo não era para Peter nem para Mickey. Eles tinham de ser heróis ou nada.

Na noite da véspera de sua partida para a escola preparatória, Peter ficou na cama e sentiu aquele estranho sentimento confuso que os rapazes americanos têm quando estão prestes a partir de casa pela primeira vez, aquele medo sonolento de deixar a cama, o quarto, a casa que sempre foi a primeira base confortável da vida antes de qualquer outra coisa, a casa que é tão familiar e simples quanto um suéter velho, para a qual sempre se retorna depois de excitações e exaustões para dormir tranqüilamente: e ao mesmo tempo ele sentia aquele ânimo estonteante para sair de casa – ir para estações de trem, balcões de cafeterias, cidades novas, fumaça e agitação e cheiros de vento novos e estranhos, para vistas inimagináveis repentinas de rio, estrada, ponte e horizonte, tudo sensacionalmente estranho sob céus desconhecidos, e a fumaça, a fumaça!

Ficou acordado até as quatro da manhã – depois de horas escuras debatendo-se e atormentado de excitação e devaneios solitários nos quais balbuciava consigo mesmo de um jeito estranho ("Bem, lá vai Martin de manhã, lá vou eu!") – e às oito ele acordou tenso e febril, fechou rapidamente a mala toda bem arrumada com camisas e meias e casacos e calças, vestiu seu paletó esporte novo, olhou-se no espelho e desceu as escadas.

A mãe estava na cozinha fazendo seu café. E, enquanto ela tirava algum fiapo de sua roupa, dizia a ele o que vestir nos dias frios e o que comer e o quanto dormir, o que fazer com a roupa suja, e o que dizer para o homem simpático que seria seu reitor, ele apenas ficou ali sentado pensativo e balançando a cabeça. Como era um dia úmido e cinzento de setembro, e o ar estava carregado de tristeza e também de leve excitação selvagem, e era como se ele pudesse agarrar seu estado de espírito no ar, bastava determinar se estava alegre ou triste por ir embora de casa pela primeira vez. Era algo assustador e pesado, como sua mala, algo que se entalava em sua garganta, como a camisa engomada e a gravata nova, por estar "indo embora" – apesar de estar de volta em seis semanas para o Dia de Ação de Graças. E mesmo assim havia uma movimentação tremenda à sua espera do lado de fora, em algum lugar, fazendo um gesto para que fosse em frente, em frente.

"E não se esqueça de me escrever no momento em que chegar lá", a mãe não parava de dizer. "Diga se precisa de alguma coisa. Seu dinheiro deve durar a primeira semana. E escreva para casa para pedir qualquer coisa de que precisar."

"Claro."

"Seja educado e simpático e cause uma boa impressão em seus professores, lá..."

"Claro, claro."

"Estou tão orgulhosa de você, você está tão limpo e bonito esta manhã!", disse ela contente.

"E fique assim!", gritou Rose, puxando um fiapo da manga do herói. "Não vá se sujar todo pelo caminho e chegar lá parecendo um mendigo!"

"Sim, senhoras, eu vou."

"E não se esqueça de ser a estrela do time", disse a irmã Ruth, ansiosa. "Isso é que é importante!"

"E não se machuque!", acrescentou a mãe com expressão séria, e tirou fiapos de seu colarinho.

E enquanto Peter tomava seu café-da-manhã e olhava pela janela pensativo e via as serras e a névoa bem ao longe, algo o animava e o empolgava, ele exultava, estava a ponto de mergulhar de um lugar alto no ar aberto – e ainda assim, quando chegou a hora de pegar a mala e ir até a porta, e beijar sua mãe e suas irmãs, sentiu uma dor no coração e quase quis chorar. Não podia dizer a elas que se sentia daquele jeito, "tinha que ser um homem". Mas elas viram a película fina de umidade em seus olhos e o beijaram com afeto.

"Eu volto em dois meses, são só dois meses", ele continuava a dizer.

"Isso mesmo, o tempo vai voar como nunca! Antes de perceber, vai estar de volta em casa!"

"Claro!", exclamou Peter, tentando desesperadamente reconfortá-las.

"Pobre bebê", disse Rose. "Ele é só um bebê! Agüente firme e escreva logo para a burra da sua irmã mais velha! E quando voltar um grande universitário engomado, não vá ficar de nariz empinado comigo!"

"De que vocês estão falando!", gritou Peter com raiva.

"Não vá perder seu trem, Petey!"

"Meu Deus! Já está quase na hora!" E de repente houve nova comoção de beijos e despedidas, Peter correu para a porta, quase aos trambolhões, sua mãe limpou a gola de seu casaco, alguém abriu a porta, ele saiu correndo dizendo, "Lá vou eu agora! Lá vou eu!".

Desceu a estrada depressa, balançando a mala, virou-se e acenou mais uma vez para a mãe e as irmãs, andou determinado e a passos largos morro abaixo, e elas o viram sair correndo para o "mundo" com um ar animado e pensativo, de expressão séria.

Havia apenas tristeza agora para ele nas névoas cinzentas da manhã, e uma leve pontada de arrependimento no coração, e medo. Na auto-estrada os carros e caminhões passavam com toda a sua indiferença ocupada e auto-absorta, era um mundo matinal de alvoroço e negócios, tudo parecia zombar de seus pequenos pesares solitários, não havia espaço aqui para ele e para as hesitações de um menino caminhando pela estrada com sua mala. Sentiu-se muito abatido, e o dia estava cinzento.

Seu amigo Danny o encontrou na parada de ônibus perto da ponte, como estava combinado. Eles olharam um para o outro com uma alegria verdadeira e apropriada, mas ainda assim desnorteada. Tudo aquilo já tinha sido conversado, antes: Peter estava partindo para fazer sua vida, Danny ficava para trás para trabalhar nas fábricas, mas de alguma forma, um dia, seriam ricos e bem-sucedidos, e sempre continuariam amigos.

"Bem, Zagg" – Danny sempre chamava Peter por esse nome, desde que eram crianças – "então finalmente você está de partida – e é como eu sempre disse, você está no seu caminho."

"Ah, eu odeio como o diabo ter que deixar Galloway; sério, é assim que me sinto!", confessou Peter.

"Um pouco de saudade de sua cidade natal não vai lhe fazer mal algum, Zagg, vai fazer de você um homem melhor." E Danny pronunciou essas palavras de seu jeito casmurro e melancólico.

"Eu sei, Dann, mas... nossa, se você soubesse como eu me senti quando parti de casa. Não sei... mas tem alguma coisa tão triste em ir embora de casa, sabia?"

"*Tem* de ser desse jeito!"

"Eu sei... mas me deixa com um nó na garganta, sabia? Acho que estou maluco, mas foi assim que me senti. E agora – eu me sinto muito melhor, agora, acho que estou com vontade de pegar aquela velha estrada! Rá, rá!"

"Esse é o espírito, Zagg. *Tem* de ser desse jeito!"

"Você sempre foi meu melhor amigo, Danny", disse Peter, repentinamente mortificado. "E algum dia vai ser um grande homem, eu sei! Você é um sujeito bom demais!" Apertou impulsivamente o ombro de Danny. "Um dia vou dizer essa mesma coisa a você, desejar sorte em seu caminho, e sempre vamos ser amigos!"

"Pode apostar, Zagg, sempre vamos ser amigos!"

E com tristeza Peter viu seu amigo infeliz ir trabalhar, ele se sentiu pior que nunca – mas de repente veio algo no ar cinza: um caminhão passou roncando, alguém gritou, houve um tropel de sons por toda parte, como se seus tímpanos tivessem acabado de disparar, tudo estava barulhento e lírico, as cachoeiras trovejavam a seus pés, fumaça passava pelo céu acima, ele estava cego e surdo de alegria.

Estava indo embora de casa e agora caminhava pelo centro enfumaçado das coisas, pela primeira vez "por conta própria". Era um homem com uma mala e uma carteira cheia de dinheiro e todas as suas capacidades famintas e gloriosas, e ali se estendia o futuro vertiginoso à sua frente de modo indistinto! e estradas e pontes e cidades! e fumaça, fumaça, fumaça!

Quando entrou no trem e se sentou no vagão de passageiros entre homens com seus jornais matutinos e charutos, e o condutor fez uma piada grosseira quando conferiu sua passagem, e o homem sentado ao seu lado iniciou educadamente uma conversa sobre o tempo e a situação internacional, Peter se deu conta com alegria de que agora tinha um novo status como homem do mundo. Até fumou um cigarro e expressou a opinião de que a situação internacional estava muito ruim naquele momento, e o homem concordou com ele com veemência por todo o caminho até Boston, enquanto a fumaça passava rapidamente pelas janelas e se elevava no ar cinzento da manhã.

A escola preparatória ficava no Maine, não muito longe de Augusta, no coração das matas e de planícies verdes de algumas das regiões mais belas da Nova Inglaterra, e se chamava Pine Hall. Era relativamente desconhecida, mas era o lugar perfeito para conseguir os créditos e se preparar para a faculdade – e também, claro, era um criadouro escondido de astros do futebol universitário. Naquele ano, ele pôde escolher entre praticamente qualquer faculdade. E, em meio a outras coisas, aquela também era um tipo de escola exclusiva para jovens arruaceiros da sociedade, expulsos das Andovers e Exeters por seus modos prematuramente dissolutos.

Pine Hall tinha um pequeno campus charmoso de prédios antigos georgianos de tijolos vermelhos cobertos de hera, com passeios tranqüilos entre os prédios, todos eles à sombra de pinheiros e abetos nobres. Havia um vilarejo a dois quilômetros de distância, fazendas agradáveis para o sul, colinas cobertas de florestas se estendiam para o norte com sua sugestão selvagem de alces e córregos de montanha, e uma atmosfera fresca, verde-escura e nortista em toda a região ao redor que imediatamente agradou ao gosto de Peter por lugares rústicos. Agora ele se via estudando diligentemente na biblioteca da escola e depois saindo para longas caminhadas meditativas pela mata e pelos campos com uma cópia de Horácio no bolso de trás.

Mas antes que pudesse dar uma boa olhada ao redor e desfrutar das coisas, ele se viu no campo de futebol com cerca de outros vinte jovens fortes de todo o Leste. Ele se viu diante de outro enorme esforço para chegar ao time principal e garantir seu lugar – e ali ele descobriu para seu desalento que os jogadores desta escola eram astros do futebol escolar como ele mesmo, muito maiores e melhores que a média dos jogadores na escola, e cada um deles disposto a ganhar uma vaga no time. Mesmo assim, de todos os "fenômenos" escolares reunidos ali, pelo menos metade teria de sucumbir à concorrência e ter um papel secundário no destino do time. Peter ficou arrasado com a idéia de que ele podia acabar entre os dez azarados, os outros pareciam grandes e bons demais para ele, e pareciam ferozes.

Naquela primeira noite ele sofreu medos e sentimentos de derrota, ficou pensativo em seu quarto e escreveu uma carta desesperada para Danny, lá em Galloway, e então saiu para uma caminhada melancólica até o vilarejo sonolento, e percebeu com tristeza que tudo fechava às dez da noite.

Ia passar oito meses naquele lugar – oito meses de melancolia e derrota e vergonha! Pela primeira vez em sua vida ele se sentiu completamente abandonado e desamparado e totalmente apavorado: o que devia fazer? Lembrou-se de todo o cuidado amoroso de sua mãe quando arrumava sua mala para ele partir, a excitação orgulhosa na casa na noite da véspera da partida, a irmã lembrando a ele que fosse o "astro" do time – e Deus! Agora não se sabia nem se conseguiria *entrar* no time! Lembrou do pai dizendo aos homens que seu filho ia "acabar com eles" este ano, lembrou-se de seus irmãos menores e seus amigos dando vivas para ele quando subia a rua, e acima de tudo lembrava-se do jogo contra Lawton e do jantar de Ação de Graças depois em casa e de toda aquela alegria inocente e do prazer e a satisfação e a glória daquele dia. Que tolo! – planejar sua vida em torno de feitos gloriosos, prosperar com aquilo e nada mais, e finalmente dedicar-se tolamente a coisas que estavam além de seu poder e então deter-se ali em humilhação completa para todo o mundo ver! E o horror tomou conta dele, queria ir embora de tudo e nunca mais voltar, queria se enterrar, afogar-se, morrer – fazer qualquer coisa menos viver e admitir sua impotência e derrota humilhantes e finais.

E o mais horrível para ele naquela noite era a consciência terrível e definitiva de que era apenas Peter Martin, apenas Peter Martin – e quem era esse no mundo? Quem era ele, se não uma espécie de impostor, estranho e pilantra, que de alguma forma conseguia enganar as pessoas e mesmo a própria família para que acreditassem que ele era Peter Martin. Quem *era* ele?

Não era ninguém – sentiu os braços e pernas, olhou-se no espelho, olhou pela janela para a noite escura do Maine, e não era ninguém. Era um estranho fantasmagórico, era uma coisa de sonho esquecida, e era uma humildade acometida de angústia, e nada mais. Sentiu vontade de correr até o quarto ao lado, onde ouvia as vozes de seus novos companheiros de time. Queria entrar lá e confessar que era uma fraude, um impostor, um estranho para eles, sentiu vontade de ir até lá e gritar por seu perdão...

Mas pegou no sono exausto; e no dia seguinte lá fora no campo botou o capacete, trincou os dentes e de repente se viu rompendo a linha de defesa e correndo para uma série vertiginosa de *touchdowns* que deixou os técnicos olhando um para o outro espantados. E os outros garotos aos quais ele teria confessado na noite anterior agora olhavam para ele com sorrisos e piscadelas de respeito, em admiração silenciosa e viril – e Peter ficou chocado e com raiva de si mesmo. De alguma forma queria agora mais que nunca pegar cada um deles pelo ombro, olhar para eles, dizer que não entendia, que não entendiam...

Mas nos dias seguintes, ele se viu convivendo com grupos de rapazes amistosos e alegres, tinha conversas animadas com seus técnicos e professores, e os estudos começaram, o pequeno campus ficou maravilhoso quando as folhas da estação nos bordos começaram a ficar vermelhas, e o ar esfriou. Havia discussões à noite nos quartos iluminados por abajures, e a luz se projetava nos passeios e nos pinheiros, e aos sábados à noite havia música no centro municipal e muitas garotas bonitas com quem dançar. Alguma coisa andava exultantemente a passos largos pela Terra. E tarde, certa noite, Peter quase com lágrimas nos olhos deu-se conta de que as outras pessoas também eram estranhas para elas mesmas, e que eram solitárias e confusas como ele, e que buscavam umas às outras com alegria e amizade e talvez às vezes tivessem até se sentido como ele na primeira noite, com vontade de confessar tudo, confessar tudo que era tão sombrio e solitário e louco e medonho no coração. E ele sacudiu a cabeça estremecendo com essa idéia. Nunca sentira algo igual antes – mas mesmo assim, de alguma forma sabia que de agora em diante sempre se sentiria desse jeito, sempre, e algo entalou em sua garganta quando percebeu que aventura estranha e triste a vida podia ser, estranha e triste e ainda assim mais bela do que ele jamais poderia imaginar, tão mais linda e impressionante por ser, na verdade, tão estranhamente triste.

Naquele ano em Pine Hall Peter teve uma "grande temporada". Tudo o que fez foi excelente e maravilhoso. Foi um *fullback no time* tanto no ataque quanto na defesa, e sabia correr, passar e chutar. Era o artilheiro do time e na primavera jogou na equipe de beisebol. Nos estudos, estava entre os melhores alunos, e seus professores gostavam dele. Era um dos garotos mais populares da escola e tinha montes de amigos, e desfilava com as moças do vilarejo tanto nos bailes quanto na alameda dos namorados. Fazia serviços de datilografia para ganhar um dinheiro extra e também trabalhos de inglês para os outros por um preço. Colaborava com contos e reportagens para as várias publicações da escola e até se achou um Hemingway naquele inverno após provocar uma pequena sensação no campus com um conto intitulado "O balconista, o bêbado e o estudante". Aprendeu a circular nos sapatos bicolores preto-e-brancos sujos, e paletós esportivos largos, jogava tênis com as meninas da cidade e era visto no Marty's tomando um café, depois de um set rápido sob o sol quente e ofuscante, de roupas brancas e tênis. Tornou-se íntimo das "procrastinações" mais profundas do "Príncipe Hamlet, o dinamarquês melancólico". E quando escrevia para casa às vezes sacava uma beleza como "imoderado" para dizer "demais", ou *raffiné* em vez de "refinado" – tudo para a edificação e o assombro de sua família.

Estava com dezessete anos, agora tinha estatura mediana, e pesava noventa quilos. Era um verdadeiro bobo, mas mesmo assim muito esperto – se quisesse mostrar a você como seu casaco vestia e caía bem, ficava com um pé de lado como nos anúncios da *Esquire*. Sabia tudo de jazz: seu amigo Dick tinha uma coleção "muito legal" de Ed Condons e Kid Orys e Muggsy Spaniers; e outro camarada, Jay, tinha uma "grande" coleção de Roy Eldriges, Choo Berrys e Coleman Hawkins. Outra pessoa tinha Gershwin, e Debussy, e Stravinski. Todos tinham música. Em todo quarto havia um radinho tocando sobre a cômoda, e o ocupante sempre estava penteando os cabelos e se preparando para sair para um encontro. O próprio Peter tinha um bongô no qual tocava o ritmo de "Sing, sing, sing" – "igual ao Krupa", também.

Eles também eram tresloucados, e o mais maluco de todos, o "louco" Mac, tinha em emprego na cidade como acompanhante de um senhor de 90 anos de idade, levava-o para cima e para baixo pela Main Street à noite, pelo que recebia um salário de quinze centavos por noite – e nunca, nunca dava um sorriso. Havia também

Tony, o *halfback* de Sommerville, Massachusetts, que certa noite ficou bêbado com meio barril de cerveja e arrancou uma árvore pequena pelas raízes no jardim e a levou para a cama com ele.

Ao pé do boletim escolar de Peter, o reitor escreveu: "um bom estudante e cidadão", e Peter enviou aquilo para casa, junto com um exemplar do jornal da escola com suas próprias reportagens circuladas a lápis. Também enviou fotos dele para suas namoradas em Galloway, e até convidou uma delas para o baile da primavera, e a mandou de volta para casa devidamente impressionada. Seu relacionamento com essa pobre moça era completamente vazio.

Havia todo o conjunto de armários com cheiro de linimento, as salas de aula bolorentas, os odores fumegantes do refeitório, o auditório frio, o cheiro de volumes encadernados e de verniz da biblioteca, os cheiros frescos de sempre-vivas e heras do campus – todos os odores e sensações de uma escola preparatória para rapazes, e, junto com tudo isso, a conversa e a atividade e a excitação impaciente dos treinamentos fortes, e a alegria e o riso constantes. Era engraçado e maravilhoso sentar por ali e conversar sobre como na verdade certo professor era "louco" na vida privada, como uma vez tinha se registrado em um hotel como "Apollo Goldfarb" e outra vez sob o nome de "Arapahoe Rappaport", e como ele na verdade era um "sujeito muito engraçado". Era surpreendente descobrir como tantas coisas eram realmente engraçadas. Era divertido gritar e brincar no refeitório, e se engasgar de rir na aula de francês quando Mac pronunciava errado de propósito "Monsieur Le Coq" – e sem nunca, nunca dar um sorriso, a inteligência triunfante e heróica de trezentas almas exultantes.

Era engraçado ver Rocco, o grande defensor italiano de Bridgeport, Connecticut, conversando sério com o pequeno Rodney Mason, presidente do Clube de Literatura (provavelmente sobre provas) – o que no jornal da escola eles descreveriam da seguinte forma: "Os amigos Moose Rocco e Rod Manson foram vistos conversando sobre os velhos tempos no pátio...", o que poria toda a escola em convulsão. "Flash Mason e O Moose." Era a coisa mais engraçada que alguém já tinha ouvido, era sombrio e demoníaco com uma alegria louca, e nos velhos alojamentos à noite, nos corredores que rangiam, havia uma satisfação perversa, voraz e sorumbática.

Durante os feriados de Páscoa, Peter recebeu uma carta de um dos caras mais loucos e engraçados da escola, que transcorre convulsivamente como se segue:

Caro Hashhoodfludnistniazaaflem,
Pensei em escrever uma carrttta quando encontrei seu uniforme entre minhas *coisas*. Antes eu ia pedi-lo a Rod The Flash. Ouvi dizer que o Moose está pensando seriamente em *agarrar* o papel do ingênuo na produção de Pine Hall de "Ah, Wilderness!". Isso parece bom, mas eu preferia vê-lo em "O leque de Lady Windermere", de Oscar Wilde. Enquanto escrevo para você, o estilo ritmado, alegre, cintilante, sólido e quente de Guy Iturbi Ignacz Lombardo está enchendo o ar. Dizer que suas seções de ocarina e vibrafone melhoraram não é o suficiente. Cuidado, Barão Azul e Leo Reisman! Meus cumprimentos a Kensington Kaplan. Espero que isso chegue a você, Rodney Martin.

(assinado) Cona Keane, Localizador de Cargas Perdidas

Havia todo esse demonismo alegre, e mil coisas maravilhosas e absorventes a serem feitas, e festas e bailes toda semana, e as perspectivas fascinantes de novos estudos, novas línguas, novo saber – perspectivas que eram iguais às colinas de pinheiros azuis e à obscuridade cinza para o norte que viam do lado de fora das janelas das salas de aula.

E Peter saía para longas caminhadas solitárias pela mata com seu volume de Thoreau no bolso de trás, vagabundeava contemplativamente através de campos de bétulas e bosques de pinheiros, parava nos riachos congelados e via a luz vermelha cadente do entardecer de domingo mover-se pela neve azul, e voltava para o rosbife e a confusão barulhenta do refeitório com fome e alegria.

Apesar de às vezes sentir saudades de casa, foi um "grande ano" – e ele só percebia isso à medida que prometia outros "grandes anos" de alegria e sucessos na faculdade, ele apenas o desfrutava à medida que apontava para o futuro. Estava cheio de confiança e vigor e saúde juvenis, seu rosto era gentil e agradável, os olhos cintilavam, e o mundo todo estava cantando.

Na primavera, com a aproximação da época da formatura, o inverno rústico do Maine deu lugar a um maio tranqüilo e adorável, incrivelmente fresco, suave e verde, cheio de músicas matinais e sombras frescas pintadas de ouro na área do campus. Peter abriu a janela na manhã da formatura e olhou para fora, e teve vontade de cantar. Tudo o que fizera naquele ano parecia excelente e maravilhoso, e tudo era um sol cálido, paz, canto de passarinhos e alegria jovem ociosa. Os sinos tocavam na luz dourada, os garotos caminhavam pelos gramados em trajes brancos ofuscantes em meio às famílias orgulhosas e namoradas em visita, havia sons suaves e murmurantes de vozes no ar matinal de maio, risos – e algo alegre e perverso que prometia a noite outra vez, a noite escura maravilhosa que tinha sido sua parceira na alegria divertida e louca durante todo o ano, e isso também prometia todo um verão dourado e deliciosamente misterioso em casa outra vez, em casa outra vez.

Quando Peter chegou em casa, viu-se submerso em ofertas de bolsas de estudo de várias das maiores universidades no Leste e duas no Sul profundo. Sem dúvida ele era "quente", era aquele "garoto veloz de Massachusetts" como eles o chamavam nos gabinetes dos departamentos de esporte e nos vestiários dos treinadores; ele foi observado e descoberto e procurado e terrivelmente assediado. Ia ficar famoso, ia se tornar uma daquelas figuras sombrias e ágeis com pés cintilantes vistas no cine-jornal da Pathé, ultrapassando a galope as linhas de cal nos estádios fantásticos repletos de gente na tarde de outono nos Estados Unidos da América assim como o júbilo cruza a Terra.

Em casa naquele verão, vestiu seus jeans velhos, foi nadar no rio na floresta de pinheiros com seus amigos, passou o tempo lendo Jack London e Walt Whitman, foi pescar, jogou beisebol e bebeu cerveja com os rapazes.

E foi nesse verão que conheceu Alexander Panos, que ia se tornar o grande amigo de sua juventude, um camarada, um confidente nas primeiras glórias de poesia e verdade. Panos foi o primeiro garoto que Peter conheceu que se interessava por livros e pelas coisas simplesmente pelo que elas eram, que falava de "ideais", "beleza" e "verdade". Uma das primeiras coisas que o jovem Alex fez foi ler para ele "Ode a uma urna grega", de Keats, enquanto Peter nadava no riacho do pinheiral, e sua amizade se abriu em uma primavera de maravilhas e conhecimento.

Esse rapaz era um grego que vivia do outro lado do rio em uma casa velha e acabada com uma família grande de irmãs, irmãos, pais e tios extremamente emocionais e cheios de energia – e uma avó idosa que ainda ansiava tristemente pela ilha de Creta outra vez. Era um lar barulhento e turbulento, que repicava com os sons de discussões altas e vozes emocionais o dia e a noite inteiros, havia lágrimas, acessos de raiva, de recriminação, de mau-humor, reconciliações ternas, risos, música (discos gregos na vitrola, e o rádio, e o piano e um bandolim) – havia grandes celebrações em todos os feriados e uma terrível dor sempre que algum parente morria em Galloway, onde a maioria das famílias gregas era aparentada uma com a outra a ponto de sempre haver um funeral em algum lugar. A mãe era meio russa, e toda a família tinha uma fé religiosa confusa na Igreja Ortodoxa grega. As crianças e os adultos todos se pareciam, com cabelos negros encaracolados, bocas eslavas grandes e expressivas, olhos escuros brilhantes e pele azeitonada. Em sua aparência, Alex era o próprio sol e o zênite dos traços ardentes e românticos da família. A casa dos Panos podia ser vista da casa de Peter do outro lado do rio; ele a vira muitas vezes no passado, uma coisa frágil de aspecto triste, mas não podia saber que um dos grandes amigos de sua vida morava ali.

O estranho era que o jovem Alex conhecera Peter quando eles eram pequenos, apesar de Peter não conseguir se lembrar, até que Alex contou a história a ele.

"Ah, eu me lembro bem de você, nunca vou esquecer isso!", exclamou empolgado. "Foi durante a época daquela briga entre gregos e irlandeses no areal, lembra?"

"A grande briga entre gregos e irlandeses! Claro que lembro! Foi uma guerra que durou quase três anos – com estilingues, brigas de socos, pedras! Claro que lembro!"

"Bem", continuou Alex Panos com um sorriso triste, "foi quando conheci você, e seu irmão, seu irmão maior, eu acho que era".

"Devia ser Joe."

"Joe – isso, o nome dele era algo assim. Joe! Sabe, um dia eu estava voltando para casa da escola quando um bando de meninos irlandeses me cercou no areal e começou a me empurrar de um lado para outro e a me bater e tudo mais. E seu irmão Joe estava passando com você, vocês estavam com varas de pescar, acho que tinham ido pescar..."

"Ah, agora eu me lembro de *você!* Era aquele garotinho grego de cabelo encaracolado que eles estavam empurrando de um lado para outro naquele dia – é!"

"Exatamente, Peter. Você esqueceu, provavelmente seu irmão Joe também não se lembra – mas eu me lembro, oh, como me lembro!"

"E Joe apartou a briga!", recordou triunfantemente Peter.

"É, ele apartou. Você se lembra que eu estava chorando?"

"Lembro."

"E seu irmão Joe só ficou ali parado olhando para os meninos que corriam e gritando com eles, e você... você veio até mim e me perguntou se eu estava bem."

"Eu fiz isso? Não me lembro."

111

"Será que nos lembramos de quem realmente somos?... Eu me lembro, eu me lembro", disse o jovem Alex com um sorriso triste. "Ah, Deus! Depois disso não pude me esquecer de você e de seu irmão. Mas é estranho que nunca mais os tenha visto depois daquilo – até este verão. Nós nos mudamos. Deus, isso foi há anos, anos atrás."

"Foi mesmo!", riu Peter. "Nós devíamos ter uns onze anos, e Joe quatorze, na época."

"Eu era o menino grego de cabelos encaracolados no areal", disse Panos, com um sorriso triste. "Não tive a oportunidade de dizer a você no outro dia, e não tive certeza, até vê-lo outra vez, de que você era o mesmo garoto. Mas você é. Seus olhos ainda são os mesmos – era disso que eu me lembrava: seus olhos, quando você se aproximou e me perguntou se eu estava bem. Desculpe por dizer essas coisas bobas", ele deu um sorriso envergonhado, "mas é assim que me lembrava de você. Era eu – o menino de cabelos encaracolados no areal."

"Nossa, isso é incrível! Espere até eu contar a Joe!"

"E onde está Joe, agora?"

"Ele partiu há mais de um ano, está trabalhando pelo país todo. Recebemos uma carta dele de Dakota do Sul no mês passado."

"Sabe", disse pesaroso o jovem Alex, "é exatamente como eu imaginei seu irmão – o que expulsou os meninos – é assim que eu imaginei que ele seria quando crescesse: que ia rodar por todo o país. Eu costumava pensar em vocês dois em devaneios estranhos..."

"Ah, ele é um grande sujeito!", exclamou Peter com um sorriso.

"Na época eu já sabia disso", disse com tristeza Alex. "Já na época eu sabia que ele era um grande sujeito, e sei agora que será um grande homem. E você também."

"Tudo porque nós enxotamos os meninos!", riu Peter.

"Foi a maneira como fizeram isso", disse Panos com seriedade. "Seu irmão xingando porque estava com raiva da injustiça, e você, pela maneira como olhou para mim. Nunca vou me esquecer dos olhos simpáticos daquele menininho."

"E pensar...", disse Peter, envergonhado, "pensar que eu nem me lembrava disso. Foi há tanto tempo!"

"Há tanto tempo", repetiu Alexander com pesar.

Esse era o jovem Panos. Ele se lembrava do incidente do areal com todo seu coração e com toda a intensidade comovente de sua natureza, mais do que Peter e Joe jamais poderiam imaginar. Em seu quarto na casa caindo aos pedaços dos Panos, ele escrevia poesia em resmas de papel e realmente as ensopava de lágrimas, e andava pensativo fazendo barulho pelo quarto bagunçado, e tornava a chorar quando ouvia um concerto de violino ou canções como *April in Paris* ou *The Boulevard of Broken Dreams*, ou uma canção grega melancólica e angustiada na vitrola, entrava em êxtases ao ler Byron e Rupert Brooke e William Saroyan, às vezes abria sua janela e berrava suas hosanas de alegria para transeuntes assustados.

Sempre que ia à Daley Square, no centro, ele caminhava por lá com seu porte ereto, às vezes com lágrimas nos olhos porque "ninguém compreendia". As pessoas olhavam para ele com sorrisos de assombro, porque ele era a imagem mais estranha e estrangeira que se podia ver em toda a cidade – exceto por uma mulher maometana que vivia no bairro dos cafés gregos na Commerce Street e era vista se lamuriando nas ruas para Alá em todo pôr-do-sol, uma mulher com quem Alexander convivia nos termos mais amistosos.

Ele tinha dezoito anos de idade – e no colegial chegou mesmo a galgar os mais altos escalões na brigada escolar, exibindo botas engraxadas, chicote de montaria, quepe e tudo mais. Ele era um oficial cossaco muito audacioso, e também um estudante excepcional. Tinha se apaixonado por uma garota na escola e assombrou a casa da coitada da menina em caminhadas angustiadas à meia-noite; tinha contemplado as águas de um canal de Galloway às três da madrugada, porque a família dela não queria que saísse com um grego; por fim confrontou-a na rua e declarou seu amor com uma voz triste e voluptuosa, enquanto as pessoas olhavam, e a pobre menina ficava ali sorrindo desconfortável.

As roupas dele eram sempre surradas, desleixadas, escuras e antiquadas – ainda assim vestidas com grande dignidade, como se ele fosse orgulhoso e nobre em sua pobreza – sua "pobreza" sendo uma imagem romântica sem base real nos fatos. Ele assombrava a biblioteca de Galloway, ia a todos os filmes e aplaudia empolgado, sozinho, sempre que algo o divertia ou impressionava, escrevia cartas iradas para o editor do *Star* de Galloway protestando contra várias injustiças que chamavam sua atenção voraz. Ele rondava a margem do rio em noites chuvosas e aterrorizava a si mesmo com pensamentos de suicídio e morte. Em casamentos gregos, beijava todas as damas de honra e se comportava com alegria tempestuosa, e em funerais gregos soluçava com pesar ao lado de suas tias chorosas. Era uma figura alegre surpreendente, diferente de todos naquela cidade tão prática, e ele ostentava aquela estranheza e impulsividade com uma satisfação nervosa, às vezes chegando a grandes extremos para deixar perplexas as pessoas nas ruas, como usar uma guirlanda nos cabelos ou andar com quinze ou dezessete livros sob os braços e curvado por seu peso. Ele não era deste mundo.

E Peter ficou impressionado e maravilhado com ele porque era como um "Marius" de um poeta – Peter lera *Les Misérables* e Marius era seu herói, Marius era o sonhador sensível e nobre que os garotos americanos sempre estão descobrindo na literatura européia – e por isso, naquele verão, as atmosferas barulhentas e embriagadas dos bares da Rooney Street e dos bailes ao luar com a gangue, em sorveterias e lanchonetes com hambúrgueres chiando na chapa, no riacho modorrento do pinheiral e no alvoroço da Daley Square ao meio-dia, em cafeterias e cinemas e na velha estação sonolenta em noites chuvosas, em todos esses lugares simples e familiares de Galloway e do mundo americano, era maravilhoso e alegre estar com um Marius, um verdadeiro poeta romântico inflamado saído das páginas de alguma história fantástica, era melhor que um show, e louco de tanta diversão.

Peter e seus velhos amigos Danny e Scotcho e Berlot falavam de Alexander:

"Aquele filho-da-mãe maluco, o Alex!"

"Que sujeito! Vocês viram no último sábado à noite quando ele pulou em cima da mesa e começou a recitar poesia!"

"É. Ele não está nem aí."

"Que maluco cuca-fresca!"

"E então ele começa a cantar aquela música de Paris, *The Boulevard of Bwoken Dweams*..."

"E gritando por toda parte!"

"Todo mundo olhando para ele, mas ele não liga, continua a recitar poesia e a gritar até estourar os miolos."

"No domingo à noite dei um charuto a ele e ele quase se engasgou. Vocês deviam vê-lo fumar aquele charuto! He he he!"

"Mas ele é um garoto muito legal, sabiam?"

"É – Alex é um garoto bom à beça! Um pouco maluco, mas o melhor garoto desse mundo."

"Ele tem coração, sabiam?"

"É."

"Onde está ele, agora?"

"Ah, provavelmente está em casa escrevendo poesia. Não se preocupem, vocês vão ouvir cada verso no sábado à noite!"

"Aquele maluco filho-da-mãe do Alex!"

Um dia naquele verão Alex levou Peter à sua casa e o apresentou à mãe, dizendo a ela em grego que era um grande amigo seu e um bom filho para sua mãe, e por isso a velha mulher entristecida agarrou o jovem Martin pela mão encarando-o com lágrimas nos olhos – como se o estivesse recebendo na família – enquanto algumas das irmãs de Alex ficaram paradas atrás com um ar alegre mas mesmo assim pesaroso, e toda a casa em vias de desmoronar pareceu se animar inteira com um êxtase sombrio, algo estava sonhando loucamente pelos cantos, algo melancólico e tomado pela aflição se escondia nos próprios odores da cozinha e na mobília velha na sala da frente úmida e na varanda inclinada na frente onde as crianças tagarelavam e gritavam umas com as outras.

Um dia Alex parou na calçada quando eles estavam passando por um menino aleijado em uma cadeira de rodas e começou a chorar. Peter perguntou a ele qual era o problema.

"Mas você não vê a fraternidade do homem nos olhos daquele menininho? Oh, você não vê?", engasgou ele convulsivamente.

E Peter, o rapaz americano, o jovem que jogava futebol, sério, de maneiras simples, discretas, só podia ficar ali e ser tomado pela maravilha de tal coração em um ser humano, e ao mesmo tempo sentir uma vergonha abrasadora porque aquilo era tão contundente e atormentador, de alguma forma tudo era tão irreal.

"Você não entende – é só que... você não tem que mostrar seus sentimentos desse jeito, as pessoas vão achar que você é maluco."

"Deixe que elas pensem o que quiserem!", exclamou com orgulho Alex. "Sempre vou fazer o que meu coração mandar, e para o diabo com o que as pessoas digam."

"Mas outras pessoas têm vontade de chorar quando vêem coisas como essa", disse Peter com raiva, "mas não andam por aí se exibindo".

"Exibindo! Você tem a crueldade de ficar aí e dizer que estou me exibindo. Não. Você não entende!"

"Mas eu entendo!"

"Tenho sentimentos que outras pessoas não têm. O que posso fazer? O que posso fazer?", exclamou Alex.

"Mas outras pessoas *têm* esses sentimentos! Eu também tenho!"

"Não, não, não. Não como eu, Pete. Não como eu tenho..."

"Bobagem", murmurou o jovem Martin.

"Não, não, não! E não digo isso como um insulto, mas ninguém no mundo sente o que sinto quando vejo um menino aleijado, ou uma velha doente, ou alguém morto em um caixão! Você não vê? A fraternidade do homem aparece para mim em toda a sua glória dolorosa, e então o dia-a-dia de repente não significa mais nada! Simplesmente vejo a alma de todo o mundo, só isso! O que me importa o que as pessoas façam! Oh, Pete! Pete! Se você soubesse o que se passa em minha alma!"

Eles sempre discutiam porque havia uma divisão poderosa em suas personalidades e origens e educação que podia tê-los separado antes que sua amizade crescesse. Mas Peter estava sempre impressionantemente consciente da fúria essencial do coração realmente sensível de Alex. Sabia que era um garoto de bom coração e generoso, e Alex estava sempre consciente da ternura e compreensão essenciais no próprio Peter, e eles se uniram mais. Pois havia também grande exuberância, afeição e contentamento em sua amizade, eram jovens e esperançosos em relação a tudo. Ficavam loucamente bêbados com a gangue e tudo estava bem.

Naquele verão, Peter viu muito pouco seu irmão Francis, que tinha começado a passar mais tempo em Boston com seus novos conhecidos depois de seu primeiro ano em Harvard. Joe, é claro, estava fora, e o único contato de Peter com ele era por meio de cartas. Um dos postais de Joe naquele verão dizia:

E aí, parceiro, estou mesmo feliz em ouvir notícias suas e em saber que você está bem. Não seja tão econômico comigo nas suas cartas – use mais papel e mais de um parágrafo. Conte-me sobre os meninos e sobre o que está acontecendo. Adiós, Joe

Tinha sido postado em "Sundance, Wyoming", onde Joe estava trabalhando agora em uma fazenda.

Em setembro Peter fez as malas de novo, disse adeus à família – dessa vez com mais alegria e autoconfiança do que quando fora para a escola preparatória no ano anterior – e partiu para seu primeiro ano de faculdade sentindo que tudo estava se abrindo para ele, sentindo-se crescer mais forte a cada hora e ficar mais "experiente" em seu conhecimento do mundo. Agora estava embarcando em uma aventura maior – uma faculdade grande em uma cidade grande; estava indo para a Universidade da Pensilvânia.

[5]

E O QUE DIZ A chuva à noite em uma cidade pequena, o que a chuva tem a dizer? Quem caminha sob os galhos melancólicos e gotejantes escutando a chuva? Quem está ali nos respingos indistintos de milhões de agulhas de chuva, escutando a música grave da chuva à noite, chuva de setembro, tão escura e suave? Quem está ali escutando o ruído rouco e constante da chuva por toda a volta, pensando e escutando e esperando, no escuro lavado pela chuva e que cintila com a chuva da noite?

O que as criancinhas pensam quando chove no telhado a noite inteira, sobre a cumeeira e a mansarda? O que os meninos pequenos escrevem em seus diários? O que o pequeno Mickey diz esta noite?

"Chuva hoje. Sem aula. Fiquei jogando no meu quarto o dia inteiro. O velho Charley e eu jogamos esta noite no meu quarto. Nossa, está chovendo."

Como a chuva perfura suavemente as águas e corre com o velho rio na escuridão? Quem caminha ao longo do rio ouvindo a chuva? Alexander Panos – ele caminha pela cidade à noite sob os mantos da chuva envolvente.

"E sei que vou morrer jovem, sei que vou morrer..."

Em seu quarto, à luz branca febril da lâmpada, no quarto bagunçado e repleto de papéis e livros, ele escreve em sua escrivaninha, escreve para Peter na universidade, e a chuva bate no vidro da janela, forma contas na vidraça e corre macia como lágrimas. ...

"Pete, velho amigo, não ache que estou louco, mas sei, *sei* que vou morrer jovem, sei que vou morrer – e mesmo assim não estou triste, não, não estou triste. – E esta noite chove aqui em Galloway – e o devaneio nostálgico de velhas canções retorna – *April in Paris*, Peter, e *April Showers* e *These Foolish Things* e *In My Solitude*. E por que essas músicas sempre voltam para mim, e tantas outras – *Jalousie* e *Dark Eyes* e aquele *Boulevard of Broken Dreams* – essas músicas antigas voltando para me assombrar na melodia indistinta acima da chuva que tamborila..."

O ruído constante, o embalo, o tédio da água caindo, e todos os mil pezinhos de chuva no escuro vasto e cintilante, e todas as casas velhas esqueléticas à espera sob as árvores, com beirais gotejantes e chorosos, e o cheiro forte de mar apodrecido da chuva por toda a volta – e o rio inchando lentamente...

– Não se esqueça de fechar a janela antes de ir para a cama, Ruth!
– Está bem encharcado lá fora, hein, mãe!
– Nossa, como chove.

Caía uma chuva cerrada sobre Galloway, Galloway escura à noite, os postes de luz pingando – a chuva caindo dardejante na escuridão, respingando na rua – o vasto cintilar de milhões de gotinhas de chuva por toda parte, por toda parte – e a carroça velha na chuva, a chuva empapada na lama, a lata reluzindo no beco – e a cidade dormindo à chuva, e o velho rio escuro ali – o que ele dizia? O que ele dizia?

O velho Ernest Berlot, o barbeiro, está na cama escutando a chuva, ela pinga e se espalha no quintal, tamborila e se eleva, vasta, vasta. Deus, mas como é estranho, ele se lembra de tanto, meu Deus, mas como se sente triste e velho.

A chuva que cai e respinga escura e molhada, em todas as poças e paralelepípedos e sarjetas, e esse silêncio imenso na cidade, todos os pensamentos ensopados pela chuva, mudos e sombrios...

– Então é como eu digo, sempre achei que Bob fosse um cara bem legal, sabe? No fim das contas, sabe?

– Você podia me dar outra xícara de café enquanto está aqui, por favor, Jimmy?

– Claro. Ei, nossa! Agora está caindo de verdade, não é mesmo? Olhe lá como cai!

– Está chovendo de verdade toda a noite.

– Nossa.

Agora toda a vida está calma e escura, e a grande chuva envolvente cai por toda parte, em uma escuridão cálida e azul.

Ela cai no barro enlameada sob os pinheiros, nos fundos pantanosos da terra lavada pela chuva, nos arbustos emaranhados secretos das matas encharcadas à noite, nas valas sombrias escondidas, nos canais por onde ela escoa, no mistério e escuridão das matas assombradas pela chuva e nas árvores que pendem pesadamente à noite, no lamaçal, nas samambaias escurecidas pela chuva no fim da estrada.

E a chuva cai adormecida sobre campos gramados verde-escuros e úmidos, cai lavando velhos muros de pedra e chorando sobre o mármore, e as flores ali, e as coroas de flores, ela se infiltra e lava por dentro todas as profundidades secretas.

Ela também cai sobre as auto-estradas. George Martin volta para casa dirigindo na meia-noite silenciada pela chuva, seus faróis brilham através da chuva que cai inclinada, através do asfalto molhado reluzente, e a chuva dardeja contra seu pára-brisas, o limpador limpa e faz clique, limpa e faz clique, limpa e faz clique... Que maravilha e estranheza há em seu coração? O que a visão súbita da cidade inteiramente desolada e embaçada pela chuva, lá, suas luzes solitárias formam halos na escuridão, as ruas vazias, as casas sorumbáticas sob as árvores, o que a visão da cidade silenciosa e ensopada pela chuva provoca nele? O que o espera ali?

Todos os pensamentos, todos os corações estão fundidos suavemente, e se fazem perguntas chuvosas e esperam e escutam por toda a noite.

O rio cresce e abre caminho no escuro através de margens cheias de dobras, todo ele enchendo, todo suavizado pela chuva.

E as mortalhas da chuva continuavam a cair.

[6]

Francis estava começando seu segundo ano em Harvard naquele outono – um aluno brilhante que levava todos os seus cursos com facilidade, às vezes com algum desleixo em suas obrigações, mas se recuperando com facilidade com algumas noites de trabalho, avançando na direção de seu diploma com um ar indiferente e um tanto solitário. Não tinha objetivo em mente. Como a maioria dos estudantes que não morava na faculdade, ele nunca se misturava tanto com os outros quanto gostaria, e freqüentemente quando caminhava pelo campus ele tinha a sensação incômoda e desconfortável de não "pertencer" àquele lugar de jeito nenhum. Voltava para casa todas as noites por caminhos tortuosos e dolorosos, pegava o metrô até a North Station, em Boston, depois o trem fumarento que chacoalhava por um ramal até Galloway e por fim o ônibus da estação até a casa de sua família. Carregava consigo os livros nessas jornadas diárias, e ficava sempre desgraçadamente mal-humorado, e chegava em casa cansado e aborrecido.

Ele considerava emblemático de seu destino desinteressante o fato de, entre todas as pessoas que podia conhecer em Harvard, ter sido outro estudante que tinha de ir todos os dias para a faculdade quem se apegou a ele. O estudante tornou um hábito sentar-se ao lado de Francis no trem e conversar avidamente até desembarcar em uma cidadezinha. Era um tipo estranho e sem forma de pessoa, chamado Walter Wickham. Ele cambaleava sob o peso de tomos acadêmicos, sempre vestido no mesmo terno justo, os mesmos sapatos pretos, o mesmo chapéu surrado, sempre vestindo uma expressão de vivacidade e entusiasmo absortos.

Francis queria conhecer os homens "mais irrepreensíveis" de Harvard – era assim que ele realmente pensava sobre isso – aqueles que se *pareciam* com homens de Harvard, que falavam e agiam e viviam como homens de Harvard. Ele os via por toda parte no campus, nos auditórios, nas ruas de Cambridge, elegantes, informais, bem-vestidos, um pouco brincalhões e exclusivos, sempre compostos e com aparência cortês e adequados ao lugar como ele jamais o seria.

Queria encontrar um jeito de ganhar dinheiro para poder morar no próprio campus; às vezes chegava a desejar ser um jogador de futebol como Peter e receber os vários benefícios decorrentes desse status. Seu pai pagava sua faculdade, mas o resto era um pouco demais para o orçamento dos Martin agora. Enquanto isso ele poupava e economizava dinheiro para viajar e visitar Wilfred Engels em Nova York.

"Ah, bem", pensou, "tem um ditado sobre usar sapatos velhos com elegância." Ele pensou no jovem Samuel Johnson que tinha jogado pela janela em Oxford um par de sapatos novos deixados em sua porta por algum fidalgo caridoso. "Algum filantropo de uma família de cervejeiros do Meio-Oeste podia deixar uma lata de cerveja em minha porta – ou talvez um barril, do qual eu poderia cuidar."

Divertia-o pensar que não era mais que um indigente no que era universalmente visto como uma faculdade de homens ricos. E, quando Wickham habitualmente corria até ele no trem e largava sua pilha de livros no assento ao seu lado de um jeito colegial deselegante e apressado, Francis sempre achava divertido – sentia vergonha também, talvez –, mas achava divertido. Wilfred Engels era seu único contato com pessoas "interessantes", mas a estadia de Engels em Nova York ainda estava indefinida, e Francis não era impetuoso o bastante para procurar as pessoas que conhecera nas festas de Engels.

Enquanto isso, Peter quebrou a perna em um jogo de futebol entre calouros contra Columbia naquele outono. Durante várias semanas ele claudicou pelo campus da Pensilvânia com uma muleta e a perna engessada. Apesar de parecer um pouco chateado e desleixado pelo desconforto de sua contusão, ainda assim começou a aproveitar tremendamente a vida na faculdade e seu recém descoberto lazer.

Alexander Panos veio alegremente de Galloway visitá-lo, e eles pegaram um trem para passar o fim de semana em Nova York, onde tiveram dias e noites ávidos, juntos na exploração da grande cidade. Beberam cerveja nos bares de estivadores, visitaram museus e teatros, pegaram a barca até Staten Island e recitaram poesia ao amanhecer por ruas sujas. O jovem grego ardente de Galloway, mais feliz do que jamais fora em sua vida, subia nas muretas dos parques soltando grandes gritos para o sol nascente, enquanto Peter sorria ao seu lado.

Um sábado à noite estavam atravessando a rua de paralelepípedos sob as colunas escuras do trem elevado da Third Avenue, e Peter mancava com a ajuda de muletas. Um homem desgrenhado saiu cambaleante das sombras de uma soleira com uma ponta de cigarro nas mãos, num gesto que pedia que alguém o acendesse. No mesmo instante viram dois homens caminhando por ali que inexplicavelmente eram Wilfred Engels e Francis Martin. Francis parecia macambúzio e sério na noite de Nova York.

"Que loucura!", berrou Peter. "O que vocês estão fazendo aqui?"

"Vejo que você já fez um novo amigo", riu Engels, entrando na conversa muito satisfeito.

Peter apoiava-se sobre as muletas e estendia seu cigarro, até o qual o estranho maltrapilho inclinou-se solícito, nervoso e trêmulo, balbuciando discursos incompreensíveis: "Que rapaz elegante! Que chato, que chato, você se machucou. Machucou a perna, hein?" Ele segurou o braço de Peter com a mão comprida, ossuda e trêmula.

"Bem, como está você, jogador de futebol!", cumprimentou Engels, satisfeito, estendendo a mão para Peter. "Vejo que se tornou um mártir na grande causa americana por estádios de concreto melhores e maiores!" Ele apertou vigorosamente a mão de Peter, e então apertou as mãos de Alex Panos, que ficou corado e satisfeito em conhecer um "nova-iorquino sofisticado de verdade" pela primeira vez. Francis, um pouco chateado, ficou por trás, observando em silêncio.

O mendigo continuou a olhar fixa e concentradamente para Peter durante a torrente de saudações e conversas, e continuou a falar incoerentemente. "Mesmo que você se machuque – eu queria ser você! Sem brincadeira! Um rapaz bem apessoado – jovem – tem a vida toda pela frente. E também tem saúde..."

"Olhe aqui", exclamou Peter, apertando o ombro do homem e rindo, "eu acho que você parece bem saudável! Por que você é tão pessimista? Já está com alguns drinques na cabeça e se sente bem, não é? Tem quase tanto dinheiro quanto eu, que é nenhum, não é isso?"

O homem recuou, como se tivesse recebido algum insulto profundo mas ainda assim quisesse evitar envergonhar Peter.

"Não estou pedindo seu dinheiro!", berrou ele ansiosamente. "Só queria fogo! Não sou mendigo, não sou mendigo!" Ele olhou ao redor para todos e fez com a cabeça sua própria confirmação impaciente, sem largar o braço de Peter.

"Não estou dizendo isso", falou Peter. "Estou dizendo que você fala como se eu fosse um milionário sem preocupações ou coisa assim. Eu vou estar lá em Bowery com você daqui a pouco, não se preocupe!"

O homem estava vorazmente excitado. Fazia anos que não recebia tanta atenção. Ficou ali perto de uma coluna coberta de fuligem, oscilando e sorrindo e mostrando dentes amarelos quebrados, olhando para a rua de cima a baixo com uma expressão de alegria idiótica, olhando fixamente para todos eles com o entusiasmo febril de um velho amigo. De repente, ele se ergueu, aprumou-se completamente e gritou: "Tenho minha saúde, não é? Foi isso que você disse?"

"Você parece bem, para mim."

"Está bem", gritou, cutucando Peter nas costelas, com um riso selvagem. "Se você quer assim!" E de repente puxou a perna de sua calça e levantou o pé para que todos vissem. Havia uma atadura suja solta sobre seu tornozelo, e acima dela uma ferida feia envolta em carne preta reluzente e inchada que chegava até o joelho. Ele a segurou ali, balançando bêbado e sorrindo com curiosidade e malícia.

Wilfred Engels perdeu o fôlego de horror: "Meu Deus! Será que é gangrena?"

"Isso está muito feio!", gritou Peter. "Como você fez isso?"

"Eu pisei em um bueiro na Second Avenue semana passada. Está piorando, não está?"

"Está todo infeccionado! Você precisa ir até o Bellevue para cortar isso!"

"Cortar? Oquecequerdizercom *cortar*?", perguntou o homem, com uma expressão de medo.

"Tem que ser cauterizado!", berrou Peter com uma espécie de alívio nervoso. "Vá para lá agora! Tome uma moeda para o metrô!"

"Eu *tenho* uma moeda!", berrou indignado o pobre homem. "Você acha que eles podem dar um jeito nisso?", perguntou ansiosamente, agora.

"Claro! Você precisa ir para lá agora!"

Engels e Francis tinham atravessado para o outro lado da calçada. "Vamos, vamos!", Engels agora chamava Peter e Alex. "Não faz sentido ficar parado por aqui, vamos beber alguma coisa."

"Não se importem comigo! Vão com seus amigos", exclamou o homem, agarrando outra vez o braço de Peter e o empurrando levemente para frente e para trás. "Não se importem comigo, estarei morto em poucos dias."

"Não!", gritou Peter. "Pegue esta moeda e vá ao hospital, eles vão limpar sua perna! Pegue mais esta moeda. Coma! Precisa de comida, um pouco de energia, ou esse negócio vai acabar com você. Você não pode andar por aí assim!"

"Peter, vamos?", chamou Francis. "Por favor! Vamos agora."

"Agora vá e faça o que estou dizendo", falou Peter, enfiando uma moeda no bolso lateral do homem. "Não é isso, Al?", perguntou. "Ele não deve fazer isso?"

"Mas é claro", disse Panos com uma voz profunda, triste e grave. Ele tinha observado tudo em silêncio.

"Vocês acham mesmo que devo?"

"Agora mesmo, cara, agora mesmo!" E Peter começou a se afastar com suas muletas. E naquele momento o mendigo saiu cambaleando pela rua, passou por um poste de luz, virou a esquina e desapareceu.

"Lá vai ele", disse Peter, "de volta para um *bar*. Ele vai apenas beber meus trinta centavos. Eu não devia ter dado a ele. Meu Deus, você percebe que esse homem estará morto em alguns dias, como ele mesmo disse?" Os dois garotos se encararam sérios. "Você pelo menos deu uma olhada nele? Ele já tem cara de morte, está nos círculos ao redor de seus olhos. O pobre velho filho-da-mãe."

"Entendo perfeitamente o que você está dizendo", falou devagar e com tristeza o jovem Panos.

"É horrível!", gritou Engels ao se aproximar. "Você não deveria ter tocado nele, só Deus sabe o que ele tem."

"Esse homem vai ser encontrado morto pelos tiras em alguns dias", refletiu Peter. "Vão encontrá-lo na calçada, todo preto até os olhos."

"Argh!!", disse Francis. "Não sei como um homem pode se deixar levar assim."

"As ruas estão cheias de homens assim", disse Engels. "Mas pelo menos", continuou, "você fez sua boa ação de escoteiro do dia, Peter. Ah, seu jogador de futebol samaritano!", riu com vontade, apertando o ombro de Peter.

"É preciso dinheiro para ser um samaritano", disse Peter.

"Como um homem pode se deixar levar assim", tornou a dizer Francis, "cambaleando pelas ruas, bebendo com uma perna daquele jeito? Ele não parece se importar com nada."

Pegaram um táxi até um bar em Uptown e se sentaram junto a um balcão de mogno negro, sob luzes suaves que brilhavam por trás de reluzentes prateleiras com garrafas. Havia o murmúrio excessivo de vozes graves por toda parte, música suave, o cheiro de couro limpo e scotch e refrigerante.

"Bem", disse Engels bem disposto, "essa foi uma pequena amostra das maiores profundezas, não foi? Vejo, Peter, que esse é o tipo de coisa que você e seu jovem amigo aqui gostam de explorar em Nova York." Ele pagou pelas bebidas, assim como fizera com o táxi, e recusou com um aceno as contribuições deles. "O que acha, Francis? Essas coisas todas interessam a você? Será que devíamos nos juntar aos rapazes nessas incursões às partes altamente culturais da cidade?"

"Diga-me", exigiu, dando tapinhas no joelho de Peter, encarando-o com seriedade, "aonde você vai esta noite, por exemplo? O que vão fazer?"

"Não estávamos pensando em nada especial..."

"O quê? Nenhum bar nas docas com serragem no chão? Nenhuma sessão de cinema na madrugada em Times Square?", riu ele, bastante divertido. "O que diz, Francis? Isso não parece a coisa de *verdade*?"

"Bem...", disse Francis, franzindo os lábios. Não tinha certeza se Engels estava sendo irônico. Os outros dois rapazes riam sem graça, totalmente envergonhados por essa brincadeira de Engels, que parecia tão urbana, perturbadora e muito engraçada.

Não foi estranho que aqueles rapazes de Galloway tivessem ficado um pouco impressionados por Engels naquela noite – todos os três: o inquieto e melancólico Francis, o satisfeito, surpreso, impressionado e impetuoso Peter, e o vorazmente excitável jovem Alex Panos. Estavam sentados em um bar com ele na cidade grande e incomum de suas esperanças juvenis – Nova York, o inacreditável e miraculoso lugar dos lugares, que tinha sido o objetivo de seus corações desde a infância, o fim da estrada das jovens aspirações e dos planos infantis secretos. De alguma forma, Engels era um homem que pertencia a ela e parecia compreendê-la e possuí-la inteira.

Depois daquele fim de semana Francis resolveu morar em Nova York assim que terminasse os estudos. Um dia, como Engels, também teria um apartamento, onde receberia amigos e conhecidos para coquetéis e jantares todo sábado à noite. Eles conversariam sobre os livros e as peças e as exposições mais recentes, trocariam fofocas, conheceriam pessoas novas, encontrariam idéias novas e tomariam parte de todos os mil estímulos que formavam a onda e o movimento e o estilo brilhantes da vida em Nova York. Era um sinal dos desejos de seu coração.

[7]

Peter foi para casa naquele dezembro para as festas de Natal.

Estava sentado no trem ao amanhecer, bem acordado e exausto, repousando a cabeça contra o encosto do assento, o rosto virado para a janela congelada em solene reflexão. O expresso para Boston acelerava para o oeste no alvorecer congelado de Rhode Island, e de repente sentiu uma alegria nova surgir por dentro, algo estranho, algo exultante, algo que vinha até ele da paisagem do outro lado da janela onde o sol tinha acabado de aparecer no horizonte cinza e espalhava uma luz rosa fria sobre os campos nevados e as casas de fazenda solitárias e sobre as florestas de bétulas irregulares que por todos os lados iam se afastando para longe do movimento do avanço do trem, tudo remoto e belo através de borrões e nuvens de neve soprada pelo vento e de vapor que passava por sua janela vindo da locomotiva. Percebeu, quase com um choque, que nada podia ser mais belo para ele que aquelas extensões de neve e aquelas florestas todas tingidas de rosa pelo alvorecer. Tudo pertencia à sua própria Nova Inglaterra; ele estava redescobrindo sua terra, da qual, parecia, estivera afastado por tempo demais.

Luzes quentes de cozinhas vinham de casas isoladas de fazendas lá longe sob os imensos céus elevados, brilhando através da névoa pálida sobre a neve, piscando como mensagens, enchendo-o com a maravilha e o prazer de voltar para casa, recordando-o do calor aconchegante e confortável dos cobertores ao amanhecer com janelas batendo ao vento e a casa cheia de cheiros de aveia, torrada e café nas manhãs de inverno da Nova Inglaterra.

Para o que ele estava voltando? O que tinha deixado para trás apenas alguns meses antes como insignificante? Agora aquilo voltava para ele com todo o impacto da descoberta, pairava lá fora no ar congelante. Ele o queria de volta para si outra vez e para sempre. Era sua terra, sua própria terra.

O apito da locomotiva soou através das florestas cobertas de neve, de novo e de novo. E cada vez que soprava ele se enchia de uma alegria e de uma saudade de casa indescritíveis. Estava tudo ali, as florestas selvagens e rústicas de bétulas e os campos organizados cercados de muros de pedra, com as casas de fazenda de aspecto solitário erguidas desoladas ao lado de seus barracões de lenha e poços e celeiros, projetando sombras longas na neve, e ele sabia que os fazendeiros estavam acordando e calçando seus sapatos perto do fogão da cozinha, suas esposas derramando água no bule de café, as galinhas acordando e alisando-se com o bico perto de caldeiras quentes enquanto o galo cocoricava na neve.

Era a manhã de um dia de dezembro em 1940, ele tinha dezoito anos e era um astro do futebol da Universidade da Pensilvânia de volta para casa para o Natal.

Depois de alguns meses de seu primeiro ano com seu campus escuro à noite quando a luz dourada suave brilhava nas janelas da biblioteca e dos auditórios, depois de suas perambulações por Nova York e pela Filadélfia, agora estava voltando para algo selvagem e rústico, para a neve profunda e os céus cinzentos e indomáveis e um bando de pássaros escuros sobre os pinheiros, para riachos congelados e crianças patinando e gritando no ar gelado, para velhos aquecedores a lenha nos bares e homens de botas e jaquetas, para a Nova Inglaterra das cidades pequenas e florestas e tempestades de neve e noites estreladas profundas. Ele agora se dava conta com grande convicção de que nada que lhe pudesse ser ensinado na universidade poderia sequer tocar a alegria indômita em seu coração, o conhecimento simples e poderoso das coisas, a alegria e a admiração infantis que sentia enquanto o trem o levava de volta para o clima e a verdadeira paisagem de sua alma. Desejou nunca ter de deixar Galloway outra vez. Nada que a universidade o ensinasse podia igualar para ele o poder e a sabedoria de seu próprio tipo de gente, que vivia e trabalhava duro nessa terra difícil e se alegrava com as novidades de cidadezinhas simples, aconchegantes, autênticas e familiares que ele outra vez via desfilarem à sua frente.

Inquieto, febril e alegre, Peter caminhou pelo trem enquanto ele corria estremecendo e fazendo barulho na última parte da viagem entre Providence e Boston. Os vagões de passageiros estavam cheios de luz do sol, os homens estavam acordados e liam os jornais matutinos, a paisagem nevada cintilante passava lá fora – e foi então, com o choque da estranheza e da meia-lembrança, da meia-presciência, e meio-sonho e meio-realidade, que viu seu irmão Joe sentado sozinho e despreocupado na outra extremidade de um vagão.

Joe – queimado de sol, fogoso, pensativo e vigilante na janela, com um meio-sorriso de antecipação nos lábios, esfarrapado como um mendigo, com cabelos compridos e roupas de trabalho sujas e uma bolsa de lona esfarrapada aos pés, de volta para casa, finalmente, de suas andanças tremendas, voltando para casa inacreditavelmente no mesmo trem que Peter no mesmo mundo nevado matinal.

Joe ergueu os olhos despreocupadamente – soprando fumaça pelo nariz, cheio de pensamentos – e eles olharam um para o outro sem fala. Joe franziu o cenho com surpresa e descrença, o coração de Peter bateu mais forte, e ele correu até lá.

Joe de repente soltou um grito de surpresa.

"Não acredito que é VOCÊ!"

Os dois apertaram as mãos e se sacudiram e trocaram socos e coraram com lágrimas de vergonha e alegria, e os passageiros no vagão se viraram e sorriram.

"Você não me contou que vinha para casa para o Natal! Jesus, Joe, por onde você andou?"

"Sente-se. Sente-se", berrou Joe. Ele deu um tapa nas costas de Peter que o jogou aos trambolhões no assento, ele o socou de brincadeira e o empurrou de um lado para outro. "Que incrível encontrar você em um *trem*! Eu entrei neste troço em New London, há algumas horas! Vim de carona de Nova Orleans até que ganhei dinheiro em um jogo de dados em New London ontem à noite!" Com um movimento ágil e ansioso ele levou um isqueiro até o cigarro de Peter e o seu, tragou uma quantidade prodigiosa de fumaça, soprou-a pelo nariz em jatos curtos e fortes, impaciente e absorto e febril de tanta excitação.

"O que aconteceu?", perguntou Peter com olhos brilhantes.

"Você quer dizer a viagem inteira? O ano e meio inteiro? Cara, eu estive em toda parte!"

"Uau..."

"Estou *cansado*, Pete, quero descansar, estou cheio de perambular por aí. Espere só até a família saber disso! Mas e *você*? O que foi isso que ouvi falar da sua perna? Mamãe me escreveu uma carta e contou que você machucou a perna!"

"Contra os calouros de Columbia", riu Peter. "Não foi nada, só um ossinho quebrado, agora está tudo bem, ficou novo em folha."

"E o ano que vem? Você vai conseguir jogar no ano que vem?"

"Eu já falei, estou novo em folha!"

"Tem certeza?"

"Tenho, tenho certeza."

"É melhor ter mesmo!", gritou Joe, interessado e preocupado.

"Aposto que você esteve por *toda* parte!"

"Ah, mais tarde eu conto a você! Agora vamos dar umas voltas em Boston e tomar umas cervejas, hein? Como disse a você, ganhei uma grana em New London. Isso pede uma *comemoração*!" Umedeceu os lábios então atraiu outra vez o olhar de Peter. "Nós devíamos chegar em Galloway pelas onze e fazer uma surpresa para a velha, hein, Petey? Espere só até ela ver nós dois entrando em casa, hein? E o velho?" Ele socou Peter com alegria outra vez enquanto o trem entrava em Boston, o dia estava quase insano de tanta felicidade.

Em poucos minutos o trem reduzia a velocidade e entrava na grande South Station. Eles juntaram suas coisas com alegria e saíram correndo pela construção grande e com cheiro de fumaça, atravessaram a multidão que cobria o vasto piso de mármore da estação, e então saíram na Atlantic Avenue com táxis berrando e manobrando por ali em busca de corridas com os passageiros que jorravam da estação, e caminhões pesados passavam com estrondo sobre os paralelepípedos, o apito de policiais silvava, carros e ônibus passavam se arrastando sobre a neve suja com correntes nos pneus batendo e retinindo no chão. O ar gelado cortante com sua fumaça e seus cheiros de mar enviou calafrios pela espinha de Peter de cima a baixo.

Eles caminharam depressa pelas ruas estreitas e cheias de gente na direção da North Station, parando em meia dúzia de bares no caminho para tomar cerveja. Estavam tontos, quase cambaleantes quando chegaram na North Station. Compraram as passagens e embarcaram no trem barulhento que corria pelo ramal empoeirado até Galloway. Seguiram pela paisagem branca ao lado de grandes faixas de florestas e campos e lagos gelados, e, finalmente, quase de repente – para Peter, que estava meio bêbado e tagarelava com avidez – estrepitavam em uma ponte sobre o rio Concord, e o condutor gritou:

"Gallo-way, Gallo-way!"

Todas as emoções de Peter afloraram de modo prodigioso em sua alma, e uma película de lágrimas brotou em seus olhos. Estava em casa, e seu irmão Joe estava milagrosamente a seu lado. O apito da locomotiva estava soando nos portões de Galloway onde anos atrás, quando era menino, ele ficava deitado em seu quarto escutando-o na noite e sonhando com viagens e grandes eventos pessoais, e ele sabia que agora o som do apito seguia através dos telhados de sua cidade natal, atravessava o rio e ia até a casa de sua família na estrada velha, e ele sabia que nunca ficaria cansado e enfastiado com esta vida.

Altos e morrendo de rir eles saíram a pé da estação e em pouco tempo estavam subindo o morro por trilhas congeladas na Galloway Road, envolvidos em conversas alegres ao vento. Lá estava a grande casa surrada pelo vento e protegida das intempéries, seu lar. No momento seguinte Joe começou a correr e deu um pique sobre a grama coberta por grossa camada de neve, pulando por cima de arbustos e fazendo a volta até a lateral da casa, até as janelas da sala de estar onde se agachou furtivamente e espiou para dentro. Peter o seguiu.

"Abaixe-se", sussurrou Joe. "Eu já vi – mamãe e Rosey. Sabia que elas estariam aqui dentro. Olhe para as duas, tricotando como demônios!"

Peter espiou e viu sua mãe e Rosey sentadas em velhas cadeiras de vime marrons, balançando para frente e para trás, as mãos flutuando ágeis sobre agulhas e lã. Ouviu o murmúrio de suas vozes; e um facho brilhante de luz do sol caiu sobre elas, iluminando seus rostos plácidos, meditativos de olhos azuis no brilho de uma alegre manhã de inverno que lançava pontadas de alegria através de seu corpo. As cortinas brilhantes de chintz, o tampo reluzente da mesa de mogno, o linóleo liso e limpo no chão, as almofadas de cores alegres no canapé de vime, tudo estava como ele esperara. Kewpie, o gato, cochilava deitado quentinho sobre um suéter velho no canto.

Quando Joe começou a bater no vidro da janela, as mulheres ergueram os olhos rapidamente com aquele ar inquisidor e incisivo que as mulheres têm quando estão em casa e ouvem uma batida lá fora. Quando viram quem era, viraram uma para a outra com aquele olhar rápido e atordoado de profecia. Levantaram-se de suas cadeiras com um grito e foram correndo até a porta. Joe saltou os degraus. No momento seguinte estava coberto por beijos, as mulheres gritavam: "É Joey, é Joey! Ele voltou! Oh, meu Deus!"

Peter entrou depois dele no calor e nos cheiros de carne e legumes cozinhando que enchiam a casa. Aquilo o deixou furiosamente faminto, loucamente feliz.

"E Petey!", berrou Rosey satisfeita. "Os dois juntos!" Ela agarrou Peter em seus braços poderosos e beijou com violência sua bochecha.

"Meu Petey também está em casa!", exclamou a mãe. "Ah, isso é demais, meus dois meninos juntos, meus meninos estão em casa", e, quando Peter a beijou, ela jogou os braços ao redor dos dois filhos e os abraçou como se fosse para toda a vida.

"Estou com fome, mãe!", berrou Joe com um riso alto. "O que é essa comida que está cheirando tanto! O que temos para o jantar?"

"Oh", gritou a sra. Martin fora de si com alegria incontrolável. "Não posso acreditar. Estava esperando meu Petey voltar da faculdade, ele me escreveu e disse que viria, mas você, Joey, nunca me disse que vinha para casa. Agora ele veio para casa para o Natal! Rosey!"

"Joe, seu velho filho-da-mãe, por onde diabos você andou!", exclamou Rose naquele seu berro alto e ruidoso de saudação. "E não nos venha com nenhuma das suas mentiras!"

"Deixe isso para lá, estou com fome!"

"Ele está com fome outra vez. Está sempre com fome. Largue-me, seu vagabundo velho. Estou sem ar!"

E os dois soltaram suas gargalhadas altas.

Então todos foram para a cozinha, e a mãe, com expressão corada e ansiosa no rosto, enxugando lágrimas dos olhos, foi até a geladeira e começou a tirar de lá grandes quantidades de comida de seu estoque. "Tenho umas boas sardinhas do Maine, aqui", disse ela, "e um pouco de bacon, ovos, presunto – e aqui uns bifes de hambúrguer bem gostosos que comprei ontem, e leite, e alface e tomates. Vocês querem uma salada gostosa? E cerveja, se quiserem, uma salada de frutas, abacaxi, pêssego. E aqui, querem feijão? Eu fiz no sábado, ainda está ótimo. E tem um pouco de manteiga de amendoim, geléia..."

"Ei, espere um pouco aí, mãe!", gritou Joe, correndo e abraçando-a. "Não queremos isso tudo. Que tal uma xícara de chocolate quente, hein?"

Rose estava parada ao lado da mãe olhando para a geladeira com ansiedade.

"E tem um queijo gostoso que acabei de comprar no Wietelmann's", continuou a mãe, alheia a tudo no mundo exceto que seus filhos estavam morrendo de fome longe de casa. "Ah, e se quiserem fazer uma boquinha antes do jantar, se quiserem fazer um lanche antes de jantar posso fritar para vocês uns bifes desses – e tenho umas costeletas de cordeiro sobrando se quiserem. É só dizerem o que querem. Ah, e temos uns aspargos em lata e umas azeitonas pretas gostosas. Ah, e tenho bastante xarope de bordo de Vermont. Querem que eu faça umas panquecas?", e enquanto dizia isso, toda a comida saía da geladeira e se empilhava na mesa da cozinha.

"Não, não", gritou Joe, "faça para nós apenas uma xícara de chocolate quente! Não estamos com fome, estava só brincando, nós comemos em Boston!"

"A não ser que vocês queiram um belo prato de sopa de ervilhas?", perguntou a mãe ansiosa. "Eu fiz na sexta-feira passada, está muito boa. Ou talvez vocês queiram provar o jantar quente, que está no fogão?"

"Não, não, mãe. Uma xícara de chocolate quente! Ei, Rose, diga a ela que não estamos com fome!"

Mas não foi fácil dissuadir a própria Rose. Ela atravessou a cozinha pisando no chão com o passo pesado de um paquiderme. O aposento inteiro tremeu, e uma pilha de pratos estremeceu e tilintou na copa. Ela disse: "Vocês vão comer alguma coisa com o chocolate! Que tal uns sanduíches de rosbife?"

"Isso", disse a mãe, "tem isso, do assado de domingo. Ou vocês podiam, comer..." Ela fez uma pausa para puxar um rosbife grande de dentro da geladeira e colocá-lo ao lado de todo o resto na mesa, então começou a esfregar os lábios meditativamente. "Rose!", disse finalmente. "O que mais tem aqui?"

"Isso não é suficiente?", falou Joe. "Ei, mãe!", e correu até ela e a beijou outra vez. "Isso basta, ouviu?"

Ela enxugou uma lágrima do olho e sacudiu a cabeça com pesar. "Oh, Joey, eu estava tão preocupada com você, há tanto tempo. Por onde você andou?"

"Trabalhei em fazendas, navios, todo esse tipo de coisa, e trabalhei duro e comi como um porco e vi os lugares mais maravilhosos. Olhe para mim! Olhe o bronzeado que ganhei!"

"E você, Petey?", choramingou ela com brandura, virando-se para Peter com uma das mãos ainda agarrada ao braço de Joe. "Sua perna, coitada da sua perninha."

"Ela não é tão *perninha* assim!", falou Joe com um sorriso malicioso. "Ele está bem agora! Foi um grande astro no time de calouros da Pensilvânia, mãe, um futuro craque da bola, é o que ele é! Hein, Pete?"

E Peter começou a dançar pelo aposento para mostrar à mãe que sua perna estava curada e bem. "Viu, mãe?", exclamou. "Não é nada, está nova em folha! Eu disse a você em minhas cartas um milhão de vezes... não disse, Rose!"

"Ah! ele está bem", disse Rose, aproximando-se de Peter e jogando os braços em torno dele. "Ele está bem, o pequeno vagabundo."

"Oh, meu Deus, estou tão feliz que não sei o que fazer", suspirou finalmente a mãe. Ela pegou um avental em um gancho e o amarrou. "Nunca estive tão feliz em toda a minha vida. Sabia que alguma coisa ia acontecer, Rose, eu disse a você que senti uma coisa, lembra quando eu contei a você que tive um sonho, eu..." E ela mergulhou em silêncio, sacudindo reflexiva e inescrutavelmente a cabeça em seus próprios pensamentos alegres, e começou a cortar pão vigorosamente e a preparar o lanche.

"Está vendo?", disse Rose, cutucando Joe nas costas. "Olhe só ela..."

"Ah, a mamãe sabe, a mamãe sabe", disse Joe, morrendo de rir, e então deu um tapa no joelho que ressoou alto: "Vamos ter uma grande comemoração!", gritou. "Ei, Rosey, não vamos? Vamos ficar bêbados na noite de ano-novo com uma bela garrafa de scotch, hein? Vamos ver o velho falar bobagem outra vez! Rá! Rá! Rá!"

Então ele se jogou na cadeira e emitiu um suspiro longo e feliz. "Em casa outra vez, que beleza! Tragam essa comida! De agora em diante, vou apenas me sentar e aproveitar, como fazia quando era criança. Chega de quartos de pensão e alojamentos e de ficar duro e ter de viver à custa dos outros... Não senhor. Em casa outra vez!" Em alguns instantes sua mãe tinha preparado uma pilha de sanduíches grossos de rosbife, e Rose a seguiu carregando um bule de chocolate quente fumegante. Todos os quatros começaram a comer e a beber com alegria, em uma atmosfera que fazia com que os dois irmãos se dessem conta mais que nunca de que estavam em casa outra vez.

[8]

MAIS TARDE NAQUELE dia Peter subiu até o sótão para procurar alguns livros velhos guardados em um baú. Lá em cima, com propósitos de solidão e estudo, Francis arrumara para si um quartinho em uma divisão do sótão nos fundos da casa onde o coruchéu do leste projetava-se do telhado inclinado. Rose tinha dito que Francis não estava lá, mas Peter espiou para dentro e surpreendeu-se ao vê-lo sentado à sua escrivaninha virando as páginas de um livro de bolso. O quartinho de teto inclinado era abafado devido ao calor de um aquecedor cuja válvula chiava permanentemente, quentinho e com leve cheiro de vinho.

"Como vai, sr. Artista!", berrou Peter.

Francis ergueu o olhar, imperturbável. "Olá, o que *você* está fazendo por aqui?"

"Não sabia que eu vinha para casa para o Natal?"

"Sabia", disse Francis vagamente, "mas não sabia que seria tão cedo".

Peter se sentou e acendeu um cigarro, e no mesmo instante pulou de pé, nervoso. "O que é esse livro que você tem aí? Ah! É em francês!" Pegou a brochura e examinou o título – "*Les faux monnayeurs*. O que é isso?"

"É um romance de André Gide."

"É sobre o quê?"

"Sobre o queeê? Bem, acho que é sobre a falsidade das pessoas, em particular, e sobre tudo, em geral."

"Onde conseguiu o livro?"

"Ah... bem, consegui aqui em Galloway, na biblioteca pública."

"É mesmo?", exclamou Peter. "Ah, sim, agora eu me lembro – eles têm uma prateleira de literatura francesa nos fundos, perto da prateleira de livros de cozinha!"

Francis tirara uma garrafa de vinho de uma gaveta da escrivaninha e estava limpando uns copos.

"O que é isso... *vinho!*", disse Peter. "Benza, Deus."

Francis olhou de relance para Peter com curiosidade. Limpou a garganta e disse, "Foi uma surpresa e tanto encontrar Gide enfiado ali perto da sua prateleira de livros de cozinha em meio aos Zolas e Dumas e Hugos da moralidade francesa."

"Foi?" Peter deu um sorriso envergonhado e confuso.

"Bem, foi. Mas claro que isso não deve ser usado contra os pais da cidade de Galloway..."

"Por que isso?"

"Bem", disse Francis maliciosamente, "não sei exatamente por que, mas pode-se dizer que insinuar o notório Monsieur Gide em meio aos mais respeitáveis e louvados escritores franceses seria... bem, você sabe..."

"Ah, entendi!", exclamou Peter. "E por que esse Gide era notório? O que ele fez?"

Francis limpou a garganta outra vez. "Bem... ele era conhecido por sua monstruosa perversidade de caráter, sua opinião monstruosa sobre a burguesia européia, por um lado. Ah, e além disso, chegou a ser considerado por alguns dos pedagogos mais importantes das letras francesas como um... um agitador grosseiro..."

"E daí?"

"E, ah, em alguns círculos ele é visto como um corruptor desnaturado da juventude francesa." E com uma espécie de alegria solitária e desconsolada, Francis começou a rir como se estivesse um pouco tomado pelo som das palavras.

Tirou a rolha da garrafa de vinho com um floreio galante e serviu um copo para Peter. "Aqui, prove um pouco disso, não é exatamente do melhor – mas não é dos piores."

Peter deu um gole grande e balançou a cabeça, curioso. "E esse Gide... por que você o lê? Quero dizer, com toda essa história de agitador grosseiro, essas coisas. Quero dizer... *você* sabe!"

Francis sorriu. "O que você *quer* dizer?"

"Como vou saber? Sobre o que ele *escreve*?"

"Pessoas."

"E elas são *todas* falsas? Você acha que todos no mundo são falsos? Você *acha* que o mundo é falso?"

"Acho?"

"É! Qual sua filosofia? Você tem uma?", deixou escapar Peter, corando.

Francis limpou a garganta, com um olhar de soslaio pela janela, e franziu de leve o cenho, surpreso, como se também estivesse um pouco satisfeito.

"Por exemplo!", gritou Peter, erguendo rigidamente um dedo. "Conte-me apenas um 'por-exemplo'! Tem um sujeito na Pensilvânia que não faz mais nada além de ficar sentado bebendo café e filosofando e ele sempre diz 'por-exemplo' demonstrando o que quer dizer. Ele também é bastante inteligente."

"Bem, não me venha inventar 'por-exemplos'. Dê-me um por-exemplo, por exemplo..."

Peter se dobrou com um riso louco e se jogou na cadeira. "Não, espere!", exclamou. "Sempre quis saber o que você pensa. Estamos estudando filosofia este ano. Eu mesmo tenho muitas idéias, mas nunca consigo juntá-las de maneira lógica. Minha filosofia é que não se pode explicar o mundo. É grande demais e louco demais e às vezes engraçado e a maior parte do tempo é... estranho."

"Em primeiro lugar", disse Francis, contraindo os lábios, "não acredito em mistérios. Obviamente há mistério na sua idéia de *estranheza*. E sobre o mundo ser engraçado, não sei. Se pesadelos são engraçados..."

"É isso o que diz Gide?", perguntou Peter quase mal-humorado, e com repentina curiosidade.

"Acho que não – talvez seja apenas aceito como verdade. Ele é só um intelectual europeu típico. Sua preocupação é com a verdade e a estupidez do mundo... e seu inimigo é a sociedade, eu acho."

"A alta sociedade?"

"Não, as pessoas... todo mundo."

"Então *todo mundo* é falso?"

"Não disse isso. Ele apenas entende que os homens se organizaram de uma maneira insana quase impossível de ser desenredada, e quase demais para que o homem de sensibilidade agüente..."

"É?"

"E por fim, além disso tudo, há o pesadelo em todos os seus contornos nítidos" – Francis refletiu sobre isso com um sorriso – "o tempo todo, também, inesperado e vasto". Francis se levantou para fechar a janela, que estava aberta alguns centímetros, e suavemente voltou para a poltrona, onde, por um instante, ficou sentado em lassidão absoluta, com as mãos magras penduradas no braço da cadeira como se estivessem quebradas nos punhos. Ele olhou de um jeito vazio para o dia ensolarado e ainda mais claro com o reflexo na neve.

"Olhe só um exemplo!", exclamou Peter. "Pegue hoje. Veja toda a neve lá fora e os pingentes de gelo nas casas e o sol brilhando e as crianças escorregando morro abaixo e se divertindo a valer. Olhe para a estrada lá embaixo. Charley e Mickey estão voltando da escola. Está vendo? Charley está na bicicleta e Mickey caminha ao seu lado. Já andaram todo o caminho desde o colégio e agora estão com fome, prontos para uma grande refeição. Olhe para a garota bonita lá embaixo deslizando com seu irmãozinho no trenó. Pegue isso tudo. O que pensa sobre isso?"

"O que eu penso?", riu Francis. "Meu Deus!"

"É! Quero dizer, você gosta disso?"

"Mas isso não tem absolutamente nada a ver com a questão."

"Não, é apenas um exemplo", exclamou Peter, quase sofrendo. "Viu? É outra filosofia! Se você não tivesse olhos e se não tivesse sentimentos e sentidos tudo isso ainda estaria lá fora, mas você não saberia sobre isso, estaria sentado aqui, tudo estaria lá fora e você não saberia nada sobre isso. Não seria capaz de *desfrutar* de nada..."

"Isso até que seria legal", murmurou baixinho Francis.

"Não!", riu Peter muito divertido.

"Bem, agora, veja *outra* filosofia. Tome esse seu dia lá fora e transforme-o em noite, uma noite fria – não é dia o tempo inteiro, é? O dia é apenas metade... a outra metade é noite, você sabe. E então, temos nossa consciência dessa noite e portanto temos nossa consciência da brutalidade natural e necessária das coisas, não temos? E não seria melhor, então, se não tivéssemos consciência nenhuma?"

"O que você quer dizer com isso?", perguntou Peter. "A noite seria agradável, você poderia sair e dar um belo passeio, pegar um pouco de ar fresco..."

"Estou falando de uma noite que é escuridão congelada. Do tipo em que não se pode viver. O tipo que temos. A *verdadeira*."

"O quê?", perguntou Peter, um pouco envergonhado e atingido pelo tom de Francis.

"Sua noite de inverno... toda impiedosa e sem esperança, a que mata você no fim, a que não tem qualquer consideração pela essência humana ou significado terreno, exceto destruir todos nós completamente. Fale disso. Fale de seus *sentidos* preciosos que nos informam sobre o assunto..."

"Bem, não sei", balbuciou Peter, um pouco confuso.

"Eles contam a você sobre nosso crime..."

"Que crime?"

"Bem, o *nosso*. Eles contam a você sobre isso de várias maneiras – pecado original, impulso darwiniano, inconsciente freudiano, o que mais... Mas nosso único crime é que recebemos essa sua consciência, não é? Sem ela, acho que seríamos um grupo grande de idiotas inocentes. Talvez fosse melhor."

"E o sensível camponês?", gritou Peter, astuto, corado e atento.

Francis balançou a cabeça, sorridente, quase empolgado. "Nós atacamos um ao outro automaticamente, com rosnados e garras. É isso que eles chamam de crime, ou pecado, é isso o que somos – pecadores. Mas nosso único crime é nossa inocência. Nossa única responsabilidade está aí, e *não* é uma responsabilidade. Um arranjo perfeito para os deuses, um arranjo perfeito para a noite e, em outro sentido, um arranjo perfeito para a reação entrincheirada."

"Quanta bobagem!", berrou Peter, surpreso. "Como você pode acreditar nisso tudo?"

"Não é verdade que tudo o que contaram a você quando criança se revelou um monte de mentiras? Contaram a você sobre Deus assim que começou a duvidar de Papai Noel ou mesmo antes, *alguém* fez isso. Mas ainda assim você já devia saber a essa altura que não há divindade em lugar nenhum, e que sem dúvida não há nenhum Deus para nos confortar e cuidar de nós. Talvez você possa, na sofisticação dos tempos modernos", continuou, "ser forçado a admitir que *deva* haver um diabo apesar do fato de não haver um Deus. Sem dúvida a brutalidade em todos os lados é evidente, toda divindade deve estar escondida em algum lugar. É uma força, um poder de persuasão. E então eles contaram a você sobre o amor, não contaram? Mas agora você já devia saber, na verdade, que é impossível amar em meio a tanta noite congelada e infelicidade."

"Não sei...", murmurou Peter, um pouco assustado.

"Sem dúvida em algum momento você vai se dar conta de que amor é apenas uma palavra para descrever a frivolidade com elogios e mentiras que faz você se sentir melhor por um momento. E depois a justiça. Eles gravam essa palavra em pedra pelo mundo inteiro, nos frisos em torno dos prédios de tribunais. Mas ainda assim você devia ver, ou talvez sinta isso agora, que a justiça não é a preocupação dos homens neste mundo. Os homens são infelizes demais para *isso*. Você não pode culpá-los, não existe a chamada fé, a vida é *curta* demais para isso, não há tempo. A escuridão congelada não dura muito, só o bastante para fazê-lo sufocar e congelar até a morte."

"Mas não acredito nisso!"

"Por que não, se é a verdade?"

"Não sei", disse Peter. "Por que você devia acreditar no que esses caras dizem?", perguntou de repente, argutamente.

"Que caras?", exclamou Francis com um riso surpreso.

"Por que você liga para o que *ele* tem a dizer – Gide... ou caras como Engels."

"Quem falou sobre *eles*?"

Peter ficou parado olhando fixa e obstinadamente pela janela como se fosse perder sua convicção caso Francis captasse seu olhar e começasse a rir, de seu jeito estranho e sem alegria.

Mas Francis tinha se cansado da conversa, estava secando as mãos com uma toalha na pia de um jeito enérgico e absorto, e lá embaixo Rosey chamava para que descessem para comer.

Foi uma conversa estranha da qual Peter nunca se esqueceu.

[9]

Era semana de Natal, e para o jovem Charley aquilo era apenas problema.

Agora com quatorze anos, estava no nono ano na escola onde suas notas estavam um pouco abaixo da média, apesar de não ser por falta de inteligência. Um menino estranho, quieto, interessado muito menos em aprender com livros do que em aprender com velhos automóveis enferrujados no ferro-velho ou com as mil maquinarias ao seu redor. Em casa era o filhinho independente, discreto, quase solitário, que muito freqüentemente podia ser encontrado em algum canto escuro da casa ou do porão ou da garagem mexendo pensativamente em algum aparelho que tivesse chamado de fato a sua atenção. Entre seus colegas da vizinhança ele era sempre, por consentimento silencioso e impenetrável, "o líder da gangue". Isso se devia, sem dúvida, ao seu impressionante ar de concentração e à forma como assumia todo tipo de responsabilidade nas inúmeras circunstâncias que se apresentavam em suas brincadeiras. Como seu irmão mais velho, Joe, tinha os mesmos maneirismos peculiares que indicavam uma autoconfiança concentrada: respondia uma pergunta apenas depois de umedecer rápida e solenemente os lábios, caminhava com passos largos e determinados na direção de seu objetivo, e olhava fixamente para as pessoas sempre com os mesmos modos dignos, calmos, tranqüilos e os olhos azuis de racionalidade absoluta, como se nada jamais pudesse abalá-lo ou impressioná-lo. Mas diferente de Joe, que ele venerava de seu jeito quieto, Charles era muito menos gregário e menos vigoroso.

Tinha problemas e, para piorar, estava sozinho e desamparado em suas atribulações. Isso, entretanto, era do jeito exato que ele queria com determinação. Uma semana antes, na companhia de vários outros meninos com atiradeiras, tinha quebrado uma janela na casa de certo velho ranzinza bem conhecido na região por seu mau humor e seus hábitos de eremita. Esse velho enviara um relatório por escrito à polícia insistindo que o meliante, "o jovem marginal", fosse detido e punido imediatamente. Charley ouviu falar disso e ficou com medo. Todos os seus amigos sumiram e ficaram quietos e passaram dias com expressões pálidas e cheias de mistério.

Mas um policial motociclista eficiente, conhecido por toda Galloway como Tooey Warner, foi incumbido de investigar a origem do vandalismo, e aquilo era o fim. Esse policial assustador passou vários dias intimidando estudantes na vizinhança e acabou descobrindo que Charley era o responsável, ou pelo menos tinha sido o líder do ataque. Naquela mesma tarde, quando Charley voltava para casa da escola, no mesmo dia em que seus irmãos maiores voltaram para casa, Tooey Warner chegou com o ronco de sua motocicleta, passou ao lado do meio-fio com um cantar de pneus, tirou a luva e berrou, "Ei, você, venha aqui!", e quando Charley foi até lá, o tira deu-lhe um golpe perverso no rosto com a luva.

"Está certo, vamos até o distrito, espertinho. Suba!" Ele acelerou o motor com um ronco terrível e ajustou os óculos.

"Mas espere um minuto, sr. Warner!", gritou Charley apavorado. "Eu não queria fazer isso, eu apenas atirei em umas árvores e acertei a janela. Verdade! Eu estou disposto a pagar pela janela!"

Mas Tooey Warner nunca achava que seu trabalho estava feito antes de arrancar lágrimas de arrependimento de seus meliantes. Bateu outra vez no rosto de Charley com a luva, dessa vez tirando sangue com o botãozinho de aço do punho. Era o tira mais escrupuloso e brutal da força. Apesar de não se poder dizer que ele não demonstrava igual intrepidez em relação a transgressores da lei adultos, era de conhecimento geral que os colegiais eram sua especialidade.

"Verdade, sr. Warner!", exclamou Charley agora um pouco choroso, de alguma forma percebendo ser esperado que chorasse. "Não quis fazer isso. Se o senhor deixar, posso pagar pelos estragos...!"

"Como você ia fazer isso, seu moleque, onde ia arranjar o dinheiro? Você sabe o que fez? O prejuízo é de nove dólares!" E o tira pontuou isso com outro golpe forte no rosto de Charley.

"Eu posso pagar", disse Charley, sorumbático, em voz baixa.

Tooey Warner olhou para ele com um olhar de fúria reprimida, estremecendo de vitalidade elemental. Tinha muito a fazer naquele dia, estava assediado por todos os lados pelo trabalho e pela mulher e pelo ódio de quase todo mundo na cidade, e de repente, com um suspiro, o peito quase desfalecendo, os olhos perdendo sua chama e ficando vidrados, ele se transformou em um policial entediado e sacou um caderninho. Guardou a luva temporariamente sob o braço e começou a escrever com lentidão. Demorou um bom tempo. Então fechou o caderno com um movimento rápido e olhou direto nos olhos de Charley.

"Escute aqui, seu pequeno filho-da-mãe – sexta-feira à tarde! Você aparece na casa do velho Bennet com esses nove paus, eu vou lá para conferir, e se você não aparecer, vou dar em você uma surra daquelas, eu mesmo, pessoalmente. Isso não faz diferença para mim. Todos vocês, jovens delinqüentes, são iguais. Outra bobagem como essa e mando você para o reformatório, não se esqueça disso! Ouviu bem?" Ele tornou a ajustar os óculos. "Por Deus, eu pego você de jeito, entendeu?"

Charley se preparou para outro golpe doloroso, mas Tooey Warner simplesmente reajustou a luva, deu um tapinha rápido no quepe, deu um quique violento para ligar a moto, e com as pernas magnificamente arqueadas como um jóquei em um cavalo famoso, partiu com um ronco alto em demonstração de glória repugnante que há muito tempo era a imagem viva de maldade e de problemas para todos os meninos de Galloway com idade suficiente para andar.

Charley sabia que teria muitos problemas para levantar o dinheiro dentro daquele prazo terrível. A última coisa que passava em sua cabeça era pedir a seus pais. No primeiro dia de trabalho no depósito de lixo da cidade, depois da aula, descobriu que, no ritmo em que estava, não teria tempo suficiente para resgatar uma quantidade suficiente de metal velho – encaixes de metal, pedaços de chumbo e latão, velhas panelas e caçarolas de alumínio e coisas assim – para vender para os sucateiros notoriamente pães-duros e ao mesmo tempo cumprir o prazo. Teve de começar a matar aula na escola para passar o dia inteiro nessa tarefa. Isso agravou o problema, pois precisava de bilhetes de justificativa para o diretor da escola. Estava mesmo encrencado.

Com paciência silenciosa e autoconfiante, Charley resolveu se preocupar com isso tudo mais tarde e se concentrou no mais imediato – catar sucata no lixão. Tinha apenas quatro dias para conseguir. Era um trabalho duro e desagradável, no inverno intenso, em barrancos íngremes e cobertos de neve varridos por ventos insistentes o dia inteiro. Ele comia e circulava e trabalhava em meio a pára-lamas enferrujados e chassis velhos, tonéis de óleo, latas, caixotes de tomates vazios e garrafas de uísque que cobriam o piso do depósito de lixo – que na verdade era um piso, não chão, com suas camadas esponjosas gastas de chorume velho e cinzas velhas misturados, por baixo do qual ratos de lixão furtivos moviam-se em suas tocas.

Trabalhou ali em frenesi, arrancando massas disformes de lixo para limpar áreas inteiras de neve e poder ver o que havia para ser achado, até suas mãos ficarem feridas e seu rosto queimar com os fogos perpetuamente fumegantes. Estava sozinho nos barrancos desertos. Mesmo os catadores sujos e persistentes tinham sido desencorajados pelo frio do inverno, e o ar em torno dele fedia com o cheiro de borracha queimada, de exalações azedas que emanavam de grandes áreas de antiga podridão e da putrescência efervescente da umidade de inverno em um depósito de lixo às margens de um rio que recebia esgoto e rejeitos de tingimento das tecelagens durante o ano inteiro. Era uma faixa do rio Merrimac a alguma distância das cachoeiras da White Bridge e a cerca de um quilômetro e meio de onde passava tão calmo, largo e imaculado da casa dos Martin, na Galloway Road. Assim era o destino de Charley...

Lá embaixo, na margem da água perto de um conjunto de rochas grandes, ele ergueu um abrigo engenhoso onde guardava a sucata do dia, antes de levá-la de carrinho ao anoitecer até o quintal dos fundos de um amigo, não muito longe do lixão, que ele também usava como vestiário. Não podia chegar em casa na hora do almoço todo sujo do depósito de lixo, quando devia ter passado a manhã inteira na escola, então ele teve a idéia de preparar uma trouxa de roupas velhas, sapatos velhos, toalha e sabão, que levava de casa com ele junto com os livros da escola, e, ao meio-dia, após o trabalho da manhã, ele se trocava no abrigo, lavava-se com neve derretida ao sol em um balde, e então ia para casa para o almoço com aspecto limpo e estudioso. Então, à uma da tarde, voltava para o lixão para o trabalho da tarde, vestia de novo as roupas de trabalho, escondia a bicicleta no abrigo e recomeçava sua tarefa laboriosa e infeliz.

No terceiro dia começou a ficar desesperado. Tinha juntado sucata no valor de apenas alguns dólares, no máximo, e seu último dia de prazo estava chegando rápida e desesperadamente. À uma hora estava cruzando correndo a ponte da Rooney Street em sua bicicleta para outra tarde de trabalho desesperado. O ar limpo e perfeitamente imaculado estava todo cintilante com neve e pingentes de gelo, o tipo de dia de que costumava gostar. De repente, ouviu alguém chamá-lo do passeio de tábuas no alto da ponte. Era sua irmã Liz. Ela ficou ali parada com as mãos acomodadas despreocupadamente nos bolsos do casaco e com uma expressão inconfundível de severidade no rosto jovem e rosado.

"Charley Martin, diga para mim o que está fazendo fora da escola!"

"Hein?"

"*E nem me venha com essa história!*" Ela ficou ali parada, alta e calma, examinando-o com o olhar severo de irmã. Era um pouco difícil, entretanto, ser convincente, pelo fato de ela estar vestindo uma capa de chuva curta de menino sobre calças azul-claras, e parecia uma colegial ingênua e despreocupada dos pés à cabeça, nada autoritária.

"E você?", berrou Charley com um riso desdenhoso.

"Não se *preocupe* comigo! Quero saber o que *você* está fazendo fora da escola!"

"Ah, Liz, é uma história comprida. Você não quer escutar, quer?" De repente, deu uma gargalhada. "O que está fazendo de calças compridas? Não estava com elas esta manhã no café!"

"Eu falei para não se preocupar comigo!", disse ela devagar entre os dentes apertados, semicerrando os olhos esverdeados e apontando para ele. "Quero que você me conte essa sua história comprida. Para onde você ia? Conte!" Ela segurou a bicicleta e a sacudiu com raiva.

"Para o depósito de lixo ali."

"E para quê?"

"Estou catando lixo para vender. Preciso muito de dinheiro."

"E por quê?"

"Porque sim."

"Para quê?"

Então Charley teve de contar tudo a ela. De qualquer forma, ele confiava nela e a amava. Mas enquanto contava a Liz sobre esse seu assunto com a polícia, de algum modo não conseguia manter uma expressão séria. Ela ali parada com tanta seriedade, tanta solenidade diante dele, também estava matando aula.

Os olhos sérios dela reluziram um pouco, contagiados, mas ela disse, "Escute, meu filho, isso não tem nada de engraçado, esses tiras são *durões*. Precisamos tirar você dessa. Quanto você juntou até agora?"

"Nossa, Liz, só uns dois dólares." Ele se virou para rir.

"Pare com isso. E nós não vamos ficar aqui em pé no frio falando sobre isso", exclamou com firmeza, e baixou a cabeça um instante para raciocinar, com um gesto rápido de reflexão decisiva. Enquanto Charley apoiava o queixo na mão com expressão entediada. "E não dê uma de espertinho!", falou rispidamente Liz, percebendo o gesto dele de paciência viril. "Você acha que sabe tudo, não é? Bem, escute o que *eu* vou dizer – vou conseguir o dinheiro para você no banco esta tarde e você vai levá-lo para aquele velho tolo imediatamente, esta noite! É isso o que vai fazer, Senhor Martin!"

"Ah, não!", exclamou surpreso Charley. "Eu mesmo vou conseguir o dinheiro com o lixo que vender..."

"Cale a boca! O que você tem só vale dois dólares, seu pateta, e ainda nem vendeu isso! Nunca vai conseguir!"

"Eu vou conseguir, acredito que..."

"Não me venha com esse papo de caubói! Eu quebro sua cabeça!", ela berrava e sacudia furiosamente a bicicleta. "Você não vai ficar todo sujo naquele lixão imundo e talvez até pegar uma doença."

"Eu já planejei tudo", replicou Charley baixinho, voltando ao tom de voz que usava sempre que empreendia conversas sensatas consigo mesmo, "e acredito que vou conseguir facilmente..."

"O que eu falei sobre esse papo de caubói – eu acredito!", gritou Elizabeth, batendo com o pé no passeio. "Você vai voltar para a escola neste exato minuto. Vou escrever os bilhetes para justificar as faltas, é isso é *tudo*!"

"Não."

"Você não vai fazer o que eu digo?", disse ela por fim.

"*Não posso!*"

"Então está bem", disse ela com o firme propósito de uma mulher que tomou uma decisão, "se é assim que você quer, tudo bem. Desça da bicicleta e me deixe montar nela..."

"Por quê?"

Liz sacudiu outra vez a bicicleta peremptoriamente. "*Porque sim*. Vou voltar até a casa de Dotty Beebe e vestir umas roupas velhas. E vou encontrar você no depósito de lixo em dez minutos."

"O quê?", gritou Charley.

"Escute!", sibilou Elizabeth entre os dentes, e agarrou com firmeza a lapela de Charley com as mãos fortes. "Já tomei minha decisão, e você vai ficar com essa sua boca grande fechada desta vez."

"Mas você vai catar lixo?", gritou sem acreditar.

"Isso mesmo", recitou sem mudar o tom de voz. "Agora *cale a boca* e desça dessa bicicleta."

E Charley desceu, e ficou ali parado coçando a cabeça. Ela montou na bicicleta com um ar de autoridade atarefada e disse, "Agora! Vou encontrar você do outro lado da ponte em dez minutos. Esteja lá!" Ela saiu pedalando. Charley atravessou a ponte a pé e esperou pela irmã totalmente perplexo. Liz era mesmo uma irmã estranha e imprevisível.

Ela voltou em quinze minutos trajada como um moleque, de macacão de brim e jaqueta de couro marrom, calçando sapatos e um par de luvas de trabalho que pegou emprestado do irmão de sua amiga enquanto ele estava na escola. Eles partiram imediatamente através do campo.

Em questão de minutos os dois estavam remexendo e escavando as pilhas de lixo. Gritavam excitados sempre que encontravam alguma sucata estranha que parecia valiosa e a atiravam na pilha no abrigo de Charley perto das rochas com uma sensação de eficiência crescente. A garota encontrou uma frigideira velha de alumínio enferrujada, um bule de ferro magnífico com a alça parcialmente quebrada e uma velha grelha de lareira negra. O garoto, com um olho para detalhes maiores, encontrou uma folha grande de metal que soou como um trovão quando ele lutou para levá-la para o abrigo.

Liz, a estranha e impulsiva Liz, estava se divertindo muito. Para ela, o fato de estar ficando imunda no depósito de lixo da cidade com o irmão menor, vestindo roupas simples de trabalho masculinas, matando aula em uma tarde fria de dezembro, era uma aventura fantástica e maravilhosa que, ela estava convencida, nenhuma outra garota saberia apreciar. Odiava a "maioria das garotas" de qualquer forma, e as convenções estritas segundo as quais elas se comportavam. O original, o diferente, mesmo o chocante, em sua crença orgulhosa e exultante, eram a única coisa a fazer. Há muito era uma garota travessa, que gostava das brincadeiras de meninos. Acreditava ardentemente em tudo o que esse tipo de criança americana do sexo feminino acredita – superar garotinhos melequentos em lutas e corridas e em subir em árvores. Não tinha nada além de desprezo pelas garotinhas delicadas que desistiam com facilidade e recorriam às manhas femininas. Queria sair pelo mundo sem pensar, do jeito que tivesse vontade.

Mesmo assim, tudo sobre ela já sugeria uma enorme ternura charmosa, infinita e feminina. Aos dezesseis anos era comparativamente alta, de porte ereto, com uma cabeça luxuriante de cabelos negros, e olhos que eram de um verde muito reluzente. Na maneira como pulava da encosta do morro com um dobrar delicado de joelhos, as mãos se agitando no ar timidamente para se equilibrar, no jeito que às vezes fazia uma pausa para se firmar de pé e olhar com aquela expressão paciente, silenciosa e voluptuosa que as mulheres têm, em todas essas coisas havia a eloqüência de um ar e de modos realmente belos.

Entretanto, naquele momento Elizabeth e Charley não estavam despercebidos. Enquanto cavavam e remexiam e arrastavam o lixo até o abrigo, e gritavam alegremente um para o outro ao vento, um rapaz, que acabara de chegar em um velho sedan Chevrolet 1928 com o banco traseiro e as janelas removidos para criar espaço para cargas de todo tipo, estava parado de pé no alto do morro observando-os com um ar intrigado e curioso.

Era o irmão deles Joe. Depois de passar o dia trabalhando no velho Ford no celeiro dos Martin, decidira que algumas peças no carro velho precisavam ser substituídas, então pegou emprestado o Chevy aos pedaços de um amigo para ir até o depósito de lixo ver o que podia encontrar em meio aos destroços normalmente jogados ali. Joe estava agora de pé, observando com atenção os dois jovens, tentando descobrir o que eles estavam fazendo.

Alguns colegiais, suas sombras projetadas bem distantes da borda do barranco na luz da tarde que caía, tinham feito uma pausa em seu caminho da escola para casa. Também estavam de pé no morro observando Liz e Charley com curiosidade pensativa e imóvel.

De repente, um jovem colegial, com uma incrível e impensada demonstração de falta de humor, pegou algumas pedras e começou a atirá-las em Charley e em sua irmã. A coisa toda aconteceu tão rapidamente que no início os garotos lá embaixo não conseguiram entender o que estava acontecendo. Quando a queda constante de pedras ao seu redor os fez perceber o propósito do pequeno facínora, começaram a gritar para ele com raiva. Mas o colegial continuou a observá-los do vantajoso topo da colina e seguiu arremessando mais e mais pedras. Seus colegas de escola foram embora correndo com vergonha e medo.

Charley também pegou algumas pedras e começou a arremessá-las furiosamente o mais longe que podia na direção do garoto. Isso só estimulou o pequeno malfeitor a aumentar seus esforços, talvez devido a uma espécie de desespero de sangue-frio. Ele continuou a intensificar seu ataque com determinação perversa e acabou acertando uma pedrada na perna de Charley. Charley soltou um uivo de fúria e partiu morro acima sobre pilhas de lixo que cediam e escorregavam sob seus pés em sua corrida desabalada, mas estava determinado a pegá-lo. E assim que alcançou uma faixa de terra razoavelmente estável e começou a correr na direção daquele que o atormentava com uma chuva de pedras, uma delas o acertou direto na testa, e ele caiu de joelhos.

Quando Liz viu Charley cair, soltou um grito que levou pânico ao coração do pequeno. Ela subiu o morro com uma velocidade assustadora, dando grandes saltos de antílope, assustadora com sua ira de menina, e o garoto, ao sentir o fim iminente de sua vantagem, decidiu sair correndo. Mas nesse instante Joe o alcançou, agarrou-o pelo braço, levantou-o do chão e o sacudiu.

"Seu filho-da-mãe maluco, o que está fazendo?", berrou Joe.

Charley tinha ficado de pé outra vez, com aquela obstinação imprevisível de sua natureza, e vinha correndo o resto do caminho morro acima com sangue escorrendo pelo rosto, em silêncio sinistro, os dentes à mostra. Com um puxão forte, o garoto soltou-se desabaldamente de Joe e saiu correndo através do campo.

Liz tinha chegado no alto, e ela e Joe ficaram presos no lugar fascinados enquanto Charley corria em perseguição ao garoto. No silêncio absoluto do momento terrível que se seguiu, puderam ouvir o som de pezinhos correndo sobre o cascalho, frenéticos e com a mais absoluta urgência, até que Charley mergulhou em um salto grande para frente e derrubou com violência o outro menino no chão.

"Acho que é melhor eu ir até lá", disse Joe.

Charley apenas levantou o menino do chão pelo colarinho. Por um instante, parecia que alguma violência indizível ia irromper, mas nada desse tipo aconteceu. Charley apenas segurava seu adversário pela parte de trás do colarinho e o encarava sem dizer palavra. Enquanto isso, o garoto tinha virado o pescoço para desviar os olhos da visão do rosto ensangüentado de Charley, mas sempre que tentava pular fora, ou apenas desviar o olhar, Charley o apertava com mais força e o puxava para mais perto ainda, até que, no fim, com um movimento lento, hesitante, quase hipnotizado, o pequeno marginal teve de virar o rosto para Charley e olhar para ele cego de pavor.

"Olhe o que você fez comigo", disse Charley em voz baixa. O corte em sua testa parecia feio, mas não passava de uma pequena laceração.

"Você viu o que fez comigo?", disse baixinho Charley.

O garoto tentou escapar convulsivamente para o lado, mas sem sucesso. Mais uma vez foi posto face a face com sua vítima assustadora.

Liz e Joe se aproximaram e esperaram nervosos para ver o que ia acontecer. De repente, Charley virou o outro menino de costas com velocidade surpreendente e deu-lhe um chute tremendo no traseiro. O garoto caiu esparramado sobre os joelhos pela força do chute, mas quase no mesmo instante se levantou e saiu correndo, com um esforço tão frenético que caiu para frente sobre os joelhos outra vez e por um instante rastejou com grande fúria, levantou-se, escorregou, tudo isso em um êxtase de futilidade selvagem, e finalmente foi embora em um pique alucinado através do campo. Charley, de sua parte, resolveu não insistir mais naquele assunto. Ficou ali parado, com uma serenidade quase triste, e observou a retirada do garoto com olhos calmos e perversos.

Joe pegou alguns band-aids no carro, limpou o corte e fez um curativo na cabeça de Charley.

"Bem!", disse ele, "não sei o que vocês dois estão fazendo aqui, mas nunca vi um chute mais bonito vocês sabem onde! Rá! Rá! Rá!" Examinou outra vez o corte de Charley com cuidado, e Elizabeth observava ansiosamente.

"Isso! Acho que está tudo bem por agora. Vamos enrolar um lenço bem apertado em volta da sua cabeça, e você vai ficar muito parecido com o Capitão Kidd! Agora!", disse, cruzando os braços. "Que história toda é esta, Lizzy? Por que vocês não estão na escola?"

Os dois explicaram tudo para ele.

"O quê! Nove dólares por uma janela!", comentou Joe. "Nossa, esse velho maluco perdeu o juízo! Alguém devia dar um tiro nesse guarda Warner, ele é duro demais com os moleques. Está pedindo por isso há anos." Joe caminhou até a beira do morro e examinou toda a extensão do lixão em silêncio. Ele voltou caminhando pensativo.

"Olhem, seus idiotas, agora que começaram com essa história maluca, é melhor a gente terminar logo com ela. Em primeiro lugar, seus retardados, vocês não estão trabalhando no lado certo deste depósito, é lá *daquele lado* que vocês encontram o lugar onde os caminhões da cidade despejam suas cargas todos os dias, as novas batidas com bons pára-choques, e às vezes boas peças de motor, também. Eu mesmo estou à procura de um filtro de óleo", acrescentou especulativamente. Eles estavam confiando avidamente em cada uma de suas palavras, porque se alguém sabia, era Joe.

Ele deu a volta no velho Chevy, acendeu um cigarro, de repente pulou para dentro e berrou, "Vamos lá, então, o que estão esperando?" Eles seguiram ruidosamente sobre o cascalho até o outro lado do depósito de lixo, lá embaixo, se sacudindo e se balançando enlouquecidamente. Todos estavam sorrindo com um prazer malicioso, como se algo loucamente engraçado tivesse de repente surgido no ar.

Joe estacionou o carro perto da beira da água. "Agora!", disse ele, e marchou na direção da carcaça mais próxima onde imediatamente avaliou a situação geral e entrou em ação. Primeiro lançou-se sobre uma espécie de barra velha e enferrujada que se projetava de um emaranhado de lixo e imediatamente a arrancou de forma espetacular do local onde estava presa, em uma demonstração furiosa de esforço. Com elas começou a forçar um farol na parte dianteira de um carro batido até que ele se soltou. "Cinqüenta centavos!", anunciou. "Viram como se faz?" Ele jogou fora o cigarro e olhou ao redor com autoridade.

"Charley, pegue aquele pedaço de ferro e arranque o pneu da roda da frente", comandou. "Tem outro pneu naquele Nash velho, ali. E você, Liz, carregue isso tudo para o carro e leve também as coisas que vocês cataram esta tarde." Depois de dar essas ordens, Joe voltou ao seu trabalho com vigor sensacional, dessa vez sobre um Graham antigo todo destruído.

Daquele jeito, sob a supervisão de Joe, enquanto o anoitecer aos poucos se aprofundava, os três conseguiram juntar uma quantidade de metal e lixo no mínimo suficiente para atender às pobres necessidades de Charley. O garoto estava surpreso e satisfeito. Era como se o mundo tivesse outra vez retornado a ele, tivesse voltado para reclamá-lo depois de desastres e isolamentos para mantê-lo envolto em doce escuridão e na fraternidade mais segura.

"Olhem para todas essas coisas que conseguimos!", berrou. "Quando vamos vender, Joe?", exclamou com olhos brilhantes.

"Agora mesmo, parceiro", disse Joe muito sério. Charley saiu pulando em uma excitação voraz, e Elizabeth o observou com satisfação.

Estava escurecendo, e enquanto o vento levantava nuvens de neve fantasmagóricas pelos campos sombrios, enquanto mil janelas enfileiradas reluziam nas fábricas de Galloway do outro lado das águas, os dois irmãos e sua irmã carregaram a traseira do Chevy e saíram chacoalhando por uma velha estrada de terra que se afastava do rio e penetrava na mata.

O sucateiro era um sujeito meio retardado chamado Zouzou. Vivia em uma casa velha de fazenda aos pedaços em um entroncamento das estradas que saíam de Galloway e iam para Norcott, New Hampshire. Esse Zouzou não devia ter mais de trinta anos de idade, mas, devido à sua natureza meio idiota, e talvez também como conseqüência da vida incrivelmente solitária que levava como um sucateiro eremita, ele já tinha uma aparência extraordinariamente envelhecida. Sua pele era como pergaminho marrom enrugado, tinha uma boca sem dentes e um queixo pontudo senil que estava sempre babando e por barbear e trêmulo de excitação, e em seu jeito de caminhar e se locomover havia uma energia estranha e desordenada como os últimos movimentos trêmulos de um velho.

Quando chegaram à casa de Zouzou, ela estava completamente às escuras, exceto por uma luz fraca na janela dos fundos da cozinha. Charley conduziu-os até a porta lá atrás e bateu. Em um instante o próprio Zouzou abriu a porta e emitiu um risinho sem sentido. Às suas costas eles podiam ver uma mesa de cozinha suja e bagunçada sobre a qual estava seu jantar. Havia uma lata vazia de feijão ao lado de uma frigideira onde os feijões tinham sido aquecidos e na qual ele evidentemente estava comendo com uma espécie de concha enorme. Na parede ao lado da mesa havia uma argola aparafusada ao madeiramento da casa no qual ele aparentemente prendera para sempre uma toalha. Era a toalha mais suja que os Martin já haviam visto.

Charley disse a Zouzou o propósito de sua visita, e o simplório imediatamente pegou seu lampião de querosene e saiu no quintal para ver o que eles tinham. Depois de um exame superficial da carga ele virou-se para Charley – enquanto Elizabeth e Joe permaneciam afastados no escuro, fora do alcance do lampião balançante – e emitiu uma frase num jargão que o jovem Charley aparentemente compreendeu.

"Ele disse para entrar com o carro no celeiro. Vamos fazer negócio!"

Joe entrou sério com o carro no celeiro arruinado, e lá, à luz de seu lampião de querosene, Zouzou descarregou a sucata no chão. Resmungava algo que parecia "Oui!" cada vez que encontrava algum objeto particularmente adequado ao seu gosto. Finalmente, depois de examinar tudo, Zouzou sentou-se no chão diante da pilha enorme e começou a manusear um cachimbo de sabugo de milho pensativo.

"O que fazemos agora?", queria saber Joe.

"Ele está pensando", disse Charley com um toque de impaciência. "Dê a ele tempo para pensar."

Finalmente, depois de minutos fumando seu cachimbo e estalando os lábios para dizer "Pá! Pá! Pá", ele se levantou e deixou-os esperando no celeiro.

"O que ele disse, pelo amor de Deus?", gritou Joe estupefato.

"Ele já vai voltar", disse Charley, mergulhado em seus pensamentos. Em um instante Zouzou estava de volta com algum dinheiro na mão que ele então entregou a Charley à distância de um braço, com um olhar suspeito. Charley pegou o dinheiro e o contou. Eram dez dólares e onze centavos. Quando finalmente olhou para Zouzou e balançou a cabeça em assentimento mudo, Zouzou explodiu em uma gargalhada louca e maníaca de felicidade.

"Quá! Quá!", berrou Zouzou, e pegando seu lampião, convidou-os a sair do celeiro. "Ginjale! Ginjale!", gritava.

"Ele quer que a gente beba um *ginger ale* na casa dele", explicou Charley, impaciente.

Mas de repente Zouzou virou a cabeça para trás em um movimento de demente atenção que lembrou um passarinho, e ergueu a mão com firmeza para pedir silêncio. Os únicos sons que se ouviam eram o silvo do vento atravessando as frestas do celeiro, e o farfalhar de galhos acima, e o ruído da neve entrando sob a porta. Por fim, sem virar a cabeça ou relaxar seu olhar tenso, fixo e louco, ele disse alguma coisa com alegria para Charley.

"O que foi?", gritou Joe. "O que está acontecendo?"

"Ele diz que foi a irmã dele", disse Charley com a mão protegendo a boca. "Diz que ela está há dez anos na sala."

"Você quer dizer que ele tem uma irmã que mora aqui?", exclamou Elizabeth com ansiedade.

"Não, a irmã dele morreu. Ele sempre conta para a gente que a irmã ainda está na sala."

"Bem", disse Joe, virando-se para Elizabeth, "eu acho que está mais que na hora de a gente ir andando."

Charley pegou a mão de Zouzou e a apertou com firmeza, e Zouzou falou, "Hee hee hee!", despedindo-se dele. Os três pularam para dentro do carro, acenaram para Zouzou e foram embora, enquanto Zouzou permanecia no meio da estrada acenando alegremente seu lampião para eles.

Para Charley, que estava sentado olhando pela janela borbulhando de prazer, o olhar afastado de Elizabeth e Joe, com medo de que eles o pegassem com seus olhos sorridentes, o dia agora parecia repleto de uma alegria estranha e louca. E todos os seus medos e terrores, seus problemas e desconsolos solitários tinham terminado.

E agora quando eles chegassem em casa, em alguns minutos, o pai estaria ali parado na cozinha com seu olhar de curiosidade e surpresa. Ele olharia fixamente para eles de boca aberta por um momento, e então perguntaria o que estava acontecendo, e ia coçar a cabeça e franzir o cenho e olhar para eles, e pensar um pouco naquilo e voltar para o escritório. A mãe estaria ansiosa e solícita, e olharia para eles com perspicácia, sabendo de tudo. Peter e Ruth estariam sorrindo, e Mickey observando em silêncio pensativo. Rose diria "Bem, bem, bem, já estava na hora!" Francis estaria em algum lugar da casa em suas meditações.

Agora, no ar enfumaçado da noite, havia algo louco de alegria, algo que ria de modo abafado, silenciosamente na escuridão.

Parecia a Charley que ele sabia que algo era aquele. Estivera com as crianças ao anoitecer quando elas de repente pulavam e rolavam e berravam com um prazer diabólico, por nenhuma razão concebível, quando algo passava no ar escuro enfumaçado, e as crianças compreendiam aquilo muito bem.

[10]

Naquele ano, quando chegou a noite de Natal, os ventos amainaram como se estivessem piedosos. Baixou um frio cortante, calmo e sossegado, que endureceu a neve e encheu o ar com um travo congelado silencioso. Após o anoitecer, estrelas de inverno grandes e brilhantes surgiram para reinar sobre a imobilidade miraculosa da noite.

Para o pequeno Mickey tudo era miraculoso, uma verdade simples, a verdade do Natal, que era o feito do pequeno Menino Jesus, e de Deus, para o qual ele, Michael Martin, estava dedicado e pronto, estremecendo de alegria.

O próprio resplendor da luz das estrelas sobre as neves brilhantes, as pequenas luzes vermelhas, azuis e verdes nas janelas das casas, os pingentes de gelo pendurados nos beirais – todas essas coisas, no silêncio do mistério e da profecia cumprida, eram luzes tremeluzentes do altar e os significados divinos que tinham de vir todos os anos no Natal. Criado nos mitos e na compreensão católicos, ele caminhava na noite gelada e era um santo. O pequeno Mickey, triste, sonhador, cheio de devaneios infantis, estava envolto em um silêncio de devoção, enquanto todos os outros riam e berravam e falavam e se divertiam. "Como se já fosse ano-novo!", pensou ele macambúzio, quase com desprezo.

À noitinha, todos estavam patinando no lago a cerca de dois quilômetros descendo a Galloway Road, todo mundo – todas as crianças, Peter, Charley, Liz, suas amigas, os colegas de Peter, Joe, alguns de seus camaradas, e meninos e meninas de toda parte – dançando como sombras perto da fogueira que ardia, e fazendo grandes ziguezagues sibilantes. Havia os que cantavam e berravam; outros, como Peter e seus amigos Danny e Scotcho e Ernest Berlot Jr., bebiam de garrafas de conhaque; e alguns, como Liz e seu namorado Buddy Fredericks, patinavam em belas valsas de braços dados. O ar entorpecido e gelado da noite estava cortante com berros e murmúrios e gritinhos.

Mas Mickey patinava sozinho ao redor do lago, pensando, olhando para a Estrela Polar no alto e movendo um taco de hóquei à sua frente como se fosse Dit Clapper, o astro das quadras, avançando imerso profundamente em suas próprias reflexões surpreendentes sobre o Natal e tudo, e de vez em quando – quando ninguém estava perto – cantando *Noite feliz* com uma vozinha aguda como os meninos do coral na missa da meia-noite. Em certo momento, Charley foi cambaleando de patins até ele para lhe mostrar o grande cinturão tachado de caubói que Joe comprara para ele de Natal.

"Mas você não devia ver seus presentes antes da meia-noite!", exclamou Mickey, chocado.

"Está tudo bem; Joe disse que estava tudo bem eu usar para patinar esta noite!"

"Mas não pode fazer isso", disse com desprezo Mickey. "Não sabe nada sobre o Natal? Você não abriu *meu* presente, abriu?"

"Ei, eu não sei nem onde ele está!" Charles soltou uma grande gargalhada. "Rosey estava procurando *você*! Estava procurando seus presentes para embrulhar. Ela passou o dia inteiro embrulhando presentes lá em cima no quarto, tem pilhas grandes por toda a cama, e está fazendo embrulhos com *fitas*. Você sabia que agora está acontecendo a maior festa lá em casa? O sr. Cartier e o sr. Mulligan e a sra. Cartier e a sra. Mulligan e todo mundo. Papai está preparando drinques na cozinha e eles estão tocando piano e cantando. Está a maior animação lá em casa..."

"Eu mesmo embrulhei", murmurou Mickey, "e estão escondidos, e ninguém pode ver antes da meia-noite. Estão escondidos no porão."

"O quê?"

"Meus *presentes*!"

"O que você comprou para mim, Mickey, o que foi? Aposto que você nunca vai conseguir adivinhar o que comprei para você!"

Tinham comprado canivetes de escoteiro um para o outro, e os dois achavam que ia ser uma grande surpresa, também. Por outro lado, ambos *queriam* canivetes de escoteiro.

Às onze em ponto Peter – seu irmão maior Peter, um herói dos heróis, um capitão de capitães entre os jogadores de futebol americano do colegial que patinavam por todo o lago com seus "G" de Galloway nos suéteres de lã pesados, que acenavam com a cabeça e sorriam sempre que Peter calhava de olhar em sua direção, um jogador de futebol impenetrável na olímpica Pensilvânia –, seu irmão maior Peter estava parado na margem com os patins pendurados no pescoço, perto da fogueira ardente, chamando-os através das mãos em concha: "Eiii, Mick! Ei, Char-lee! Vamos para casa... Conseguimos todos uma carona para casa!" Todo mundo se amontoou em um carro velho que pertencia a Ernest Berlot e aos amigos loucos de Peter, que agora estavam um pouco bêbados. Queriam que Peter se juntasse a eles mais tarde para mais comemorações nos bares da Rooney Street, e eles aceleraram de volta pela Galloway Road, e Joe e Liz cantavam músicas malucas, Mickey estava sentado na frente no colo de Peter, outras crianças que moravam na estrada estavam penduradas nos estribos e berravam ao vento, e Berlot, o motorista, não parava de buzinar.

Quando avistaram a casa dos Martin, o coração de Mickey se encheu de prazer ao ver as luzes suaves nas janelas e as espirais de fumaça que subiam da chaminé. Ele sabia que o Natal era sempre belo. As luzes de todos os quartos na casa dos Martin naquela noite estavam acesas por um ou outro motivo. Quando estacionaram na frente puderam ouvir um coro de vozes cantando na sala, e grandes gargalhadas adultas, os mais velhos se divertindo em sua comemoração. "Como se fosse um sábado à noite", pensou sombriamente outra vez Mickey.

Na varanda da frente as crianças espiavam e riam de Martin e da sra. Martin e dos Cartier e dos Mulligan e de outros convidados que estavam reunidos em torno do piano com drinques nas mãos. George Martin, quase tão bêbado quanto um lorde, era o que cantava mais alto de todos, enquanto a mãe estava sentada ao piano tocando com um rubor radiante e feliz no rosto. Aquilo deixou Mickey feliz, mas também de certa forma triste por ver sua mãe rindo e tocando piano daquele jeito. No Natal, ele sempre gostava de ficar apenas sentado ao lado dela no sofá. Ela deixava que ele bebesse um vinho do Porto tinto com as castanhas, enquanto olhava para as luzes suaves e quentes da árvore, vermelhas e azuis e verdes, e ouvia o Scrooge no rádio. Gostava de ouvir o Scrooge todo ano. Gostava da casa toda silenciosa e do Scrooge e das canções de Natal no rádio, e de todo mundo abrindo os presentes de Natal depois da missa do galo.

Ele gostava quando seu pai se sentava em sua cadeira com uma camisa branca limpa e gravata e colete, e um charuto novo, comendo doces e nozes e fruta de potes, rindo, conversando com todo mundo, sentado ali todo arrumado e penteado e de rosto corado para as festas. Ele gostava quando a mãe botava fios prateados e neve de algodão e lâmpadas e enfeites na árvore de Natal, com a ajuda de Rosey, e havia um grande peru assando no forno que enchia a casa com seus cheiros deliciosos, e Liz no chão lendo os quadrinhos do jornal, e Joe e Charley e Ruthey e Petey, todos ali, a família inteira na casa silenciosa no Natal.

Todos entraram na casa. A cantoria continuou ao redor do piano; o grande sr. Cartier estava fazendo uma dança maluca com o chapéu da mulher virado ao contrário. Foi demais para Mickey, que teve de se sentar em um canto para rir. Por um instante ficou preocupado quando a árvore de Natal balançou um pouco de um lado para outro, mas ela estava bem presa no chão – o próprio Joe fizera o serviço – e achou que ela não ia cair. Ele se aproximou e jogou mais enfeites sobre os galhos.

Ruthey sussurrava para a sra. Mulligan: "Aquela é a estrela azul de Mickey no alto da árvore. Todo ano temos de subir em uma cadeira para botar ela lá em cima, ou *já viu*, não é? Ou *já viu!*"

Mickey ouviu, mas não deu atenção, só ficou ali parado diante da árvore com as mãos juntas às costas. Então sua mãe veio correndo e jogou os braços em volta dele, dizendo: Ah, o meu pequeno Mickey! Ele gosta tanto da sua árvore!"

"Onde estão os presentes que você vai me dar?", exclamou Ruthey. "Onde você guardou todos os seus presentes?"

"No porão."

"Bem, agora está na hora de trazê-los aqui para cima! Traga para cá e vamos botá-los embaixo da árvore com todos os outros."

Então Mickey foi lá embaixo e voltou logo em seguida com uma pilha de pacotes grosseiramente embalados de seu jeito secreto.

"Nossa, vocês fez embrulhos lindos!", exclamou Ruthey. "Mas vou arrumá-los com fitas e tudo mais. Esse é meu? Ah, eu consigo adivinhar o que tem no meu!"

"Não consegue!", afirmou Mickey, austero. "Como vai conseguir se nem viu?"

"Posso tentar adivinhar, não posso? É mais ou menos do tamanho de um vidro de perfume."

"Rá, rá, rá!", riu com vontade. Ela tinha acertado na mosca. Ele pôs a mão na testa, incrédulo: "Nossa, nossa, como você está *longe*! Está a um milhão de quilômetros de distância!"

"Estou?", murmurou Ruth com hesitação, percebendo de alguma forma que ele estava levando a coisa toda seriamente, e num ímpeto de ternura beijou-o impulsivamente na bochecha. Sabia o que aquilo tudo significava para o passional Mickey, o Natal, e a compreensão de seus sentimentos de repente a encheu com um desejo de cuidar de suas pequenas devoções.

"À meia-noite", disse baixinho para ele, "em cerca de meia hora você e eu e a mamãe vamos para a missa do galo, e quando voltarmos para casa todo mundo vai abrir seus presentes. E eu vou apostar que você estará a um milhão de quilômetros de distância de adivinhar o que eu comprei para *você*!"

"Oh, *seu* chute errou por um milhão de quilômetros!", berrou Mickey com um sorriso largo.

"Bem, então vou ter uma grande surpresa. E aposto que você nunca vai adivinhar o que eu vou dar para você. Está lá embaixo da árvore."

"Eu quero ver!"

Ela entregou a ele um embrulho grande. Ele o sopesou criteriosamente nas mãos, virou-o de cabeça para baixo para ver se chacoalhava ou fazia ruídos reveladores, sacudiu-o, levantou-o contra a luz, encostou o ouvido nele com uma expressão astuciosa e misteriosa. Queria que Ruth achasse que ele tinha métodos secretos próprios para determinar as coisas.

Mas por fim ele admitiu: "Não, não consigo adivinhar".

"Você é tão ruim quanto *eu* para adivinhar as coisas!", riu Ruth e o beijou outra vez.

Então houve mais alvoroço na casa quando a sra. Cartier berrou, "Feijão! É hora de comer o feijão! Onde está a panela? Sei que vocês fizeram feijão assado para a manhã de Natal, mas eu preciso comer esse feijão!" Eles correram para a cozinha onde a sra. Cartier começou a comer o feijão.

"Bem, eu vou dizer a você", falou Martin, "se quiser se redimir por isso, pergunte ao Papai Noel se ele conhece alguma mulher que asse uma caçarola de feijão tão boa quanto Marge, e fica tudo certo!"

A alegria barulhenta agitou-se num turbilhão, era como se as próprias janelas estivessem chacoalhando.

Joe e Rose estavam abrindo outra garrafa de uísque, e Peter entrou correndo na cozinha com sorvete e *ginger ale*. Deu um copo para Mickey e o ensinou a fazer *ice-cream soda*. Lá na sala de estar Liz dançava com Charley tentando lhe ensinar o *jitterbug*, e de repente Liz pegou Mickey no colo e dançou com ele pela sala, e ele pulava para mostrar a ela que podia fazer melhor que Charley.

Estava quase na hora da missa do galo, mas todo mundo estava se divertindo tanto e tudo estava tão louco e engraçado que Mickey quase não queria ir para a igreja afinal de contas.

Por fim sua mãe pegou os casacos e eles saíram a pé com Ruth, e foram andando pela noite gelada e silenciosa.

Mickey, agora, estava sublimemente feliz. As pessoas começaram a aparecer pelas ruas, saídas de suas casas, a pé ou de carro, todas seguindo na mesma direção. Mickey ficou maravilhado com a noite cheia de vozes e o barulho dos passos sobre a neve dura, apesar de ser quase meia-noite. E de novo, e de novo ergueu o rosto para olhar para as estrelas, que pareciam tocar os telhados das casas, brancas como gelo e trêmulas e pairando acima das chaminés cobertas de neve e sobre o sono de crianças menores que ele que acreditavam que daqui a pouco o Papai Noel iria descer por suas chaminés.

Da porta aberta da igreja saía uma luz dourada que se espalhava sobre a neve. Podia-se ouvir o som do órgão e do canto.

Dentro da igreja havia o cheiro delicioso de casacos frescos saídos da noite fria misturado com o de incenso e flores. Todos se acomodavam para a missa, os homens manuseando devotadamente seus chapéus, assoando os narizes, olhando ao redor e balançando a cabeça, as mulheres ajustando os chapéus e terços com movimentos afetados e precisos.

Mickey olhou com admiração e temor para o belo berço ao lado do reluzente altar branco, representando o Menino Jesus na manjedoura, a mãe Maria inclinada sobre ele em silêncio e imóvel, José de pé ao lado, pesaroso, tudo banhado pela luz azul suave que vinha da estrela enorme. Os Três Reis Magos estavam um pouco afastados, com devoção concentrada, congelados em veemência contrita, como se soubessem que o mundo inteiro estava olhando para eles e o momento não devesse jamais ser perturbado, nem o pequeno Menino Jesus que estava deitado no berço em um halo de luz silenciosa milagrosa.

Os meninos do coro, que estavam se reunindo em silêncio dos dois lados do altar, começaram a cantar com suas vozes agudas diminutas.

"Ah, eles cantam como anjinhos", sussurrou a mãe em êxtase para Ruth, e esfregou os olhos com o lenço. "Não consigo evitar, tenho de chorar quando escuto essas vozes doces."

Três garotinhas, com o uniforme da irmandade da igreja, surgiram e ficaram paradas de pé diante da balaustrada de comunhão e levaram clarins aos lábios, enquanto risos abafados percorriam suavemente os bancos, e em tons claros, apesar de eventualmente sem graça, começaram a tocar *Hark, the Herald Angels Sing*. As vozes dos meninos do coro e a súbita inclusão suave do acompanhamento do órgão transformaram a interpretação das três garotinhas em um sucesso enorme, e, quando voltaram correndo para seus bancos na frente, todos sorriam com benevolência para elas.

Por fim o padre apareceu seguido por seu séquito, e todo mundo ficou de pé para o início da missa.

Durante toda a cerimônia, ficou parado ao lado de Mickey um homenzinho atarracado que exalava um cheiro muito forte de álcool. Ele permaneceu de pé rígido e imóvel com as mãos agarradas com força ao banco à sua frente ou sentado de maneira ereta e rija sem mover um músculo, como se tivesse medo que o menor movimento revelasse que andara bebendo. Quando tinha de se ajoelhar, baixava com dignidade lenta e sofrida até o genuflexório e juntava as mãos sobre o banco, agarrando firme em um movimento ao mesmo tempo furtivo e especialmente devoto. Mickey não conseguia tirar os olhos das mãos marrons poderosas do homem quando ele as soltava sobre o banco e agarrava a madeira, todos os grandes nós de músculo e veia sobre elas e as grandes contas negras do rosário que envolviam delicadamente as mãos e pendiam chacoalhando contra as costas do banco. Parecia estranho para Mickey que esse homem tivesse ido à missa do galo. Apesar de sua baixa estatura, ele parecia ameaçadoramente poderoso e forte, quase selvagem, os olhos escuros e autoritários, e os tendões em seu pescoço marcado pelo vento destacavam-se como pilares, e para Mickey parecia um eremita selvagem de uma caverna na montanha com os seus modos silenciosos e ferozes.

Quando chegou a hora da comunhão, o homem se virou para a mulher grande ao seu lado e fez um sinal para ela com a cabeça, e no mesmo instante uma fileira de crianças começou a deixar o banco seguida pela mulher grande e o homenzinho, que caminhava e claudicava como o fazendeiro franco-canadense de pernas arqueadas que era. Todos marcharam lentamente até o altar onde o homenzinho organizou a procissão de sua família ao longo da balaustrada com uma série de sinais imperceptíveis. Mickey observou meditativo quando o homem e sua família se ajoelharam no altar.

O sininho do altar soou quando o padre ergueu o cibório. Todos na igreja baixaram a cabeça, mas Mickey ergueu a sua um pouco e emocionou-se com a visão da vasta planície de cabeças baixas por toda parte, até que captou o olhar de outro menininho que estava olhando ao redor, e os dois rapidamente baixaram a cabeça.

Mickey agora estava começando a ficar cansado da missa. Queria voltar para casa e abrir os presentes e ver o que ia ganhar de Natal. Mas começou a rezar outro terço em seu rosário por medo de não ter rezado o suficiente. Foi então que seu olhar pensativo caiu outra vez sobre a cena da manjedoura ao lado do altar, e um tremor de surpresa o sacudiu. Por um instante imaginou que ele mesmo estava no berço, que era o próprio Menino Jesus e que a Virgem Maria era a sua própria mãe. A sensação estranha cresceu dentro dele até que ficou com o olhar fixo na bela cena, hipnotizado com assombro. A cena parecia quase ganhar vida para ele, que teve a ilusão de ver um rubor de prazer no rosto de Maria. E naquele exato instante uma nota grave e triste do órgão encheu a igreja, e com rapidez indescritível os olhos de Mickey queimaram com lágrimas iminentes.

Foi tomado por uma assustadora tristeza, do tipo que sentia quando estava sozinho em seu quarto no meio da noite.

Então o garoto ergueu o rosto outra vez, olhou para a manjedoura no altar e viu que também devia sofrer e ser crucificado como o Menino Jesus ali, que fora crucificado por seu próprio bem e que daquela maneira mostrava sua culpa, mas também indicava o que ia acontecer a ele, porque ele, Michael Martin, também era uma criança com uma mãe santificada, portanto seria igualmente levado ao calvário, e o vento começaria a uivar e tudo ficaria escuro. Isso aconteceria em algum momento depois que ele se tornasse um caubói lá em Tonto, no Arizona.

E então pensou em Charley. Será que o havia machucado naquela vez que atirou uma pedra e acertou o irmão na parte de trás da cabeça, e Charley correu para a cozinha chorando?

"Charley! Charley!", pensou o menino consigo mesmo com angústia. "Não queria fazer isso, verdade! Eu não sabia! Perdoe-me, Deus – Jesus! – José! Charley, perdoe-me! Como o papai perdoou você por ter quebrado aquelas janelas! Oh, Charley, será que meu presente de Natal vai deixá-lo satisfeito? É um bom canivete de escoteiro, eu comprei com o dinheiro que economizei desde outubro." Esses eram os pequenos pensamentos de Mickey que fluíam torturados por dentro –, e então, de repente, ele suspirou.

Os meninos no altar estavam cantando outra vez, em tom vigoroso de conclusão. A missa estava quase no fim. Os meninos no altar eram pecadores e hipócritas, conhecia alguns deles, especialmente Mulrooney, lá no fundo, de aparência tão inocente, que matava cobras perto do rio, fritando-as dentro de latas, e estourava sapos por nada, e o menino louro, Bailey, que vendia jornais e um dia bateu em Raymond no pátio da escola e tirou sangue do nariz dele. Mas eles também estavam sendo salvos. Apesar de poderem fazer o que queriam: ele mesmo estava se dirigindo para o Oeste, logo, talvez.

De repente, Mickey se perguntou se todas as outras pessoas acreditavam em Deus como ele. Tinham lhe contado primeiro sobre Papai Noel – um amigo de Deus, disseram – mas agora ele sabia que aquilo era um monte de bobagem para crianças. Será que Deus estava em todos lugares ao redor e não apenas sentado no Céu sem olhar para baixo? Todo mundo na igreja se mexia sob o olhar de Deus como se estivessem apenas se alinhando após o recesso, e bocejando, e tossindo e inquietos. Os barulhinhos de meio-dia e o cheiro de almoços e cascas de laranja e o barulho dos sapatos sobre o cascalho do pátio da escola: aquilo não era Deus! E o padre falando sobre como as pessoas não doavam o bastante para a paróquia, e a maneira como as pessoas jogavam seu dinheiro nas cestas quase com raiva, aquilo não era Deus! Deus não eram aqueles pés se arrastando, as tosses e o assoar de narizes na igreja!

Mas ainda assim aquele belo canto e o órgão na igreja, sim, era a música de Deus para Deus. Mas ele também gostava quase tanto de *Home on the Range* e *Bury me Not on the Lone Prairie*. Essas canções o faziam ver caubóis correndo pelos campos montados em seus cavalos selvagens no grande crepúsculo triste e o faziam chorar pela morte de vaqueiros no rodeio de Montana.

Agora, em um minuto, seria hora de ir para casa, de caminhar tarde da noite em meio a todas aquelas pessoas fumando e rindo e indo para casa para abrir presentes e comer e celebrar, e do outro lado do campo, sob as estrelas, nas sombras das casas onde as crianças dormiam, talvez este ano ele finalmente visse o Anjo caminhar na neve.

[11]

NA NOITE DE ANO-NOVO, grandes flocos de neve macios esvoaçavam sobre Galloway. Na Daley Square nevava sobre as multidões festivas que corriam para mil e um destinos e comemorações em teatros, boates, bares e festas particulares por toda a parte. A cidade parecia embebida de uma calma alegre que se espalhava à distância com a neve que caía em silêncio, tudo isso dando à noite uma excitação misteriosa e empolgante que estava em toda parte no ar.

Peter e Alexander Panos estavam sentados na cafeteria da praça perto da grande janela de vidro que dava para a rua, os dois cheios de uma expectativa louca, à espera dos outros que iriam encontrá-los ali, enquanto isso conversando com excitação. Iam encontrar a turma de Peter em frente à cafeteria, depois todos iriam para um bar da Rooney Street encontrar alguns amigos de Alexander. Havia um baile no Admiral Ballroom ao qual Peter queria ir, havia uma festa em algum outro lugar e a noite pulsava e transcorria nervosa e alegremente. No pouco tempo que restava para os dois sozinhos na cafeteria, Alexander estava ocupado com seu relatório habitual para Peter sobre o que tinha feito durante toda a semana, e perguntando ansiosamente sobre as atividades de Peter, como se não o visse há anos, como se não tivessem mais que algumas horas juntos sobrando na Terra.

"O tempo! O tempo!", exclamou Alexander. "Esse é meu maior inimigo. Há tantas coisas para aprender, para fazer, e o tempo passa depressa! Eu *tenho* de terminar minha pesquisa sobre Byron em menos de uma semana. Como tenho *trabalhado* nela! Depois disso, Pierre, vou embarcar em um estudo profundo de filosofia. Você devia *ver* meu quarto! Ontem li e escrevi por dezoito horas direto e nesse período bebi *dezesseis* xícaras de café e fumei *três* maços de cigarro. O lugar está literalmente um campo de batalha, com papel espalhado por toda a cama, cadeiras, assoalhos!" E Alexander lançou um olhar melancólico para Peter e estendeu as duas mãos impotente. "Mas Byron... o ultramagnífico Byron! *'Tis time this heart should be unmoved since others it has ceased to move...*' Ah, Deus!"

"Eu queria saber quando esses caras vão chegar!", disse Peter distraído.

"Você não percebe o alcance dessa observação?", exclamou Alexander. Ele ruminou sombriamente por um tempo, e de repente recomeçou, mudando de rumo: "De qualquer forma meu estudo de filosofia será tão completo quanto o tempo permitir. Esse é o problema com essas escolas de arte dramática – a ênfase é na arte e no drama, há tão pouco a aprender no caminho da filosofia e da história – você não vê?". Nessa época ele freqüentava uma escola de arte dramática em Boston, e circulava com garotas exóticas de calças compridas que queriam ser como Louise Rainer. Aqueles foram seus melhores dias.

"Precisamos chegar logo na loja de bebidas", interveio Peter com ansiedade.

"É, ah é, Pierre. Ah, esqueci de contar a você! Conheci um *norueguês* de verdade em Boston esta semana que foi a um de nossos ensaios. Ele me contou sobre seu irmão em Oslo que morreu e deixou pilhas *enormes* de escritos inéditos! Imagine – e você devia ter visto esse norueguês, ele é um homem simples, casado, com três filhos em Kristiansund." Alexander deu seu grande sorriso malicioso, sacudiu a cabeça com tristeza e olhou para seu amigo. "Apenas um homem comum, Pete, mas em sua vulgaridade havia um toque de grandeza. Você entende?" Olhou ansiosamente para a reação de Peter.

Peter balançou a cabeça e exclamou: "Onde *estão* esses malditos caras! Estamos nós aqui com mil coisas para fazer, é noite de ano-novo, são onze horas, e eles estão passeando por aí e nos deixam esperando. Aposto que sei o que aconteceu: Danny está cantando uma música no meio da rua, eles não conseguem botá-lo no carro, ele está completamente bêbado. Que bando de sujeitos!"

"É, Peter", concordou lentamente Alexander, erguendo uma sobrancelha, "que bando de sujeitos..."

"Lá vai você de novo!", riu Peter, dando um soco no ombro de Alexander. "Você disse que um cara norueguês, de quem gosta muito, era um homem comum. Mas só porque meus amigos não são intelectuais você não gosta deles."

"Mas eu *gosto* deles!", corrigiu Alexander com seriedade, lentamente. "Gosto especialmente de Ernest Berlot, e estou tentando ajudá-lo intelectualmente tanto quanto posso. Estou fazendo com que ele leia agora as peças de August Strindberg, sabia? Ernest vai aprender..."

"Berlot está lendo *quem*?", exclamou Peter com uma risada louca de surpresa. "Você acha que vai ficar aí sentado me dizendo que está fazendo com que ele leia... *peças de teatro*?" Era demais para acreditar.

"Por quê?", replicou Alexander, "ele gosta *muito* de Strindberg. Ele mesmo me disse isso. Ele falou: 'Alexander, essas peças são muito boas'. Simples assim."

"Mas ele está só zombando de você, seu maníaco louco!", exclamou Peter. "Ele não leria um livro nem que lhe pagassem *cinqüenta dólares*!"

"Ah, não! Eu mesmo o vi quando fui à casa dele na outra noite. Estava sentado na sala lendo Strindberg quando toquei a campainha, eu vi pela janela da frente. Quando ele chegou à porta, disse, 'Al, essas peças são muito estranhas, mas estou começando a gostar à medida que leio'. Não venha *me* falar de Ernest Berlot. Eu agora o conheço tão bem quanto você, sabia? Os outros – não tenho nenhum antagonismo especial em relação a eles. Scotcho é um garoto de bom coração. E em relação a Danny, você sabe que eu não tenho nada contra ele, só que ele é condescendente consigo mesmo porque tem que trabalhar tão duro, e faz um escarcéu terrível por causa disso. Esta semana escrevi mais poesias", ele apalpou seus bolsos por alguns momentos sem nada encontrar.

"Pela mãe do guarda! Onde estão esses caras!"

Francis Martin, depois de ter se divertido em um dos cinemas de Galloway mais cedo naquela noite, chegou andando devagar na cafeteria para tomar uma xícara de café. Tinha acabado de ver um filme ruim que esperava que fosse muito melhor; estava envolto em uma série de pensamentos mal-humorados. Quando Peter o cumprimentou do outro lado da cafeteria, pareceu relutar em reconhecer a saudação e foi até lá devagar.

"Venha com a gente, Frank! Vai ser uma noite e tanto!"

Alexander estendeu a grande mão para Francis, com um largo sorriso. "Não vejo você desde Nova York!", gritou. "Como anda? Gostou do filme?"

"Está falando do que está em cartaz do outro lado da rua? Horrível!", disse Francis e com isso sentou-se à mesa deles, quase hesitante, na beira de uma cadeira.

"Qual o problema do filme?"

"A tolice da trama. Parece que ninguém nunca percebeu antes que um rico ocioso, meu Deus, pode ser tão *cavalheiro* quanto um homem que se fez sozinho! Isso não é surpreendentemente revelador? Essa Hollywood!" Olhou através da janela para as multidões apressadas.

"O que tem passado pela sua cabeça por esses dias?", perguntou Alexander com avidez.

"Ir embora. Vou dar o fora de Galloway. Estou... de... saco... cheio... de... Galloway."

"Que maravilha!", berrou Alexander com voz bem alta que chamou a atenção de todos na cafeteria, até das pessoas que entravam e saíam pelas portas giratórias.

"Eu não contei a você, Pete", disse Francis. "Um amigo meu está me ajudando a arranjar emprego em uma loja de música em Boston. Pode ser que, agora, eu consiga morar em Cambridge..."

"E então, depois, Paris!", gritou alto Alexander, abrindo os braços. "E um dia todos vamos nos lembrar de Galloway com saudades de nossa juventude aqui. Vamos lembrar até desta noite na cafeteria, e os momentos perdidos antes indesejados. Ah, se eu pelo menos encontrasse aquele poema que escrevi ontem à noite!" Ele procurou por seus bolsos outra vez com fúria.

"Se eu um dia for a Paris", disse Francis, de um jeito inesperadamente mórbido, "acho que vou ficar muito feliz..."

O carro de Berlot finalmente estacionou em frente à cafeteria, e Berlot saltou para fora com um sorriso largo e acenou para chamá-los. Os dois rapazes, arrastando com eles o relutante Francis, entraram no carro, que partiu imediatamente.

"Você está atrasado!", berrou com alegria Peter para o grupo formado por Berlot, Danny Mulverhill e Scotcho Rouleau, os três rapazes que levaram o grupo de patinadores para casa na noite de Natal. Alexander e Francis sentaram-se atrás, entediados.

"Sabe por que estamos atrasados, Zagg?", berrou Berlot corado de bebida, ansioso pela grande noite. "Este maluco filho-da-mãe aqui, Danny, se meteu na maior discussão com Richman no cinema... Quá, quá, quá! Conte a eles o que você falou, D.J."

"D.J. não está falando", respondeu Danny solenemente. Berlot e Danny e Scotcho eram lanterninhas no cinema Monarch, ali perto da praça.

"Dois tolos discutindo Wall Street, isso é o que eles eram! Quá, quá, quá!! Imagine falar com o chefe dele daquele jeito! Richman na verdade acha que D.J. sabe do que está falando!"

"Eu disse a ele que a Consolidated Niblick ia subir vários pontos antes que a neve pare de cair", resmungou Danny com seriedade. Ele era uma grande figura, Berlot o adorava, assim como Scotcho, e Peter também. Mas Alexander de alguma forma o odiava.

"Isso! isso! isso! antes que a neve parasse de cair a Consolidated ia subir! Foi isso o que ele falou para Richman", berrou Berlot com tamanha excitação que perdeu o controle do carro por um instante, derrapou e provocou uma grande confusão no trânsito da rua principal. "Quá, quá, quá! Conte a eles o que você falou, D.J.!"

"Quem é Richman?", perguntou baixinho Francis nesse momento.

"É o dono do cinema Monarch", explicou empolgado Peter.

"A maior fonte de renda de Richman são as velhas lavadeiras da Back Middle Street", observou Danny, sério e com os olhos arregalados, olhando fixamente para Francis, que pouco conhecia. "Toda segunda-feira ele passa filmes de Buck Jones e Roy Rogers e grandes bangue-bangues, e todas as lavadeiras velhas da Back Middle Street vão arrastando os pés com suas bacias e baldes para assistir aos faroestes..."

"Vão mesmo?"

"Claro! Vocês sabem o que elas fazem? Ficam ali sentadas e assistem ao filme, não sabem nem o que está acontecendo, e sempre que Buck Jones atira no vilão, ficam de queixo caído."

Francis lançou um olhar curioso para Peter.

"Claro!", berrou Berlot. "Ingresso de dez centavos. Ele enche a casa de velhinhas, e foi assim que ganhou seu primeiro milhão! Claro!"

Quando estacionou o carro não longe do centro da praça, Berlot tinha dado a volta na praça três vezes enquanto conversavam. Agora tinha desligado a ignição e estava recostado no banco com o chapéu jogado sobre os olhos.

"Por que você parou *aqui*!", berrou Scotcho, que estava sentado entre seus dois camaradas no banco da frente. "Achei que íamos para Rooney Street encontrar os intelectuais de Alexander!"

Os intelectuais de Alexander eram uns jovens de Galloway que estudavam no Boston College, três rapazes irlandeses um tanto casmurros que liam Tomás de Aquino e eram muito bons em matemática. Eles iam se encontrar na Rooney Street.

"Por que você estacionou aqui?", gritou Scotcho de repente outra vez com Berlot, que se virou e olhou direto para ele de baixo do chapéu inclinado, surpreso e sério.

"Por quê?", disse Berlot, "só para um golinho".

"Mas estamos atrasados! Não que para mim faça alguma diferença!"

"Estamos *terrivelmente* atrasados, Ernest!", observou enfaticamente Alexander do banco traseiro. "Eles são garotos legais, e vocês deviam mesmo conhecê-los."

"Vamos só tomar um golinho", disse Berlot e sacou uma garrafa, abriu-a e tomou vários goles, lentamente. "Preciso alcançar esse bêbado do D.J.! Estou umas dez doses atrasado."

Os três gaiatos que estavam no banco da frente, então, olharam pela janela para as pessoas que passavam na rua.

"Ei, olhem lá o Beansy", disse calmamente Berlot.

"Não deixem que ele nos veja, nunca vamos nos livrar dele!"

"O bom e velho Beansy", riu Berlot. "Você sabe o que Blowjoe Gartside fez com ele uma vez, Pete? Você estava na faculdade, no mês passado. Ele pegou Beansy e o pendurou na cerca do lado de fora do bar do Mulvaney, de tão bêbado que ele estava. Sério! Beansy estava tão mamado que não conseguia falar, não conseguia andar, não conseguia enxergar. Estava com uma garrafa de alguma coisa que me deu para beber. Sabem o que era? Aguarrás! Aguarrás misturada com álcool! Juro pela Bíblia, pelo nome da minha mãe!"

"Esse é o Beansy."

"Sabiam que a mãe dele sempre o empurra escada abaixo quando ele chega bêbado em casa? Vocês deviam vê-la – uma mulher gorda, de uns cem quilos, que trabalha nas fábricas de seda. Quando ele chega em casa bêbado, ela sai e, quando ele acaba de subir as escadas, vai lá e pau! Beansy tem que ir embora e dormir na estação até se curar. E escutem só! Uma outra vez, no inverno passado, acho que ele estava tão bêbado que ficou do lado de fora do carro e deixou que a neve o cobrisse. Ele saiu do carro, lá na estrada. Eu estava desmaiado de bêbado no banco de trás. Acordei às seis da manhã e não vi o Beansy! Saí do carro e a única coisa que vi foi um monte de neve no chão. Era Beansy, morto para o mundo!" E Berlot inclinou-se para olhar para a rua. "Lá vai ele...! Para os bares da Rooney e da Middle Street ver o que consegue arrumar. Ele nunca consegue nada. À meia-noite todo mundo vai estar agarrado com sua namorada, e Beansy, sozinho."

"Onze e quinze!", interveio Scotcho, ansioso. "Mais quarenta e cinco minutos e será 1941! Pensem só nisso!"

"Sabiam que Beansy acha que é um ídolo do cinema?", disse Danny, virando-se para todos. "Uma vez eu o peguei no banheiro do cinema admirando seu perfil com outro espelho que levava com ele, conseguindo uma *imagem lateral*. É noite de ano-novo e ele não chega nem perto de uma garota. Tem medo delas. Ele me disse uma vez que as mulheres carregam alfinetes de chapéu nas meias para furar os homens com eles..."

"Quem é Beansy?", indagou Francis, cortês. Alexander estava sentado ao lado dele, aborrecido e entediado.

"Aquele que acabou de passar!"

"Ei, Francis", gritou Peter, "você sabia que o pai dele e o nosso velho eram grandes amigos nos velhos tempos?"

"Eles aprontavam muito por aí", explicou o jovem Berlot com avidez. "Costumavam ir a New Bedford em grandes viagens de pescaria e enchiam a cara bem no meio do oceano. Quá, quá, quá!"

"Verdade!", gritou Alexander que já estava há muito tempo com a paciência esgotada. "Vocês estão deixando aqueles três camaradas esperando lá o maior tempão. Por que não seguimos nossos planos para esta noite como *deveríamos* fazer?"

"Está bem, vamos encontrar os intelectuais", disse Berlot, e ligou o carro e saiu devagar pela rua.

"Olhem! Os gregos em frente à ACM. Vocês sabem o que esses caras acham? Que toda mulher que passa se apaixona eternamente por eles." Ao dizer isso, Danny inclinou-se para frente para encarar com grotesca estupefação os grupos de rapazes parados sem fazer nada em frente ao prédio da ACM. "É por isso que eles ficam aí com essa expressão sonhadora nos olhos e fumam cachimbos grandes. Claro! É isso o que eles acham! Vocês estão vendo como eles se mostram para as mulheres? Olhem para eles balançando seus chaveiros. Ei, Zoot!"

"Lá está o maluco do Remo!", disse Berlot, parando o carro de repente no meio da rua. Outro carro teve de fazer uma manobra louca para desviar dele.

"Esse maluco do Remo é um bom jogador de basquete."

"Ele tem bebido e corrido tanto atrás de rabos-de-saia que em um ano vai estar em *Shrewsboro* com os malucos!" Berlot de repente botou a cabeça para fora da janela e berrou: "Ei, Remo, o maluco!!"

Os rapazes em frente à ACM olharam ao redor e acenaram com ironia enquanto o carro passava. Mas no momento seguinte, Berlot parou o carro outra vez junto ao meio-fio e procurou pela garrafa no porta-luvas.

"Para que você parou de novo?", gritou Scotcho.

"Quer que eu saia e *empurre*?", berrou Alexander, agora.

"Ah, calma, Alexander", disse Danny com uma voz tranquilizadora. "Cara, você não percebe que é noite de ano-novo? Não percebe que esta é uma vida difícil, que há toda uma existência de preocupações à sua frente? Por que nós deveríamos nos apressar?"

"O Príncipe de Creta nunca deve se apressar!", interveio Scotcho com ênfase.

"O Príncipe de Creta?", repetiu baixo Francis.

"Claro! Alexander é o Príncipe de Creta", explicou Danny, virando-se para encarar Panos, girando seus olhos grandes e amarelados irônicos e arregalados. "Que bom menino você é!", soltou de repente uma gargalhada alta, e sob a influência de alguma coisa engraçada, secreta e poderosa começou a se dobrar e a se engasgar com uma risada incontrolável.

"Ah, o que importa!", suspirou Alexander. Ele falou de um jeito engraçado, com muito bom humor e um movimento de impotência dos braços, e nesse momento a garrafa foi instantaneamente entregue a ele pelos rapazes do banco da frente – era a grande chance pela qual estavam esperando – e ele foi intimado em voz alta a beber mais, o que imediatamente começou a fazer em goles loucos prodigiosos sob os vivas e aplausos de todos.

"Isso aí! Isso aí!", berrou Danny, fora de si no banco da frente, inclinando-se solicitamente na direção de Alexander, chegando a despentear o cabelo dele com entusiasmo. "Beba! Beba! Pois amanhã você pode bater as botas! Sabe de uma coisa, Al? É uma vida dura, eu não preciso dizer isso a você. O mundo está cheio de tristeza, senhoras que se arrastam penosamente até as fábricas para se matarem de trabalhar ou vão ao Monarch tentar assistir a um filme, velhos esfregando chãos. Ah, Al, se fosse tão esperto quanto você, eu conseguiria me expressar melhor. Sabe", prosseguiu, virando-se repentinamente para Francis Martin com expressão sincera, "você não conhece a gente muito bem, e a gente não conhece você muito bem, só sabe que você é irmão do Zagg e isso basta para a gente. O que estou querendo dizer é que a gente não é um bando de idiotas como parece – sabia? Trabalho numa fábrica, Francis, das três da tarde à meia-noite, e durante o dia vou à escola tentar adquirir um pouco de educação. Trabalho duro, e esses caras também. Então vamos ser amigos, é noite de ano-novo, droga. Se eu fosse inteligente o bastante como você ou Alexander, expressaria melhor meus pensamentos, sabia? Mas aceitem – cavalheiros, todos vocês! – me passem essa garrafa, rápido – para todas as drogas de cavalheiros alegres, eu desejo o mais feliz dos anos-novos nesta terra louca e alucinada! Tintim!" E tomou um gole enorme de uísque, e salivou e tossiu e engasgou, e brotaram lágrimas em seus olhos, e Scotcho dobrou-se em gargalhadas histéricas.

"Vamos lá!", berrou Berlot, jogando a garrafa vazia pela janela e pisando na embreagem. O carro lançou-se para frente em um grande salto, e eles finalmente partiram para os bares da Rooney Street.

Quando entraram em um bar num sobrado, Scotcho e Berlot imediatamente separaram duas garotas que estavam dançando juntas e saíram rodopiando com elas em passos loucos. Francis e Alexander ficaram na retaguarda de maneira mais ou menos decorosa. Mas no momento em que Francis viu como aquilo iria ser – os salões de baile trovejando e balançando com o bater de pés, os franco-canadenses que trabalhavam nas fábricas saltitando com suas mulheres daquele jeito metido e engravatado que têm os operários nos dias de festa, e a meia-noite chegando, e as coisas ficando progressivamente mais barulhentas – ele resolveu voltar para casa e ir para a cama. Sem uma palavra para ninguém, desceu as escadas, enrolando o cachecol em torno do pescoço, e começou a subir a rua estreita coberta de neve.

Enquanto andava para casa em passo firme, por toda a sua volta, por toda a Rooney Street, pelas margens de todos os canais, a cidade começava a emitir sons de festa que cresciam à medida que a meia-noite se aproximava. E de repente tinha parado de chover, e soprava um vento que levantava a neve fresca e limpa pelas ruas, e uma abertura ocasional nas nuvens revelou surpreendentes estrelas brilhantes. Agora fazia mais frio.

"Mas com que galeria inacreditável de imbecis aquele meu irmão gosta de andar por aí!", pensou com uma careta. "Amigos! Será que ele acha que o mundo inteiro vai ser *amigo* dele? Que caos! Em toda parte, nada mais que caos!"

Ele caminhou absorto em seus próprios pensamentos. Teve de abrir caminho através de multidões que surgiram em seu caminho, passou por bares e restaurantes e lanchonetes nos quais as pessoas tinham começado a soprar cornetas de papel e a sacudir chocalhos em um frenesi de festividade.

Ele virou rapidamente em uma rua lateral estreita e caminhou por cortiços amontoados. Havia luzes acesas em algumas janelas, e Francis podia ouvir todos os tipos de barulhos alegres lá dentro. "Feliz ano-novo!", sorriu com malícia. "Adeus ano-velho, seus idiotas, bem-vindo ano-novo – bem-vindos mais estupidez, mais miséria cruel, mais absurdos, mais caos. Mas, em nome de Deus, não saia da linha ou o próximo na fila vai tomar sua vida à força. Cuidado com esse orçamento. Responsabilidades a cumprir, você sabe. Ame sua mulher e seus filhos, fomente a raça subumana. Aprenda a aceitar o golpe de seu próximo na fila. Pode fazer o que quiser, só não se revolte! O chicote, e não a morte. Quanto a mim, senhoras e senhores, vou abandonar o navio, que está afundando."

Ele parou na ponte sobre as cachoeiras do Merrimac que estrepitavam em vapor gelado fustigadas pelo vento sob as estrelas altas da meia-noite. Arrepios subiram por sua espinha.

"Deus!", estremeceu. "Como seria horrível estar dentro dessa água agora. Veja esses malditos pedaços de gelo flutuantes jogados de um lado para outro sobre as rochas!"

Demorou-se ali no parapeito e olhou pensativo lá para baixo.

De repente, um carro cruzou a ponte enlouquecidamente e passou voando por Francis, e alguém botou a cabeça para fora da janela, acenou e gritou: "Não pule, parceiro, não pule! Feliz ano-noovoo!" E antes que Francis pudesse se virar para olhar, o carro fez uma curva enlouquecida, dobrou a esquina no cruzamento e saiu disparado em direção ao centro.

Ele se apressou, pensativo e ansioso, e finalmente começou a subir a Galloway Road na direção da sua casa, e os sons da cidade em festa aos poucos foram sumindo atrás dele.

"Esses climas absurdamente gelados", fungou. "O Sul é o que quero – o Sul de Mann, ou de Gide, ou de Goethe, o Sul mediterrâneo, o veneziano. Lembra do poema que você escreveu sobre isso? Que bobo que eu era! Eu me pergunto quantos sujeitos como eu definharam, atormentaram-se e escreveram poesia em mil cidades americanas caóticas como esta até resolverem ir embora! E quantas garotas também? Eu me pergunto onde estão todas as garotas que lêem Willa Carter e Edna Millay e Gertrude Stein. É nessas pessoas que estou interessado, salvos por sua sensibilidade. Mas o que importa o resto delas, pelo amor de Deus? Grandes hordas lutam como formigas para encontrar o formigueiro sem sentido!"

Francis parou no meio da estrada e olhou para a casa grande e velha dos Martin. Lembrou-se de sua infância agora que encarava a casa. Era a casa onde nascera e fora criado, mas mesmo assim que prova havia, nesta desolação universal de meia-noite, de que alguma coisa já havia acontecido com ele? "Olhar para essa casa me faz sentir absolutamente certo de que de algum modo nunca pertenci a ela. Onde está meu sol veneziano, meu próprio futuro, minha Riviera, minha praça de mármore? Onde estarei quando conseguir me libertar de tudo isto para sempre?"

Na casa dos Martin, agora, no mistério e isolamento dos rangeres da meia-noite, na excitação alegre e silenciosa da meia-noite, a mãe e o pai tinham saído. Ouviam-se gritos alegres pelos sótãos, cantos escuros, embaixo da cama, atrás da porta, atrás do sofá, enquanto o vento fazia bater as vidraças das janelas, e algo espreitava na escuridão. Os filhos dos Martin convergiam para tudo isso, escondendo-se, correndo pelos corredores, gritando horrivelmente, andando de quatro, rindo em silêncio, falando em voz baixa e dizendo: "Te peguei!" – pois era meia-noite, e a casa estava escura, isolada, emocionante e era toda deles.

"Cadê o Joe? Cadê o Joe?", gritaram as crianças agora na casa escura e enlouquecida pelo vento da meia-noite.

"Ele está escondido no sótão, aposto!"

"Vamos lá pegá-lo! Ele está escondido no sótão! Vamos lá pegá-lo!"

E todos saíram correndo para o sótão à procura de Joe, seu irmão mais velho e louco, as crianças alegres, Mickey, Charley e até Lizzy foi junto – mas quando chegaram lá, ele não estava se escondendo, estava apenas sentado em frente a um baú velho de onde tirava um monte de roupas velhas.

"Olhem só para essas coisas! Já viram tanto lixo assim? Quem vai usar esse vestido velho? Quem quer este chapéu de palhinha velho?"

"Ah, deixe-me ver!"

"Vamos brincar mais de esconde-esconde, Joey, por favor, Joey! ei, Joey, hein, Joey?"

"Esperem um instante, quero ver o que mais tem dentro deste bauzão velho."

"Ei, olhem para mim! Sou Zouzou! Sou Zouzou o sucateiro. Upa, upa, cavalo!"

E o vento passava zunindo pelo telhado do sótão, algo rangeu em um canto escuro, e a casa estava assustadora e magnífica com a escuridão, totalmente fabulosa.

"Oh! Olhem para isso!", gritou Lizzy. Ela pegou um velho vestido de 1910 e começou a vesti-lo, o chapéu amassado, os sapatos amassados também, e começou a se pavonear pisando forte, muito séria, e as crianças rolaram no chão e se engasgaram de rir, e Joe coçou o queixo, e o vento fustigou o sótão, e as madeiras rangeram.

Uma criança, uma criança, escondida em um canto, espiando, envolta em véus, em mortalhas e num turbilhão de mistério, toda risos, toda sincera, pura inocência com um amor resplandecente, mais doce que um passarinho, pura com olhos brilhantes e lábios rosados e o sorrisinho louco cintilante, trêmula e irrequieta em fantasia e compreensão, e com a possibilidade de lágrimas, alheia aos pássaros noturnos com olhos desiludidos a voar mais perto, mas não agora, ah, não agora – a criança, ignorante, e ainda assim é quem mais sabe, onisciente como um deus, a criança grita: "Te peguei..."

Francis chegou em casa e subiu para seu quarto no sótão, e deitou em sua cama, em seu canto escuro, para meditar. E por toda a casa, no primeiro andar, no segundo, em toda parte – ruídos estranhos, risinhos e batidas inexplicáveis, rangidos e corridas, gritos e suspiros, e algo se escondendo e brincando no escuro, e agitação e histeria por todo lado.

O que significava aquilo? Meu Deus, o que significava aquilo, e o que eles estavam fazendo? Ele não tinha sido aquele tipo de criança. Será que agora o estavam espiando?

Não, ele não tinha sido o mesmo tipo de criança, tinha sido doente e inativo (Francis pensou nisso agora, sombrio) – uma criança dada a solidões longas e profundas em que se perdia em pensamentos e durante as quais se imaginava um herói, um príncipe, um grande lutador de boxe, um guerreiro e um deus. Devido à sua saúde delicada, é claro, não conseguia participar ativamente nas atividades comuns ao seu redor: mas mesmo depois, quando estava com a saúde normal, nenhuma das coisas que as crianças faziam o interessavam em especial.

"Mamãe parece achar que não ter tido uma boa saúde foi um problema muito grande para mim", refletia ele agora enquanto olhava fixamente para o teto escuro, "mas, nossa, quanto mais penso nisso mais tenho certeza de que, de certa forma, foi uma bênção. De que outra maneira eu poderia ter me dedicado a momentos de contemplação em minha meninice enquanto todas as outras crianças estavam nos campos e nas ruas competindo em suas brincadeiras tolas? Foi bom para mim. Eu aprendi o que era raro, belo, refinado e elevado. É a mesma história com muitos grandes homens. Quero ser grande, eu conheço os segredos..."

E nada passava mais longe de sua mente que as esperanças ingênuas e absurdas, a crença sentimental na fruição natural e maravilhosa da vida nele depositada por sua família – em momentos em que o consideravam "o estranho" da família com "alguma coisa na cabeça" e que um dia iria desabrochar e surpreendê-los todos com algum feito de brilho fantástico que os deixaria orgulhosos do pequeno Francis – nada passava mais longe de sua cabeça que essas coisas.

"Eu me sinto como alguém perdido em um país estrangeiro estranho e hostil", refletiu. "Como na outra noite quando o papai fez um brinde comigo – quando foi isso, na noite de Natal? – 'A você, Francis', disse ele, 'na esperança do melhor'. Aquela expressão triste e sentimental nos olhos: ele me odeia e tem vergonha de si mesmo por me odiar, e sabe que eu também sei isso. Porque não arrumei um emprego assim que terminei o secundário, como todos os outros tolos pobres e simplórios ao meu redor, porque não escuto suas histórias estúpidas, porque eu fico na minha. Ah, isso o deixa louco! O que Gide disse sobre o pai burguês? Mas isso realmente o deixa louco. De qualquer forma, como eu teria adorado retribuir o brinde naquela noite, com uma leve reverência formal... Ah, bem, isso simplesmente não é feito neste canto distante da mata." Ele sorriu no escuro.

(Alguém disse "Buuu!" bem lá embaixo e um pezinho deu batidas leves e lentas, e houve lamentos que pareciam ter o propósito solene de esculhambar com todo o sofrimento.)

Francis virou-se na cama e encarou a parede. "Ah, aquele bando de estúpidos esta noite! A turma do Pete! Aquele grego horroroso e aquele Danny horroroso com seu discursinho sentimental para mim. Meu silêncio também o perturbou. É principalmente isso que papai odeia em mim – esse silêncio... E todas aquelas pessoas com chapéus de papel. Na verdade a noite de ano-novo – que pensamento horrível haver outro ano inteiro disso! E o que faz um homem continuar em frente?", pensou ele com o cenho franzido. "Eu me pergunto quando a próxima depressão vai me atingir. Baudelaire ficou deprimido por toda a sua vida. Há tantas coisas para deixar uma pessoa enojada hoje em dia, o bastante para deixar Baudelaire pálido em comparação..."

(Uma porta se abriu com um rangido lá embaixo, pezinhos deram uma corridinha rápida, houve uma pausa, um silêncio, um pio abafado, uma espera atenta, outra pausa, outro silêncio, e ca-ta-blam, a cadeira virou, e gritos e correrias e risos loucos... tudo dentro da casa, tudo dentro da casa.)

E, soubesse sua família ou não, ele agora estava prestes a se libertar.

"Isso foi o mais excitante daquela volta a pé para casa à noite", reconheceu feliz, "a idéia de liberdade, de finalmente dar um passo decisivo. Um trabalhinho simples em Boston, talvez algo muito melhor mais tarde, e só deixar esta cidade e esta casa e ir embora como *eu mesmo* – como o próprio velho F. Martin – isso é um pensamento de liberdade. Isso me desconcerta maravilhosamente." Ele se sentou na beira da cama. "Não haverá mais meu pai presidindo à cabeceira da mesa de jantar, com aquele retrato de casamento provinciano dele e da minha mãe pendurado na parede como uma espada de Damasco, como algo saído dos romances de Julian Green, uma lembrança amarga para todas as crianças de seus respectivos destinos."

(Silêncio repentino quando o vento parou, e uma quietude, uma calma, o guincho de um rato...)

De repente sentiu-se terrivelmente solitário. Deitou na cama e virou-se de lado outra vez. Ouviu o barulho de rodas de carros triturando a neve na entrada de automóveis abaixo, e vozes. Eram seus pais e Ruth e Rosey voltando da festa na casa dos Cartier. Ele foi até a janela para observá-los do alto de seu poleiro sombrio.

"Todos tiveram uma noite brilhante", murmurou sardonicamente.

(Lá de baixo vinha o som de pezinhos e risinhos abafados nos quartos, conforme formas pequenas se enterravam sob cobertores, escondiam-se e, com alegria, esperavam, todos ofegantes e loucos.)

Francis deitou esparramado de costas no sofá, e de repente, no momento seguinte, estava ferrado no sono totalmente vestido. Sonhou na escuridão de corredores vivos com formas humanas, e de repente ouviu barulho lá fora outra vez. Francis levantou a cabeça e piscou para a luz cinzenta na janela. Achou estranho ter dormido por horas. Ouviu com atenção os gritos e cantorias na estrada. Reconheceu a voz alta de Peter em meio a todas as outras. Levantou-se e foi discretamente através do sótão até a cumeeira da frente da casa e olhou para a estrada lá embaixo. Viu o carro de Berlot estacionado em frente à casa, e Scotcho sentado desconsolado no estribo como se estivesse passando mal, e Berlot e Danny carregavam Peter entre eles e andavam com ele de um lado para outro na neve, e enquanto isso, seguiam aos berros em sua cantoria. O vento do amanhecer soprou a neve e levantou-a girando em torno deles.

Francis odiava cenas e temia uma mesmo agora em sua sonolência. Correu de volta até o quarto, botou o casaco e desceu na ponta dos pés. Saiu, fechou a porta da frente em silêncio e caminhou pela neve até o carro.

"Qual o problema com meu irmão?", perguntou sonolento.

"Ele está muito bêbado!", berrou Berlot no silêncio gelado. "Ca, ca, ca, ca! Sabe o que ele fez um minuto atrás? Disse: 'Cavalheiros, se me permitem implorar por sua indulgência, gostaria, nesse momento, de me entregar aos instintos mais baixos... não, mais básicos.' Como foi que ele disse? 'Permitam-me, cavalheiros!' Algo assim! E meteu a cabeça para fora do carro e... blaa! Ca, ca, ca, ca! Esse é o Zagg, esse é o Zagg que vocês conhecem..."

"Meu Deus, gente", gemia Pete em um estado de dar pena, "Meu Deus, gente, meu Deus, gente – não quero que minha mãe me veja, estou mal, estou mal..."

"Está tudo bem, Zaggo!", tranqüilizou Danny, enquanto fazia Peter caminhar um pouco mais e passava com violência a mão na cabeça dele. "Um pouco de ar fresco vai ressuscitar você. Acorde, cara!", gritou, dando-lhe vários tapas no rosto, sem força, e virou-se para rir loucamente da comédia absurda da situação. "Levante e acorde, cara!", exclamou estupefato, de olhos saltados.

"Seu irmão Francis vai levar você em segurança para a cama", assegurou Berlot a Peter enquanto o conduzia até a varanda. "Zaggo, meu velho, você está muito bêbado!"

Peter escorregou e caiu esparramado sobre a neve.

"Vamos acordar", berrou Danny, que pegou um punhado de neve e o jogou em cima do sonolento e inconsolável Scotcho, que nem ergueu os olhos. "Por Deus, cavalheiros, será que sou o único homem com a cabeça boa nesta crise? Será que tenho de suportar a violência de tempos catastróficos? Rá! Nosso barco está afundando! A roda do leme está girando sem controle! Ei, Francis, como se chama a coisa na qual o timão gira em todas as grandes histórias? Oh", berrou, e saiu correndo de repente estrada abaixo com os braços abertos, "chega a aurora e espalha Alexanders de dedos rosados por toda a parte... por toda a parte!"

"Esta manhã o Mouse está um grande poeta", disse Berlot com admiração. "Fomos a todos os bares daqui até Boston..."

Francis pegou Peter por baixo dos braços e em seguida o ajudou a subir os degraus da varanda; em meio às despedidas efusivas, cantorias e declamações, a gangue entrou de volta no carro e foi embora pela estrada.

Francis conduziu Peter aos tropeções até dentro de casa – justo quando o cinza se espalhava pelo céu e os primeiros pássaros do inverno cantavam nas sebes altas cobertas de neve. Conduziu-o escada acima. Ele escorregava e caía de joelhos e resmungava e fazia um barulhão quando se chocava contra os móveis. Depois de tropeções intermináveis, conseguiu levá-lo em segurança até o quarto que Peter dividia com Joe. Joe estava deitado, roncando pacificamente, embaixo de uma colcha de retalhos que a mãe fizera com as próprias mãos. Peter jogou suas roupas espalhadas por todo o quarto e rastejou em estado lamentável até a cama. Joe virou de lado, resfolegou, e no instante seguinte os dois dormiam profundamente.

Francis saiu até o corredor e por um instante fez uma pausa na escuridão cinza. Por toda a sua volta, em todos os quartos, ouvia-se a respiração profunda, lenta e ritmada da família inteira, como um sono único e misterioso, o zumbido estranho do silêncio que toma conta de uma casa adormecida nas horas do alvorecer, a presença humana triste do silêncio e do repouso calmo e incompreensível entre os ímpetos de movimento. Esfregou os olhos com sono, inclinou-se e encostou-se na parede, como se, de repente, tivesse se esquecido de onde estava e o que estava fazendo. Estava envolto em um estado de letargia em que nada compreendia, mal acordado, ainda assim consciente da ansiedade aflita e arrogante por dentro, enquanto estava ali parado no corredor escuro, ouvindo e olhando ao redor com uma espécie de solidão louca e prodigiosa. O carpete velho e gasto do corredor, o baú no canto, as portas familiares que davam para os quartos, tudo sob a fraca luz cinzenta, e os odores cálidos de lençóis e travesseiros sonolentos, a respiração suave, e o silêncio – tudo isso pairava ao seu redor na mais profunda absorção. Deu um passo à frente e sentiu-se satisfeito com rangido alto que provocou.

"O que estou fazendo aqui?", pensou de repente. "Quem sou eu?" Abriu mecanicamente a porta do sótão e subiu devagar a escada estreita. Em seu quarto, olhou vagamente ao redor como se nunca tivesse visto o quarto antes, não *aquele* quarto, e olhou pela janela para o amanhecer cinza e nevado, andou por ali um instante, parou diante do espelho.

"Francis Martin, Francis Martin, Francis Martin", não parava de pensar, e passou a mão pelos cabelos e se olhou no espelho. No momento seguinte, estava de volta ao sofá e ferrado no sono outra vez.

(E os pequeninos também dormiam.)

[12]

George Martin estava prestes a perder seu negócio. Quando viu que a falência era uma possibilidade real, repentinamente não quis ter nada a ver com aquilo e se afastou, observando com um misto de horror e prazer.

Aos cinqüenta anos experimentava aquela segunda inquietação da masculinidade, que é tão intensa quanto a primeira inquietação da juventude, igualmente louca e aberta a seduções primaveris, e sujeita a fantasias solitárias fúteis, como aquela primeira ânsia de sair da concha da mesmice e solidão que os homens sempre têm, mas nunca conquistam paz e paciência como as mulheres de alguma forma conquistam com o tempo. Ele de repente queria ver como era contemplar a perda de sua gráfica, contemplar a ruína e a humilhação e o exílio de certa forma excitante disso tudo, só para ver "o que iria acontecer".

Quando ficou claro para algumas pessoas que ele estava desesperadamente afundado em dívidas e com atrasos no pagamento da hipoteca sobre seu maquinário caro de impressão, que vinha pagando lentamente ao longo dos anos, e que estava perdendo terreno rapidamente em volume de negócios devido à negligência e a muito tempo gasto em jogo, ele exclamou: "Ah, não me importo com o que aconteça. De qualquer jeito, não fiquem todos empolgados, isso não vai dar em nada, posso erguer esse negócio outra vez da mesma maneira que o ergui do nada há vinte anos. Que tipo de tolo vocês pensam que eu sou!"

Disseram a ele que se continuasse a desperdiçar todo o seu tempo jogando nos cavalos e negligenciando seu negócio, sem dúvida não seria capaz de erguê-lo outra vez.

"E suponha que a coisa toda tenha realmente ido para o brejo!", exclamou Martin, agora excitado. "Estou de saco cheio deste lugar e de tudo nele. Vocês percebem que venho me matando de trabalhar aqui há vinte anos e nunca fiz mais que seis mil – e aquele foi um grande ano! E o que tenho para mostrar? Claro, claro, não poupei meu dinheiro como algumas pessoas fazem, mas trabalhei duro à beça."

"Bem, você sempre ganhou um bom dinheiro", disseram eles.

"Um bom dinheiro!", esbravejou Martin. "Estou só enojado com isso tudo, cheguei ao meu limite! Por Deus, eu gostaria de ser livre para fazer as malas e deixar toda essa história para trás, e seguir os cavalos, algo assim, é isso o que eu gostaria de fazer!"

"Mas você tem mulher e filhos", sorriram eles. "Não pode fazer isso."

"Sei que algumas pessoas fariam, mas não eu, não eu!", exclamou Martin com tristeza. "Vou ter de segurar firme e montar um novo negócio, só isso – só segurar firme como de costume."

Mas ele desejava poder pular fora de sua vida como George Martin. A ansiedade e o desespero triste e melancólico da meia-idade estavam tomando conta de seu cérebro e deixando-o atordoado de terror e suspense, sentia-se como um menininho pendurado em uma árvore alta pelos braços só para ver como seria "arriscar tudo". Sentiu um desejo tremendo de se tornar ainda mais triste e solitário que jamais tinha sido, sabia que isso o estava movendo mais que qualquer outra coisa e era algo aterrorizante e inexplicável.

Mesmo quando um homem que ele sabia que especulava com hipotecas veio bisbilhotar nas redondezas da gráfica sob um pretexto qualquer, ele costumava falar de se despedir de tudo aquilo com alegria selvagem e irresistível.

O jovem e leal Edmund o alertou: "Jimmy Bannon não avisou a você sobre aquele cara que andou bisbilhotando por aqui esta manhã? Você não devia ter falado com ele sobre essas coisas!"

"Eu sei, eu sei", disse Martin com tristeza, "e também sei quem o mandou aqui, você conhece a corja". E de repente soltou uma gargalhada porque adorava pensar que, enquanto brincava com a idéia de desistir de seu negócio e de se livrar de todos os seus fardos e preocupações, também podia brincar com as emoções mesquinhas e gananciosas de um pequeno grupo de homens que estavam ansiosos para puxar o chão sob seus pés, com propósitos de lucro pessoal e também rancor. Conhecia todos eles e não gostava de nenhum. Conhecia os negócios obscuros feitos por alguns deles no passado, mas não teriam a satisfação do ódio da parte dele. Tudo isso o deixava tonto.

Mas no momento seguinte ele não conseguia entender a enorme loucura que tomava conta dele, olhou para Edmund, que trabalhava em silêncio na impressora; e percebeu que também estava brincando com sua lealdade diligente, pensou em sua esposa e em sua família, que de nada desconfiavam, pensou no que o seu favorito, o pequeno Mickey, pensaria dele, pensou em tudo o que investira em seu negócio, sua juventude e o talento e dedicação de toda uma vida. Pensou nas grandes sextas-feiras, quando trazia algumas das crianças como Ruth e Lizzy e Charley e Mickey para ajudar a dobrar os jornais semanais, e nos "piqueniques" que faziam na gráfica, e começou a olhar ao redor e a pensar em cada objeto e nas cenas do passado misterioso que evocavam em sua memória. Ele se sentia estranho.

Percebeu como seria engraçado acordar de manhã e não dirigir até a cidade nem estacionar o carro perto do canal e da linha do trem, nem tomar café-da-manhã no restaurante do Al e então ir para a gráfica, para sua mesa abarrotada e suas estantes de tipos, e dizer bom dia para Edmund e para o velho John, e então ver Jimmy Bannon chegar às onze, cambaleante, tonto de tanta bebida e atormentado, e então trabalhar ali, os quatro sorrindo alegres. Pensou em sua pequena gráfica com um sentimento forte de tristeza e consolo, então balançou a cabeça e disse, "Ah, é, ah, é, por Deus!" Estava firme e logicamente convencido de que o trabalho de toda a sua vida estava bem ali naquele andarzinho úmido de um armazém às margens do canal. De qualquer forma, estava decidido a se despedir daquilo tudo enquanto andava pela gráfica olhando para ela. E enquanto sorria com a visão de um arquivo de aço novo que tinha comprado apenas três meses atrás, seu sorriso de repente voltou-se para dentro e ele pensou em "como tudo seria" em um futuro imediato sombrio de pesar amargo e orgulhoso.

De algum modo era isso o que queria – esse pesar, essa liberdade para ser orgulhoso no fracasso e na solidão. De algum modo sentia que desse jeito ia descobrir coisas que nunca conhecera antes. Aos cinquenta anos, era isso o que queria, seu novo eu envolvido em coisas novas e desconhecidas. Exultava com esses pensamentos fervilhantes mesmo enquanto estava firmemente convencido de que era tudo loucura. Lembrou com satisfação de toda a alegria e a confiança e a luta que levaram àquilo, através de épocas difíceis e épocas mais fáceis, pensou nesses aspectos estimulantes de seu negócio – e então resolveu simplesmente que de algum modo estava de saco cheio da alegria e da confiança, queria sentir outra vez o furor e o desespero, e outra vez a solidão sombria, como em sua juventude.

"Seu idiota desgraçado", pensou com desprezo, "quer voltar a ser jovem e sair por aí curtindo sua desgraça? É só isso?", e riu de si mesmo com sarcasmo.

Dez vezes por dia pensava em um novo aspecto de seu desejo de desistir, e cada vez era mais louco que o outro, e ele sabia apenas que queria desistir, só isso.

"Por Deus, só não quero mais me aborrecer!", gritou alto de repente na gráfica, mas nem Edmund nem o velho John o ouviram em meio ao barulho do maquinário.

"Agora eu sei, agora eu sei", pensava Martin sem parar, enojado. "Todo o negócio sujo no mundo e eu, também! Não sou melhor que os outros, nunca fui. O mesmo traço louco e obstinado que leva as pessoas a fazerem coisas tão terríveis – e lá estava eu dizendo a mim mesmo que não podia entender toda a matança e as guerras e os roubos e o pequenos golpes. Que piada! Sou tão ruim quanto o resto."

"E por que eu *deveria* ficar firme?", pensou com raiva crescente. "Não preciso fazer isso! Nossa, eu já me decidi, com ou sem loucura, é isso o que vou fazer, e Deus pode me odiar o quanto quiser."

Agora o impulso melancólico em direção à infelicidade e à amargura e à raiva que ele iria sancionar tinha começado. Que estupidez teimosa, poderosa e magnífica Martin sentiu ao pensar em abrir as mãos com afetação teatral e deixar sua empresa desmoronar. Que emoção sentiu ao se surpreender e fazer o inesperado, o que faria dele um tolo e o deixaria humilhado! Sentir que podia fazer experiências com o próprio sangue de sua vida e passar por aquela emoção sombria de se prometer alguma realização boa e misteriosa mais tarde, no estranho futuro de humilhação!

No momento em que sua esposa soube da situação e que conversaram sobre o que fazer, ele se conscientizou profundamente de que tinha se permitido caprichos e extravagâncias como um colegial. Viu claramente que não havia outro caminho além de resolver seus negócios da melhor maneira possível e seguir em frente com seu trabalho como antes. Na presença dela, a vida ficava tão simples quanto pão e água, tão profunda quanto a noite e o dia, e todos os estados selvagens de ânimo e caprichos que ele tivera um dia antes agora pareciam simples morbidez desnecessária à luz do sol da terra, a terra dela.

"Não, não, você não pode fazer isso, George", protestou ela com firmeza, em voz baixa, com lágrimas graves e pesarosas, "não ia adiantar".

"Você não acha que eu não sei isso, Marge?", exclamou angustiado. "Mas, por Deus, estou tão cansado, tão cansado disso tudo que não agüento mais!"

"São seus nervos", disse ela em voz baixa. "É só esse o seu problema. Você só precisa descansar. Aí vai perceber que não deve fazer isso, George, você não quer terminar seus dias trabalhando para outra pessoa sem certeza de nada. Não pode ter certeza do que pode acontecer mais tarde, caso fique doente ou algo assim – e depois de todo o trabalho que você investiu nisso, George!"

"Eu sei, eu sei, também penso nas crianças!", exclamou. "Você está absolutamente certa. Concordo cem por cento, mas se soubesse, se soubesse!"

"Eu sei, eu sei", disse ela devagar, "você está nervoso e solitário e talvez esteja experimentando um tipo próprio de mudança de vida. Não ria, isso não é tão maluco quanto parece, George!", protestou com tristeza.

"Ah, Marge!", riu ele, aproximando-se e beijando-a. "Às vezes você tem as idéias mais terríveis – mas dou crédito a você por uma coisa, mesmo se você fala muita bobagem às vezes, eu lhe dou crédito por, no fim, ter mais miolos que eu." Olhou para ela com prazer, então virou-se outra vez pensativo e inquieto, cheio de humilhação.

"São seus nervos, George, você precisa descansar!", declarou ela com firmeza. "Tenho mais certeza disso do que de qualquer outra coisa. Você precisa é de um bom descanso e de tempo para pensar – e talvez até nem deva pensar, só descansar."

"É, relaxar, relaxar! Como o velho Joe Cartier me diz para fazer!", exclamou com amargura. "Bem, simplesmente não posso, só isso! Não sei qual o problema comigo, mas simplesmente não consigo encarar as coisas como elas são. Vocês estão todos absolutamente certos, eu *estou* louco! Às vezes me pergunto como você consegue me aturar!"

"Ah, você não é fácil, é verdade..."

"Então eu não sou fácil, hein?", riu de modo tolo. "Bem, por Deus, pelo menos desta vez eu concordo com você. Não sou. Desta vez quase comprovei isso." Abraçou a mulher e olhou para ela com tristeza. "Olhe, Marge, vá colocar seu melhor chapéu e vamos pegar o carro e ir a algum lugar, hein?"

Então se lembrou dela como a garota francesa bonita que via nas áreas de piquenique muito tempo atrás, com seu olharzinho ardente, tranqüilo e corajoso, a grande amiga e companheira de sua vida. O pensamento de como quase havia se esquecido dela e de tudo o que significava para ele em um devaneio tolo tão distante do âmago do verdadeiro desejo de sua vida, foi suficiente para apertar seu coração de vergonha.

Ela foi lá e botou seu "melhor chapéu" toda entusiasmada com a ocasião, e as crianças ficaram surpresas ao ver a mamãe e o papai saindo de casa juntos, de braços dados, arrumados sem ter nenhum lugar em particular para ir, só para "tomar umas cervejas" e conversar e ficar juntos, sem cinema, festas, coisas assim, só saírem os dois para ficar juntos. E Martin naquela noite estava como um homem que se dá conta, na presença de uma mulher, de que a terra não é louca – ela sorri.

No dia seguinte tudo se esvaiu em fumaça feita pelo homem. O grupo de sujeitos que estivera observando cada movimento de Martin como abutres comprou sua hipoteca, fez alguns arranjos e ficou à espera de que Martin tivesse de abrir mão de seu negócio. Estava, como se diz, sendo "empurrado contra a parede", como Edmund solenemente sentenciara, e não havia nada que qualquer pessoa pudesse fazer.

"Bem, é isso", disse Martin, cansado. "Eu devia ter sido mais cuidadoso. É isso, e isso é tudo."

E as motivações de ganância e rancor demonstradas por aqueles homens eram suficientes para corroer a alma de Martin, era a grande realização de seus piores temores sobre o que eles poderiam fazer, e da corrupção suprema dos homens comuns. Ao mesmo tempo também era o ato misterioso de realidade que completava as intenções que ele tinha todo o tempo e fechava definitivamente a porta para todo aquele caso incerto: eles o tinham onde queriam, não importava o que tentasse dizer a si mesmo.

O choque que o paralisou, uma compreensão sombria de como os homens podiam ser loucos, foi algo inesperado: revelou-se que dois dos conspiradores naquele negócio sórdido eram homens que antes tinham sido seus amigos íntimos, dois homens em quem costumava confiar como coisa natural, como confiaria na luz do sol, dois homens que ele tinha até respeitado por seu modo de vida digno e discreto, com suas famílias pequenas adoráveis, sua civilidade e seu bom senso e amabilidade. Nunca poderia sonhar que eles estariam envolvidos em um plano como esse contra ele ou qualquer outra pessoa.

"Wally e Jim!", exclamou perplexo. "Você não está falando a verdade. Deve haver alguma confusão."

"Não, não, não!", gemeu o paralítico Jimmy Bannon, gesticulando com o dedo para Martin em arrebatamento grotesco.

"Wally e Jim", exclamou o velho Martin, atônito. "Bem, quem diria, aqueles dois!"

Era loucura, loucura. As janelas estavam escurecidas, o mundo estava louco e ribombava anunciando a ruína, louco e pervertido.

"Acho que não há nada que possa fazer, George, se aqueles caras resolverem acabar com você", disse Edmund, sério.

"É isso o que eles vão fazer, George", lamentou Jimmy Bannon, sacudindo a cabeça com tristeza.

Finalmente perdeu sua gráfica. Agora que estava tudo acabado queria ficar sozinho, para pensar sobre aquilo, só queria entrar em seu carro e sair dirigindo pelas estradas desertas do campo.

Quando saiu de carro naquele dia não parou de olhar para as casas das fazendas, em meio a seus campos e árvores e muros de pedra simples sob o belo sol de verão e as sombras do entardecer, ele não parou de se perguntar no que estavam pensando os fazendeiros, se as vidas deles eram ao menos remotamente parecidas com a sua, se tinham problemas e medos e solidões loucas como as que ele tinha, e se também conheceram homens de quem gostavam e respeitavam e que de repente se voltaram contra eles e transformaram o mundo em um lugar apavorantemente solitário. A glória intoxicante do sol estava formando uma sombra esverdeada e profunda no poço perto do muro de pedra distante, perto da porta velha e empoeirada do celeiro vermelho, um mundo de sol criando grãos de ouro na grama e tremeluzindo nas matas da terra do entardecer. Era estranho, estranho.

Mas quando voltou para Galloway e a cidade estava toda agitada na excitação das compras e saídas para a rua do início de sábado à noite, quando passou de carro pelas barbearias e viu os homens fazendo suas barbas de sábado à noite, quando viu os homens de pé nos balcões dos bares com os pés apoiados sobre as barras de metal e os chapéus empurrados para trás, e viu as crianças pequenas correndo nas sombras a gritar de alegria, e as multidões se misturando às luzes da Daley Square, de repente se sentiu contente, quase alegre.

Pensar agora em Wally e Jim e no que eles tinham feito o fez rir.

"Essas coisas acontecem, hein?", riu. "Bem, podem ficar com ela, isso não é para mim! Podem ser tão loucos quanto quiserem; por Deus, ainda tenho a minha própria honestidade e minha própria alma!"

Pegou seus dois velhos amigos, Joe Cartier e Ernest Berlot, e foram ao seu clube favorito na Rooney Street para uma noite completa de bebedeira. Martin tinha algum dinheiro com ele e insistiu em gastar até o último centavo com seus dois velhos amigos que eram bons o bastante para beber com ele quando precisava deles e de sua presença boa e solene.

"Não fiquem com essa cara tão triste!", exclamou para eles a noite inteira. "Bebam! Divirtam-se! Alegrem-se! Não se preocupem comigo, posso arrumar emprego em qualquer lugar e a qualquer momento, e viver tão bem quanto sempre vivi. Billy! Outra rodada!", berrou.

"Bom, garoto," disse o velho Joe Cartier pensativo, "acho que o que tem de acontecer, acontece, e não adianta nada chorar por isso".

"Tem razão", disse o velho barbeiro Berlot com um sorriso irônico. "Você se lembra do que *eu* perdi no meu tempo? Se fosse para chorar, acho que teria ficado uns quinze anos chorando."

"Isso mesmo!", exultou Martin. "Podemos estar quebrados, mas temos nossa honestidade e nossas almas! Não acho que nenhum de nós tem de se preocupar com o que fizemos em nossas vidas", e agarrou-os pelos ombros, pensativo.

Mais tarde naquela noite, chorou quando ouviu um jovem irlandês cantar para ele com voz doce de tenor todas as canções antigas que recordavam sua juventude.

"Não é engraçado como você começa a sua vida", disse cheio de tristeza, "achando que o mundo inteiro é um lugar bonito que está só à espera de que você percorra nele o seu caminho! É um sonho bonito que se tem quando é jovem, antes de descobrir como alguns homens podem ser, como as coisas podem se quebrar. Mas, por Deus, rapazes, se eu tivesse de viver tudo isso de novo, eu viveria! Viveria! Porque no fundo é uma vida doce! Ouçam esse garoto cantar – vocês têm aí toda a beleza da vida reunida em uma única canção bonita, e o que mais se pode querer? Pelo menos temos isso, temos a beleza e algumas recordações doces e essas coitadas das nossas crianças que botamos no mundo, que confiam em nós e nos amam e acreditam tanto em nós! É uma vida doce. Esqueçam todo o resto, eu digo, porque é uma vida doce e, no fim, Deus é bom para nós."

Às quatro da manhã os dois velhos amigos o carregaram para casa. Resmungava, estava exausto e bêbado, e eles o ajudaram a subir as escadas, tiraram desajeitadamente sua roupa enquanto sua esposa saía correndo para buscar sedativos. Olharam um para o outro impotentes, e então saíram envergonhados na ponta dos pés e foram para casa.

E o pequeno Mickey, desperto de seu sono doce e solene por todo o barulho e a agitação na casa, agora estava parado de pé na soleira da porta e olhava temeroso para o pai, que estava bêbado e resmungando ali deitado na cama.

Mesmo assim, na segunda-feira de manhã o grande homem estava de pé bem cedinho. Barbeou-se, vestiu-se e tomou café-da-manhã em um silêncio sério e meditativo. Mickey observou o pai – o colarinho branco e limpo de sua camisa, justo e arrumado contra a pele corada de seu pescoço, os olhos pesarosos e pensativos, seu rosto mergulhado em absorção e determinação matinais, seus movimentos solenes e afetados, tudo indicava um novo propósito e muitas considerações ansiosas. Sua mulher falou com ele sobre coisas triviais, e ele olhou com sua ternura pensativa e agoniada para ela. Então deixou a casa em silêncio, sem dizer uma palavra, entrou no carro e saiu.

Naquela manhã ele conseguiu um emprego fixo e com bom salário em uma gráfica no centro da cidade, voltou direto para casa e disse à mulher que agora tudo ficaria bem outra vez.

Então George Martin, no período de uma semana, tinha perdido um negócio avaliado em vinte mil dólares, secara suas últimas economias do banco para pagar a maioria das suas dívidas e evitar assim a desonra de uma falência completa, e agora tinha se tornado assalariado na firma de outro homem depois de vinte anos por conta própria.

Mas o choque dessa mudança verdadeiramente formidável foi recebido com tranqüilidade, animação e até alegria pelos Martin, jovens e velhos. Sempre foram vigorosamente entusiasmados pela vida em si, nunca inteiramente conscientes dessas questões mais sofisticadas em relação à "posição" em uma comunidade, portanto alheios a essa mudança delicada, invisível mas definida que ocorrera no status da família. Havia até a possibilidade de terem de se mudar da casa grande e encontrar um lugar mais barato para morar. Ainda assim seu único pensamento era o humor e o *páthos* da situação e o sofrimento de seu pai. Todos se reúnem em torno dele e riam com ele, e ficaram imediatamente preocupados com a questão simples de ganhar mais dinheiro por todos os modos.

Naquele verão, eles se sentavam à noite na sala da frente e conversavam:

"Agora você vai saber como é ter de acordar cedo e correr para não chegar atrasado no trabalho!", exclamou Ruth provocando o pai.

E todos riram com vontade, o riso percorreu toda a casa, as crianças sentadas na beira do sofá olhando e ouvindo em enlevo fascinado, a mãe preparando limonada para todo mundo na cozinha, e o pai sentado sorridente em sua poltrona.

"Ah, o que você quer dizer com isso?", esbravejou, piscando rapidamente de lado para as crianças. "Agora espere só um minuto! O que faz você pensar que era tão fácil assim trabalhar por conta própria? Eu me lembro de que você ficava muito, muito cansada só de dobrar aqueles jornaizinhos velhos para mim na gráfica. Eu costumava ter de carregar você para casa, sua espoletinha!"

Ela sentou-se no braço da poltrona dele e continuou a provocá-lo: "Agora você vai saber como é ter de bater um cartão de ponto no último minuto!" E ela o empurrou pelo braço e fez uma expressão irônica.

As crianças morreram de rir.

"Está bem, então vou bater cartão, e daí!", exclamou o pai, sorrindo, e tentou pensar em algo engraçado para dizer. Então a mãe chegou com a limonada, e todos ficaram ali sentados até tarde da noite rindo, discutindo, gritando, quase *celebrando* aquela estranha virada no destino da família que era tão excitante e maravilhosa, de algum modo, porque os fazia sentar todos ali juntos na sala da frente e ter "festas regulares", como Mickey as via, cheio de prazer.

Joe estava inflamado com uma nova idéia no calor de todo o entusiasmo.

"Sabe, pai? Eu guardei muita grana na minha viagem e mandei para casa para a mãe. Agora ela vem bem a calhar. Conheço um cara que quer vender seu posto de gasolina. É um lugarzinho na Kimball Street, duas bombas e uma plataforma de lubrificação. Eu vou comprar. Segunda-feira, por Deus, segunda-feira!"

"Vou ser seu ajudante, Joe", gritou Charley, puxando o braço do irmão maior. "Depois da escola. Vou trabalhar muito bem! Você sabe que sou muito bom!"

"Claro."

"Mãe!", exclamou Charley. "Talvez eu possa largar a escola agora e só trabalhar para o Joey, hein? Não preciso mais ir à escola, hein? Quero começar a trabalhar!"

"Você não vai fazer isso", disse a mãe olhando para ele.

"E eu", disse Mickey, com o cenho franzido, pensativo, "vou começar a entregar jornais" – e olhou ao redor para todo mundo sorrindo embaraçado.

"Olha", disse o pai, erguendo os olhos para Ruth e piscando, "talvez isso resolva todos os nossos problemas. Mickey vai começar a entregar jornais."

A família caiu na risada. As pessoas que passavam na estrada lá fora podiam pensar que estava acontecendo uma grande celebração na casa dos Martin. No coração dessa família, se os simples acontecimentos eram felizes e bons e maravilhosos, ou tristes, até mesmo calamitosos, eles ficavam apenas mais animados e alegres e, no fim, simplesmente juntos. Juntos nunca havia motivo para nada que não fosse alegria. A força e a felicidade simples daquele grande número de gente presente eram por si só uma onda de entusiasmo, eles se olhavam e se conheciam muito bem naquele jeito informal, poderoso e silencioso que têm irmãos, irmãs, pais e filhos.

A grande Rosey, por exemplo, a irmã mais velha e guardiã vigorosa de suas vidas, estava sentada ao lado do jovem Peter no sofá sorrindo e depois caindo na gargalhada e lançando ela também algumas provocações quando alguém brincava com outra pessoa. Peter, sentado ao lado dela pensativo, mas mesmo assim observando tudo com prazer e alívio profundos, estava impressionado com aquela garota grande, a magnitude em pessoa, cujos risinhos, a gargalhada solta sincera e os grandes movimentos convulsivos o deixavam alegre por ela estar ali e ser sua irmã. Não podia dizer por quê. Era a presença dela, o grande e bom mistério de ela estar ali ao lado dele, e toda a família estar ali com ele, e ele estar com todos. Sentir essa afeição incompreensível e assim mesmo tão esmagadora por seus irmãos e irmãs e pais, vê-los ali na sala com ele e rir com eles, isso era importante e alegre e maravilhoso.

E o próprio pai estava consciente e muito agradecido por essas coisas que os uniam: ele se perguntava se devia um dia ter lamentado e se arrependido de algum erro em sua vida, alguma decisão e erro de cálculo, quando na verdade todas as coisas eram iguais, todas as coisas estavam unidas, e todas as coisas eram as mesmas, e iguais com sua família e seu único coração pulsante.

Ninguém estava realmente abatido: a própria mãe falava de voltar a trabalhar em fábricas de sapato se um dia fosse necessário. Mesmo a jovem Lizzy queria deixar o colegial agora e arranjar um emprego.

"O que há de tão terrível em largar a escola!", resmungou daquele seu jeito orgulhoso e cheio de desdém. "Não ligo para história e livros. Quero ganhar algum dinheiro e me divertir, droga!", exclamou.

"Ela quer ganhar dinheiro para ir para Hollywood e ser uma grande atriz!", provocou Rosey, esfregando a cabeça de Lizzy com implicância. "Ela não parece uma estrela? Igual à Greta Garbo! Ela vai para Hollywood virar uma grande atriz e vai voltar aqui em um carrão, vestida para matar, e olhar para a gente com o nariz em pé!" Ela esfregou a cabeça de sua irmã mais nova com alegria.

"É isso o que vai fazer, Liz?", riu Joe, com ternura. "Você não vai nem me cumprimentar quando ficar famosa? E depois de todas as vezes que deixei você jogar beisebol com os meninos! Quando todas as outras garotas estavam brincando de casinha num lado do campo, a Liz corria para o outro lado para jogar! Rá, rá, rá!"

Todos rolaram de rir outra vez, e Elizabeth fechou a cara, emburrada.

"Está bem", disse ela, "podem rir. Vou ganhar mais dinheiro que todo mundo. Esperem só."

"Você me paga um café quando eu encontrar você na porta do Ritz?", perguntou o pai com uma inocência um tanto pesada. Eles tornaram a cair na gargalhada, e se contorceram, e Liz saiu da sala com raiva e a passos largos. Mas voltou em um minuto saltitante, empinando o nariz com desprezo para Joe e Rosey.

Era isso – uma reunião de provocações e explicações. Entretanto: "Não faz sentido ficar em casa agora que arranjei esse emprego em Boston", disse Francis a Peter. E acrescentou com um sorriso irônico, "não vejo, de qualquer forma, nenhuma razão para ficar entulhando a casa, não acha?"

"Entulhando a casa? Do que você está falando?"

"Ah, é só a sensação que tenho. Foi uma bobagem dizer isso, de qualquer forma." Ele sorriu um pouco tristonho. "Eu só me divirto mais em Boston." Ele ia começar outro ano em Harvard no outono.

De manhã, George Martin foi de carro para o trabalho com a filha favorita, Ruth. A arrumada, metódica e pequena Ruth, que sempre fora tão alegre e confiável, tão querida, e um conforto para seu coração, que talvez o conhecesse melhor que qualquer outra pessoa na casa, que no fundo era uma amiga leal de sua vida, os dois iam para o trabalho juntos na mesma gráfica, e trabalhavam a poucos metros um do outro na linotipo e na dobradora, tirando os olhos de suas tarefas de vez em quando para trocar olhares de alegria por estarem trabalhando juntos agora.

E era mesmo uma alegria e uma satisfação muito grandes para o pai preocupado ver sua Ruth ali, trabalhando com ele de manhã. Era prova suficiente de que ele não estava sozinho e desprezado no mundo, como ele podia sentir com tanto pesar. Prova de que o sol brilhava na Terra apesar de tantos erros, miséria e loucura das coisas que ele dizia a si mesmo, quando tudo estava resolvido e terminado, que eram mero capricho e acaso.

3

Naquele verão, Tommy Campbell, o parceiro de infância de Peter na aventura pela margem do rio, o Tommy de cabelos louros, vigoroso e inteligente apareceu de uniforme do Exército dos Estados Unidos.

Era um fim de tarde de verão, parado e silencioso, e, na luz avermelhada de junho na Nova Inglaterra, Peter e Alex Panos estavam sentados conversando na varanda, as cadeiras inclinadas com as costas apoiadas na parede da casa. Peter tinha acabado de terminar o primeiro ano de faculdade.

Viram uma figura se aproximar a passos largos pela estrada a cerca de um quilômetro de distância, podiam ver a poeira leve que levantava na estrada ao caminhar, e perceberam que era um jovem soldado triste e de aspecto solitário. Alexander fez um comentário sobre ele: "Olhe para o soldado que vem pela estrada, triste e perdido em pensamentos de morte!" Mas, na verdade, não o reconheceram.

Quando chegou à cerca viva, Tommy Campbell gritou: "Está bem, seus dois civis! Vamos logo abrindo o bico!"

Os dois rapazes apenas olharam boquiabertos.

"Estou de partida para Mandalai, seus malandros!", gritou Tommy, agora com passo mais afetado. "É melhor darem uma boa olhada em mim porque não vão me ver por um bom tempo!"

Ficaram surpresos porque ele tinha "ido lá e resolvido de uma vez" – pois Tommy sempre alardeou que um dia ia viajar pelo mundo e ser um "aventureiro". Ele agora sem dúvida se parecia com um. Apertou as mãos deles com entusiasmo, agarrou seus braços com um aperto forte e viril, riu e lhes contou que ia para as Filipinas em algumas semanas.

"Chega de escavar a terra para mim por um tempo." E alisou a manga e pôs o pé sobre a balaustrada da varanda de um jeito elegante e despreocupado e soldadesco. "Vocês podem ficar em casa e ler livros e ir para a escola – isso não é mais para mim. Chega também de organizações juvenis para mim, isso é mesmo coisa de meninas. Quero ver os trópicos, quero ver *pigmeus* e pássaros exóticos!"

"Então foi aí que você esteve esse tempo todo!"

"É. Manobras nas Índias Ocidentais. Vocês não leram sobre elas nos jornais, lá na Martinica? Era lá que eu estava. E o que vocês têm feito? Quero dizer, por esses dias." Ele deu um sorriu astuto.

E não havia nada, absolutamente nada que eles pudessem dizer.

Naquela noite os três rapazes se envolveram animados em conversas sobre todos os assuntos e ponderaram sobre os desígnios e as possibilidade de seus respectivos destinos no mundo. Solucionaram todos os problemas da existência e do universo e esfregaram as mãos antecipando os novos. Ficaram sentados no quarto de Peter em uma bagunça de livros e jornais e cartas, fumando um cigarro atrás do outro, bebendo café aos bules, rindo alto, falando de mulheres, política, livros e da alma do homem. Tudo era assunto exclusivo deles naquele quartinho enfumaçado com a colcha de retalhos, as fotos de futebol americano na parede e as cortinas claras de renda que esvoaçavam com a brisa da noite de verão.

Resolveram animados sair e dormir na mata perto do riacho naquela noite. Peter desceu escondido até um baú velho e contrabandeou alguns cobertores para a varanda, onde os escondeu embaixo da rede. Depois voltou lá para cima e beberam mais café e conversaram muito mais até as duas da manhã, quando resolveram sair com os cobertores.

"Esta é uma noite da qual nunca vou me esquecer", disse Alexander exultante enquanto bebia com ruído seu café. "Nunca vou me esquecer dela porque, não estão vendo, ela é tão importante, sério! Pensem só! Tommy vai partir para o Oriente, e estamos nos despedindo dele. Não está vendo, Peter! Depois de todos esses anos em que você conheceu Tommy e brincou com ele, quando criança, depois de todos os sonhos de infância. É uma separação de caminhos para todos nós, e muito triste! Estamos no limiar de uma nova era, e só Deus sabe como ela vai ser – de qualquer jeito, extremamente importante para a humanidade! E como cada um de nós vai se sair na grande convulsão dos tempos, com o que vamos contribuir individualmente? Qual será a nossa contribuição individual? Qual será a nossa contribuição para a grande irmandade dos homens?"

"Sabe, Alex, isso é uma coisa que sempre me surpreendeu em você", falou Tommy com franqueza e um sorriso vivo. "Eu ia escrever uma peça no ano passado com esse tema mesmo, com um personagem como você, que falava pela irmandade dos homens. Mas em contraposição, ia botar outra pessoa para representar a voz da necessidade e da filosofia prática. Consegue ver o conflito aí?"

"Mas é claro, Tommy, é minha vida inteira – sentir esse conflito e ser torturado por ele", disse Alexander, surpreso com as palavras de Tommy.

"Sabe que acredito em você", sorriu o rapaz bondoso do campo. "Mas olhe como vejo a verdade crua disso: nunca tive tempo para escrever essa peça, por causa da preparação da terra para o plantio na primavera ou porque meu pai precisava de uma cerca nova para o pasto. Então, sabe, o conflito se resolveu sozinho. Não tive de escrever a peça, estava tudo ali. Preparar a terra na primavera e uma cerca nova, contribuindo com comida e gado para os cidadãos do mundo, em outras palavras, a fraternidade dos homens em ação."

"Sim," disse vagamente Alexander – ele estava a mundos de distância dessa idéia –, "eu sei." E caiu em silêncio, como sempre fazia, só para explodir no momento seguinte em um riso alto exuberante enquanto mudava de assunto para outra coisa. Continuou assim por horas, com Peter correndo para fazer mais café e pegar bolo na cozinha. Finalmente estavam prontos para partir e dormir na floresta.

Quando estavam quase prontos para deixar o quarto de Peter, ouviram uma súbita batida leve na porta, e a sra. Martin surgiu na soleira com um sorriso no rosto. Eles olharam para ela atônitos.

"Sei o que vocês diabinhos estão aprontando esta noite", disse ela, apontando um dedo para eles e balançando a cabeça. "Acham que não sei dos cobertores que esconderam na varanda, hein?"

Os três garotos olharam uns para os outros com uma espécie de prazer encabulado.

"É, é", continuou ela, "eu sei. Vocês estavam planejando dormir na floresta, na mata, no meio da noite, onde podem pegar um resfriado ou serem mordidos por cobras ou aranhas. Vocês não iam conseguir me enganar!", sorriu com astúcia.

"Bem, não!", protestou Peter surpreso e satisfeito. "Não exatamente! Íamos só até o riacho – para nadar de manhã, de manhã bem cedo... e... bem..."

"Ir nadar a essa hora da noite?", e ela se sentou na beira de uma cadeira e estalou a língua de um jeito quase pesaroso. "Ah, não, não, não", disse com tristeza. "É perigoso dormir lá fora na mata assim. Você nunca sabe que tipo de inseto e de cobra tem lá, especialmente tão perto da água."

"Ei, mãe", exclamou Peter com alegria, "olhe só para Tommy! Ele é um soldado, vai dormir nas florestas nas Filipinas e um monte de coisas assim. O que acha disso, hein?".

Os rapazes riram excitados.

"Eu sei, eu sei", respondeu a sra. Martin, "mas não está certo mesmo assim. Vocês têm uma casa boa e quentinha, por que deveriam sair e dormir nas matas frias e úmidas desse jeito? Vocês têm uma cama boa aqui e têm uma cama extra no sótão, os garotos podem dormir aqui, tem espaço para os dois. Vocês não vão ficar com frio e vão se sentir confortáveis e antes de irem nadar podem fazer sanduíches para levar e pegar uma garrafa de leite se quiserem. Isso não é uma idéia muito melhor?"

"Mas e a floresta, mãe?", exclamou Peter, rindo.

"Eu sei lá da floresta", disse ela, que de repente ficou distraída e triste. "Não, eu não fiz o exército, também não fiz as guerras deles. Bem, se isso significa florestas para Tommy, não tem sentido fazer agora."

E de repente aquilo pareceu tão verdadeiro para eles. Todos olharam para o arrebatamento dela fascinados, como se pensassem em suas camas com cobertas quentes, suas casas limpas, sua comida na geladeira, seus aquecedores quentes no inverno e todas as coisas de uma casa do interior. Eles lembraram de como era bom voltar para todas essas coisas exaustos depois de uma noite de bebedeiras, como essas coisas eram gostosas, e como, na verdade, nunca pensavam nelas.

"É", prosseguiu ela, "vocês todos deveriam agradecer no mínimo por terem lares bons e confortáveis neste mundo, deveriam ficar muito gratos e aproveitá-los e desfrutá-los enquanto podem. Isso não é verdade?"

E eles pensaram em "guerras e exércitos" e em homens que eram o oposto da sra. Martin com todas as suas barracas frágeis e trincheiras e armas e comida feita em panelões e batalhas sangrentas, e sorriram com ternura.

"Agora", disse ela, "talvez vocês devessem fazer o que eu digo, e aí vão perceber que essa velha aqui não é tão burra. Durmam aqui e acordem de manhã cedo para ir nadar quando o sol está alto e todos os passarinhos estão cantando e está gostoso."

"Está bem, sra. Martin!", disse Tommy Campbell, indo satisfeito até a mãe e botando seu braço em torno dela com carinho. "A senhora está absolutamente certa! Vamos fazer isso, não vamos sair escondidos, prometo! Mas tem uma condição: se houver pudim de leite na geladeira..."

"Bem, agora não tem, mas vou fazer no domingo, e se quiserem vir visitar Petey outra vez..."

"Ho, ho, ho!", riu Tommy satisfeito. "Só estava brincando, sra. Martin. Vou fazer isso mesmo sem pudim de leite. Lembra quando a senhora fazia pudim de leite para mim e Pete nos dias de chuva, quando nós ficávamos desenhando no quarto dele? Rapaz, isso foi há muito tempo!"

"Lembro", disse a sra. Martin quase tremendo de emoção, "lembro, sim, e agora olho para você, um soldado, e tal. Por que você se alistou no exército? Acho que tem bastante tempo para isso mais tarde..."

"A senhora me conhece, sra. Martin, sempre em movimento!"

"Bem, eu vou em breve fazer uma visita para sua mãe e ter uma conversa longa com ela. Boa noite, meninos, e lembrem-se do que eu disse" – ela virou-se e olhou para eles com severidade – "nada de sair de casa às escondidas!"

Mas depois que ela deixou o quarto, Tommy inclinou-se na direção dos outros e sussurrou: "Quando o sol está alto e todos os passarinhos estão cantando. Mas e os morcegos e o sereno da noite!" Eles morreram de rir. "Mas vamos fazer o que ela diz. De qualquer jeito, estou cansado. Vamos fechar os olhos um pouco e ir nadar assim que acordarmos de manhã bem cedo."

Então eles dormiram em casa naquela noite. A sra. Martin exercera seus últimos poderes benevolentes para o conforto e bem-estar de Tommy Campbell e dos garotos misteriosos iguais a ele que iam partir para a guerra e a morte. Talvez ela não soubesse disso; eles não tinham como sabê-lo. Peter ia se lembrar do que aconteceu naquela noite com um pesar angustiado.

Ao amanhecer, de olhos inchados, mas contentes, os três jovens partiram pelos campos molhados de sereno, entraram na floresta e foram até o riacho em meio aos pinheiros, onde nadavam muito antigamente quando eram crianças. E logo que chegaram lá, o sol começou a nascer, a névoa movia-se sobre as encostas e sobre o riacho plácido, passarinhos chilreavam nos pinheiros, as últimas estrelas pálidas tremeluziam, e uma grande luz começou a se espalhar pelo mundo.

"Que belo e promissor amanhecer!", berrou o jovem Panos com um prazer indescritível, e agora todos estavam despertos, estranhamente extáticos, e começaram a cantar, murmurar e caminhar pela mata atirando gravetos, o próprio Alexander cantava alto, aos berros, com uma voz que podia ser ouvida a três quilômetros de distância no silêncio profundo. Ele chegou a correr ligeiro até o topo de uma pequena colina, gritando hosanas alegres e com as mãos erguidas para o céu, enquanto Peter e Tommy o observavam, surpresos.

Peter, de sua parte, continuava a olhar para o céu e a berrar "Espaço!", ou para a água com uma demonstração de melancolia, dizendo "Lucidez", ou batia os pés no chão e repetia uma vez atrás da outra, "Solidez, solidez, solidez", apesar de não ter a mínima idéia de por que gostava de fazer aquilo. E Tommy Campbell, com sua farda pendurada no ombro na manhã cálida, começou a cantar com voz aguda e estridente *On the Road to Mandalay*, que ecoou e tornou a ecoar na mata, especialmente quando Panos emprestou sua voz trovejante ao refrão. Eles se sentiam maravilhosamente tolos e alegres e se permitiam qualquer coisa que passasse por suas cabeças.

"Porque o sol está nascendo!", berrou Alexander. "Só porque o sol está nascendo! A gente veio aqui só para isso!"

"Nós nos juntamos", gritou Peter triunfantemente.

"É! Através das árvores!", berrou Alexander. "Ah, escutem-me! Beleza é verdade, e verdade é beleza, e isso é tudo o que precisamos saber!"

"Câmaras da beleza!", gritou Tommy Campbell, apontando para os raios de luz que penetravam entre os pinheiros.

"A catedral de Deus-s-s!", bradou Alexander através das mãos em concha em um grande grito que foi levado pelos campos, e todos morreram de rir.

Então, quando o sol se elevou em total ostentação bem longe acima das colinas, espalhando luz por todo o céu e dourando as nuvenzinhas do alvorecer que estavam lindamente organizadas lá no alto, os rapazes ficaram em silêncio, em reverência, de pé sobre duas colinas, observando, Panos e Campbell sobre uma, e Peter sozinho em outra, todos eles pensativos e meditativos. Foi um pequeno momento estranho de reflexão no silêncio e na imobilidade profundos da manhã, apenas o ruído fraco e distante do relinchar e dos cascos do cavalo de uma fazenda em alguma estrada, e um assovio ao longe, e a porta de um celeiro se fechando.

Retornaram cansados para casa depois de uma nadada rápida que os fez tremer de frio no riacho onde Alexander jogou água para todo lado prodigiosamente, gritando: "Mumbo Jumbo Deus do Congo e todos os outros Deuses do Congo!". Então, com suas meditações terminadas tão caprichosamente quanto tinham começado, voltaram para casa excitados, trocando socos durante todo o caminho; Alexander pôs uma flor em sua orelha, Peter mascava talos compridos de capim, e Tommy caminhava a passos largos como um profeta, carregando um grande galho de uma grande árvore apodrecida. Cruzaram com duas senhoras de idade cobertas por véus que seguiam pela estrada, aparentemente rumo à igreja em Norcott, duas velhas de roupas escuras fiéis a alguma novena interminável. Peter apontou para elas com ar de profeta e disse: "Medo". Alexander começou uma dancinha que tinha como objetivo representar o medo, e Tommy Campbell ergueu seu grande galho de árvore e acenou com ele três vezes em bênção solene.

Eles caminharam a passos largos para casa cheios de energia e famintos. Alexander gritou: "Parem aí!", e todos pararam. Alexander apontou para o céu e disse: "Glória!" Todos eles ergueram os olhos para o céu.

"Aqui!", gritou Tommy Campbell, apontando para o chão a seus pés. "Morte!"

Alexander se ajoelhou e pegou com ternura a flor em sua orelha e a pousou no chão e a cobriu com um pequeno túmulo de terra. Enquanto fazia isso, seu corpo pareceu tremer repentinamente devido a alguma sensação espasmódica.

"O que restou da vida", disse ele pesaroso, "o que restou da vida foi uma florzinha. Florzinha imortal que nos venera, que venera a nós e a tudo o que esta manhã significa. Chorem pela florzinha, chorem pelas pétalas no coração dela, chorem por nós, chorem por nós!" Ficou ali ajoelhado enquanto os rapazes observavam sorrindo, ficou ali ajoelhado e parecia envolto em um êxtase secreto, um êxtase presciente do que a sua vida era para ele.

Então foram para casa.

[2]

Na noite cálida de verão, agradável e com o ruído de grilos por toda a volta, sob as árvores altas e lânguidas e as estrelas provocantes da noite de junho, ao lado de uma estrada escura, sob postes telefônicos desolados com fios compridos e esticados, na estrada onde carros passavam solitários em movimentos e lampejos de luz rápidos com uma torrente assombrada de vozes e música de rádio indistintas lá dentro, o night-club de beira de estrada reluzia com néon vermelho e azul na escuridão mais suave em meio a carros reluzentes congregados sobre a entrada de automóveis de cascalho branco. O ar trazia música pulsante, e ruído de risos e danças e muita cantoria, os sons de algum modo desesperadamente tristes e líricos que os americanos fazem à noite.

Liz Martin vinha caminhando pela estrada de calças compridas. Carregava uma bolsa pequena e olhava ao redor com certo medo e, ainda assim, um desdém orgulhoso infantil, uma figura solitária e desamparada à luz trêmula dos carros que passavam. Tinha descido em um ponto de ônibus a cerca de um quilômetro de distância.

Ela chegou ao clube de néon vermelho sob as árvores e parou com ar triste e atento. A música pulsava indistintamente, os carros reluziam sobre o cascalho branco, os ventiladores zumbiam alto sobre a porta, mariposas de verão esvoaçavam nos néons.

"Liz, garota", disse para si mesma, "o que você está esperando?" Ela se perguntou se havia "perdido a coragem". Ficou ali parada na entrada de carros diante do toldo da porta da frente decidindo apenas como entrar no lugar.

Um grupo de pessoas saiu, rindo. Atrás delas, de repente, o som de jazz alto invadiu a noite. O tilintar suave de um piano distante chegava do fundo. Ela viu uma imagem enfumaçada de gente dançando amontoada sob um teto de vigas baixas, figuras escuras e sombrias oscilando sob a luz rosa e azul, um vislumbre de bar e garrafas. A porta se fechou, a música transformou-se em um pulsar abafado, o som de grilos elevou-se por toda a volta, as pessoas foram embora de carro, triturando o cascalho. Ela estava sozinha outra vez.

"Liz, garota", disse, arrumando o cabelo de um jeito distraído, "não faz sentido ficar aqui parada. Você tem de entrar."

Mesmo ao dizer isso a si mesma, com um sorriso, porque era muita tolice ficar ali falando sozinha, sabia que estava morta de medo de entrar, sabia que era quase demais para ela entrar ali sozinha e fazer o que ia fazer. Tinha vindo procurar seu homem, Buddy Fredericks, que não aparecera para seu encontro naquela noite. Ele estava tocando piano lá dentro. Estava determinada a descobrir o que tinha acontecido, por que ele não fora, como sempre fazia nas sextas-feiras à noite. E com aquele jeito atrevido, petulante e, ainda assim, severo que as garotas têm em ocasiões como essa, saiu de casa e foi atrás dele, em um acesso de ira e indignação. Mas agora ela estava assustada com todo o barulho lá dentro, apoiou-se em um carro, mordeu o lábio e desejou que Buddy pudesse ser como era um ano atrás, quando tinha sua motocicleta e só ia buscá-la para passear, antes de começar a ser músico, antes de ter de trocar a motocicleta por um piano.

A noite, em toda a sua volta, estava como sempre fora com ela e Buddy antes – fresca, escura, vasta, misteriosa: com o rio reluzindo à luz das estrelas quando passavam roncando velozes pela estrada e ela o abraçava mais apertado, e eles cantavam em gritos ao vento. Estava como as noites sempre eram quando eles iam para o "lugar deles" na margem do rio e passavam a noite comendo mariscos fritos, conversando, cantando, contando histórias, beijando-se, fazendo amor, pensando no que fariam quando se casassem. Os gritos na névoa, as grandes campinas escuras, o apito distante do trem de Montreal, as luzinhas brilhando ao longe na escuridão do verão, e sempre o barulho fresco da água corrente à noite – sempre tinha sido desse jeito para ela e Buddy antes. Agora ele estava lá dentro daquele lugar barulhento, rindo com um monte de gente, e ela estava assustada – e com ciúmes.

"Liz", disse para si mesma outra vez, "é agora ou nunca". Com isso, ela se aprumou, passou a língua especulativamente por dentro da bochecha, apertou a bolsa contra o corpo e avançou direto para a porta e a abriu.

Ela piscou com o calor e o frenesi lá de dentro. As luzes da pista estremeciam com o bater de muitos pés, o barulho que se erguia até o teto baixo era ensurdecedor, ela não via nada além de gente amontoada e apertada ombro a ombro em uma massa sólida e confusa. Havia um cheiro sensual de fumaça de cigarro e bebida no ar, e ela estava consciente dos muitos olhos que a fitavam da penumbra.

Quase às cegas Liz marchou direto até o palco no outro lado do salão. Ela não seria desviada de seu objetivo por nada. Abriu caminho através da multidão de pessoas que giravam, gingavam, esbarravam-se, colidiam, curvavam-se, riam e gritavam, tudo no estrondo de um ritmo barulhento, sincopado, furioso, quase insano.

Naquele momento, com uma virada da bateria, a música parou. Houve muitos aplausos, e por um minuto ouvia-se apenas o murmúrio de vozes, o tilintar de copos, o ronco monótono e profundo dos ventiladores. Então um piano começou a tocar, um saxofone gemeu, a banda atacou um blues lento, as pessoas que dançavam se misturaram e se abraçaram na pista. Uma garota loura se aproximou do microfone e começou a cantar.

Liz foi direto até o palco, abriu seu caminho com orgulho e desdém através de um grupo de garotas que estavam de pé diante dele, parou e ficou encarando o pianista com expressão séria.

Era um jovem grande e desajeitado com um cigarro metido no canto da boca caída e sorridente. Estava sentado com as costas curvadas e concentrado, as mãos compridas em movimento, os olhos perdidos em devaneio, e tocava com suavidade e melancolia, como se o fizesse para si.

"Ei, você!", disse ela.

Ele ergueu os olhos surpreso.

"Você! Venha cá!"

"Hein? É você, Liz? Mas que diabos está fazendo aqui?"

"Isso não importa, venha cá."

"O que quer dizer com venha cá? Não vê que estou tocando!"

"Não quero saber o que você está fazendo", disse Liz com desdém. "Venha cá."

"Ah, não seja louca, Liz", riu Buddy de repente. "Cara, às vezes – ei, escute isso!", exclamou com entusiasmo, acenando com a cabeça para que ela o seguisse. "Escute isso – esses acordes em que eu estava trabalhando. Venha cá, venha cá, não seja louca."

"Escute aqui", disse ela com voz muito baixa, "por que você não apareceu esta noite?"

"Porque tinha de tocar aqui!", riu ele. "Recebi um telefonema de última hora!"

"Por que não me disse?", perguntou com firmeza. Sabia que as garotas em frente ao palco a estavam olhando e rindo dela, mas não ligava para todo aquele lugar barulhento.

"Não tive tempo, sua louca!", riu Buddy, empurrando-a de leve com a mão grande e carnuda. "Venha cá, venha cá, escute só esses acordes, sua tonta!"

"Você está mentindo", disse com indiferença, olhando para ele, agora, com olhos cautelosos e divertidos, sabendo que tudo estava bem outra vez.

"Está bem, então estou mentindo", franziu as sobrancelhas o rapaz. "Escute os acordes dos quais eu estava falando com você – espere um minuto." Ele fez uma pausa e ficou concentrado enquanto a cantora cantava lentamente até o fim de seu refrão no silêncio repentino do ritmo suspenso, então ele tocou suavemente seus acordes, com dedos abertos como águias, e encarou o teclado melancolicamente durante o aplauso.

Ele se levantou – alto e grande, desengonçado e com andar bamboleante, distraído, um tanto definhado – e levou Liz até uma mesa no canto e pediu uma Coca para ela. Ele estava de cara fechada, com seus olhos castanhos pensativos, movimentos lentos e preguiçosos e seu jeito distraído de olhar para o nada quando alguém falava, e se virava para olhar para ela em um exame atento, sério e estupefato.

Liz, agora, olhava para ele com alegria. "Ah, eu sei que você não estava mentindo. Não fique com essa cara de bobo!", gritou contente.

"Quem está com cara de bobo?", murmurou ele de seu jeito distraído.

"Você! Nem percebeu que eu estava com ciúmes!"

"Ciúmes! Por quê?"

"Ah, deixe para lá!", gritou com raiva na cara dele. "Como você pode ser tão grande e bobo! Você é tão bobo – e tão *grande*!" Ela bateu os pés e ficou amuada.

E ele riu, muito satisfeito, olhando para ela com uma surpresa terna. Não apenas gostava dela, mas na verdade era a única garota na qual tinha prestado atenção em particular. Pois na maior parte do tempo ele seguia envolto em seus pensamentos como um grande monge em meditação, sempre pensando sobre algo diferente do que estava diretamente à mão – um garoto sonhador, desengonçado e grande demais com idéias próprias e pensamentos próprios estranhos e música na cabeça... destinado, de alguma forma, a esquecer sua vida em um sonho. Tinha passado a infância em uma fazenda, e depois, no colegial, onde conheceu Liz, algumas aulas de piano lhe sugeriram que ele se tornasse um músico de jazz. Agora era um dos bons, com um talento nato para a música e a originalidade inquieta e experimental do músico de jazz americano. Ele se vestia de modo garboso e elegante, seu paletó trespassado de um imenso tamanho 46, lapelas largas, gravata-borboleta e um jeito de vestir as roupas com um porte de músico e uma naturalidade angulosa. Tinha só dezoito anos. E aquela Liz esperta, viva e impetuosa era a garota que conseguia acordá-lo e fazê-lo prestar sua atenção estupefata nela.

"Aquela cantora", disse, Liz, no momento em que a música da vitrola automática recomeçou baixa e monótona. "Aposto que ela está de olho em você. E todas aquelas garotas paradas em frente ao seu piano. Esse é o *meu* piano!", gritou ela. "Maldito bando de sirigaitas! Por que você tinha que arrumar um emprego aqui?!", perguntou.

"Este é um bom lugar! Sabe quanto vou receber por esta noite? Quinze paus!"

"Bem, e sobre essa cantora?"

"Ela? É casada com o baterista. Você está louca."

"Bem, eu a vi olhando para você, meu irmão."

"É?"

"É, sim! Não fique tão feliz!"

E ficaram sentados na mesinha de canto olhando um para o outro com uma espécie de prazer sério e distraído. Logo estavam despreocupadamente de mãos dadas e olhando ao redor do salão com curiosidade solene. Eram jovens e logo se esqueciam das coisas.

"Buddy!", disse finalmente Liz, "não está com raiva de mim por ser ciumenta?"

Ele sorriu e sacudiu a cabeça.

"É só porque amo você tão loucamente, Buddy", sussurrou cheia de alegria. "Buddy, você me ama tanto quanto eu amo você? Diga, ama mesmo, *de verdade*?"

"Claro."

"E vai ser o meu marido", declarou ela com firmeza.

"Acho que sim."

"Você *acha*! Você não se esqueça!", murmurou amuada. E de repente havia lágrimas brotando em seus olhos e ela olhava para ele, estudando atentamente seu rosto e tremendo convulsivamente como se fosse chorar. Sentiu aquele desejo furioso de que ele a "notasse", aquele veemente sentimento de posse que era a única paixão que comandava sua vida, algo de que se lembrava desde quando era uma menininha e protegeu o pequeno Mickey em uma briga, e até mesmo Peter em uma outra ocasião, e levou-os para casa e os fez brincar com ela. Era sempre aquele ar distraído e sonhador deles que a deixava louca para tê-los, para fazer com que ficassem ao seu lado, sonhando. Mas quando *eles* a notavam, sempre ficava apavorada.

"Calma, Liz!", suplicou Buddy rapidamente com ternura ao ouvido dela. "Não chore. Você sabe que tudo o que eu digo é verdade."

"Ah, você é tão bobo!"

"Está bem, sou bobo", riu ele, apertando de repente a mão dela de seu jeito intenso e atônito.

"Vamos nos casar e ter filhos e não vamos mais ver ninguém", ressaltou triste. "Você é tão grande e bobo. Quero você para mim. Não quero outras garotas por perto. Não quero que elas olhem para você, porque você é meu. Pertence a mim. Pertence, você sabe disso. Buddy, você precisa fazer isso!"

"Como elas podem evitar olhar para mim!", riu ele rindo. "Estou sentado bem aqui em cima do palco! Liz Louca!"

"Vamos nos casar e ter um monte de filhos e não vamos ver mais ninguém neste mundo", disse ela simplesmente, e então irrompeu num risinho alegre e o beijou rapidamente. "Não gosto daqui, deste lugar horrível. Eu queria que você não fosse músico – mas esse é um dos motivos para eu amar você. Amo você porque é um músico e um grande tolo."

"Ótimo," sorriu ele distraído.

"Você vai ser um grande músico, vou ajudar você", prosseguiu Liz como se recitasse coisas para si mesma. "Eu vou ser uma grande cantora, como Martha Tilton. É assim que vai ser", disse com firmeza.

Quando chegou a hora de Buddy voltar para o palco, ele se levantou lenta e preguiçosamente, acariciou os cabelos de Liz daquele seu jeito terno e distraído, piscou para ela e foi gingando de volta para o piano, e ela o observou com orgulho, estava satisfeita e animada.

O baterista marcou o ritmo na lateral da caixa e a banda começou a tocar outra vez em um ritmo acelerado e suingado. Todos as pessoas começaram a pular ao mesmo tempo, garotas altas eram seguras nos braços, movendo com agilidade seus joelhos sensuais, e puxadas de volta de repente para girar, bater no parceiro e rodopiar de novo, curvando-se e sacudindo as pernas. O salão parecia balançar com a dança e o barulho, a fumaça estava densa e pesada, as garçonetes andavam com dificuldade através da multidão com suas bandejas e berravam seus pedidos, todo mundo estava falando ou gritando. O saxofonista com rosto suado e emocionado tocava com os olhos fechados, movimentando o instrumento para cima e para baixo, de pé com as pernas bem afastadas. O baterista sorria e balançava levemente a cabeça no ritmo enquanto tocava com as vassourinhas. Alguém estava bêbado do outro lado, formou-se uma onda de corpos na penumbra, o gerente veio correndo, um copo se quebrou, alguém estava sendo posto para fora.

Liz observou tudo isso com uma carranca de descontentamento. Só o seu Buddy estava calmo e belo de se ver naquele lugar todo, ele ficava simplesmente sentado ao piano com as mãos esticadas, imóvel, relaxado, tocando trechos suaves improvisados na música selvagem e em meio ao barulho, sorrindo secretamente com seus próprios pensamentos. Só Buddy era assim em todo o lugar, Buddy e talvez três soldados que estavam sentados imóveis, taciturnos, um pouco bêbados, observando com olhos turvos, sem prestar atenção aos dois policiais do exército que estavam de pé no canto, girando seus cassetetes pesados distraidamente. Ela e Buddy tinham outras coisas na cabeça, sombrias e importantes, além do divertimento e dos gritos. Acima de tudo Liz odiava as garotas que estavam ali "fazendo papel de tolas".

Odiava todo o frenesi e a agitação daquilo, queria sair com Buddy e ir para o lugar deles às margens do rio onde cantavam um para o outro e comiam mariscos fritos e conversavam sobre coisas, onde nada era tão louco e agitado e tolo como aquilo. Sabia o que queria. Só ela e Buddy juntos, sozinhos em todo o mundo em sonhos, isso era bom, só isso era verdadeiro e maravilhoso e bom.

Foi seu primeiro amor furioso e sufocante.

Quando o clube fechou no fim da noite, Liz e Buddy foram de carro até o Bill's, na estrada, e compraram dois recipientes de mariscos fritos e então saíram pela margem do rio escuro e andaram quilômetros até chegar ao lugar "deles" na beira do rio sob um bosque de pinheiros, onde se sentavam sobre um leito de relva, bem perto da água.

O rio estava semeado de luzes das estrelas, reluzente e indistinto, correndo grandioso em seu silêncio escuro e poderoso, cheirando todo a lama, e levemente ondulado. Eles podiam ver os trilhos do trem brilhando do outro lado do rio ali no meio de arbustos escuros, o trem de Montreal uivava rio acima quase fora do campo de audição, levemente interrompido nos ares da noite. A brisa harpeava suavemente nos pinheiros acima, a água corria pelos seus pés. Era a grande noite e a alegria de verão em seus corações. Quando pensavam um no outro, sempre pensavam um no outro na beira do rio à noite, nos seus rostos escuros e sonhadores e na sombra misteriosa de si mesmos na escuridão, falando baixinho na escuridão com cheiro de pinho, suspirando, esperando e se beijando com doçura.

"Ei," disse Liz com voz rouca, próximo da boca de Buddy, "eu nunca vou querer ir para casa". Ela tinha dito isso mil vezes. "Sempre viremos aqui", disse sem afetação. "Este é nosso lugar. Um dia quando formos ricos vamos voltar e construir nossa casa bem aqui. Uma casa de doze cômodos."

"Olha, este não é mesmo um mau lugar para uma casa!", exclamou Buddy, olhando ao redor com um assombro sonhador.

"Deixe essas coisas comigo", disse ela. "Só pense em música e em como se tornar um grande pianista e tocar com Benny Goodman. O resto, eu resolvo."

"É? Mas você também tem de virar uma cantora! Como vai conciliar isso?"

"Vou fazer isso, também", disse com firmeza. "Vou fazer um monte de coisas."

E eles comeram seus mariscos fritos. Mastigaram ruidosamente e ficaram olhando ao redor.

"Eu me lembrei de uma grande canção hoje!", gritou Buddy. "Aposto que você não se lembra dela. Vou escrever um arranjo para ela. *She's Funny That Way!*"

"Ei, eu conheço *essa*!", disse Liz com desdém. "Ei! Escute... Eu sei até a letra. *I'm not much to look at*", cantou, "*nothing to see – just glad I'm living – and happy to be – I've got a man – crazy for me – he's funny that way.*"*

"Aposto que você não sabe o segundo refrão!", exclamou ele todo satisfeito. "*I can't save a dollar – ain't worth a cent – but she'd never holler – she'd live in a tent – I got a woman – crazy for me – she's funny that way.*** Pense só nessa bela progressão de acordes, bela e simples, simplesmente pura!"

---

* Tradução livre: Não sou nada de mais de se ver (...) nada para ver – estou apenas contente por viver – e sou feliz – tenho um homem – louco por mim – ele é divertido assim. (N.T.)

** Tradução livre: Não consigo guardar um dólar – não valho um centavo – mas ela nunca iria gritar – ela moraria em uma cabana – tenho uma mulher – louca por mim – ela é divertida assim. (N.T.)

"E a letra!", gritou Liz, beijando-o. "Eu tenho um homem louco por mim. Você *é* louco por mim, não é, Buddy?"

"Deixe-me terminar meus mariscos fritos. Para mim, seria tenho uma *mulher* louca por mim."

"Eu sou tão gostosa quanto mariscos fritos?"

"Talvez com um pouco de molho tártaro..."

"Ah, você não é fácil", torceu o nariz, bem-humorada.

E então eles se deitaram com os braços como travesseiros e olharam para as estrelas leitosas e conversaram.

"Você olha para essas coisas durante um tempo e fica impressionado", disse Buddy, olhando assombrado as estrelas. "Elas são tão, tão distantes, sabia?"

"O que você esperava!"

"Quero dizer, estão tão *longe*, tão distantes! Nas profundezas! Você olha lá para cima durante um tempo e é como se estivesse olhando para um buraco grande, a gente fica com medo de cair dentro dele – como quando bebe demais."

"Você é louco", disse Liz com ternura.

"Eu costumava ir à casa de Smitty para ouvir discos e tocar piano e então à meia-noite eu saía para a varanda e bebia uma lata de cerveja. Ele morava bem perto da linha de trem, sabe. Eu observava aqueles trens de passageiros passarem correndo em direção a Boston e Nova York e depois Chicago, bem embaixo das estrelas, e costumava pensar – um dia vou ser capaz de tocar como Teddy Wilson, vou ter uma mão esquerda igual à dele. Cara!"

"Você vai tocar melhor que ele", disse Liz. "Vai tocar em Hollywood e em Chicago e na Flórida e em todos os lugares. E eu vou estar com você... vou ser a cantora, você, o *bandleader.*"

"Ninguém pode tocar melhor que Teddy Wilson, sua boba! Olhe para aquela estrela lá. É dourada!", gritou ele surpreso. "Todas as outras são prateadas e aquela é dourada!"

Depois quase pegaram no sono embalados pelo murmúrio da água e pela brisa, e pelos cheiros frescos de flores que os envolviam por toda a parte, e pela grama embaixo deles, que se parecia com feno quente na noite fresca – os jovens amantes, na margem estrelada do rio à noite, sob a folhagem, sonhando com trens e cidades de jazz distantes.

"Quando nos casarmos vamos acordar de manhã e contar histórias um para o outro", disse Liz. "É assim que vamos acordar. Não vamos precisar de despertador. E então vamos pegar o corredor coberto por um grande carpete grosso que faz cócegas nos dedos dos pés e vamos tomar banho juntos. Então vamos descer e tomar um café-da-manhã no estilo fazenda. Hum! E o que vamos comer no almoço? Cheeseburgers! Salada de abacaxi! Humm!"

"Quer mais mariscos fritos, gulosa?"

"Como você *adivinhou*?!" Ela tilintou de rir.

"Pode acabar com eles. Para mim, chega. Estou quase pronto para dormir. Vai amanhecer logo. O sol sempre se levanta", disse ele sonolento, "todas as estrelas e o sol em uma roda, como uma grande e lenta roda-gigante girando no universo.

Um dia vou usar coisas como essas em letras – uma bela canção de amor com letra diferente. Não só amor, pombinhos, o azul, você, junho, lua – mas palavras belas de verdade. Você já ouviu aquele grande blues *Black and Blue*? É uma música negra de Nova Orleans. *Oh, my sin is my skin, Oh, why do I feel so black and blue?**... O cara está sentado em seu barraco em uma manhã cinzenta de segunda-feira, chove fraco, e ele está bastante deprimido, sentado em sua velha cama bamba e velha, se sentindo péssimo."

"Conte mais!", gritou Liz impacientemente.

"É só isso."

"Mas tem mais! A cama bamba – conte uma história sobre ela para mim!"

"Ah, estou com tanta preguiça."

"Ele está sozinho em sua cama bamba e velha! Você tem de me contar histórias. Precisa aprender *agora*!", gritou ela.

"Amanhã. Agora vou ouvir música. Acordes, melodias, acordes – se pudesse tocar os acordes que ouço, eu seria tão bom. Acordes malucos cheios de sons novos e todos os tipos de... cores, quase..."

E eles ficaram ali pensativos na beira do rio.

"Nossa, seu pai vai ficar furioso desta vez!", gritou Buddy, sentando-se. "Já são quase quatro horas! Seu pai vai me odiar!"

"Não me importo. Logo vamos nos casar e então ele não vai mais poder me dizer a que horas tenho de voltar para casa. Odeio as coisas lá em casa!", exclamou Liz, sentando-se de repente. "Meu pai está muito triste porque perdeu a gráfica, e nós temos de poupar dinheiro e economizar em tudo. Agora odeio aquilo lá. Quero ir embora com você. Vamos nos casar logo." Ela fez um beicinho.

"Você sempre fala como se fôssemos nos casar na semana que vem!", riu Buddy, empurrando-a para longe de brincadeira.

"Mês que vem!"

"Mês que vem? Está maluca?"

"É, você vai arranjar aquele emprego em Hartford e vamos morar lá."

"Não sei se vou conseguir aquele emprego", riu.

"Mas você vai", disse ela baixinho. "Aí vamos nos casar. Amo você, amo você, amo você. Então vamos ficar sempre juntos. Quero morar na mesma casa com você, quero que seja a minha casa. É."

"Não vou ganhar dinheiro o bastante para comprar uma casa!", riu ele outra vez.

"Vai", disse ela. "Ah, *honestamente*, querido!", exclamou, retraindo-se.

"Como, sua boba?"

"Vou arranjar emprego em uma fábrica de guerra em Hartford. Você toca com a banda, e eu trabalho na fábrica. Vou ganhar cem dólares por semana."

"Bem", refletiu o rapaz, "talvez eu também possa arranjar emprego em uma fábrica e tocar com a banda à noite, hein? Talvez desse jeito a gente consiga juntar a grana!"

---

* Tradução livre: Ah, meu pecado é minha pele, Ah, por que me sinto tão negro e triste? (N.T.)

"Claro, seu bobo!", disse ela, agora com desdém. "Deixe comigo a tarefa de pensar nesta família. Você fique apenas aí e pense em seus *acordes malucos*."

"Besteira!", disse Buddy, soprando no rosto dela. Ele rolou para longe, esquivando-se da mão dela. Riram e soltaram gritos lutando agarrados no chão, jogaram pinhas um no outro, correram na mata, e estavam sozinhos no meio de sua própria terra noturna, na escuridão maravilhosa, sob as folhagens, sozinhos e escondidos na terra – e agora estavam felizes, eram jovens, não se importavam com o que ia acontecer.

[3]

Certa noite em julho Peter estava voltando do cinema com alguns de seus amigos lanterninhas. Eram cerca de onze horas de uma noite quente e agradável com uma meia-lua amarela que se erguia e podia ser vista acima dos telhados dos prédios da Daley Square.

Liz Martin estava de vigia, à espera do irmão Peter, junto à janela de uma lanchonete do outro lado da rua. Então, quando o viu andando pela praça, correu e o chamou, e o encarou fixamente com raiva e preocupação.

"O que você quer? Não vê que estou indo a um lugar!"

"Olhe", disse ela com desprezo, "esqueça um pouco esse seu grupo bobo e venha comigo. É importante. Quero que você me faça uma grande promessa."

Ele a olhou com curiosidade; nunca a vira com aspecto tão corado e satisfeito! Mas também percebeu que ela estava tensa e nervosa.

"O que você quer comigo?", perguntou ele.

"Quero falar com você." Ela o puxou pelo braço impulsivamente. Como Peter não se mexeu, olhou suplicantemente para ele. Ele viu o terror e o desamparo em seus olhos e percebeu de imediato que ela estivera esperando por horas enquanto ele assistia ao filme.

Foi com ela, após algumas combinações relutantes e envergonhadas de se encontrar com os amigos mais tarde, e eles deram algumas voltas ao redor da praça.

"Agora vamos andando para casa", disse Liz séria, "e quando chegarmos lá você vai me fazer um favor." Ela tinha tomado sua mão, o que o deixou surpreso e cismado.

"Mas você não me disse o que está acontecendo!", exclamou ele.

"Vou me casar com Buddy", disse simplesmente ela.

"Você vai se casar com Buddy, tudo bem. E eu, o que devo fazer?", disse ele muito despreocupadamente.

"Eu vou para Hartford esta noite e quero que você me ajude. Quero que prometa – agora!" E parou no meio da calçada, olhando solenemente nos olhos do irmão, estudando ávida e nervosamente seu rosto à procura de sinais de desaprovação.

"Agora?", murmurou Peter distraído. "Ei, espere aí um minuto! Você quer dizer que está fugindo, que não falou nada com a mamãe ou o papai?"

"Pronto", chiou Liz com raiva. "Pronto. Até você! Até você!" Ela o encarou com lágrimas nos olhos.

"O que você quer dizer?"

"Ah, não seja tão idiota!", gritou ela.

"Espere um minuto", disse Peter. "Você sabe que não precisa fugir se quiser se casar com Buddy. Quem vai impedir você? Ninguém pode dizer nada que a impeça. Você conhece o papai, ele nunca iria tentar impedir se você quisesse..."

"Eu sei disso!", interrompeu ela.

"Ah – grandes mistérios", suspirou Peter enfastiado. "Você e seus mistérios, sempre."

"Também não é isso, Petey. Não quero passar por tudo isso com você! Não quero passar por tudo isso com eles. Não quero ver ninguém nem falar com ninguém sobre isso, só quero ir embora. Você não entende? Só quero ir embora, ir embora!"

Eles seguiram rapidamente a passos largos.

"Você entende?", insistiu ela, olhando para o rosto dele.

"Claro que entendo. Mesmo assim, você não precisa ir desse jeito, fugindo. O que a mamãe vai dizer, o que o papai vai dizer? Eles vão ficar preocupados. Nossa mãe!"

"Você está com medo", disse ela com desprezo, "está com medo do que eles vão dizer se me ajudar. E eu achava que você não tinha medo de nada."

"Não estou com medo", exclamou exaltado. "Só estou pensando em você. E dinheiro! Quanto dinheiro você tem? E onde está Buddy, se ele vai se casar com você?"

"Em Hartford. Ele não sabe que estou indo."

"Ótimo! Ele não sabe que você está indo."

"Ele está me esperando daqui a duas semanas, quando tiver encontrado um apartamento para nós, mas eu vou esta noite."

"Por que o sujeito não vem e busca você se vão se casar?", perguntou Peter com grande indignação.

"Você ainda não prometeu!", insistiu ela.

"Prometi o quê?"

"Quero tirar minha mala de casa escondida."

Eles olharam um para o outro com uma espécie de desespero louco. Estavam andando apressados pela rua na direção geral do rio e de casa, sem sequer pensar para onde iam. Peter sacudia a cabeça e se perguntava se já havia visto algo tão maluco. Também tinha outra coisa em sua cabeça que o incomodava, mas ele não conseguia descobrir o que era.

"Sabe, escondi minha mala embaixo da cama", disse Liz ansiosa para ele. "A grande pesa uma tonelada. Espero que você agüente sem fazer barulho – sem acordar Ruthey! Está ouvindo?"

"Estou ouvindo", disse ele. Naquele momento, percebeu, pela primeira vez, que sua irmã Liz tinha guardado todas as coisas dela em uma mala e estava realmente fugindo de casa, naquela noite.

"Vou pegar o trem da uma e meia da manhã. Comprei minha passagem ontem. Está me ouvindo?"

"Meu bom Deus, eu estou, estou ouvindo você!", exclamou irritado.

"Vou esperar por você na esquina enquanto pega a mala", disse ela agora com alegria, apertando a mão dele, quase rindo de satisfação. "Então vamos pegar meu trem – e Petey, você vai me ver partir e vai se despedir de mim com um beijo. Estou com medo!" Ela de repente ficou pensativa. "Quero que você esteja comigo quando eu partir." E começou a roer as unhas furiosamente, examinando o rosto de Peter mais uma vez enquanto eles se apressavam.

Mas ele estava de cara fechada e preocupado.

"Sei o que você está pensando", disse ela. "Está com raiva. Está com raiva porque estou fugindo e você vai ter de dizer a eles que me ajudou."

"Não estou com raiva!"

"Você está com raiva porque vou me casar e não sou mais sua irmãzinha. Hein?", perguntou nervosa.

"Você está maluca!", murmurou ele.

"Não estou fazendo nada errado, estou? Você também sabe disso. É por isso que vim pedir ajuda a você, porque você não tem medo de nada, porque não liga, e às vezes é exatamente igual a mim!"

"Você veio me pedir ajuda!", disse ele com sarcasmo. "Uma mala! Você e seus grandes dramas!"

"Mas eu sempre fiz muito drama, lembra? Da vez em que você me contou um segredo sobre quem tinha começado aquele fogo no rio. Foi você, mas ninguém nunca descobriu – e eu fiz um grande drama por isso, não se lembra? Eu tranquei o segredo em uma caixa, minha caixa chinesa, e o queimei em meu altar. Lembra? Você não acha que sou maluca?", perguntou com ansiedade.

"Ah Liz – não, não – mas por que você tem que fazer isso desse jeito!" Ele balbuciava e engolia em seco. "Quero dizer, droga, não sei."

"Grandes dramas", continuou em um torpor de recordações e medo. "Você sabe por que sempre gostei de grandes dramas quando era pequena? Porque as pessoas são muito bobas, ah, muito bobas!", exclamou. "Elas deixam tudo se estragar. Se mentem, esquecem no dia seguinte. Imagine! Eu minto também, mas é importante quando você mente, o motivo deve ser lembrado. E, Petey, eu sempre guardo segredos. Podia matar as pessoas que não guardam segredos!", gritou entre os dentes quase em um acesso de raiva. "É por isso que não pedi ajuda a Francis esta noite – ele está em casa esta noite –, ele estava bem ali na varanda e eu sequer pedi a ele."

"Francis?", disse Peter surpreso.

"E também não pedi a Joe. Joe estava em casa às sete horas, antes de sair. Sabe por que não pedi a Joe?", confidenciou em voz baixa.

"Bah!", escarneceu Peter, fingindo não estar curioso.

"Porque Joe ia rir e me fazer mudar de idéia se quisesse, e se não quisesse me fazer mudar de idéia, ia apenas rir. Ia rir dos meus dramas. Mas você fica com *raiva*! Você não está rindo, Pete – só finge que está rindo."

Eles tinham cruzado a ponte White e pararam no meio da calçada.

"E agora?", murmurou Peter em uma confusão torturante.

"Tenho dinheiro suficiente, não se preocupe! Buddy tem um monte de dinheiro, ele arranjou dois empregos em Hartford. Olhe para o meu dinheiro", insistiu ela, segurando-o na cara de Peter. "Estou feliz por estar deixando aquela droga de emprego no mercado. Agora vou arranjar um bom emprego em uma fábrica militar."

Ele ergueu uma sobrancelha em desespero.

"Qual o problema com você?", exclamou ela, rindo. "Está com mais medo que eu! Mas vai guardar meu segredo! Deve haver duas ou três pessoas no mundo que acreditam em seus segredos secretos, e eu sempre acredito, sempre. Do contrário, não quero viver", refletiu. "Não se não há três pessoas assim. Não é uma bobagem viver? As coisas que você precisa fazer para viver!", exclamou, corando.

Peter, agora, ria.

"Meu irmão e meu marido e meu filho", disse Elizabeth, que de repente se enrijeceu como se atingida por uma idéia estarrecedora. "Eles sempre vão acreditar em meus segredos!"

"De onde você desenterrou essas coisas todas?", perguntou Peter surpreso. Estava acostumado a ouvir a irmã falar sem parar desse jeito, ainda assim parecia que nunca a havia ouvido antes.

Mas ela apertava sua mão desesperadamente. "Vá buscar a mala. Rápido, Petey, rápido!"

A mão dela dentro da dele estava magra e trêmula, e ele estava embaraçado.

"Olhe!", exclamou. "Não tenha medo – não há nada a temer!"

"Não vou ter, enquanto eu tiver as minhas três pessoas."

Eles estavam no início da Galloway Road perto do posto de gasolina, que estava fechado. A esquina estava escura sob as árvores altas e frondosas com a brisa do rio soprando suavemente através dos galhos. Peter estava apenas parado ali distraído – mas Liz o empurrava para que ele se mexesse. A meio caminho morro acima ele se virou e olhou para ela de pé sozinha e pensativa, triste e à espera sob as árvores, parecendo tão desamparada na esquina escura na noite, tão sozinha – e ele se deu conta de que ela era sua "irmãzinha" e que ia partir à noite com sua mala, ia embora, para longe da casa e do lugar que eles sempre conheceram juntos.

Quando ele chegou à casa e viu como estava escura e silenciosa com a família na cama, e quando viu o quintal onde tinham brincado juntos tantas vezes, o lugar perto da cerca viva onde Liz mantivera seu "altar" e queimara grandes segredos tão solenemente e todos os pequenos lugares no quintal que ele conhecia tão bem – quando viu todas essas coisas, e a meia-lua parecia tocar a cumeeira no canto leste do telhado, e a janela bem embaixo, era a do quarto dela, sentiu-se mais estranho e confuso do que nunca, e agora, de repente, muito deprimido.

"Não gosto disso!", ouviu-se murmurando repetidas vezes. "Juro que não gosto disso."

Ele entrou na casa em silêncio e subiu as escadas, movendo-se devagar na escuridão, meditando enquanto andava às apalpadelas. Sabia o que tinha a fazer, mas odiava fazê-lo.

Ruth dormia pesadamente no quarto das irmãs. A outra cama pertencia a Liz, ficava mais perto da janela, e a luz baça do luar caía sobre a colcha limpa e lisa em uma sombra frondosa – e parecia a Peter que havia algo assombrado e abandonado na visão da cama dela. Alguém tinha arrumado a cama com capricho naquela manhã, provavelmente Rosey ou sua mãe. Ela tinha sido alisada com cuidado, com habilidade amorosa, Liz devia dormir nela esta noite como tinha feito por toda a sua vida. Ele se sentiu mais impotente e aterrorizado do que jamais se lembrava.

Com um sentimento tolo de solidão, o garoto puxou a mala de baixo da cama e escutou, com a respiração presa, o som lento e arrastado que ela fez na casa adormecida. Ruth não se mexeu. Estava dormindo, podia ver o beicinho em seu rosto. Fantasiou loucamente que na verdade ela estava acordada e sabia de tudo e estava brincando de gato e rato com ele. Olhou fixamente para ela.

"Droga, isso tudo!", pensou mal-humorado.

Saiu do quarto na ponta dos pés carregando a mala pesada. No corredor, as tábuas velhas rangeram. Ele podia ouvir o ronco de leão do pai no outro quarto.

"Petey!", disse sua mãe da escuridão. "É você, Petey?"

"Sou!", deixou escapar.

"Vá para a cama, é tarde."

"Eu já volto – a turma está lá fora", mentiu ele prontamente.

"Não fique acordado até muito tarde, Petey."

"Está bem."

Ele assobiou despreocupado e desceu tomando cuidado para não bater a mala contra o corrimão. Naquele momento, alguém surgiu na porta da cozinha lá embaixo.

"Petey!", chamou a mãe da escuridão. "É Liz que está chegando agora?"

Peter sabia que era Joe que estava fazendo barulho andando na cozinha escura. "Acho que é", disse ele, levando as mãos à cabeça com angústia.

"Diga a ela para vir para a cama."

"Está bem, mãe."

O som da voz dela vindo da escuridão e da suavidade da casa adormecida era triste e baixo, e ele estava fora de si com suas mil pequenas angústias que sentiu de repente em toda parte, as desgraças que pairavam e espreitavam lentamente na casa, que pareciam cercá-lo na escuridão.

Ele desceu as escadas correndo e botou rapidamente a mala atrás do sofá com o esforço desesperado de apenas uma das mãos que quase abriu seu pulso. Agora estava xingando e reclamando sem parar de dor e tormento, esfregando o pulso e se batendo nas têmporas como um maluco.

Foi até a cozinha no momento em que Joe estava acendendo a luz. Olharam um para o outro e nada disseram. Peter bebeu um copo de água e Joe sentou-se à mesa e começou a ler a revista *Popular Mechanics* que trouxera para casa com ele do posto de gasolina.

"Você está chegando ou saindo?", perguntou Joe.

"Saindo. A turma está lá na esquina."

"Passe aquele pedaço de bolo que está guardado antes de ir. Meus pés estão me matando, bombeei gasolina por uma hora direto antes de fechar, esta noite. Que noite!"

Peter deu a ele o bolo e começou a sair, então, de repente, envergonhado, virou-se e pegou uma garrafa de leite na geladeira e serviu um copo e o pôs à frente de seu irmão com uma expressão estranha e desamparada.

"Nossa, obrigado, Jarbas!", riu Joe, erguendo os olhos surpreso.

Sem uma palavra, Peter desceu o corredor, puxou a mala de trás do sofá e saiu depressa pela porta da frente. Esperou por um minuto nas sombras profundas da sebe até ter certeza de que Joe não estava olhando pela janela. Ainda podia vê-lo sentado na cozinha com a cabeça baixa, lendo e comendo o bolo. Ele também parecia solitário e desamparado. Por um instante, Peter achou que fosse começar a chorar, aquilo era demais para ele, não sabia o que fazer ou pensar ou dizer, estava deprimido e enjoado.

"A mamãe está sempre acordada," pensou com o coração partido. "Pobre mamãe. Não sei – eu gostaria que Liz – gostaria que alguém fizesse alguma coisa."

Correu de volta com esforço até sua irmã levando a mala pesada.

No bar da esquina, telefonou para um táxi que os levou para a estação. O trem de Elizabeth chegava em meia hora; eles atravessaram a rua e foram até a cafeteria. Sentaram-se a uma mesa perto das grandes janelas de vidro de onde podiam ver a estação antiga com sua torre do outro lado da rua, os trilhos, os sinais, os velhos vagões de carga marrons parados na escuridão junto a armazéns encardidos de tijolos vermelhos, o hotel barato com seu néon vermelho, o pequeno vagão-restaurante da estação junto dos trilhos – todas as coisas que as pessoas observam nos Estados Unidos quando saem em viagem, para as quais olham com uma sensação de solidão e apreensão terríveis.

Peter começou a comer um prato cheio de salsichas e feijão, descobrindo de repente que estava louco de fome. Liz pediu torrada com café, mas vendo como o irmão estava faminto, deu a ele a torrada.

"Coma alguma coisa, coma alguma coisa!", Peter não parava de dizer a ela. "Você vai viajar, precisa comer!"

"Não estou com fome. Eu queria saber o que Buddy vai dizer quando me vir."

"Meu bom Deus! Você nem sabe?", exclamou. "O que vai fazer quando chegar a Hartford? Vão ser cerca de quatro da manhã quando chegar lá. Ah, isso é maluquice!"

"Vou ficar sentada na cafeteria até amanhecer", disse simplesmente ela. "Então vou até a casa de Buddy para pegá-lo na hora em que estiver saindo para trabalhar. É isso o que vou fazer."

Peter ficava olhando para o relógio como se fosse ele mesmo que estivesse esperando o trem, mas Liz ficou sentada bebendo seu café e pensando em voz alta sobre todos os seus planos frágeis infantis de recém-casada.

Peter ficou com mais e mais fome, por algum motivo estranho. Voltou ao balcão para pedir uma porção de bacon com ovos, mas descobriu que tinha apenas vinte centavos sobrando nos bolsos e voltou chateado para a mesa.

"Onde está sua comida?", perguntou Liz. "Qual o problema com você? Sei que está com fome – sei quando você está com fome, você nunca pára de comer. Vá pegar algo para comer. Aqui! Pegue este dólar e compre toda a comida que quiser", e tirou uma nota da bolsa.

"Não seja boba", gritou ele.

"Se você não for pegar, eu mesma vou!"

"Olhe, não posso ficar gastando seu dinheiro, você vai precisar dele para a viagem. O que acha que sou!"

"Coma, droga!", gritou ela com raiva. "Se não posso alimentar meu irmão quando ele tem fome, não sirvo para me casar."

"Não estou com fome."

"Está com muita! Conheço você. Vá lá, compre bacon com ovos, algumas daquelas costeletas de cordeiro ali. Tenho muito dinheiro. Está me ouvindo?" E ela pegou a mão de Peter e fechou a nota com firmeza dentro de sua mão.

"Não quero."

"Meu Deus, vou dar uma paulada na sua cabeça!", exclamou furiosamente, enquanto as pessoas olhavam surpresas.

"Você precisa disso", disse ele, prestes a jogar o dólar de volta para ela, mas então viu que os olhos dela estavam úmidos e que o olhava com pesar, quase consternada, com um desamparo saudoso tocante que o fez engasgar de angústia. Desejou que ela voltasse outra vez para casa e ficasse – mas não havia nada que pudesse dizer.

Aceitou o dólar e foi lá e pegou outro prato de comida, sabendo, agora, que a deixaria muito satisfeita se comesse. Além do mais, não podia ignorar o fato de que também estava louco de fome. Ela o observou comer com satisfação e atenção silenciosas.

"Meu Deus, você me deixa com fome quando come desse jeito!", disse ela, fascinada. "Devia arranjar um emprego comendo em uma vitrine de restaurante, todo mundo ia entrar correndo para experimentar."

"Não sei por que estou com tanta fome", disse com tristeza Peter.

"Oh, veja!", disse Liz excitada. "Comprei um maço de Camels. Está vendo? Vou começar a aprender a fumar esta noite. Vou fumar no trem. Buddy fuma Camels. Ele vai gostar mais de mim se eu fumar, também, a mesma marca que ele. Vou fazer tudo o que ele faz. Quando acordarmos de manhã sempre vou acender dois Camels para nós."

Peter tirou os olhos da comida e encarou-a maravilhado.

De repente ouviu-se o barulho do trem chegando. Pegaram a mala e atravessaram correndo a rua, direto para a plataforma onde a locomotiva gigante assomou sobre eles em um lampejo tremeluzente de fumaça vermelha e o vapor barulhento. Viram os rostos abatidos dos viajantes nas janelas dos vagões que passaram deslizando e pararam.

Estava na hora, na hora. Liz e Peter olharam um para o outro. Tocou o rosto macio da irmã com os lábios e arremessou a mala grande para dentro do vagão. Eles se olharam mais uma vez, ela o beijou rapidamente e embarcou. De repente o trem estava se movendo, se movendo.

Peter foi atingido por solidão e terror: acompanhou o trem correndo e olhando para Liz. E ela ficou ali parada olhando para ele com tristeza e acenando.

Peter acompanhou o trem enquanto pegava velocidade. Quando pegou embalo, ele parou e acenou para ela pela última vez – a desamparada e pequena Liz partindo na noite com sua mala grande. Então o ronco da locomotiva desapareceu, fez-se um silêncio repentino, ele ouviu uma brisa vasta passar através dos galhos por toda a sua volta, o apito da locomotiva uivou enquanto ela se afastava, os trilhos brilhavam nus ao luar – e agora ele estava se sentindo mal, sofria com uma solidão flagrante, de alguma forma sabia que todos os momentos da vida eram despedidas, toda a vida era adeus.

Ele foi para casa, caminhou sob as árvores escuras e sibilantes do lar e de julho e da noite.

[4]

GEORGE MARTIN estava sentado na varanda escura de sua casa com o filho Peter na escuridão fresca, estrelada no anoitecer de agosto. As árvores e a cerca viva ao redor farfalhavam suavemente e balançavam, oscilando na onda escura de brisa que avançava. Estavam sentados pensativos na varanda.

Era a véspera do dia em que Peter tinha de voltar para a Pensilvânia para seu segundo ano, e também era a noite em que as mulheres da casa dos Martin começaram a empacotar as coisas para se mudarem da velha casa para o novo lar em um apartamento. Os Martin não tinham mais como manter a casa velha, e agora que Elizabeth, Francis e Peter iam morar longe, não era prático ficar ali, mesmo se quisessem.

Era uma noite bonita, magnífica, com uma escuridão profunda e completa, e as sombras que assomavam altas, os galhos se mexendo, os postes de luz balançando da estrada, tudo isso sob a abóbada de estrelas tremendas que se curvavam perto do telhado e do topo das árvores e reluziam ali, juntas – e o velho e seu filho estavam sentados na varanda em sua última noite juntos na casa dos Martin.

"Então é isso, Peter meu filho", falou o pai com tristeza. "É isso. Sua irmãzinha foi embora e se casou com dezoito anos e acho que a culpa é minha. E olhe só para nós, aqui" – apontou para o interior da casa onde a sra. Martin e Ruth e Rosey estavam enrolando o tapete da sala da frente – "mudando da casa onde moramos por anos e anos, por mais tempo do que você ou Charley ou Mickey ou mesmo a pequena Lizzy podem se lembrar. E seu irmãozinho Mickey está lá em cima em seu quarto se perguntando do que se trata isso tudo, coitadinho dele. Ah", exclamou com amargura. "Isso é demais, é demais!", e sacudiu lentamente a cabeça abaixada.

"Pai, não se preocupe com isso", falou Peter com gentileza. "Afinal de contas, muitas famílias se mudam de um lugar para outro o tempo inteiro. E em relação a Lizzy – bem, droga, ela não é a única garota que se casou com dezoito anos, muitas fazem isso. E era isso o que ela queria fazer. Esse Buddy Fredericks é um cara legal." Ele olhou ansiosamente para seu pai.

"O jovem Fredericks é um bom rapaz", concordou com tristeza o velho Martin, "não tenho nada contra o garoto. Mas Lizzy é nova demais, nova demais para se casar, é só uma criança, minha menininha, só uma criança. Você não entende, é jovem demais, nunca vai entender!"

E depois de um grande silêncio pensativo e triste, Peter disse: "Acho que tudo acaba do jeito que deveria acabar, não é?"

"É, é", suspirou abatido o pai, "isso acontece. E tudo graças à minha própria maldita tolice..."

"O que quer dizer?!", riu Peter com raiva.

"Minha própria tolice, Petey, eu devia saber melhor que qualquer pessoa por que esta família está desmoronando, e ainda assim, ainda assim, a culpa não é totalmente minha, a gente faz o melhor possível..."

"Quem disse que esta família está desmoronando? Quem disse isso?", exclamou o garoto, rindo, tentando animar o pai, cutucando-o no braço. "Eu nunca ouvi você dizer *isso* antes! Não você!"

E o pai dele ficou sentado sacudindo a cabeça na escuridão, sem dizer nada, e ao redor deles o milhão de folhas nas árvores farfalhava e assoviava na noite, tremendo juntas em ramos bêbados, todas calmas e vastas, sussurrantes e doces nas sombras mais escuras acima.

"E agora eles estão falando de guerra", disse o pai, com tristeza, olhando fixamente para o topo das árvores, "e estão falando em mandar garotos como você para o outro lado do oceano para lutarem e serem mortos. É sobre isso que eles estão falando, agora, mais e mais a cada semana. Garotos como você e Joey e talvez Charley com o tempo – e mesmo rapazes como o pobre jovem Buddy Fredericks – todos os meninos, todos vocês. Eu gostaria de poder ajudar a vocês todos, vocês simplesmente não sabem o que os espera agora neste mundo. Está me ouvindo? Vocês simplesmente não sabem o que os espera! Só um bando de pobres crianças. Estamos todos nessa. Eu gostaria de perguntar a Deus o que nos espera!", sussurrou ele roucamente, abatido e suplicante.

Ficaram em silêncio na varanda escura: então, mais uma vez naquele primeiro ano triste da mais triste compreensão o jovem Peter foi tomado por uma tristeza forte e pungente que o fez ter vontade de chorar pelo conhecimento terrível, por ver seu pai sentado ali ao seu lado cheio de pesares e amor melancólico e solidão mortal. Ele agora parecia velho, de repente muito velho enquanto empacotavam as coisas de sua casa lá dentro, enquanto estava sentado pensando em sua filha mais nova que tinha deixado a casa, enquanto lamentava a maneira terrível como estava perdendo sua casa.

"Pai", disse Peter com uma voz engasgada e soluçante, "acho que agora vai ficar tudo bem, sério!" E não conseguiu dizer mais nada, não queria que seu pai soubesse que ele estava com vontade de chorar, e mesmo assim desejava que houvesse um jeito de ele saber.

"É", ecoou o pai, "tudo agora vai ficar bem".

"Você tem um bom emprego!", exclamou Peter. "E o posto de Joe está indo muito bem, ele mesmo me disse isso. Todos estamos ganhando dinheiro, até Charley, e vou arranjar um emprego no campus este ano e mandar um pouco de dinheiro para a mamãe aqui em casa sempre que puder, está vendo?"

"Não, não, não, não fale desse jeito!", exclamou rapidamente o pai. "Não quero que você mande dinheiro para casa, está me ouvindo? Vamos nos virar, vamos nos virar. Peter, meu menino", disse ele, agarrando o braço de Peter e sacudindo-o com delicadeza, "tudo o que quero que você faça é ir bem na faculdade e no futebol. Isso é praticamente tudo o que me resta no mundo. Petey, todo o orgulho que me restou é você, está em você, entende?", falou com ansiedade. "Alguma coisa pode dar errado com os outros – e Deus sabe como isso ia me matar uma vez atrás da outra e despedaçar mil vezes meu coração – mas se algo der errado com você, eu simplesmente não sei o que farei. Por que, Senhor", caiu na risada de repente, "você não se lembra quando era um moleque e eu costumava jogar uma bola de futebol americano para você pegar? Hein?" Despenteou com força o cabelo de Peter. "E, Senhor, você era uma criança gorducha, com bochechas rosadas, rechonchudo, forte como um boi, sempre sorrindo, sempre sorrindo! Quero que você continue a sorrir", continuou sério, "é assim que quero que seja sua vida. Se algo der errado com você, não sei o que farei."

"Mas posso mandar um dinheirinho para a mamãe, você sabe."

"Não, não, não! Você já tem muito com que se preocupar lá com seus estudos e seu jogo. Não, não, não!", exclamou com raiva. "Você faça a sua parte que nós fazemos a nossa aqui. Estou apostando em você para que consiga se dar bem, nem que seja só para eu poder sair e dizer a alguns desses elementos por aqui que o meu filho é um grande astro e um grande garoto – nem que seja só porque quero que você continue a sorrir por toda a sua vida do jeito que costumava fazer quando era só uma coisinha gorducha de bochechas rosadas. Filho, filho!", exclamou com infelicidade. "Escute! Faça o que o seu velho diz, eu sei o que estou falando. Estude! estude! trabalhe duro para conseguir se dar bem. Nunca há nada de errado com um homem que sempre, sempre tenta! Quero que você seja assim..." Ele segurou Peter e o mirou pela primeira vez desde que era uma criança com o olhar terno de um pai ansioso e suplicante: "Seja meu bom garoto, Petey, o meu bom garoto".

Peter balbuciou algo, envergonhado e tomado por lágrimas quentes iminentes.

Seu pai se levantou. "Vou entrar agora e ver se posso ajudar as damas com a arrumação", disse ele de repente estranhamente satisfeito. Bateu na parede com a mão aberta. "Esta casa velha, por Deus, essa minha casa velha. Eu me lembro da primeira vez em que a vi, anos atrás. Sempre achei que era muito grande e distante da cidade." Ele inclinou-se para trás e olhou para ela. "É, odeio ter de deixá-la agora. Engraçado, nunca achei que fosse me sentir desse jeito em relação a este lugar velho. Tem umas belas árvores por aqui, ar fresco bom." Ele cheirou o ar e olhou ao redor entristecido. Então riu. "Há alguns anos eu queria ir embora, sempre achei que um dia seria ótimo partir. Bem, agora estou mesmo de partida!"

"Bem", disse Peter embaraçado, "vai ser uma mudança ir para outro lugar." Olhou para o pai com um sorriso rápido.

"É. Acho que vou entrar agora e ir para cama." E Martin esperou perto da porta, batendo na parede da casa outra vez e outra vez, nervosamente. "Vá para a cama cedo e durma um pouco. Vejo você de manhã, para dar um tapa de despedida nessa sua orelha grande. Seu pai vai rezar por você esta noite, Petey", disse por fim com voz trêmula e entrou na casa e fechou a porta de tela, e Peter ficou sozinho na varanda.

Estava sozinho na varanda, e seu pai tinha ido embora, e algo melancólico foi deixado para trás para permanecer junto dele na escuridão, algo velho, pesaroso, e algo incrivelmente bom e gentil e maravilhoso, seu pai, o companheiro estranho, grande e pensativo de sua vida, em quem ele nunca pensara antes como a figura sombria e próxima que era, imediata, íntima, amorosa, angustiada, bem do seu lado falando com ele e segurando seu braço – seu pai.

E Peter, tomando consciência dessas coisas, sabia que não era mais o garoto alegre de dezoito anos de mais de um ano atrás na escola preparatória, o garoto de poderosos vigores sensuais, de comida e bebida e sono e uma tremenda indiferença pagã, que levava a vida com uma deliciosa preguiça ociosa, em descobertas sensuais e libertinas, e apetites surpreendentes. Sabia que agora, com dezenove anos, de alguma forma, algo nele estava feito e acabado e tinha partido, havia nele augúrios estranhos e melancólicos, e um peso no coração, uma sensação sombria de perda e aniquilamento entorpecido, como se tivesse envelhecido aos dezenove. De repente, pareceu a ele que a faculdade e o futebol americano não eram mais importantes, e de repente pensou na guerra, e sentiu-se invadido por uma grande emoção. E todas as malas e estandartes da faculdade e paletós esportivos elegantes e os cachimbos, o gracejos e os modos desvirtuados da vida universitária eram ridículos quando pensava neles.

E algo sombrio, marcial, pesaroso e distante de repente estava pairando no ar.

Peter agora pensava em sua casa. Era a última vez em que se sentaria naquela varanda da frente e olharia para a Galloway Road, e isso também era quase uma grande e estranha emoção percorrendo suas veias. Suas árvores altas e cantantes ali, balançando com a brisa, as folhas farfalhando em um milhão de lugares escondidos, dobrando-se diante da janela de seu quarto como fizeram para ele por toda a sua vida, roçando suavemente contra a tela de sua janela, suas árvores altas e cantantes – ele não as veria mais, teria de arrumar suas coisas e partir, e elas estavam cantando para ele uma canção de despedida, os ventos ficaram mais suaves através dos galhos e um som avançou pela noite, e era uma canção tranquilizadora de despedida...

Algo pesaroso, sombrio e distante pairava no ar, através dos campos – e ele nunca mais voltaria aqui outra vez, esta era a última vez, a última noite, e então não mais, não mais. Aonde ele estava indo? E a voz de seu pai falando com ele na escuridão ainda assombrava, ainda era ouvida. As árvores farfalharam e ondularam, balançaram como bêbadas com cem ramos escuros se movendo – e era uma canção de despedida. Lembrou-se de como os dias de sua infância aqui tinham sido ricos e dourados, rolando um atrás do outro, lembrou-se de todos os lugares ao redor da casa e da estrada, os lugares que conhecia tão bem. E Elizabeth tinha ido embora para bem longe dessas árvores, sua irmãzinha, Lizzy, tinha ido embora. Era estranho, ela ouvira essas árvores, estivera sob elas e as escutara, em seu quarto as ouvira tarde da noite farfalhando perto de sua janela – e a casa de seu pai agora estava escura no meio da noite, e a abóbada estrelada do céu curvando-se, ficando toldada pelo topo mais alto de árvore a balançar – e houve uma quietude de silêncio e noite, a canção de um milhão de folhas de árvore trêmulas, os cães latindo à distância, bacuraus no sereno dos campos, grilos, grilos, e além se erguiam vastas florestas indistintas ao vento, todo o mundo pensativo e triste e sussurrando à noite, na noite estrelada de agosto, e de alguma forma, agora com presságios de guerra.

Era uma canção de despedida por todos os lados, e ele nunca ia voltar. Uma despedida doce de suas árvores, despedida sombria de suas árvores altas e escuras, e ele estava sozinho na varanda, pela última vez na varanda sob suas árvores que balançavam. Agora ele ia arrumar suas coisas e partir, e iria para bem longe, e nunca voltaria aqui – e as árvores entoavam uma canção vasta e suave, um milhão de farfalhares doces para ele, só para ele – e havia lágrimas nos olhos de seu pai na escuridão. Elas tinham enrolado o tapete na casa naquela noite, as mulheres tinham enrolado o tapete – e onde estava Liz esta noite? Onde estava a pequena Lizzy, sua irmã? Agora todo mundo estava dormindo, e ele estava sozinho escutando a serenata de suas velhas árvores escuras, a cantiga de ninar das árvores de sua infância, e sabia que não queria partir agora, sabia que nunca voltaria, era a canção de despedida de suas árvores que balançavam perto dele, adeus, adeus...

[5]

UMA FAMÍLIA deixa a casa velha que sempre conheceu, o pedaço de chão, o pedaço de terra, o único lugar onde ela já se reconheceu – e se muda para outro lugar: e esta é uma tragédia real e inominável. Para o coração das crianças é uma catástrofe.

Que sonhos têm as crianças com paredes e portas e tetos que sempre conheceram, que terror sentem ao acordar à noite em quartos novos estranhos, bagunçados e desorganizados, tudo assustador e desconhecido. Mais de uma vez o pequeno Mickey Martin acordou no meio da noite no apartamento novo em Galloway para onde sua família tinha se mudado naquele dia e foi até a janela para olhar para a rua cinza-ferro lá embaixo, e os trilhos nus dos bondes e a calçada vazia, com uma sensação de pânico e desespero.

Na tarde seguinte ao sair da escola para casa, Mickey pegou a direção errada, a direção da Galloway Road e da casa velha, sem perceber que estava fazendo isso. De repente, ao se lembrar de que não morava mais lá, Mickey virou-se e voltou sobre seus passos na outra direção. No momento seguinte viu-se repentinamente mergulhado em uma confusão terrível, pois definitivamente não se lembrava do caminho que deveria seguir para chegar em casa. Tremendo e quase chorando, começou a caminhar na direção da Galloway Road outra vez, sentindo que aquilo era claramente errado, virtualmente um pecado, e ao mesmo tempo lembrando-se outra vez com um impacto terrível e doloroso de que não moravam mais lá.

O menininho fez uma pausa na ponte em longa meditação. Estava atordoado e confuso, e todos os seus pensamentos estavam assustados. Outra vez tornou a se empurrar na direção de sua verdadeira casa, pensando, "Nossa! Ah, nossa!" Quase entrou em pânico ao imaginar que talvez nada fosse real, que ele estava perambulando sozinho pelo mundo, que na verdade não tinha um lar, e que ele mesmo era um intruso e um fantasma no mundo real de coisas comuns e normais. Correu na direção de casa e ficou como que apavoradamente surpreso ao ver rostos familiares nas ruas, e percebeu que era notado e ouviu as crianças chamarem-no. Agora queria pensar e imaginar que no fim das contas Deus estava fazendo uma grande piada com ele, e que estava chegando em sua vizinhança de uma viagem longa e empoeirada ao redor do mundo, apenas um estranho fantástico, sério e exausto e à procura de um lugar para descansar. Quando abriu a porta e entrou na casa foi tomado por gratidão e alegria estranhas, saudosas e maravilhosas.

A casa nova ficava em uma vizinhança de população mais densa que ao redor da velha casa na Galloway Road, e era composta principalmente de prédios residenciais simples de madeira e casinhas pequenas bem juntas umas das outras, com lojinhas e oficinas perto que faziam com que parecesse uma espécie de pequeno bairro comercial para os lares do subúrbio e fazendas da região. Era um apartamento no quarto andar de um edifício simples de madeira, consistindo de quatro quartos, uma sala, cozinha grande e banheiro. Havia duas sacadas, na frente e atrás, que davam de um lado para uma rua movimentada e do outro para os telhados de casas pequenas. Era uma construção de madeira quadrada, simples e caiada, um exemplo típico de prédio franco-canadense da Nova Inglaterra, amplo, arejado, ainda assim estranhamente confortável e familiar. Cabos telefônicos pesados passavam diante das janelas, os postes telefônicos lúgubres pareciam inclinar-se em diagonal com as sacadas, os corredores estavam mofados e rangiam – ainda assim algo no ar fora das janelas era elevado, lírico, arrebatador e poderoso, pois havia vistas e paisagens, a casa era construída em uma elevação perto do rio, e você podia ver a cidade do outro lado do rio toda de tijolos vermelhos e enegrecida pela fumaça, as pontes, as cachoeiras, e do outro lado os campos e bétulas desamparadas e casinhas de fazenda, e as colinas.

Em outubro – pois a família já tinha se mudado e desempacotado tudo então – grandes nuvens do norte moviam-se continuamente ao anoitecer enfeitadas pelo sol, e as ruas lá embaixo soavam com os gritos de crianças, o ronco dos ônibus, e o riso dos garotos que ficavam na esquina da *drugstore*. Na verdade era animado. E a sra. Martin costumava dizer: "Ah, aqui é animado e agradável, eu gosto muito".

E, o que era bem surpreendente, ela parecia estar se divertindo mais que qualquer outra pessoa. Logo determinou seu lugar perto da janela da frente. Quando não estava muito frio, saía e sentava na sacada alta, e de lá podia ver tudo, a rua embaixo, o rio e as pontes, as luzes, as pessoas, os carros passando, e os campos e as florestas ao longe que escureciam e tornavam-se vastos, impenetráveis e pontilhados de luzes solitárias ao cair da noite. E em pouco tempo todos estavam resignados e mesmo satisfeitos com seu novo lar: era cheio de conforto antigo e uma intimidade emocionante e aconchegante que a outra casa não tinha.

O aluguel do apartamento revelou-se extremamente razoável, graças a algum tipo de descuido estranho do velho senhorio franco-canadense surdo que aparecia regularmente uma vez por mês, recebia o aluguel e aceitava pão com leite na mesa da cozinha (um hábito com o qual a sra. Martin era muito familiarizada). Dava algumas baforadas em seu cachimbo e partia solenemente por mais um mês.

O pai tinha seu emprego em uma gráfica no centro da cidade que lhe pagava um bom salário; e Ruth ajudava a família consideravelmente com seus ganhos e contribuições; assim como Joe, apesar de ele não estar ganhando tanto dinheiro com seu postinho de gasolina quanto gostaria, devido à sua má localização em uma rua fora de mão. Mas com o aluguel baixo, e as três fontes de renda, a família estava pelo menos conseguindo se manter de pé.

Peter, longe na Pensilvânia, estava fazendo o melhor possível para se virar. Francis estava completamente por sua própria conta em Boston, onde tinha um emprego em uma loja de música e se tornava cada vez mais indispensável para o departamento no qual trabalhava, e continuava seus estudos em Harvard. E não era estranho que Francis estivesse demonstrando esse tipo de engenhosidade e auto-confiança muito superiores às tentativas tristes e mornas de Peter no campus, porque de alguma forma sabiam que Francis seria capaz de cuidar de si mesmo nesses assuntos. Há muito tempo tinham concluído que ele era necessariamente um solitário.

Em casa sentiam saudades de Francis. Ele só vinha de vez em quando e rapidamente, pegava suas roupas e coisas aos poucos, e entrava e saía da casa daquele seu velho jeito silencioso e meditativo.

"Bem, por Deus, Francis está mesmo mostrando ter miolos", disse o pai, sacudindo a cabeça. "Ele pode se cuidar, não há dúvida em relação a isso. Eu meio que sempre soube que ele seria capaz de fazer essas coisas, apesar de não saber exatamente por quê. É só uma pista que ele dá a você com aquele olhar dele – sempre teve aquele olhar, mesmo quando era pequeno." E o pai ficou em silêncio ao pensar nisso, ao pensar até mesmo no pequeno Francis que uma vez há muitos anos tinha entrado em seu escritório sem ser anunciado depois da escola, um garotinho de oito anos tímido, melancólico e de aspecto doentio, para passar a tarde inteira observando o pai em um devaneio de meditação e assombro infantis. O pai se lembrava agora desse incidente com surpresa e arrependimento.

A grande Rosey também tinha começado a sair de casa, freqüentando uma escola de enfermagem em uma cidade de Massachusetts próxima, e voltava para casa apenas quando tinha tempo. Por isso a mãe tornou-se responsável solitária pelas tarefas do lar, mas como os números na própria casa tinham se reduzido à metade, o trabalho não era tão cansativo quanto antes.

Os meninos, Charley e Mickey, iam à escola e viviam suas vidas de crianças centradas em si mesmas. Voltavam para casa ao anoitecer saídos das sombras de agitação barulhenta e gritos de alegria, voltavam para casa com os rostos corados, comiam prodigiosamente, dormiam com vontade e iam para a escola de manhã balançando seus livros presos por uma correia e discutindo alto.

Algumas vezes Mickey pegava sua luva e seu bastão de beisebol e voltava à velha vizinhança na Galloway Road, onde a casa cinza com suas mansardas ainda se erguia – agora sem ninguém e com as janelas vazias em sua colina. Ele voltava lá para brincar com sua turma, mas ela não parecia mais se importar se ele estava por lá, novos grupos tinham se formado, havia novas conspirações no ar revolto, e Mickey era o estranho, o desconhecido solitário que estava de volta. Quantas vezes partiu de volta para seu novo lar no apartamento e parou para olhar com saudades para a casa velha, com uma sensação estranha a corroê-lo, enquanto a luz do sol se projetava obliquamente e brilhava naquele mundo todo murmurante com a partida dele, enquanto saía fumaça das chaminés, as crianças gritavam e pulavam, e nada daquilo era para ele.

E Francis, quando voltou para casa de Harvard para um fim de semana, de repente viu com alguma apreensão como sua família tivera de decair para se manter e viver. Parecia a ele que o apartamento naquele prédio pobre era uma cena de provação espiritual, até de horror. Ele agora tinha se acostumado à Cambridge tranqüila de suas casas de arenito avermelhado e a uma cena e a uma existência mais cosmopolitas. Ver sua própria família morar no que poderia ser chamado de cortiço, apesar de não ser o tipo de cortiço da Rooney Street em Galloway, era um fato que servia para lembrá-lo de como ele mesmo podia ter chegado perto de uma vida assim. Felizmente, é claro, aquele ano marcou as primeiras situações completamente independentes de sua juventude: tinha sua bolsa de estudos, o emprego na loja de música e economias modestas para se segurar nas marés ruins. Viu que tinha "sorte".

Observou todos os aposentos em silêncio. Os quartos eram todos duplos, com duas camas. As roupas e os pertences ficavam pendurados e empilhados indiscriminadamente atrás de portas ou em frágeis armários de papelão, em caixas e escrivaninhas, tudo bagunçado, e os móveis que a mãe não vendera para pagar a conta da mudança tinham sido distribuídos por toda parte, por isso não havia muito espaço para circular – era uma família sempre relutante em se separar de muitos de seus pertences. Mas estavam faltando muitas coisas: a máquina de costura, alguns móveis e cômodas da sala de estar, escrivaninhas, o piano, coisas velhas que tinham certo charme.

Então havia os corredores escuros com cheiro de comida, quatro andares acima do nível da rua com sua farmácia e barbearia e lanchonete, e as sacadas suspensas projetando-se no espaço junto dos fios telefônicos, e dos barulhos da rua. E aqui não havia um sótão onde ele pudesse se refugiar com seus hábitos solitários.

"A ruína do meu pai, como você poderia chamá-la", escreveu em uma carta para Wilfred Engels naquela noite, "sem dúvida acabou com qualquer charme que havia em torno de minha família. É bem triste, e às vezes eu gostaria de ter dinheiro, de poder ajudá-los. Este ano sinto pela primeira vez um impulso claro dentro de mim na direção de alguma energia verdadeira. Aquela observação nos cadernos de Goethe sobre os cavalos, a charrete e o domínio sobre as rédeas, onde ele grita: 'Eis o controle!' – isso posso ainda sentir e com materialização consciente. Tudo está ligado aos meus planos para o inverno, que estão tomando forma. Há um homem em Harvard – Wilson, talvez você tenha ouvido falar nele – que quer que eu o ajude na pesquisa para uma antologia de poesia impressionista alemã dos anos 20, algumas coisas muito bonitas, aí. Tudo pago com verba da Agência Nacional da Juventude. Além disso, alguns de nós estamos pensando em uma pequena revista, e talvez eu esteja na fila para um emprego de editor. Enquanto isso, tenho alguns assuntos para resolver. Pegar minhas últimas coisas em casa – (incluindo o cordão umbilical?) – e suponho que não vá fazer diferença para nenhum de nós. Não percebo qualquer estímulo do sentimento definitivamente filial, só os mais humanos e objetivos. Entretanto, o que não se ganha, não se perde. Sinto-me um tanto estranho ao escrever isto na escrivaninha de meu irmão Joe toda atulhada com revistas de aventura e velas de ignição e ferramentas. Sinto que há algo que está terminado. Um pequeno sentimento começa a surgir em mim. Vou dormir aqui esta noite, e amanhã: os chicotes, os cavalos, o controle? – e então partirei!"

Ele se recolheu cedo, foi dormir na cama de Mickey, e a mãe colocou sobre ele um cobertor extra, e seu pai foi até o quarto ansioso para dizer boa-noite. Durante toda a noite seus pais ficaram o tempo inteiro fazendo de tudo para que ele se lembrasse de que era mais bem-vindo que nunca nessa casa, apesar de parecerem saber, como ele sabia, que de alguma forma estava acabado, quase como se ele não parecesse mais ser seu filho.

"Não há nada aqui para você que se compare com a casa velha, ou com os lugares em que você mora em Boston, mas mesmo assim, se você um dia precisar voltar e morar em casa, por qualquer razão... bem..." e o pai desamparado prosseguiu com suas palavras.

"Claro, pai", respondeu Francis sem afetação.

"Não queremos que você ache que não tem lugar aqui, porque tem! Como a Lizzy não mora mais aqui e Rosey e Peter também, na maior parte do tempo, bem, a gente sempre pode dar um jeito. E você sabe que nas atuais circunstâncias isso foi o melhor que pudemos fazer..."

"Bem, claro..."

"... e mesmo humilde como é, como dizem, bem, é o seu lar e é tão seu quanto nosso. Então se as coisas algum dia mudarem de rumo, você sempre pode voltar para casa."

"Sempre tem espaço para mais um!", exclamou a mãe, rindo. "Se quiser um canto para ler, a gente arranja!"

"Como nos velhos tempos, Francis", disse o pai, sorrindo, "tem sempre espaço para mais um, por isso a gente teve o bando todo de vocês, um atrás do outro. – Rá, rá, rá! Olhe para a expressão no rosto dele, Marge! – Qual o problema, Francis? Acha que seu pai foi longe demais?"

"Ah, não, não, não..."

"Bem, de qualquer forma, agora estamos fazendo o melhor possível, todos nós", acrescentou com seriedade Martin, "e acho que essa é a história até agora".

Francis estava corado, estranho: estava enfiado na cama, sua mãe cobria seus pés com outro cobertor, e seus pais estavam em volta dele solícitos, preocupados enquanto ele ficava ali deitado de costas na cama. De repente percebeu que não se lembrava de nada como aquilo em muito tempo. E parecia uma situação estranha, extremamente embaraçosa e até aterrorizante da qual ele não tinha qualquer meio para escapar, não havia nada que pudesse fazer além de ficar ali deitado e olhar para eles. Ele se sentiu nu de impotência.

"Bem", disse ele, em um esforço para encerrar o assunto, "espero... gostaria mesmo de poder... bem, claro, se algo assim acontecer, sem dúvida volto para casa. Seria a coisa razoável a fazer..."

"Você vem para casa no Dia de Ação de Graças?", perguntou a mãe.

"Bem... não. Tenho que ir a um lugar, mas no Natal, sim."

"Sim, sim, venha para casa para o Natal", disse George Martin com ar indeciso. "Dê-nos uma chance de fazer um pouco por você, você entende isso. Seu pai se sente bem chateado em relação a isso, garoto."

Francis balançou a cabeça e engoliu em seco: tinha ficado incrivelmente embaraçado pelo sentimentalismo repentino de seu pai.

"Mas foi obra de um poder acima de nós, então na verdade não devíamos reclamar."

"Aqui é confortável", disse Francis.

"Ah, é, vamos sair dessa, não se preocupe. É que não queremos que você pense que esta não é a sua casa também – Bem, droga, você sabe disso?"

"Claro."

Depois que seus pais lhe deram boa-noite e deixaram o quarto, Francis virou-se rapidamente na cama, rapidamente e com uma repentina alegria furtiva, e encarou a parede. De alguma forma, sentia-se terrível, mas aliviado, agora, lembrando-se do que dissera na carta para Engels sobre ir embora de manhã, e lembrando-se de seu quarto em Harvard e das coisas nele, e no que faria amanhã quando chegasse lá. Ficou acordado e encarou a parede de olhos bem abertos por um bom tempo, e de repente começou a se dar conta de que seus olhos todos esse tempo estavam fixos em um desenhinho que o pequeno Mickey tinha prendido na parede, um pedacinho de papel com um desenho que fizera com lápis de cera, retratando uma floresta com um rio e um barquinho com alguém dentro. Era um quadrinho patético, e Francis começou a olhar para ele, sorrindo um pouco inadvertidamente, como se estivesse se divertindo, apesar de não poder imaginar por que, e então tentou dormir...

Na tarde daquela mesma noite, Mickey tinha ido direto da escola para o posto de gasolina para ver Joe e Charley trabalharem nos carros. Mas uma coisa levara a outra e bem depois da hora do jantar seus dois irmãos maiores ainda estavam trabalhando, sujos de graxa e absortos, e Mickey estava ficando com muita fome e cansado e impaciente.

"Espere um minuto, espere um minuto", Joe ficava dizendo para ele. "Daqui a um minuto a gente vai para casa. Vá brincar nos fundos do posto – e me passe aquela chave ali", acrescentou pensativo.

E Mickey foi até os fundos do posto e passou o tempo jogando latas de óleo vazias por ali e acendendo pequenas fogueiras para queimar as folhas. Estava mais escuro e mais frio, e ele estava com fome e queria ir para casa. O imenso céu duro e escabroso de outubro estava por toda a parte ao redor com suas nuvens agitadas enormes e suas promessas de escuridão terrível, e os ventos começaram a soprar dementes, levantando folhas e poeira com fúria sombria, e Mickey, vestido apenas com suas roupas leves da escola, começou a tremer e sentiu contrações de fome no estômago, e pontadas de um medo vago – como se outra vez o mundo estivesse se fechando sobre ele e infligindo-lhe grande horror. E, mais que isso, o fato de ainda estar com seus livros escolares e suas roupas de escola o fazia sentir-se tolo com seus dois irmãos e seus macacões sujos, e sem nada para fazer enquanto eles consertavam os carros, absortos, e não lhe davam atenção.

"Quando a gente vai para casa, Joe? Estou com fome! Estou com frio!"

"Tome dez centavos, baixinho. Vá comprar um sanduíche na lanchonete do outro lado da rua e aqueça essa barriguinha aí. Nós temos de terminar este serviço esta noite."

Ele esperou e esperou e, por fim, bem depois de escurecer, Joe e Charley fecharam o posto e todos foram para casa no velho Ford aos pedaços. Mas tiveram de parar em um ferro-velho, e isso levou mais uma meia hora, enquanto Mickey esperava no carro com frio e fome e arrasado. Como os pequenos são sempre deixados esperando em um carro – sofrendo e esperando num silêncio mudo enquanto os mais velhos estão concentrados em alguma maldita engenhoca na noite escabrosa invernal! Ficou ali sentado tremendo e observando-os do outro lado do ferro-velho, debruçados sobre um monte velho e enferrujado, combinando algo à luz de uma lanterna, e os observou com tristeza, esperando e esperando.

Mas finalmente! Eles voltaram, tinham terminado, e estava na hora de ir para casa jantar. "É hora de comer alguma coisa!", exclamou Joe, esfregando as mãos e ligando o carro – e partiram por velhas estradas esburacadas, o velho Ford chacoalhando e pulando. O vento frio e cortante soprava pelas janelas, seus irmãos em silêncio e pensativos e fumando gravemente seus cigarros.

De repente, naquele momento, Mickey viu a casa nova de sua família: tinham voltado do ferro-velho por outro caminho, e ele se surpreendeu muito ao perceber que estavam na vizinhança: com um choque viu, naquele instante, o edifício de apartamentos alto de quatro andares e suas janelas e sacadas familiares, e viu até sua mãe passar rapidamente pela janela da cozinha. Era incrível.

"Ei!", gritou. "Essa é a nossa casa!"

"Isso mesmo, brilhante", murmurou Charley.

"Está quente e gostoso lá em cima!", disse Mickey de repente, olhando impacientemente para a casa e as janelas cálidas e iluminadas no escuro. "Temos comida lá em cima! Jantar, hein!"

Os outros dois irmãos se olharam sorrindo.

"Rapaz, também estou cansado!", exclamou Mickey com ênfase satisfeita. "Sim, senhor! E tenho uma boa cama lá em cima e tudo mais. Nossa, achei que nunca fôssemos chegar em casa. É a nossa casa lá em cima", disse outra vez, botando a cabeça para fora da janela do carro e olhando para cima, enquanto estacionavam em frente ao prédio. Ele saiu correndo do carro e subiu as escadas todo alegre. Essa era a sua casa, sua casa nova, e era tão boa quanto qualquer outra casa que ele pudesse ter um dia, e lá dentro ele tinha comida, e calor, e uma cama boa e macia, e sua mãe e seu pai e sua família: isso era tudo em que conseguia pensar. Estava extaticamente feliz, estava grato, grato, como nunca estivera.

Na casa olhou para tudo com profunda satisfação, mesmo para as cadeiras e mesas, e continuou olhando para a mãe enquanto estava sentado à mesa esperando pelo jantar, com uma expressão de riso e felicidade no rosto. Então viu os irmãos voltando do banheiro limpos e rosados e os observou sentarem para comer. E foi até seu quarto só para olhar para sua cama – e apesar de Francis estar dormindo nela essa noite, ainda parecia a cama mais maravilhosa, quente, aconchegante e gostosa do mundo, e voltou para a cozinha cheio de pensamentos felizes, percebendo como o gelo estava se formando por fora das janelas, como estava escuro lá fora, e como dentro de sua casa estava quente e iluminado.

[6]

Peter Martin estava sentado em seu quarto na faculdade em uma tarde fria e cinzenta, debruçado absorto sobre um texto de física, quando de repente ergueu os olhos com grande surpresa e jogou o livro sobre o ombro contra a parede. Estava tomado por uma onda de náusea. Levantou-se e foi até a cômoda para se olhar no espelho.

"Nossa, que horror", gritou alto, e então começou a andar de um lado para o outro do quarto esfregando o queixo pensativo. Fazia dias que não se barbeava, sentiu com prazer a aspereza rústica de seu queixo, e estava satisfeito até com o paletó de veludo cotelê sujo e as calças largas que vestia, mas ao mesmo tempo tinha uma sensação clara de estar vivendo como um vagabundo. Olhou-se outra vez no espelho. Logo abaixo de sua imagem viu a garrafa de uísque pela metade sobre a cômoda.

"Idiota!", murmurou, e guardou a garrafa sob suas camisas na gaveta, onde ela não iria mais impressionar a empregada que limpava seu quarto.

Foi até a janela, que dava para uma arcada de pedra e olhou para baixo para os estudantes agitados em grupos estridentes, e ficou meditativo a observá-los. "O que é isso? O que é isso? Estão todos andando por aí como se soubessem o que estão fazendo, e exatamente por quê."

Voltou e pegou o livro e ajeitou suas páginas e as espalhou outra vez sobre sua escrivaninha, e sentou-se. Imóvel, estudou o texto por cerca de meia hora, fazendo caretas para as páginas, suspirando, rabiscando com um lápis enquanto avançava. Finalmente fechou o volume com ar decidido.

Agora estava pronto. Eram três e meia e ele tinha de se apresentar no laboratório de física às quatro para uma prova de segunda chamada.

Vestiu um casaco surrado e saiu, arrastando os pés despreocupadamente pelo corredor, como se pudesse mudar de idéia. De repente, parou diante de uma das portas, bateu e entrou. Lá dentro estava meio escuro. Havia alguém deitado na cama e um forte cheiro de cerveja no quarto.

"Ei, Jake Fitzpatrick!", berrou Peter. Sem obter resposta, puxou o outro rapaz pela perna até quase tirá-lo da cama. Fitzpatrick acordou assustado e olhou ao redor.

"O que está fazendo?", perguntou Peter, acendendo a luz com curiosidade.

"Estava escrevendo uma história... devo ter dormido bem no meio da coisa!"

Fitzpatrick, um irlandês esbelto, nervoso, de cabelos cacheados e com um rosto assimétrico, sorridente e estranhamente patético, olhou ao redor com assombro e começou a coçar a cabeça. "Também, era uma droga de uma coisa muito complicada. Sobre um cara que conhece uma garota em um bar, mas a garota..."

"Você me conta de noite. Tenho de ir para uma prova."

"Bem, está certo, vejo você à noite."

"O que vai fazer agora?", perguntou Peter com inveja.

"Terminar a história, eu imagino. Acho que ela estava boa, muito boa!" E Jake se levantou e ergueu um copo de cerveja até a luz, examinou-o com seriedade, girou-o um pouco para fazer espuma e finalmente o bebeu. "Você não vai ao treino de futebol?"

"Depois da prova", suspirou Peter, saindo, "bem a tempo para o treinamento sob as luzes dos refletores." Ele fechou a porta e voltou pelo corredor até seu quarto, onde se sentou na cama e pôs a cabeça entre as mãos, e refletiu sombriamente sobre tudo aquilo.

Sentado onde estava, e olhando para a janela onde tudo era cinza e de aspecto frio, mas ao mesmo tempo estimulante, de repente se deu conta de que não queria ir ao laboratório para ferver água e medir a pressão dos gases. Queria voltar para o quarto de Joe Fitzpatrick e conversar com ele e contar histórias, e beber e se embebedar, sair pelas ruas cinzentas e perambular e olhar para todas as pessoas e pensar sobre elas. Ele sorriu feliz.

E naquele instante uma campainha tocou. O som agudo penetrou com força em seus ouvidos, e ele jogou as mãos para o alto em desespero, levou-as à cabeça, e saiu correndo pelo corredor gritando: "Já vai! Já vai!" Ao telefone vociferou com irritação: "Sim! sim! alô!".

"Oi,", gritou uma voz de garota.

"Judie?", perguntou ele.

"Olá, tudo bem? Está com sede?"

"Estou", respondeu Peter com paixão, em um sussurro rouco.

"Tudo bem", cantarolou a garota. "Venha para minha casa – não tem ninguém aqui – tenho vinho."

Sem outra palavra, Peter pôs o fone no gancho, desceu as escadas correndo, saiu na rua, atravessou o campus, correndo através do trânsito, como um atacante em um *sprint*, entrou no *foyer* de um prédio residencial e subiu as escadas. Havia uma garota parada de pé no corredor com a porta aberta para ele.

"Como vai o Hamlet hoje?", disse ela, correndo até ele pelo corredor extenso e escuro.

"Com sede."

Ela encheu com vinho um copo de água, e ele começou a beber, esparramado no sofá e com os pés na parede, uma das mãos pendendo languidamente até o chão.

"Não me chame de Hamlet. Hamlet nunca estudou como Fausto em sua masmorra com as cabeças de esqueletos."

Escureceu lá fora e de repente começou a nevar em flocos pequenos, e as luzes dos néons começaram a brilhar. Peter enxugou o copo de vinho, ganhou outra porção, enxugou-a, e de repente agarrou a garota pelo braço e a puxou para junto dele no sofá. "Tenho de ir ao laboratório para medir a pressão de gases", disse ao ouvido dela. "Onde está sua tia?"

"Saiu."

"Bom. A gente só tem dez minutos."

Dez minutos depois ele estava correndo pelo campus até o laboratório. Subiu apressado as escadarias com o casaco voando atrás de si, o cabelo todo despenteado, os lábios manchados de beijos e vinho, todo febril e excitado.

Em pouco tempo estava sentado em um banco a uma mesa comprida, sozinho diante de um fogareiro pequeno no qual fervia água, e no colo tomava notas em um caderno, enquanto olhava pela janela para as ruas estreitas lá embaixo, que estavam ficando brancas com a neve. Sentiu-se lúgubre. Não conseguia entender a experiência e estava fazendo tudo errado, e no pequeno escritório ao lado do laboratório podia ver o próprio professor de física sentado à sua escrivaninha corrigindo trabalhos e fumando seu cachimbo – um homem que compreendia as coisas e tinha um interesse verdadeiro e sincero no mundo, na ciência e na subsistência do homem! Peter estava aterrorizado.

O que ele podia fazer em um mundo como este? Olhou melancolicamente outra vez pela janela e, de repente, todo o seu ser foi tomado por uma grande exaltação nervosa, ele foi arrebatado por um sentimento de grande alegria. Lá embaixo estava escurecendo, nevava mais forte, e as ruas cinzentas estreitas, os desfiladeiros de pedra com gente andando de um lado para o outro dentro deles com pés cintilantes, de repente ficaram misteriosos e belos e assombrosos. Ele achou maravilhoso que as pessoas andassem de um lado para o outro na rua. Apenas um instante antes ele mesmo estava correndo por lá aflito com as coisas a fazer e terminar. Era o próprio mundo para o qual, enquanto flutuava ali, ele estava descendo pela primeira vez em sua vida, surpreendentemente, como se de alguma existência onírica prévia desconhecida na Galloway escura. Estava vendo tudo pela primeira vez com olhos de assombro. Estava pasmo por causa da vida, por causa da simples presença humana na Terra.

Depois de vestir a proteção de ombros no vestiário frio e lúgubre do campo de treino, ele pegou uma carta de sua mãe. Em sua linguagem prolixa e cheia de sabedoria popular, escrevera contando que seu pai adoecera e estava em casa acamado, e não podia trabalhar por duas semanas. De repente ele se deu conta com alegria de que podia ir para casa em Galloway por alguns dias para ver seu pai. Ele era apenas um segundanista, lutando para chegar ao time titular, talvez a tempo para o jogo contra o Exército em três semanas.

Então, no anoitecer rústico e áspero do fim de outubro, quando os céus pareciam cortinas rasgadas e lúgubres acima dos refletores do campo de jogo, as equipes da Pensilvânia colidiram e se bateram umas contra as outras sobre o gramado pisoteado. Os técnicos estavam parados em casacos esportivos e bonés de beisebol, gritando com vozes agudas que soavam como flautas ao vento. Era uma longa sessão de treino, mais longa que o habitual por causa da presença de certos técnicos visitantes e repórteres que vieram ver a preparação para o grande jogo contra a Marinha, no sábado.

Aqueles luminares do mundo esportivo ficavam nas laterais do campo, encolhidos e desconfortáveis em casacos de inverno, esfregando as mãos umas nas outras, segurando as abas de seus chapéus nas rajadas repentinas de frio, e batendo os pés com uma espécie de tristeza impaciente. Eram jornalistas dos grandes jornais da Filadélfia, e repórteres de Nova York e de todo o país, "comentaristas" e "especialistas" e "colunistas adorados" de Chicago, da Costa, dos dez estados mais importantes, repórteres da Associated Press e da United Press, de aparência triste, chapéus amassados, homens tristes e castigados pelo tempo – com os técnicos que pareciam iguais a eles, incluindo dois técnicos famosos de Darthmouth e Brown. Apesar de haver grande excitação no ar por causa do grande jogo iminente, estavam todos pensando, talvez, em seus escritórios quentes e aconchegantes, afinal de contas, em café quente em copos de papel e nos cachimbos de urze adocicados e nas conversas sobre futebol, sem dúvida em tudo, menos naquela desolação e naquele gramado que na verdade nada tinha a ver com as colunas que eles escreviam ("Dicas da cabine de imprensa, de Pop Sampson"), ou como as jogadas claras nos quadros-negros, representadas em linhas em que mostravam como tudo funcionava.

Enquanto isso os jogadores – entre eles Peter – estavam de cara fechada em seus uniformes azuis e vermelhos, que agora estavam tão escuros como barro de inverno, todos eles transpirando no frio, alguns com as mangas arregaçadas, outros sem meias, com suas panturrilhas musculosas cobertas de lama e sangue. Eles fungavam com tristeza e cuspiam e ofegavam para recuperar o fôlego, e suspiravam.

"De novo!", gritou o técnico principal.

Um-dois-três, estrondo, empurrão, batida, pancada! O pobre *fullback* pela quadragésima vez foi esmagado como uma omelete na linha de defesa por uma falange de *guards* e *tackles* de cem quilos cujos nomes eram Bjowrski e Mieczacowicz e "Big Moose" Marino de Scranton.

"De novo!", gritou o técnico.

Acontece que havia uma determinada falha no giro do *fullback* naquela noite e isso tinha de ser acertado a qualquer custo. "Vamos fazer isso certo nem que tenhamos de ficar aqui até a meia-noite!", gritou o técnico, apontando furiosamente para os refletores, depois de que todos os jornalistas visitantes morreram de rir nas laterais e os técnicos visitantes sorriram sem graça.

Peter foi atingido no meio de todas aquelas grandes detonações cabeça-cabeça. Ele e outro garoto, um defensor, tinham as mesmas funções de bloqueio em cada uma dessas repetições da jogada, com o desânimo e a desatenção de dois homens tentando derrubar uma porta pesada e falhando sempre, porque a porta era intransponível. A porta, nesse caso, era um jogador gigantesco chamado Makofskik, que era tão inacreditável que algumas semanas antes, só de brincadeira, tinha levantado Peter até o teto do vestiário. A tarefa de Peter era "pegar por baixo", enquanto a do outro rapaz era "pegar por cima" em uma tentativa de tirar o monstro da jogada. Entretanto, a cada repetição triste do lance, apesar de conseguirem detê-lo algumas vezes depois de acertá-lo inicialmente e assim retardá-lo de alguma forma, ele sempre conseguia passar por cima deles e agarrar com a mão carnuda o *fullback* prestes a fazer sua jogada e pará-lo imediatamente. Não fosse pelo fato de que isso dava bastante tempo para vários outros jogadores ferozes derrubarem e esmagarem o coitado embaixo deles até tirá-lo de vista, ele simplesmente o derrubaria de costas, se levantaria e sairia andando.

Entretanto, uma vez Peter e o garoto acertaram o polacão com tamanha astúcia que ele caiu, e o *fullback* perseguido ganhou cinco jardas. Na jogada seguinte, Makofskik estava como um touro louco. Peter se aproximava para "pegá-lo por baixo" quando a grande mão pesada surgiu para detê-lo e ele foi escovado de lado com a consciência nítida de que seu pescoço estava se partindo em algum lugar, depois que alguém correu sobre suas costas pisando com as travas da chuteira. Esse, como se viu, era o *fullback* triunfante que de alguma forma conseguira escapar da mãozona e ganhara uma jarda – uma jarda conquistada com dificuldade sobre as costas de Peter.

E então os jogadores se desemaranharam daquele monte desolado, levantaram-se outra vez com olhos aflitos e mãos nos quadris, esperaram por ordens, e fungaram e cuspiram.

Mas finalmente o técnico tinha chegado para o lado e estava conversando com o homem famoso na lateral. Parecia aos jogadores que a sessão de treino estava finalmente terminada. Eles começaram a conversar um pouco e a rir alegremente. "Ei, Moose, o que aconteceu naquela hora?"

"O que você quer dizer?"

"Qual era o gosto da minha chuteira?"

"Eu vou mostrar a chuteira para você, Dago."

Alguém falou um palavrão em meio aos murmúrios; todos riram (os jogadores eram proibidos de falar palavrão). Todos se ajoelharam sobre torrões desiguais de terra, cuspindo lama e limpando o sangue de suas bocas, grandes *tackles* corpulentos com as mãos penduradas como pedaços de carne, *ends* magros e altos com olhar baixo e melancólico, *guards* armênios gordinhos com coxas grossas como postes e *halfbacks* compactos com rostos esqueléticos marcados olhando para o céu perdidos em pensamentos. Todos reclamavam em voz baixa e resmungavam e suspiravam. Estavam esperando que o técnico os mandasse para o chuveiro. Pensavam nisso com alegria e consolo sofridos, nos vestiários quentes, nas duchas fumegantes, em boas massagens com linimento, e depois em uma grande refeição para os jogadores no refeitório, e dormir em seus quartos confortáveis no alojamento.

Todos olhavam desejosos além do campo para as luzes quentes na escuridão crua, eles esperavam e rezavam.

Mas na lateral do campo um dos repórteres esfregava o nariz de um jeito engraçado e astuto. "Bem, agora, treinador, que história é essa que ouvi dizer sobre esses atacantes rápidos que você tem guardado na manga para a Marinha? É só boato, é muito otimismo e esperança entre os alunos, ou é para valer?"

"É, treinador, o que tem de verdade na história que os conhecedores estão comentando por aí?"

"Que tal uma demonstraçãozinha, em *off*?"

Então, em resposta, o técnico deu apenas um riso leve e voltou para o campo soprando seu apito.

Os repórteres se cutucaram satisfeitos. "Lá vamos nós!" "Agora nós vamos ver um pouco daqueles *backfields* rápidos que ele está escondendo!" "É isso que os marinheiros vão ver no sábado à tarde!"

O exausto Peter estava apoiado em um joelho tendo pensamentos ternos e gostosos com Judie e o baile dos segundanistas e suas luzes rosa com o lamento triste dos saxofones e com seu quarto quente e iluminado, e livros, e todos esses pensamentos alegres de universitários que surgem no outono faminto. De repente percebeu que o treino naquela planície invernal ainda não tinha terminado, e que haviam perdido a jogada em que ele próprio tinha de correr por trás e pegar a bola na inversão. Mal teve tempo de se compor antes de estar rindo com a bola nas mãos. "Nossa mãe! Nossa mãe!", pensava ele, e aquilo era muito absurdo. Correram em sua direção e ele apenas fez uma volta maior por trás, rindo e pensando naquilo e, estranhamente, repentinamente enfurecido com a indignidade completamente tola do que ele tinha de fazer no mundo. Em certo ponto era quase como se de repente pudesse jogar a bola para o alto – e ir embora, ou fazer uma dança encabulada e boba e fazer caretas para o técnico, gestos para todo mundo, e correr a toda velocidade até as sombras mais distantes além dos refletores, e desaparecer na noite sobre a cerca, e apenas continuar andando pelas ruas da Filadélfia, de uniforme de futebol e tudo mais, até os limites mais distantes da noite de outono em algum lugar.

Em vez disso, gingou e fintou com todo o desconforto de seu chamado furioso, fez a volta, gritou como louco com todos os que tentavam derrubá-lo, passou por eles em ziguezague, de alguma forma escapou de tudo (ninguém estava particularmente preocupado em agarrá-lo), saltou, passou sobre os obstáculos e girou, e em um instante estava completamente sozinho, parando ao lado das balizas do gol e de repente ficando imóvel em pensamento, olhando fixamente para as luzes quentes nas janelas dos vestiários lá no fim do campo, como se meditasse algo, e segurando a bola de futebol na palma da mão, como alguém que estuda uma concha.

Mas o técnico o estava chamando de volta com o apito. "Volte aqui, você não vai conseguir fazer isso duas vezes!" Os repórteres estavam batendo nos joelhos de alegria nas laterais, e os jogadores exaustos fungavam e cuspiam e esperavam com as mãos nos quadris, suspirando.

Finalmente, no vestiário, ele se lembrou da carta da mãe e de seu desejo de ver o pai.

Lembrou-se do que sentiu no laboratório e no quarto de Jake Fitzpatrick, também recordou a excitação dos trens e de viagens e a de ir e vir no próprio mundo. Podia deixar tudo aquilo, mesmo que só por alguns dias, e correr para as coisas outra vez. E uma pontada de solidão o atingiu quando pensou no pai doente na cama e nos pensamentos e ansiedades que o velho devia estar sentindo agora que não podia segurar o emprego na gráfica de Galloway.

Depois de se vestir, Peter foi até o escritório e conversou com o técnico.

"Então é melhor você voltar para casa, pelo menos por alguns dias, para ver como estão as coisas", resmungou o treinador. "Tente voltar até quinta-feira – isto aqui não é brincadeira."

Então Peter correu de volta aos alojamentos da faculdade com excitação e felicidade crescentes. Em questão de minutos tinha feito as malas e estava pronto para ir para casa. Saiu, um cigarro na boca, o chapéu empurrado para trás, arrastando sua bolsa, apressando-se alegremente, ainda assim de expressão fechada, preocupado com viagens, em rodar o mundo que tinha acabado de descobrir com todos os seus estados de ânimo secretos e perturbados.

Quando chegou em casa, encontrou o pai triste e abatido em seu leito de doente.

"Bem, Petey", disse o velho com um sorriso amargo. "É só mais uma dessas coisas. A gente só dá azar."

O médico mandara que Martin ficasse de cama por pelo menos duas semanas. Ele tinha pleurisia e problemas no fígado, estava com febre, irritado, triste e cheio de preocupações.

"Não posso trabalhar – creio que sua mãe disse isso a você. Acho que Deus está me castigando por ter desistido da gráfica. Mas estarei de volta ao emprego em duas semanas, não é uma grande tragédia." E com isso o pai voltou o olhar vazio para a janela, mas no momento seguinte olhava impacientemente para Peter, e também quase com acanhamento.

"Eu percebo", disse então Martin, "que você está *insatisfeito*. Alguma coisa errada na faculdade, hum?"

Peter fez cara atravessada.

"Tem alguma coisa na sua cabeça. Sabe, quando fui visitar você no mês passado, você estava na cama no meio do dia."

"Por que não?", disse Peter com arrogância. "Fico acordado a noite inteira estudando."

"Então como consegue ir às aulas?"

Com enfado, Peter suspirou. "Há dias em que não tenho nenhuma."

O pai sentou-se na cama e encarou Peter com olhar franco. "Aposto meu último dólar que tem alguma coisa nessa sua cabecinha dura, mas nem você mesmo sabe o que é. Bem, vá em frente, vá em frente, não me importo. Não tenho tempo para me preocupar com todos vocês, doente como estou e sem sorte como estou. Faça o que quiser. Mas sabe como me sinto em relação ao que você faz, Petey, sabe como rezo por você."

Peter estava fervendo de indignação. Sentiu vontade de sair do quarto e da casa batendo os pés. Viu-se fazendo isso, batendo a porta, orgulhoso em sua raiva, enobrecido pelo absurdo.

Seu pai estava falando com ele em novo tom de voz, podia ouvir, mas estava pensando em outra coisa em um devaneio tenso; demorou um minuto inteiro até que ouvisse outra vez as palavras do pai.

"Você se lembra de quando operava aquela linotipo velha na gráfica?"

"A linotipo?"

"É. Por Deus", Martin deu um riso rouco, "você era *bom* naquilo também! Eu estava só pensando, se você tivesse a possibilidade, podia me substituir na gráfica, só por algumas semanas. Claro que é apenas uma idéia maluca. Se a temporada de futebol não estivesse no meio, você podia fazer isso, sabe? Quero dizer, tirar uma folga de algumas semanas na faculdade."

"Ah, claro."

"Quero dizer, pelo jeito que *você* estuda!" E com isso Martin deu uma gargalhada com sua alegria louca e boba, e então começou a coçar o queixo ponderadamente. "Isso está absolutamente fora de questão, claro, foi só uma idéia. Ah!", suspirou de repente, aborrecido. "E mesmo assim, quem sabe? Se aquele chefe pode dar o emprego para outra pessoa só porque eu vou perder umas semanas. É assim que eles são nesta cidade." Olhou para Peter com seus olhos azuis francos bem abertos.

Peter discordou. "Ele não vai fazer isso. Seu chefe, Green? Não é sua culpa se você está doente, e você é um bom trabalhador. Ele não vai querer perder você."

"Não sou tão jovem quanto alguns deles."

"Ele teria de ser um filho-da-mãe completo para demitir você."

"Não conheço o homem", disse simplesmente o pai, "ele pode fazer qualquer coisa que tiver vontade. Mas é melhor eu ficar bom o mais rápido que puder."

Eles olharam um para o outro em silêncio. E, apesar de mais nada ser dito, Peter ficou muito perturbado.

Peter saiu de casa caminhando, pegou um ônibus para o centro da cidade e ficou andando com curiosidade de um lado para o outro em frente à gráfica onde seu pai trabalhava. Por fim entrou e ficou cara a cara com o patrão.

"Olá, sr. Green", disse Peter, com um sorriso tolo, meio que esperando que o homem o reconhecesse como o filho de George Martin. Mas o gráfico apenas o encarou.

"Sou o filho de George Martin, Pete..."

"Ah, sim. E como está George, agora? Melhorou?"

"Melhorou. Mas ainda vai ficar mais duas semanas de cama."

"Eu sei", disse o gráfico.

"Bem", começou Peter, então não conseguiu pensar em mais nada para dizer, e o impressor, chamado por uma pessoa do outro lado da gráfica, saiu apressado com um gesto que dizia a Peter que esperasse um minuto.

Todo mundo estava trabalhando e concentrado na gráfica atarefada, e Peter sentiu-se tolo parado ali de pé, ainda mais porque não sabia exatamente a razão de ter ido até ali.

"Não gosto desse homem", pensou, observando o sr. Green. "Não quero trabalhar para ele", e em mais um instante teria deixado o local, mas mudou de idéia e esperou nervoso.

O gráfico voltou logo, e Peter declarou: "Vejo que o senhor botou outra pessoa para trabalhar no lugar do meu pai".

"Não", disse o impressor com sua expressão fechada e perpetuamente atormentada, "não, estou tentando conseguir alguém no sindicato. Talvez consiga um homem de manhã."

"Eu costumava operar a linotipo na gráfica do meu pai", disse sem pensar Peter. "Ele tinha uma gráfica, o senhor sabe. Acho que o senhor sabe disso."

O sr. Green não fez qualquer comentário, com palavras ou expressão, mas continuou a encará-lo.

"Eu era muito bom", prosseguiu Peter, assumindo, agora, uma expressão despreocupada e caminhando até uma das duas linotipos. Havia um homem trabalhando no outro e ele também olhou fixamente para Peter.

"Bem, este homem aqui está trabalhando dobrado", disse o impressor com seu ar preocupado. "Estamos com nossos trabalhos bem atrasados. Você operava este tipo de máquina?"

"É, este tipo aqui."

"Bem, você quer substituir seu pai?" Green observava Peter de perto.

"Mas o senhor vai conseguir um homem amanhã de manhã, não vai?", retrucou Peter, observando-o de volta com insolência. "Não sei se eu seria tão bom quanto um homem do sindicato", acrescentou com altivez. "Mas seria bastante bom."

O patrão, porém, não tinha certeza do que Peter queria dizer, e, de repente, sorrindo, Peter foi embora.

Foi para casa jantar sem dizer a ninguém onde tinha ido, o que fizera, ou o que pensara em fazer. Na noite seguinte, passou outra vez na gráfica para ver se o sr. Green tinha encontrado um operador substituto, e soube, com uma sensação estranha e grave de alívio, que um novo homem fora contratado pelas duas semanas. Então arrumou suas coisas e se aprontou para voltar para a Pensilvânia, os estudos e o futebol. Estava com raiva, confuso, totalmente perplexo. Pouco antes de partir ficou olhando para seu pai doente na cama, tentando pensar em algo para dizer.

"Volto para casa logo depois do Dia de Ação de Graças", disse ao pai. "Faltam só algumas semanas, agora, só poucas semanas..."

"Eu sei", disse o pai. "Não se preocupe, agora, com coisa nenhuma, volte para seus estudos e suas obrigações e seu futebol e tudo mais. Vamos ficar bem aqui."

E ele e o pai se abraçaram de um jeito estranho, e Peter saiu apressado do apartamento, sentindo-se embaraçado e triste. O irmão Joe levou-o de carro até a estação.

"Bem, *é isso*", Peter se viu pensando no trem.

Quando o trem saiu, ele viu uma cabeça com cabelos encaracolados familiar alguns bancos à sua frente. Era Danny a caminho de Boston, também. Ele tinha uma garrafa de uísque em um saco de papel. "Liguei para você várias vezes em Galloway!", berrou Peter quando eles estavam de pé ao vento na área barulhenta entre os vagões. "Onde você estava?"

"Zagg", disse Danny, com grande sinceridade, "eu passei três semanas bêbado. Pergunte a Berlot se não é verdade!"

"Por que, seu maluco?", perguntou Peter com prazer indescritível, despenteando o cabelo de Danny de pura alegria.

"Larguei meu emprego na fábrica, terminei meu curso na escola de administração e vou começar a trabalhar como datilógrafo em Boston semana que vem."

"E você se embebedou, Mouse? Achei que ficaria feliz!" Peter estava realmente surpreso.

"Eu também, Zagg. Trabalhei tanto para escapar daquelas fábricas e desta maldita cidade. Agora saí, agora sou um homem livre, e me sinto infeliz, Zagg, infeliz. Entre as tecelagens e esse meu novo trabalho tenho três semanas sem nada para fazer além de gozar a vida, então me casei com uma bela e grande garrafa de uísque, Zagg, olhe para ela!" Ele a ergueu e a olhou com reverência. "Você entende esse detalhe, Zagg?"

De repente Peter foi tomado por uma tremenda tristeza ao pensar no pai doente em casa, em sua estranha visita à gráfica, em Joe no posto, em sua mãe trabalhando em uma fábrica de sapatos, na aflição solitária de sua vida na faculdade, e agora no pensativo e melancólico Danny. E todas essas coisas conspiraram juntas, e ele e Danny chegaram a Boston uma hora mais tarde gritando de bêbados.

Peter tinha vinte dólares, e em sua cabeça pensava em tomar o primeiro trem para Nova York depois que os bares fechassem em Boston. Mas eles foram ao Café Imperial na Scollay Square, um bar grande e variado, com dois andares e meia dúzia de seções, um lugar de pés batendo e barulho e as discussões ocasionais, cheio de marinheiros, homens do mar e mulheres. Eles brindaram um ao outro extaticamente, jurando serem os maiores amigos na Terra, e na verdade acreditando sinceramente nisso, jurando nunca mais tornarem a se separar.

De manhã, a bebedeira vermelho-sangue zunia por dentro da cabeça de Peter. Ele acordou em um quarto de hotel de aparência cara. Havia uma mulher de meia-idade esquelética ao seu lado roncando terrivelmente. O garoto pulou da cama em pavor cego, andou de um lado para outro do quarto estapeando as coxas e praguejando e resmungando. Parava de vez em quando para observar fascinado a senhora dentuça na cama. Olhou para a carteira, onde restavam apenas oito dólares, e ficou arrasado, completamente aturdido consigo mesmo.

"Meu pai está doente, minha mãe trabalha, me dá um dinheirinho. Meu irmão trabalha, minha irmã trabalha. Todo mundo acredita em mim porque estou na faculdade. Danny é meu amigo. Saio com ele e o abandono por essa *coisa* aqui, que eu nem conheço. O que estou fazendo? Ah, Cristo, o que estou fazendo com todo mundo!"

Por fim saiu do quarto na ponta dos pés, deixando a mulher à própria sorte, e correu até a cafeteria onde, sobre um copo de suco de tomate que não conseguia beber, literalmente encarou o abismo.

"Não tenho honra. Não tenho a honra de um animal. Se tivesse alguma honra, nunca faria coisas como essa." Ele olhou em torno da cafeteria para outros homens. Todos pareciam tão decentes de manhã e honrados de manhã e com propósitos de manhã.

Peter foi para o trem arrasado e voltou para a faculdade na Filadélfia. Seus dias na universidade estavam quase terminando. Sabia que a maneira como aprendia e o que aprendia não podiam ser aprendidos em escola nenhuma.

[7]

Era sábado à tarde. A grande multidão enchia o estádio, e o rugido oceânico de seu júbilo era levado pelos rádios para todos os Estados Unidos da América. A bateria de câmeras de cinejornais rodava misteriosamente lá no alto da tribuna. Nas cabines de imprensa homens apontavam binóculos para o campo lá embaixo como se fossem generais de guerra. Nos últimos momentos do último período, as canções tristes do lado que perdia eram entoadas por corais de ex-alunos fiéis. Flautins tocavam no campo, e tambores abafados anunciavam dolorosamente o fim de certas esperanças e o destino inescapável.

O jovem Peter estava sentado no banco, um jovem atacante do segundo ano, encapuzado em meio aos outros nas sombras do dia histórico, ansiando e queimando por todos os ossos de vontade de correr até o centro do campo, que era como o centro do mundo, e ficar lá entre essas grandes santificações que, por sua alma, eram como o Tributo dos Anjos nas grandes galerias do Dia do Juízo Final.

Nos últimos minutos do quarto quarto, chegou a sua vez. Ele removeu seu capuz e saiu correndo em meio aos cantos e gritos que ecoavam pelo fim triste do jogo. Não ousou erguer os olhos para as multidões.

Houve jogadas finais fantásticas na escuridão, inversões misteriosas e *sprints* repentinos de atacantes velozes através da linha da Marinha, corpos que se espalhavam e colisões acrobáticas, passes rápidos, pequenos avanços. De repente, no fim de tarde escuro em meio aos gritos, houve duas grandes penetrações no campo da Marinha por um estranho e fantasmagórico Peter que era quase impossível de se ver. Ele parecia tão pequeno e tão furiosamente difuso em suas investidas e esquivas através dos corpos atormentados – tudo nas sombras obscuras ao som dos tambores pesarosos.

A centenas de quilômetros de distância, na Nova Inglaterra, seu pai estava sentado de olhos grudados em um radinho insignificante. Lá também estava escurecendo nas janelas, a noite crua de outubro estava batendo nas vidraças, e o locutor gritava à distância:

"Outra boa corrida de Pete Martin da Pensilvânia! Direto pelo meio e depois pela lateral, e saiu do campo na linha das trinta jardas! É o primeiro *down*, para cumprir dez jardas! Peter George Martin de Galloway, Massachusetts, ele está no segundo ano, tem 1,73m, 80 quilos. Como ele CORRE! Outro desses grandes atacantes novos da Pensilvânia... O'Connel, Singer, Angelone, Martin... má notícia, não acha, Bill, para Notre Dame no mês que vem? Ah, e essa linha da Pensilvânia, é como um aríete. A Marinha está contra a parede, agora!... Uma virada para a direita, pela lateral, defesa seis-três-dois para os marinheiros – e soa o revólver! Acabou o jogo! Vitória da Pensilvânia! A partida está encerrada!"

E, tristemente, o jogo termina, há grandes movimentos e saídas no escurecer, a última música das bandas de metais e tambores, o lamento do hino da universidade entoado por coristas com garrafas de uísque e chapéus surrados, os últimos ecos do estádio enorme e mergulhado em sombras que lentamente se esvazia de toda a sua vida impulsiva. O jogo acabou.

As luzes da Filadélfia queimam na noite que se aproxima adiante. Todo mundo está saindo para comer, vão beber nos bares, haverá festas e risos. E os jogadores de futebol, tomando duchas ou penteando o cabelo ou sendo massageados por algum treinador consolador, estão pensando na garota doce e gentil que os espera para o baile.

Era aí que Peter via as alegrias de sua vida na faculdade – sempre no sábado à noite, quando o jogo acabava e a noite espalhava sua escuridão recompensadora sobre todos.

Na semana seguinte Peter recebeu uma carta de seu pai, de uma cidade em Connecticut chamada Meriden.

> Olá, Rápido Martin (era assim que começava. O envelope também estava endereçado para "Rápido Martin", pois o pai queria que o técnico de futebol e todas as outras pessoas na escola soubessem que seu filho era um excelente atacante rápido). São seis e meia da manhã e o gambá velho aqui está acordado pela casa pensando e desejando um monte de desejos vazios. Bem, para ser breve, estou aqui em um emprego novo. É, você adivinhou. Quando saí da cama e voltei para o meu emprego antigo ele não estava mais lá para mim. Não sou mais jovem como antes, e eles tinham um rapaz lá que parecia estar se saindo muito bem. Não preciso dizer o que sinto em relação a Green ter feito uma coisa dessas. Eu o conhecia bem e há muitos anos, quando tinha meu negócio naquela cidade que não presta. Bem, eu também devia ter adivinhado que ele ia se revelar o cara que menos prestava na cidade que não presta.
> Meu emprego novo aqui é bom e tranqüilo, consegui através do sindicato, bons patrões, uma rapaziada boa de trabalhar junto. Não é uma cidadezinha ruim de se trabalhar, não mesmo. Nenhuma reclamação além da falta de aquecimento aqui na pensão e da comida ruim nas lanchonetes. Toda semana mando para casa a maior parte do meu pagamento. Não me sobra muito. De vez em quando aposto cinqüenta centavos num cavalinho ou vou ao cinema. Mas estou preocupado com você, Pete, porque gosto muito de você, *gosto* muito!
> Sei que está solitário na faculdade, que há algo em sua cabeça que incomoda você. O mundo está numa confusão tão grande, todos vocês, garotos, coitados, estão confusos. Mantenha a cabeça erguida e apenas torça pelo melhor, ou o pior, seja lá como o Destino escolher lidar com você. Trabalhe duro e faça o máximo que puder, é o melhor que a maioria de nós pode fazer. Sua família apóia e ama você. Agradeça às forças da natureza que nos unem a todos pela vida.
>
> Seu pai velho e saudoso.
>
> P.S. E eu pensei que ia escrever a você uma carta alegre! Bem, vou enviar esta de qualquer jeito. Ouvi você no sábado passado no meu rádio – estou tão orgulhoso, tão carinhosamente orgulhoso de você!

Essa carta deixou Peter atordoado. Ele a retirara da caixa de correio e a lera enquanto caminhava devagar até seu quarto no andar de cima. Então, no quarto, sentou-se com a carta aberta sobre a escrivaninha, com Beethoven tocando no rádio. Ele olhava fixamente pela janela com o olhar vazio.

"Bem, *então é isso!*", pensou imediatamente.

E olhando para o campus pela janela, de repente sentiu uma enorme aversão crescer por dentro. "E agora eu tenho de ir para o treino de futebol!", gritou no quarto e, em um salto, baixou a persiana e mergulhou o quarto em uma penumbra lúgubre. Sentou-se outra vez à escrivaninha e olhou para a carta de seu pai no escuro.

Ficou ali sentado por um bom tempo sem parecer pensar em coisa alguma. Aos poucos, começou a sentir uma emoção tremenda nas veias, como uma pulsação, e algo que era como uma inquietação latejante nos músculos e nervos e nos próprios ossos.

"É a vida humana que quero – a coisa de verdade – não isso", disse para si mesmo com uma surpresa feliz.

Levantou-se com tanta violência que derrubou a cadeira, socando a mão com o punho, queimando de energia e sentimentos selvagens. Com um movimento exultante e determinado, arrancou o casaco do armário e saiu, fechando a porta. Ele mal sabia o que estava fazendo.

Tinha resolvido deixar o time de futebol, não ia mais jogar futebol.

"É tão simples! Tão simples!", pensava.

Ele se arrastou pelo vento e chegou a um bar. Jake Fitzpatrick estava lá bebendo cerveja e conversando com o barman. Provavelmente nunca viera a esse bar em particular em toda a sua vida, mas ele estava lá dentro. Peter riu satisfeito e entrou.

"Martin!", chamou Jake com alegria. "Diga, por que você parece tão satisfeito consigo mesmo?", perguntou.

"Resolvi abandonar o futebol e me dedicar aos meus estudos, me dedicar às coisas humanas!", falou Peter. "Olhe! Minhas mãos estão tremendo. Estou todo excitado. É isso o que vou fazer."

"Quando?"

"Começando de agora. Sou um homem livre, um ser humano. Vou ficar exatamente aqui a tarde inteira."

"Que carta é essa que você tem na mão? Ah – eu sei, é sua convocação para o Exército. E isso sem a menor dúvida explica tudo." E Jake riu.

Peter enfiou a carta do pai no bolso. Estivera andando pela rua com a carta na mão. "A carta me fez decidir largar o futebol americano!", disse de repente em um ímpeto.

"De quem é?"

"É só uma carta", disse Peter com ar distante. "Bem, na verdade ela não me fez tomar a decisão, mas ajudou. É só uma carta..."

"Bem, então beba! Diga", gritava, agora, Fritz, "por que você não vai até a casa de Judie buscá-la? Eu me divirto com aquela garota. Ela é muito interessante – de um jeito maluco."

"É, isso mesmo!", concordou Peter.

Saiu correndo na noite fria para buscar Judie, saltando nervosamente pelo caminho, mas com um passo cambaleante estranho. Em um momento estava de volta ao campus, olhando ao redor com certa raiva e uma solidão tola. Tinha parado completamente e estava de pé, encurvado e pensativo, bem em frente à entrada da biblioteca. Não estava com pressa de chegar à casa de Judie no outro lado do campus. Seu coração batia e batia mais forte.

"O que vou fazer", pensou com grande dificuldade, organizando as palavras em sua cabeça, "é pensar bem devagar. Deus!"

Passeou pelo campus olhando para ele com muita curiosidade, como se fosse um visitante, parando de vez em quando para observar algum monumento ou marco com aquela curiosidade que têm os visitantes. Mas estava pensando em algo completamente diferente.

Estava se perguntando como iria fazer para levar o rádio no trem, talvez levá-lo embaixo do braço, arranjar um assento e botá-lo do seu lado e tomar cuidado para que não caísse quando o trem partisse ou parasse. Cem detalhes como esse passaram por sua cabeça. Quando acendeu um cigarro, sua mão tremia violentamente.

"É isso o que quero fazer. Sei que é isso o que quero fazer!"

Meia hora mais tarde Peter Martin estava caminhando através do campus com um rádio pesado embaixo de um braço e uma mala grande no outro. Movia-se pelas sombras, ficava perto das paredes e dava voltas grandes e absurdas por onde era mais escuro. Na verdade, estava deixando a faculdade para sempre.

Quando subiu no bonde e arrumou todos os seus pertences ao seu redor no assento, deu um suspiro vigoroso: "Bem, é isso!".

Um estudante sentado em frente, que ele conhecia vagamente, observava-o com curiosidade. Peter despertou da benevolência de sua solidão e retribuiu com um olhar raivoso e cheio de ódio que fez o coitado do sujeito enfiar o nariz em um livro até chegar à estação de trem, sem nunca mais erguer os olhos.

Na cabine telefônica Peter sentiu outra vez pontadas de insensatez quando ouviu a voz de Judie protestando ao telefone: "Mas, Petey, não largue a faculdade! Não desista do futebol! Não vá me dizer que está voltando para aquela sua cidade horrorosa! Você é maluco se fizer isso!"

"O que quer dizer com sou maluco!", exclamou.

"Ah, não importa. Você só pensa em si mesmo – e *eu*? O que vai fazer a meu respeito?"

"Vou escrever e vou guardar dinheiro para vir aqui sempre ver você, é isso!"

"Claro", murmurou com tristeza.

"Está bem, está bem!", gritou ele, com um murro na parede da cabine. Finalmente eles se despediram e, no fim, Judie estava quase chorando.

Depois de se esconder de sua família por uma semana melancólica durante a qual ficou perambulando por Nova York até seu dinheiro acabar, Peter voltou para casa como um verdadeiro herói, sob a proteção da preocupação sensacional que causara em todo mundo.

Assim que chegou, arranjou um trabalho em Galloway. Com o emprego em um posto de gasolina grande no centro da cidade, e o início de suas contribuições para o orçamento familiar, soube que estava "pagando" por sua decisão impulsiva. Com isso feito, estava absolutamente pronto e à espera de seu pai e das objeções que o velho levantaria por ter largado a faculdade. Na verdade, estava esperando por isso com ar ressentido, pronto com cem respostas deliberadamente desdenhosas.

Como era de se esperar, sem sequer um momento de hesitação, na primeira hora após sua chegada a Galloway naquele sábado, Martin foi atrás de seu filho. Foi andando despreocupadamente até ele no lugar onde trabalhava. Peter estava debruçado sobre um motor no pátio do posto, todo vestido em um macacão novo, o cabelo penteado liso para trás, as mãos só um pouco sujas do trabalho.

"Oi, meu filho!", cumprimentou Martin com uma demonstração desolada de alegria.

Peter não pareceu surpreso. "Ora, ora, pai! Como você descobriu que eu trabalhava aqui?" Foi como se soubesse que o pai chegaria naquele exato instante.

"Ah, Joe me contou", respondeu o pai despreocupadamente. "O que você está fazendo aqui? Não sabia que era mecânico... Achava que Joe e Charley eram os únicos mecânicos da família."

"*Não* sou mecânico", respondeu Peter quase com petulância. "Estou só lubrificando este carro em todos estes pontos aqui. Este esquema mostra a posição deles em um Nash. Depois botamos graxa na transmissão, nela toda, lá de baixo no poço. Bom emprego, hein?"

"Ouvi falar que o salário é bom", disse o pai, olhando ao redor com curiosidade para o posto limpo, espaçoso e bem organizado. "Essa gente parece saber o que faz. Eu costumava trazer meu velho Plymouth aqui nos velhos tempos, mas na época não era o mesmo tipo de lugar..."

Então, quando Peter voltou à sua tarefa, e seu pai ficou ali parado observando-o, houve um momento de silêncio terrível. Tudo o que tinham a dizer um ao outro estava congelado dentro deles.

"Só pensei em passar por aqui para ver como você estava..."

E mais uma vez ficaram em silêncio. Naquele momento escutaram o rádio dentro do posto e ouviram a voz excitada do locutor e o grito das multidões, e bandas de música, as fanfarras triunfantes distantes de um grande jogo de futebol americano de sábado à tarde em algum lugar dos Estados Unidos. Peter ficou morto de vergonha e fechou os olhos em segredo sobre o motor, estremecendo ao pensar no pai parado ali ao seu lado.

"Você sabe que jogo é esse?", falou o pai com uma espécie de curiosidade abjeta.

Olhou com brandura para o pai: "Michigan x Iowa, eu acho. Não tenho certeza."

"Bem", disse o pai com voz distante, olhando para o outro lado, hesitando ali, parado de pé com as mãos nos bolsos do casaco, "a que horas você sai do trabalho?"

"Umas seis."

"Vai jantar em casa?"

"*É claro*", disse Peter com muita firmeza.

"Tem um restaurante do outro lado da rua", disse de repente o pai, "acho que vou lá comer um hambúrguer ou algo assim. Estou com um pouco de fome."

Peter olhou para ele pela primeira vez. "Vou acabar isto aqui em um minuto. Vá na frente que eu chego em um minuto. Uma xícara de café cairia bem."

"Está bem, Peter", disse o pai, como se finalmente tivessem chegado a um grande acordo triste. "Vou estar sentado lá." E saiu e atravessou a rua, e Peter ficou parado olhando para ele com a sensação mortificada de que havia de alguma forma machucado muito aquele homem, de um jeito perverso e irrefletido.

Foi para o restaurante alguns minutos mais tarde e juntou-se a ele no balcão onde, como sempre acontece nesses restaurantes em vagões, havia muita conversa e riso entre os homens, um rádio que tocava alto, e gente que entrava e saía em explosões frescas de entusiasmo. Então eles só ficaram ali sentados ao balcão observando e ouvindo.

E o fato de que ele e o pai ainda tinham de mencionar a situação queimava dentro deles, a loucura suave daquilo, a delicadeza complexa daquilo, a diplomacia e o pesar viril daquilo, as coisas incompreensíveis que estavam compartilhando juntos naquela tarde. Tudo isso o estava pegando e quase demolindo o desdém que planejara usar. Peter queria que seu pai falasse sobre o assunto, dissesse algo, discutisse com ele, até ficasse com raiva dele, gritasse com ele bem ali no restaurante na frente de todos os homens.

Naquele instante, entretanto, enquanto os dois estavam ali sentados no mais profundo silêncio, e Peter estava prestes a contar a ele o que havia pensado como planos para o futuro, a porta se abriu outra vez e um grupo de homens que conhecia Martin entrou.

"Ora, como estão vocês, rapazes?", saudou Martin jovialmente. "Conhecem meu filho, Pete? Como estão as coisas na fábrica?"

Eles se agruparam ao redor por um instante, e Peter percebeu com uma raiva que queimava que seu pai agora era objeto de curiosidade para eles, quando antes eles se reuniam em torno dele, como Pete os tinha visto fazer quando criança, com educação e admiração verdadeiras.

"Soube que você está trabalhando fora da cidade, agora, George", disse um deles, um tanto curioso, mas sem dissimulação intencional, apesar de isso ficar evidente nos rostos de todos enquanto escutavam juntos em excessivo silêncio a sua resposta.

Peter debruçou-se sobre sua xícara com uma raiva tensa.

Ele ouviu alguém perguntar: "O que *ele* está fazendo?".

"Pete, aqui? Ah", riu Martin, "ele fala de liberdade." Foi só uma pequena brincadeira, e ninguém entendeu direito. Por algum motivo, o homem mais jovem do grupo soltou um riso desrespeitoso. O coração de Peter batia como uma britadeira, o sangue correu para seu rosto com uma sensação desagradável, mas com uma exaltação ansiosa, e ele virou-se lentamente em seu banco, em um gesto bem deliberado, provocando uma expressão completamente envergonhada no rosto daquele homem, e disse com raiva:

"Qual o problema?"

"Hein?"

Peter corou quase imediatamente, as lágrimas de embaraço encheram seus olhos, mas ainda assim continuou a encarar indignado o rosto do outro homem, enquanto todo mundo observava, e por um instante sentiu o impulso receoso de lançar seu punho no rosto do outro com toda a sua força, quebrar tudo à sua frente em um caos de fúria.

Fez-se um silêncio incompreensivo por um instante, e então, como em um sonho, o homem foi embora e cruzou o vagão-restaurante para pegar um reservado, e Peter, os olhos toldados, ficou apenas olhando para o nada estupidamente, com os músculos do pescoço salientes e o punho se abrindo devagar, todo o seu ser tremendo por dentro. O mais velho dos homens ainda estava parado perto do pai, olhando para Peter.

De repente Martin deu um riso rouco. "Meu Deus! O pequeno Petey antigamente era *tão* tímido, *tão* tímido! Lembra de quando ele era desse tamanho, Bill, um menininho tímido como o meu Mickey, que nunca falava nada. Diga, qual o problema com você?", riu.

Peter se levantou e saiu do restaurante com uma sensação entorpecida de humilhação. Seu pai juntou-se a ele do lado de fora logo em seguida.

"Isso que você fez foi uma coisa engraçada", disse ele com curiosidade. "Você nunca foi assim..."

"O jeito como aquele cara riu! E afinal, quem é aquele otário?"

"Qual o problema com você?", gritou com raiva o pai. "Eles não fizeram nada. Conheço esses rapazes muito bem..."

"Um bando de caras metidos a espertos. Não viu como eles estavam, não viu – não percebeu nada?"

"Percebi", urrou o pai. "Percebi que você não é mais o mesmo pequeno Petey, que era tão modesto e alegre..."

"Pro inferno com o pequeno Petey!"

"Isso mesmo, isso mesmo, vá em frente e diga!"

Eles olharam um para o outro com expressões de ódio puro.

"Nossa", gritou Peter, tomado por uma sensação de desespero aterrorizado. "Não percebeu como eles *olhavam* para você e falavam sobre seu trabalho em outra cidade, daquele maldito jeito presunçoso. Pai, aquele riso!", insistiu em desespero.

"Não percebi nada dessas coisas. É esse jeito neurótico que vocês garotos estão começando a ter, é isso o que é, eu acho."

"O que você quer dizer com neurótico!", disse Peter entre os dentes, de repente com um ódio forte do mero som da voz de seu pai.

"É isso o que eles ensinam a vocês na faculdade, eu acho, é o que se aprende em Harvard e na Pensilvânia. Sem dúvida elas produzem garotos espertos hoje em dia."

Peter estava mudo de raiva. "Cuidado, pai, com o que você fala. Não pode dizer..."

"O que você quer dizer com isso, filho?", disse o pai com docilidade e uma dor meiga nos olhos, e mesmo assim com os lábios retorcidos de desgosto.

"Você não pode dizer isso!", explodiu Peter com a consciência súbita de que não sabia o que queria dizer com aquilo.

"Não entendo mais você", disse o pai.

"O quê!", gritou Peter. "Como pode ser meu pai se não entende!"

"Não, eu não entendo você", declarou enfaticamente o pai, com voz trêmula. "Acho que não vou entender você nunca mais agora. Você percebe isso, Petey? É por isso que um pai tem de passar na vida? Tem de perder todos os seus filhos um a um porque Deus os quer até que fiquem velhos, e depois vai jogá-los fora. Mas quando ele os jogar fora não vou mais estar por aí para ajudar. Esse é o grande problema..."

"Pai", começou Peter, com ansiedade, "você sabe que eu queria voltar para casa para ajudar, não sabe? Lembra daquela noite no verão passado quando estávamos na varanda e eu contei a você como me sentia mal por estar saindo de casa..."

"Não, eu não me lembro disso."

"Eu não disse? Fui para a faculdade e não conseguia me concentrar por causa disso tudo! Desse problema todo em casa!", exclamou com um grande suspiro. "Aí você ficou doente. Sabe, eu fui falar com Green naquele dia sobre o emprego na linotipo!" Ele olhou triunfantemente para o pai. "Você nunca soube *disso*, pai."

O velho parecia pensar em outra coisa.

"Não estou contando tudo a você porque... Na faculdade eu estava péssimo, não queria mais aquilo, nem aquilo nem futebol nem coisa nenhuma. Por outra razão, não pela nossa casa. Fui até a firma de Green e pensei em assumir o seu emprego por duas semanas. Eu já estava, então, pensando em largar a faculdade. A mamãe estava falando em trabalhar na fábrica de sapatos. Vi todo mundo trabalhando e apenas conseguindo viver, como, pela primeira vez, de repente tudo ficou infeliz."

"O que aconteceu lá na gráfica de Green?"

"Ele não quis me contratar", disse Peter, com impaciência, "mas eu conversei com ele por um *bom tempo*. Está vendo, mesmo então eu tentei ajudar!"

O pai deu de ombros.

"Lá vai você", falou Peter de modo ríspido repentinamente. "Acho que nunca vai acreditar no que digo. Está bem." E lançou para o pai um olhar cheio de ódio e desconfiança que também carregava uma curiosidade disfarçada e abatida, pois de repente percebeu que tinha simplesmente mentido.

"Dá tudo no mesmo para mim, Peter", disse o pai, pensativo. "Você sabe o que eu queria que fizesse. Entretanto, é a sua vida, não a minha." Ele ficou ali parado olhando deprimido para o nada. "Na minha velhice eu queria um filho fazendo coisas grandes. Você não sabe como eu gostava de dizer aos meus amigos que você estava no time de futebol de uma grande universidade. Pode rir, mas eu tinha orgulho à beça de você."

"Agora você não está mais orgulhoso!", zombou Peter.

"Estou orgulhoso de você como sempre, só que não tenho nada para dizer a esses sujeitos. Eles vão me perguntar o que aconteceu com você, e o que vou poder dizer a eles?"

"A-rá!", insistiu Peter com o mesmo ar tolerante de escárnio. "Então é com isso que você está tão preocupado – não saber o que dizer aos seus amigos. Por mim, pode mandar todos eles para o inferno, está bem?"

"Não ache que eu não faria isso, se tivesse vontade", disse o pai com uma expressão meiga e preocupada. "Não, não é nada disso, mesmo. É com *você* que estou preocupado."

"Não há nada errado *comigo*!", o garoto quase gritava. "Estou perfeitamente bem e sei *exatamente* o que estou fazendo!"

"Exatamente o que está fazendo", fungou o pai. "Que coisa boa! Dezenove anos de idade, e ele sabe exatamente o que está fazendo. Sim, senhor, hoje em dia eles estão cada vez mais espertos, gigantes mentais. Aqui está um Martin que é um gigante mental – não, espere um minuto, há dois deles, dois Martin que são gigantes mentais. O senhor Francis e o senhor Peter!"

"Não quero nem saber o que Francis é, mas não me rotule assim – sei o que estou fazendo, pela primeira vez. Me deixe em paz!", acrescentou de repente.

"Deixar você em paz?", repetiu o pai espantado. "Por que, alguém lá em casa alguma vez incomodou você ou lhe disse o que fazer, ou ficou dando ordens demais e tentou controlar sua vida? Vocês crianças sempre tiveram toda a liberdade e todo o estímulo do mundo."

"Todo o estímulo do mundo", disse Peter agora com um olhar sombrio. "Lembra do jogo contra Lawton em 1935?"

"Sim?", disse o pai. "O que o jogo contra Lawton em 1935 tem a ver, agora?"

"Ah, nada", disse Peter, com um aceno, meditativo e por fim dando de ombros. "Nada demais. Você disse apenas" – e nesse momento Peter começou a enrubescer, sentindo-se muito tolo. "Bem, na verdade, não é nada."

"O quê, o quê?"

"Você falou que eu era pequeno demais para entrar para o time de futebol", disse quase às escondidas, mas tentando parecer despreocupado e prosaico.

"Eu falei?"

"Falou! Eu me lembro disso, mas você, não. Fui para o time de futebol e demorou muito tempo até eu conseguir, mas consegui, não é? Finalmente consegui, apesar de você."

"Petey, não me lembro de ter dito nada assim. Está bem, posso ter falado. Mesmo assim, que diferença isso faz? Você agora é um rapaz crescido."

"Bem, não quero mais jogar futebol americano", explodiu Peter, sorrindo em seguida.

O pai estava desesperado. "Meu Deus! Isso tudo não tem nada a ver com a história! *Que tipo* de bobagem você tem ouvido? Você era uma criança maravilhosa, eu me lembro de você com sua luva e seu boné de beisebol. Meu Deus, eu me lembro da expressão de desejo, da ansiedade e da timidez em seu rosto, e das coisas que você parecia querer fazer, bem em seus olhos..."

"Sim sim sim sim", suspirou Peter com irritação.

"Agora – olhe para o que você fez. Desistiu de uma bolsa de estudos em uma boa faculdade, e de todos os amigos e contatos que estava fazendo lá, a carreira que poderia ter construído dali. Desistiu disso tudo para quê? Neste mundo de tempos difíceis! Por um emprego desses. Nesta cidadezinha vagabunda, que não presta. Eu digo que estou simplesmente perplexo, essa é a única palavra em que consigo pensar!"

Peter não estava mais com raiva e ressentido, estava com um sorriso amável enquanto o pai falava.

"Se eu quiser voltar para a Pensilvânia, eu simplesmente volto, é simples. Agora, isso não me interessa."

"Você nunca vai voltar para lá, não depois do que fez!", Martin estava quase gritando. "Se você soubesse o que fez, Petey! É um mundo difícil! Todos os pobres do mundo, as massas pobres trabalhando, lutando e implorando por um pedaço de pão, e você, apenas um menino que não conhece a vida, sem anos de experiência dura e cruel, sem entender exatamente o que são tempos difíceis – você faz uma coisa dessas com a maior tranqüilidade e alegria!"

"Alegria?", disse Peter, satisfeito.

"Ah, é difícil, Petey, ganhar a vida!"

"Quem quer ganhar a vida? Eu quero viver..."

"Você está apenas brincando com as palavras, filho, palavras que aprendeu nos livros."

"Você sabe que tem uma guerra vindo aí!", declamou excitado. "Mesmo se eu tivesse ficado na faculdade eu seria sacado de lá e rápido! Ninguém vai para a faculdade em um futuro próximo. Você sabe que Mel Barnes deixou o time na mesma época que eu, para servir na Força Aérea? Não sabia disso, sabia? Isso não interessa porque não se encaixa no que você quer achar."

"Você acha que vai fazer o que quiser por toda a vida?"

"Acho, sim. Por que não?"

Martin caiu na gargalhada. "Pobre criança, pobre criança! Você nem mesmo sabe o que vai enfrentar." Ele riu outra vez e sacudiu a cabeça com tristeza. "O problema conosco, os Martin, é que não conseguimos viver bem neste mundo, algumas coisas nele são tão sujas, e temos de rejeitá-las, nós sempre as rejeitamos."

"Ah, esqueça, está bem, pai? Eu não *estou* preocupado."

"Bem, você tem seu empreguinho aqui", disse o pai, apontando para o posto de gasolina do outro lado da rua. "Acho que ali tem trabalho para você fazer esta tarde. Não vou mais incomodar."

"Você não está me *incomodando*."

"Vou para casa e calar a boca. Então, você vai jantar em casa?"

"*Claro*", continuou Peter. Sentindo-se envergonhado de repente, acrescentou: "Vou jantar em casa, pai. Vejo você lá." Mas o pai já estava indo embora, e Peter o viu ir com uma sensação repentina de arrependimento.

Ele voltou ao trabalho no poço de lubrificação com um sentimento de tristeza e mal-estar. Às seis horas, quando terminou de trabalhar, estava tomado de depressão, e andou para casa ao vento na tremenda escuridão de novembro, enquanto grandes galhos estalavam no alto, enquanto as últimas folhas esvoaçavam ao redor das lâmpadas nos postes.

E de repente, naquela noite, seu pai, batendo as palmas das mãos e mantendo-as ali em reverência pesarosa, gritou do escuro da sala de estar: "As coisas, meu filho, as coisas!"

[8]

Joe Martin por acaso estava passando a tarde de domingo em um bar quando a notícia de Pearl Harbor foi anunciada no rádio. Estava bebendo com Paul Hathaway, que tinha voltado a Galloway pela primeira vez desde a viagem de caminhão. A primeira coisa que fizeram, na companhia de vários outros, foi deixar suas bebidas e partir em conjunto rumo ao escritório de recrutamento nos correios para se alistar no ato. Alguém quis primeiro ligar para a namorada, mas eles gritaram: "Vamos lá, Romeu, isto aqui não pode esperar!". Eles logo descobriram que a máquina de alistamento iria funcionar bem devagar, e todos tiveram de ir para casa jantar.

George Martin, nesse dia, estava sozinho em sua pensão na cidadezinha de Connecticut, onde trabalhava, quando seu radinho deu a notícia. Estava se barbeando e se encarou no espelho em desespero.

"Agora eles conseguiram, conseguiram de novo! Vamos ouvir muito sobre isso antes de acabar, e depois de acabar! Agora eles vão começar a distribuir brochinhos, e, quando a coisa ficar boa e sangrenta, vão começar a distribuir medalhas. Agora todos os idiotas do país vão subir até o topo. É a hora deles."

Não se importou com quem o escutasse dos quartos adjacentes.

"É a hora de os tolos entrarem em ação. É a hora de os bons jovens, de os bravos se matarem e matarem outros bravos. Já vi isso tudo antes, e lá vamos nós outra vez! E meus três garotos – quatro garotos com o pequeno Charley, com quinze anos e quem sabe? Meus garotos! Meus garotos!", gritou com raiva crescente e ódio e ficou reclamando pelo quarto.

Martin se lembrou de como tinha se sentido da mesma maneira em 1917, apesar de ser jovem na época, e tudo aquilo ia acontecer outra vez, a mesma irrealidade estúpida e violenta das coisas enlouquecendo. Parecia mais desnecessária e obsoleta e insana que nunca. Naquela noite escreveu para sua esposa:

"O pobre povo americano! Todos os tolos do mundo nos tomam por milionários que moram em mansões. Eles nos atacam, porque acham que temos muito dinheiro e somos arrogantes por causa disso. E o que eles estão atacando! Um pobre-coitado que se mata de trabalhar, porque seus pais e seus avós tiveram de trabalhar muito duro e o ensinaram a ter uma vida de trabalho também. E ele é um homem tão pacífico, o americano, o primeiro homem realmente pacífico! Tudo o que ele quer é viver, criar sua família, trabalhar e tornar sua vida mais agradável e compassiva. Será que, no fim das contas, ela é muito mais que isso? E não estou me referindo à classe média ou seja lá como eles se chamam com suas casas elegantes e gramados elegantes, como têm lá na Wildwood Drive em Galloway, e seus empregos elegantes nos bancos e câmaras de comércio. Estou me referindo ao *povo* deste país e aos pobres-diabos que têm de trabalhar duro para viver e acreditam em suas famílias e em uma vida boa e piedosa.

"Bem, Marge, começou de novo. Os grandes idiotas estão em pé de guerra, e alguém, em algum lugar, está produzindo o lixo que vai deixar todos cegos para os fatos verdadeiros do mundo, americanos ou não. Beije meus filhos queridos por mim. Há uma longa estrada pela frente, e tudo o que podemos fazer é esperar, nós os desamparados."

Em Galloway, as crianças pequenas corriam pelos campos ao anoitecer e berravam e gritavam porque achavam que os aviões japoneses iam chegar a qualquer minuto. Mickey estava com eles, e todos faziam "Ra-ta-ta-ta-ta!" como metralhadoras e lutavam furiosamente uns com os outros.

Peter, naquele momento melancólico, depressivo e desvairado de sua própria vida, saía caminhando por Galloway tarde da noite, quando todo mundo estava dormindo, e virtualmente escutava o silêncio. O rio continuava seu fluxo lento e trovejante através da cidade, a luz fria e branca da lua brilhava sobre os canais congelados e produzia seu brilho de meia-noite sobre os cortiços da Rooney Street desolados e açoitados pelo vento.

Peter tinha um ano a menos do exigido para o serviço militar obrigatório, mas tinha ouvido falar na marinha mercante e considerou que esse podia ser o primeiro passo de sua vida nova. Entretanto, curiosamente, nunca pensou nisso em termos de guerra, mas em termos de um grande mar cinza que ia se tornar o palco de sua alma.

E, depois dessas meditações da meia-noite enquanto caminhava, sempre voltava para casa, assombrando na cozinha o sono da família por um bom tempo com uma xícara de chá, seus cigarros e um mergulho melancólico em grandes livros. De manhã, com olhos turvos e saciado, ia trabalhar com o macacão sujo de óleo e meditava no poço de lubrificação o dia inteiro, pensando em Mares Desconhecidos e Círculos Desenhados à Meia-Noite, e no Grande Albatroz Branco como a Neve.

Acontecimentos poderosos no mundo não tinham praticamente importância alguma para ele, não eram reais o bastante, e ele tinha certeza de que suas visões alegres e maravilhosas de uma existência supra-espiritual e grande poesia eram "mais reais que tudo".

Passou a adotar o hábito de seu pai de erguer os olhos com surpresa atônita quando alguém falava com ele, mas com uma pequena diferença: um retorcer no rosto com uma seriedade raivosa, os músculos do rosto estremecendo com impaciência em profunda deferência com o interlocutor. Uma semana, isso chegou ao ponto em que ele não fazia nada mais que contrair seus músculos faciais diante de todo mundo. Sozinho, chegava a treinar aquilo, sério, no espelho, e encarava a si mesmo.

Estava lendo todos os grandes livros e circulava pelo mundo envolto na capa sombria de si mesmo aos dezenove anos. Além do mais, tinha certeza de que sua vida havia terminado, de que ia morrer uma morte jovem, e de que seus últimos dias seriam passados em grandeza larga, silenciosa, sombria e enigmática. Apesar disso, naquela época era tão belo e vigoroso quanto qualquer outro homem em Galloway, e, quando uma garota por acaso o pegava de surpresa com um alegre cumprimento matinal, ele imediatamente corava e sorria com uma doçura desajeitada sem nada compreender. Então, com o coração batendo forte, escapava apressado para pensar consigo mesmo.

Certa noite, o jovem grego melancólico, Alexander Panos, encontrou-o em frente à biblioteca de Galloway. Do lado de fora, porque tinha ordens específicas de não interromper o "estudo de todas as coisas" do Jovem Fausto. Peter saiu na hora de fechar, às nove, acendendo um cigarro, de cara fechada e contraindo os músculos no brilho da chama do fósforo, enfiando seus livros nos bolsos de cara fechada e pronto para sair à rua. Lá fora, da alcova escura, veio Alexander, com um sorriso triste.

"O que está carregando?", berrou Peter, quase incomodado, como se tivesse sentido sua presença próximo na escuridão e não estivesse nem um pouco surpreso.

"Umas coisas que quero mostrar a você", respondeu o jovem poeta. "Espere até sentarmos em algum lugar. Como vai você esta noite, Pete?"

"Tudo bem, tudo bem!", berrou Peter. "Igual a todas as noites. Vamos!"

Atravessaram o canal perto da A.C.M., e Peter olhou para os jovens atletas gregos que estavam ali se pavoneando apoiados na grade e girando seus chaveiros. Entretanto, eles não notaram Peter, que normalmente teriam reconhecido por causa de sua reputação como atleta.

Ele cuspiu despreocupadamente no canal e disse: "Para onde a gente vai?"

"Podemos ir à cafeteria da Daley Square e tomar café, ou..."

"É, vamos fazer isso. Mas diga, o que você estava falando sobre arte gótica lá naquela ponte do canal na segunda-feira à noite?"

Alexander vasculhou sua memória e apontou na direção da biblioteca. "Você está falando da ponte lá perto da igreja grega. Eu estava dizendo que nas duas margens do canal você tem a elevada catedral gótica de São Mateus, e depois o bizantino grego com sua cúpula interna."

Peter balançou a cabeça interessado.

"A imensidão gótica, não vê, colocada lado a lado com a sensibilidade bizantina. Mas, é claro, eu sou parcial", sorriu. "Você já parou para pensar que cidade estranha é Galloway?", continuou avidamente Alexander.

Peter riu com sarcasmo.

"Eu entendo, mas apesar disso, mesmo nesta cidade, apenas um canal separa duas escolas de arquitetura. E a vista da ponte da Rooney Street é muito bonita. As pessoas estacionam os carros na ponte nas tardes de domingo, gente de New Hampshire e de Connecticut e do Maine, só para ver o rio e o horizonte."

"Humm", disse Peter, agora preocupado com outra coisa.

"Tenho tantas coisas para contar a você esta noite", começou Alexander, dando uma tragada ávido em um cigarro recém-aceso. "Não vejo você há dois dias. Onde foi ontem à noite?"

Peter cuspiu outra vez no canal. "Saí com Berlot e a turma. Encontramos Scotcho e Danny e alguns dos outros caras e saímos pelos bares. Gartside estava de carro e nós pegamos a Gertie Encardida no Yellow Moon."

"Aquela vadia horrorosa? Pete, ela não, sério, ela não!"

"É claro", disse Peter despreocupadamente.

"Não entre em detalhes, por favor! Eu sei de tudo", disse o jovem Alexander com melancolia principesca.

Peter batia nos joelhos e ria com grande prazer. "Ah, Al, seu pobre maníaco miserável, está horrorizado?"

"Sério, Pete", balbuciou com seriedade Alexander, "não me oponho a nada – mas uma pessoa sensível como você... E sua alma?"

"Minha alma não é sensível", riu Peter, "ela está na sarjeta, onde é o lugar dela." Mas, no mesmo instante, ficou pensativo outra vez.

"Não tenho objeções a Baco ou a Vênus, mas, Pete, as coisas que você faz quando sai com essa turma! Não vê que precisamos aprender a discriminar? Há coisas maiores e melhores que ficar de brincadeira com essas prostitutas doidas! O mundo está se abrindo com novas esperanças e ideais mais elevados, e você quer satisfazer sensações menores e baratas! Isso não é bobagem? Pete, odeio falar assim – seria tão mais fácil elogiar do que discordar de você –, mas pense só, está acontecendo uma guerra em larga escala contra o fascismo! E pense em Tommy Campbell, Tommy, com quem a gente viu o sol nascer no verão passado, e agora ele está em Manila, e os japas tomaram Manila! Eu ofendo você falando desse jeito?"

"Não, continue. Mas ainda não há notícias concretas sobre Tommy. Ele pode ter escapado na floresta."

"Isso é tudo o que eu tenho a dizer. Por favor, não me entenda mal!"

"Pode deixar", riu Peter. "O que acha, vamos andar até a Daley Square?"

"Está bem."

No momento seguinte, depois das reflexões sorumbáticas, Peter disse: "Al, sobre essa história da Gertie Encardida, não pense nem por um minuto que coisas como essa me influenciam. Você sabe o quanto tenho estudado desde que larguei a faculdade. Você nunca vai saber *quanto*. Só o que faço é estudar", concluiu furioso.

"É claro", disse Alex. "Sei disso muito bem, nunca mais consegui ver você. Mas quero que siga em frente. Um dia nós dois seremos grandes homens."

Bem na Daley Square em meio à multidão da cidade, Alexander começou outra vez: "Ah, Pete, a guerra chegou e provocou mudanças tristes. Estou mais perdido agora do que jamais estive antes e sei que você também se sente do mesmo jeito, posso ver."

Peter estava olhando zangado, porque Alexander falava alto demais no meio da multidão.

"Você não se lembra, Pete, da primeira vez que nos vimos no areal, quando éramos crianças, você e seu irmão Joe?"

"Eu sei, eu sei."

"E quando apresentei você à minha mãe pela primeira vez, como ela percebeu!"

"Percebeu o quê?"

"Que você era como um irmão, que eu o via como meu irmão. Ela percebeu isso instantaneamente, apesar de eu nunca precisar dizer a ela. E depois, Peter, lembra como foi quando a gente viajou para Nova York e encontrou seu irmão Francis e aquele cara, Engels. E depois, em um dos maiores momentos de minha vida, quando finalmente conheci seu irmão Joe no ano passado. Como quase chorei quando o vi! Não percebe que não posso me esquecer daquele dia no areal anos atrás? Quase toda a minha existência e fé se baseiam naquele único dia! Não completamente, é claro, pois eu amei – amei tanto Julia Browning, mesmo quando ela riu de mim na rua naquele dia. Peter, eu tinha dezesseis anos."

"Você sempre foi um maluco surpreendente", riu Peter.

"Claro, um maníaco da sensibilidade. E agora, mesmo esta noite, que amor estranho sinto pela pobre Alice..."

"É a poetisa de Boston?"

"É, você vai conhecê-la e ver que grande mulher ela é. Mas, acima de tudo, eu amo mesmo é a pobre Maria", disse com tristeza, "se você pudesse apenas ver seus olhos."

Maria era uma garota de New Hampshire que Alexander conhecera em algum lugar em Boston por meio de seus amigos, e dizia-se que ela tinha só mais um ano de vida. Entretanto, Peter duvidava disso. Tudo o que sabia sobre a garota viera dos lábios do próprio Alexander, e ele sabia que Alexander era capaz de fabricar romances estupendos e literalmente acreditar neles.

"Um ano de vida, e a tristeza de seus olhos, Peter. Eu quero casar, mas ela recusa. Recusa com raiva e me manda embora, e eu saio e choro às margens do rio Charles..."

"Como você poderia se casar? Não tem dinheiro nenhum e ainda está estudando."

"Nós concentraríamos toda a existência nesse ano!", cantarolou Alexander com alegria enquanto as pessoas se viravam para olhar, e Peter olhou para os próprios sapatos. "Mas, mais que isso, eu agora me pergunto: onde estão minhas velhas alegrias? Onde? Como naquela manhã quando eu era pequeno e olhei com atenção para a minha primeira flor, ou quando li Homero pela primeira vez no ginásio. E quando minha tia favorita morreu e aprendi a lição das lágrimas aos doze anos. Onde está aquela manhã em que você e eu e Tommy Campbell fomos ao riacho no pinheiral de manhã cedinho para ver o sol nascer e para cantar? Lembra de como enterrei aquela florzinha na terra? Será que foi por Tommy que enterrei aquela flor?"

"Ninguém sabe o que aconteceu com Tommy", insistiu Peter.

"Mas eu sabia naquela época, eu sabia! Você não vê, Pete, a vida não pode esconder nada de mim!"

"Bem..."

"E agora, Pete, tudo parece perdido! Sei que vou morrer jovem, antes dos 23. Que escuridão está se abatendo sobre mim! Para mim, é como se você fosse o último dos seres humanos na Terra."

Peter olhou para o outro lado, sem saber o que dizer.

"Peter, lembre sempre de que nunca fui duro ou falso, sempre expressei meus sentimentos apesar do que as pessoas pudessem pensar."

E Peter sorriu, esfregando o queixo.

"Entretanto, hoje em dia sou mais reservado, muito mais reservado do que jamais fui", continuou Alexander, caminhando ereto e com ar imponente. "As glórias da juventude podem ter se esvanecido, mas o Príncipe de Creta sempre mantém sua dignidade. 'Não chorem pelos poetas, pois eles carregam as lágrimas de seis mil anos.' Não é um belo verso? Escrevi ontem à noite, no meio de um trabalho sobre George Bernard Shaw."

Caminhando pelas ruas do centro, esbarraram com um treinador de futebol de uma faculdade de Boston que tinha entrado na concorrência pela matrícula de Peter alguns anos antes. Era um técnico auxiliar do time e morava em Galloway. Ele acenou com a cabeça para Peter e parou.

"E o que você me conta, Martin, como tem andado?", perguntou o treinador asperamente, ele também um ex-jogador, parado diante de Peter com a expressão fechada e os modos sérios que tem a gente do futebol americano quando se encara.

"Tudo bem", respondeu Peter, fechando a cara. Alexander ficou afastado, esperando sem o menor interesse. "Como estão as coisas na faculdade?", perguntou Peter despreocupadamente.

"Bem, acho que teremos um bom time no próximo outono, apesar de eu não saber quantos homens vamos perder para o serviço militar. Soube que você largou a Pensilvânia", acrescentou com curiosidade.

Peter deu de ombros, despertando as velhas defesas que estava usando há meses contra uma pergunta feita repetidas vezes a ele em Galloway. "Ah, sim, acho que cresci e com isso perdi o interesse pelo futebol. De qualquer jeito, a guerra está arrasando tudo nas faculdades", acrescentou com alegria, e fechou a cara outra vez.

"Bem", sorriu o homem, "até agora, não, pelo menos até agora, não. Qual o problema, o futebol universitário é demais para você? Pelo que me contaram, você estava indo muito bem. Como era o time por lá?", perguntou profissionalmente, após um momento do silêncio de Peter.

"Era bom", disse Peter distraidamente, satisfeito porque o time "por lá" era muito mais famoso pelo país do que o time do homem.

"Bem", disse o treinador, olhando para seu relógio, "espero ver você por aí, e – boa sorte", e saiu andando apressado, Peter olhando para ele com um sorriso falso que se transformou em um olhar de desagrado.

"É isso aí, meu irmão", murmurou de forma indistinta para si mesmo.

"O quê?", perguntou Alexander com curiosidade.

"Esse cara já ligou para mim todas as noites durante uma semana tentando me convencer a ir para a faculdade dele. Agora ele me dá uma dispensada, uma bela de uma dispensada. Você percebeu o sorriso dele?"

"E que importância isso tem, Peter?"

"Nenhuma."

Mas Alexander olhou pesaroso para Peter. "Meu caro amigo", disse, "há coisas mais importantes que os esportes neste mundo, apesar do que seu pai tenta dizer a você. Entendo como ele se sente em relação a isso, posso ler a grande decepção em seus olhos. Sabe, Peter, apesar de o sr. Martin não gostar de mim, eu posso entendê-lo..."

"É, é."

"E foi sua a decisão de largar o futebol. Afinal de contas, olhe o que está acontecendo agora no mundo, uma grande e nova luta pela liberdade e a independência. Foi sua própria cabeça que decidiu o que você deve fazer agora, sua própria consciência. Acho que sua decisão de ir para a marinha mercante esta primavera é uma grande e nobre decisão. Você não precisa fazer isso, e agora há tanto perigo, com os submarinos e tudo mais."

"Eu só quero ir para o mar", resmungou Peter, cheio de melancolia.

"Nunca vou me esquecer daquela carta que você me enviou!", exclamou Alexander com um repentino sorriso comovente e desanimado. Ele tinha pegado aquele sorriso de Paul Henreid, o ator de cinema.

"Que carta?"

"Aquela de Nova York, para onde você foi depois de largar a faculdade e antes de vir para casa. Lembra? 'Estou motivado e cansado', você escreveu, 'e não sei para onde ir. De um só golpe mudei minha vida, desisti do primeiro caminho simples.

Mas ainda sou jovem, e portanto creio que ainda há amor em meu coração'. Você não se lembra de escrever isso de Nova York? Eu decorei aquelas linhas, são ótimas! Pete, você nunca vai saber como eu me senti quando recebi aquela cartinha amarrotada, nunca vai saber a dor que eu senti!" Alexander tinha parado no meio da calçada e estava apertando o pulso com a outra mão. "Eu subi para meu quarto e soquei as paredes e chorei amargamente!"

De repente as lágrimas escorriam por seu rosto enquanto ele ficava ali parado, e Peter, morto de vergonha, olhava cheio de raiva para o outro lado e via aquilo tudo com fúria sombria. Como sua vida tinha ficado estranha! Mas ainda assim havia uma alegria quente e irresistível em seu coração porque seu amigo tinha compreendido tão bem. Queria tomar as mãos de Alex nas suas, e apertá-las calorosamente, pensando nele e o abençoando de alguma forma, mas percebeu que nunca poderia fazer isso, e se perguntou cheio de pesar por quê.

Disse apenas, "Bem, Al – isso foi maravilhoso de sua parte – mas, droga, não chore por isso nem faça nada assim. Não..."

"Não o que, Pete?", sorriu o jovem grego. "Você quer dizer na rua? Olhe, não tem ninguém por perto, a rua está deserta – esta é a Commerce Street, lá está a delegacia, e eu chorei, só isso. Não vou mais envergonhar você. Lembre-se sempre de que sou latino, de sangue quente, sou meio russo, sou eslavo, e tenho essas emoções, e eu as expresso. Você é um Martin e eu sou um Panos, só isso. Vamos tomar uma xícara de café na cafeteria. Vou mostrar a você a carta que recebi de Alice, outra carta bonita, e uma citação de Barbellion, outra de Saroyan. Tenho um milhão de coisas para contar a você. Daqui a alguns meses, provavelmente nunca mais nos veremos outra vez pela duração da eternidade. Muitos de nós aqui em Galloway, seus irmãos e meus irmãos, e os garotos que conhecemos, vão ser mortos nessa guerra, muitos de nós. Tommy Campbell foi apenas o primeiro, não vê? 'So we'll go no more a-roving'*, Pierre."

"É tão ruim assim?", sorriu Peter.

"Pode escrever o que digo: estes podem ser os últimos meses de nossa amizade nesta vida."

Assim eram eles, o jovem Panos e o jovem Peter, ambos com dezenove anos.

[9]

No início da primavera Joe Martin se alistou na Força Aérea. Pouco antes de ser chamado para o serviço ativo ele de repente sentiu um desejo estranho e poderoso de ir ver a garota que ele conhecera muito tempo atrás em seus primeiros dias como motorista de caminhão, Patrícia Franklin. Ela não estava mais trabalhando no mesmo restaurante da Auto-estrada N°1, mas ele logo a encontrou em casa, e além de tudo com seu noivo, um balconista de mercearia chamado Walter. Mas Joe apenas riu disso e tarde da noite foi até a janela de Pat e jogou pedrinhas no vidro e a fez descer para conversar.

---

* Poema escrito por Lorde (George Gordon) Byron, 1788-1824, incluído em carta para Thomas Moore em 1817. (N.T.)

Ela desceu enrolada em um casaco, e na escuridão onde eles discutiram, ela disse enfaticamente e com tristeza que tinha intenções sérias com Walter. Ela até riu do Joe incrédulo e ruborizado que partiu com uma determinação louca direto para a mata como se fosse passar a noite lá.

Ele tinha alugado um quarto em um hotelzinho na cidade. Voltou refrescado de manhã com um ar de quem ia dar a Patrícia seu ultimato e, é claro, ela riu outra vez. Ele foi embora com raiva novamente, mas atingido pelo sentimento repentino de que ela era a criatura mais bonita que ele já havia visto, especialmente agora que rira dele daquele jeito. Agora estava tão bela e inalcançável que seu coração pulsava forte com todos os tipos de aflições novas e a alegria penosa da humilhação que ele nunca conhecera antes.

"Tudo o que faço é morrer! Nossa, ela é a mulher mais maravilhosa que eu já vi em toda a minha vida! E era a minha garota! O que havia de errado comigo dois anos atrás? Por que elas fazem isso?"

Ele perambulou pela cidadezinha pensando nos belos olhos escuros dela, nos cabelos castanhos compridos, na pele branca macia, na boca doce e sensual, na sua própria carne, e como era lindo quando ela vestia seu casaquinho puído e descia as escadas com passos leves para falar com ele. O dia todo de repente ficou encantado com a presença dela nas cercanias da terra. Joe olhou para as árvores espantado. O que ele estava fazendo aqui? Parecia que todo mundo na cidadezinha só existia porque ela estava por perto, porque morava e permanecia ali. Será que estava com Walter? Seu coração caiu como uma rocha em seu estômago, e por um instante ele dobrou-se tomado por uma horrível incredulidade.

Passou a tarde em seu quarto de hotel com os jornais e uma meia-garrafa de uísque. Ah! Estava indo para a Força Aérea, e ela era apenas mais uma garota, havia milhões delas em toda parte, e não era mais bonita que as outras.

Ele andou irrequieto pelo quarto começando a sentir os efeitos loucamente triunfantes da bebida que estava tomando direto da garrafa. "Queria que Hathaway estivesse aqui, eu ia embebedá-lo. Ou um daqueles caras – aqueles trabalhadores de espírito independente da fazenda, como Red ou Boone Waller. Que figura era aquele Boone! Acho que vou escrever uma carta para ele, agora mesmo!"

E Joe se sentou à escrivaninha e começou a escrever uma carta para o peão de fazenda do Wyoming, mas, no minuto seguinte, amassou furiosamente o papel e o atirou no espelho, e sorriu. Andou de um lado para o outro no quarto meditando febrilmente. "Droga, essas mulheres ficam bonitas quando dispensam você. Adquirem aquele brilho nos olhos e de repente ficam iguais a Mae West. Ficam doces e bonitas quando você não pode mais tê-las, são como um milhão de dólares – e parecem exatamente como uma esposa deve ser. Ah, uma esposa!"

Estava escuro quando terminou a garrafa, e ele se levantou e se jogou na cama e logo adormeceu. Por volta das nove da noite, acordou quando ouviu seu assoalho ranger alto e alguém ofegando de um jeito quase inaudível.

"Quem é?", berrou ele, ficando de pé, meio adormecido e cambaleante, sem entender nada. Ouviu um gritinho breve e abafado de medo, um grito de garota.

"Joe?", disse ela.

"Patrícia?", murmurou sem acreditar.

"Joe, onde é a luz? Não consigo ver nada."

Patrícia mesma achou o interruptor e o acendeu, inundando o quarto de repente com uma luz brilhante e clara que provocou uma careta no rosto de Joe.

"O que está acontecendo?", disse em voz baixa e rouca. "O que é isso?"

"Sabe que estou esperando por você em casa desde as seis horas?", disse ela com seriedade. "Você disse que ia voltar. Eu contei a Walter e cancelei meu encontro com ele – bem, esta noite normalmente a gente vai dançar no lago. Eu disse a ele que ia ver você e ele entendeu..."

"O que você está fazendo em pé parada no meio do quarto", gritou ele com irritação. "Sente-se!"

"Escute, eu conheço todo mundo lá embaixo, este hotel é de um dos melhores amigos do meu pai. Eu disse a eles que só ia subir para ver se você estava."

"O que eles estão fazendo", sorriu Joe, "escutando pelo encanamento?" Conforme dizia essas coisas Joe tinha a sensação estranha de que o momento era dois anos atrás e não mais agora – como se em seu sono ele tivesse se esquecido de algo importante.

"Bem, escute, Joe", disse Patrícia com gravidade, "se você vai me contar o que queria dizer, ou seja lá o que for, vamos lá fora para algum lugar, não podemos ficar aqui."

Ele começou a calçar os sapatos ainda bocejando.

"Você está agindo de um modo estranho", disse Patrícia quase com curiosidade.

"Estou?", disse ele, erguendo os olhos solenemente para ela.

"Você não está como hoje de manhã ou ontem à noite", disse ela com irritação no tom de voz. Joe estava com muito sono e ainda bêbado demais para perceber, e passou os momentos seguintes lavando compenetradamente o rosto e penteando o cabelo, e até inspecionando o rosto no espelho por um tempo. Patrícia só ficou ali parada rígida no meio do quarto a observá-lo, os lábios torcidos para cima em uma espécie de fascinação enfastiada e irritada, até ele ficar pronto para ir, quando a expressão dela retomou seu vazio criterioso.

Joe de repente se virou e a encarou. "Ei, espere um minuto!", disse, sentando-se na beira da cama e esfregando o queixo e olhando sem expressão para a frente.

Patrícia o encarou indignada e meio confusa.

"Quero dizer, isso é engraçado, não é?", continuou Joe com um sorriso mau, traiçoeiro e retorcido no rosto. "Sobre nós, e tudo mais, e o jeito que discutimos. E você vir aqui."

"Joe, já disse a você que não posso ficar neste quarto e também disse a você..."

"Tá!", gritou Joe, ficando de pé, rígido como um soldado em posição de sentido, mas o sorriso traiçoeiro ainda estava em seu rosto. "Ei, espere um minuto! *É* engraçado. Porque quando acordei agora mesmo quase me esqueci de que agora você era a Senhora Metida e não mais Pat Franklin – praticamente. Olhei para você e tudo parecia bom e agradável, mas agora eu acabei de me lembrar..." E com isso ele saiu do quarto um pouco distraído, abrindo a porta e deixando-a escancarada atrás de si, mas de repente, com uma sensação amarga e furiosa que não podia esconder dela, voltou para o quarto no momento em que ela saía atrás dele e pegou seu conjunto de barbear na cômoda e o enfiou no bolso do sobretudo e saiu outra vez.

"É isso", ele murmurou. "Vou descer agora até o Ford e vou embora. Quer carona para casa? Estou com o calhambeque velho comigo."

Ela nada disse, e de repente Joe virou-se e voltou para o quarto, onde a luz ainda estava acesa, e sentou-se melancólico no peitoril da janela. Patrícia estava parada na porta em seu casaco puído – pensativa. Joe pulou de pé e abriu a janela e olhou para fora, onde a neve tinha acumulado um silêncio quase sinistro nas ruas.

"Eu vou para casa agora, Pat, e não me pergunte por que vim", disse ele sobre os ombros. "Foi bom enquanto durou e acho que você concorda comigo."

"Concordar? Com o quê?"

"Com eu ir embora!", ele quase gritou de repente, e ela ficou assustada, por um momento quase com medo dele, e recuou, apoiou-se na porta e ficou olhando para ele.

"É", disse por fim a garota, baixinho. "Acho que isso é o melhor que você pode fazer. Sinto muito que você tenha tido de fazer essa viagem."

"Ah, cale a boca!", falou de modo ríspido.

"Está bem, está bem!", riu ela de repente de um jeito desrespeitoso. "Você tem razão, eu nunca deveria falar assim. Hein?"

Joe estava apalpando seus bolsos com atenção à procura das chaves do carro e ao mesmo tempo de um cigarro. Havia lágrimas em seus olhos. Ele a amava tanto.

Pat imediatamente atravessou o quarto e deu um a ele tirado de sua bolsa e acendeu um fósforo e o ergueu em sua direção. Joe inclinou-se distraído sobre ele.

"Tudo faz bastante sentido", continuou a garota com um tom de voz firme e maternal, "porque, afinal de contas, você sumiu por dois anos e nem mesmo escreveu, e agora vai para a Força Aérea, e, bem, como você diz, é isso aí".

"É", disse Joe, "é isso aí. Ah, e por falar nisso, diga algo a sua mãe por mim, e para os outros. É melhor eu ir embora agora antes que essa tempestade piore."

E ele de repente plantou um beijo firme e rápido nos lábios dela, com o jeito de um homem que dá um beijo de despedida com impaciência em uma mulher, exceto pelo fato de ele ter permanecido na boca dela pelo espaço de apenas um momento a mais. De repente, ele se soltou e saiu andando na direção da porta. E no mesmo instante voltou e agarrou-a pelos ombros, enquanto ela ficava ali parada devorando os olhos dele com seus próprios olhos úmidos.

Ele a puxou para seu lado e começou a conduzi-la na direção da porta, seus corpos pressionados um no outro ondulando juntos. Por fim, parando perto da porta, viraram-se um para o outro sem se separar, giraram para os braços um do outro devagar e se abraçaram com um beijo lento, trêmulo e febril.

"Isso, sim", sussurrou Joe ao pescoço dela, "nós éramos desse jeito."

E Patrícia se perdeu no silêncio mais profundo e apaixonado.

Joe e o macambúzio e pensativo Paul Hathaway foram para o treinamento básico juntos em um acampamento do Exército no Alabama.

No trem à noite, enquanto todos os recrutas berravam e cantavam e contavam histórias, Joe e Paul estavam sentados juntos em silêncio e contemplavam a terra que passava à luz das estrelas do centro dos Estados Unidos, e se perguntavam sobre suas vidas passadas, sobre esse presente inefável, e seu futuro na guerra e na tristeza. Paul Hathaway estava sentado imóvel com seu rosto moreno abaixado, olhando com desdém para a noite vasta lá fora, e pensava em sua vida completamente sem sentido e desolada. "Fui um vagabundo minha vida inteira", disse, "talvez possa fazer algo que valha a pena, agora, algo diferente, talvez. Ouça esses garotos cantando como se não soubessem que estão partindo para terem suas cabeças arrancadas. Cristo, isso não é motivo para se cantar. Bando de filhos da mãe malucos!" Os olhos escuros dele queimavam. "Mas eu fui um vagabundo minha vida inteira, e não faz muita diferença. Então é isso aí."

"Ei, vocês aí, que tal um jogo de pôquer?", berrou alguém.

"Cale a boca", disse Paul Hathaway com desprezo indescritível.

E Joe só ficou ali sentado lendo e relendo a carta de Pat:

Querido Joe,
Prometa que vai escrever e me dizer para onde irá depois do treinamento básico. O que eu disse vale: aonde você for, eu vou. Não importa onde, eu arranjo um emprego e um lugar para morar e em seus dias de folga estarei lá para cuidar de você. Não quero mais ficar longe de você, e não quero que me esqueça novamente como fez da última vez. Se fizer isso, Joe, vai ser muito fácil para mim morrer. Você compreende isso, Joe? Talvez eu esteja maluca, mas não fique com raiva de mim por amar e querer ir atrás de você. Você é meu e eu sou sua, e você sabe que sempre fui sua e sempre serei. Sou louca por você, querido, por favor, nunca se esqueça disso. Não há mais nada para eu fazer além de ficar ao seu lado, bem ao seu lado. Ah, como sinto saudades suas agora.

Pat

Joe estava destinado a não sair do lado de Paul Hathaway durante os dois anos seguintes de serviço, graças à sorte surpreendente deles.

O turbilhão de ordens e tarefas e missões que estavam por vir nunca os separou completamente e sempre os botava juntos nas mesmas turmas de trabalho e mais ou menos nas mesmas tarefas, para a alegria louca e clamorosa deles. Era exatamente assim que os dois amigos queriam, naturalmente, e eles foram dando uma ajuda a essa situação por meio de intriga e trabalho em equipe incansável. Depois de seis semanas de treinamento básico no Alabama foram mandados a Denver para o treinamento da Força Aérea.

Foi de lá que Joe escreveu uma carta para Patrícia. Ela logo partiu em um ônibus através da terra imponente, as colinas do Leste, o Vale do Mississipi e todas as Grandes Planícies – três mil quilômetros de terra e de Estados Unidos que ela nunca tinha visto e que agora via através dos olhos pensativos do amor e da tristeza e da grandeza feminina. Quando chegou a Denver, cansada e perdida e assustada nas ruas matinais estridentes de uma cidade nova e estranha, tomou a decisão de ficar. Conseguiu um emprego naquela manhã mesmo como vendedora de uma loja de departamentos, arranjou um quarto no centro, na Grant Street, e se instalou para ficar perto de seu Joe, como tinha dito que faria.

Arranjou até uma namorada para Paul Hathaway. Depois de longas noites de danças e bebidas nos bares da Larimer Street, ela preparava grandes cafés-da-manhã para os dois soldados, passava seus uniformes enquanto eles dormiam e os acordava com cigarros e xícaras de café, e sempre os mandava de volta para o acampamento com um sentimento maravilhoso de doçura e alegria. E tudo isso era feito no mais humilde e apaixonado silêncio.

"Ei, seu gaiato, que garota e tanto essa que você arranjou, essa Pat!", reconheceu com relutância Paul Hathaway. "Nunca conheci uma garota assim antes. E ela veio atrás de você lá de longe do Leste."

Uma tarde de domingo eles fizeram um piquenique nas montanhas, Joe Martin todo alinhado e elegante em seu uniforme, Paul Hathaway sério e bonitão e soldadesco com seu quepe de desfiles enfiado de lado na cabeça, e Patrícia, sorridente e tristemente bela, e a pequena Bessie, que Pat trouxera com ela para Paul. Eles tiraram uma fotografia. Uma fotografia que Paul guardaria em sua carteira durante toda a guerra e por anos mais tarde. Uma foto que realmente continha a imagem adorável da sorumbática devoção de Patrícia por ele, assim como de toda a lenda dos próprios Estados Unidos em tempos de guerra, um retrato sobre o qual foi escrita a grande história de viagens, tristeza, separação, despedida e guerra.

Certa noite Patrícia e Joe passaram pela estação de trem no centro de Denver e viram duas jovens esposas com bebês nos braços, as jovens esposas de soldados que começavam a viajar pela nação, cansadas e solitárias e envoltas em visões de amor e lembrança e devoção desesperada, viajando os milhares de quilômetros noturnos através do continente na busca de alguma casinha miserável ou de uma situação que as deixasse mais perto de seus jovens maridos, nem que fosse por apenas alguns meses. Joe e Patrícia olharam para elas com compaixão e confusão.

"Está vendo, Pat, é por isso que não acho que a gente deva se casar agora, essa é a minha verdadeira razão", disse a ela Joe com gentileza. "Entenda isso."

"Ah, mas eu não ia me importar, Joe!", disse ela com alegria.

"Eu sei que não ia, e *elas* também não se importam. Mas, droga, veja essas pobres crianças e imagine por tudo o que elas estão passando em nome de... bem, eu não sei."

"Tudo por amor, Joe", sorriu ela.

"É."

"Você não pode dizer a uma mulher o que não está certo, Joe."

"Olhe para a menor delas ali com o bebê. Ela não parece ter mais de dezoito anos e veja como está cansada. Aonde ela vai, onde isso vai dar? Ninguém mais sabe essas coisas."

"Isso já aconteceu antes. Mas faço o que você disser, querido", sussurrou Pat.

Eles ficaram sentados na estação de trem naquela noite observando as jovens esposas e os jovens soldados e marinheiros que dormiam nos bancos, passando a maior parte da noite em meio a jovens de sua própria geração como se de repente sentissem que não pertenciam a nenhum outro lugar.

Joe comprou uma garrafa de uísque e a passou entre os soldados, enquanto Patrícia cuidava de bebês para as garotas que tinham de dar telefonemas ou se aprontar para embarcar no trem outra vez. E todos ficaram ali sentados conversando pelas longas horas da noite enquanto os trens chegavam, descarregando mais e mais deles, e os trens partiam, e diziam-se adeus, e mais deles chegavam e partiam e todos de certa forma se pareciam, tristes e desamparados, as jovens esposas e os soldados meninos e os civis jovens a caminho da vida militar. Na estação naquela noite um rapaz da Carolina pegou seu violão e cantou canções, e o chefe da estação chamava pelo sistema de alto-falantes: "Embarque imediato no trem da uma e meia de Rock Island na plataforma quatro para Omaha, Des Moines, Davenport e Chi-caw-go, o Union Pacific com destino ao Leste para Cheyenne, Salt Lake City, Sacramento, São Francisco, e com destino ao norte para Portland, Tacoma e Seattle, chegando na plataforma dois..."

As grandes perambulações de tempos de guerra dos americanos estavam apenas começando. Grandes trens de transporte de tropas roncavam pela noite por toda parte, na Louisiana, no Oregon, no Kansas, na Virgínia, e quantos soldados estavam nesses trens, e quais eram seus pensamentos em sua soma, seu total e sua intensidade sombria? E as jovens esposas estavam nos trens com bebês nos braços, mergulhadas em pensamentos e esperando, e escrevendo cartas, e escutando o gemido longo e triste do trem que vinha do exterior escuro. Sempre, de alguma forma, era noite, e a terra passava, e dormia-se nos vagões-dormitório, e novamente estações de trem, e uma voz melancólica e vazia que chamava os nomes dos lugares:

"Santa Fé, Fort Worth, Dallas, Shreveport e Nova Or-leains..."

E "Boston, Nova York, Filadélfia, Baltimore, Washington, Richmond e todos os destinos do Sul..."

Era um desembarque ferroviário, e as multidões de soldados de roupas cáqui ansiosos à procura, ou esperando despreocupados, ou cantando e gritando, e o borrão triste de seus rostos quando o trem partia, e a terra que passava vasta e infinita outra vez, a chegada da noite outra vez, as rodas estalando, e pensamentos, pensamentos, pensamentos na noite mais uma vez. E também parecia chover o tempo inteiro; e tantas cartas eram escritas.

Querido Joe,
Recebemos sua carta adorável e estamos muito orgulhosos de você por sua promoção a sargento. E você não é o sortudo que vai para a Flórida! Mande-me uma laranja, Joe, e mande um retrato das palmeiras lá da Flórida ensolarada. Estamos todos bem e amamos você e rezamos por você. Faça o seu melhor, meu filho, isso é tudo o que você pode fazer, e tome cuidado, tome muito cuidado. Sua velha mãe reza por você toda noite e reza para que você fique bem e em segurança, não importa o que aconteça. A família inteira manda um grande beijo, até um do gambá velho do seu pai.

Mamãe

[E na letra do pai]
Oi, Sargento! Dê minhas lembranças às belezas sulistas por aí!

As coisas eram deste jeito deplorável: todos os sentimentos lúgubres que os rapazes tinham em algum lugar do país muito longe dos lugares que sempre foram familiares em suas vidas, que agora tinham se tornado fantásticos e irreais como um sonho, e também enlouquecedores e tristes; e todos os sonhos noturnos tecidos em cinco mil quilômetros de viagens continentais e quinze mil quilômetros de viagens pelo mundo que eram muito deprimentes e estranhos, e representados de modo desprezível sobre algum mapinha perturbado da mente que deveria representar o continente americano e a própria Terra. Marinheiros sonhando com o mar como algum laguinho pungente, ou seus movimentos para o norte e para o sul, de leste para oeste nos mares terríveis, como em algum canalzinho ou rio cinzento, com vida fervilhante nas margens; soldados sonhando com os Estados Unidos como um lugarzinho abarrotado de campos misteriosos e estradas que levavam diretamente, por uma distância que em sonho se podia caminhar, de estado para estado; ou viajar entre as ilhas no Pacífico como se saltassem uma poça no laguinho doce da mente – todas as distâncias vastas e terríveis e oceânicas comprimidas pela necessidade humana em algo menor que um campo, e um lago, ou a palma de uma mão.

E então o toque do clarim em algum acampamento militar em Dakota, e os rapazes magros e queimados de sol acordando outra vez – nas manhãs claras e frias e com grandes distâncias nevadas e montanhas distantes – para barracas cheias de correntes de ar e calças cáqui rústicas e o barulho dos coturnos pesados, acordando para cafés-da-manhã fumegantes, café quente, um cigarro, e depois o campo de treinamento açoitado pelo vento e o pipocar alto do disparo de rifles no ar frio, o grito indistinto de um sargento, uma nuvem de fumaça, e alguém esfregando as mãos todas rachadas e soltando vapor ao sorrir no ar da manhã.

Ou os guardas costeiros em uma lanchinha ofegante na costa de Labrador acordando para o rangido violento do barco, o sobe-desce contra as nuvens, a luz selvagem do amanhecer sobre o campo de águas agitadas, e o balde do cozinheiro jogando lixo no mar, o cheiro acre e nauseante de fumaça de cigarro na confusão, o ajudante de canhoneiro de rosto vermelho do Iowa jogando um monte de ketchup em cima de seus ovos, os pequenos filhotes de cachorro mascotes com seus ganidos tristes no vento do Atlântico Norte, os mastros do convés de ré rangendo e se retesando, e a bandeira tremulando ao vento, e a trilha vasta e triste deixada por navios mercantes lentos, que lançavam fumaça e se arrastavam em formação perto do horizonte, todos escuros e avançando meio afundados e desajeitados no mar.

Ou o grande B-17 com seu motor girando no campo e soprando todo mundo para trás, varridos sorridentes pelo vento, e os pilotos atravessando o campo com seus equipamentos pendurados conversando sérios e gesticulando, e os mecânicos no hangar de cara fechada sobre uma xícara de café e um cigarro, e o barulho de motores poderosos ensurdecendo o ar matinal em rugidos multidiscordantes e lamuriantes por toda parte, e o reflexo súbito da luz do sol em uma asa que passa, e homens erguendo os olhos distraídos para o céu, em reflexões tardias.

Era como se toda uma nação de homens e mulheres tivesse começado a andar sem rumo com a guerra. Viajavam em trens e ônibus, e seus rostos desconhecidos familiares de repente estavam em toda parte. Em cidades distantes onde antes às onze da noite havia apenas silêncio, o farfalhar das folhas das árvores e a corrente sonolenta do Pinefork Creek, e o apito distante do trem noturno, agora havia multidões de operários de guerra correndo para seus ônibus e o turno da meia-noite nos grandes galpões que se espalhavam por cinco quilômetros ao redor da cidade.

Longe, do outro lado de um campo empoeirado na Virgínia, homens labutando com seus guindastes liliputianos sobre a gigantesca estrutura guliveriana do Departamento de Guerra, e tudo tremeluzia e se entrelaçava de maneira fantástica ao sol. Grandes feridas lisas e empoeiradas eram abertas nos campos verdes com o surgimento de pistas de pouso. Ergueram estaleiros perto de cidadezinhas costeiras sonolentas, e à noite lá dentro enormes formas de cascos eram assombradas por luzes e faíscas de ferros de solda. De dentro de galpões tremendos que se erguiam no horizonte por dois quilômetros eles puxavam os incríveis aviões e tanques enormes. Nada parecia ser feito enquanto homens e mulheres iam de um lado para outro, conversavam, comiam, dormiam, faziam amor, "cumpriam suas jornadas de trabalho", bebiam, recebiam salários, discutiam, brigavam, debruçavam absortos sobre projetos, martelavam o aço, andavam em círculos absurdos. Ainda assim trens velozes atravessavam lugares selvagens desolados e de repente passavam por cercas e muros extensos com pintura camuflada que cercavam territórios inteiros de tanques e aviões e voltavam rápido para a natureza. Vagões longos, planos e abertos puxavam caixas enormes através das montanhas; barcaças surgiam no rio Hudson trazendo majestosamente poderosos canos de canhão e bases de canhão e locomotivas do Exército e frotas inteiras de caminhões; sob a Golden Gate, saía navegando o novo cruzador pesado, baixo e comprido e pronto para a briga nas águas. E subitamente, em alguma cidadezinha sonolenta de Indiana, um jipe chegou e parou de repente. Alguém saltou com uma bandeira vermelha, e os caminhões cáqui chegaram rugindo um a um com o mistério de milhares, repentinamente passando e seguindo rapidamente para algum lugar.

Era assim, e era mais que isso, e ninguém podia avaliar a profundeza e ver tudo ao mesmo tempo. Era executado noite e dia pelos terríveis cicloramas da terra e se espalhava vastamente e de modo incrível por terras estrangeiras distantes. Ninguém podia ver, mas todos estavam naquilo, e era como o próprio mistério incompreensível da vida no mundo, ficando fantástico e sem lar na guerra, e agora estranhamente assombrado.

Elizabeth e Buddy Fredericks embarcaram em um trem e seguiram viagem através da escuridão solitária e pontilhada de luzes até Detroit, Michigan, para arranjar emprego lá nas grandes fábricas de guerra. E foram juntos no trem, o grande Buddy sonhador esparramado no assento, cochilando e então acordando e sorrindo lentamente para Liz, que estava sentada tricotando e de cara fechada a noite inteira.

"Viagem longa, hein?"

"É."

"Mas a gente vai chegar lá bem, Liz."

"Vai. E meu bebê vai nascer em Detroit."

"Eu espero que sim."

"Volte a dormir, querido. Durma um pouco."

Eles foram para Detroit simplesmente porque o pagamento lá era melhor, e porque queriam viajar um pouco e ver o país.

Em Detroit, Buddy arranjou emprego em uma fábrica de tanques, e Liz um emprego em uma fábrica de rolamentos como inspetora de produção. Alugaram um quartinho na casa de um amigo em Grosse Pointe Park e se assentaram para economizar dinheiro e sonhar e comer e dormir e se amar. Então quando o bebê estava chegando, Elizabeth ficou em casa tricotando coisinhas e pensando nas coisas alegremente e escrevendo cartas para sua mãe em casa.

Esses foram os dias mais felizes de sua vida.

Certa manhã de sábado naquele inverno, o grande Buddy voltava para casa alegre do turno da noite cantarolando no bonde. Estava de volta em casa satisfeito, outra semana de trabalho terminada e outro pagamento recebido, seus pensamentos cheios de música. Então viu um bar, e parecia maravilhoso, abrindo às oito da manhã, recém varrido e limpo para um novo dia, com o balconista levantando as persianas, e um caminhoneiro rolando para dentro um barril de cerveja desde a rua.

Buddy entrou, pediu um copo de cerveja, foi até a vitrola automática e tocou *Body and Soul*, de Coleman Hawkins. De repente, amava Liz mais do que jamais amara – como uma verdadeira esposa, afinal. Saiu apressado do bar e literalmente correu pela rua e atravessou o quintal às pressas e subiu as escadas.

E lá estava Liz, dormindo com o pijama azul grande dele. Ele ligou o rádio no programa matinal de Happy Joe. Levantou as persianas para deixar entrar a luz forte e se jogou na cama ao lado dela. Ele se sentia bem.

"Acorde, acorde, Liz, sua coisinha!" exclamou, reluzindo de felicidade, com os dedos sobre os seus. Tomou seu corpo, sacudiu-o e finalmente a despertou.

Ela estava meio adormecida e exclamou: "O quê?", e afundou a cabeça no pescoço dele. "O quê?", gritou sonolenta.

"Vamos lá, vamos lá!", sussurrou alegremente Buddy. "Saia da cama e vamos! Não está ouvindo o programa no rádio? Eu liguei para você. Descobri um lugar onde eles têm *Body and Soul*, de Hawk, e é muito legal. Liz, na noite passada, a caminho do trabalho, passei por uma janela em cima de uma farmácia numa esquina e o que eu ouvi se não um sujeito tocando um belo trompete acompanhando um disco de Tatum. Fiquei chapado! Dei meia-volta e olhei lá para dentro e vi um grupo de músicos sentados ali bebendo e tocando discos, eu vi até um armário de roupas cheio de ternos e gravatas malucos! Eu estou dizendo a você, Detroit é *da pesada*, Liz! Mas sem brincadeira, vamos, vamos lá, vamos sair!"

"Você está maluco! Ainda não é nem de manhã."

"Claro que é de manhã, olhe lá para fora. *Oh, what a beautiful morning*", cantarolou. "Há neve sobre Michigan inteiro, sobre Ontário inteiro, nevou mais um pouco ontem à noite, está ótimo!"

"Está bem."

"Sei do que você precisa, de um cigarro – e de outra coisa também. Está sentindo seu rosto e seus lábios quentes e secos, estava dormindo. Vou beijar seus lábios até ficarem quentes e úmidos outra vez."

"Ah, não!", gritou Liz, virando-se e enrubescendo furiosamente com a excruciante e envergonhada modéstia de uma jovem esposa.

Buddy acendeu um cigarro e inclinou-se sobre ela e o colocou entre seus lábios com um sorriso satisfeito, e de repente Liz estava bem acordada. "Ah!", exclamou ela, e sentou-se rigidamente na cama. "Você queria me beijar!"

"Claro!", disse Buddy orgulhoso. "Vamos sair e tomar umas cervejas."

"Hum... Beije-me", disse Liz, e ele a beijou.

Happy Joe estava gritando no rádio em seu programa favorito. Parecia que durante um anúncio das "Peles Ontário" um trem estava chegando fazendo o maior barulho na cidade com um grande carregamento de peles, e Happy Joe e seu assistente estavam encenando uma historinha na qual estavam descarregando as peles na plataforma de carga. "Passe aquele pé-de-cabra!" "Está bem, Joe!", berrou o assistente, e houve grunhidos, respiração ofegante e madeira rangendo pelo ar, e então: "Nós estamos quase conseguindo... quase! Continue a empurrar para baixo! Está bem! Lá vai!" E então houve um estrondo de madeira quebrando e um final confuso em que os dois homens delirantemente em êxtase expiravam "Oooohs!" e "Aaaahs!" de alegria e enlevo diante do conteúdo. "*Olhe* só para isso! Esse casaco de pele de carneiro persa maravilhoso, e *só* trezentos dólares, sabia?" – "Ah, e *veja* só *este* aqui, Joe, não é simplesmente *divino!* Um rato almiscarado tingido de zibelina com mangas largas e por apenas 392 dólares, você pode imaginar isso, pode *imaginar*?" – "Oh, Joe, acho que vou desmaiar. É, acho que vou, agora, estou começando a sentir!" – "Água! Água! Socorro! Charley está desmaiando! Ele acabou de ver o novo carregamento maravilhoso das Peles Ontário com preços mais baixos de todos os tempos nos Estados Unidos!" – "Água, em nome da misericórdia, água!"

Liz e Buddy eram loucos por aquele programa maluco e sempre o escutavam, e aquilo sempre representava as manhãs de um novo dia maravilhoso para eles.

"Está bem! Vou levantar!", gritou Liz, e pulou da cama nos pijamas largos que Buddy tinha usado em sua noite de núpcias e correu descalça até o banheiro.

Liz tomou um banho e voltou para o quarto para passar batom. E lá estava Buddy esparramado na cama roncando, morto para o mundo. Liz rolou-o para o lado, despiu-o com movimentos rápidos habilidosos, empurrou-o para baixo das cobertas e ajeitou tudo no lugar. Então foi até a janela e olhou durante um tempo para a bela neve, baixou a persiana que ele tinha acabado de levantar com alegria, desligou o rádio, pendurou as roupas dele e entrou na cama ao seu lado.

E ela se encostou em seu ombro, completamente acordada e sorridente agora, sem conseguir dormir mais, com Buddy finalmente embarcado em um dia inteiro de sono. Não havia mais nada que ela quisesse fazer naquela manhã: só olhar para Buddy dormindo, só pensar e fazer planos, só ficar ali com ele em sua vida nova doce e estranha juntos – isso bastava para ela.

Mas dez semanas mais tarde seu bebê nasceu morto em um hospital de Detroit. Teria sido um menino.

Para essa pobre garota, de apenas dezenove anos de idade e horrorizada pelos golpes repentinos de morte e agonia, ficar deitada na escuridão dolorosa e no sofrimento de um hospital – a perda de uma pequena vida, o pesar e a ansiedade de seu jovem esposo, as noites no hospital e mesmo o útero agonizante e puro de sua feminilidade – tornou-se símbolo de tudo o que era cruel, frio, feio, lúgubre, triste e desamparado na vida. Ela não viu o bebê e preferia pensar que, no fim das contas, ele nunca tinha sido um bebê, e sim um tumor que teve de ser removido dela, alguma doença que precisava ter antes de recuperar a saúde. Ela roeu as unhas e pensou nisso tudo desesperadamente. Estava nauseada.

Ela prometeu secretamente que de agora em diante sua vida seria agradável como a seda, exuberante, tranqüila, quente e iluminada e maravilhosa. Estava cheia de jovens enfermeiras simpáticas que ficavam ao seu redor e ela se perguntava como elas podiam passar o resto de suas vidas trabalhando naqueles "hospitais horríveis e fedorentos".

Liz ficou irritada com Buddy e reclamava com ele. "Ah, pare de vir aqui para olhar para mim desse jeito! Porque não sai e ganha algum dinheiro? Dinheiro de verdade, pelo amor de Deus!"

"Talvez eu consiga comprar um carro no mês que vem. Isso seria legal, Liz, a gente podia viajar e..."

"Bem, compre! E quando eu sair daqui vou comprar todas as roupas que quiser com a droga daquele dinheiro que economizei."

Buddy estava desmoronando por dentro de tristeza e desespero infantis. "Nossa, Liz, calma; tudo vai ficar bem de agora em diante. Escrevi para seus pais, e sua mãe está vindo para ver você..."

"Eu não quero vê-la! Não quero ver ninguém!", gritou com raiva. "Não quero a simpatia da minha família. De qualquer jeito, eles nunca souberam como viver e acham que uma coisa como essas é só rotina, acontece com todo mundo. 'É a vida', eles dizem. Posso ouvir as velhas faladeiras em Galloway fofocando sobre isso. 'Ah, mas como é *triste*!' São todos tolos e chatos, e de agora em diante eu e você vamos viver, *viver*, entendeu?", gritou ela, cerrando os punhos.

"Claro que vamos, Liz..."

"Vamos deixar a droga desta cidade e vamos para a Califórnia, está bem?"

"Claro, querida", disse Buddy, pegando a mão dela e levando-a com tristeza até seu rosto.

E então a adoentada e endemoniada Liz chorou em seus braços, beijou-o aos prantos, apertou-o, tremia terrivelmente, e pediu a ele que prometesse nunca deixar de amá-la, olhou desesperadamente e com tristeza nos olhos dele, e enxugou as pobres lágrimas dele pensativa. Mas quando ele saiu, Liz ficou em silêncio e meditativa na cama, sombria de promessas e dilacerada por uma fúria terrível.

[10]

PARA PETER, uma época incompreensível, nebulosa, cheia de culpa e assombrada tinha começado. Ele estava desnorteado por alguma culpa inominável que pesava sobre ele porque Tommy Campbell tinha partido e desaparecido em Bataan, a recordação pálida dele como um rosto em uma escuridão onírica. Outros – Mike Bernardi, que tinha jogado futebol com ele, e o louco Ernest Berlot, e o triste e amargurado Danny, e seu irmão Joe e Paul Hathaway – estavam espalhados e tinham ido para a guerra. Ainda havia muitos rapazes em Galloway esperando serem convocados, mas a idéia dos primeiros que tinham se alistado era como um gemido, um sussurro, algo decidido e resolvido para sempre, tão viril e lamentável.

Claro que ele e alguns outros às vezes zombavam da idéia de se fazerem de otários e irem correndo levar um tiro. Mas à noite Peter caminhava pelas ruas de Galloway, que agora pareciam vazias, e era como se ouvisse as vozes solenes e distantes desses jovens intimando-o, como fantasmas, chamando-o porque não estava com eles. Perdidos, assombrados, quase esquecidos, onde estavam todos eles? Estavam espalhados por todos os Estados Unidos e na Inglaterra e na Austrália e na Índia e em Pearl Harbor – mas onde estavam eles na verdadeira noite do tempo e das coisas, o que havia de tão fantasmagórico e perdido pelos céus da noite? A sua própria vida tinha se tornado assombrada. Tinha ficado culpado e envelhecido. Garotos que o admiravam porque ele era um herói do futebol americano agora tinham ido embora, heróis mais verdadeiros do que ele jamais poderia ser. De certa maneira, ele tinha enganado a todos. Tinha vinte anos e era assim que se sentia.

Certa manhã de julho de 1942 ele saiu de casa com uma sacola de lona cheia de roupas, caminhando pela sombra fresca junto das cercas brancas atrás do prédio. Foi pedindo carona até Boston e perambulou pela Scollay Square, comprou uma carteira de marinheiro e uma faca e um boné. Esperou a tarde inteira no corredor do sindicato dos marítimos por um emprego em um navio e finalmente, no fim do dia, embarcou em um grande navio cargueiro na baía de Boston, nas docas da Great North Avenue.

Subiu por uma prancha bamba pela primeira vez na vida, com um sentimento da mais tremenda alegria – enquanto o anoitecer caía sobre as águas solenes da baía, e uma estranha luz escura debruçava-se sobre os píeres e os navios e pelos pilares dos atracadouros no cais. Não havia ninguém à vista, em todos os píeres e navios e pátios ferroviários, nada se movia, tudo estava assombrado, era como estar sozinho no mundo inteiro, em meio a docas e prédios e projetos bélicos. Ele nunca se sentira tão assombradamente sozinho em toda a sua vida.

O navio era uma massa cinza altaneira, "recém-chegado da Islândia", disseram a ele no corredor. Estava ali parado em meio às suas colunas de fumaça e às gaivotas esvoaçantes, perfeitamente parado nas águas do cais, de certa forma, muito parecido com uma banheira cinzenta, com superestruturas imensas, seu casco inclinado marcado de ferrugem, um fio fino de água jorrando dos embornais e caindo na água embaixo, e a proa poderosa erguendo-se enorme acima do telhado do galpão do cais, antecipando tempestades críticas e estranhos mares do norte. Era a primeira vez que via um navio com o conhecimento incrível de que ia navegar nele.

Quando atravessou as pranchas bambas do passadiço no silêncio do destino sentiu uma excitação estranha na boca do estômago, uma alegria extraordinária, solitária e meio assustadora alertando-o que ele estava caminhando direto para os próprios portais e entranhas do mar. Aos vinte anos estava embarcando em um navio, um grande barco orgulhoso de volta de mares sem lar e Islândias, rumo a outras terras e mares talvez mais estranhos e sombrios que os percorridos por todas as outras pessoa antes. Era isso que ele achava na solidão mistificada da tarde deserta, naquele momento de trevas assombradas antes de se acenderem as luzes no mundo.

Mas de repente as luzes se acenderam, as escotilhas da cozinha brilharam e criaram reflexos pálidos misteriosos nas águas sujas de óleo abaixo. De repente, um guarda surgiu no alto do passadiço, checou os documentos de Peter e desapareceu sem explicação. Peter entrou correndo naquele barco velho, estranho e cansado com algo indizivelmente excitante agarrado em sua garganta.

Lá dentro, nos corredores desertos e mal iluminados, era ainda mais impressionante: o cheiro de comida de uma cozinha de navio pela primeira vez, e os cheiros de tinta e cordas e óleo e ferrugem, e todos os beliches e escotilhas de aço, o interior melancólico de um navio. Dois homens de repente passaram distraídos por ele no corredor, subiram uma escada em silêncio, com a indiferença sonolenta e a velha rotina de marujos. Talvez ele tivesse chegado entre homens perdidos na guerra, dois dos quais tinham acabado de passar por ele.

Viu-se nas grandes cozinhas do navio, e lá, parado em meio a grandes caldeirões de alumínio, panelas e frigideiras enormes, e um fogão grande o bastante para ferver cem chaleiras de água normais, estava um cozinheiro negro forte, um metro e noventa, que observava as sopas fumegantes. Com um cachimbo de sabugo de milho preso entre os dentes, ele ruminava sobre tonéis repletos de sopa, cantarolando em voz de baixo profundo uma melodia estranha e triste que Peter nunca havia escutado, enquanto a escuridão penetrava pelas escotilhas e o mundo lá fora desaparecia.

"Bem, garoto! Então você já entendeu tudo!", grunhiu o cozinheiro com voz forte e profunda quando Peter entrou com sua sacola de lona.

"Tudo?"

"É, garoto, você já roubou galinhas, não? Sabe que pode correr e correr e correr por essa estrada até o dia em que morre?" O homem grande observou Peter de soslaio, pestanejando. "Bem, está tudo certo porque o velho Glory está do seu lado e porque ele já entendeu tudo há muito tempo!"

"Glory?"

"Esse sou EU, filho! Mais ninguém! Esse sou EU!" Ele olhou de esguelha para Peter.

"Onde foi isso?"

"Garoto, você quer dizer onde eu roubei *minhas* galinhas? Hum!", grunhiu ele de um jeito tremendo, virando para cima os olhos castanhos dolorosos, pitando seu cachimbo e fazendo "Tsc! Tsc! Tsc!" "Ele quer saber onde foi isso! GAROTO! – Isso foi em Savannah, na Jórja!"

"Savannah?"

"Não foi isso que eu disse?" – rosnou. "Está procurando o intendente para começar? É *isso* que você tá fazendo agora?"

"É, onde ele está?"

"Ele agora está enchendo a cara em terra! Você não vai conseguir falar com ele agora não, filho! Vai procurar um beliche! Vai agora, você é só uma criança. Glory não tem tempo pra perder com você. E depois volte aqui, para esta cozinha, para jantar! Está me ouvindo?"

E o grande Glory gemeu e cantarolou, e podia ser ouvido no navio inteiro, como a voz grandiosa da perdição angustiante.

No rancho grande, um homenzinho magro mirrado e sem dentes e com um queixinho pontudo de bruxa estava sentado preguiçosamente a uma mesa grande falando com um interlocutor sonolento e abatido que vestia um avental. Estavam sozinhos no mar de mesas.

"Você entende", dizia o marinheiro pequeno quando Peter passou, "não gosto da idéia de levar o *Westminster* por esta rota. Você sabe o que eu quero dizer! Nós estamos marcados [Tosse! tosse!] Da última vez quase nos pegaram perto dos estreitos... Você sabe como é, eles seguem você só até ali, se preparam todos, e ficam esperando. [Tosse! tosse!] E aí, bum! Já é esperado, você sabe. Eles agora nos marcaram, estou dizendo a você." E o homenzinho esfregou os olhos com um lenço azul e olhou para Peter com curiosidade educada enquanto o homem de avental ficou sentado olhando para os próprios pés.

Era cada vez mais estranho. Peter perambulou lá por baixo pelos corredores austeros até achar uma cabine com vários beliches vazios. Jogou sua sacola de lona em um armário vazio e de repente pensou em sua casa. Pegou um bloco e escreveu uma carta longa para Judie Smith, na Filadélfia, e tornou a sentar-se no beliche com a cabeça entre as mãos.

Depois de um tempo, subiu ao convés. Agora estava escuro – e lá longe, sobre a água mística, Boston reluzia seu diadema de luzes. Parado no convés na escuridão, Peter pensou que nada no mundo podia ser tão casto quanto um navio atracado no cais escuro de uma cidade enquanto o mundo inteiro girava e berrava nas luzes além. Todas as luzes de navios solitários na baía mostravam onde os cascos pacientes estavam parados e ancorados, onde assomavam, em sombras envolventes, como freiras ajoelhadas no mar – enquanto marinheiros jovens de vigia desejavam estar falando alto e gritando pelos bares de Boston com o resto da tripulação, mas estavam presos, como monges adolescentes, à noite monástica de dever e verdade da baía.

Uma lancha passou por perto, resfolegando suavemente, suas luzes parecendo contas, e alguém praguejou a apenas um palmo de distância, ou assim pareceu. "Droga, quando você vai me passar esse cabo, garoto, semana que vem?" A água borbulhou, a lancha foi embora, e então fez-se o mesmo velho silêncio da baía em noite de verão.

O *Westminster* partiria em dois dias. Estivadores logo enxamearam por todo ele com baldes de tinta e maçaricos e cabos. Paus-de-carga entraram em cena para carregar grandes suprimentos de madeira, barris de petróleo, explosivos, e todos os tipos de equipamento de construção. As docas ficaram o dia inteiro muito agitadas e barulhentas com a tremenda atividade.

Peter sabia que tinha tempo de voltar a Galloway e se despedir de sua família, mas de repente apenas queria partir. A possibilidade de nunca mais voltar era às vezes uma idéia profunda, alegre e mesmo agradável, cheia de surpresa e heroísmo sombrios, um pensamento magnífico da própria morte. Ele agarrou-se a isso inflexivelmente, mesmo com um vestígio da compreensão horrorizada que podia ser estupidamente verdadeiro.

Por ora seus sonhos a bordo do navio enquanto se preparavam para zarpar eram todos lúgubres e assombrados por culpas terríveis. Sonhou que sua mãe e seu pai estavam parados sob um céu demente e escuro, estendendo os braços para ele e gritando: Oh, Petey, o que você fez com a gente!" E parecia que ele nunca devia ter feito aquilo com eles.

Alex Panos veio a Boston para se despedir de Peter. Eles se encontraram no vagão-restaurante da beira do cais.

"Mas suponha que você nunca volte!", gritou em desespero Alex. "Não entende, Peter, que eles estão torpedeando navios aos montes e que milhares de marinheiros se afogaram! Eu não podia ir com você? Tudo o que preciso fazer é conseguir os documentos e perder um ou dois dias na burocracia e seríamos colegas de bordo! Peter", acrescentou sério. "Vi flores de morte nos olhos de seus colegas de bordo. Verdade, eu vi..."

"Mas não é nada disso", zombou Peter. "Muitos navios estão passando – a maioria deles consegue, essa banheira velha vai conseguir. Olhe para ele! Não vai ter problema. Tenho uma sensação..." Ele olhou para o nada, pensativo.

"Conheço essa sua sensação – conheço ao contrário, amigo velho. Mas se quiser ir sozinho, está tudo bem comigo." Alexander acendeu um cigarro com um ar distante e melancólico.

"E por que você acha que eu entrei para a marinha mercante?"

"Eu sei, todos estamos sentindo muita tristeza, por causa de Tommy e de todos os outros. E eu sei que você já tomou sua decisão. Quer se afastar de minha influência, como você diz. Está bem, está bem. Talvez aqui neste restaurantezinho nas docas de Boston seja a última vez que nós nos vemos."

"Não seja bobo."

"É assim que vai acabar..."

"Quando eu voltar, vou embebedar você com *cem dólares* de champanhe, o que acha disso? Vou ser um homem rico, cheio de dinheiro!"

"Adeus, Peter. Eu tenho mesmo de pegar meu trem agora."

"Posso encontrar você amanhã em algum lugar – antes de zarparmos? Depois disso, não vou mais poder deixar o navio..."

"É assim que isso vai acabar." E, misteriosamente, Alex foi embora pela primeira vez em sua amizade com um pesar absorto. Os deuses que haviam sussurrado ao seu ouvido não eram nem enganadores nem brincalhões. Foi a última vez que se viram.

Naquela noite Peter foi a terra com alguns de seus colegas de bordo. Foram em um grupo barulhento para South Boston, beberam uma quantidade enorme de uísque e cerveja, entraram em brigas furiosas por nenhum motivo, correram aos berros pelas ruas exultantes com o destino, uivaram para alguma lendária madame embaixo de uma janela e ganharam um banho de água quente. Dormiram esparramados em soleiras, voltaram meio cambaleantes para o cais só quando o alvorecer vermelho surgiu sobre os mastros dos barcos pesqueiros pequenos ao longo da Mystic Avenue, e cochilaram por uma hora antes que Glory entrasse no alojamento grunhindo:

"Sete horas e não tem uma alma na cozinha. Acooordem! Acordem, seus moleques bêbados! Vocês ficaram acordados até tarde ontem à noite e agora todo mundo que ir pro céu e ainda receber por isso, mas não querem trabalhar, não querem nada! Não tem ninguém descascando aquelas batatas e aquelas cebolas nem lavando as panelas e as frigideiras!"

Peter, inocentemente, tinha se registrado como auxiliar de cozinha. Era seu primeiro dia de trabalho ali. No calor fumegante de uma manhã de julho em meio a odores de lavadura quente de enxaguar pratos, restos podres de comida embornais, gordura e toucinho e água viscosa de fundo de navio escorriam pelos ralos da cozinha, Peter, de olhos cansados, desgrenhado e enjoado, ficou arrasado com a idéia de toda a sua vida como uma história de desgostos e trabalho sujo.

Levou o dia de trabalho com um assombro cansado e foi cedo para a cama. E durante a noite um trem de passageiros chegou ao grande galpão no cais e quinhentos operários da construção embarcaram no navio com suas ferramentas e equipamentos. Tudo estava pronto, a segurança foi apertada, homens circularam pela sala das máquinas aquecendo as caldeiras e pelo convés no amanhecer enfumaçado caçando alguns cabos.

De manhã, quando um vento frio, quase outonal soprava na baía e encrespava as águas e as fazia dançar, ele acordou com o vasto, poderoso e abalador "BÓOO!" do apito do vapor. Era o grito de partida do *Westminster*. Correu até a escotilha para ver o cais passar lenta e silenciosamente, os estivadores parados preguiçosamente perto dos equipamentos, fumando e sorrindo, berrando: "Voltem para casa!" e "Tranqüilidade, tranqüilidade!". Pistões enormes começaram a roncar nas entranhas do barco, tudo estremeceu, e começaram a se mover. Ele percebeu pela primeira vez que aquele grande barco podia realmente andar.

Longe do emaranhado pesaroso de sua juventude, e suas tristezas e culpas, seus pais e amigos e Alexander e seus sonhos tristes, saindo para o mar frio e açoitado pelo vento em uma manhã clara inebriante. Os poderosos pistões pulsantes impulsionaram o navio até a baía, e o leme foi virado provocando uma agitação grande e barulhenta na água com cheiro de óleo e algas, e o nariz do barco virou-se vagarosa e pesadamente para encarar o mar e deslizou adiante com uma força lenta e crescente, passou pelas redes antiminas e pelos últimos dois faróis na entrada da baía de Boston.

Bem à frente do *Westminster* e de seu navio irmão, o *Latham*, dois destróieres vigiavam no horizonte, ameaçadores, escuros e baixos, perto da linha d'água, com os canhões apontados eriçados para cima e para baixo e para todos os lados. No próprio *Westminster* soldados monstruosos com protetores de ouvidos e salva-vidas laranjas apareceram em seus postos junto aos canhões. Estavam quase imóveis, como se escutassem. De repente os sons da guerra.

Com um medo desconhecido, Peter começou a sentir o grande navio embaixo dele balançar profundamente nas ondulações do mar. Um vento poderoso soprava do norte sobre ondas encapeladas. O capitão do navio estava na ponte, um homem endurecido, examinando seu próprio mundo-oceano para o qual Peter, agora, sentia-se repentina e irremediavelmente enviado. Estava com medo, pela primeira vez, com mais medo que jamais tornaria a sentir no mar. Olhou para trás para ver Boston, que recuava e desaparecia em uma linha fina enevoada. Agora não havia mais volta do desconhecido.

Lá embaixo na cozinha, com o sol da manhã entrando pelas escotilhas, havia turbilhões de atividades que Peter nunca acreditou serem possíveis. Todos os tipos de cozinheiros e ajudantes tinham aparecido milagrosamente para navegar, vestindo chapéus de cozinheiro fantásticos e aventais brancos, batendo panelas, balançando conchas e facas grandes, gritando uns com os outros em espanhol e chinês e berrando em harlemês. Dois cozinheiros baixinhos com pescoços enrugados falavam alto em uma língua misteriosa secreta e assustadora. Estavam fritando centenas de ovos e milhares de fatias de bacon nos grandes fogões, conversando e rindo alto na confusão de vapor, fumaça de cozinha, pratos e panelas batendo. E em meio a todo esse barulho, Glory caminhava calmamente pela sua cozinha com a dignidade e a sabedoria de um cozinheiro chefe.

Ao pôr-do-sol, depois do jantar barulhento no rancho em meio a centenas de marujos e trabalhadores de construção, Peter vestiu uma japona e subiu ao deque. Agora não havia mais terra à vista, apenas uma borda comprida de sol vermelho-sangue à distância. Estava frio e úmido, o céu cinza turbulento, e havia uma grandeza fria no ar, um aviso de outubro no ar.

"Vamos encontrar um navio de exploração perto do cabo Farewell, na Groenlândia", Peter ouvira alguém dizer no rancho. "Depois vamos para algum lugar ao norte, eu acho..."

"O que vamos fazer lá em cima?"

"Vamos construir uma base aérea em algum lugar do Ártico, só isso..."

Além do crepúsculo vermelho, em torno do horizonte na direção norte, o mar se estendia em um campo agitado que ficava mais escuro à medida que se misturava com o céu ameaçador desconhecido. Em algum lugar lá para cima ficava o mar Ártico. Peter ficou na proa no poderoso vento olhando perdidamente para essa direção com uma sensação inefável de assombro e excitação, com sentimentos confusos porque naquela direção, para a qual seguiam lentamente, não poderia haver luz quente nem conforto nem um amigo, apenas o Norte, o Norte Branco distante, tão implacável e indiferente quanto a própria noite sobrecarregada do oceano.

Lá embaixo, caminhou por corredores lotados até chegar no refeitório grande. Os homens, centenas deles, tinham limpado todas as mesas e estendido cobertores sobre elas e começado a jogar dados e cartas. Bebiam café e conversavam animados em grupos ruidosos. A maioria deles vestia-se fantasticamente com botas e casacos e jaquetas de lã feitas de cobertores grossos, muitos usavam barba. A maioria já estava bêbada e havia muito ir e vir dos trabalhadores de construção entre o rancho e os quartos lá em cima onde se bebia de forma mais ou menos extra-oficial. Os jogadores de dados estalavam os dedos e soltavam exclamações e gritavam, todo mundo se aglomerava com dinheiro na mão, os jogos de cartas soltavam fumaça, uma curiosidade pesada às vezes pairava sobre todo o salão. Os marinheiros, carregando facas, estavam no meio de tudo com seus rolos de notas; um marinheiro descalço mandava na mesa com uma série impressionante de jogadas que provocaram um alvoroço de excitação. Até o imediato e alguns outros oficiais observavam com curiosidade do alto da escada. O velho Glory estava sentado em um canto com alguns de seus camaradas, fumando um velho cachimbo de sabugo de milho, observando tudo com seus grandes olhos castanhos tristes. Alguém sentado nas escadas tocava violão. Só metade dos homens usava salva-vidas, a outra metade não parecia se importar.

Havia homens em toda parte daquele grande navio – na barbearia lá em cima, onde o estoque de loção de barba seria bebido em um mês, lá embaixo nas entranhas do navio na sala das máquinas e no castelo de proa, e homens apostando no rancho, homens comendo na despensa, homens conversando nos camarotes, oficiais em conferência na ponte, grumetes jogando cartas e lendo nos beliches, soldados nos canhões ou em seus alojamentos ouvindo discos, capitães e oficiais reunidos sobre mapas, homens pensativos sozinhos em seus beliches, homens no convés olhando para a escuridão. Era todo um mundo de homens, oitocentos deles, conversando e jogando e fumando e lendo e bebendo enquanto o navio avançava através da noite rumo ao Norte tempestuoso. O *Latham,* o navio-irmão, igualmente um mundo reluzente de oitocentos homens fechado em si mesmo, seguia junto, a uma milha de distância no mar escuro.

Dia após dia os navios seguiam mais para norte, passando pelas costas do Maine, da Nova Escócia, de Labrador, de Newfoundland, através de nevoeiros, sobre grandes baixios fantasmagóricos, saindo para os grandes espaços do oceano. O ar ficava mais frio e os ventos mais fortes, algo branco e cinza tomava o mar, as águas nos embornais congelaram, o sol se punha fabulosamente em cores ardentes no gelo. Finalmente entraram em águas perto da costa da Groenlândia, ao largo do cabo Farewell. Outro navio de escolta juntou-se a eles – e seguiram com dificuldade além da Islândia, subiram até o mar Ártico e as tempestades tremendas perto das costas rochosas serrilhadas da Groenlândia central.

Era o pôr-do-sol imenso, lindo, tracejado de nuvens à meia-noite no Ártico, os icebergs altos como montanhas a uma milha de distância, com água batendo lenta e pesadamente sobre eles, os botos com seus sorrisos de Mona Lisa brincando e mergulhando em formação, e o frio amargo, e o cinza do Pólo Norte adiante. Era o Norte fantástico das almas dos homens, o lugar de desolação inacreditável e solidão final, o lugar de Thor e dos Reis do Gelo e de costas monárquicas, o lugar de baleias e aves polares, de rochas escarpadas lavadas por águas desamparadas a milhares de quilômetros do homem, o último lugar.

Eles finalmente viraram na direção das costas da Groenlândia, em agosto. Certa manhã Peter se levantou e olhou pela escotilha e viu os penhascos marrons abruptos do verão no Norte erguendo-se íngremes a menos de dez metros dele. Estavam subindo um fiorde, oitenta quilômetros terra adentro em meio ao silêncio, penhascos, luzes do norte, esquimós que passavam de repente em caiaques com sorrisos de boas-vindas afáveis e idiotas, oitenta quilômetros mais perto dos cinco mil quilômetros de neve vasta que se estendia terra adentro, oitenta quilômetros sob as poderosas cordilheiras que pairavam invisíveis aos homens para sempre desprovidas de vida.

Olhava boquiaberto. Era tudo tão distante do que esperava da "aventura do mar", tão distante de arquipélagos e Polinésias, as ilhas de corais e pérolas e encantadas do mar, o cabo das Tormentas e o Horn, os cabos perdidos, as lagoas e jardins impossíveis do Sul. Era isso, no lugar.

Ele pensou em Galloway com um sorriso.

O navio ficou quase quatro meses na Groenlândia Ártica, no interior, sobre as águas dos fiordes. Durante esse tempo, os trabalhadores descarregaram caminhões e guindastes pequenos e geradores de um cargueiro e os içaram para terra, e explodiram rochas e aplainaram solo primordial, e empilharam madeira e criaram uma cidadezinha na solidão rochosa. Escolheram e mediram uma grande área rochosa para uma pista de pouso, e começaram a explodi-la imediatamente. Enquanto isso, o *Westminster* e o *Latham* permaneciam ancorados e alimentavam e alojavam os trabalhadores até eles construírem e equiparem suas próprias cozinhas e refeitórios em terra.

Era uma impressionante e bem-coordenada subjugação da paisagem natural de rochas no limite da terra desolada, cheia de previsão, vigor e determinação tipicamente americanos em funcionamento, apesar de ninguém parecer pensar muito nisso. Os trabalhadores estavam envolvidos demais para pensar, e os marinheiros, sem ter o que fazer, estavam entediados demais para se importar depois de ir a terra uma ou duas vezes nos primeiros dias para explorar a costa vazia.

Durante um período houve trocas absurdas com os esquimós, lanças de pesca e arpões eram trocados por um punhado de laranjas ou um boné. Peter adquiriu um arpão em troca do suéter que usara no time de futebol americano em Pine Hall, achando divertido que um esquimó fosse sair por aí vestindo o famoso Número Dois da Turma de 1942. Com o tempo, todos também se entediaram com as trocas, com tudo, e se recusavam a se interessar por qualquer coisa.

Meses se passaram nos navios, todo mundo jogava cartas e lia, e comia e dormia, e conversava e discutia, e bocejava e olhava para o vazio, e fazia o pouco trabalho que havia a fazer, e tornava a bocejar.

"Ei, Kenny! Acabei de pensar em uma coisa. Você já subiu em um mastro?"

"*O quê?*"

"Um mastro – você já subiu em um mastro?"

"Escute o que ele diz, escute o que ele diz..."

"Porque se tivesse feito isso, devia ter ficado por lá, pois você daria uma bela bandeira com essas suas orelhas grandes..."

As neves chegaram. Os homens remavam de um lado para o outro entre os dois navios e se visitavam e apostavam e tagarelavam com prazer sem parar. No *Latham*, estavam sentados juntos bebendo café, barbados e entediados, quando alguém disse, "Bem, não ligo para o que vocês, meus chapas, possam dizer, mas estou falando que não vamos voltar direto, vamos para a Inglaterra carregar, direto daqui, e depois para Arcangel, na Rússia, e depois de volta ao Reino Unido para carregar bem a tempo de alcançar a esquadra que vai invadir o Japão, a grande investida da primavera. Vamos dar a volta no cabo da Boa Esperança e ir até a Austrália, depois subir até o Japão, milhares de navios..."

"Ah, você está maluco."

"Não, o Japão, não, *Turquia!* Vamos passar bem pelo meio das frotas do Mediterrâneo até a Turquia, aí os exércitos vão avançar para o norte, e, meus caros, vai ser um dia de sorte quando vocês voltarem para casa outra vez. É isso o que eles estão dizendo agora, vocês podem ir em frente e se preocupar e ficar tentando adivinhar, mas não vai adiantar nada. O dia de voltar para casa outra vez ainda está muito longe..."

"O que acho é que, se não for a Turquia, sabe..."

"É, se não for a Turquia, pode ser qualquer lugar."

A seis mil quilômetros desconhecidos longe de casa, todos estavam assombrados, perdidos em premonições de nunca voltar, enviados para o nada da terra, esquecidos em meio a rochas no limite do mundo, esquecidos na terra natal das neves, como se condenados nos portões de um continente mal batizado. E onde estava o lar? E suas famílias tristes? E as terras suaves e doces de verão que deixaram para trás aparentemente para sempre? Todos sentiam, mas ninguém conseguia falar nisso.

Às vezes Peter sonhava com o oceano Ártico inteiro como um estuário; toda a Groenlândia, um quintal, um parque; toda montanha, um morrinho, todo fiorde irregular, um riacho; e todo o mundo redondo em guerra, uma cidade natal.

Finalmente em novembro eles partiram para casa. Levantaram a âncora grande e a corrente, fizeram a volta lenta e pesadamente rumo às desembocaduras da Groenlândia e aos mares outra vez. Deslizaram entre montanhas esquecidas, passando pelas rochas lavadas da eternidade até chegar sobre as ondas negras.

Uma noite, em escuridão de breu, Peter cochilava em seu beliche quando os sinos do alarme badalaram, e as sirenes gritaram, e o terror tomou conta de todos os corações.

Tomado naquele momento por uma descrença sonhadora, esperando que tudo de alguma forma passasse, Peter esperou e ouviu as explosões súbitas de cargas de profundidade, e a confusão louca de pés apressados no convés acima. "Por que estão todos correndo, esses idiotas!", zombou no escuro e virou-se para o lado.

De repente, o espelho na porta do armário caiu no chão. "O que estou fazendo aqui embaixo?", pensou, sentando-se. Um rugido vasto e constante, bem longe, e lamentos e gritos diretamente acima fizeram com que ele subisse correndo com seu salva-vidas. "Por favor, Deus! Por favor, Deus!", pensou. Lá, na noite do oceano, a uma milha de distância, o *Latham* estava pegando fogo e afundando no mar gelado. Todos encolhidos juntos, olhavam fixamente para o brilho vermelho e mau nas águas, que parecia queimar ali com muita calma.

"Eles acertaram o *Latham*! Acertaram a dinamite!"

"Ei, Chuck! Cadê você, Chuck?"

"Este aqui é o barco número cinco? Ei, este aqui é o barco número cinco?"

"Calma, todo mundo! Calma! Sosseguem, pelo amor de Deus..."

A fumaça vermelha foi se apagando lentamente ao longe.

"Olhem para ele!"

"Alguém soltou um dos botes, nós perdemos um bote!"

"Ah, Senhor, Senhor, Senhor, Senhor..."

"Ele está afundando!"

Era um terror completo, um pesadelo, um sonho mau, todos estavam encolhidos juntos no escuro da noite e disseram "Quem é esse?", e andaram sem rumo aos tropeções pelo convés e cruzaram os braços sobre seus corações e rezaram.

"Pegaram o submarino!", berrou uma pessoa em algum lugar.

"Ei, ouviram isso?!! Pegaram o submarino! O chefe disse que as corvetas pegaram o submarino!"

O brilho vermelho diminuiu, e o *Latham* expirou e sumiu de vista enquanto eles se moviam em grande confusão, falando e gritando. Os homens estavam espalhados e perdidos a uma milha de distância em águas impiedosas, era demais para entender, era demais para crer, ninguém sabia sequer o que pensar. Mesmo depois que o sinal de que estava tudo limpo soou, eles ficaram no convés espiando as águas ansiosamente, e conversaram e andaram de um lado para outro e esperaram. Alguns deles estavam em silêncio pensando nos homens no *Latham*, nos rostos familiares para os quais olharam e que compreenderam durante meses de solidão, privação, conversas amistosas sem sentido, aqueles mesmos rostos agora afundando nas águas negras da noite inacreditável. Era demais para crer.

E então veio o amanhecer, e os navios restantes no comboio – duas corvetas canadenses, um destróier, o cargueiro e o *Westminster* – surgiram uns para os outros sob um temporal, atarefados soltando fumaça negra, seguindo em frente implacavelmente, uma congregação de barcos e amigos fantasmas que emergiam uns para os outros em meio ao cinza. Agora estava tudo acabado, o *Latham* tinha afundado.

Nas águas desoladas, as águas sem lar do mundo, eles permaneceram no convés tomados por solidão e terror como nunca antes, e entre eles e as profundezas havia apenas o pobre casco do navio. Agora eles sabiam que a terra era seu lar, como todos os homens só se dão conta pela primeira vez no mar.

Uma luz projetou-se sobre as ondas geladas, um farol de sinalização que piscava com luz quente e suave de uma das corvetas que mandava uma mensagem de que tudo estava em segurança para o *Westminster*, e o calor e a beleza, a inteligência benevolente daquela luzinha – por que não tinha sido assim com o *Latham*?

Peter não podia entender. Apoiou-se cansado na amurada, sobre os cotovelos, e ficou olhando para baixo para o casco do navio que avançava através das águas espumantes, e não conseguia entender nada.

O mundo estava louco com a guerra e a história. Fazia grandes navios de aço que podiam cortar os mares, e então fazia torpedos ainda maiores para afundar esse mesmo navio. De repente Peter acreditava de alguma forma em Deus, na bondade e na solidão.

Ele pensou no que faria se o navio fosse torpedeado como o *Latham*. Primeiro só conseguia pensar na sobrevivência fácil. Seus companheiros morriam e se afogavam porque era possível; ele sobrevivia porque era impossível perecer; agarrava-se a algum apoio insignificante no mar e era encontrado e resgatado por homens. Mas, cada vez que sonhava acordado, ficava mais difícil, ele tinha menos sorte, e no fim estava sem saída, e acabava sugado para o fundo no redemoinho do navio que afundava e ficava cego no mundo de água. Nenhuma devaneio podia desfazer o horror simples e angustiante deste pensamento sem esperanças: olhar ao seu redor dentro do bojo de uma noite cósmica e lúgubre de água, cair dentro dela para sempre, sufocar e se agitar suplicantemente, abrir a boca para gritar quando não há som.

Quando teve esse pensamento final e impensável, Peter resolveu colocar uma lâmina de barbear no bolso do relógio, envolta cuidadosamente em um pano, e guardá-la ali – para a hora, a noite, em que se visse flutuando sozinho nessas imensidões marinhas do Ártico. Melhor que se afogar, que afundar puxado para baixo por um salva-vidas ensopado de águas, ou virar com o rosto dormente e enfiar o rosto suavemente nas águas, ou ficar suspenso por um cabo no topo dos vales do oceano – cortar os pulsos e expirar atordoado e sonhador em sua própria poça de sangue seria melhor que isso. Começou a examinar seus pulsos, as veias azuis que pulsavam nele, as finas linhas capilares, os tendões que pulsavam, as vitalidades suaves, delicadas e infinitesimais que conduziam seu próprio pobre calor – que ele derramaria com um golpe em meio à imensidão.

Ficava deitado em seu beliche tendo pensamentos como esses e então, perto do amanhecer, ouvia o bater e o retinir familiares de portas de fornos e panelas na cozinha, começava a sentir o cheiro do bacon fritando nos fogões, e da aveia cozinhando, e ovos fervendo, toda a singular preparação masculina de comida no amanhecer do oceano salgado – e recuperava seu melhor entendimento.

Uma noite no auge da fúria de uma tempestade islandesa, Peter estava com seu amigo Kenny, um jovem lavador de pratos de charme solitário que se portava com um ar belo e aristocrático em meio aos personagens sórdidos no barco e que era, como Peter descobriu, o filho quase alcoólatra de uma família rica e antiga de Nova York. Eles estavam na proa do *Westminster* gritando e berrando e cantando, encolhidos em seus casacos sob os golpes do vento, esquivando-se dos vastos leques turbulentos de borrifos que jorravam sobre eles, cheios de alegria selvagem e um repentino contentamento por voltar para casa. Kenny berrava, "Isso não é noite nem para gente nem para bicho! O que acha, Perna-de-pau?" E claudicou pelo convés e cuspiu e piscou.

E Peter, "Verdade, Caolho! Nenhum homem disse uma verdade maior do que você falou esta noite!"

Eles claudicaram por ali e se arrastaram até o convés de ré, onde ficava o timão de emergência (um equipamento obsoleto naquela viagem) e o agarraram desesperadamente e fingiram lutar furiosamente contra a tempestade na baía.

"Profundidade de sete palmos, a mesma em que meu pai está enterrado", gritou Peter ao vento. "Seus olhos são pérolas, seus ossos feitos de coral!"

"É, Perna-de-Pau, que esse seja o destino de todos os homens do mar, dos verdadeiros lobos do mar!"

Cerca de dez minutos mais tarde, começou uma guerra de travesseiros terrível nos alojamentos vazios acima da linha d'água, organizada por Kenny, em cuja melancolia havia uma disposição para a loucura. Peter e Kenny e meia dúzia de outros rastejavam pelo escuro, andavam de quatro, vorazes com o suspense, loucos de alegria, soltando risos extravagantes, atacavam e golpeavam com travesseiros até fazerem as penas voarem, escondiam-se atrás de beliches e lançavam-se uns sobre os outros, lutavam e rolavam e atiravam colchões inteiros através da escuridão do navio, perseguiam-se por todo o navio – tudo sobre as águas trovejantes de uma noite de tempestade, no meio de uma guerra marinha repugnante, menos de sete dias depois do desastre do *Latham* e da morte de centenas deles mesmos.

O navio se aproximou de águas domésticas perto do Natal. Todo mundo tinha deixado crescer uma barba cerrada e antecipava o pagamento há muito esperado de mil dólares e fazia listas de gastos e discutia e se sentia melhor do que em meses. Peter espreitava pelo convés examinando o horizonte em busca de sinais de terra, qualquer terra. Agora não queria que ninguém acreditasse que ele morreria e nunca voltaria, nunca mais queria machucar ninguém, de jeito nenhum, estava apaixonado pela vida e nunca iria querer deixá-la outra vez. Pensou em êxtase em cidadezinhas e cidades grandes, nas ruas com casas, nas janelas nas casas e nas luzes nas janelas, nas pessoas andando por ruas vazias, nas coisas doces da terra. Pensou em coisas que não via há seis meses nas terras estéreis rochosas da Groenlândia e no mar – "pernas de mulheres", e portas e luzes de néon – as coisas da terra e da vida dos homens ali. Antecipava com medo o dia em que teria de partir outra vez para o mar. Queria ver sua família de novo, a casa de sua mãe, o rosto de seu pai.

Uma manhã cinzenta, quando as nuvens atlânticas corriam pelos céus escabrosos, de repente estavam se aproximando da costa de alguma regiãozinha cinzenta e solene. Peter debruçou-se sobre uma amurada olhando com avidez para os promontórios rochosos, o farol, os campos marrons de inverno além, estradas, árvores e casinhas de frente para o mar açoitadas pelo vento, e campanários de igrejas, e um homenzinho seguindo absurdamente de bicicleta por uma estrada – um pequeno porto de verdade com presença humana. Era Sidney, Nova Escócia. Para Peter era outra vez a terra, a terra que era o lar deles, novamente o lugar verdadeiro doce e triste da vida outra vez. A tripulação banqueteou seus olhos e sentiu uma alegria profunda e confortável de voltar.

Uma lancha aproximou-se furiosamente e levantando muita água do *Westminster* com um homenzinho absurdo, de chapéu-coco e com uma pasta como um burguês da manhã do mundo, agarrando-se precariamente a um espeque e saudando o navio com uma ansiedade patética. Todo mundo olhou para ele. Fazia tanto tempo que não viam um homem como aquele que era bom vê-lo, tão solenemente engraçado. Exaustos e barbados, eles o observaram sérios enquanto pulava furiosamente da lancha para a escada a um metro e meio da água que batia, sem hesitação, arriscando o pescoço e seu terno preto alinhado com bastante alegria em nome dos negócios matinais. Esforçou-se para escalar a escada com toda a agilidade de um homem entusiasmado e ativamente preocupado com o comércio na cidadezinha portuária além.

O capitão do *Westminster* estava junto da escada. O homenzinho repentinamente se apresentou com seu cartão.

"MacDonald Company, senhor, suprimentos náuticos, ao seu dispor, senhor!", disse vivamente.

"Fornecedor marítimo?", grunhiu o velho. "Não quero saber de nenhum maldito vendedor. Onde está o piloto?"

"Lá vem mais um", disse o imediato, olhando sem acreditar para outra lanchinha absurda que vinha voando na direção do navio.

"E quem é *aquele*?", perguntou o capitão. "Imagino que seja a Angus Mahoney & Company chegando para polir os latões? Saia do meu navio, droga, e da próxima vez espere até que um homem resolva seus assuntos antes de vir correndo até aqui. Saia!", rosnou. "Mas afinal, que droga de lugar é este? Nem consegui ainda meu piloto para aportar e já apareceram os mascates... Quem é esse que está chegando agora? Saia do meu navio, *seu*!", berrou, virando-se outra vez para o MacDonald Company, que rapidamente fez uma reverência, exibiu os dentes em um sorriso cordial para todos ao redor, parecendo dizer "Ah, tudo bem, faz parte do trabalho", e desceu a escada outra vez, cartão, pasta e tudo, cheio de um alegre entusiasmo, nem um pouco magoado, e deu outro salto espetacular sobre a baía até a lanchinha que balançava, acenou rapidamente, e foi veloz e sacudindo de volta para terra com uma mão agarrada ao espeque e a outra segurando o chapéu-coco nos ventos velozes e úmidos do Atlântico.

Era alto e tão engraçado, tão patético, tão humano. Peter encheu-se de um desejo absurdo de também descer a escadinha e correr para "essas coisas" – fossem lá quais fossem, a terra, os portos, as ruas loucas da vida, os homens e as coisas desprezíveis que faziam, seus esforços furiosos e sem sentido, lutando por uma cama e um prato de comida, usando chapéus-coco.

Chegaram em casa para o Natal. Em Boston, nas ruas nevadas e misteriosas, eles desembarcaram – barbados, de aspecto ameaçador, carregando arpões e peles e carteiras cheias de dinheiro. Espalharam-se outra vez pelo mundo, de volta às ruas da vida outra vez, sem mais que um olá ou um como vai, cada um para seu próprio prazer ardente e secreto, cada um envolto em seu próprio sonho de alegria e esperança.

Em casa em Galloway, as coisas tinham mudado na família de Peter. Ruth tinha ido para o Corpo de Mulheres do Exército, e Rosey tinha se transferido para um hospital do Exército lá em Seattle. E com Joe na Força Aérea, Liz distante e Peter preso por contrato à marinha mercante e viagens de guerra regulares – e o pai ainda obrigado a trabalhar longe de casa – os pais dos Martin tinham decidido tentar reunir o lar de alguma forma. O pai seria capaz de manter um emprego na linotipia em Nova York se quisesse, e a mãe tinha certeza de que ela mesma arranjaria um emprego nas fábricas de sapatos ali. Então eles planejaram se mudar para Nova York e levar as crianças, Mickey e Charley, com eles.

"Nossa!", exclamou a mãe quando estavam sentados ao redor da triste arvorezinha de Natal de mesa. "Eu nasci em uma fazenda em New Hampshire e agora vou morar em Nova York! Vai ser mais fácil para todos vocês virem para casa quando estiverem de licença para me visitar – não vai? Nova York é bem perto de tudo, não é, Petey? Talvez até Liz possa vir e me visitar agora."

"Bem", franziu o cenho o pai, "podia valer a pena tentar. Por Deus, podia mesmo valer a pena tentar!", exclamou, sacudindo a cabeça. "Vamos ver, vamos ver, temos de fazer *alguma coisa*. Não faz sentido do jeito que está agora!"

E Alexander Panos tinha ido embora de Galloway. Havia se alistado no exército em outubro. Peter visitou a família, e lhe disseram que ele estava fazendo uma tremenda bobagem ao dizer "quero estar nas fileiras mais humildes". Peter aproveitou para caminhar pelas ruas de Galloway uma última vez, as ruas nevadas vazias, todos os seus amigos ausentes, algo triste e acabado em casa, e o suspiro da guerra à distância. Tudo estava chegando a termo em Galloway e algo diferente se aproximava. Ele estava pronto para coisas novas com a alma cansada dos fantasmas assombrados e esvanecentes da vida.

Judie Smith estava morando em Nova York agora, em um apartamento próprio, esperando que Peter chegasse e se juntasse a ela. Tinham escrito cartas longas e algo como amor pulsava na mente de Peter quando pensava nela – sua querida Judie de olhos vivos e alegres dos dias de faculdade. Ansiava por ela após toda a desolação molhada do mundo.

O *Westminster* foi afundado naquele inverno. Peter viajava em um cargueiro para a Inglaterra quando ouviu a notícia. O *Westminster* foi afundado na calada da noite, em fevereiro, em algum lugar do Atlântico Norte, com a perda de mais de setecentas vidas, incluídas muitas de marinheiros que tinham viajado com Peter para a Groenlândia. E a grande cozinha, a cozinha de Glory, e o próprio Glory, e o rancho onde eles comeram e jogaram, os castelos onde conversaram e jogaram cartas, os beliches onde dormiram e sonharam docemente, e o alojamento onde eles tinham brincado empolgados com uma alegria louca – o próprio velho navio melancólico estava no fundo do mar agora, afundado para sempre na noite profunda. Peixes circulavam pela despensa, o velho Glory reluzia em galerias de coral.

Sim, no verão anterior, no cais de Boston, Alexander vira flores de morte nos olhos dos companheiros de barco de Peter.

[11]

Francis, quando terminou o curso básico em Harvard na primavera de 1943, ficou mais divertido que qualquer outra coisa quando fez o teste de aptidão mecânica para o treinamento de oficiais da Marinha e, infelizmente, não foi aprovado. No início não entendeu o que aquilo significaria. Tinha passado em todo o resto com ótimas notas, no exame físico, no teste de inteligência, e até nas conversas, quase entrevistas sociais com uma banca de oficiais educados e inteligentes. Um desses oficiais se aproximou de Francis quando este estava sentado à espera de seu destino em uma ante-sala.

"Bem, Martin, eu sinto muito e estou surpreso! Pensei que você passaria em tudo com facilidade, pelo menos, era o que eu achava."

"Bem", sorriu Francis alegremente, "o que isso significa? A Marinha está me rejeitando?".

"Não. Significa apenas que você vai ser transferido para V-6..."

"E o que é isso?"

"Você vai ser um recruta em treinamento num desses centros, provavelmente Newport ou os Grandes Lagos. Suas chances de conseguir uma patente de oficial agora dependem de como você se sair como recruta. Primeiro, haverá o campo de treino dos recrutas..."

"Campo de treino dos recrutas?" Francis agora tinha se dado conta do que havia acontecido, e de repente ficou furioso. "Eu tenho diploma universitário e não posso conseguir uma patente?"

"Não se não conseguir passar no teste de aptidão mecânica", disse o jovem oficial com ar mais distante do que um momento antes. "Muitos sujeitos são assim... têm coeficientes de inteligência altos, mas, como você, não sabem a diferença entre uma porca e um parafuso, e isso é algo que eles não conseguem evitar, pois foram acostumados assim há muito tempo. Mas eu fiquei realmente surpreso", sorriu.

"É", disse Francis indiferente. "Acho que sou talhado para coisas menores."

Disseram a ele que esperasse algumas semanas para receber a convocação para o serviço militar.

Tudo tinha acontecido com tanta velocidade, o fim abrupto de seus estudos na faculdade, essa rejeição repentina da Marinha, que Francis estava atônito. Em questão de dias toda a sua vida tinha mudado, da vida confortável e perdida em meditações no campus com sua posição acadêmica razoavelmente importante em seu campo, para a situação de um "recruta" da Marinha esperando para ir para um dos acampamentos de guerra rudes e açoitados pelo vento com centenas de outros futuros marinheiros barulhentos. Era demais para Francis; ele alternava-se entre divertido e raivoso e enfastiado.

Foi para Nova York e passou suas últimas duas semanas de liberdade vivendo no Greenwich Village com uma garotinha intelectual e maternal que conhecera na faculdade, Dora Zelnick, no apartamento dela na 8th Street. Encontrou-se muito com Wilfred Engels e foi a inúmeras festas onde todo mundo se embebedava e enlouquecia e discutia a noite inteira, e então chegou sua hora, e teve de voltar para Boston para se apresentar ao serviço ativo. Nunca sentiu mais raiva em toda a sua vida. Ironicamente foi posto em um trem que voltou naquele mesmo dia para Nova York, e seguiu para Chicago, para a base de treinamento dos Grandes Lagos.

Era uma planície varrida pelo vento. Havia construções de madeira cinza-azulada por toda a parte, e poeira redemoinhava entre os edifícios com o vento que soprava do lago. Francis, desgraçadamente encolhido em uma japona, com perneiras marrons e um gorro azul puxado até a testa, perambulava sozinho no entardecer, abatido e perdido, sem saber o que fazer consigo mesmo. Havia uma biblioteca em um dos prédios de madeira no fim do acampamento militar; ele sempre circulava por lá.

À noite, o chão das barracas era frio, e os garotos tinham armado suas redes e escreviam cartas para casa em cima de sacos de lona, e o comandante os repreendia com voz rouca e estrondosa, e finalmente as luzes se apagavam e todo mundo ficava conversando e rindo. Mais tarde, alguém se virava na rede, uivava de medo, lutava desesperadamente e caía no chão, enquanto todo mundo ria e gritava. Depois alguém cutucava Francis nas costas às duas da manhã e dizia, "Seu turno de sentinela, Martin", e Francis descia da rede, vestia outra vez todas as suas roupas, botava as perneiras no escuro e andava de um lado para outro entre os marinheiros adormecidos durante duas horas com um cassetete e uma lanterna. Então, às quatro da manhã, era rendido de seu posto, tirava as perneiras e os agasalhos intrincados de novo no escuro, lutava para subir outra vez na rede a quase dois metros do chão e ficava ali balançando loucamente, tentando dormir. Então chegava a manhã, açoitada pelo vento, amarga e cinza, e Francis pulava outra vez com todos os outros e vestia as perneiras outra vez, lutava para entrar no pulôver, enrolava a rede e arejava os lençóis, e saía correndo enquanto o comandante rosnava e batia palmas. Depois havia a longa fila em frente ao rancho, o barulho impaciente de sapatos no cascalho, e algum rapaz dizia a Francis – "Nossa, eu queria que eles deixassem a gente fumar antes do café, espere um minuto enquanto eu vou ali descolar uma guimba!"

Então vinham a marcha e o canto cadenciado, "Um, dois! Um, dois!", enquanto caminhavam com passo afetado e em formação sobre a terra congelada no campo de desfiles, alguém gritava histericamente com eles entre companhias que cruzavam de um lado para outro com passo elegante e o tremular de bandeiras, e fumaça e poeira no vento.

No terceiro dia, Francis percebeu em um lampejo repentino que não podia mais agüentar aquilo. Percebeu isso com toda a força única e concentrada de uma aversão profunda e incalculável. Seu ódio por essa sua nova posição no mundo era tão tremendo que estava literalmente cego, esbarrava nas pessoas, às vezes se via andando tonto de ódio, e na hora em que se olhou no espelho e viu o corte de cabelo absurdo que tinham feito nele (não tinha sobrado cabelo, só as pontas densas de um corte muito rente, com um tufo projetando-se do alto da cabeça) teve um acesso de raiva e chutou a parede de madeira e quase quebrou o dedão.

Certa noite houve um teste de ataque aéreo. Francis recebeu a ordem de ficar de guarda com rifle, baioneta e capacete de aço em frente a um abrigo de sacos de areia, onde permaneceu por uma hora em total escuridão enquanto as sirenes uivavam e aviões zumbiam nos céus negros. Um oficial veio andando com uma lanterna. Francis o olhou com curiosidade.

"Com os diabos, você!", berrou de repente o homem. "Não percebe que deve me mandar entrar no abrigo!"

"Hein?"

"Não conhece seu dever, seu idiota?"

"Bem, agora, eu não estava bem certo..."

"É melhor se dirigir a mim como senhor ou vou informar sobre você no ato! Há quanto tempo está no acampamento? Qual é o seu nome, mostre seu rosto!"

Francis estava completamente surpreso. De repente, sentiu-se tomado de pânico. Com sensação de irrealidade, pensou nitidamente em berrar: *Não é da sua conta quem eu sou e não dou a mínima para quem é você!* Ele jogou o rifle no chão no escuro, trêmulo de terror, e foi embora correndo.

"Alto!", gritou o oficial em tom de voz severo, claro e quase alegre. Naquele instante um destacamento de bombeiros veio correndo pelo escuro com equipamento de incêndio em seu caminho para um tiro fictício que "acertara" algum alvo no transcorrer das manobras, e na confusão resultante o oficial pareceu desaparecer chamado por algum assunto mais urgente. Francis, triunfante e quase insano na escuridão, andou sem rumo por meia hora desfrutando de uma liberdade estranha, conversando com as sentinelas que acreditavam que ele era um membro das unidades de bombeiros. Finalmente voltou para seu posto nos sacos de areia; pelo menos, achava que era seu posto até perceber que algum estranho de outra companhia estava parado ali. Por fim, depois do treinamento, quando as luzes das vielas foram novamente acesas, encontrou o caminho de volta para seu alojamento.

No dia seguinte, distribuíram um formulário em sua companhia que perguntava, entre outras coisas, o que achavam da biblioteca do acampamento. Francis pegou sua caneta com alegria maliciosa e escreveu: "Como um indivíduo neste grupo e sem a oportunidade de exercer minhas próprias prerrogativas, devo imaginar que minha opinião não tenha a menor importância. Seja como for, acredito realmente que a seleção de livros representada na biblioteca do acampamento constitui algo que equivale a uma fraude intelectual." Assinou seu nome, cheio de esperança. Nunca obteve resposta do oficial bibliotecário.

Quando tomou consciência de que já não havia qualquer possibilidade de agüentar mais um momento da vida militar – por mais tranqüila que fosse naquele estágio – foi assomado pelo pensamento de que lentamente estava sendo forçado a tomar a decisão mais importante de sua vida.

"Se me revoltar abertamente", pensou com medo, "não vai ser muito mais fácil para eles me destruírem? Estou preso entre a estupidez e o perigo dos homens. Preciso encontrar um jeito de me convencer de que a estupidez de me submeter a tudo isso pelo menos não é uma ameaça à minha vida – mas eu simplesmente não posso me submeter a eles. Acho que me submeter é mais perigoso para mim do que as conseqüências de não me submeter". E, ao pensar nisso, sorriu com alegria pela primeira vez desde que viera para o acampamento.

"Só há uma coisa a fazer", refletiu ansiosamente, "encontrar uma maneira de sair de qualquer jeito."

Aconteceram duas coisas naquele dia que deram um estímulo tremendo aos seus planos de escapar da vida militar de "qualquer jeito". Alexander Panos, com quem Francis nunca trocara mais que algumas palavras lá em Galloway, escreveu para ele uma carta de um quartel do Exército na Virgínia, no impulso de alguma solidão atormentada própria do turbilhão da vida militar.

> Caro Francis:
> Para você, o irmão do maior amigo que já tive, escrevo esta noite aqui da cadeia do Acampamento Militar Lee. Se pareço um pouco bêbado e sentimental, por favor, perdoe minha própria existência. Essas poucas coisas que tenho de dizer a você são importantes para mim, pesam demais em meu coração. Apesar da cerveja que bebi esta noite, escrevo para você, irmão desconhecido de meu amigo. Agora mesmo fui designado para ficar de guarda na cadeia, e como você provavelmente sabe, tenho duas horas de serviço e quatro horas livres. A cadeia é dividida em dois por uma tela de metal. Os guardas dormem de um lado, e os prisioneiros, do outro. Agora mesmo o segundo tenente da cadeia chegou junto com o cabo. Estavam envolvidos em uma conversa boba sobre como é impossível que os prisioneiros fujam – quando, surpreendentemente, um dos prisioneiros gritou, citando Thoreau: "Vocês são os prisioneiros, não eu". De que maneira posso descrever como me senti! E estar

de guarda naquele barracão pequeno e horrível com a tela de metal entre nós, sem a permissão de falar com as vítimas que quebraram alguma leizinha estúpida. Eles não são nossos irmãos? Francis, quando entrei para o Exército, recusei deliberadamente a oportunidade de uma patente de oficial (como você sabe, fui major da brigada da Galloway High School) porque queria sofrer com as massas e estar entre elas, humilde e paciente. Mas desde então descobri, Francis, que fui enganado, fui enganado! Quero com todas as minhas forças que exista um Deus!

A passional carta terminava assim. Francis sentiu que aquele era um dos documentos mais impressionantes que já havia lido. De repente, sentiu-se arrependido de não ter sido amigo do jovem grego nos anos passados.

"Ele foi enganado", pensou empolgado, "mas eu não vou dar a eles a chance de me enganarem, não vou esperar para descobrir se existe um Deus para punir os monstros deste mundo..."

A segunda coisa foi esta: enquanto conversava com dois outros marinheiros quando o sol se punha por trás da grande extensão do campo militar, um deles de repente inclinou-se confidencialmente e disse, em tom apavorado: "Uma coisa que é melhor você nunca fazer é reclamar de dores de cabeça. Se tiver uma dor de cabeça, tome umas aspirinas e esqueça."

"Por quê?"

"Tem um cara no meu grupo que ficava tendo dores de cabeça e ia sempre ao médico reclamar e para tomar aspirinas. Logo depois, puf!"

"O quê..."

"Mandaram ele para casa, expulsaram da Marinha. Ficou em observação por uma semana no hospício e deram baixa nele. E foi isso, meu irmão."

Com uma sensação convulsiva da alegria mais voraz, correu no mesmo instante para o consultório médico, palpitando de excitação, insensatez e esperança loucas. "Isso é maluquice!", não parava de pensar. Reclamou de dor de cabeça, deram a ele três aspirinas para tomar uma de cada vez, e anotaram seu nome. Voltou para o alojamento, engoliu as três, torcendo para que o deixassem nervoso e provocassem uma dor de cabeça de verdade. No dia seguinte, voltou duas vezes atrás de mais aspirina, e as duas vezes foram registradas pelo farmacêutico. Francis tomou todas as aspirinas que lhe deram, quase não comeu, ficou acordado à noite para acabar com os próprios nervos e depois começou a beber incontáveis xícaras de café puro. Finalmente, com o coração batendo com o medo de que nada daquilo funcionasse, ficou realmente com os nervos em frangalhos e começou a sentir, ou imaginar, dores de cabeça na verdade muito reais. Enquanto isso, continuava a treinar e se exercitar com os outros rapazes, todos os quais pareciam a Francis estar se divertindo de uma maneira muito idiota. Toda a experiência estava ficando tão horrível para ele que começou realmente a obter certa quantidade de prazer interior mórbido por estar ali fazendo o que estava fazendo.

Voltou no terceiro dia atrás de mais aspirinas, e por fim o farmacêutico olhou para ele com curiosidade.

"Ei, você deve estar sentindo umas dores de cabeça muito fortes. As aspirinas não estão ajudando?"

"Não. Minha cabeça continua a latejar."

"Já sentiu dores assim antes, companheiro?"

"Ah", respondeu Francis despreocupadamente, "sim, sempre".

Foi convocado para ser examinado por um médico, um primeiro-tenente, que o interrogou com seriedade por quinze minutos, tomou notas e fez nele um eletroencefalograma com todos os fios de aparelhos complicados, que revelou pelo menos que ele não tinha dano no crânio ou qualquer tipo de defeito. Em conseqüência disso, o psicólogo foi chamado. Francis estava pronto para ele.

Puseram-no sentado em uma sala que dava para o dia cinza e duro do acampamento militar, o psiquiatra atrás de sua mesa, e Francis em uma cadeira em frente a ele. Francis tinha intencionalmente comprado um maço de cigarros para aquela entrevista: antes mesmo que o psiquiatra estivesse pronto para começar a interrogá-lo, já havia fumado três, um atrás do outro. Por alguma estranha razão, esperava que aquela performance, não só o fumar atormentado incessante, mas o próprio fato de ter o desplante de fumar sem pedir permissão a um oficial superior, de certa forma pudesse despertar suspeitas no médico. Entretanto, o psiquiatra, que aparentava ter passado uma noite ruim, parecia não dar muita atenção a qualquer coisa que Francis fazia, nem mesmo o violento tremor convulsivo, e com o tempo Francis desistiu de seu fingimento sentindo que estava exagerando as coisas. Ele até esqueceu de fumar quando a conversa ficou interessante.

Depois das perguntas de rotina, sobre fazer xixi na cama, essas coisas, o psiquiatra perguntou: "Agora me diga, qual foi a coisa mais engraçada que você já viu?".

"Ah... vamos ver. Bem, agora. A coisa mais engraçada que eu já vi foi em... Boston. Estava andando pela Commonwealth Avenue e um pombo foi atropelado por um carro, era de manhã cedo."

"Um pombo foi atropelado", repetiu o psiquiatra sem qualquer curiosidade ou surpresa. "E por que isso foi engraçado?" Enquanto isso tomava notas.

"O barulho", disse Francis com ar fascinado, "dele quebrando todo e sendo esmagado, porque o carro estava indo muito rápido, e aquele pombo não teve a menor chance, nem mesmo chance de arrulhar." Ele deu um sorriso largo, mas o médico olhava pela janela com uma espécie de melancolia. "O barulho", insistiu Francis. "Foi muito engraçado" – e ele quase se pegou acrescentando, "de certa forma", porque na verdade ele tinha realmente experimentado aquilo e tinha sido algo horrível. "De seu próprio jeito", disse agora com seriedade.

"Está bem", continuou o médico, "e agora me diga, qual foi a coisa mais estranha que você já viu?"

Francis refletiu profundamente. Estava fora de si de excitação e até felicidade, em toda a sua vida nunca tinha ficado tão perdido em pensamentos e tão satisfeito.

"Nunca viu nada estranho?", incitou o médico.

"Humm. Não em especial", experimentou Francis, estudando com atenção o rosto do homem, e ficando ansioso quando não viu ali sinal do sucesso de sua resposta. Então arriscou. "Bem, agora, eu acho que podia me lembrar de algo." Ele esperou.

"Podia?"

"Bem, eu posso – quer dizer, eu lembro, na verdade." Ele deu um sorriso arrogante na cara do homem; nunca tinha se permitido liberdades tão maravilhosas e absurdas com outro ser humano. "Certa vez vi uma mulher, ela estava fazendo compras, e comprou um monte de coisas no mercado, quer dizer, pegou na prateleira e botou tudo em um carrinho", e então Francis debruçou-se para frente ávido – "em um carrinho cheio de fios, e ela o empurrava como se fosse um carrinho de bebê." Francis deu um olhar penetrante para o médico, e acrescentou: "Bem, na verdade, foi em uma loja grande em minha cidade natal, Galloway, na River Street", e tornou a sorrir, com um quê dissimulado de satisfação.

O médico estava entediado. "Você falou que o carrinho tinha fios?"

"Isso", disse passivamente Francis. De repente ele pensou uma coisa. "Não ousei tocar nos fios porque... bem, eletricidade? Eletricidade nos fios, sabe." Ele viu um lampejo de interesse reflexivo no rosto do médico quando ele se abaixou para tomar uma nota, mesmo assim de repente Francis se sentiu confuso e perturbado por algo, não tinha idéia do que era.

Ficou visivelmente desapontado quando o médico encerrou a entrevista naquele ponto. Odiou deixar o consultório. Foi mandado voltar lá embaixo no outro consultório, onde o ajudante de farmácia aguardava, o ajudante que definitivamente começava a agir como seu guarda. Francis, entretanto, caminhou pelo corredor sorrindo. E foi naquele momento que experimentou a sensação mais pesarosa de sua vida. Ele parou, escutando.

Em uma das salas, através das paredes finas das barracas, ouviu uma entrevista entre um médico e um paciente. Uma série de golpes pesados balançavam as paredes pontuando o som de suas vozes.

Ele ouviu alguém berrar: "Mas isso não é tudo. Tem essa também, essa é a mais forte!"

"Sei", disse a outra voz, séria.

E ouviu-se um grande golpe surdo que estremeceu o chão.

"Muito bom", disse a voz séria.

"Ah, posso fazer um milhão de outras. Você não conhece a metade delas, doutor, tenho força e velocidade terríveis, não tem nada igual. Às vezes acordo de manhã e me sinto tão bem que podia estourar, explodir, voar pelos ares! Sabe, gosto de conversar com um homem realmente interessado em acrobacia, que mostra um sinal de interesse. Pássaros! Pássaros! Eu costumava ter um monte de pássaros no meu quintal, especialmente os pardaizinhos. Mas espere um instante, eu acabei de pensar em outra..."

"Não é necessário..."

Mas depois de um silêncio curto e quase eletrificado, houve um grande estrondo no chão, um grito de surpresa, alguma coisa, um copo, ou uma jarra, caiu no chão e se espatifou, e alguém riu idiotamente.

"Você se machucou?" disse a voz séria sem qualquer consternação real.

"Claro que não, doutor, normalmente consigo acertar, mas dessa vez eu errei! Se subir na sua mesa, posso fazer muito melhor..."

"Não, não! Isso basta, por enquanto, está bem."

"Mas, nossa, gosto de um homem que mostra interesse!"

"É. E amanhã vamos fazer mais. Agora acho que é melhor a gente voltar lá para baixo, está quase na hora do almoço."

Francis, horrorizado, recuou e grudou-se à parede e olhou cheio de medo a porta se abrir. Primeiro saiu um cara baixinho, atarracado, triste e abatido que olhava temeroso ao seu redor com olhos remelentos, mãos junto ao corpo, a cabeça baixa e os olhos movendo-se rápida e bruscamente por toda a volta com dissimulação incrível. Atrás dele vinha um tenente alto e corpulento, carregando uma maleta e conduzindo-o com uma das mãos até que eles desapareceram escada abaixo. Foi uma das imagens mais assustadoras que Francis jamais vira.

"Será que ele era o acrobata?", pensou apavorado. "E será que eu sou um acrobata assim?", perguntou-se desesperado.

Mesmo assim, Francis tinha tomado a decisão de fingir que era louco. No turbilhão de medo e confusão ele se preparou para passar suas primeiras horas na "enfermaria trancada" do hospital naquela noite.

Mandaram buscar suas roupas e pertences no alojamento de sua companhia. Parecia a Francis que havia algo definitivo nessa decisão, e ele exultou. Mas enquanto pegavam um par de pijamas e chinelos e um roupão para ele, ficou esperando no escritório da enfermaria e de repente tomou consciência de que alguém o observava de perto. No fundo da sala havia uma janela, ou uma divisória, com uma tela de metal, que dava para um aposento comprido com uma série de camas. Nessa janela agora estava parado um rapaz moreno, peludo e de olhos arregalados vestindo um roupão, que encarava Francis fixamente, e cujas mãos, mãos peludas enormes, estavam levantadas e agarradas à tela. Francis olhou de volta em seus olhos. Eram como poços de água reluzentes. De repente, o jovem peludo abriu a boca e começou a falar incoerentemente e a rir com uma alegria idiótica. Francis olhou com arrogância sobre os ombros desse sujeito e notou os outros lá dentro. Pareciam menos fantásticos, sentados tranqüilamente ali jogando cartas e lendo e conversando. Ele se virou para o atendente que escrevia à escrivaninha e disse: "Olhe aqui, você não vai me fazer passar a noite ali dentro, vai? Isso parece algo de *O Inferno*."

O atendente olhou para ele, amável, com verdadeira simpatia, quase com o tipo de afeição desenvolvida sem dúvida após muitas experiências desse tipo. De repente Francis tomou consciência de que não importava o que dissesse, sempre haveria esse muro de simpatia e afeição separando-o desses atendentes para os quais, agora, ele era apenas mais um paciente demente até que fosse provado o contrário pelos poderes do local. Ele o observou com indiferença.

"Só por alguns dias. Seu nome é Francis, não é? Só por alguns dias, Frankie."

"Mas aquele cara na janela é um maníaco completo, qualquer um pode ver isso. Não tem perigo?"

"Aquele é o Jeepo. O Jeepo é legal, não faria mal a uma mosca, você vai ficar bem."

"Oi, Jeepo", disse Francis, virando-se e olhando para o pobre cretino que estava ali parado sorrindo alegremente. Queria ver o que havia nele em que se pudesse confiar.

Jeepo soltou um grito alegre e delirante. De repente Francis percebeu, com um horror secreto, que a loucura era a única chave para a felicidade ininterrupta e desimpedida; soube disso em um lampejo.

"Mesmo assim, não é seguro", disse Francis, virando-se para o atendente. "Como você pode evitar que ele enlouqueça ou tente matar alguém?"

"Não se preocupe, Francis, nós já cuidamos disso – não tem nada ali dentro que possa ser usado como arma e nós observamos todo mundo 24 horas por dia. Além disso, Jeepo vai para Washington amanhã. Ele é um filho-da-mãe assustador, mas é inofensivo." O atendente sorriu. "Meu nome é Bill, Francis, apenas Bill."

"O que tem em Washington?", perguntou Francis com curiosidade.

"A última parada, Francis, a última parada." Bill sorriu e voltou sua atenção para o relatório que estava preenchendo. "Olhe o que estou escrevendo aqui, Francis: 'O paciente demonstra curiosidade e está excessivamente alerta'. Isso é bom sinal. Você vai ficar bem. Vamos cuidar bem de você."

Francis resolveu não fazer mais perguntas.

Pela manhã, depois de passar uma noite surpreendentemente agradável na cama, desfrutando pela primeira vez em semanas da privacidade de sua contemplação e dormindo profundamente, Francis acordou, tomou um bom café-da-manhã, fumou um cigarro e deu a primeira olhada nos médicos do lugar. Percebeu algumas coisas com seus olhos meditativos, observadores e desconfiados.

Em primeiro lugar, o chefe, um capitão-tenente vigoroso e bonito de cerca de quarenta anos, tinha aquela aparência, enquanto andava de lá pra cá no desempenho de suas funções, de um homem que era muito mais um organizador que um médico qualquer: um executivo, um homem de eficiência. Ao mesmo tempo havia aquele certo trejeito em seus modos que lembrava Francis de alguns dos "homens poderosos" de cidade pequena, de Galloway, os conselheiros municipais, empresários meio-políticos que podiam ser vistos sempre na Daley Square ao meio-dia. De repente lembrou-se do desprezo de seu pai por esse tipo de homem. Estudou-o cuidadosamente. Além disso, naquela mesma tarde, teve uma entrevista com esse médico e percebeu seu desinteresse absoluto geral. Também percebeu, ao longo do dia, como as poucas mulheres, as enfermeiras e funcionárias da Cruz Vermelha, pareciam adorar esse homem e aproveitavam toda a oportunidade para segui-lo e bajulá-lo.

Então observou os outros médicos, que pareciam mais competentes, menos don-juanescos e, de certa forma, profissionalmente humildes. Um deles em especial, um jovem italiano alto e forte, obviamente um nova-iorquino, que chegou para a visita noturna carregando distraidamente um exemplar da *New Republic* embaixo de seu bloco de notas. Francis olhou com muito interesse para esse homem, o dr. Gatti, que tinha um ar amistoso e distraído, quase acessível. Ele percebeu como o dr. Gatti anotava toda a informação importante, enquanto o médico-chefe, Thompson, fazia as perguntas de rotina de maneira entediada e mexia-se com impaciência, olhando para o relógio.

Francis também notou que o atendente-chefe, Bill, que tinha uma espécie de expressão sentimental nos olhos úmidos e sempre falava com voz suave, gentil e persuasiva, às vezes também podia ser bem sádico e cruel. Francis tinha percebido isso originalmente em seus olhos, que eram um pouco vazios, e na forma do queixo, uma forma grosseira e pesada. Francis o viu espancar um paciente teimoso naquela noite quando tentavam acalmar a pobre criatura de alguma tremenda exultação maníaco-depressiva aos berros. Os outros atendentes seguravam o rapaz pelos braços e pelas pernas enquanto Bill, fora de si de raiva, esmurrava-o, e de vez em quando acertava os outros atendentes, que resmungavam: "Cuidado com o que está fazendo, pelo amor de Deus!" Finalmente acalmaram o jovem por um momento. Enquanto ele cuidava de seus machucados, forçaram-lhe uma dose de sedativo goela abaixo e o meteram em uma das celas acolchoadas. Bill, na verdade, chorou um pouco, dizendo com pesar: "Nossa, gente, eu não gosto de fazer coisas assim, ninguém ama esses garotos mais que eu, mas que diabos posso fazer?" Os outros atendentes o consolaram.

Francis andou por ali vendo as coisas com grande horror. Teve um sujeito que chegou para ele e falou: "Eu conheço você, não precisa se fingir de inocente, não, comigo não."

"Por quê?"

"Você é um agente do F.B.I., mas não me engana, nem um pouco; além do mais, eu não me importo: você não tem nada contra mim." E esse jovem riu na cara de Francis.

"Não precisa se preocupar", respondeu Francis sério, "não estou aqui para vigiar você, mas outra pessoa. Pode relaxar, agora." Ele de repente se perguntou por que dissera algo tão bobo.

Fez amizade com apenas um paciente da enfermaria, um rapaz alto, magro e de aparência sensível, de 24 anos, que não parava de sorrir e se comportava com os modos mais refinados e gentis. Seu nome era Griggs. Griggs contou a Francis que era um opositor consciente mas que não tivera a coragem de anunciar isso para as autoridades competentes. Era muito nervoso, ainda assim sonhador, e passava a maior parte de seu tempo lendo ou apenas olhando durante horas por cima de um livro. Francis o achava muito inteligente, mas percebeu algo indefinido e incongruente em sua linha de raciocínio, por mais brilhante e provocadora que fosse.

"O problema com o mundo", disse Griggs, distraído, passando uma mão comprida e ossuda pelo cabelo, "não é a guerra ou a ignorância ou nada desse tipo, na verdade é – bem, você nunca vai adivinhar o que, o fígado, o organismo bem aqui", e deu um tapinha no lado de seu corpo.

"O fígado?"

"Isso. Sabe, as pessoas comem demais, elas mantém um fluxo melado e contínuo de comida descendo o dia inteiro e nunca dão ao fígado uma chance de expelir a bile. Se fizessem isso, nunca envelheceriam ou teriam cabelos brancos, seus senadores e congressistas em Washington não seriam um bando de homens petulantes, não haveria guerras. Tudo começa no fígado. O fígado é o assassino."

"É um jogo de palavras interessante"*, divertiu-se Francis.

"Ah, é mais importante que isso", disse Griggs com seriedade e leve reprovação no tom de voz, "é uma questão da própria fonte da juventude. Agora eu mesmo experimentei jejuar em uma dieta de fome controlada, e você percebe que já há uma juventude incomum em meus olhos e meus movimentos."

Isso parecia verdade, exceto pelo fato de que ele era um saco de ossos com uma máscara esquelética e de aspecto feroz como rosto. "Espero ficar cada vez mais jovem enquanto faço isso até que, no fim, quando fizer cinqüenta, serei capaz de jogar futebol americano..."

Durante dias ele submergiu Francis em suas observações, mas um dia caiu em silêncio, e no outro ficou só sentado na olhando para o nada, e no dia seguinte mergulhou no mais profundo silêncio, recusou-se até a olhar para as bandejas de comida que trouxeram para ele e foi levado para uma cela acolchoada. Francis estava aterrorizado, especialmente porque sua única escolha de amigo na enfermaria tinha sido tão desastrosa.

Logo Francis tinha muitos momentos de pânico quando seu único pensamento era: "Estou preso! Estou preso!", e revolveu todo o seu ser perguntando-se por quanto tempo, por quanto tempo... Já fazia quatro semanas.

Um dia estava deitado na cama de chinelos, e um dos jovens atendentes lembrou-o que isso era contra as regras. Francis não se mexeu: de repente teve uma sensação do mais intenso prazer.

"Pegue um pano no canto, Francis, e limpe a sujeira do seu lençol, e não faça isso de novo."

Mesmo assim Francis não se mexeu, simplesmente olhou para outro lado distraído e cantarolou uma musiquinha.

"Francis!"

Francis estava sendo tomado por uma indignação prazerosa que trouxe um rubor às suas faces.

"Francis, não quer que eu tranque você na solitária, quer? Levante dessa cama neste minuto e faça o que eu digo."

"Está bem", disse Francis se levantando, "mostre o caminho, pode me trancar se quiser."

O jovem atendente levou um susto, começou a corar, e todos os outros pacientes que observavam ficaram surpresos.

"Vamos!", provocou Francis esperando na porta. "Pode me trancar, Red!"

Red ficou confuso por apenas um instante, pareceu examinar as possibilidades com grande hesitação, mas o ar de prazer e arrogância insuportáveis no rosto de Francis o irritaram, e ele tomou a decisão de cabeça quente. "Está bem, espertinho, eu vou trancar você!" Eles vieram juntos com ar superior pelo corredor, Red encontrou uma cela acolchoada vazia, Francis entrou e Red trancou a porta, espiou pela tela pequena (agora um pouco perdido), e Francis apenas sentou-se no chão, em um colchão, de pernas cruzadas, e olhou ao seu redor com intenso prazer. De repente se deu conta de que ali sua privacidade seria inviolável e bela.

---

* *Liver* significa fígado e, também, vivente. (N.T.)

"O que você vai fazer, Francis?", disse finalmente Red. "Vai fazer o que eu digo, ou vai ficar aqui?"

Francis sorriu satisfeito. Tinha circulado de roupão por tanto tempo que toda a austeridade de sua melancolia desaparecera; e ele falou então: "Não se preocupe, meu amigo, vou simplesmente ficar aqui e contemplar Vishnu".

Red foi embora, e um minuto depois o rosto mais triste, infeliz e pesaroso olhava para Francis pela tela – Bill, o atendente-chefe, que na verdade estava chorando, grandes lágrimas de verdade brotavam de seus olhos e rolavam pelo seu rosto. Ele só olhou de frente pela tela, com grave pesar, meio minuto inteiro, no mais desventurado silêncio, ele até fungou e assoou lentamente o nariz, esfregou os olhos e por fim disse, em voz baixa, que suplicava de modo carinhoso, quase inaudível: "Francis, menino, o que você fez?".

Francis estava atônito.

"Francis, meu chapa, não sei o que dizer, estou tão surpreso. Nunca esperei que você fosse criar um problema desses, não você, não você!"

Francis ficou apenas olhando.

"Um garoto bom e tranqüilo como você, por que, quem podia imaginar, agora conte, conte para mim."

Houve um longo silêncio. Novas lágrimas brotaram nos olhos de Bill. Francis estava consciente de um medo instintivo da situação, do sentimentalismo de Bill que parecia de certa forma funesto. Levantou-se imediatamente e concordou em voltar e limpar a sujeira de sua cama. Bill envolveu-o com o braço afetuosamente e o conduziu de volta à enfermaria, como uma mãe consolada. E Francis estava convencido de ter feito a coisa certa no momento certo, "ou", pensou, "algo sem dúvida teria explodido".

Naquela mesma tarde aconteceu algo pelo que Francis esperava há muito tempo: ele teve uma entrevista com o jovem dr. Gatti, e estava pronto para ele.

A curiosidade de Gatti por Francis já havia sido despertada pelos relatórios que lera sobre ele.

"Trouxeram você para cá como um caso de 'demência precoce?'", disse afavelmente depois de conversarem por algum tempo em seu consultório, "mas não acho nem um pouco que seja isso, não depois de conversar com você."

"Espero que não", disse Francis com cortesia. "Por falar nisso, acredito que o diagnóstico tenha sido feito pelo dr. Thompson?"

"Foi. Como você sabe?", sorriu o médico.

"Imagino que ele não perderia muito tempo com qualquer dos diagnósticos mais novos e complexos, supondo, é claro, que ele até compreenda o significado dos antigos."

"Você tem alguma idéia do que seja demência precoce?", sorriu o jovem médico.

"Li a definição em algum lugar em um texto antigo. Mas quero fazer uma pergunta – eu gostaria de saber se estão me fazendo passar por tudo isso para convencer alguém, incluindo a mim, de que devo ser louco porque não consigo me submeter à disciplina absoluta da vida militar."

Francis concebera e memorizara essas frases semanas antes, na mesma noite em que viu Gatti com seu exemplar da *New Republic*. Ele agora as recitava com um nervosismo estranho e exaltado. Foi sorte estar nervoso. Do contrário, as frases teriam soadas loucas e seriam lembradas.

O médico jovem estava tomado de curiosidade. O fato de estar entrevistando Francis na qualidade de psiquiatra, e de também ser seu oficial superior, parecia esquecido pelos dois lados, e, na verdade, quando isso ocorreu a Gatti, ele estava disposto a deixar passar.

"Mas esse é um jeito muito amargo de ver as coisas", gritou acendendo um cigarro e sentando-se na beira de sua mesa.

"É um mundo amargo, não é?", murmurou Francis.

"É, mas essa não é a nossa preocupação no momento. Agora estamos interessados em sua incapacidade de se adaptar a uma dada situação. Podemos falar de filosofia mais tarde... e vou dizer uma coisa, estou prestes a supor que as dores de cabeça das quais você se queixou eram todas inventadas..."

Francis ficou em profundo silêncio.

"Se você as teve ou não, isso me interessa apenas na medida em que mostram seu distanciamento da realidade ao redor, seja psicológica ou psicossomaticamente. De qualquer modo, é um distanciamento, e isso revela uma tendência neurótica básica. Você entende isso? Quero dizer, os termos? Acho que entende."

"Os termos, sim", respondeu Francis. Estava ocupado considerando a ingenuidade com a qual o jovem médico tinha acabado de mencionar "filosofia" – como um jovem estudante interessado. "Eu realmente tive dores de cabeça", continuou Francis agora quase de modo afável, "como conseqüência de ter obturado meus dentes, doze cáries no total, no segundo dia aqui. Mas estava exagerando as coisas, sempre fui um pouco – qual a palavra?", perguntou inocentemente.

"Hipocondríaco?"

"É. Por falar nisso", sorriu, "pensei em outra coisa. Você por acaso acaba ficando impaciente porque eu não paro de falar desse jeito?"

"Ah, não!", gritou rapidamente o médico. "Na verdade, quanto mais você falar, melhor. Eu devo compreender com clareza seus processos de pensamento."

Quando disse isso, os dois olharam um para o outro com curiosidade, uma curiosidade transparente e tola.

"Bem", prosseguiu Francis, "eu tenho me perguntado como você, sendo liberal, pode conciliar suas opiniões com o sistema das disciplinas militares que são montadas nas forças armadas. Você tem de admitir que a relação entre os oficiais e os subalternos é uma estrutura fascista. Ninguém pode negar isso, assim como você não pode negar que é exatamente um sistema como esse que deveríamos estar destruindo." Tudo isso tinha sido de acordo.

"A-rá!", riu Gatti, com jovialidade. "Acho que eu já esperava por essa. Sabia que não ia demorar!" Com um gesto empolgado, foi até a porta do escritório, que tinha sido deixada entreaberta, e a fechou. Quando viu isso, Francis podia ter se abraçado de tanta satisfação, e o pensamento passou pela sua cabeça: "Então *realmente* é possível ser inteligente!".

Teve várias outras entrevistas com Gatti durante a semana seguinte, e o resultado disso foi que seu destino na Marinha acabou decidido de uma vez por todas, sem mais hesitação e incerteza incompetente. Ele foi transferido da enfermaria trancada para as enfermarias abertas, seu diagnóstico foi mudado de "demência precoce" para "tendências esquizóides", e disseram a ele que sua baixa aconteceria em breve, e que seria uma honrosa dispensa por problemas médicos. O dr. Gatti, que não era bobo, entendeu muito bem que dos milhões de homens envolvidos na Marinha, bons e maus, tranqüilos e loucos, obedientes e indisciplinados, Francis estava entre aqueles que não podiam prestar qualquer serviço para a organização porque eram meramente um confusão de reações imprevisíveis. Ele informou Francis educadamente dessa opinião, e Francis ficou absolutamente satisfeito.

Em uma noite chuvosa, um atendente veio até Francis e o avisou que tinha um visitante à espera no escritório.
"Você só tem meia hora, então se apresse!"
Francis ficou pasmo. Enquanto andava apressado até a sala, passou por um velho molhado e maltrapilho que, com ar submisso e humilde, olhava pelo corredor pasmo de hesitação, agarrando um chapéu molhado com as duas mãos. Foi um momento de pressentimento terrível antes que Francis, virando-se para este homem infortunado, percebesse que era seu pai, George Martin. Ele viera de muito longe; parecia cansado e assombrado.
"Bem, eu não esperava por isso!", disse Francis, mais contente do que poderia ter imaginado.
"Francis", exclamou com ansiedade Martin, "tem um médico aqui... o dr. Thompson? Escrevi uma carta para ele e perguntei por que estavam mantendo você aqui, e ele me disse que você estava bastante doente."
"Ah, bobagem!", respondeu rispidamente Francis. Eles apertaram as mãos com firmeza.
"Para mim, você não parece doente, Francis. Que história é essa? Eu estava realmente preocupado – tirei três dias de folga no trabalho para vir aqui ver você, aquela carta me assustou muito. Vou voltar esta noite, direto, só queria eu mesmo ver você, só por esses poucos minutos que eles permitiram. Ah, nossa, que viagem até aqui, dois mil quilômetros, Francis, dois mil quilômetros!", disse impressionado. "Mas sua mãe e eu estávamos tão preocupados!"
Francis estava tão exasperado que mal podia falar. Finalmente explicou a situação para o pai e lhe assegurou que tudo ia ficar bem.
"Que bom!", suspirou o pai. "Como você diz, eles teriam de provar que você é maluco por não querer lutar suas guerras idiotas. Bem, é uma solução. Deus sabe, o jovem Joe, e Petey também, não pensaram muito, estão bem no meio disso tudo, e seu irmãozinho Charley vai se alistar no Exército na semana que vem.
O pai olhou para Francis, "Mas entendo você, garoto, entendo você melhor que qualquer outra pessoa agora. Você apenas tomou a decisão de que não queria ter nada a ver com isso, então está aqui, e está tudo bem comigo, não se preocupe, não vou entregar. Se todos fossem assim no mundo inteiro, eles não iam conseguir

encontrar ninguém para lutar suas guerras. Deus sabe", disse Martin, sacudindo a cabeça. "Não sou eu quem vai julgar. Você é um garoto estranho com sua própria mente quieta. Você é meu filho e tem consciência própria, espero! Tudo está um caos hoje em dia, e nenhum de nós consegue explicar, nenhum de nós. Sabe de uma coisa?", de repente, deu um sorriso rápido.

"O quê?"

"Sabia que esta foi a viagem mais longa que eu já fiz em toda a minha vida? Aquela Chicago! Você devia ver aquela cidade, uma cidade formidável! Nunca me diverti tanto em minha vida quanto esta tarde andando por lá e comendo em restaurantezinhos." O velho riu alegremente. "Se dependesse de mim, viajaria lá para o Oeste esta noite! Mas a velha e eu estamos com a grana curta, droga. Foi uma viagem maravilhosa, filho. Eu adorei as fazendas de Ohio, Indiana, a bela Indiana..."

"Que bom que você conseguiu aproveitar alguma coisa dessa confusão estúpida!", murmurou Francis entristecido. "Imagine só Thompson escrever uma carta para você assim. O tolo idiota!"

"Se você diz que ele é um idiota, eu acredito, Francis."

"Pooode acreditar!", articulou loucamente Francis.

O pai agarrou a mão de Francis. "Não deixe que eles abusem de você, filho. Faça o que diz o seu pai e vá com calma, espere, fique tranqüilo. Seja humilde, filho, seja humilde. Daqui a pouco tenho de ir, já são nove horas. Não ligue para o que acontecer e para o que eles disserem", concluiu sério e triste.

"Ser humilde", ecoou Francis com um retorcer dos lábios. "Ser humilde – em meio a idiotas afetados?"

"Porque na verdade não tem importância", disse o pai, franzindo o cenho dolorosamente com um pensamento próprio, "e um homem é tão forte quanto é humilde. É isso."

"Isso é ridículo", torceu o nariz Francis, sorrindo de repente para o pai. "Um homem é tão forte quanto sua força e sua vontade, não pode ser de outro jeito."

"Não", respondeu o pai com reverência e seriedade perfeitas, "um homem é tão forte quanto é humilde. Ele simplesmente não tem de provar sua força."

Francis olhou para o pai com curiosidade repentina. Por alguma razão pensou em Alexander Panos e na carta. "Isso pode ser verdade, de certo jeito triste. Mas não é para mim! Não tenho tempo para ser humilde."

O pai riu. "Bem, você pode ficar nesse seu jogo de palavras o quanto quiser, mas... ei, nós nunca tivemos uma conversa como essa antes, tivemos? Bem, droga, eu tive de viajar dois mil quilômetros para ter minha primeira conversa de verdade com Francis! Meu Deus, que família!", gritou. "Francis, Francis, Francis!", salmodiou com pesar. "Enquanto você estiver bem, o resto não me interessa."

[12]

GEORGE MARTIN parou nos degraus de uma grande estação de trem em Chicago e olhou ao seu redor em meio ao mar da noite. Estava a dois mil quilômetros de casa, no meio dos Estados Unidos, sozinho, excitado, sentindo-se estranho. Pensou em si mesmo equilibrando-se sobre as grandes planícies do continente e na grande cidade de Chicago, e era uma coisa fascinante de se pensar. Ele olhou ao seu redor. Escutou os murmúrios, roncos e estrépitos da cidade grande, sentiu o cheiro da fumaça ácida de carvão vinda dos pátios ferroviários na noite úmida e chuvosa de abril.

"Se eu tivesse tempo e dinheiro", pensou, "esta noite pegava um trem, agora mesmo, e viajava mais três mil quilômetros até a Califórnia. Como será lá na Califórnia?"

Ele perambulou devagar pelas ruas de Chicago olhando boquiaberto para o alto, para os prédios comerciais desertos da State Street, escuros e impressionantes à noite. Atravessou a ponte sobre um canal e caminhou pela escuridão suja de South Halsted, onde ficava o Mills Hotel, com sua luz amarela e suas vidraças empoeiradas, e as sombras arruinadas que se moviam dentro dele. O velho saiu e andou a esmo, seguindo a direção do halo trêmulo do entroncamento ferroviário, e se viu no meio de uma multidão, de luzes, de música e de cheiro de feijão com chili. Ele andou – andou sob trilhos elevados, por salões, cruzou ruas de paralelepípedos desertas, e finalmente uma ponte ferroviária, de onde olhou para baixo.

Havia um vagão de funcionários velho abandonado ao lado dos trilhos, e lá dentro queimava um lampião de querosene, e seis trabalhadores da ferrovia estavam sentados em torno de uma mesa velha, bebiam café, comiam hambúrgueres, fumavam charutos e jogavam um pôquer pesado. E na brisa murmurante da noite vasta de Chicago, principalmente diante do murmúrio pulsante do entroncamento, o trovejar suave e distante de trens, a brisa do lago igual à de outubro, o suspirar evanescente distante – lá embaixo e próximo daquilo tudo, podia ouvir nitidamente as vozes dos ferroviários, tão rudes, altas, bem-humoradas e ásperas, podia ouvir o ruído das fichas de pôquer, o arrastar de cadeiras, os bocejos, os gritos repentinos de riso e surpresa, e as reflexões murmurantes sob o lampião fumarento. O velho George Martin estava ali, debruçado sobre o parapeito lá em cima nos trilhos, olhando para baixo pensativo e ouvindo e observando com um sorriso, e pensando:

"Nossa, eu me lembro de ver algo assim há muitos anos em New Hampshire. Era meu tio Bob, de que ele se chamava mesmo? – um 'peão' de ferrovia... e eles costumavam jogar cartas em um vagão igual a esse, agora me lembro, foi a noite em que o circo chegou a Lacoshua, e o tio Bob jogou pôquer com os homens do circo. Fiquei olhando do lado de fora. Nossa, na época eu devia ter uns dez anos..."

E de repente foi tomado por um desejo grande e confuso de viver para sempre.

"Esses sujeitos aqui... viajaram pela ferrovia por toda parte, até Milwaukee, Minnesota, para Dakota... devem ter ido a Iowa e Nebraska e aqueles lugares com os elevadores de grãos – e até Wyoming, o Oeste. E aquela Denver! E todos os pátios ferroviários em toda parte, fizeram todo o caminho até a enorme Califórnia... desceram até o Texas, os currais de gado, e até Los Angeles, Califórnia, onde tem palmeiras nos pátios dos trens. Ah! Bem! Eles estiveram lá, estiveram lá cem vezes, tiveram seu uísque e suas mulheres, e se casaram e tiveram seus filhos também, e foram a todos os lugares e jogaram milhares de partidas de pôquer, e receberam milhares de salários, e gastaram dinheiro e comeram e dormiram e se embebedaram e andaram por toda parte e viram todo este país. Esses sujeitos..."

Olhou para baixo e refletiu. Por que não estivera com eles todo esse tempo? O que fizera, onde fora, por que não podia viver outra vez e viver para sempre, e fazer todas as coisas que tinha se esquecido de fazer. E por que todas as coisas que ele mesmo fizera estavam tão confusas, tão especiais e finitas e terminadas, tão arruinadas e feias, tão incompletas, tão desconhecidas e meio esquecidas agora, mesmo assim tão dolorosas e perversas quando pensava nelas. Por que eram tão diferentes das coisas feitas por outros homens? Por que ele tinha nascido em New Hampshire e não, de alguma forma, em Illinois? Como seria estar em um trem indo para o Oeste através das planícies, nos velhos trilhos da Union Pacific, e ver um único lampiãozinho de querosene queimar em um barraco no meio da escuridão americana, a escuridão da planície?

E ele se perguntou o que diriam se descesse os degraus, atravessasse os trilhos, subisse pelas tábuas na frente do vagão, batesse na porta e perguntasse se podia se juntar a eles para algumas mãos. Não, não podia fazer isso. Era tarde demais para isso agora.

Estava parado nos degraus da estação de trem à meia-noite em Chicago e observava os soldados e marinheiros que iam de um lado para outro com seus embrulhos e sacos de lona. Pensou em seus filhos.

Joe estava na Inglaterra, do outro lado do mar da noite na Inglaterra, a Inglaterra antiga e desconhecida. E Peter estava indo de um lado para outro em um navio no mar Mediterrâneo, na costa norte da África, perto das rochas cartaginesas. E Rosey, a grande e amável e ainda assim triste Rosey, estava em Seattle, a que distância através daquela enorme terra selvagem? Ruth estava em Los Angeles, no Corpo Feminino do Exército, e ia se casar com um jovem soldado do Tennessee, escreveu ela e contou ao pai. E Lizzy – pobre e bravia filha do terror – estava em São Francisco; em que cadeia de luzes à noite, em que nevoeiro marinho e nevoeiro noturno ela estava? E Francis – do outro lado das luzes minúsculas de Chicago, perto agora, silencioso nos murmúrios da noite, o silencioso Francis. Onde estavam todos os seus filhos?

O velho estava parado nos degraus da estação e começou a chover, abril tornou a chover. Ficou parado na chuva e cheirou a chuva, lembrou-se de Galloway e da torrente lamacenta, doce e reluzente da chuva à noite em sua parte do mundo.

Em sua parte do mundo!

"Senhor, Senhor, Senhor!", suspirou.

Embarcou no trem, encontrou um lugar, sentou-se, botou seus velhos óculos de armação de prata e abriu as páginas do jornal de Chicago.

Estava sozinho na grande escuridão do mundo, mas agora ia para casa, e seus filhos estavam espalhados como luzes na Terra. Havia uma guerra, estava em um trem, ele era velho, ele era George Martin.

[13]

PETER VOLTOU de uma viagem ao Norte da África no fim de setembro daquele ano. Seu navio, um cargueiro Liberty grande e desajeitado, já velho e enferrujado e surrado após um ano de navegação incessante, com um remendo enorme em sua proa resultado de um tiro de torpedo, fez a volta nos Keys da Flórida e chegou às bocas do Mississipi, e aos cais antigos de Nova Orleans.

O céu estava azul e glorioso, com flores vermelhas selvagens no parque Andrew Jackson, o cheiro de melado, barro e pétalas no ar tropical suave, as sacadas de mármore branco brilhante, as plantas, os ornamentos em ferro escuro das balaustradas, e mesmo o murmúrio do riso de mulheres em um restaurantezinho ao ar livre no bairro francês – tudo o que Peter podia desejar que Nova Orleans fosse.

Mas ele era um marujo, um marinheiro. Perambulou pelas ruas South Rampart e Magazine de sua alma de marinheiro, rondou e perambulou, estava inquieto, febril, embriagado, em busca dos êxtases impossíveis da terra sonhados no mar, confuso, pensativo, louco, solitário: ele era um homem do mar.

Juntou-se em bares cheios e enfumaçados a homens em mangas de camisa sujas e chapéus de palhinha engordurados, escondeu-se em becos com Big Slim e Red e bebeu uísque de alambique direto no gargalo, ficou completamente bêbado em bordéis, sentou-se em soleiras na beira do cais à espera de algo, qualquer coisa, certa noite chegou mesmo a subir a bordo de um velho cargueiro panamenho para fumar haxixe com os latinos morenos e sorridentes e nunca se esqueceu da inclinação bêbada louca do convés daquele navio velho enquanto tentava cruzá-lo ao amanhecer depois de uma noite em um castelo de proa barulhento e cheio de gente: era como se o mundo inteiro tivesse se inclinado, como a lua, mas era apenas o velho cargueiro panamenho parado nas docas.

Foi só uma semana mais tarde, quando acordou de manhã em um quarto sujo em algum lugar da Dauphine Street, que resolveu "se recompor" de algum jeito. Pensou em ir ver a irmã Ruth na Califórnia. Ela tinha escrito muito animada e contado tudo sobre seu casamento com o soldado do Tennessee, alegre e com aquela sua própria e rara simplicidade de espírito. "Oh, Petey, como foi difícil conseguir que Luke arranjasse uma licença para a gente poder se casar. Esperei a manhã inteira no cartório de registro de casamentos em Los Angeles, mas quando ele finalmente chegou, todos os rapazes estavam com ele em um caminhão, incluindo seu capitão, que se revelou um cara muito legal. Eles tinham presentes de casamento e uísque e tudo mesmo, e a gente se casou e se divertiu à beça e nunca vou me esquecer disso enquanto viver. Agora Luke embarcou e não sei onde está, e não tenho notícias dele há uma semana. Acho que ele está viajando para o estrangeiro, agora. Não é triste e terrível o jeito que a vida está agora? Você está se cuidando direitinho longe de casa?"

Depois de toda a sordidez dos bares de beira de cais, Peter sentiu vontade de ver alguém doce como sua irmã, para conversar e se lembrar de casa, fazer "algo sensível" para variar, mesmo só por um tempo.

"Podia pegar carona até Los Angeles", pensou, e de repente se lembrou de seu irmãozinho Charley, que era um soldado-menino aquartelado em Maryland, agora. Podia pegar carona até lá e encontrá-lo em algum lugar em Washington, e então sossegar por algumas semanas com a pobre e louca Judie em Nova York.

Passou a tarde inteira sentado numa ponta de molhe no fim da Canal Street olhando para o Mississipi, o grande rio unificador de todos os rios, e pensou em tudo e em todos em sua vida enquanto o velho sol tardio reluzia sobre as águas.

E naquela noite, depois de escrever uma carta longa e atormentada para Ruth na Califórnia, e um postal para o jovem Charley dizendo a ele para encontrá-lo em Washington, e vestindo sua jaqueta de couro velha e o mesmo saco de lona surrado que levava a toda parte, começou a fazer sinal para pedir carona aos caminhões grandes que começavam a rodar às onze através da Louisiana na estrada 90... para Mobile... e Atlanta... e a grande noite do Sul na direção de Washington.

Foi de carona até Richmond com os olhos turvos e confuso, bebendo por todo o caminho até ficar com um descaramento agressivo extático e perturbado, virando garrafas com todo soldado e marinheiro que encontrava na estrada, e de repente sentiu-se cansado e aborrecido em Richmond, entrou em um trem e dormiu o resto do caminho até Washington.

E de manhã acordou, sóbrio, e tomou um grande café-da-manhã no vagão-restaurante, e sentou-se pensando no que aquilo tudo significava.

"Uma vez", pensou, "eu era um garotinho maluco que corria para o treino de futebol e não chegava a lugar nenhum, e corria de volta para casa para comer grandes pratos de comida – eu sabia que estava certo. Era tão simples e certo naqueles dias. Eu era um garotinho maluco."

Estava sentado à janela olhando para a terra de outubro passar, a floresta da Virgínia que ele nunca tinha visto.

"Há cinco semanas eu estava em Casablanca, há quatro meses estava em Liverpool, há um ano estava no Pólo Norte! A Groenlândia Ártica; quem já havia ouvido falar na Groenlândia Ártica? E antes disso? Eu era um garoto maluco que corria de volta do treino para comer pratos enormes na cozinha de sua mãe em casa. Que sujeitinho bom e simples eu era. O que aconteceu? Será que é a guerra? Onde vou parar, do jeito que faço as coisas, por que agora tudo é tão estranho e distante?"

Viu seu irmão Charley naquela noite em Washington. No início, não o reconheceu. Tinham combinado de se encontrar nas escadas do terminal da Union, e Peter ficou ali por trinta minutos olhando toda a torrente de soldados que passava por ele na calçada larga. Olhou para o domo do Capitólio indistinto no escurecer de uma das últimas noites quentes do outono, e ficou admirado com a luz suave e misteriosa do céu que se elevava sobre esta cidade famosa que nunca vira antes. Maravilhou-se com a tristeza antiga dessa cidade e o pesar fantasmagórico permanente de todos os soldados e marinheiros e fuzileiros que passavam.

De alguma forma tinha esperado que Washington fosse uma cena de grande excitação internacional com diplomatas, embaixadores, generais estrangeiros passando apressados com *entourages* ávidos na direção de algum lugar indistinto na cidade resplandecente de luz, toda murmurante, grandes preparativos, pronunciamentos poderosos. Mas era apenas um monte de soldados e marinheiros e fuzileiros que passavam no anoitecer, e garotas tristes vagueando, e pássaros cantando no parque, e o clangor triste dos bondes passando pela escuridão que caía, e as luzes que se acendiam. Havia algo perdido e esquecido, como crepúsculos desaparecidos, e nomes velhos e poeira, e a lembrança dos livros de História, canções da Guerra Civil, e retratos sépia em daguerreótipo de famílias mortas.

Um dos muitos soldados que escoaram de um ônibus em frente à estação veio correndo na direção de Peter, com um sorriso vago na escuridão. Peter olhou e viu que era Charley, seu próprio irmão menor, Charley Martin.

"Não pode ser!", disse ele admirado.

"Oi, Pete, não me reconhece?"

"Claro que reconheço você, mas – bem, que droga, eu não vejo você há tanto tempo..."

"Fiquei mais alto, por isso você não me identificou."

Peter apertou a mão de Charley e olhou para ele. Tinha crescido, agora estava quase mais alto que Peter, magro e forte, gracioso e triste, quase igual a Joe Martin, exceto pela tristeza, graça e melancolia de seu rosto e de toda a sua figura de movimentos lentos.

"Você parece mesmo um soldado!", sorriu Peter. "Você já esteve em casa para mostrar para os velhos?"

"Ainda não. Mas terei uma licença no mês que vem."

Peter não tinha idéia do que dizer ou fazer agora que era confrontado por esse irmão doce e triste, tão parecido com um estranho e tão quieto. "Bem, droga! Olhe – você fuma? Pegue um cigarro!"

"Tenho os meus, mas vou aceitar", disse Charley, umedecendo os lábios, circunspecto, e apanhando um cigarro com dedos trêmulos.

Quando Peter viu os dedos de Charley tremendo, de repente quase caiu em lágrimas. Foi mais uma vez tomado pela tristeza atormentada, culpada e confusa que sentia por tudo – e que pesava sobre ele na guerra em toda a volta, em toda parte, o tempo inteiro. A visão dos dedos trêmulos e nervosos de Charley, seu rosto magro abaixado de timidez, seus modos gentis outra vez, tudo isso encheu-o inexplicavelmente com toda a força de tempo indistinto e mudança triste.

"Charley!", gritou ele, começando a falar algo, mas de repente sem saber o que dizer, e caiu em silêncio envergonhado. Ficaram parados juntos na escada, lado a lado observando as pessoas e os militares passarem de um lado para outro diante da grande estação ferroviária. Então saíram andando sem rumo pela rua, junto de um parque na direção das luzes e do trânsito.

"E você bebe também?", perguntou Peter, assumindo uma expressão de ternura rude.

"Claro, bebo cerveja! Eu e outros colegas ficamos bêbados de cerveja outro dia lá em Hyattsville."

"Bem, quem diria", disse Peter. "E o que mais? O que mais, Charley?"

"Hein?"

"O que mais tem aí?"

"Bem", sorriu Charley, "eu não sei."

Os dois afastaram o olhar e deram um sorriso tolo, e mesmo assim se deram conta de que, de alguma forma, gostavam um do outro; suas posições tinham mudado, agora não era mais irmão maior e irmão menor, só dois homens caminhando pela rua, e eles descobriram isso com uma espécie alegre de admiração.

"Bem, o que acha", berrou Peter, "que tal uma cerveja no bar ali?"

"Vamos lá!"

Então entraram juntos com passos firmes no bar cheio e apoiaram os pés no trilho de metal e pediram duas cervejas. Mas o barman inclinou-se e espiou ceticamente o jovem Charley.

"Soldado, tenho de me preocupar com meu alvará para vender bebida, então seja um bom garoto e me diga qual a sua idade."

"Tenho 21 anos", disse Charley com seriedade.

"Mostre os documentos, mostre os documentos!", disse o barman olhando enfastiado para outro lado.

"Tudo bem, ele está comigo, sou seu irmão!", exclamou Peter.

"Isso não faz diferença, ou ele tem idade, ou perco meu alvará, então os documentos, os documentos."

"Está bem", disse Charley, "Não tenho idade, desculpe, eu quero uma Coca". Ele olhou para Peter e eles caíram na gargalhada. Então Peter bebeu cerveja e Charley bebeu Cocas.

"Quantos anos você tem, Charley? Dezessete?"

"Não, dezoito!"

"Bem, quem diria!" Eles não tinham muito a dizer, mas ficaram juntos felizes, em silêncio.

Então perambularam pelas ruas iluminadas, olharam para todas as garotas, compraram pipoca e comeram enquanto andavam, pararam em frente a todos os teatros e cinemas para ver as fotos, continuaram perambulando.

Finalmente, bem depois da meia-noite, sentaram-se em um banco de parque quando todos os lugares tinham fechado e todas as garotas e pessoas tinham desaparecido das ruas, e apenas os jovens soldados e marinheiros fantasmagóricos passavam e iam embora e voltavam outra vez andando sem rumo na noite, na noite vazia. Era igual ao que Peter vira em toda parte. E era uma noite fragrante, suave e tênue, uma noite sulista, com um vasto amanhecer cálido pulsante nos limites do céu. Onde estavam sentados, nem uma folha se movia nas árvores.

Havia silêncio no mundo.

E espalhados por toda parte na grama e nos bancos, em uma sujeira de jornais e garrafas – os jovens soldados fantasmagóricos, os marinheiros, sem lar e solitários e cansados e tentando dormir, enquanto um policial circulava bocejando, enquanto um táxi de repente passava e desaparecia, enquanto os sinais de trânsito faziam clique ao mudar de vermelho para verde na desolação vazia.

Em frente ao parque, do outro lado da rua, em um edifício impressionante atrás de grandes árvores, brilhava uma luz na noite. Fazia silêncio, o único som era o clique-clique dos sinais de trânsito e um trem distante seguindo o Potomac – e a luz silenciosa brilhava no prédio atrás das grandes árvores do jardim do outro lado da rua.

"Bem", disse Peter, "acho que você vai ver mesmo alguma ação, qualquer hora vão embarcar você...".

"Fizemos nossas manobras. Vamos embarcar em pouco tempo..."

"É assim que são as coisas..."

"Já vai amanhecer. O sol vai nascer", disse Charley, "aí terei de voltar para o acampamento..."

Outro soldado passou cantarolando uma canção imerso em seus próprios pensamentos e desapareceu através do parque, as mãos nos bolsos, com passo arrastado, olhando ao redor, espreitando a noite vazia, chutando garrafas vazias, suspirando.

"Ninguém sabe o que fazer quando está de licença. Mês passado ficamos assim mesmo sentados em um parque. Sem brincadeira, Petey, ninguém sabe o que fazer. Havia alguns garotos de doze anos, meninos e meninas, sentados na grama a noite inteira, rindo e cantando e tudo mais – não sei o que estavam fazendo na rua a noite inteira, mas ficaram lá até de manhã."

"Agora já está quase amanhecendo, olhe como está cinza em cima daquelas árvores ali."

"É."

E por trás das grandes árvores do outro lado da rua, a luz brilhava e reluzia nas janelas...

"Que lugar é esse do outro lado da rua, afinal?"

"O Departamento de Estado, ou algo assim. É, acho que Tony disse que era o Departamento de Estado" – e Charley olhou solenemente para a fachada suja do prédio antigo do outro lado da rua.

4

Os Martin de Galloway, desarraigados pela guerra, mudaram-se para a cidade de Nova York. A mãe, tão excitada com essa aventura, sabia misteriosamente, enquanto os homens da mudança descarregavam seus móveis de um caminhão nas ruas do Brooklyn, que ela e sua família não estavam destinadas a ficar na cidade.

"Meu Deus", disse para o marido, apontando para os arranha-céus no centro do Brooklyn, "aqueles prédios são tão altos que um dia vão cair. Um bom terremoto e tudo vai desmoronar."

Ela sabia que uma cidade como aquela não poderia durar, mas de alguma forma desejava que durasse, porque na verdade tudo era tão encantador e esplêndido, e a agradava ver isso pela primeira vez na vida. Mas sorria em segredo, e dava de ombros, e sabia que na verdade não poderia durar.

Era outubro quando eles se mudaram para o Brooklyn, e o sol brilhava com um tom dourado avermelhado no final da tarde. Quando os homens da mudança foram embora, George Martin, sua mulher e o jovem Mickey saíram no quintal dos fundos de seu novo apartamento no subsolo e olharam ao redor.

Uma cerca velha de madeira, ou melhor, duas cercas velhas de tábuas, uma presa na outra, um pouco inclinadas para frente pela pressão da terra acumulada, debruçava-se do estacionamento sobre seu quintal, e bem acima deles brilhavam e reluziam as calvas capotas de mil carros estacionados. Além desse mar de capotas de automóveis brilhando ao sol, erguia-se uma grande estrutura triste de tijolos vermelhos aparentemente abandonada, com centenas de janelas escuras e empoeiradas e beirais cheios de arabescos desbotados em um verde pálido bolorento. Uma parte ampla da parede vermelha, sem janelas, exibia um anúncio enorme, que mostrava um homem segurando a cabeça em desespero. Algumas palavras indistintas atrás dele, apagadas e sujas pelo tempo e a fuligem, proclamavam a indispensabilidade de algum remédio esquecido. Mas mais surpreendente e impressionante de tudo era a crueza do próprio desenho do rosto e as mãos enormes, que mostravam apenas um mínimo conhecimento de traço e *design*.

"Bem, por Deus, não vou poder dizer que não vejo nada pela minha janela nos dias chuvosos, vou, George?", riu Marguerite, apertando o braço do marido com prazer. "Esse vai ser meu quadro. Não terei de pendurar nada na parede."

Todos os três olharam de queixo caído para aquele retrato poderoso – aquele homem enorme confuso, abatido, segurando a cabeça em desespero, enquanto por toda a sua volta, no final da tarde no Brooklyn, roncavam e zuniam os sons múltiplos de uma grande cidade.

"Nossa!", exclama Mickey, sem saber que excitação estranha o tomava agora.

"Aquele prédio vermelho grande parece que era uma cervejaria antigamente, Marge, é isso o que parece. Agora provavelmente é só um armazém."

"É, e olhe os livros naquela janela naquele canto, parecem livros-caixa. Deve ter alguns escritórios velhos nesse lugar."

Eles olharam ao redor para os quintais dos vizinhos, que eram iguais ao seu quintal, e os fundos de suas casas, que eram iguais aos fundos de sua própria casa, os varais de roupa, as cercas velhas, os canos negros cobertos de fuligem, e a aparência geral de tijolos vermelhos e negros de tudo aquilo que de alguma forma era tão limpa e agradável de se ver na luz avermelhada do sol de fim de tarde. E, acima disso tudo – a velha cervejaria, os prédios comerciais que se projetavam para o alto a alguns quarteirões no centro, e a fumaça que subia dos telhados –, pairavam as grandes nuvens douradas de outubro.

"Por Deus!", exclamou o pai. "Vou dizer uma coisa, ela com certeza – sem dúvida – é grande! Tem muita coisa aqui que um pobre-diabo nunca viu antes."

"O motorista do caminhão disse que o porto ficava a menos de um quilômetro rua abaixo!", disse Mickey com ansiedade. "Vamos ver os navios, pai?"

"Os navios... Quer dar uma volta até lá?", exclamou o pai.

"Vocês dois vão para lá agora", disse a mãe, virando-se para a casa, "e eu vou entrar e desencaixotar os pratos e preparar alguma coisa para o jantar, e quando voltarem vamos todos jantar pela primeira vez em Nova York."

"Nossa, está bem! Vamos, Mickey, vamos dar um passeio no porto e ver os navios!"

Entraram de novo na casa, que estava tão tristemente bagunçada com pilhas de caixas e móveis espalhados do jeito que os homens da mudança tinham deixado, e ficaram parados por um tempo na cozinha em silêncio enquanto a mãe começava a esvaziar algumas caixas.

"Vão andando, vão andando", exclamou ela, vendo-os parados ali. "Sei onde está tudo e vocês só vão atrapalhar. Desçam e vão ver esses barcos e só voltem em meia hora. E parem para comprar sorvete, está bem, para a sobremesa. E pode comprar cerveja para você, George."

"Bem, está certo, vamos lá, Mick, vamos." Pai e filho saíram e começaram a descer a rua com admiração.

O nome da rua deles era State Street. Enquanto caminhavam na direção do porto, as casas de tijolos vermelhos e negros diminuíram de número até não haver nada além de armazéns e garagens velhas que antes tinham sido estábulos. Quando dobraram em outra rua e viraram outra vez, por momentos ficaram perdidos, e de repente se viram em uma colina de onde se viam muitos vagões de carga, trilhos, galpões no cais, e água reluzente junto aos píeres, e finalmente os cascos, chaminés e mastros intrincados de grandes navios cinzentos. Então andaram um pouco mais e chegaram a um lugar de onde, ao olhar para cima do meio daquela cena enfumaçada do porto, viram a própria Manhattan que se elevava do outro lado do rio na grande luz vermelha da tarde do mundo.

Era demais para acreditar, e tão grande, intrincada, impenetrável e bela em sua realidade distante, fumarenta, de janelas cintilantes com suas sombras de desfiladeiro, e a luz rosa brilhando em seus cumes mais altos como sombras sem fundo pendendo soltas sobre abismos poderosos, e pequenas coisas se movendo, enquanto o olho se esforçava para ver, e as grandes colunas de fumaça se elevando por toda a parte, por toda a parte, lá debaixo nas margens confusas reluzentes até as grandes orlas de uma cidade, até os lugares mais elevados – enquanto, milagrosamente, lá longe em Uptown, as grandes nações-nuvens de outubro prosseguiam acima do topo aguçado do Empire State Building.

Então, como se por impulso natural, e com grande voracidade, seus olhos seguiram os arcos poderosos da ponte do Brooklyn e da Ponte Manhattan logo além, os vãos que atravessavam o rio emitindo uma luz trêmula, como o reflexo de moedas de um centavo, acima de rebocadores pequenos fumarentos e dos despertares e enfeites de cem barcaças e barcos e do mar encapelado, até o Brooklyn, até a própria orla fervilhante, confusa com barcos emaranhados e incrivelmente agitada do Brooklyn.

"Ah! Bem, agora!", exclamou o pai ajustando os óculos e olhando orgulhoso para essa cena poderosa, com a boca retorcida em um sorriso estranho patético – "quase valeria a pena, quase valeria a pena vir morar aqui sem ter um centavo nem um amigo neste mundo, só para ver isto!"

"É", disse em voz baixa Mickey, "nossa, acho que esta é a maior cidade do mundo."

"Ela é a maior cidade do mundo", disse o pai, "mas como é morar nela, não sei. Mas quando você a vê assim...", e acenou com cerimônia, "...não há muito a dizer. Pense só, em todas as pessoas que viveram e morreram aqui... Acho que talvez eles saibam. Eu, sem dúvida, não sei. Não, eu não acho que poderia dizer."

"Olhe!", exclamou o menino, apontando para Manhattan. "Tem algumas luzes começando a se acender – está vendo ali?"

E assim era: o sol estava se pondo, deixando uma grande luz intumescida como vinho escuro, e faixas longas de nuvens em tons aveludados de púrpura formavam-se espectrais acima. Tudo estava mudando, o rio mudando em um fervilhar de cores sombrias até a escuridão, os abismos das ruas em escuridão, e um brilho fantasmagórico de luzes, as estruturas piramidais de pedra purpúrea dura com fileiras apertadas de janelas em um brilho fabuloso de mil estrelas em penhascos negros íngremes.

"Acho que é melhor a gente ir para casa", disse o pai com um suspiro.

"Vamos ficar e ver! Está tudo acendendo. Nossa, que luzes!"

"É, Mickey, luzes! Eles têm luzes em Nova York, mas não para gente como eu e você."

"Por que não? Mamãe disse que vamos a um cinema amanhã e ver a Broadway e todos os lugares e comer num restaurante."

"É, nós podemos, sim, fazer isso, com o dinheirinho que temos podemos fazer algumas coisas assim, mas na verdade nunca será para nós."

"Ah, pai, você se preocupa demais", riu Mickey. Ele agora estava com quatorze anos, magro e estranho e acanhadamente impulsivo. "Mamãe diz que você se preocupou demais sobre vir para Nova York. Olhe como é legal! Viu?", exclamou triunfante, vendo o sorriso do pai. "Até você sabe isso. Podemos nos divertir aqui, e tem muita coisa para fazer. Rapaz! – a turma em Galloway não acreditou quando eu disse que nós íamos nos mudar para Nova York... eles não sabem de nada!" E pensou nos amigos em Galloway e no que eles estariam fazendo agora ao entardecer sob as árvores.

"Está bem, Mickey, como você quiser, pode ser que eu seja só um velho bobo assustado, pode ser isso."

Então voltaram andando para casa. Passaram pelos armazéns desertos e escuros e por lâmpadas fluorescentes solitárias, percebendo algo mais sobre a cidade de Nova York e o Brooklyn, as ruas vazias à noite, e voltaram para a mãe em seu apartamento no subsolo.

A mulher tinha acendido as luzes, varrido o chão da cozinha, rolado sobre ele um linóleo reluzente, arrumado a mesa com uma toalha branca limpa, preparado café, posto os pratos, aberto algumas latas e esquentado o jantar. Ela vestiu um avental novo florido para comemorar, ligou o rádio pequeno da cozinha, deu uma espiada rápida em suas cartas de ler a sorte para saber sobre o futuro imediato e então, enquanto eles entravam solitários e sombrios e desnorteados, ela os fez sentar, beijou-os com alegre compreensão, trouxe comida bem quente e lhes desejou vida, amor e que ficassem por muito tempo na Terra, bem ali no Brooklyn.

Martin era um homem trabalhador no fundo de sua alma. Tinha um emprego novo, um emprego noturno, então na primeira noite em que chegou no Brooklyn, sem dormir e na verdade sem mais que algumas moedas no bolso para café e sanduíches, saiu para trabalhar, para o emprego na gráfica em Manhattan com uma alegria profunda e poderosa que só os trabalhadores conhecem. Nada no mundo, nenhuma guerra, nenhuma cidade, nenhuma confusão podia mudar o fato de que ele tinha um emprego e que estava indo agora mesmo para lá, no vasto complexo de ruas e avenidas, do qual conhecia tão pouco e tinha apenas uma idéia vaga de como chegar à gráfica que o contratara uma semana antes. Mas tinham-no contratado, e ele devia começar a trabalhar naquela noite, e ia trabalhar naquela noite.

A gráfica ficava na Canal Street, na parte leste, perto da velha cadeia municipal abandonada, na parte escura, sombria e antiga da cidade, perto de ruas de paralelepípedo, perto de armazéns escuros e velhas fábricas de sapatos, logo acima de Chinatown e do Bowery. Ele não tinha nenhuma idéia de como chegar lá, mas tomou o metrô no Brooklyn. Quando pediu informações, homens se levantaram e olharam para o mapa do metrô, outros se aproximaram para discutir e gritar e gesticular enquanto o trem roncava e mergulhava em seu túnel negro, outros ficaram incomodados pela discussão e foram dar uma volta, só para retornar depois com um novo argumento. Eles se agrupavam em torno daquele senhor e por fim chegaram a algum tipo de acordo e disseram a ele o que fazer.

Trabalhou naquela noite e voltou para o Brooklyn no amanhecer sujo e viu toda a chaga das ruas na luz doentia antes do nascer do sol, a vasta ruína de telhados, os quilômetros cinzentos de poeira açoitada nas calçadas, as avenidas aterrorizantes que desapareciam à distância rumo a mais cinza, mais becos, mais barris e calçadas, mais cidades volumosas dentro de cidades, mais detritos e grandiosidade empilhados e espalhados em tijolos e vigas, um lugar arrasado, um depósito de lixo triste e alquebrado espalhando-se infindavelmente no mundo cinza. Não fosse pelo fato de sua mulher e seu filho estarem com ele nesse lugar, sabia que seria como um homem morto.

"Sabe de uma coisa", falou para Marguerite e o menino depois de alguns dias, "perto de onde eu trabalho fica a velha cadeia municipal, que foi abandonada, só um velho prédio em péssimas condições, antigamente deve ter sido um forte ou arsenal, mas agora é só uma pilha grande de pedras e janelas quebradas. Mas ele tinha janelas... e vocês sabem o que eles fizeram, esses nova-iorquinos? Bem em frente, do outro lado da rua, construíram um arranha-céu tremendo para o departamento de polícia e o gabinete do promotor e essas coisas todas, mas para os prisioneiros construíram uma cadeia subterrânea, bem embaixo da rua, embaixo desse prédio tão bonito, e lá embaixo não tem janelas. Eles chamam o lugar de A Tumba."

"Por que eles fizeram isso?"

E o velho Martin saía para caminhar nas tardes de domingo e olhava para Nova York. Em uma tarde viva de novembro, quando a luz avermelhada do sol caía sobre janelas empoeiradas e fluía através de grades negras de fuligem, viu três velhos vagabundos do Bowery deitados na calçada junto de uma parede tentando dormir, em cima de jornais. Pareciam mortos, mas então se mexeram e resmungaram e se viraram, da mesma forma que os homens fazem na cama, e não estavam mortos, eram homens. Pensou no que devia ter acontecido com eles para dormirem nas calçadas de novembro, e que seus únicos pertences neste mundo eram as roupas imundas que os cobriam. Também lhe veio à mente que eram velhos, de olhos remelentos, tristes, de sessenta e tantos anos, estremecendo em sua paralisia, resistentes aos climas e às misérias, como se conduzidos com um aguilhão, esparramados ali para sempre. Precisou se afastar, estava chorando...

Parou na Hester Street surpreso quando dezesseis rabinos barbados saíram em fila de um cortiço esquálido: parou bem em frente a eles, olhando incrédulo direto para seus rostos e murmurou: "Deus todo-poderoso!", e eles passaram por ele em fila em reflexão barbada, as mãos juntas às costas, as cabeças pendendo pesarosamente para um lado, caminhavam distraídos ao redor de fogueiras de lixo fumarentas nas calçadas. Eram dezesseis ao todo, ele os contou e não podia acreditar.

Diante de uma casa de arenito cheia de adornos na Quinta Avenida, sob os últimos raios do sol, viu uma limusine comprida e elegante parar. O motorista desceu e correu para abrir a porta, enquanto um velho mordomo saía apressado da casa usando um chapéu-coco. Depois de uma movimentação desajeitada, vaga e incompreensível entre as cortinas funerárias do banco de trás, viu uma senhora de idade cambaleando na beira do estribo do carro, o rosto pequeno e pálido perdido nas dobras e no volume de um enorme casaco negro de chinchila. Ele viu dois homens estendendo a mão para apoiá-la, a mão enluvada dela agitando-se ao se erguer. Os dois a conduziram para casa a um passo de caracol incrivelmente solícito enquanto pedestres passavam rapidamente sem perceber. Viu-os subir juntos os poucos degraus, alguém lá dentro abriu a porta, eles cruzaram cambaleantes o umbral, e a porta da casa foi fechada sobre os raios vermelhos do sol.

Na hora do jantar, entrou pensativo em uma cafeteria na Broadway em Uptown pelas portas giratórias. Tinha visto a cafeteria do lado de fora, as pessoas comendo às mesas, e quis entrar porque fazia frio lá fora e de repente a rua pareceu deserta. Naquele momento foi atingido por trás e arremessado literalmente aos tropeções para dentro do lugar enquanto uma horda de homens e mulheres com cara de pôquer jorrava continuamente da rua vazia e o empurrava ao passar. Ficou ali olhando embasbacado enquanto outra horda entrava se acotovelando e corria para os caixas e balcões. Por fim comeu uma fatia de torta sentado a uma mesa com outros três homens. Nenhum ergueu o olhar ou disse palavra, os olhos escondidos sob as abas escuras dos chapéus. Quando terminaram de comer, foram embora, e novos se sentaram tão em silêncio quanto os anteriores.

De volta para casa no metrô ele se sentou no banco duro e estreito, que parecia uma prateleira, e olhou para as pessoas com curiosidade modesta, esmagadora e nua. Eles olharam indolentemente através dele, mascando chiclete, pensativos, à espera de algo, de sua estação ou de que alguém jogasse fora um jornal. Sentou-se bem em frente a uma prateleira inteira cheia de seres humanos e tentou, como eles, olhar direto para o nada e através de seus rostos e figuras, mas não conseguiu.

Lembrou-se de um rapaz negro que um dia escutou em um banheiro de Chicago, de repente pensou naquilo pela primeira vez desde então. Esse garoto, bêbado, estava sentado no chão no meio de cacos de garrafa, a cabeça pendendo e balançando e sangrando de alguma briga terrível, e dizendo: "Eu vou pra Nova York! Já fui pra tudo que é lado e já apanhei e fui preso e espancado e mandado pra cadeia por nada, já fui pra tudo que é canto – mas nunca fui a Nova York. É pra lá que eu vou – Nova York! É! NOVA YORK! Esse é o lugar pra mim, é pra lá que eu vou!"

Lembrou-se de como todo mundo sempre falava de Nova York. "Ouvi dizer que tem muito trabalho por lá, George, todos os tipos de emprego, sem problema nenhum!" "Nova York? Olha, esse é um lugar no mundo onde você pode se divertir! Meu tio Jerry foi lá uma vez num fim de semana e você tinha que ver as figuras com quem ele andava!" "Eu queria ir embora desta droga de cidade e ir para algum lugar, talvez Nova York, fazer as coisas de um jeito grande. Do Grande Jeito Branco! Times Square! Dizem que alguns desses financistas de Wall Street começaram como *office boys*!" Os filmes sobre Nova York: Cena – Cidade de Iowa. Herói – "Querida, sei que vai ser difícil para nós esta separação, mas tenho de ir para Nova York e pelo menos descobrir se tenho em mim o que é preciso, só me dê a chance de descobrir!" Heroína – "E se você não conseguir, Jim, não vai fazer nenhuma diferença para mim, vou estar aqui à sua espera, sempre" (a espera é sempre triste em Iowa). Nova York – o único lugar neste mundo tortuoso onde tudo é diferente de qualquer outro lugar, simplesmente porque acontece em Nova York.

Uma noite, no início de dezembro, Martin parou aconchegado em seu casaco na Union Square e observou fixamente e com surpresa um homem em um roupão sujo e esfarrapado fazer um discurso para um punhado de homens que tremiam. Era incrível. Esse pobre homem demente realmente parecia um santo, realmente usava a túnica de penitente de lugares ermos. Lá estava ele, um traste arruinado e triste de homem, barbado, de olhos remelentos, azul de frio, a boca movendo-se e sorrindo com lábios emborrachados – todo o seu êxtase doentio ali na praça sob as torres cintilantes da cidade à noite.

"Cavalheiros", gritava ele, "seus argumentos não me atingem nem um pouco, pois meu reino não é deste mundo – não-é-deste-mundo!"

"Qual é o jornal que você tem aí no pé?"

"Não leio os jornais. Nada sei deste mundo. *Não sou* deste mundo. Ele *não é* meu reino!"

"Pode repetir isso!"

Eles o apuparam nos ventos frios.

"Você aí!", gritou o santo, apontando para um jovem que carregava livros e ouvia em silêncio. "Pegue sua caneta, filho, e escreva contra o mal deste mundo. Meu irmão, meu filho pequeno, se você um dia tivesse a mim em seu coração, desprovido de felicidade por um período, e neste mundo severo com o peito apertado em dor, para contar a minha história!"

O jovem deu um sorriso discreto – sabia de onde vinham aquelas palavras – mas foi tocado, ficou ali olhando confuso para o outro lado, quase corando.

"E o senhor aí!", gritou o santo, apontando diretamente para Martin, "reze pela libertação de nossas almas, em seu coração dos corações, nas profundezas de sua alma, reze! É dado a vocês rezar neste mundo!"

Martin foi embora, aborrecido, mas nunca esqueceu aquela figura triste de um louco com sua barba e seus andrajos e sua postura curva melancólica, e o triunfo triste de seu grande grito, bem ali nas ruas dos homens – "Meu reino não é deste mundo".

Martin estava mais sozinho nessa época de sua vida do que jamais estivera antes. Começou a ter os devaneios de um homem incorrigivelmente solitário. Em toda a sua vida tomara como certo que podia andar pela rua e dizer olá e trocar algumas palavras com algum conhecido. Agora só podia olhar com curiosidade para os estranhos. Em seus devaneios, começou a se lembrar de um amigo de infância especial dos velhos tempos em Lacoshua. Não tinha a mínima idéia do que acontecera desde então, mas a memória desse amigo perdido – Shorty Houde – agora o assombrava sempre que caminhava sozinho pela Canal Street no caldeirão negro da noite. Ele se lembrava de como eram as coisas com Shorty – nas ruas do início da manhã em Lacoshua, Shorty andava a passo lento, sem sorrir, tampouco de cara fechada, apenas dando baforadas solenes em seu cachimbo, e acompanhava seu passo, dirigindo-se a ele todos os dias, praticamente sem variação:

"Para onde você vai, Georgie meu garoto!"

"Para o trabalho, como sempre."

"Vai ganhar seu pão de cada dia, hein, Georgie meu garoto?"

"Isso mesmo."

"Bem – acho que vou me juntar a você para perambular um pouco pelas ruas da velha e querida cidade de Lacoshua, já que eu também vou para o trabalho." Shorty trabalhava na mesma serraria que Martin, no mesmo turno, mas nunca mencionava isso. E eles descem pela rua juntos sem dizer mais uma palavra.

A lembrança desse fato estranho e simples em sua vida anterior agora enchia o velho com um ardor quente de recordação, e a idéia de que alguém pudesse se aproximar dele nas calçadas cinzentas do Brooklyn e dizer: "Para onde você vai, Georgie meu garoto?" era completamente impossível, ele pensou nisso com um sorriso, até que os pesares sombrios e sérios de Nova York à noite congelaram seu coração e o fizeram se encolher desgraçadamente outra vez. Esses foram os últimos dias sombrios de sua vida.

Mesmo assim, certa manhã – o sábado antes do Natal – acordou sentindo-se bem e vigoroso e olhou pela janela para o sol brilhante e o céu azul de inverno e a neve. Era uma manhã esplêndida do Brooklyn. Ele se levantou e se barbeou, vestiu uma camisa branca limpa com uma gravata nova e foi até a loja da esquina comprar um charuto fresco. E de repente percebeu que toda manhã de sábado desde sua chegada um velho de cabelos grisalhos assumia seu posto em frente ao bar e restaurante e começava a tocar um cornetim às dez horas em ponto. Martin nunca tinha pensado nisso antes, mas agora, quando o sol começava a aquecer as ruas, e as pessoas iam de um lado para outro fazendo compras e correndo para as agitações do grande sábado no Brooklyn, o ar repicava com as notas mal tocadas de alguma velha canção. As crianças se juntavam em torno do velho músico e ouviam compenetradas enquanto ele tocava o cornetim de modo igualmente compenetrado, os homens saíam do bar e jogavam moedas em sua caneca, e as mulheres paravam com as compras do mercado e o ouviam com prazer.

De volta à sua poltrona perto da janela da frente, Martin se sentou, acendeu um charuto de cheiro profundo, abriu as páginas do *Daily Mirror*, sintonizou o rádio em um quarteto vocal e ficou ali confortável, olhando de vez em quando para cima, para os pés das pessoas que passavam na calçada ensolarada, com uma sensação nova de ordem e alegria. Então, enquanto a mulher se movimentava na cozinha preparando seu café-da-manhã, ele começou a sentir o cheiro matinal de bacon e ovos e café, e pensou – "Bem, por Deus, afinal de contas, não está tão mal". E ficou com fome.

Depois do café ele saiu de casa e foi andando até o centro do Brooklyn, e lá perto de Borough Hall, viu outros homens como ele caminhando pelas ruas fumando charutos. Sentiu o ar penetrante e turbulento da baía, viu a grande luz clara do sol de inverno cair sobre as ruas movimentadas, e de repente estava quase feliz por morar no Brooklyn.

Caminhou por ali, até a Ponte Williamsburg, pelas ruas cobertas de neve, e encontrou um trem elevado que fazia o percurso até Manhattan.

"Nunca peguei nesse trem, vou experimentar", disse absorto para si mesmo, e embarcou, cheio da alegria penetrante que um homem sente quando está de folga no trabalho, só passeando sem rumo em uma manhã de sábado.

Achava que o trem ia atravessar o rio por baixo da terra, mas de repente, quando subiu em uma curva perto da Ponte Williamsburg, percebeu que iria por cima e seguiria pelo alto no sol da manhã. E lá outra vez diante de seus olhos estavam as águas, os telhados, as ruas e pilares de aço de um Brooklyn misteriosamente embranquecido pela neve.

Desceu do trem em Manhattan e caminhou pela rua Delancey, suja e molhada do inverno, desceu ruelas laterais tristes, a East Broadway, desceu uma rua italianesca e chegou finalmente à rua larga de paralelepípedos que acompanhava os píeres do East River. E ali surgiram de repente os cascos dos grandes navios, que se erguiam altos, como se estivessem estacionados junto ao meio-fio.

Continuou a caminhar, passou por baixo do vão alto e barulhento da Ponte Manhattan, olhou incrédulo para os pilares metálicos que sustentavam essa ponte, que se elevava dos becos sujos como as catedrais se elevam da terra, rocha negra enorme sustentando o tráfego furioso acima – e viu a luz de inverno do sol cair lá de cima em grandes rasgos enfumaçados.

Então parou na esquina de Charles Slip com Water, enquanto o sol finalmente desaparecia por trás das nuvens e começava a nevar outra vez. Desceu uma rua estreita, cheio de alegria muda e pesar por estar nevando, o ar branco de neve e escuro com formas e estranhamente silencioso. Chegou a um prédio antigo e parou e leu o letreiro: "Heaven Hotel, fundado em 1837".

Entrou em um velho bar com ambiente simples, escarradeiras, uma estufa de ferro que queimava lenha e uma congregação murmurante de veteranos bebendo cerveja no balcão. Pediu uma cerveja. Um senhor de idade de cabelos brancos cantava uma música, segurando uma cerveja na mão e acenando com a outra em um gesto solene, firme, extrovertido, sincero, determinado e satisfeito por cantar. Os outros ouviam sorrindo. E Martin soube que alguns daqueles homens bebiam naquele bar havia quase meio século, soube com certeza ao observá-los. Eles moravam em algum lugar à sombra das pontes, trabalhavam perto dali, também, em velhas firmas no cais do porto, e alguns deles tinham começado a beber nesse bar nos anos 1890 de Nova York, quando as carroças de cerveja eram puxadas por cavalos enormes e trovejavam sobre os paralelepípedos. Tinham começado a beber aqui depois de seus pais, e estes começaram a beber naquele bar nos anos 1840 de Nova York, quando as ruas do porto eram assomadas por mastros de antigos barcos a vela. Martin tinha absoluta certeza disso.

Tirou o chapéu e ouviu a canção do velho, e quando ela terminou, pagou uma cerveja para o cantor e mandou que a levassem até ele. Os dois ergueram os copos e brindaram um ao outro solene e respeitosamente através do salão.

[2]

HÁ MUITAS MANEIRAS de se chegar de viagem a Nova York, ao seu coração vital e dramático – Manhattan – mas só uma maneira revela completamente a magnitude, a beleza e a maravilha da grande cidade. Esse caminho nunca é feito pelos porta-vozes e representantes e líderes do mundo que chegam de avião ou de trem. O melhor meio de se chegar é de ônibus – o ônibus que vem de Connecticut, passa pelo Bronx, segue pela Grand Concourse, pega a 8th Avenue e desce a 9th Avenue até chegar no carnaval de luzes da Times Square.

Os ônibus que vêm de Nova Jersey ou chegam acompanhando o rio Hudson não penetram em etapas no coração da cidade, mas emergem de repente, saindo de um túnel ou vindo de uma ponte, ou deixando auto-estradas cercadas de florestas. Mas quando o ônibus vindo de Connecticut começa a passar por lugares como Portchester e New Rochelle, percebe-se aos poucos que essas não são propriamente cidades, mas entradas e subúrbios distantes mas firmemente conectados à grande coisa enorme que é Nova York. E esses lugares deixam gradualmente de ser cidades vagas, são expansões suburbanas contínuas e intermináveis. Esse fato simples e aterrorizante provoca uma sensação tremenda: que vastidão é esta que alimenta o coração no centro pulsante? Quão grande a cidade pode realmente ser? Como neste mundo ela vai ser?

Peter Martin estava viajando nesse ônibus em uma noite chuvosa na primavera de 1944, voltando de uma visita triste e nostálgica a Galloway. Nada tinha acontecido lá. Ele esperava algo intensamente significante, sombrio, imenso e maravilhoso. A partir da tristeza de seu coração começou a imaginar que nunca estivera em Nova York e que estava chegando lá pela primeira vez na vida. Até escolheu uma senhora idosa, que parecia a esposa de um fazendeiro, sentada ao lado dele com um sorriso de admiração e prazer, como uma prova humana e simples de que chegar a Nova York pela primeira vez na vida era um acontecimento de importância maravilhosa. Ele a observou com inveja.

Vieram por Mamaroneck e todos os lugares reluzentes e, na escuridão suave e chuvosa de abril, começaram a ver prédios de apartamentos enormes, com janelas brilhantes na noite em toda a volta. Às vezes viam esses prédios onde não havia coisa alguma. Eles simplesmente apareciam, quinze andares de altura e com mil janelas cintilantes, inúmeros carros estacionados em frente, e consultórios de médicos e dentistas ocupados, com luzes acesas. O ônibus seguia e passava por alguns parques escuros, às vezes um campo, às vezes até uma fazenda, e de repente um bar de beira de estrada com néon rosa, cascalho branco e carros estacionados, e depois outra vez os prédios de apartamentos enormes e reluzentes se avolumando na noite, alguns construídos como fortalezas em penhascos rochosos.

Apesar de haver cada vez mais e mais desses prédios e a extensão distante de luzes incompreensíveis na chuva da noite – ainda assim não estavam "nem perto de Nova York", segundo os passageiros do ônibus que sabiam, estavam "só em Larchmont", ou "só em New Rochelle", e assim por diante. Em vez da vista deslumbrante das torres de Manhattan na noite, havia apenas aqueles mesmos incontáveis prédios enormes de apartamentos erguendo-se altos na escuridão com seus milhares de janelas, seus milhares de carros estacionados, as doninhas marrons infinitas nos quintais de terra.

Então pontes... pontes incompreensíveis reluzindo na chuva, passagens por cima e por baixo de outras vias, subidas e descidas ao longo da estrada cheia, e ainda assim nenhuma das torres deslumbrantes de Manhattan. Ainda apenas prédios de apartamentos – o Broadmoor, e o Cliffview e o River Towers – mas nem o menor sinal da metrópole tremenda. O viajante no ônibus ficava mais e mais impressionado ao pensar no número de pessoas que morava em todos aqueles prédios que se estendiam por quilômetros, a nação de incontáveis famílias que se abrigavam ali "nada perto de Nova York", mas sem dúvida freqüentadores e partidários daquela coisa enorme e desconhecida chamada Nova York.

Finalmente os prédios de apartamentos ficaram tão numerosos e espalhados de modo tão vasto em todas as direções que se tornou evidente que algo por fim estava acontecendo. O que era isso? "Isto é o Bronx." Peter observava invejoso o sorriso de fascinação no rosto da senhora ao seu lado. No que ela estava pensando? No jovem judeu fabuloso, com a ferocidade e a reflexão do Bronx, que tinha escrito a peça com o título primaveril e ainda assim com a violência do Bronx, *Awake and Sing**!? Será que ela estava pensando nisso? Por que o sorriso de fascinação e prazer em seu rosto? Com seu embrulho de jornais enrolados que passavam por uma bolsa de viagem, com suas grandes pernas de piano e seu jeito gordo e confortável de se sentar afundada no banco e tomá-lo inteiro, e o sorriso de prazer dela por que esse era o Bronx e ela finalmente estava passando pelo Bronx. O que ela estava vendo com seus olhos e sua alma?

O ônibus então cruzou mais pontes e de repente os prédios de apartamentos começaram a assomar por toda parte imediatamente acima, e as ruas de repente estavam zunindo com as explosões de luzes e tráfego e o tropel de multidões. "Acabamos de passar por um shopping center." Algumas ruas eram mais escuras que as outras, elas apenas reluziam desamparadamente na chuva nebulosa, os carros estavam estacionados densamente em cada meio-fio nos desfiladeiros entre os prédios, algumas pessoas se moviam pelas calçadas, mas as luzes não eram muitas nem deslumbrantes.

Então, de repente, entre os prédios, cortiços estranhos começaram a surgir, mais escuros, de tijolos vermelhos, com luzes nas janelas que eram de alguma forma marrons e baças em vez de brilhantes e cintilantes. Então em um lampejo, uma rua grande e larga explodia à vista estendendo-se incrivelmente por mais de um quilômetro com luzes e carros e bondes e pessoas, e isso também desapareceu, mas só por um instante, quando outra rua surgia agitada e resplandecente à sua frente e passava como um raio. "Isto é Nova York! Ah, isto é Nova York", pensaram com alegria, e a velha de Peter encostada confortavelmente começou a sorrir com um pouco mais de complacência, compreendendo, com um velho prazer astuto e alegria.

Mas nada mudou: os cortiços e as ruas cheias fulgurantes continuavam sem parar, e isso certamente não era Nova York. "Ainda estamos no Bronx." Então tudo bem, ainda era o Bronx. Os viajantes inclinaram-se para frente mais uma vez, a senhora de idade inclinou-se para frente com uma expressão de perplexidade, e todos procuraram lá fora através dos vidros cobertos de gotas de água por sua Nova York que não estava ali. "Ei, onde diabos ela fica?", pensou em segredo a senhora.

O ônibus seguiu e finalmente começou a atravessar grandes redes escuras de pontes. Eles podiam ver vãos e pilares de aço, membros negros de pontes que se estendiam na noite, na chuva, tendo ao fundo mil luzes incompreensíveis espalhadas, um número igual de andaimes elevados e pontinhos de luz por toda parte. Onde? O quê?

Então deixaram as pontes e estavam sobre chão sólido outra vez, e andando rápido. Mais prédios residenciais escuros, uma cena carnavalesca, cheia de gente e muito iluminada a cada esquina, carros e bondes e marquises de cinemas, mais e mais delas, exceto – bem, por Deus – olhe! Um milhão de negros nas ruas, todos os negros do mundo – fabulosos e fantásticos e aglomerados nas luzes! – e que luzes

---

* "Desperte e cante!" (N.T.)

agora! Que luzes! Em cada esquina um esplendor de luzes e o som indistinto de vozes e buzinas e o rangido das rodas dos bondes. E mais uma coisa! – agora todas as esquinas eram absolutamente em ângulo reto, as ruas passavam velozes em um ritmo marcado regular, tudo era construído em quadrados perfeitos, e cada um deles era uma praça carnavalesca fervilhante de cortiços! Aquilo era o Harlem, isso é o que era! "Ei... isto é o Harlem!" A senhora, que não estava mais plácida e sorridente, inclinou-se para frente no seu assento, de queixo caído para tudo que passava e borrava-se rapidamente por sua janela. Ela até olhou para outro lado por um momento para limpar os óculos, para encarar Peter com simpatia, e então debruçou seu grande volume para frente para banquetear seus olhos com aquelas cenas densas e esplendorosas que cresciam e cresciam em tamanho à medida que avançavam.

Mas onde estavam as torres reluzentes de Manhattan?

Os passageiros esperaram enquanto o ônibus dobrava uma esquina em um parque, em uma praça ampla maravilhosa com letreiros iluminados nas marquises, e passou roncando por árvores e prédios residenciais do outro lado. O que era isso? Era possível sentir, sem dúvida, algo tremendo estava chegando.

E em um breve e fugaz piscar de olhos, enquanto o ônibus passava roncando pelo sinal verde na 110th Street, viram a vastidão magnífica do Central Park West se estender por quase cinco quilômetros até as torres cintilantes de Columbus Circle. Em um instante eles tinham visto tudo! Tinham visto não apenas as "coberturas" tremendas de Nova York estendidas ao longo de um grande bulevar do parque, mas tinham visto à curta distância a magnificência cuidadosa do Central Park e seus muros de pedra e passeios amplos, ali tiveram uma visão de mil táxis amarelos acelerando embaixo do paredão do desfiladeiro profundo passando por fachadas reluzentes de coberturas. Era isso!

Tinham visto apenas a beleza e a ostentação. Agora iam ver a enormidade inacreditável. Pois, enquanto aceleravam pela 9th Avenue passando por lojas e quitandas e prédios lotados, enquanto viam as hordas de pessoas se movendo nas luzes, perceberam de algum modo que aquela rua, como muitas outras em Nova York, era reta como uma flecha, e larga e comprida o suficiente para se perder de vista mesmo em um dia claro, e cheia de gente em cada centímetro de seus quilômetros.

E então viram as ruas transversais passarem velozmente. Quando perceberam como essas ruas, que eram numeradas para além de duzentos, atravessavam avenidas aparentemente sem fim e se perdiam na curva da rocha da ilha para o leste, tiveram uma visão de centenas de milhares, talvez um milhão de esquinas em toda Nova York, perfeitamente quadradas e medidas, e todas elas, assim como o espaço que se estendia entre as esquinas, com o trânsito e a multidão, todas agitadas e cheias de gente. Como podia ser?

Mas a imensidão espantosa não tinha se revelado inteiramente. Conforme aceleravam por Downtown, passando pela 59th Street, começaram a ver gente em multidões, começaram a ver um mar de cabeças ondulando sob luzes diferentes das luzes que já tinham visto. Essas luzes eram por si só um dia de sol, um universo mágico de luzes reluzindo e pulsando com a intensidade de uma explosão repentina. Eram brancas como a luz branca dura de um maçarico, eram o próprio Grande Caminho

Branco. E todas as ruas transversais agora eram desfiladeiros, cada uma explodia alto na noite com luz branca, e abaixo havia as multidões de Nova York, o mar de cabeças, os redemoinhos de tráfego, os desvios e confusões e alvoroço vastos, de novo e de novo a cada quarteirão.

Será que esse era o fim de Nova York?

"Ah, não, esta é a Times Square, onde nós descemos. Mas tem Downtown, uns dez quilômetros mais para baixo, lá em Wall Street e no distrito financeiro e no porto e nas pontes – e depois, sabe, tem o Brooklyn."

E onde estavam as torres cintilantes de Manhattan agora? Como elas podiam ser vistas quando se estava enterrado dentro delas, como as pessoas podiam tê-las perdido à distância?

Então Peter chegou de volta a Nova York naquela noite, e foi atingido com o conhecimento singular e maravilhado de que esse era um dos momentos mais estranhos de sua vida. A visão de Nova York agora, a forma como ela se desvendara em um horror de ruas infindáveis e espaços incompreensíveis, como estava tão cheia de mistérios sombrios e de um pesar fantasmagórico quanto o próprio mundo – o mundo como se tornara para ele desde o começo da guerra, ou de algum tempo não lembrado, quando ele começara a olhar ao redor e dizer a si mesmo: "Não se sabe, não se sabe!"

Tudo o que ele já fizera na vida, tudo o que existia – agora estava assombrado por uma sensação profunda de perda, confusão e uma estranha aflição. Ele conhecera a vida de menino em Galloway, crescera ali e jogara futebol e vivera na casa grande com sua família, passara por todos os perigos e alegrias e maravilhas da vida. Agora tudo aquilo estava perdido, desaparecido, assombrado e fantasmagórico – porque não existia mais. E conhecera jovens como Tommy Campbell e Danny e Alexander Panos, conhecera seus próprios irmãos, Joe, Francis e Charley, conhecera mil rapazes como ele em Galloway que em uma época andaram pelas mesmas ruas e lugares que ele: mas tudo aquilo estava perdido, desaparecido, assombrado e fantasmagórico também – porque não existia mais. E houve Liz e Ruth e Rosey, suas irmãs, e onde estavam elas? – como eram seus rostos, de que ele recordava em sonhos assombrados? E houve sua mãe e seu pai na casa velha na Galloway Road: e agora, mais perdidos e do que qualquer coisa poderia estar, eles estavam no Brooklyn, no Brooklyn sombrio próximo, à distância de um metrô de onde ele estava, ainda assim mais distante e desamparado que nunca.

Tinha ido a Galloway como um fantasma e permanecera lá por vinte horas solitárias. Sentou-se na cafeteria da Daley Square, caminhou pelas velhas ruas, revisitou o cinema Monarch, a Galloway Road, o riacho no pinheiral e os bares da Rooney Street. Era um fantasma, ali, e dormiu algumas horas inquietas de pesadelo na A.C.M., em meio a soldados raivosos de todo o país que não tinham outro lugar para passar sua licença. Perambulou em meio a homens e mulheres estranhos que tinham ido até lá para trabalhar nas fábricas de munição na noite espectral, e não era mais Galloway, não era mais o lugar de sua infância, também estava assombrada como todo o mundo desde a guerra – ou desde a época em que ele começou a perceber que não se sabia, não se sabia nada.

Desceu do ônibus na estação e sentou-se em um banco e observou todos os outros. Não podia pensar em mais nada para fazer, todo seu corpo formigava por uma aguda e agradável tristeza e excitantes e ansiosos pensamentos. Estava de volta de uma viagem longa de cinco meses para Guam e tinha semanas e semanas à sua frente sem nada para fazer além de aguardar e permanecer em terra. Não tinha nada a fazer além de ir e se envolver em todos os assuntos e estímulos e humores e alegrias e preocupações de sua família, seus amigos e suas amantes em Nova York. Tudo era novo... novas estações, um novo círculo de confusão e doçura indescritíveis para ser fechado entre coisas e pessoas, tinha visto tudo isso antes e sabia que agora ia continuar com o poder sôfrego e ávido da vida.

Ele se sentou ali na estação de ônibus com sua bolsa de lona entre os pés – a bolsa de lona que viajara com ele por todo o mundo espectral prodigioso – um cigarro na boca, o chapéu empurrado para trás. Ele ficou ali sentado pensando e olhando ao redor e esperando que tudo de repente acontecesse: porque era engraçado se dar conta de que, se agora não havia garotas de Galloway neste mundo, de algum modo havia Judie à sua espera naquele exato momento em que estava sentado na estação de ônibus. E se não havia mais Alexander Panos neste mundo – (estava tão perdido quanto uma folha de outono) –, tampouco Alex e Danny e a turma, por outro lado havia Kenneth Wood, e Leon Levinsky e Will Dennison, seus amigos que "esperavam" por ele na cidade. E se não havia o pai e a mãe que conhecera quando menino em Galloway, por outro lado havia o pai e a mãe que conheceria agora na cidade, e eles também estavam "esperando". O mais triste de tudo era que quando se encontravam de novo, quando ficavam cara a cara na conclusão de algum ciclo misterioso da vida, que compreensão indizível eles tinham um do outro.

Além disso ele sabia que ia encontrar alguma mulher desconhecida; sabia no pulsar de seu sangue que ia conhecer tal mulher, uma mulher inevitável que também estava "esperando" – e ele pensou: "Ela vai ficar esperando, vai ficar ali, e quando eu a vir, nós dois vamos saber!".

O que era toda aquela excitação e mistério e tristeza em sua alma? No meio de todo o mundo, do movimento, do ir e vir entre família, amigos e amantes, sabia que o mais triste era o aspecto, os olhos de todos os seres humanos tão enigmáticos, de algum modo tão repugnantes, tão maravilhosos e doces. Isso nunca mudava, sempre seria assim. E em relação a ele, Peter Martin, sua própria natureza: por que era tão vasta, falsa, complexa, inconstante, traiçoeira, entristecida pelo mero vislumbre da vida. Algo completo, e sábio, e brutal também, tinha sonhado esse mundo em existência, este mundo no qual ele perambulava assombrado. Algo silencioso, belo, inescrutável tinha sem dúvida feito aquilo tudo, e ele estava bem no meio disso, entre as crianças da terra. E estava contente.

Ficou parado na calçada, olhou para a chuva e se perguntou: por que esta chuva está caindo sobre nossas casas e nossas cabeças neste mundo, o que é esta chuva?

[3]

Ele perambulou pela Times Square. Parou na calçada sob a garoa fina que caía dos céus escuros. Olhou ao redor para as pessoas que passavam – as mesmas pessoas que tinha visto tantas vezes em outras cidades americanas em ruas parecidas: soldados, marinheiros, os mendigos e andarilhos, os malandros de paletós extravagantes, os vagabundos, os rapazes que lavavam pratos nas cafeterias de costa a costa, os caroneiros, as prostitutas, os bêbados, os jovens negros solitários e abatidos, os chinezinhos piscantes, os porto-riquenhos morenos, e as variedades de jovens americanos de calças jeans e jaquetas de couro que eram marinheiros e mecânicos e frentistas em toda parte.

Era igual à Scollay Square em Boston, ou o centro histórico de Chicago, ou a Canal Street em Nova Orleans, ou a Curtis Street em Denver, ou a West Twelfth em Kansas City, ou a Market Street em São Francisco, ou a South Main Street em Los Angeles.

As mesmas garotas que caminhavam em pares rítmicos, a puta eventual de sandálias altas roxas e capa de chuva vermelha cuja passagem por aquelas calçadas sempre era tão sensacional, a visão repentina e extravagante de um homossexual passando afetado com gritinhos efeminados de cumprimento para todo mundo, qualquer um: "Eu estou tão cansada e vocês todos sabem disso, suas coisinhas loucas!", e desaparecendo com um trejeito dos quadris.

E então os homens quietos com suas marmitas, correndo para o trabalho através de cenários resplandecentes, sem ver nada, sem parar para nada, correndo para seus ônibus e bondes, e desaparecendo. O cavalheiro de idade ocasional, exibindo uma expressão de medo e indignação por ter de se submeter à proximidade de tal "escória". Os policiais passando com seus cassetetes noturnos, parando para conversar com jornaleiros e motoristas de táxi. Os lavadores de pratos que se apoiavam nas portas fumarentas de cozinhas, todos musculosos e tatuados. Os vigaristas e ladrões e criminosos assassinos ocasionais que passavam em grupos silenciosos, arrogantes e mascando chicletes.

Era isso que Peter tinha visto em toda parte naqueles anos de guerra, mas em lugar nenhum era tão denso e fabuloso quanto na Times Square. Todos os malandros e personagens, todos os latinos e negros, exalando Harlem, bêbados de rua e marginais, amontoados juntos, correndo de um lado para outro, à procura de algo, à espera de algo, circulando para sempre.

Pelo meio de tudo isso passavam visitantes ocasionais de fora da cidade em famílias boquiabertas alegres, o pai e a mãe sorrindo de expectativa porque "é a Times Square", e a filha jovem agarrada ao braço do irmão ou do noivo com uma alegre excitação, e o próprio rapaz olhando ao redor desafiador porque queimava ao pensar nas palavras "caipira" ou "quadradão" que deviam estar nas cabeças de mil criminosos.

Peter conhecia todas essas coisas. Nessa época estava em bons termos com muitos dos jovens vagabundos que assombravam a Times Square dia e noite. Alguns deles conhecera em outras cidades a milhares de quilômetros de distância, mas tinha a certeza de sempre esbarrar com eles outra vez na Times Square em Nova York, a soma e coroamento de todas as praças com seus letreiros e de todas as ruas de cabarés nos Estados Unidos. Era aquele lugar para o qual todos os "personagens" acabavam migrando através da terra em um momento ou outro de suas vidas dispersas de lobo solitário. Na Times Square podia encontrar um marinheiro norueguês com o qual bebera nos becos de Picadilly, ou um cozinheiro filipino que pegara dez dólares emprestados com ele no Mar Ártico, ou um jovem jogador de bilhar valentão com quem jogara em algum salão em São Francisco. Na Times Square, de repente avistava um rosto familiar que vira em algum lugar do mundo com certeza absoluta. Era sempre uma maravilha ver tal rosto, e assombroso esperar vê-lo outra vez anos mais tarde em algum outro mercado noturno do mundo.

Para Peter o rumo de sua vida agora parecia cruzar e tornar a cruzar Nova York como se fosse algum pátio ferroviário de sua alma. Sabia que tudo na Terra estava representado entre as fronteiras elevadas de Nova York. Isso empolgava sua alma: mas ao mesmo tempo tinha começado a mortificar seu coração.

Podia ficar parado na Times Square e observar um milionário da Park Avenue passar de limusine no mesmo instante em que algum moleque pobre de Hell's Kitchen corria para sair de seu caminho. O grupo alegre de jovens farristas da alta sociedade que se empilhava em um táxi, e algum joão-ninguém amargo e violento, temperado pela escola pública número 16, parado junto a uma barraquinha de cachorro-quente observando-os, antes de entrar em uma sessão de cinema 24h para vê-los na tela. O trio de empresários influentes, recém-saídos do jantar da convenção, caminhando absorto em uma conversa elevada, e o rapaz negro maltrapilho da 133rd Street desviando-se humildemente de seu caminho. O membro do partido comunista pensativo ao lado do nazifascista secreto de Yorkville. O intelectual do Greenwich Village olhando com desprezo para o maquinista do Brooklyn lendo o *Daily News*. O jogador sardônico da Broadway olhando para o velho fazendeiro com pacotes embrulhados em jornal que esbarra boquiaberto em todo mundo. O homem de terno que saía de uma sessão vespertina, tentando freneticamente chamar um táxi enquanto as multidões saíam aos borbotões do segundo filme do programa duplo. O cavalheiro embriagado de terno elegante dirigindo-se ao bar do Ritz, e o cavalheiro embriagado cambaleando e sentando-se na sarjeta para cuspir e gemer e ser içado pelos guardas. O jovem escritor boêmio que não conseguia pagar seu aluguel, sempre discutindo sobre sua arte, e o malandro de paletó vistoso, todo alinhado girando seu chaveiro e olhando para as garotas na esquina. O jovem padre robusto de faces rosadas de Fordham, com alguns de seus jogadores do time de basquete em uma noite de "diversão boa e sadia", e o viciado em morfina cadavérico passando aos tropeços cheio de tremores indigentes em busca de uma dose. O pedinte forte e valentão com bafo de cerveja arrancando uma moeda do pregador metodista embaraçado à espera de sua bagagem em frente ao Dixie Hotel. O velho babilônio cabeludo caminhando lascivamente na direção de uma noite de prazer nos Banhos Turcos, e a vendedora da lojinha bem arrumada, correndo para casa do trabalho para cuidar de seu pai idoso. A loura curvilínea candidata a estrela, de óculos escuros e casaco de *mink*, em um Cadillac com seu "produtor" calvo e as duas garotas de Vassar de Westchester com romances best-sellers. Depois as moças negras tristes que varriam o chão de casacos velhos e meias de algodão, se arrastando. O garoto triste, soldado John Smith, E.U.A., usando condecorações de campanha, solitário e assombrado, e o capitão-tenente, Terceiro Distrito Naval, Marinha, "E" de excelência em compras, olhando impacientemente para seu relógio, então acenando para sua loura (ele a conheceu no mês passado no bar do Waldorf) quando ela chega em um táxi, chamando, "Estou aqui, querido!". O recruta Smith observava tudo isso da calçada diante do bar e restaurante White Rose.

Peter também observava: conhecia todas essas coisas e elas estavam impressas em seu coração, elas o horrorizavam. Essas eram apenas algumas das vidas do mundo, mas todas as vidas do mundo vinham de uma única alma humana, e sua alma era igual às almas deles. Ele nunca poderia desviar o olhar com aversão e julgamento. Podia afastar o olhar de raiva, mas sempre voltaria e olharia outra vez.

Enquanto Peter estava ali parado, reconheceu três rapazes que caminhavam pela rua. Eram um trio estranho: um era marginal, outro, viciado, e o terceiro, poeta.

O marginal – Jack – era um jovem elegante e polido da 10th Avenue, que dizia ter nascido "em uma barcaça no East River" dezoito anos atrás. Estava bem-vestido, aparentemente composto em seu porte, e quieto, quase digno, à sua maneira; só que ele não conseguia se concentrar, estava sempre olhando ao redor como se antecipasse algo. Seus olhos eram duros e vazios, quase velhos em sua calma sem sentido e inflexível. Falava com uma voz aguda nervosa e rápida, e ficava olhando para o lado com crueldade, girando seu chaveiro.

O viciado, cujo único nome conhecido era Junkey, era um moreno baixo e de aparência árabe com rosto oval e grandes olhos azuis que estavam sempre semicerrados e cansados, com as pálpebras grandes como as de uma máscara. Ele se movia com o deslizar silencioso de um árabe, sua expressão sempre exausta, indiferente, e, ainda assim, de algum modo, surpreendente, consciente de tudo. Tinha a aparência de um homem que é sinceramente miserável no mundo.

O poeta – Leon Levinsky – tinha sido colega de turma de Peter na faculdade e agora era um marinheiro mercante ou algo assim, que viajava ao longo da costa em navios carvoeiros até Norfolk ou Nova Orleans. Estava vestindo uma capa de chuva amarrada na cintura, um cachecol estampado colorido e óculos de armação escura, e tinha o ar de um intelectual. Levava dois volumes finos embaixo do braço, obras de Rimbaud e W.H. Auden, e fumava seu cigarro metido em uma piteira vermelha.

Eles vinham juntos pela calçada, o marginal Jack andando lentamente com ar superior, Junkey caminhando com passos surdos como um árabe na casbá, e Leon Levinsky, lábios franzidos, pensativo, absorto em pensamentos, caminhando reluzente ao lado deles com seus pés de Charley Chaplin projetando-se para fora, fumando distraído seu cigarro com piteira. Eles passeavam nas luzes.

Peter se aproximou e os cumprimentou.

"Então finalmente você voltou!", exclamou Levinsky, sorrindo avidamente. "Tenho pensado em você recentemente por vários motivos – na verdade, acho que é porque eu tenho muita coisa para contar a você!"

"Por que não sentamos?", propôs Junkey enfadado. "Vamos sentar à janela da cafeteria ali e podemos conversar e ficar de olho na rua."

Entraram na cafeteria, pediram café e sentaram perto das janelas, onde Junkey pôde retomar sua vigília abatida da 42nd Street – uma vigília que durava dezoito horas por dia, e às vezes, quando ele não tinha lugar para dormir, 24 horas direto. Era o mesmo com Jack – a mesma vigília ansiosa da rua, durante a qual os observadores da rua nunca conseguiam desviar os olhos sem uma sensação lancinante de perda, uma angústia amargurada por terem "deixado passar" algo. Junkey sempre se sentava de frente para a rua e quando falava, às vezes com seriedade intensa, seus olhos ainda assim continuavam a ir de um lado para outro, esquadrinhando toda a rua sob as pálpebras caídas. Apesar de Peter e Leon Levinsky terem se sentado de costas para a rua, não conseguiam evitar virar de vez em quando só para ver.

Leon Levinsky tinha cerca de dezenove anos de idade. Era um dos jovens mais estranhos e mais curiosamente exaltados que Peter jamais conhecera. De certa forma, não era diferente de Alexander Panos, e Peter fora atraído por ele por esse motivo. Levinsky era um garoto impetuoso, intenso e muito inteligente de ascendência judeu-russa que circulava por Nova York em uma ansiedade perpétua de atividade emocional, para cima e para baixo nas ruas, de amigo para amigo, quarto para quarto, apartamento para apartamento. Ele "conhecia todo mundo" e "conhecia tudo", estava sempre trazendo novidades e recados dos "outros", cheios de catástrofe. Ele se enchia e transbordava dia e noite de mil pensamentos e conversas diferentes e pequenos horrores, prazeres, perplexidades, divindades, descobertas, êxtases, medos. Olhava fixamente com olhos ardentes para o mundo e era cheio de reflexões, de retorcer de lábios, de meditações de metrô – que jorravam em torrentes de conversas complexas sempre que encontrava alguém. Conhecia praticamente todo mundo que Peter conhecia, e uns mil outros que Peter não conhecia. Como o jovem Panos, Leon Levinsky também costumava aparecer de repente, taciturno e sorumbático, ou simplesmente desaparecia da "cena" por meses, e Peter também gostava disso. Morava sozinho em alguma pensão em Downtown. Antes disso tinha morado com a família no Lower East Side, onde lera mil livros tarde da noite e sonhara tornar-se um grande líder trabalhista um dia. Aquilo agora estava totalmente acabado, aquilo era seu "passado de judeuzinho pobre", como ele dizia.

"Mas só uma coisa, Pete", disse Levinsky então, segurando o queixo criteriosamente e olhando fixamente para Peter com olhos cintilantes. "Eu queria conversar com você sobre aquele seu amigo Alexander, o poeta no Exército que envia a você suas lamúrias de consciência social sobre a irmandade dos homens. Queria pedir a você que não me classificasse junto com aquilo – o tolo sentimental, você poderia dizer. Não se ofenda. Na verdade eu entendo e até aprecio sua reverência por ele – que é tão fraco para uma pessoa como você, na verdade. Acima de tudo estou honrado que você me considere um Alexander. Mas agora há coisas tão mais importantes, pelo menos mais complexas e interessantes e iluminadas sabe, verdade, coisas acontecendo agora mesmo, mais penetrantes e mais inteligentes de algum modo que seu Alexander, seu Rupert Brooke de cidade pequena, seu poeta de alegria e beleza do interior..."

Mas Peter era cerca de três anos mais velho que Levinsky, e portanto escutou aquilo tudo com uma indulgência sorridente. O jovem marginal Jack nunca tinha a menor idéia do que Levinsky falava, só ficava sentado olhando ao redor. Junkey, com os olhos sarcasticamente semicerrados, a boca caída nos cantos como uma máscara de indiferença e miséria enfastiadas, ouvia tudo com uma atenção e conhecimento dedicados. Era sábio por seus próprios méritos.

Desde que Peter conhecera Levinsky, era uma questão de ouvir suas repreensões gentis torrenciais sobre sua própria ignorância e cegueira para as coisas. Levinsky estava sempre incitando-o a "ser psicanalisado" ou a "descer" das "alturas de sua natureza" e por aí – uma tentativa contínua de convertê-lo ao ponto de vista dele, Levinsky, por razões que Peter nunca conseguiu entender.

"Admito que há certa dignidade em sua alma", disse Levinsky, sacudindo o joelho, "mas não é uma tristeza de compreensão, na verdade é um fracasso neurótico em se ver com clareza. Mais uma coisa, Pete, eu queria perguntar quando posso encontrar sua família, gostaria de ver seu pai outra vez e alguns de seus irmãos... especialmente Francis.

"E agora", continuou no mesmo fôlego, enfiando um cigarro novo na piteira, "preciso contar tudo a você". Acendeu o cigarro com avidez. "Muitas coisas têm acontecido desde que você partiu. Vejo bastante Judie – sua Judie – e às vezes ela é encantadora comigo, apesar de não ser na maior parte do tempo. Tive longas conversas com Kenneth Wood – é, eu agora o conheço, eu o conheci através de Dennison: e claro que tenho muito para contar a você sobre Dennison, mas primeiros vamos conversar sobre Kenneth Wood. Em primeiro lugar eu queria lhe fazer algumas perguntas sobre ele: você o conheceu na marinha mercante, não foi? Eu queria saber que tipo de família ele tem."

Depois de meses no mar Peter estava satisfeito demais apenas em dar o combustível necessário para o papo de Levinsky. "Estive na casa de Kenny só uma vez e conheci seu pai e sua bisavó. A velha tem quase cem anos e ainda se lembra da velha Abilene..."

"O que é isso?", perguntou Levinsky, impaciente e curioso.

"Foi onde fizeram sua fortuna há muito tempo. Uma velha cidade de criação de gado no Kansas... era muito selvagem naqueles dias."

"Ah, deixe essa besteira para lá. Quero saber sobre eles – quero algo inteligente..."

"Estou dizendo a você! O pai dele é uma espécie de homem sofisticado e elegante que tem algum negócio em Wall Street. A mãe dele é divorciada e casada pela segunda vez com um conde australiano. Que tal isso?"

"Humm", meditou Levinsky. "Então ainda têm dinheiro. Onde eles moram, que tipo de lugar é?"

"Um prédio no East River, chique pra diabo."

"Como é o pai dele? O que ele pensa?"

"Como eu vou saber!"

"A avó, a avó!", exclamou Levinsky. "Qual *seu* valor, qual sua visão, quero *informações*!"

"Cara, como você está chato!", falou Junkey de repente com um olhar sério para Levinsky. "Dê a ele uma chance de curtir, o cara estava no mar, está tentando relaxar e se divertir, desde que a gente sentou aqui você está dizendo a ele o que ele tem de errado" – e com isso Junkey retornou seu olhar agoniado para a janela.

"Isso é verdade", admitiu Levinsky, profundamente absorto, "mas de alguma forma não tem a ver com a questão". E de repente riu outra vez, mas em um momento fixou Peter com seus olhos pequenos reluzentes. "Acho que você nunca ouviu falar em Waldo Meister?"

"Um pouco... não muito."

"Waldo Meister é um diletante. Parece que é amigo da família de Kenneth, um amigo de seu pai de algum antigo assunto de negócio. Eles são *todos ricos*, não vê!"

"Quem?"

"Kenny e a família dele, Waldo Meister e, é claro, Dennison – todas essas figuras malignas de famílias decadentes."

"O que há de maligno neles?"

"Vou dizer a você, mas primeiro: – parece que Waldo é uma pessoa rara e curiosa. Ele só tem um braço. É feio, bem horrível, mas de certa forma comovente. É isso, comovente para todo mundo, menos para Kenny Wood, que de certa forma ainda é mais maligno que Waldo."

"Você está delirando!", exclamou Peter, fechando a cara. "Eu fiquei embarcado com Kenny Wood, ele é apenas um garoto irresponsável simples e despreocupado. O que você está tentando dizer?"

"Não me venha com esse papo de simples. Nada é simples, tudo é complexo e mau e insolente também... e isso vale para seu Kenny Wood. E não vamos começar a discutir sobre americanos simples, normais e despreocupados. Deixe-me falar. Waldo é um homem execrável, saído direto de algum romance de *fin-de-siècle*, o Dorian Gray decadente, um monstro, e finalmente, um mago das trevas. – Por acaso estou usando esses símbolos em um poema – um mago maligno cercado pelo declínio do Ocidente por todos os lados... desprezado como Filocteto, evitado, ainda assim hipnótico e atraente... um doutor do horror, um tocador de realejo dos anjos cercado pelos pombos vulgares do Ocidente."

"Que história é essa?"

"Estou apenas me divertindo. Para continuar: saído da loucura pura de sua posição, esse surpreendente Waldo Meister dedica-se a impingir uma loucura ainda maior sobre o mundo. Havendo apenas uma pessoa no mundo que o repreende abertamente por sua incapacidade física, que o despreza abertamente, zomba e escarnece dele – o seu menino simples Kenny Wood –, Waldo resolve recusar a companhia de qualquer outra pessoa além do próprio Kenny. Uma situação realmente sórdida, mas ainda assim angelical. Anjos estranhos."

"Kenny não zombaria de um aleijado. Quem é esse homem?"

"Eu estava chegando lá. Antes de Waldo perder o braço em um acidente automobilístico, era amigo íntimo de Dennison, foram para a mesma escola particular juntos, depois para Princeton, eles conheciam Kenny através do pai dele, que era jovial e enérgico e estava em toda parte, e quando Kenny começou a beber como um rapaz, ele saía em bebedeiras com eles. Estava dirigindo o carro bêbado uma noite, tinha só uns quatorze anos de idade, e bateu em algum lugar em Long Island, e uma das garotas no grupo quase morreu devido aos ferimentos."

"Nunca soube desse acidente. Sabia que Kenny era um cara doido, mas nunca soube desse sujeito Waldo", disse Peter de modo vago.

"Você não vê que situação incrível é essa? – Kenny é responsável pelo defeito físico de Waldo, e zomba dele por isso, e Waldo aceita essa zombaria quase com gratidão. É a situação mais maligna e simbólica e decadente! Incrível! Mas tenho um milhão de outras coisas para contar a você, tudo se encaixa no quadro, uma grande tela de desintegração e horror absoluto. Bem do outro lado da rua aqui tem um fliperama – está vendo?", apontou ansioso. "Chama-se Nickel-O, está vendo o letreiro grande? – e lá você tem, por volta das quatro da manhã, as cenas finais da decadência desintegradora: velhos bêbados, putas, bichas, todos os tipos de personagens, marginais, viciados, todos os refugos da sociedade burguesa se reúnem ali, sem nada para fazer, na verdade, mas apenas ficam ali abrigados da escuridão por assim dizer.

"Está vendo como as luzes são brilhantes? – eles têm esses néons azulados horríveis que iluminam cada poro da sua pele, finalmente toda a sua alma, e quando você entra lá, em meio a todos os filhos do triste paraíso americano, pode apenas olhar para eles, em uma depressão de benzedrina, não percebe, ou com aquele olhar cego que vem do excesso de horror. Todos os rostos são azuis e esverdeados e com palidez doentia. No fim, todos parecem zumbis, você percebe que todos estão mortos, trancados nas psicoses tristes de si mesmos. Isso dura a noite inteira, todos movendo-se sem rumo, vagando em meio às ruínas da civilização burguesa, buscando um ao outro, você não vê, mas tão embrutecidos de algum modo por sua criação, ou pela doença da idade, que podem apenas cambalear por aí e encarar uns aos outros com indignação."

"A descrição mais maluca que eu já ouvi daquele fliperama", observou Junkey com aprovação.

"Mas não é só isso!", exclamou Levinsky, quase pulando para cima e para baixo. "Sob as luzes azuladas você é capaz de ver todos os defeitos da pele, todos parecem estar se desmontando." Aqui ele deu um risinho. "Verdade! Você vê defeitos monstruosos, ou grandes pêlos projetando-se de sinais de pele ou cicatrizes descascando – eles tomam um tom esverdeado sob as luzes e parecem realmente assustadores. Todo mundo parece muito uma aberração!"

"Aberração?"

"Os bêbados ou viciados ou sejam lá quem forem que comem as cabeças de galinhas vivas nos parques de diversão... nunca ouviu falar de aberrações? Ah, a questão toda está aqui!", exclamou com alegria. "Todos neste mundo estão se sentindo como uma aberração... você não vê? Não sente o que está acontecendo ao seu redor? Toda a neurose e a moralidade restritiva e as repressões escatológicas e a agressividade suprimida finalmente assumiram uma vantajosa posição de controle da humanidade – todo mundo está virando uma aberração! Todo mundo se sente como um zumbi, e em algum lugar nos confins da noite, o grande mágico, a grande figura de Drácula da desintegração e loucura modernas, o gênio sábio por trás de tudo, o Diabo se quiser, está controlando tudo com seus cordéis de promessas e feitiços."

"Não sei", disse Peter. "Não acho que me sinta como uma aberração. Acho que não vou entrar nessa."

"Ah, vamos, vamos! Então por que você teve de mencionar isso, por que teve de negá-lo?", sorriu com malícia Levinsky. "Agora, sério, eu conheço você, sei que você tem sentimentos de culpa terríveis, está escrito na sua cara, e você fica confuso com isso, não sabe o que é. Pelo menos admita. Na verdade, uma vez você mesmo me contou isso."

"Admitir o quê?"

"Que se sente culpado por alguma coisa, que se sente impuro, quase doente, tem pesadelos, tem visões ocasionais de horror, sentimentos de aberração espiritual... não vê, todo mundo se sente assim agora."

"Tenho um sentimento assim", balbuciou Peter, quase corando, "quer dizer... de ser culpado, mas não sei, é a guerra e tudo. E, bem, que diabo! – as coisas não são mais como eram antes da guerra." Por um momento ele quase teve medo de que houvesse alguma verdade na idéia insana de Levinsky, certamente nunca se sentira tão inútil e tolo e pesaroso antes na vida.

"É mais que isso!", insistiu Levinsky com um sorriso sarcástico longo e indulgente. "Você mesmo acabou de admitir. Eu tenho feito um pouco de pesquisa por minha conta, descobri que todo mundo tem isso. Alguns odeiam admitir, mas finalmente revelam que têm. He-he! E é surpreendente quem descobriu essa doença..."

"Que doença?"

Ao ouvir isso, Levinsky e Junkey trocaram sorrisos secretos e se voltaram para o desnorteado Peter. "É a grande ruína molecular. Claro que esse é apenas o nome estapafúrdio que dou para isso no momento. Na verdade é uma doença atômica, sabe. Mas vou ter de explicar a você para que, pelo menos, você saiba. É a morte finalmente reclamando a vida, por fim o escorbuto da alma, uma espécie de câncer universal. Isso é um verdadeiro horror medieval, como a praga, só que dessa vez vai arruinar tudo, não vê?"

"Não, não vejo."

"Vai acabar vendo. Todo mundo vai se desfazer, vai se desintegrar, todas as estruturas de caráter baseadas na tradição e na probidade e na chamada moralidade vão apodrecer lentamente, as pessoas terão colméias diretamente em seus corações, grandes caranguejos vão se agarrar a seus cérebros... seus pulmões vão se desfazer. Mas agora só temos os sintomas iniciais, a doença ainda não está realmente em progresso – só o vírus X."

"Você está falando sério?", riu Peter.

"Perfeitamente sério. Tenho certeza sobre a doença, a verdadeira doença física. Todos nós temos!"

"Quem são esse nós?"

"Todo mundo, Junkey e eu, e todos os malandros, mais que isso, todo mundo, você, Kenny, Waldo, Dennison. Escute! Você conhece as moléculas, sabe que elas são feitas segundo um número de átomos organizados de determinada maneira em volta de um próton ou alguma coisa assim. Bem, é essa 'determinada maneira' que está desmoronando. A molécula de repente vai se desfazer, deixando apenas átomos, átomos despedaçados de pessoas, nada... como tudo era no início do mundo. Não vê, é apenas o começo do fim do mundo criado no Gênesis. Sem dúvida é o começo do fim do mundo como conhecemos, e depois haverá um mundo não-genésico sem todo esse truque de pecado e o suor do seu rosto. He-he! É legal! Seja lá o que for, sou a favor! Pode ser um circo de horrores no início – mas algo estranho vai sair daí, estou convencido. Mas essas são as minhas idéias, e estou me desviando da idéia a que todos chegamos sobre a doença atômica." Ele refletiu com total seriedade.

"Escute, Leon, por que você não volta a ser um líder trabalhista radical?", riu Peter.

"Ah, tudo se encaixa. Mas, espere, eu não acabei. O fliperama se transformou em um grande símbolo entre todos nós, é o lugar onde a doença atômica foi percebida pela primeira vez e de onde ela vai se espalhar, lenta e insidiosamente, daquele lugar do outro lado da rua!", exclamou com alegria. "Você vai ver grandes magnatas da indústria de repente se desfazerem e enlouquecerem, vai ver pastores no púlpito explodirem de repente – vai sair fumaça de maconha da Bolsa de Valores. Professores universitários de repente vão pirar e vão começar a mostrar a bunda uns para os outros. Eu não estou explicando direito... mas isso não importa, você vai começar a ver por si, agora que voltou. E agora", prosseguiu sério, "eu queria contar a você sobre Dennison. Por acaso, ele quer ver você, soube que seu navio estava de volta, vá vê-lo amanhã. Dennison, preciso dizer a você, largou seus velhos hábitos de ir ao psicanalista e dedicar ociosamente seu tempo a aprender jiu-jitsu, essas coisas, e iniciou uma participação ativa na fantasmagoria da vida moderna."

"O que ele anda fazendo?"

"Ele se viciou em morfina. Foi morar em um apartamento novo, agora, lá na Henry Street, bem embaixo da Ponte Manhattan, um apartamento velho sem água quente com paredes descascando e se desintegrando. A irmã dele, Mary, está lá junto tomando conta do bebê. Junkey às vezes fica lá, também" – ele fez uma reverência graciosa para Junkey – "e o lugar todo é uma loucura dia e noite, infestado de gente que vive atrás de receitas de morfina de médicos desonestos. Mary toma benzedrina, tem um personagem maluco chamado Clint que sempre vai lá com maconha, e o lugar inteiro é um hospício. Você precisa ver – especialmente Dennison com seu bebê em uma mão e uma agulha hipodérmica na outra, uma visão maravilhosa."

"Você não acha mesmo que é maravilhoso. Por falar nisso, como a mulher de Dennison está lidando com isso?"

"Não... é mais que maravilhoso, na verdade, e além disso eu tenho falado com você quase maliciosamente o tempo todo, de certa forma insincero, claro. Ah, sua mulher deve estar morrendo agora... ainda está naquele sanatório na Califórnia ou em algum outro lugar. Precisamos ter uma longa conversa séria, sozinhos. Isso é outra coisa. Onde você vai agora, o que vai fazer esta noite?", perguntou ansioso Levinsky.

"Vou agora mesmo na casa de Judie."

"Mas a gente precisa conversar. Quando? quando? – e, lembre-se, quero ver sua família. Será que posso ir jantar lá uma hora dessas? Tem tanta coisa para resolver, tudo está acontecendo, tudo está mudando – e eu também quero que você leia alguns de meus novos poemas e quero que você vá lá no Nickel-O comigo uma noite dessas para que eu possa mostrar tudo a você do jeito certo."

"Bem, está certo", concordou o amigável Peter. Ele se levantou para sair, mas Levinsky pulou de pé, solícito.

"Você não vai embora agora, vai?", exclamou.

"É, vou encontrar minha garota, agora..."

"Ah! Eu sabia que uma coisa dessas ia acontecer, algo sobre paz e normalidade ou qualquer outro jeito que você chame isso..."

Peter olhou para ele solenemente.

"Ah, deixe para lá", riu com escárnio Levinsky. "Então vai se encontrar com Judie e esquecer tudo sobre a doença atômica nos braços dela. Na verdade, você não vê, sou totalmente a favor disso, ainda acredito no amor humano nos confins da noite. Mas posso ir no metrô com você?", perguntou.

"Tudo bem", disse Peter, que estava ficando cada vez mais aborrecido com essas manipulações ardilosas. Por outro lado, Levinsky era assim desde que Peter o conhecera, e ele de algum modo compreendia.

"Você se sente como uma aberração, não é?", sorriu Peter. "Mas você sabe que todas essas coisas sobre as quais está falando, as pessoas não as querem! Elas querem paz e sossego... mesmo que essas coisas não existam. Todo mundo está tentando ser decente, só isso."

Levinsky despertou com interesse. "Deixe que eles tentem!", disparou com uma imitação de esgar e um sorriso de aspecto maligno – um sorriso que aprendera com Dennison.

"Olhe só você imitando Dennison outra vez!", zombou Peter.

"Bobagem, meus dias de sentar aos pés de Dennison acabaram – a posição agora é quase a inversa, em certo sentido. Ele agora ouve minhas idéias com grande respeito, quando costumava ser exatamente o contrário. Pete", disse Levinsky ansioso, "espere só um minuto por mim enquanto dou um telefonema. Vou tomar o metrô com você por uma razão muito específica – quero provar a você que todos estão loucos no metrô. Todos estão radioativos e não sabem." E com isso ele saiu apressado e impaciente.

Naquele momento alguém passou pela calçada. Junkey saiu em um pulo e de repente desapareceu da cafeteria, quase que Peter não percebeu.

O jovem marginal Jack debruçou-se para frente e se aproximou confidencialmente de Peter. "O contato de Junkey acabou de passar lá fora, o cara de quem ele compra a droga. Eu não gosto desse troço, é caro demais, você fica completamente obcecado, depois passa mal o tempo todo quando não consegue arranjar mais." Havia quase um tom de conspiração nessas palavras, as primeiras que ele falara em toda a noite. Agora que estavam sozinhos à mesa, o jovem marginal tinha ficado bem volúvel. "Tentei uma vez, deu uma onda boa, mas depois passei mal e vomitei. Eu gosto de beber, ficar bêbado... você não?", perguntou ansiosamente, com o olhar vazio para Peter. "Olha, sabe de uma coisa? Tenho uma coisa no forno que se der certo eu nunca mais vou ter que me preocupar outra vez com dinheiro, vou me arrumar, cara. Um plano, sabe?"

"Hã, hã", disse Peter sem prestar muita atenção.

Jack deu um olhar significante para ele, fez uma pausa e olhou sobre o ombro dele. Então inclinou-se para frente, quase sussurrando. "Conheço um cara, sabe, e, bem, na semana passada eu descolei um porrete de metal, entende? Então eu – bem, você sabe como esses caras estão sempre falando, esse garoto, Levinsky, está tudo bem, sabe? – ficar sentado e conversar e não fazer nada o dia inteiro. Mas eu acredito em fazer alguma coisa, sabe? Ação! Eles falam o tempo todo, ele e Junkey. Mas conheci um cara num bar, esse é o plano de que estou falando a você, e esse cara diz que tem uma grana guardada em seu quarto lá no Bronx, grana e um monte de ternos e sapatos e tudo mais. O cara estava bêbado, e não é da cidade, é sozinho, ele trabalha em um estaleiro, essas coisas. Gente que trabalha em estaleiros sempre é "sozinha", acrescentou de modo vago. "Eu já trabalhei em estaleiros, mas não gosto de trabalhar, sabe?... Não gosto de ter gente o tempo todo me dizendo o que fazer. Eu disse para ele, para esse cara que trabalha num estaleiro, que podia descolar umas garotas pra ele, sabe?" Ele fez uma pausa cheia de significado.

"Você pode?" sorriu Peter – que nunca o havia visto com uma garota. Sempre estava parado na rua olhando triste para as garotas que passavam gingando sob as luzes.

"Bem, é claro, cara – conheço centenas delas", exclamou Jack, quase com ressentimento. "Garotas! Conheço um cara que leva jeito com elas, sabe? – o cara é um cafetão. Bem, sábado à noite vou lá na casa desse cara que trabalha num estaleiro, com uma garota que conheço, e vou dar uma surra nele e pegar todo o seu dinheiro e suas roupas. Não vou nem levar o porrete. Só vou bater nele um pouco com meus punhos" – e sacou os punhos de baixo da mesa e os mostrou para Peter. "É isso, cara, é assim que eu vou fazer, vou dar uns cacetes nele! pam! pam! Já resolvi tudo, um no plexo solar, um na ponta do queixo. Aí posso dar uma no pescoço também... isso bota qualquer um a nocaute, sabe?", sussurrou, e depois, confidencialmente: "Você já lutou com alguém? Já nocauteou alguém? Meu irmão é um grande lutador, sabe? Que tal ir comigo amanhã à noite?", concluiu com nervosismo, virando-se e olhando sobre o ombro para o interior da cafeteria.

Antes que Peter conseguisse pensar em qualquer tipo de resposta, Levinsky chegou de volta apressado. Deixaram Jack sentado sozinho, preocupado e refletindo ansiosamente, e saíram para pegar o metrô.

"Todo mundo está louco por aqui", comentou Peter emburrado, com uma sensação de solidão tola.

"Mas isso não é nem a metade! Espere só até ver minha experiência do metrô que prova de forma conclusiva que a doença atômica já progrediu muito!"

"Você não pode estar falando sério sobre isso tudo, Leon! Que diabos aconteceu com você?", gritou Peter desesperado.

Pela primeira vez naquela noite Levinsky ficou sério, ou pareceu ficar, franzindo os lábios ponderadamente, olhando sério para Peter e sacudindo a cabeça. "É, estou falando sério, mas só de certa forma, sabe..."

"Só de certa forma... bobagem!"

"Não, na verdade, sabe, em certo sentido é invenção de Mary, irmã de Dennison. Não há dúvida do fato de que Mary é maluca, mas isso só porque ela quer ser maluca. O que ela tem a dizer sobre o mundo, sobre todos se desfazerem, sobre todos arranhando agressivamente uns aos outros em um *grand finale* de nossa cultura gloriosa, sobre a loucura nos lugares elevados e a estupidez insana e desorganizada das pessoas que deixam que charlatães digam a elas o que fazer e o que pensar – tudo isso é verdade! Todos os publicitários que criam assombrações irreais para as pessoas fugirem delas, como se fosse um fedor. Ou, se você não tem tal e tal cor em suas roupas, então é um pária da sociedade. Escute! – todos os questionários que você precisa preencher nesse nosso sistema burocrático fazendo todos os tipos de perguntas imaginárias. Você não vê, cara? O mundo está enlouquecendo! Portanto, é bem possível que realmente exista uma doença começando por aí. Só se pode chegar a uma única conclusão real. Nas palavras de Mary, todo mundo tem a doença atômica, todo mundo está radioativo."

"É uma conclusão idiota", murmurou Peter. "Eu queria que você falasse sério."

"Essa é a coisa surpreendente!", exclamou Levinsky alegremente. "Todo o horror que Mary Dennison vê, e do qual participa por acaso – e há mais horror naquela garota e em sua visão do mundo se ferindo com garras do que o próprio Dennison jamais sonhou em seus maiores momentos heroicos –, a coisa surpreendente é que tudo isso, bem, poderia ser terrivelmente verdadeiro. Agora estou falando sério. Imagine que seja! imagine que seja! E então?"

"Isso é bobagem", murmurou Peter outra vez.

"Mas espere! Tem muito mais!"

Estavam na estação de metrô. Levinsky pegou um jornal velho de uma lata de lixo e começou a dobrá-lo e a rasgar partes dele com um ar sério, olhando dissimuladamente para Peter enquanto fazia isso tudo.

"O que isso lembra você?", perguntou.

"O quê?"

"Isso! – rasgar e dobrar esse jornal velho, você nunca viu pessoas loucas, como elas se comportam?"

"Já", riu Peter, de repente inexplicavelmente divertido com a performance, "isso é bem legal."

Quando um trem chegou, eles embarcaram, e Levinsky estacionou Peter na porta para manter um olho atento em todas as pessoas no vagão. "Lembre-se", instruiu satisfeito, "você observa de perto qualquer pessoa que eu pegar com minha... performance do jornal mágico. Com você e eu encarando a vítima, ela vai começar a sentir vibrações de perseguição paranóica. Você vai ver como todo mundo ficou essencialmente louco – está todo mundo maluco." Ele sacudiu os braços com um ar de arrebatamento. "Agora observe."

Levinsky sentou-se, com olhos arregalados e fantástico em sua capa de chuva militar e cachecol florido, e o trem seguiu pelo ramal expresso até a 72nd Street. Sentou-se em frente a um senhor de aparência distinta que levava com ele um menininho de quatro anos – um velho severo e melancólico olhando meditativamente para o nada, cheio de pensamentos grandiosos, e uma criancinha cheia de alegria que olhava para todos ao redor com curiosidade. Eles estavam ali sentados de mãos dadas, enquanto o trem seguia balançando.

Levinsky abriu seu jornal e pareceu começar a lê-lo, mas de repente Peter percebeu horrorizado que havia um buraco no meio da página, através do qual o incrível Levinsky estudava com atenção o senhor do outro lado do corredor. No início ninguém notou nada. Mas aos poucos, é claro, os olhos do cavalheiro de idade se dirigiram para o jornal de Levinsky. Ali, com um choque terrível, em vez de manchetes viu um grande quadro vivo, os olhos arregalados e cintilantes de um louco queimando triunfantes nos dele através do buraco na página.

Peter viu o senhor corar. Ele mesmo teve de se virar, enrubescendo furiosamente com mortificação. Mas ao mesmo tempo sentiu uma sensação perversa e deliciosa de prazer. Tinha de olhar, e espiou da porta em uma convulsão de horror e alegria. O mais incrível e engraçado era que o próprio Levinsky continuava a encarar atentamente – através do buraco – o senhor com total solenidade e total seriedade, como se acreditasse no fundo do coração em todo o significado de seu experimento.

Para superar tudo, justo quando todo mundo do outro lado do corredor estava começando a perceber o número estupendo de Levinsky – e na verdade, justo quando começaram a remexer-se nervosamente, e a olhar ao redor furtivamente, às vezes dando uma olhada em Peter como se sentissem uma conspiração na questão (apesar de ele tentar parecer inocente e despreocupado), no momento em que estavam começando a olhar uns para os outros para confirmar o fato de que Levinsky era o louco, não eles – o próprio maluco com delicadeza, prazer e uma atenção gentil começou a rasgar tiras do jornal e a jogá-las no chão uma a uma com seus dedos gentis. Enquanto isso, sorria com ternura para a página, sem nunca desviar o olhar, mas ávido, intenso, satisfeito e preocupado com o que estava fazendo, sozinho nas alegrias da leitura atenta e agradável.

Foi a coisa mais louca que Peter já havia visto. Levinsky estava perfeito em sua performance, solene e sério. Por um momento apenas ergueu os olhos do que fazia para enfiar o indicador no ouvido e segurá-lo ali em pensamento profundo, como se seu cérebro pudesse escorrer para fora se ele não o segurasse lá dentro.

Foi ainda mais horrível perceber a pequena verdade triste em sua afirmação de que todos no metrô estavam de alguma forma loucos. Alguns que perceberam o que Levinsky estava fazendo olharam para outro lado nervosamente e preferiram imaginar que nada estava acontecendo; estavam perfeitamente insensíveis em sua recusa da situação, ficaram sentados como pedras e mergulharam em pensamentos. Outros ficaram irritados e olhavam de vez em quando para a performance; pareciam indignados e se recusavam a olhar mais, não seriam "pegos" como pensava Levinsky. E havia aqueles no vagão que simplesmente não perceberam; estavam voltando para casa do trabalho cansados demais para perceber qualquer coisa. Alguns liam o jornal, outros dormiam; alguns conversavam animadamente, outros apenas pensavam e nem olharam, e outros pensaram que era apenas um doido inofensivo e não deram atenção.

Havia um elemento com o qual Levinsky não contara – as pessoas no vagão que tinham curiosidade profunda e um interesse sem fim nas coisas e senso de humor. Todos esses elementos, incluindo o companheirinho do senhor de idade, um negro que voltava para casa do trabalho, um jovem estudante impetuoso e um homem bem vestido carregando uma caixa de bala, olharam com prazer para a palhaçada de Levinsky. O cavalheiro de idade, a vítima direta da performance, estava infelizmente envolvido demais nos aspectos pessoais da questão para conseguir se decidir se era engraçado, ou absurdo, ou horrível: havia um par de olhos loucos queimando sobre ele, que podia apenas olhar para outro lado profundamente embaraçado.

Enquanto isso, segurava a mão do menininho, quase assustado por causa dele agora, e certamente confuso, enquanto o garotinho olhava fixamente de boca aberta para Levinsky.

De repente o menino soltou uma risada louca e alta e pulou do banco e atravessou o corredor e enfiou a cara no buraco do jornal e começou a olhar de olhos saltados para Levinsky com enorme prazer, sabendo que era um jogo, pulando para cima e para baixo e batendo palmas e rindo de alegria, e gritando: "Faz mais, moço. Ei, faz mais!"

E com isso, o jovem estudante impetuoso, o negro e o homem com a caixa de balas todos riram a valer, e até Peter se dobrou de rir com abandono – e então a situação ficou demais. O próprio Levinsky ficou embaraçado, olhou timidamente ao redor do carro para todos os rostos, enrubesceu, olhou com olhos tristes para a confusão que criara ali, riu e olhou sem ação para Peter. Todo o experimento ficou desorganizado. Outros no vagão que estiveram assustados ou indignados um minuto antes também começaram a rir. Todo mundo estendia o pescoço, ria e olhava ao redor sentindo algo engraçado. Peter, como o rato que abandona o navio afundando, correu para o carro seguinte e se escondeu em um canto e tentou evitar explodir de tanto rir. Olhou de volta uma vez para ver Levinsky sentado no meio de toda aquela gente, pensativo e distraído.

Encontrou o triste e calado Leon Levinsky na plataforma quando eles chegaram à 72nd Street.

"Mas você não vê, Pete, tudo funcionou como eu disse a você", falou, tocando os lábios com os dedos, "menos com o garotinho. Mas na verdade", refletiu com seriedade, "de certa forma foi bonito, porque mostrou que as crianças não reconhecem a loucura. Quer dizer, entendem o que é louco e o que não é louco, eles simplesmente entendem. E finalmente – elas não tiveram tempo para se sobrecarregar com estruturas de caráter e armaduras da personalidade e sistemas de preconceito moral e Deus sabe o que mais. Portanto são livres para viver e rir, e livres para amar – como aqueles poucos homens restantes no vagão."

Peter olhou para ele surpreso.

Levinsky voltou para o lado da plataforma onde passavam os trens no sentido Downtown – enquanto Peter tinha de ir para Uptown para se encontrar com Judie. Quando o viu pela última vez, Levinsky estava ali parado em meio à multidão do metrô, olhando ao redor e refletindo sombriamente sobre o enigma de si mesmo e todas as outras pessoas, como sempre fazia.

[4]

Judie Smith tinha um apartamento na 101th Street, perto da Columbus Avenue e das vizinhanças hispânicas loucas, mas a pequena distância dos cortiços irlandeses e bares da Amsterdam, os mercados *kosher* resplandecentes, hotéis e cinemas da Upper Broadway, e os prédios altos elegantes de Central Park West. O próprio parque ficava perto, grande e lúgubre e ajardinado dentro dos muros da cidade que se erguiam por mais de dez quilômetros ao seu redor.

Ela morava seis andares acima em aposentos bem mobiliados, onde às vezes se escondia por dias, tricotando e com pensamentos sombrios e o terror de uma criança. Às vezes trabalhava como modelo, ou como vendedora de cigarros em uma boate, chegou até a ser estivadora nas docas, mas vivia principalmente da mesada da tia da Filadélfia, e "esperava" por alguma coisa. Estava agora furiosamente envolvida com Peter, estava "esperando" por ele.

Tinha começado a chover forte, e Peter estava pingando quando chegou à porta dela. Ele deu um sorriso satisfeito, tomou-a nos braços e encostou seu rosto no dela. Queria dizer tudo o que podia pensar em dizer, tudo em um instante, tudo sobre Galloway e o que tinha acontecido lá e tudo sobre a tristeza do ônibus e seus pensamentos e Levinsky. Mas ele apenas a beijou e virou-se tristemente. "Sério, Judie, minha viagem foi horrível, não sei por que eu fui. Você tinha razão, eu devia ter ficado aqui."

"Você acabou de chegar?" perguntou Judie, observando-o enquanto ele pensava. Finalmente ela passou os braços outra vez em torno dele e estremeceu junto ao seu corpo.

"Agora mesmo, há duas horas. Por quê?", sorriu.

"Ah, estava só querendo saber. Achei que talvez você tivesse ido ao Brooklyn ver seus pais outra vez." Ela disse isso com um retorcer de lábios, mas de repente começou a roer as unhas e pareceu confusa de novo. Amava Peter loucamente.

"Não, ainda não fui ver os velhos, está satisfeita? E agora, qual o problema? Por que está tão assustada esta noite?"

"Assustada?", perguntou ela surpresa.

"O que você fez, comprou outro tapete caro de pele com a grana que eu deixei?"

"Ah, não, nada disso!", exclamou ela com alegria, ainda assim assustando-se um pouco ao vê-lo. "Bem, na verdade – não, espere, tome seu banho primeiro e vou preparar um pouco de café e sanduíches para você, e quando estiver seco, limpo e alimentado, eu conto."

Peter bocejou e fingiu não se importar e entrou e tomou seu banho. Quando saiu, ela estava sentada rígida e com ar afetado na beira do sofá com expressão de alegria satisfeita. Tinha uma carta nos joelhos, e os sanduíches e o café em uma bandeja ao seu lado.

"Petey, é horrível. Enquanto você tomava banho, fiquei tentando descobrir o que dizer a você, tentei pensar em todas as coisas, uma a uma..."

"Vá em frente e me conte o que é, seja lá o que você comprou, não me importo!", riu.

"Não, não, não! Não é nada disso!", escarneceu ela de modo sombrio. "Eu esqueci tudo sobre *isso*. Agora é outra coisa", argumentou, "Petey, é sobre nós. Eu queria contar tudo a você! Percebe que eu sabia que você ia chegar esta noite só porque estava chovendo? Você sempre volta quando está chovendo... Eu sabia que você estava chegando, sério, sabia, por isso sentei e escrevi uma carta para você ler quando chegasse. É! E também resolvi tudo o que ia dizer a você – mas Petey, quando você entrou aqui de verdade, eu não soube o que fazer. Fiquei fria, tremia. Você notou que eu estava tremendo?", exclamou com ansiedade.

Peter sentou-se em uma cadeira bem em frente a ela e a olhou fixamente.

"Notei", sorriu ele.

"Mas não me olhe assim, você me deixa sem graça, Petey!"

"Não estou olhando para você assim", exclamou ele, irritado.

"Petey!", deixou escapar, "eu queria lhe dizer que amo você, mas de uma maneira bela e grandiosa como nos livros que você me fez ler. Nesta carta eu queria contar como me sinto lá no fundo quando penso em você, como machuca! Machuca!"

Peter virou-se na cadeira e olhou para o chão. "O mundo não é tão triste assim", falou por fim. "Todo mundo é doido por aqui e eu sou o mais doido", acrescentou com tristeza, e realmente se sentia assim.

"Ah, eu queria sentir a mesma coisa que a gente sentia quando era mais novo em nossas cidades", exclamou ela. "A gente costumava sair em passeios de carro loucos e para patinar no inverno. Tudo o que os garotos queriam fazer era ficar de agarramento, tudo era tão simples. Você era desse jeito, Petey – só que enterrou isso, não é? Quando conheci você naquela noite, quando estava com sua gravata-borboleta e aquele paletó esporte alinhado, eu me apaixonei. Aquela gravata-borboleta! – Você estava tão bonito e sensual e com ar de universitário. Mas nada nunca acontece!", exclamou ela com desdém. "Que lugar maluco é Nova York. Ninguém nunca faz nada, só o que fazem é falar, ninguém mais brinca. A gente costumava beber e ficar sentado arrotando, lá em casa, em grandes cervejadas. Você sabe que isso é verdade!", exclamou envergonhada quando Peter riu. "Tem alguma coisa verdadeira aí, não é tão bobo quanto parece. Você sabe, a turma da escola."

"Eu sei, eu sei."

"Odeio todos esses intelectuais por aqui. Por que você tem que andar com intelectuais?"

"Quem é um intelectual?"

"Todo mundo está sempre falando de Rimbaud ou algo assim. Kenny Wood e Jeanne e Dennison e todos eles. Eu quero me divertir, coisas boas para comer, andar por aí, cerveja! Você não vê isso, Petey? Você nunca fez coisas assim?"

"Claro que fiz."

"O que você fez com aquela gravata-borboleta? Nunca mais a usou desde aquele dia. Você agora só usa roupas sujas, velhas e disformes, calças cáqui, e aquela jaqueta preta velha. Mas gosto da jaqueta, ela é você. Mas a gravata-borboleta, por que você não volta a usar? Petey, vamos nos arrumar, nos vestir muito bem um dia desses e sair e comer lagosta em um restaurante de frutos do mar e sair para dançar ou algo assim, ou sair de carro com alguém e rir e cantar com todo mundo e nos embebedar." Ela pulava alegre em seu colo. "Você sabe o que costumávamos fazer? Costumávamos juntar um grupo grande e todo mundo que não pertencia ao grupo eram Jecas, era assim que nós os chamávamos. Costumávamos gritar 'Ei, Jeca!' ou 'Ei, Cherry!' Esse era nosso grito. Você não conheceu Bob Randall, ele era tão engraçado! Costumava chegar para mulheres mais velhas e dizer 'Boa tarde, dona Caipira, como está o sr. Caipira?' – todas essas coisas lá na Filadélfia."

"Bem, os garotos por aqui não são assim", disse Peter distraído. "Eles têm mais coisa na cabeça."

"Humpf! Eles sabem mesmo muito! Tudo o que sabem fazer é falar de livros. Não sabem como se divertir. Odeio todo mundo!", concluiu sombriamente e fez beicinho. Ele foi até uma penteadeira e tirou um novelo de lã de uma cesta de tricô.

"O que você está tricotando?"

"Deixe para lá! – você não merece."

"Meias?"

"Meias xadrez. Vou dá-las para Bob Randall em vez de dar para você. Petey, como você era em Galloway?", perguntou de repente, com desespero.

"Igual a Bob Randall."

"Então está bem, vou dá-las a você."

Ficaram em silêncio por vários minutos enquanto Judie tricotava com concentração ardente e um beicinho, e Peter encarava o vazio com tristeza. Nisso, começou a chover forte lá fora, a chuva vergastava a vidraça, e de repente ele se levantou e sentou aos pés de Judie e apoiou a cabeça em seu joelho. Ela parou de tricotar e começou a acariciar o cabelo dele.

"Não era isso o que eu queria, mas tudo bem", resmungou Peter. "O que você estava tentando me dizer quando eu cheguei – não precisa me contar, posso adivinhar, tinha a mesma coisa para dizer a você. Nós nos conhecemos muito bem. Ficamos muito excitados e nervosos quando nos vemos depois de muito tempo, mas essa é a beleza disso", observou de um jeito quase dissimulado.

"Entre nós?"

"É, mas no mundo inteiro, também. Todo mundo é assim."

"Pro inferno com o mundo. Por que não só nós?"

"Bem, há mais coisas no mundo que só nós dois..."

"Ah, pro inferno com isso!"

"É assim que são as mulheres para você…"

"Pro inferno com as mulheres. Não sou as mulheres, sou eu."

"Você é você, é você", sorriu Peter. "Vamos fingir que eu trabalho em uma fábrica", disse ele com um sorriso repentino de descoberta, pulando de pé e a agarrando pelo braço. "Você é a filha do patrão e eu a estou visitando em uma quarta-feira à noite e seu pai está dormindo no quarto ao lado, e estamos sentados no sofá abraçados, de agarramento, e sussurrando, esperando que seu velho comece a roncar. Então começamos."

"Você é maluco", disse ela, olhando nos olhos dele com suave seriedade.

Peter de repente ficou horrorizado. "Por quê?", perguntou. Tinha um sorriso no rosto que se tornou tolo e confuso. Ele percebeu que não fazia sentido. De repente ficou triste e mortificado, com vergonha e uma espécie de tristeza, e a sensação rutilante de que agora estava sempre mentindo, sempre tolo de algum modo.

"Porque... só porque – porque você não é um operário de fábrica e eu não sou a filha do patrão."

"Eu sei, somos nós", disse com um sentimento aflito. Ele sentou-se outra vez na cadeira, mas se levantou imediatamente e sentou-se no parapeito da janela. "Vou me decidir agora, vou me decidir – se é possível que eu me decida. E para o resto de minha vida vou me aferrar a essa decisão. Não me importa o que digam. Judie, eu também costumava ser assim, quero dizer, patinar e me divertir. Droga, eu era igual a todos os outros garotos. Algo aconteceu comigo!", gemeu. "Meu pai também sabe o que é!"

"Ah, ele", quase rosnou ela.

"Ele é um sujeito muito legal, um grande homem, e eu não soube até agora. Minha mãe também. Eles são gente de verdade, eu devia ser um filho de verdade. Por que é sempre devia? Que diabos está errado com todos nós que é sempre devia? E o que aconteceu?" Ele andou nervosamente de um lado para outro da sala.

"Petey, não... não chore."

"De que você está falando!", falou com rispidez.

"Bem, você fala como se estivesse chorando, Petey. Petey, vamos brincar de operário e filha do patrão. Na verdade, eu não estava falando sério."

"Não!", berrou furiosamente, abrindo a janela e olhando para a chuva lá fora.

"Mas não é legal falar assim e zombar de nós mesmos. É isso que aquele livro maldito que eu estava lendo faz o tempo todo, tudo mundo fala, fala."

"Nós não vamos falar", disse Peter se levantando. Ele veio por trás e passou os braços em torno dos ombros dela e a abraçou, encostando-se nela com a cabeça junto da sua. "Não vamos falar, vamos só ficar deitados parados por horas olhando um para o outro", sorriu em triunfo, e eles ficaram abraçados, balançando levemente e pensando juntos.

Ouviram um barulho estranho uma hora mais tarde. O apartamento era no último andar e parecia que havia alguém andando pelo telhado na chuva e se debruçando na beira para olhar para baixo. Lá embaixo na rua ouviram gritos e passos correndo. Então tudo ficou quieto outra vez.

Pete e Judie retomaram seus prazeres solenes e aconchegantes. O abajur da cama estava aceso, brilhando quente e rosa no quartinho, o rádio tocava, e havia uma salada de abacate e azeitonas e pontas de aspargos em um prato grande, do qual eles beliscavam distraídos, apreciando sem pressa, enquanto prosseguiam com sua leitura e seu tricô.

De repente, uma janela se abriu na sala da frente. Ouviram o respingo alto da chuva, a janela fechou-se outra vez, e fez-se um silêncio mortal.

"Ah, Petey! O que é isso?", sussurrou Judie em pânico. "Eles estavam perseguindo alguém. Ah, é um ladrão!", sussurrou agora quase contente. "É um ladrão! Diga alguma coisa, diga alguma coisa!"

"Quem está aí!", rosnou Peter em voz alta. Ele se levantou, calçou os sapatos e olhou para a escuridão da sala da frente. "Claro que não é um ladrão", disse ele, virando-se para Judie. "Mas tem alguém aí, estou vendo a sombra. Por Deus, não estou com medo" – ele continuou com voz alta – "e vou arrancar os miolos de alguém!"

Judie, ansiosa, olhava fixamente do batente da porta, completamente assustada.

De repente, uma vozinha, como a de um menino de quatro anos imitando sua irmãzinha, foi ouvida na escuridão: "Sou eu, sou eu, sou só eu".

Pete e Judie olharam um para o outro.

"Você está reconhecendo?", perguntou ele com assombro.

"Não, mas é..."

"É Kenneth Wood, Kenneth Wood", piou a vozinha estridente. "Kenneth Wood escalando a escada de incêndio e entrando pelo telhado. Ta-rá! ta-rá!"

"É você, Ken?", suspirou Peter.

"Bem, você nunca vai saber", exclamou a vozinha aguda, "podia ser um impostor se fazendo passar por Kenneth Wood e com uma faca! Ta-rá! ta-rá!"

Peter acendeu um fósforo, debruçou-se se para dentro da sala, olhou para o amigo, virou-se para o quarto e deitou-se outra vez com seu livro.

"Você simplesmente tem de terminar esse último parágrafo!", disse a vozinha do outro aposento. Ta-rá! o último parágrafo é o parágrafo falso!"

"Bem, entre, entre!", apelou Peter, sorrindo apesar de tudo. "Não vou ler o último parágrafo. O que você está aprontando? O que aconteceu?", perguntou.

Judie foi até o outro aposento e acendeu a luz e olhou ao redor. Kenneth Wood estava parado em um canto perto da janela. Estava todo molhado, as roupas pingando, o cabelo escorria em mechas pelo rosto, e havia sangue em seu nariz. Um lado de seu paletó de camurça estava negro de tinta, que pingava no chão.

"O que aconteceu com você?", rogou Judie assustada. "Tem sangue no seu rosto!"

Wood olhou ao seu redor furtiva e medrosamente, em uma imitação louca de medo, então de repente fez uma expressão solene exagerada, quase como a máscara de um palhaço triste. Tirou o casaco de camurça, andou mancando pela sala, jogou o casaco no chão, pegou uma toalha e começou a secar a cabeça, e finalmente sentou-se no chão e acendeu um cigarro com seriedade profunda e repentina. Era um jovem alto e magro de cerca de vinte anos, com um topete de cabelo negro, grandes mãos nervosas e poderosas, e olhos rápidos observadores que olhavam para cima um rosto confuso, sardônico e solenemente pasmo. E ele estava com péssimo aspecto em seus andrajos sujos de tinta.

Esperaram nervosamente que dissesse algo, mas ele só ficou encarando o chão com tristeza.

"Você se meteu em uma briga?", inquiriu por fim Peter.

"Foi!", disse outra vez com a vozinha de criança, mas de repente começou a falar em sua voz normal, rapidamente. "Toda vez que entro num bar alguém quer me pagar uma bebida e depois brigar. Jeanne estava lá, é claro, dando bola para um grupo do outro lado, e esse outro grupo estava me pagando bebidas e de repente me convidaram para ir lá fora para brigar."

"O que você disse para eles?"

"Nada... é desse jeito, sempre. Eu acertei alguém com muita força, e então eles me acertaram, uns três deles, e eu bati em mais alguém e comecei a correr como o diabo. Eu os despistei aqui embaixo, passei por cima da cerca no beco e subi pela escada de incêndio. Vocês escutaram os gritos deles lá embaixo?"

"Escutamos..."

"Aquele foi o coro, e o fim da peça... Eu imagino."

Nisso Peter se levantou e começou a caminhar pelo quartinho, nervoso. Apesar de ter pouco espaço para circular porque Kenneth estava sentado no chão e Judie estava em pé, ainda assim ele circulou entre eles, e andou por ali. "Droga!", não parava de resmungar.

"Qual o problema com você?", riu Judie.

"Bem, não se preocupe", disse Kenny, pulando de pé e de repente começando a fazer uma vistoria minuciosa dentro do guarda-roupa. "A propósito, Martin, você parece mais desanimado que nunca. Qual o problema agora? Você sabe o que é terrivelmente triste em relação ao passado? Ele não tem futuro. Todas as coisas que vieram depois o desacreditaram."

"Quem está falando nisso?", fechou a cara Peter. Ele pegou sua jaqueta de couro e a vestiu e sentou-se encolhido na cama, como se estivesse com muito frio. Olhou para Judie e Kenny como se nunca os houvesse visto antes. "Vou dizer o que eu acho", disse, "acho que é um mundo podre e horroroso quando três caras batem em um outro sozinho, assim..."

"Ah, queremos mais dessas observações esplêndidas de operário de Galloway!", sorriu Kenny com alegria, saindo de trás da porta do armário com um par de sapatos velhos e graxa. Ele sentou-se no chão e começou a engraxar os sapatos diligentemente. Judie sentou-se perto dele numa almofadinha e observou o que ele fazia com orgulho.

"Ah!", disse ela. "Kenny sempre encontra alguma coisa para fazer, ele é igual a mim."

"E eu sou só um idiota, eu sei", disse Peter. "Mas, droga, eu me preocupo sim quando coisas como essa acontecem, não é que eu me preocupe tanto quanto fico com raiva. Não consigo entender por que os caras estão sempre começando brigas, e com você, quase sempre que entra num bar. Como naquela vez quando a gente voltou da Groenlândia – lembra daquela briga em Boston?"

"Ah, aquela foi uma briga esplêndida", sorriu Kenny, esfregando com energia os sapatos. "Soldados poloneses, ou acho que eram aviadores, começaram uma briga com dois marinheiros venezuelanos, e bem lá no meio estavam o pequeno Kenny e o pequeno Petey. E aquele marinheiro turco, lembra daquele tremendo marinheiro turco que parecia coberto de óleo e carvão do alto do seu pequeno fez vermelho até a ponta de seus dedinhos enrugados dos pés?"

"Hein?"

"Lembra como ele apartou a confusão e começou a fazer um discurso sobre os compañeros e viajeros do mundo, um comunista turco fazendo um discurso em espanhol. Ah, que pot-pourri esplêndido foi aquele!"

"Mas não foi engraçado!", exclamou Peter, e olhou para Ken com espanto e curiosidade, quase com raiva.

"Ken olhou para ele. "Você é o mais desolado de todos os pedaços de comida de tubarão criados por Deus!"

"Hein?"

"Comida de tubarão! comida de tubarão! Vamos lá, agora, queremos a fofoca divina, os pequenos fatos, um a um, sobre seu estado deprimido esta noite. Vamos chegar ao fundo disso, rápido! – ou você vai ficar sem seu espinafre!" Judie se abraçou com prazer, devorando-o com olhos brilhantes, inclinando-se com alegria em direção à sua almofadinha. Ela estava louca por Kenny.

"Vocês são dois doidos", murmurou Peter, sem, entretanto, estar incomodado.

"Martin, vá lá embaixo e compre uma garrafa, aqui está a minha parte. Você está num daqueles seus estados de ânimo de 3rd Avenue, e Judie e eu vamos escutar com atenção tudo o que você tem a dizer." Mas quando disse isso, Kenneth, com a expressão séria e um pouco atônita que sempre tinha, olhou com tristeza para Peter.

"Por que você não pede a Judie que trate a sua cara?", disse Peter. "E eu vou trazer uma garrafa."

"Isso! isso!"

Peter desceu até a rua na chuva escura e nebulosa e foi até uma loja de bebidas, comprou uma garrafa de uísque e perambulou pelas ruas por um tempo, mergulhado em pensamentos. Não estava mais chovendo, algumas estrelas já surgiam em uma parte do céu acima da Quinta Avenida do outro lado do Central Park.

Ele caminhou ao longo do parque. Em Galloway não havia Central Park, nem quilômetros de sinais de trânsito reluzindo no asfalto, não havia táxis amarelos passando velozes com segredos e o mistério escuro e voluptuoso de Nova York à noite. Começou a pensar com prazer especial em uma revista que lia quando criança, a Revista do Sombra. Na Revista do Sombra, ele lembrou agora, sempre chovia em meio à névoa em Nova York, era sempre noite, e o Sombra, disfarçado elegantemente como Lamont Cranston, o homem sofisticado, esteta milionário e criminologista amador, sempre estava correndo por Nova York em um táxi amarelo indo apressado para algum lugar, com astúcia e destreza, para enfrentar as "forças do crime". Na Revista do Sombra, Lamont Cranston sempre descia do táxi como o próprio Sombra, deixando misteriosamente o dinheiro da corrida em cima do taxímetro e desaparecendo em um mistério de capas. O taxista sempre ficava surpreso e sempre esfregava o queixo surpreso e curioso. Peter costumava ler essas histórias e depois saía pelas ruas de Galloway, e amaldiçoava sua vida porque ela não era em Nova York e não havia táxis amarelos nem os mistérios chuvosos de coberturas à noite. Ele tinha quatorze anos de idade, ainda lendo sobre o Sombra, quando até o pequeno Mickey já começava a folhear aquelas páginas. Ele se lembrou das discussões longas e apaixonadas que tinham sobre o Sombra, ele e Mickey, quatorze anos e sete anos de idade, na casa velha muito tempo atrás.

O que ele teria pensado, aos 14, se pudesse ter antevisto esta noite? "Eu não teria acreditado!", resmungou em voz alta. "Vestido com calças cáqui sujas e uma jaqueta de couro velha e perambulando com uma garrafa de uísque pela Central Park West." Olhou ao seu redor com raiva. Lembrou-se que Judie e Kenny estavam à sua espera, lembrou-se de repente deles. Será que poderia tê-los previsto? Será que havia um elemento de aventura sombria e chuvosa em morar com uma garota infantil e alegre ou em ter um amigo que chegava pelo telhado e o chamava de "deprimido"?

Ele se perguntou naquele momento por que tinha realmente voltado a Galloway, e no mesmo instante foi tomado por um terrível pesar indistinto ao pensar em sua mãe e seu pai morando no Brooklyn bem ali do outro lado da escuridão do céu – e Mickey também, o pequeno Mickey.

Pensou novamente em Judie e Ken, e pensou neles com um repentino sentimento de ternura. Era verdade que ele era o amante de Judie, mas ela era como uma criança, uma criança louca e feliz, e parecia a ele que, no fim das contas, ela era sua irmã – era triste ela ser sua irmã. E Ken era um garoto que conhecera na marinha mercante, que agora estava em Nova York trabalhando para uma agência de publicidade, empresa de seu tio, e supostamente morava com sua família, o pai e a bisavó, no apartamento do East River, mas quase nunca estava em casa, e se embebedava toda noite e subia escadas de incêndio e se metia em brigas, e estava fazendo isso há muito tempo, desde os quinze anos, e sempre circulava com louras como Jeanne. Parecia que, no fim das contas, ele era seu irmão, igualzinho a seu irmão. E isso também era triste.

"E tudo é assim", pensou, "eu não cresci mais desde que tinha quatorze anos, nenhum de nós fez isso. E todos nós somos loucos, tenho certeza disso, não só eu, mas todos nós." Ele riu ao pensar nisso. "Ah, tudo vai ficar bem, agora posso sentir. E mais uma coisa!", gritou, erguendo o dedo, sozinho na calçada, "vou tomar uma decisão, como disse a Judie, apesar de ela não saber o que quero dizer com isso. Vou tomar uma grande decisão e me aferrar a ela, qualquer dia desses." Ele correu de volta para o apartamento.

Jeanne, a garota de Kenny, tinha voltado do bar onde a briga começara. Era uma garota loura e bonita, preguiçosa, sensual, sempre murmurando vagamente, sempre com um sorriso sonhador – um tipo de garota sem sorte e despreocupada que cedia à loucura demoníaca de Kenny, mas mais freqüentemente era levada, quase flutuando e sonhadora, a flertar com outros rapazes. Ela era modelo profissional, sua família vivia em algum lugar de Rhode Island; ela freqüentara Vassar*.

Kenny tinha tomado um banho e vestido uma camisa branca limpa de Peter. Estava deitado no sofá segurando um livro com os braços esticados e lia para as garotas. Largou o livro quando viu Peter, pegou a garrafa, abriu-a e tomou um grande gole preliminar. "Martin, vesti sua camisa limpa. Tenho responsabilidades, responsabilidades! Tenho de ir trabalhar de manhã!"

"Não tem problema."

"Pode ficar com a minha camisa suja – ela é muito cara. Bem, bem, você ainda está parecendo o amigo da tristeza. Tome um gole, rápido, e conte para a gente tudo sobre isso."

"Sobre o quê?"

"Então muito bem, eu conto tudo para a gente. Vou contar uma parábola!", disse outra vez naquela vozinha de menininho.

"Vocês sabem o que Kenneth fez esta noite?", falou a lânguida Jeanne. "Pouco antes da briga – sabe, Kenny, eles começaram a briga porque você estava com um aspecto muito horrível."

"Ah, sim, ah, sim."

"Por que ele estava horrível?", perguntou Judie.

"Ele tomou banho em uma poça d'água embaixo de chuva, bem na esquina. Estava com um vidro de tinta no bolso e se sentou na poça e começou a se lavar, todas as suas roupas e tudo mais, com um pedaço velho de sabão Lifebuoy** que encontrou na sarjeta. O vidro quebrou e a tinta toda se espalhou sobre ele, e então ele

---

* Faculdade da elite no estado de Nova York. (N.T.)

** Marca lançada pelos irmãos Lever na Inglaterra em 1895 e popular em todo o mundo. (N.T.)

entrou no bar desse jeito." Jeanne se divertia ao contar isso tudo, recostando-se no sofá com seu sorriso sonhador.

"Não é de se espantar!", exclamou Peter, fazendo um aceno de mão para Kenny. "Você é maluco, cara, fica maluco – quando está bêbado."

"Mas a parábola!", gritou Kenny, pulando de pé e apontando para todos eles, e dançando pela sala em um showzinho. "Sabem? Primeiro há Deus, e Deus está um pouco confuso e diz, 'Bem, vamos ver, agora. Eu tenho de fazer um mundo perfeito, é isso o que tenho de fazer.' Então ele faz os homens e as mulheres e olha para eles com aquele ar ponderado de um carpinteiro que prega suas tábuas. 'Hum', diz Deus, e sai andando com as mãos juntas às costas, mergulhado em pensamentos, e todos os pequenos seres humanos pulam para cima e para baixo aos berros 'Quando começamos? É! É! Quando começamos?' Deus desce até o mundo e vê o que está acontecendo."

Peter, sentado sobre a mesinha no meio da sala, ouvia com um sorriso; Judie se abraçava e pulava na poltrona para cima e para baixo, Jeanne, recostada, ouvia com um sorriso louco – todos estavam pasmos, sempre ficavam pasmos com Kenneth.

"Deus se senta sobre um hidrante e observa como todos se divertem no mundo. É aí que começa o problema, tudo, todas as coisas que eles lamentam em livros e jornais, guerras, crime, violência, adultério, falsidade e outras coisinhas perigosas. Deus diz para si mesmo, 'Agora vou ver exatamente como fazer um mundo perfeito. Hum. Tem um erro aqui, não vai funcionar. Puf! Paf! Ele pega um humanozinho heróico, filho de um nobre, e o joga na panela. Então vê uma garotinha ali, e ela não está fazendo a coisa certa, e puf! paf!, para a panela com ela!"

"Para que serve a panela!", berrou Judie com excitação.

"Calma! calma!", pediu Ken, com o dedinho levantado. "Esse não serve, puf-paf, na panela! E esse aqui não serve – mesma coisa! Na panela!" Ele tangeu o ar com seu dedinho. "Este serve, este é bom, um puritano, algo assim, John Bunyan*, grande homem, um cara que era uma espécie de Judas o Obscuro circulando lá pelo campo sempre pensando em não pisar nas minhocas. Bom! bom! – mas, tem o mas, sabe, sempre tem o mas, porque o mundo perfeito está em produção e ninguém é perfeito. Mas Deus está tentando mesmo assim! Esta não é a versão final. Para a panela com John Bunyan, para a panela com o Judas o Obscuro, para a panela com todo o grupo! Sim! Agora Deus é um cozinheiro."

"Um cozinheiro?"

"Um chef! Ele está fazendo um caldo, desse caldo vai extrair uma gota de essência perfeita, e é daí que vai começar o verdadeiro mundo que seu coração sempre desejou, com essa gota de caldo do ensopado na panela, sabiam?"

"Mas e depois?", murmurou Peter, amargo.

"Pam, eles vão para a panela. Puf! paf!" – e Kenny tangeu o ar com delicadeza e por fim saiu correndo pela sala juntando coisas e jogando no sofá: "Deus está realmente ocupado, às vezes fica cansado, o coração trabalhando demais, ele está exausto, sua endoderme saltando para fora de maneira dolorosa. Mas ele tem um objetivo, um objetivo! E olhem para baixo", acrescentou, de repente, distraído e circunspecto,

---

* John Bunyan (1628-1688), escritor e pastor inglês. (N.T.)

apontando para o chão, "os pequenos seres humanos que ainda não foram colhidos estão olhando ao redor e se perguntando o que está acontecendo, e estão rindo e pulando para cima e para baixo, não, estão chorando, e agora estão coçando a cabeça, não sabem o que pensar disso tudo, agora têm um aspecto de verdadeira gratidão em seus rostos, estão gratos pelo que vêem lá embaixo e pelo que acham ver em cima. Ah, legal! legal! eles continuam dizendo que é legal, escrevem poesias sobre as árvores e as abelhas. De repente", ele pulou de pé, "puf! paf! Eles finalmente são agarrados e jogados na panela. E finalmente chegou a hora. O mundo acabou, é o fim do mundo, e Deus descansa. Revê suas anotações. Ferve o conteúdo de sua panela e leva um milhão de anos para extrair bem o suco, o elixir que deseja, estala os lábios, provando-o como um chef francês, e diz – '*Ah, sacre bleu! c'est ça!*' Ele tem exatamente o que quer, agora sabe como derrotar o diabo."

"O diabo!", exclamaram.

"Eu não tinha mencionado o diabo? Mas ele estava aí o tempo todo, é o arqui-rival de Deus em carpintaria sofisticada e culinária. Também está no negócio, mas simplesmente não sabe soprar como Deus e fazer seres humanos, Ele tem uma panela, mas não tem pequenos seres humanos para jogar lá dentro. Então observa e olha com desprezo e trabalha com seus dedos sujos em todos os seres humanos, tenta fazê-los totalmente errados, mas eles são desorganizados demais até para isso. Deus faz anotações, do mesmo jeito, aprende algo com cada vidinha, do broto para a panela, do broto para a panela! E agora ele conseguiu sua gota de suco esplêndido e vai até o oceano e levanta a panela com aquela mixórdia e joga toda a mistura de ingredientes no oceano."

"No oceano!", riu Peter, dando um tapa na própria cabeça. "Para quê?"

"Para os tubarões, ele precisa alimentar seus tubarões. E então vai começar tudo outra vez daqui a um milhão de anos." E Kenny se jogou no sofá ao lado de Jeanne.

"Então é daí que vem a comida de tubarão..."

"É! É!"

"Ah, Kenny, você é maravilhoso!", riu Judie com alegria. "Você é mesmo um índio."

Todo mundo caiu na risada.

"Ah, mas claro!", exclamou Judie. "Vocês não sabem nada de índios? Não sabe, Jeanne? Os índios são as pessoas mais maravilhosas da Terra. Andam sem fazer barulho e podem ver no escuro e ficam parados como árvores, e tudo o que fazem é maravilhoso porque eles são índios."

"Lá se vai sua panela", disse Peter, sorrindo para Ken. "Deus não joga indiozinhos na panela."

"Peter também é um índio", disse Judie fechando a cara com um beicinho. "Soube desde a primeira vez em que o vi, pelo jeito de andar e o jeito que me olhou e me ganhou." Com isso, ela de repente foi até Peter e pôs os braços em torno de seu pescoço e encostou meigamente a cabeça em seu ombro. Estava quase chorando, e Peter olhou sério para ela. Todos estavam em silêncio. Ouviram um barulho no corredor.

De repente, Jeanne disse, "Isso não é uma filosofia um tanto cética?"

Kenny pareceu surpreso e pulou do sofá. Pegou a garrafa de bebida, tomou um gole bem devagar e virou-se para Jeanne com um sorriso. "Eu tenho que aturar isso, *ma petite?*"

"O quê?", exclamou confusa.

"*É preciso voltar para Vassar e estudar Filosofia de novo*", disse uma voz espectral vinda do corredor. Judie deu um pulo com surpresa e medo.

"Eu *acredito* no diabo, sim, e olhem ele aí", exclamou de repente Kenny, e caiu na gargalhada. "Ah, Vassar, Vassar!", berrou, e bateu na parede com a mão aberta.

"Que inferno!", exclamou Peter. Ele correu até a porta e olhou no corredor. Lá estava um homem de 35 anos bem vestido, carregando uma bengala e uma capa de chuva em um braço, e a manga do outro braço enfiada cuidadosamente e quase com elegância em um bolso lateral, uma figura masculina cortês, quase distinta e de aparência agradável. Peter pareceu lembrar-se dele de algum lugar. O recém-chegado ficou ali parado sorrindo.

"Ah, é só *ele*", disse de repente Judie, olhando sobre o ombro de Peter. Ela disse isso com desprezo absoluto, mas também despreocupadamente. "O maldito parasita, Waldo. Eu só queria que ele ficasse em casa."

Peter estava completamente surpreso. Olhou para o homem que agora reconheceu como o velho Waldo Meister de um braço só que Kenneth uma vez trouxera a seu navio. Ken agora estava parado sorrindo no meio da sala, e Jeanne permanecia esticada no sofá.

"Não se deve faltar com respeito aos mais velhos", disse Waldo zombeteiramente. "Deve, Kenneth?"

"Ah, cale a boca, parasita!", disse Judie com raiva e desprezo.

"Judie!", murmurou Peter, mortificado de horror, mas ela nem olhou.

"Qual foi a piada sobre minha faculdade, Waldo?", perguntou Jeanne sem se mexer no sofá. "O que foi tão perspicaz no comentário sobre Vassar, Kenny? Acho que vocês dois estão zombando de mim."

"Claro que não", disse Waldo, "a gente nem sonharia, não é, Kenneth?"

"Não sei", disse Ken, de repente sorumbático e sumindo para o quarto ao lado.

"Gosto de Dennison, mas esta é a última vez que ele manda você aqui para cima", disse Judie com raiva, "a droga da última vez".

"Não foi Dennison que me mandou, foi Lavinsky." O homem surgiu na luz e Peter viu o rosto fundo e sombrio, um pouco suado, com seu sorriso triste de escárnio.

"Ele também é só um parasita, então não faz muita diferença – farinha do mesmo saco", exclamou Judie.

Peter estava tão confuso por tudo que só conseguia ficar parado na sala e olhar fascinado ao redor. Então finalmente, quase com raiva, ele se aproximou de Waldo e apertou sua mão.

"Você não me conhece", disse Peter grosseiramente, confuso e atormentado. "Por favor, sente-se, pelo amor de Deus. Olhe o sofá aqui."

"Mas eu conheço você. Você é Peter Martin!", disse gentilmente Waldo, e com isso Peter recuou e cruzou a sala sem dizer palavra.

"Ah, Waldo, você devia agradecer a Deus pela existência de jovens operários de Galloway de boas maneiras que sentem pena de você", riu Ken do quarto ao lado.

"Hah!", zombou Judie, pulando de pé. "Petey, você sabe o que esse homem horrível fez? Eu não queria contar porque fico com medo quando você está com raiva. Lembra do gatinho que costumava brincar por aqui?"

"Lembro, o que aconteceu com o gatinho?", disse virando-se e encarando Judie.

"*Ele* o enforcou no lustre!"

"Espere um minuto, Judie, isso é mentira, e você sabe!", disse Waldo prontamente.

"Dennison me contou. Ele estava aqui e não mente para mim."

"Dennison é um inventor de fantasias religiosas de primeira, querida."

"Não sei de que diabos você está falando, mas sei que você enforcou aquele gato, e isso é bem a sua cara! Ele podia ter morrido se Dennison não o tivesse tirado de lá. Era a gravata dele!"

"Senhor, Senhor!", berrou Ken do quarto ao lado, e ninguém sabia dizer se ele estava rindo.

"Isso é uma mentira boba e sem graça", disse Waldo, olhando com malícia e pena pela sala, "não quero mais ouvir nada sobre isso. Não é verdade, nem um pouco. Dennison adora inventar coisas assim. Isso tudo é tão absurdo quanto a história que ele inventou de que eu teria roubado a muleta de um aleijado em Paris em 1934 e saído coxeando. Isso tudo é mais uma das fantasias de Dennison...".

"Nós acreditamos em você", disse baixinho de repente Peter, sem se virar da janela.

"Muito obrigado, cavalheiro", disse Waldo em um murmúrio.

"Mesmo assim, parasita, eu gostaria que você fosse embora e nunca mais voltasse", exclamou Judie. "Não gosto de seu jeito escorregadio e sorrateiro."

Jeane se levantou do sofá se espreguiçando e disse, "Ah, isso é absolutamente maravilhoso. Pobre Waldo querido. Ninguém ama você."

"Isso devia ser perfeitamente óbvio", veio a voz do quarto ao lado, "e também devia ser perfeitamente óbvio para todo mundo que Waldo *enforcou*, sim, o gato e que Waldo um dia vai direto para o inferno e que Waldo não é querido e por que Waldo não vai embora".

"Boa noite, caras senhoras", disse Waldo, e foi embora.

Às nove da manhã Peter acordou e viu a luz do sol entrando pela janela aberta. A porta do seu quarto estava fechada, mas podia ouvir vozes excitadas em frente ao quarto. Por um momento teve dificuldade de se lembrar quem eram e o que ele estava fazendo ali. Ainda perdido, meio adormecido, lembrou-se dos sonhos que tivera.

Estava em pé no quarto de seu pai na casa velha dos Martin em Galloway. Liz e sua mãe o estavam lembrando que havia um "cheiro de flores" no ar. "Isso significa que alguém morreu", disse no sonho a mãe. Peter ficou aterrorizado. "Quem morreu?", perguntou. Liz e a mãe apontaram em silêncio para outro aposento, a sala da frente da casa velha, e lá, em um caixão cercado por flores, jazia seu pai, George Martin, morto. E então, com todo o mundo trovejando em perdição e morte e sombras, a cena mudou para um campo, o tempo ficou nublado e pálido, e Peter – o pequeno

Peter, de cerca de cinco anos – estava parado no meio do campo cheio de terror. De um lado do campo havia uma velha casa abandonada – a "casa assombrada" de Galloway. Perto havia a casa onde um "menininho" tinha morrido, um menino "como Julian, seu irmão". E havia um barracão velho no qual moravam "ciganos", os "ciganos com marcas de varíola que sempre raptam criancinhas". E Francis estava naquele lado do campo, também, possivelmente morando na casa assombrada, ou na casa onde o pequeno Julian tinha morrido: aquilo parecia mais provável. Peter estava parado no meio do campo, aterrorizado por um perigo mais além – os "bêbados" que se embebedavam e caíam em cima das crianças e as matavam porque "quando os homens ficam bêbados eles pesam quinhentos quilos". (Essa era uma superstição popular em meio aos velhos amigos de Peter.) Um dos bêbados estava deitado sem sentidos ali no pântano cheio de ervas daninhas. Mas do outro lado do campo, em um amplo panorama, com o sol brilhando, havia um grupo de rapazes altos e magros, incluindo seus irmãos Joe e Charley, em torno de uma espécie de arado mecânico, conversando e fumando. O carro de seu pai estava ali perto, o velho Plymouth, e o próprio pai estava sentado dentro dele fumando um charuto e examinando um mapa rodoviário (como costumava fazer nos domingos muito tempo atrás na Nova Inglaterra) – e tudo isso na luz grandiosa de uma planície, com montanhas ao fundo.

Esses sonhos dominaram Peter completamente, de tal forma que ele os continuou com os olhos fechados, imaginando-se indo embora do campo e das casas assombradas, na direção de Joe e dos jovens magros e de seu pai no carro. Tinha desesperadamente de fazer isso, chegou mesmo a fingir para si mesmo que estava em sono profundo e sonhando para que conseguisse fazer com que tudo saísse como desejava. Mas agora estava apenas sonhando acordado.

De repente pulou da cama e pensou: "Vou ver mamãe e papai no Brooklyn, vamos conversar, vamos ao cinema, vou conversar com Mickey, vou ter notícias de toda a família. Não vou mais ser imbecil como esses garotos na sala ao lado. Ah, sim, um dia vou começar a viver", exclamou para si mesmo em júbilo. "Um dia vou mostrar a todos eles que sei como viver."

Ele riu e começou a se vestir. Quando abriu a porta para a sala, tremia de excitação.

Todos estavam ali, todos os jovens estranhos cujas vidas tinham se misturado com a dele em Nova York. Kenneth Wood estava sentado no peitoril da janela olhando com um sorriso irônico para ele, ainda assim com a tristeza que sempre surgia quando olhavam um para o outro – como se houvesse algo que soubessem que mais ninguém sabia, um conhecimento louco e pesaroso de si mesmos no meio do mundo desprezível. Judie estava toda arrumada para ir a algum lugar. Naquele momento ela olhava com raiva para Leon Levinsky, que tinha chegado com Waldo Meister. Este último estava sorrindo e bem vestido. Jeanne usava uma roupa brilhante e nova e carregava uma caixa de chapéu, aparentemente pronta para ir trabalhar na agência de modelos em Downtown. Todos tagarelavam em despedidas.

Judie foi até a porta. "Todo mundo fora!", disse com rispidez e irritação. "Vou sair e não vou deixar ninguém na minha casa. E isso vale para você também, Levinsky: se trouxer Waldo aqui outra vez eu arrebento os seus dentes. Não quero vocês aqui, nenhum dos dois."

"A dama é indiscreta", murmurou vagamente Waldo, levantando-se para ir embora.

"Vou mostrar quem é indiscreta!", berrou Judie.

Todos saíram e foram embora pelas escadas.

"Mudando de assunto, Pete", falou Levinsky, "encontrei Dennison ontem à noite e ele disse que gostaria de ver você hoje. Posso dizer que você vem?"

"Não vá lá!", disse Judie com rispidez, virando-se para Peter. "Também não gosto desse Dennison, não quero que você se encontre com ele. Quero que hoje você fique comigo."

"Achava que você gostava de Dennison."

"Não gosto mais! Ah, como odeio todo mundo aqui! Um dia eu simplesmente vou embora, vou para o Oeste morar numa fazenda, no Arizona ou em algum outro lugar!"

"Qual o problema com você?", sorriu Peter, tomando-a nos braços. "Você está tão louca quanto um gato do mato esta manhã, e que manhã bonita."

"Petey!", implorou desesperadamente, quase branca de medo. "Vamos passear na floresta e sentar na grama e chupar laranjas. Não agüento mais isso aqui, tudo é tão horrível. Eu odeio até Kenny, porque ele insiste em falar com aquele maldito Waldo como se ele importasse. Quero ficar sozinha com você, quero que você se case comigo. Petey, quando você vai se casar comigo?", perguntou seriamente.

Ele tomou a mão de Judie e seguiu na direção da escada atrás dos outros. "Judie, quem você acha que eu sou, Rockefeller?", exclamou. "Não tenho dinheiro nenhum, não sei o que fazer e não quero me amarrar. Você sabe disso tudo."

"É isso que você sempre diz. Está bem!", disse ela com raiva. "Mas um dia você vai se arrepender, porque não vai ter nenhuma outra mulher que entenda você como eu. Não se esqueça disso! Você é muito burro, Pete, muito burro mesmo. Qualquer outra mulher riria de você, vai descobrir isso depois que eu for embora." Ela enrubesceu e desceu as escadas na frente dele.

Peter seguiu todo mundo abatido e melancólico. Estavam todos parados na calçada conversando, o sol brilhava quente, e as ruas estavam cheias de gente sem casaco que apenas passeava no "primeiro verdadeiro dia de primavera".

De repente, Kenneth berrou: "Ei! Eu sempre quis explorar aquela casa velha abandonada ali". Ele atravessou rapidamente a rua e foi até uma casa de pedras marrom-avermelhadas com as portas e janelas fechadas com tábuas.

Sem fazer cerimônia, subiu correndo as escadas da entrada e chutou algumas tábuas. Elas já haviam sido arrebentadas pelas crianças e desmoronaram imediatamente. Kenneth desapareceu lá dentro sofregamente.

"Ei, espere por mim!", berrou Jeanne, jogando para Judie a caixa de chapéu. Ela correu ansiosa atrás dele e em um instante tinha sumido dentro dos destroços escuros de tábuas e alvenaria. Levinsky e Waldo atravessaram a rua atrás deles cheios de curiosidade. Judie ficou parada com as mãos nas cadeiras e olhava para toda aquela situação maluca. As pessoas que passavam pela rua ensolarada não pareciam prestar atenção alguma a qualquer coisa que estivesse acontecendo. Peter apoiou-se em um gradil e observou tudo com admiração.

"Jeanne, sua boba", apelou Judie, "vai sujar meu vestido novo todo!"

Eles ouviram o grito abafado de Jeanne lá de dentro. "Não se preocupe, vou tomar cuidado!" Houve um barulho de tábuas batendo e muita agitação e estrondos enquanto o louco Kenneth perambulava lá por dentro com excitação. Apareceu estranha e repentinamente em uma janela do terceiro andar e olhou para eles lá embaixo em silêncio solene.

No momento seguinte Jeanne surgiu atrás dele, com um sorriso bobo.

"Que idiota!", exclamou Judie enfurecida.

"O que tem aí dentro, Kenneth?", perguntou Waldo com voz baixa que foi levada por toda a rua com uma estranha clareza articulada.

Kenneth desapareceu lá para dentro sem dizer palavra. Mais uma vez o ouviram chutando tábuas para fora de seu caminho e andando sobre entulho e lixo e pisando com força no chão como se quisesse ver se ele iria desabar. Podiam ouvir o murmúrio do riso de Jeanne.

"Escuridão, escuridão!", berrou de repente Kenneth. "Só seu alimento, Waldo..."

Nesse ponto Judie largou a caixa de chapéu e foi embora. Desceu a rua sem olhar para trás, fingindo não conhecer nenhum deles, e finalmente, durante um momento em que Peter ergueu os olhos para ver Kenneth em pé ao sol no telhado, Judie virou a esquina e desapareceu.

Peter se lembrou de seu sonho com a casa velha assombrada, e com a casa da morte e com os ciganos, e toda a escuridão e o medo impotente dela. Era estranho perceber que ele de algum modo obscuro tinha previsto tudo isso naquele sonho, e ele se encheu de terror e premonição vagos.

Antes de sair correndo atrás de Judie, Peter entregou a caixa de chapéu para Levinsky, que entrou na casa com uma curiosidade alegre. Quando Peter olhou para trás, viu Waldo parado sozinho olhando para as janelas quebradas e a alvenaria desmoronando acima.

[5]

PETER NÃO CONSEGUIU encontrar Judie. Sabia que ela voltaria à noite quando seu mal-humor tivesse passado. Resolveu se encontrar com Will Dennison antes de ir para o Brooklyn.

Esse homem estranho que vinha de família rica, de Princeton, que tinha na bagagem uma viagem para a Europa, e cuja fonte de renda era um fundo de investimento deixado por seu bisavô milionário, vivia em um apartamento sem água quente que alugava por doze dólares ao mês. Ficava localizado no Lower East Side, na zona portuária, perto da Henry Street, à sombra da Ponte de Manhattan.

Era uma vizinhança onde velhos disformes acendiam fogueiras de lixo do amanhecer até o cair da noite por razões tão enigmáticas quanto suas próprias personalidades ocultas. Crianças dos cortiços judeus e italianos próximos pulavam e berravam e brincavam o dia inteiro nas ruas antigas. Velhos rabinos andavam meditabundos pelas calçadas e desviavam de fogueiras melancólicas com as mãos juntas às costas. Às vezes velhas passavam com sacos de lenha nas costas, ou velhos vinham pelo meio da rua empurrando seus carrinhos cheios de trapos. Os cortiços tristes erguiam-se dos dois lados da rua, alguns deles cobertos com inscrições estranhas e letreiros escritos em caracteres hebraicos, e outros, perto da ponte, vivos o dia inteiro com a vigília pensativa nas janelas de mães italianas que compreendiam tudo. A apenas alguns quarteirões dali, onde o trem elevado passava barulhento e os caminhões e ônibus chacoalhavam sobre os paralelepípedos da Chatham Square, ficava o Bowery com todos os seus ensopados e bares e fachadas encardidas e, logo depois, a pequena Chinatown com suas ruazinhas. Pairando acima, altas e magníficas como se brotassem direto dos telhados velhos e sujos daquelas coisas, ficavam as torres de Wall Street, distantes e orgulhosas e altaneiras.

Peter caminhou por essas ruas barulhentas e cheias de gente ao meio-dia ensolarado daquele dia. Viu uma soprano gorda de olhos tristes, aparentemente uma aspirante à Metropolitan Opera, arredia e louca, cantando em seu apartamento – ele olhou para cima maravilhado com a voz penetrante dela acima das ruas – e as crianças pequenas corriam ao seu redor na calçada. Era quase sempre uma tristeza tremenda quando ele caminhava pelas ruas de Nova York. Nunca esperou que a cidade fosse desse jeito, quando morava em Galloway.

Subiu as escadas escuras, velhas e bolorentas até o apartamento de Dennison, seis andares acima no cortiço decrépito e lúgubre que estava prestes a ser condenado pelas autoridades. A própria porta do apartamento estava cingida com uma fechadura dupla, um cadeado do lado de fora, destrancado no momento, e uma corrente com tranca por dentro, que se soltou lentamente quando Peter começou a bater. Houve um momento de silêncio e suspeita, e então a porta se abriu três ou quatro centímetros. O nariz comprido e ossudo de Dennison surgiu na fresta: ele parecia estar cheirando, então Peter pôde ver seus olhos pálidos espiando friamente.

"Sou eu, Will", explicou Peter, com um sorriso estúpido.

Com isso Dennison abriu a porta mais alguns centímetros fazendo uma espécie de floreio gracioso. Peter entrou, se espremendo com dificuldade.

"Não tem ninguém com você, tem?"

Peter olhou para trás, ridiculamente. "Não, não, estou sozinho."

"Bom." Dennison trancou a porta e botou a corrente de volta no lugar. "Estou contente em ver você, Pete", disse, apertando a mão dele com firmeza. "Sinta-se em casa, está bem? Agora vou estar ocupado por um tempo. Somos todos amigos aqui", acrescentou alto, desnudando os lábios e mostrando os dentes em um sorriso esquisito. "Tenho algumas coisas para fazer. Pegue uma cadeira."

A porta pela qual Peter entrara dava direto para uma espécie de cozinha que tinha uma banheira pousada sobre o chão de modo ridículo, sobre um encanamento antiquado. Também havia uma pia, uma geladeira velha que Dennison comprara em uma loja de produtos de segunda-mão, e um fogão a gás engordurado. Havia roupa limpa pendurada no teto em cordas estendidas de um lado a outro. Para a direita ficava o quarto dos fundos das quatro "cabines de trem" estreitas que formavam o apartamento; na soleira bolorenta havia uma cortina verde comida por traças pendurada que escondia o que quer que estivesse atrás dela. Para a esquerda ficavam os dois aposentos da frente – uma espécie de alcova com uma grande escrivaninha antiga, algumas cadeiras e uma mesa de carteado, e depois da alcova, o aposento da frente, também isolado por uma cortina velha, do qual Peter podia ouvir vozes, música de rádio e um bebê chorando. Uma garota de cabelos escuros e óculos de armação de chifre o observou de trás da cortina da sala da frente e desapareceu outra vez sem comentário. Essa era Mary Dennison, que raramente falava com Peter ou qualquer pessoa que por acaso aparecesse por lá. Ela era confidente de Junkey, cuja voz Peter podia ouvir no aposento da frente, e fazia as tarefas domésticas no apartamento lastimável.

Peter sentou-se em uma cadeira na alcova e observou Dennison e o outro sujeito, um homem alto, cadavérico e de aparência indistinta. Naquele momento eles estavam fervendo tabletes de morfina em colheres. Debruçavam-se absortos sobre suas colheres e algodões e pílulas e agulhas hipodérmicas. Não prestavam nenhuma atenção em Peter.

"Esta parada aqui é da boa", dizia o esqueleto alto, enquanto pegava um conta-gotas com delicadeza, debruçado com o fervor de um grande químico sobre seu trabalho. "Esse Rogers é um cara bem confiável, para um médico, e nunca me deu motivo de reclamação."

"Bem, a única coisa, como você diz, é que ele não descola as paradas para mim e para Junkey com a mesma facilidade", disse Dennison, do canto da boca.

"Bem, ele vai se acostumar com você. Ele é nervoso, sabia, e quer ter certeza que tudo está certo com vocês dois. Agora já faz quatro anos que consigo receitas com ele e ele sabe que eu tive um chinês nas minhas costas por tempo demais para desperdiçar um bom contato para descolar a parada. Com Roger, o negócio é conquistar a confiança dele, aí você vai se dar bem sempre."

"Bem, Al, então fale sempre bem de mim quando encontrar com ele", disse Dennison, erguendo uma seringa cheia na luz. "Sem dúvida eu ia gostar muito disso, diante do fato de eu não ter me dado tão bem com esses outros personagens. Na semana passada, Meyer lá no Bronx jogou Junkey para fora de seu consultório e disse a ele para não voltar mais. Acho que descobriu que Junkey estava roubando formulários de receita em branco da escrivaninha dele."

"Bem", disse o cadáver, enrolando sua manga cuidadosamente, "eu não brincaria com falsificação de receitas se fosse você. Pode se meter em problema, você sabe."

"Você me conhece, Al, sempre tomo cuidado", sorriu Dennison com charme.

"E o doutor Johnson lá no Brooklyn?"

"Você não soube? O Esquadrão de Narcóticos caiu em cima dele na quarta-feira passada. Foi solto sob fiança, mas a coisa está feia para o lado dele."

"Cara, isso é terrível, Johnson não era um cara ruim. Era um sujeito bem legal, sabia?"

"Era mesmo", disse Dennison, e os dois agora tinham enrolado suas mangas e posicionavam as agulhas nos braços. O braço de Al estava lívido com uma cicatriz comprida que acompanhava a veia. Parecia com dificuldades para ajustar a agulha do jeito que queria. Finalmente, depois de várias tentativas malsucedidas, tirou a agulha e deu um suspiro.

"Bem, acho que vou ter que tentar na perna outra vez. Este braço está estragado." E ele baixou as calças, passou o dedo de um lado para outro sobre uma cicatriz lívida comprida na coxa e finalmente se decidiu por um ponto que parecia favorável. Enfiou a agulha e empurrou o êmbolo para baixo lentamente. Enquanto isso, Dennison tinha concluído suas próprias aplicações e estava limpando cuidadosamente sua agulha e seu conta-gotas com água.

"É, Johnson não era mesmo um cara mau", estava dizendo.

"É", disse Al, cobrindo a cicatriz que sangrava com um pedaço de algodão, "ele vem de uma boa família, sabe, mas achou difícil viver de acordo com seus padrões quadrados, digamos assim".

"Bem, acho que vão cassar a sua licença, mas ele consegue outra em algum lugar."

"É, acho que ele vai conseguir se safar de algum jeito. Todos vamos ter de segurar a onda quando chegar o momento para sair o melhor possível disso tudo."

Eles limparam tudo, guardaram suas pílulas e agulhas e algodões com muito cuidado, Dennison lavou copos e colheres, Al esfregou o tampo da mesa com um pano, e tudo ficou limpo outra vez. Al vestiu o casaco e o chapéu, e Dennison disse que o acompanharia até lá embaixo.

"Tenho de pegar uns litros de leite lá no mercado, Al, e um pouco de benzedrina e xarope para tosse de codeína na farmácia, uns supositórios que quero experimentar, pó para dor de cabeça para despertar de manhã, umas coisas assim, então acho que vou descer com você."

Em seguida o alto e cadavérico Al abriu a porta e disse, "Primeiro você, Will".

Mas Dennison fez uma leve reverência com o tronco, sorrindo, "Por favor, Al, aqui é a minha casa". Saíram ignorando Peter completamente e ele foi deixado sozinho.

Ele não tinha nada a fazer, agora, além de ir até o aposento da frente.

Junkey estava lá, sentado em um barrilzinho, pintando lâmpadas de azul com uma espécie de absorção diligente enquanto conversava com Mary Dennison. Ela estava curvada sobre uma vassoura como se de repente estivesse pensando em algo. Jack, o jovem marginal de Times Square, estava sentado ali em silêncio. Em um canto escuro, quase sem ser visto, havia outro jovem sentado que Peter nunca vira antes, um jovem-homem velho, de casca enrugada, com olhos grandes e redondos reluzentes, rosto pequeno e pálido e mãos infinitamente pequenas que mantinha dobradas com cuidado sobre o colo enquanto ficava sentado olhando para todos os outros.

"Bem, cara", cumprimentou Junkey, com seu olhar sonolento de reprovação seca, "estava me perguntando quando você ia entrar e dizer oi." Sorria de um jeito falso e patético. "Não tenho lugar para dormir", continuou, "fiquei acordado ontem a noite inteira na cafeteria Beckwell's na Square esperando que um sujeito aparecesse com alguma parada. Sabe, estou arrasado e preciso dormir um pouco se vou ter de descolar parada para todo mundo aqui com os médicos." Ele continuou em sua tarefa sombria e meditativa com as lâmpadas. O propósito das lâmpadas azuis, disse ele, era dar ao aposento um "estranho efeito calmante" à noite. Era uma das muitas decorações rudimentares de Junkey destinadas a isolar o mundo duro e severo das ruas no qual ele sempre tivera de viver. Esperava poder dormir na casa de Dennison naquela noite.

Mary Dennison de repente saiu escondida, e Jack, o marginal, e o homem louco no canto que observava nada disseram. Peter se perguntou se devia ir embora.

De repente, o homenzinho enrugado no canto se levantou e falou. "Quem quer dar um tapa?"

"Todo mundo quer dar um tapa, cara", disse em tom de reprovação Junkey, mas também um pouco impaciente. "Eu estava me perguntando por quanto tempo você ia ficar enrustindo essa erva da gente."

O jovem enrugado removeu metodicamente um cigarro fino e comprido de um envelope e o examinou com cuidado, com um sorriso seco e secreto.

"Eu bem podia contar a vocês sobre Clint agora que ele saiu de seu casulo", disse Junkey, dirigindo-se seriamente para Peter. "Clint é um cara que aparece uma vez por semana com o melhor fumo do mundo, que ele agora tem na mão. Então desaparece outra vez por uma semana. Não sei onde ele consegue essa maconha, mas não tem nenhuma outra igual em Nova York. E eu não sei onde ele mora, nem o que faz para viver, nem nada, e não pergunto a ele. Ele senta no seu canto e no início não diz nada, mas acaba se soltando, dá um estalo e começa de um jeito que você nunca ouviu."

Enquanto Junkey destacava esses fatos, Clint começou a acender o cigarro cuidadosamente com a ponderação e delicadeza de um orador prestes a dizer algumas palavras após o jantar, enquanto olhava para os outros ao redor com um brilho nos olhos.

"Esse é o Clint", concluiu Junkey, "e, cara, é impossível ser mais maluco que ele".

"Isso mesmo, Junkey", exclamou Clint orgulhoso com voz aguda. "Agora dá um pega aqui neste baseado", e ele passou o cigarro aceso para Junkey, que imediatamente deu uma tragada prodigiosa com uma aspiração sibilante poderosa que impressionou Peter, e então passou o cigarro para Mary Dennison, que também "se serviu dele" (como disse Junkey). Então Peter experimentou, e finalmente Jack o marginal deu uns "pegas". Então voltou para Clint, que o pegou e olhou para ele reflexivo. De repente, ele começou a falar.

"Eu vou contar a vocês uma coisa sobre baratas", disse Clint com intenso entusiasmo, inclinando-se para frente com um dedo em riste. "Então! O lugar onde moro tem muitas baratas, mas não tenho problemas com elas, sabem, eu me dou bem com elas. Vou contar como faço isso. Há alguns anos eu me sentei e pensei sobre toda a questão: disse para mim mesmo, as baratas também são humanas, tanto quanto os seres humanos. O motivo disso é o seguinte: eu já as observei por tempo o suficiente para perceber seu senso de discrição, seus sentimentos, suas emoções, seus pensamentos, sabem! Mas vocês riem. Acham que estou falando bobagem. Duvidam de minha palavra. Esperem! esperem só!"

Os outros riam de modo incontrolável, até Jack, o marginal, de um jeito meio idiota, insolente.

"Então!", prosseguiu Clint, debruçando-se mais na direção deles, estendendo os braços com ênfase fantástica e prendendo a atenção deles com esse jeito insano.

"Chegou uma hora em que fiquei de saco cheio de encontrar baratas no meu pão e na minha geléia na mesa da cozinha. Gosto de baratas, mas estava demais, sabem? Aí eu arranjei uma cordinha" – e com isso Clint enfiou a mão no bolso e tirou um pedaço de barbante e o ergueu para exibi-lo – "uma cordinha como esta. Toda vez que encontro uma barata no meu pão ou na minha geléia, eu bato nela com esta cordinha, sabem, uma chicotadazinha nas costas. Sem força", explicou baixinho. "Sem força! Só... um... leve golpe... do meu pulso, assim!" Ele demonstrou com gentileza, repetidas vezes, enquanto os outros observavam.

"Aí", continuou Clint, "chegou a hora em que eu não apenas as havia treinado para que não mexessem com meu pão e minha geléia, mas elas estavam vivendo na frigideira sob a mesa em paz e prosperidade, de um jeito bem ordeiro, entendem? Eu costumava me deitar no chão e conversar com elas e observá-las. Algumas viviam na frigideira, outras eram reclusas e moravam embaixo da pia. Outras eram apenas bem esnobes, tinham de morar em rachaduras no alto da parede. Também tinham todo tipo de problema doméstico. Às vezes uma mulher deixava o marido para fugir com outro sujeito, às vezes dois caras brigavam, às vezes um deles saía da linha – um bandido, sabem? – e roubava tudo o que estivesse à vista, todos os farelos de pão e geléia, e carregava embora, sabem? Era muito louco, eu digo a vocês, louco e estranho. Bem, aconteceu o seguinte. Chegou um momento" – Clint deu outra tragada no cigarro com fúria alegre – "chegou um momento em que as baratas do outro apartamento começaram a vir para a minha casa, e naturalmente, como não eram treinadas, ficavam fuçando em cima da minha mesa. Achei que estava com uma revolta nas mãos e não estava agindo com firmeza suficiente, sem perceber que essas baratas sem treinamento estavam causando o problema todo, e eu estava espancando as minhas treinadas por causa das outras. Descobri porque minhas baratas estavam tristes e ressentidas, entenderam? Quando falava com elas, nem me olhavam. Eu podia ver que estavam magoadas. Eu disse para mim mesmo, o que está acontecendo aqui? Elas não estão felizes, eu não as estou tratando bem? Então de repente me dei conta de que eram baratas do outro apartamento. Bem, lá estava eu, tentando descobrir o que fazer, quando minhas baratas meio que se juntaram todas na frigideira e fizeram uma reunião. Estavam tramando alguma coisa, eu podia sentir o cheiro, entendem? Fiquei só ali sentado observando. De repente, elas seguiram direto para o buraco no pé da parede que dava para o apartamento ao lado e começaram a lutar contra as outras baratas. Foi uma luta muito feia e violenta, como vocês nunca viram, uma campanha militar com movimentos pelos flancos e ataques, e generais bem doidos e tudo mais. Foi uma loucura, cara, uma loucura! No dia seguinte as baratas do vizinho tinham se acalmado em uma vida pacífica e disciplinada, e desde então tem sido assim."

"Elas mantêm soldados de sentinela a postos naquele buraco", continuou. "Ninguém pode entrar. Chorei por semanas ao perceber que tinha punido minhas próprias baratas pelos pecados de outras. Passei dias deitado no chão tentando explicar a elas que eu não sabia, que não tinha como adivinhar o que estava realmente acontecendo – e elas me perdoaram. Como recompensa, comecei a soprar um pouco de fumaça de bagulho em cima delas, no início só um pouco, para dar uma onda nelas, sabe, e elas todas se empertigavam, no começo, e levantavam os narizes e davam uma cheirada profunda, desse jeito." Inalou profundamente para mostrar a eles, e soltou uma gargalhada. "Entenderam? E quando fui ver, elas estavam doidonas de maconha. Agora são todas maconheiras. Preciso conseguir cada vez mais fumo, o tempo todo, para que fiquem satisfeitas. É tiro e queda, vocês precisam ver, eu quase posso ver a expressão de alívio nos rostos delas, sabem, porque elas sabem que estão descolando bagulho do bom."

"É verdade, cara, o melhor fumo da cidade", concordou Junkey impassível.

Estava escuro quando Peter desceu do metrô no Brooklyn. As ruas estavam entupidas de gente a caminho de cinemas, restaurantes, bares, ou apenas passeando prazerosamente na noite agradável e comendo cachorros-quentes nas barraquinhas da Fulton Street. Com um sentimento de perda órfão e de mistério, e uma espécie de consolação enigmática estranha, Peter correu na direção de casa. Só porque seus pais moravam no Brooklyn, parecia um lugar mais humano que Manhattan. Também ficou triste porque, enquanto todos os seus amigos estavam envolvidos em seus demonismos mórbidos, essas pessoas trabalhavam seriamente e viviam com determinação e aproveitavam suas noites com inusitada e simples satisfação. Ele se sentiu humilde e estranhamente satisfeito.

Quando chegou à sua casa nova no Brooklyn, Peter parou na rua escura e olhou para sua família lá dentro com uma confusão alegre e inefável. Sua mãe passava roupa na cozinha, seu pai lia os jornais, e Mickey estava na sala da frente escutando o programa "National Barn Dance" com seus sinos e gritos e música de antigamente tocando alto no rádio.

Por um momento Peter simplesmente ficou ali sentado no gradil de ferro defronte da calçada acima de suas janelas do subsolo e olhou ao seu redor, para a lua de aparência triste acima dos telhados, para a esquina onde os rapazes ficavam parados assoviando para as garotas, para os jovens amantes que passavam de braços dados conversando em voz baixa na noite fresca. Perto dali, com uma intimidade e magia emocionantes, em meio aos murmúrios do Brooklyn e à noite nebulosa de abril, havia o som trêmulo e profundo de um navio grande na baía.

Peter estava dilacerado com mil desejos confusos. Perguntou-se como podia ter sentido tal horror amargo e vazio apenas algumas horas antes em Manhattan.

"Eu estava me perguntando quando você ia chegar em casa!", exclamou seu pai com alegria. "Então não havia nada em Galloway, hein, nenhum dos seus amigos? Você não esbarrou nos meus velhos amigos, esbarrou? Pete Cartier, o velho Berlot ou alguém assim? Aposto que aquela velha cidadezinha não mudou nada, eu mesmo tinha vontade de visitá-la qualquer dia desses." Ele soltou uma gargalhada rouca. "Olha, você devia ter economizado seu dinheiro e ficado em casa com a gente e visto alguns filmes bons em Nova York. Na verdade, eu estava pensando em ver um filme hoje mais tarde. Ei, Marge, traga para ele um pouco daquela calda que você fez esta tarde e um pouco daquele pão gostoso e crocante que eu comprei. Ele parece estar com muita fome!" O pai estava tão contente em ver seu garoto que não conseguia parar de rir nem de falar.

Peter sentou à mesa da cozinha e tomou uma sopa caseira gostosa e comeu três costeletas de porco bem tostadas, ervilhas, purê de batatas, tomates frescos, pão e manteiga, dois copos de leite, dois pedaços de bolo de chocolate, um pedacinho de torta caseira de tâmara e bebeu café quente. Seus pais sentaram-se com ele e beberam café e conversaram, observando-o aflitos enquanto comia, e Mickey virava timidamente as páginas do jornal e ficava perto deles.

"Imagino que você tenha visto a sua queridinha?", brincou o pai. "Sua Judie avançadinha de calças compridas? Nossa, ela é uma figura como eu nunca vi. Você não está pensando em se casar com ela, está?", provocou com malícia.

"Não, nada disso."

"Mesmo assim, Pete, você não devia estar morando com ela assim", falou a sra. Martin. "Uma garota não respeita de verdade o homem quando o deixa morar abertamente com ela. Claro, não sei se com Judie é assim, ela parece uma boa garota, mas não sei."

"Ah, mãe, esqueça isso! Não é nenhum grande escândalo, as pessoas fazem isso hoje em dia. Os tempos mudaram..."

"É assim!", sorriu o pai, cutucando a mulher nas costelas. "Você ouviu isso? As pessoas fazem isso hoje em dia. Olhe esse homem sofisticado e elegante sentado bem em frente a você. Eu gerei um casanova! Os tempos mudaram, está bem! Rá, rá, rá! Olha, se eu viesse com uma história dessas em Lacoshua, meu pai teria me dado uma coça, mas acho que isso aqui não é Lacoshua, e não estamos em 1890. Por mim, como foi mesmo que aquele rei inglês disse uma vez? 'Deus não vai nos castigar por nos divertirmos um pouco pelo caminho'. Rá, rá, rá! Diga", perguntou curioso, "como vão todos aqueles seus amigos birutas?"

"Estão bem, eu acho", resmungou Peter.

"E aquele Dennison? Esse é outra figura. O que ele está aprontando agora?", perguntou com curiosidade o pai.

Peter não conseguiu pensar em nada para dizer.

"E aquele garoto que estava bêbado daquela vez, aquele tal de Kenny – ele me parece meio doido. Quando derrubou o copo de cerveja no chão naquela vez no bar, ele simplesmente abriu os dedos e deixou cair. Ele disse ao garçom que tinha sido um acidente, mas não me enganou."

"É, ele faz coisas assim."

"Não sei", disse a sra. Martin com tristeza. "Eu queria que Peter fizesse amizade com alguns jovens bons e normais. Tudo o que eu escuto desses rapazes parece horrível. Eles parecem não ter nada na cabeça."

"Eles têm bastante coisa na cabeça!", riu com sarcasmo Peter.

"Como a sua namorada, Judie. Se ela gosta mesmo de você, por que não economiza dinheiro e arranja uma casinha boa e limpa para quando você voltar do mar? Em vez disso, pelo que eu ouço falar, o lugar é sempre uma bagunça. Tudo o que ela faz é dar festas e ir a bares e gastar o dinheiro da tia. Pode dizer que sou só uma velha fofoqueira, mas eu gostaria de ver você com uma garota de verdade, que cuidasse um pouco de você."

"Mas ela cuida!", riu Peter. "Ela cozinha e tudo, às vezes trabalha, arruma um emprego... Nossa, agora mesmo ela está tricotando umas meias, sabia? Só que às vezes ela se enche e larga tudo. Todas as garotas de Nova York agora são assim."

"Bem, eu não sei", disse a mãe, sacudindo a cabeça com tristeza, "elas não parecem saudáveis e nem parecem certas, para mim. Queria que você conhecesse jovens bons como os que você conhecia em Galloway, como Tommy Campbell – pobre criança – e Danny Mulverhill ou a pequena Helen que você levou ao baile de formatura na escola preparatória – jovens assim, que levam as coisas a sério."

"Isto aqui é Nova York, Marge!", exclamou o pai, de repente com raiva. "Este lugar deixa todo mundo louco depois de um tempo. Todo maluco que aparece no país acaba vindo para Nova York, não vão para mais nenhum outro lugar, estão todos aqui." Ele caiu em pensamentos sombrios. "Nós nos mudamos para cá, então não podemos esperar muito mais."

Peter olhou seriamente para seu pai. "Você tem notícias novas da Liz?"

O pai olhou para outro lado. "Não temos nem uma palavra dela há mais de um ano, para você ver."

"É verdade, Petey", disse a mãe com tristeza.

"Não tivemos nenhuma notícia dela e não sabemos nem o seu endereço, esteja ela onde estiver. Acho que ela não dá mais a mínima para seus pais. Ela rodou pelo país inteiro como um gato vira-lata. Ficou boba, como um monte de outros de hoje em dia, como você diz. Claro, aquela coisa terrível que aconteceu com ela em Detroit... isso machuca. Mas também nos machuca, mais do que ela jamais vai saber, a tolinha! Não sei, ela não dá mesmo a mínima para nossos sentimentos. Talvez seja possível dizer que não se pode esperar muito mais com o país de cabeça para baixo como está. Os garotos não têm mais nada em que se apoiar, nenhum tipo de fé, eu acho. Isso atinge os garotos antes de qualquer outra pessoa. Deus sabe, a geração mais velha já tem problemas suficientes." Ele falou com tristeza e olhou para longe. "Podia contar a vocês um monte de razões pelas quais todo o sistema está virando o que é. Posso estar enganado, mas me parece que tudo está sendo virado de cabeça para baixo, tão completamente quanto você pode virar uma xícara e derramar tudo. Você tem aqui uma geração mais nova que não acredita em certo e errado. Não há dúvida de que a xícara foi virada. Não é?"

Peter deu de ombros. "Tem alguma verdade no que você diz."

"Sabe, Petey, eu ando por Nova York e pelo Brooklyn inteiros e observo as pessoas e escuto suas conversas nos cinemas e nos metrôs e nas ruas. E foi isso que eu percebi. Entenda – essa geração *sabe* o que é certo e errado, eles sentem isso direito e é provavelmente por isso que fazem tantas coisas malucas, como esses seus amigos. Isso os deixa nervosos e neuróticos. Mas eles não *acreditam* em certo e errado. Há uma grande diferença aí – e o que eu gostaria de saber é como tudo isso tudo aconteceu, e tenho pensado nisso também. Com aquela outra guerra que tivemos, muitas coisas mudaram, muitas delas para melhor – como o padrão de vida e um emprego decente e por aí vai e alguns bons sindicatos entre os ruins, melhores condições de trabalho. Mas muitas coisas mudaram para pior, como o negócio de ignorar o simples certo e errado da vida. Outro dia eu li sobre uma garota que cometeu suicídio em um hotel de Nova York e deixou um bilhete explicando que não conseguia se dar bem com sua família, eles 'reprimiam sua vida', foi o que ela escreveu. Ela era aluna de uma dessas escolas para moças ricas – a família dela era rica, o pai era um empresário do Kansas, e parece que ela tinha um monte de roupas caras no quarto quando a encontraram, então no fim das contas a família estava fazendo tudo o que podia por ela, as melhores escolas, boas roupas, e tudo isso. Como eles a reprimiam? A primeira coisa em que penso é, que tipo de conversa fiada ela aprendeu na escola, o que estão ensinando hoje em dia que está fazendo *tanto* para separar as crianças dessa geração de seus pais?"

"Essa é boa", riu Peter. "Um minuto atrás você estava *me* criticando pelos amigos que tenho em Nova York."

"É, é, admito isso, mas *por que* os jovens estão vivendo desse jeito? Sem noção de certo e errado, sem senso de responsabilidade, sem esperanças ou coisas assim. Pode-se dizer que é por causa da guerra. Mas pense nas crianças pobres que não têm tempo para sentir nem uma coisa nem outra nesse momento, os garotos nas frentes de batalha – será que todos eles serão assim depois da guerra? É como aconteceu com sua irmã Liz – ela teve um problema na vida e pam! Resolveu não se importar mais com nada. Está faltando alguma coisa em algum lugar. Deus sabe como eu e sua mãe tentamos dar uma vida boa para todos vocês, dar uma noção, tentamos dar uma noção a respeito por certas coisas, mas não pareceu funcionar no caso de Liz, nem no de Francis. Ele se tornou um moleque sarcástico. Nem sabia onde ele estava vivendo e um dia esbarrei com ele e um grupo de seus amigos, acho que foi na Lexington Avenue, e ele conversou comigo por um minuto mais ou menos na rua, nem me apresentou aos amigos como seu pai, disse que estava ocupado, pareceu embaraçado, e foi embora!"

"Francis fez isso?", exclamou Peter surpreso. "Quando?"

"Um dia no inverno passado, que diferença isso faz?"

"Ele agora tem sua própria vida para viver", disse a mãe, "mas devia pelo menos ter amor o bastante por seu pai para apresentá-lo a seus amigos".

"Ele nunca vem aqui?"

"Ah, não. Ele nunca nem escreve."

"Sumiu – assim!", falou rispidamente o pai. "Adeus a um filho – que costumava me procurar por ajuda e por sua mãe por conforto. Ele é um exemplo perfeito daquilo de que estou falando, seu próprio irmão. Não sei o que está acontecendo! No mês passado peguei um livro na biblioteca e nunca li nada tão feio em toda a minha vida. A capa dizia que era de um jovem escritor que deve ir longe, esse tipo de bobagem. Então eu o li. A história era sobre um rapaz que era a ovelha negra de sua família, sempre reclamando e se lamuriando por aí, e finalmente ele vem para Nova York e pronto! Ele descobre que é bicha. Gosta mais de garotos que de garotas. Então o resto do livro é sobre o que ele diz às pessoas nos bares e como ele é infeliz e finalmente ele encontra outra bicha e que beleza! Eles vão morar juntos e têm um grande romance. Tudo é elaborado com um monte de enrolação e símbolos e ele mete até política no meio. É um grande negócio de abalar o mundo – dois garotos grandes brincando um com o outro como aqueles imbecis que circulam por banheiros masculinos no metrô. Ele acaba falando sobre ser adulto, maduro, usou muito essa palavra nas últimas páginas, e parece estar criticando todas as outras pessoas por serem imaturas, e põe nisso a culpa por todos os problemas do mundo. Droga, eu me lembro que uma vez o dr. Kimball me contou que garotos de treze anos costumam fazer essas coisas, mas crescem e superam isso aos quinze anos mais ou menos e começam a se interessar por garotas. Então acho que nosso gênio maduro estava falando um pouco de bobagem. Rá, Rá, Rá!"

"Tem muito disso em Nova York", disse Peter pensativo.

"Alguém escrever um livro sobre isso e basear toda a filosofia da história nisso para mim é o fim. Não sei. Eu sinto que tem mais doidos hoje em dia do que antes, só que isso agora se transformou em grande filosofia!"

"É isso o que diz Leon Levinsky", sorriu Peter, "você lembra de Levinsky, aquele garoto de óculos..."

"Lembro dele, sim, como poderia esquecer", suspirou o pai. "Nunca ouvi alguém falar tão rápido em toda a minha vida. Tenho de reconhecer, Petey, você sem dúvida tem um talento para escolher os malucos. Aquele seu Alexander em Galloway era um. Deus sabe, ele era inofensivo e de bom coração – mas esses!"

Ele riu um pouco, então ficou sério outra vez. "Eu ri, mas isso é muito sério. O país vai direto para o inferno se alguma coisa não acontecer. Algumas coisas muito engraçadas têm acontecido nos últimos dez anos. Como eu digo, eles viraram a xícara e estão tentando sugar o país até secar o que quer que ele tinha que o fazia forte. São essas idéias estrangeiras! Eu acho no mínimo um atrevimento. Eles vêm da Europa para cá", berrou, "e arranjam empregos e então se viram para os cidadãos americanos e dizem em quem eles devem votar e como devem gastar seu dinheiro, e, além do mais, ainda fazem o possível para mudar nossa forma de governo e economia quando eles mesmos viveram por séculos como mendigos nos seus países. Por que diabos acham que nós lutamos todas essas guerras – pela diversão de lutar? Ou só para eles poderem vir para cá e trazer a Europa de volta outra vez? Mas você não vê", tremia descontrolado o pai, "eles são cultos, e nós, não, eles sabem o que deve ser feito, eles leram Karl Marx ou seja lá qual for o nome dele e leram isso e aquilo, enquanto nós somos apenas um bando de cabeças-duras ignorantes que não fazem nada além de trabalhar. Ah, rapaz, eu ouço muito isso na Union Square, de vez em quando vou lá para ouvir."

"Você devia conhecer o grande amigo de Francis, Engels", riu Peter, "ele é um desses personagens intelectuais de esquerda..."

"Não quero conhecê-lo nem ninguém igual a ele!", berrou o pai, avisando. "Eu sou capaz de quebrar o pescoço deles! Eu realmente tenho medo de fazer isso!"

E nesse ponto Mickey riu porque seu pai estava gritando com muita fúria e de um jeito engraçado, e a mãe se levantou e fez outro bule de café e trouxe de novo a torta de tâmaras, e eles rasparam a fôrma até o último farelo. Ficaram sentados em torno da mesa da cozinha até depois da meia-noite. Parecia que alguma coisa alegre, rica e obscura, algo raro e extremamente jubiloso, algo inefavelmente contente, e meio triste, pairava e se ocultava ali perto, de alguma a forma, nos cantos, no corredor escuro, atrás das cortinas, no próprio ar dos quartos à meia-noite, penetrando, pairando ao redor da cozinha iluminada... algo que não podiam explicar, que todos sabiam e sentiam por dentro, com avidez e gratidão.

"Não sei", disse Marguerite Martin com ar tristonho, "mas o melhor tipo de vida, em minha opinião, foi a vida que levávamos na fazenda do meu avô em New Hampshire. Isso foi antes da morte de meu avô, antes de eu ir trabalhar nas fábricas de sapatos. Você se lembra, George, quando me conheceu e me visitava lá nos fins de semana. Deus, como você comia naquela época. Petey, em um sábado de manhã, sua tia Alice e eu colhemos nabos e repolho e cenouras e batatas e ervilhas frescas na horta e fizemos um grande ensopado – ah, que ensopado delicioso, com todos os vegetais ainda com os sucos da terra e com um gosto tão bom e forte no caldo. Bem, ao meio-dia, seu pai comeu três pratos cheios daquele ensopado. Achei que ele fosse explodir! Você se lembra, George, como eu dizia que você estava ficando roxo?"

"E como lembro!"

"Bem, e meu avô tinha barris grandes de sidra de maçã no porão e durante a tarde inteira você bebeu sidra até que eu comecei a achar que você ia explodir de novo..."

"Eu também fui pescar com o velho no riacho, lembra?"

"Lembro. E então, de noite, meu avô foi para o quintal e acendeu o fogo de carvão e assou o jantar. E escutem! – à noite fizemos balas de melado. Ficamos na varanda batendo e batendo até ficar com aquela linda cor caramelo, cantando, sabe. E comemos aquele doce e cantamos com o piano e nos divertimos muito. E sabe, Petey, meu avô nunca nos deixava ir para a cama sem beber um copo de vinho quente – *vin ferre* como ele chamava. Ele botava um ferro quente no vinho e ele soltava fumaça, e quando você bebia aquele vinho, meu avô sempre dizia que você podia ir patinar de ceroulas." Ela riu contente.

"Era um velho engraçado..."

"De manhã, Petey, meu avô saía e tirava leite de suas vacas e trazia um balde cheio de nata tão grossa que você podia cortar com uma faca. Então cortava um pedaço de carne e o fritava em uma frigideira, e então quebrava oito ovos dentro dela, e os fritava, e trazia para seu pai aquilo tudo de café-da-manhã, mais pão fresco que sua tia Alice fizera naquela mesma manhã no forno da casa dela, e o creme para mergulhá-lo dentro, mais um pouco do puro xarope de Vermont."

"E Petey", disse o pai com reverência, "se você nunca comeu pão com nata e xarope, está perdendo a melhor comida da terra..."

"Depois, George, lembra, era um domingo, e meu avô saiu e caçou uns patos e os trouxe para casa e os depenou, cortou ao meio e assou na brasa."

"Aquilo foi um banquete!"

"À noite, Petey, todos nós fomos à igreja em Williamette's Corner para as vésperas. Seu pai queria me agradar, então ele veio junto com a gente para a igreja, mas eu sabia que ele nunca ia à igreja." Ela piscou solenemente para os filhos. "Isso foi há tanto tempo, não foi, George? Meus tios ainda vivem desse jeito em New Hampshire, e outros no Canadá, e essa é a melhor vida que existe. Tudo bem, o trabalho é duro, mas eles são recompensados pelo trabalho, vivem e são felizes e têm saúde, e são independentes, ninguém pode dizer a eles o que fazer. Você pode ter seus comunistas e seus neuróticos e essa coisa toda, mas um bom e velho fazendeiro que vai à igreja é que é um homem, um homem de verdade..."

"Isso me deixa fora, hein?", exclamou Martin, cutucando Peter nas costelas. "Acho que isso deixa o velho aqui completamente fora, hein?"

"Nova York é legal", continuou a mãe, "é legal pelos cinemas e as lojas e a diversão e muita gente, mas em relação a viver como as pessoas deveriam viver, eu fico com o campo e as cidades pequenas".

Conversaram desse jeito até as duas da madrugada, até Mickey cochilar na mesa ao lado deles.

Quando todos foram para a cama, Peter saiu no quintal dos fundos por alguns minutos. Fumou um cigarro no ar fresco da noite e olhou fixamente para o homem que segurava sua cabeça dolorida na parede do armazém, enquanto a noite do Brooklyn rugia e trovejava à sua volta.

[6]

UMA NOITE NAQUELA semana Peter se encontrou com Kenny Wood em um bar da 2nd Avenue. Eles tinham de se encontrar com Judie e Jeanne e os outros na 52nd Street em meia hora, mas demoraram um pouco bebendo nesse lugar velho e triste antes de saírem para pegar um táxi.

Era um bar estranho, parecia mais uma taverna, onde Kenny Wood sempre ia, era um salão vazio, escuro e com correntes de ar onde os poloneses locais dançavam umas polcas alucinadas nos sábados à noite, que Kenny observava com um silêncio sorridente enquanto virava um uísque com cerveja atrás do outro. Às vezes tinha de ser levado dali até um táxi por aquelas pessoas que não falavam inglês nem entendiam o que ele ia fazer ali. Esta noite, como na maioria das noites durante a semana, parecia uma estação de trem melancólica com os velhos resmungando sobre suas cervejas no balcão, sob uma luz fraca cercada por sombras, ao lado de uma estufa de ferro pequena.

Kenneth estava sentado debruçado para frente com a cabeça entre as mãos. "Um dia vou querer morar nos Bálcãs entre os eslavos. Eles são grandes pessoas misteriosas que apenas não vivem como nós, nem amam como nós, nem se enfurecem como nós." Virou-se de repente para Peter e disse, "Por que você não volta para a sua esplêndida Galloway, Martin? O que você está fazendo aqui?" Olhou para ele de um jeito estranho. "Você alguma vez já foi assombrado por um fantasma? Alguma vez já acordou no meio da noite e viu um debruçado sobre a sua cama, observando-o maldosamente? Já sentiu que estava trancado em um armário, sufocando com esse fantasma?"

"Do que você está falando?"

"Estou falando sobre Waldo. Foi isso que ele fez na casa de Judie na noite em que você chegou. Ele voltou depois que Judie o expulsou. Ficou espiando a mim e a Judie, bem no meio da noite."

Peter ficou atônito e não sabia o que dizer.

"Martin, você sabe que algumas pessoas estão condenadas, e outras, não? Alguns são *assombradas*, outras obtêm graças, então o que você está fazendo aqui? Você é o único que recebeu graça. Por que não volta para a aqueles riachos lindos e campos de beisebol, aquele seu grande vale natal. Você não apreça o valor de um vale? Onde está aquele seu irmão Mickey sobre quem você costumava me falar no navio? Onde estão todas aquelas suas irmãs legais que costumavam andar por aí com tanto amor? Onde estão sua mãe, seu pai? Onde está seu bom senso, garoto?"

"Olha, toda a minha família está morando em Nova York, agora."

"Ah, Martin, você me deixa triste. Mas mesmo assim, será que podia me emprestar cem dólares para eu fugir para o México? Você tem dinheiro, não tem? Acabou de desembarcar de um navio, não faz muito tempo." Ficou repentinamente pálido e sério.

"Eu não tenho *cem dólares*. Para que você quer fugir para o México?"

"Para escapar do *fantasma*! Desse sujeito! O velho Waldo de um braço só que fica espiando as pessoas. O velho filho-da-mãe castrado do Meister com a carne pendendo de seus ossos!"

"Por que você simplesmente não diz a esse sujeito para cair fora?"

"Fantasma, fantasma..."

"Mesmo fantasmas podem cair fora", olhou Peter de cara feia.

"Não fantasmas bichas como esses. Eles contam histórias de amor e morte. Esse fantasma aí me seguiu por amor, de uma assombração para outra, assustando criancinhas e fazendo velhinhos berrarem. Ainda assim, você acha que podia me descolar cem dólares?"

"*Cem*, não."

"Ou cem, ou nada!", disse Kenny em uma voz abafada estranha, batendo com os punhos nos joelhos. "Ou vou simplesmente ter de pedir carona e tentar não ver fantasmas nas árvores à noite." Pagaram a conta e saíram para pegar um táxi.

Quando chegaram à 52nd Street, Peter, desnorteado, viu um grupo de pessoas parado na calçada em frente a uma boate. Então reconheceu Judie e Jeanne, Levinsky e Waldo e Junkey e um jovem alto e desajeitado que parecia estranhamente familiar.

"Ei, aí estão vocês, finalmente!", exclamou Judie, olhando de cara feia para Peter. "Eu teria ficado cansada de esperar se tivesse ficado em casa esperando por *você*!" Mas ela tomou o braço dele e o puxou.

Leon Levinsky adiantou-se com um passinho arrastado curioso, as mãos juntas à frente timidamente, como um oriental educado, inclinando-se com um pequeno gesto de cabeça. "Agora mesmo dois caras no bar queriam brigar com Waldo e Junkey e eu porque estávamos na companhia de duas mulheres *charmosas*. Aparentemente, sentiram uma espécie de falta de decoro, e eu bem que admirei sua sabedoria terrível. Não preciso dizer que nós demos no pé." Ele riu e recuou.

"Bem, não vamos ficar parados aqui", enfatizou com nervosismo Kenneth, "vamos andar ou algo assim, ou vamos para algum outro lugar." E ele foi até Waldo Meister, que estava parado ali do lado, ouvindo com um sorriso vago, pegou um cigarro do maço dele e voltou para Jeanne. Todos começaram a andar em grupos esparsos e confusos. Kenneth e Jeanne ficaram no final e paravam freqüentemente para se beijar com paixão. Era uma noite de primavera cálida e agradável e as calçadas da 52nd Street estavam cheias de gente.

"Bem", disse o rapaz alto e desajeitado, botando a mão grande no ombro de Peter, "você não se lembra de mim?"

Era Buddy Fredericks. Peter teve de pensar duas vezes até reconhecê-lo.

"Estamos esperando você desde de tarde!", exclamou Judie com desdém. "Buddy veio ver você e tomou uma cerveja e tudo mais!"

"E onde está Liz?", perguntou Peter.

"Está na cidade", sorriu Buddy. "Olhe para aquele letreiro na frente do Opal Club, o que você vê, cara?"

Do outro lado da rua em frente ao clube havia um grande letreiro onde se lia: "Billy Camarada e seu sexteto, com Ottawa Johnson, sax tenor; Curly Parker, baixo; Mel Gage, bateria; Lucky DeCarlo, guitarra; e Buddy Fredericks, piano".

"Nossa, que maravilha! Eu não sabia que você estava tocando com Billy Camarada. Ele é ótimo! E onde está Liz? Como ela está? Como está a Lizzy?"

"Está cantando em um clube lá no Village, o Village Heaven."

"Cantando!", berrou Peter surpreso. "Minha própria irmã – cantando em uma boate? E eu nem sabia! O que acha disso Judie! Ela é boa, Buddy? Vamos, cara, queremos uma opinião justa!" Ele de repente estava felicíssimo por conversar com Buddy, e com Judie também, depois daquele estranho papo atormentado de Kenneth em Downtown.

"Liz é uma cantora bastante boa", riu Buddy, "vai um pouquinho na onda do momento. Ela começou em São Francisco no ano passado..."

"E onde vocês dois estão morando?"

Buddy olhou para Peter com uma seriedade repentina.

"Ei!", continuou Peter com entusiasmo. "Vocês não conseguiram repetir a dose? Não arranjaram por acaso um sobrinho para mim?"

"Bem, não. Desde que aconteceu aquilo em Detroit, Liz nunca mais quis engravidar..."

"Ah, ela vai superar isso."

"Outra coisa – quer dizer", gaguejou o músico alto, "bem, Liz e eu nos separamos. Acabei de chegar de L.A. Liz está em Nova York há três meses. Nós terminamos, sabe..."

Com mais tristeza que surpresa, Peter olhou para outro lado com raiva. Todos tinham parado na esquina da Quinta Avenida e estavam movendo-se sem rumo, de maneira confusa. Waldo Meister, o líder desse desfile sem propósito, olhava para o norte e para o sul, para o leste e para o oeste, e finalmente virou o rosto e disse: "Bem, não tem lugar para sentar aqui, a gente bem que podia voltar por esse mesmo caminho". E começou a andar na direção de onde vieram.

"Ei, por que a gente não procura um banco de parque ou algo assim para se sentar!", sugeriu enfastiado Junkey para todo o grupo. "Eu só queria me sentar e relaxar..."

"Eu soube que tem um músico entre nós", falou Waldo Meister com um sorriso. "O que você toca?"

"Piano", disse Buddy, olhando para ele com seriedade. "Já me disseram que você tem uma grande coleção de discos."

"É, mas acho que não a aproveito mais como antes. ..."

"Discos de música clássica, suponho?"

"O que mais poderia ser? Claro. Isso tem alguma ligação?", perguntou Waldo com sarcasmo súbito.

"Ah, que maravilha", exclamou Levinsky, entrando na conversa. "Esse é um assunto sobre o qual é bom conversar! Você nunca ouviu o novo jazz bebop, Waldo, completamente diferente das velhas formas européias. É uma espécie de música americana louca e dionisíaca, emoção e frenesi puros, que transmite grandes vibrações através de todo mundo. É uma loucura!"

"Acho que é mais legal que isso", sorriu Buddy.

"Quase como uma orgia, não percebe, na qual todos vão explodir e se tornar como que um só. Verdade!"

"A música faz isso tudo?", sorriu Buddy com surpresa.

"É. Eu senti isso. Ela cria uma harmonia frenética, num turbilhão que é meio parecido com a maconha, sabe! Ah, você devia ver as figuras doidas que vão a shows de jazz, agora, bem aqui em Nova York!"

"Bem, *cara*... mas e sobre a música propriamente dita?"

"Pelo que eu entendo", disse de repente Waldo com uma voz curiosa, aguda e furiosa que soou muito aflita e surpreendeu todo mundo, "bebop ou jazz ou seja lá como vocês chamam é só um berreiro barulhento. Sem dúvida não pode ser chamado de música, e por mais que vocês digam, é um monte de bobagem adolescente para adolescentes bobos americanos!"

"Viva!", gritou Kenneth Wood mais adiante na rua.

Buddy não estava visivelmente tocado por essas observações que eram dirigidas a ele na confusão geral e na irritabilidade do momento. Apenas deu de ombros, sorriu e virou-se tranqüilo e divertido para Peter.

Mas naquele momento Waldo tinha se virado e dito algo, obviamente impertinente para Kenneth, que de repente ficou vermelho de raiva e afastou o olhar. Jeanne estava de pé ao lado de Waldo e ouvia o papo geral com um sorriso sonhador quando Kenneth pegou-a pelo braço e disse: "Vamos, *ma petite*, vamos para casa agora". Waldo agarrou o braço de Kenneth e o segurou com um ar perturbado de súplica abjeta.

Kenneth olhou para ele. "Solte, velho, ou vou arrebentar essa sua carcaça agora mesmo, juro que vou."

Waldo se aproximou, ainda segurando-o. "Olhe aqui, Kenneth, deixe eu ir com vocês. Por favor. Não acha que é a hora para uma longa conversa? Não acha que é hora de nos entendermos?"

Todos observavam com horror e confusão, apesar de fingirem não perceber.

"Eu disse para me soltar, sua bicha velha!", gritou Kenneth em fúria. De repente deu um tremendo tapa de mão aberta no rosto de Kenneth que o jogou esparramado de costas na calçada. A cabeça dele atingiu o chão com um baque surdo repugnante, e a bengala que ele carregava caiu com estrépito ao seu lado. Era uma visão repulsiva e desamparada.

Waldo tateou para conseguir se sentar, e Junkey se abaixou para ajudá-lo, enquanto uma pequena multidão se juntava e os outros ficavam parados mortificados. Kenneth saiu andando a passos largos rua acima com os saltos fazendo um barulho alto na calçada. De repente Peter correu atrás dele e o virou.

"Olhe aqui, pelo amor de Deus, Kenny, você não precisa bater num pobre aleijado!"

Kenneth continuou a andar. "Como você não está familiarizado com os fatos, Martin, é melhor guardar para si suas conclusões."

"Ah, vocês são todos malucos!", berrou Peter, de repente sentindo-se sufocado e enojado com tudo aquilo.

"Talvez, seu ingênuo, mas se alguém quisesse matar você, não tenha dúvida de que você também bateria nele. Boa noite." Kenneth virou a esquina e desapareceu. Peter olhou de volta para os outros, que ajudavam Waldo a se levantar. De repente, teve vontade de ir para casa e deixar para trás todas aquelas coisas tristes e apavorantes. Ele atravessou a rua depressa na direção do metrô.

[7]

Certa manhã na semana seguinte, depois de passar os dias em casa lendo e estudando, Peter se aprontou para voltar para Manhattan. Era meio-dia, o pai estava na sala da frente estudando os cavalos no programa de corridas e fumando um charuto.

"Aonde você vai agora?", perguntou olhando para Peter por cima dos óculos, com um olhar gentil curioso e afetuoso.

"Ah, vou voltar para Nova York."

"Ainda ligado a eles, hein?" O pai disse aquilo com um sorriso malicioso, e morreu de rir. Peter ficou imóvel, de cara fechada, perguntando-se por que sempre tinha de ser tão desagradável falar com seu pai sobre suas idas e vindas – o que, ele se deu conta com tristeza, sempre era tão inútil. Estava há dias pensando nisso, apenas deitado na cama e pensando nisso em cima de seus livros. Mas um pêndulo vasto e incansável dentro dele tinha balançado outra vez, e agora, inexplicavelmente, estava morrendo de curiosidade de voltar para ver o que todos estavam fazendo, o que Kenneth estava fazendo, e Judie, e Dennison, e Levinsky, até Waldo. E o que mais havia a fazer?

"O que quer dizer com ainda estou ligado a eles?"

"Só o que eu disse, você continua a vê-los" – e o velho Martin, apesar de não olhar para Peter, continuou a estudar atentamente seus números com um sorriso secreto satisfeito. Começou até a cantarolar um pouco.

"Não estou ligado a eles", desdenhou Peter.

O pai não disse uma palavra, mas continuou a cantarolar uma musiquinha e de repente inclinou-se para frente com um movimento ágil e rabiscou com capricho um numerozinho no papel.

Peter dirigiu-se para a porta, mas seu pai não pareceu prestar qualquer atenção a isso, e de repente, com uma sensação clara de que estava sendo enganado, Peter se sentou e acendeu rapidamente um cigarro. Houve um longo intervalo de silêncio.

Finalmente Peter falou num ímpeto: "Tem alguma razão para que eu não deva vê-los?"

"Não sei. Acho que você devia arranjar amigos melhores, só isso." E Martin escreveu outro número no papel com um ar profundo. "Garotos que levassem você a sério e fossem amigos e companheiros e verdadeiros, droga."

"Bem", sorriu Peter, quase sarcasticamente, "eles não são exatamente iguais à turma que andava com você na barbearia em Galloway, sabia? Isto aqui é Nova York."

"Não, acho que não são", disse Martin com certo grau de melancolia distraída enquanto virava uma página do programa. "Não, senhor. Quando eu vivia em Lacoshua, nós éramos apenas um bando de garotos do interior, só caipiras, sem sofisticação nem nada assim. Só um bando de garotos simples, mas nós nos divertíamos muito e respeitávamos uns aos outros. O velho Peter Cartier é um desses garotos. Tem alguma coisa errada com Pete Cartier?"

"Quem falou que tinha?", fechou a cara Peter. "Só quis dizer que esses caras em Nova York têm mais cabeça – são mais espertos em alguns pontos – mais interessantes em alguns pontos – pode-se dizer que são modernos. Não pode esperar que eu faça as mesmas coisas que você fez."

"Modernos", sorriu secamente o pai. "Por falar nisso, por que você não procurou algum dos colegas do navio. Eles parecem um grupo de sujeitos legais."

"Não preciso de amigos, não preciso sair por aí à procura de amigos. Posso viver muito bem sem eles. Quando estou em terra gosto de fazer o que me dá vontade. Estou só andando por aí e me divertindo sem me aborrecer..."

"Você está é andando com um bando de viciados em drogas e marginais, é isso o que está fazendo."

"Quem disse isso?", olhou Peter com raiva.

"Ah, não se preocupe, tenho olhos e ouvidos. Desde que tudo isso não afete *você*. Tenho *orgulho* de você por ter marginais e viciados e malucos como amigos. É tudo o que eu esperava de você quando era pequeno, quando correu para mim naquele dia chorando e dizendo que seu irmãozinho tinha morrido."

Peter estava estranhamente reflexivo. "Eu quero saber tudo sobre Nova York, é isso." Ele se deu conta de que o pai sabia tudo sobre seus amigos. Sentiu que de alguma forma estava puxando os fios de uma velha conversa. "Estou mesmo muito interessado nisso, pai. Acho que não me importo com o que as pessoas façam, desde que seja algo diferente. Fico curioso."

"Bem, é", disse George Martin, igualmente calmo e ponderado, "eu também era assim, ficava curioso para diabo em relação a algumas coisas, não ficava satisfeito até saber tudo sobre elas. Às vezes fazia papel de bobo. Achava que havia um rasgo de curiosidade excessiva em mim. Mas algumas coisas me incomodam. Nunca gostei de marginais."

"*Eu sou* curioso demais para isso", disse Peter com fervor, perguntando-se por que aquilo parecia tão verdadeiro. "Odeio esses bandidinhos da Times Square, os caras com porretes e às vezes revólveres, posso identificá-los. Mas gosto de conversar com alguns dos outros. Não sei como você os chama – estão apenas por ali à espera de que alguma coisa aconteça. Às vezes me sinto como um idiota, sinto mesmo."

"Havia um pequeno rasgo disso em mim também, eu acho – idiotice! Não sei... às vezes sinto que fui um idiota em algumas ocasiões, especialmente em relação à minha gráfica. É, tem um rasgo, sim."

"Eu não uso nenhuma droga, você sabe. O que me interessa é por que eles começaram a usar, como eles se sentem. Vida é vida."

"Olhe! Você pode dizer o que quiser, mas não tenho como saber se você usa ou não!", gritou de repente Martin.

"Você acredita que *eu* faria uma coisa dessas?", exclamou Peter. "O que acha que eu sou, afinal? – um bobo, um retardado, ou algo assim?"

"Seus amigos são, não são? Há um velho ditado que diz, diga-me com quem andas e te direi quem és."

"Eu não engulo esse papo de curiosidade, Peter", continuou o pai, mergulhando em pensamentos. "Francamente, não sei o que aconteceu com você. Tudo desandou muito tempo atrás, você é outra vítima das mesmas coisas sobre as quais estava falando outra noite..."

"Eu faço o que quero! Se sou curioso, se me interesso por certas pessoas, é porque sou assim! Não sou vítima de nada! Vou viver neste mundo, vou descobrir tudo sobre ele, não vou cobrir os olhos como uma donzela em apuros, nem como um velho puritano, nem como um coelhinho assustado! Eu me interesso pela vida, qualquer tipo de vida, todo tipo!"

"Qual pode ser seu interesse naquele sujeito de um braço só?"

"Waldo Meister? Eu nem o conheço direito."

"Mas ele anda com vocês, não é?"

"Não gosto dele por lá, Judie também não. Kenny Wood bateu nele semana passada!" Peter estava falando sem parar e sem pensar com uma ansiedade infantil por se desculpar.

"Sei, sei...", disse George Martin.

"Bem, agora como você pode saber?" Peter olhou para seu pai e ficou maravilhado por ele saber tanto. Então se sentiu um pouco assustado pelo giro repentino, inesperado e desconhecido daquilo.

"Eu não contei a você, mas seu amigo Levinsky apareceu aqui outra noite, acho que foi na segunda-feira, quando você foi ao cinema com Mickey e sua mãe."

"A-rá!"

"E eu conversei com ele", exclamou o pai com raiva, "e consegui dele muita informação, um monte de fofocas. Ele gosta de falar, acha que está causando uma boa impressão. Paguei umas bebidas na esquina e ele falou."

"Você não me disse que ele tinha vindo aqui."

"Não, não disse."

"Eu não me importo mesmo."

Os dois ficaram sentados olhando para longe em um silêncio irritado.

"Se quer minha opinião, acho que você é maluco por andar com esse bando – maluco da idéia!" Ele bateu na cabeça. "Não consigo pensar em nenhuma outra explicação."

"Se sou maluco, você também é", engasgou Peter.

"Que coisa boa de se dizer."

"Desde que me entendo por gente você vive me dizendo o que não fazer, o que *não fazer*. Mas nunca me disse o que *fazer*!"

"Eu não sou Deus, não posso dizer a você o que fazer, tudo o que posso dizer é o que *acho* que você deveria fazer..."

"Deveria isso e deveria aquilo – é só isso o que escuto por aqui."

"Talvez seja assim. Sou seu pai e mais velho que você e mais experiente..."

"Mais experiente, e ainda assim diz haver algumas coisas que não gostaria nem de ver..."

"Já vivi mais e devo saber o que é melhor para você!", gritou o pai. "E seu futuro? Do jeito que está indo, não vai chegar a lugar nenhum."

"Eu quero que o futuro vá para o inferno!"

"Na minha opinião, você também vai virar um viciado, um vagabundo igual a esses com quem anda. Você jogou fora uma educação, ganha um dinheirinho no navio e gasta com bebidas e sustentando aquela vadiazinha..."

"Ela não é nada disso", sorriu Peter, com uma espécie de satisfação louca.

"Ela pode ser o que for! Isso não é certo e não é honesto! Você parece não ter nenhum sentido de honra! Tudo o que eu e sua mãe ensinamos a você se perdeu, tudo está distorcido dentro dessa sua maldita cabeça tola de um jeito que eu não conseguiria entender nem que minha vida dependesse disso. Isso machuca, seu demônio, machuca!", gritou. "Sou seu pai e estou preocupado com você..."

"Isso é só outro jeito de dizer que sou um vagabundo que não serve para nada, vá em frente e admita! Então eu bebo, está bem, tenho meus motivos! Qual é a grande coisa pela qual a gente deveria viver hoje em dia? Qual a grande fé, a esperança e a caridade dessa era que foi jogada sobre nossas cabeças..."

"Na minha cabeça também! Na minha cabeça também!"

"Está certo! Mas não precisamos culpar os tempos, isso é tudo o que eles fazem, culpar os tempos."

"É simples", disse Martin. "Sua mãe e eu, toda a sua família, a gente dela, por mais burra que seja, e a *minha gente*, sempre fomos trabalhadores, acreditamos em trabalhar para viver e em viver vidas *de verdade*. É isso o que você pode dizer sobre este país em geral, ou pelo menos do jeito que ele costumava ser..."

"Isso não tem nada a ver!"

"Este país não significa nada para vocês, garotos, é só um lugar grande e bobo onde por acaso você estão circulando e se divertindo, é só isso!"

Peter deu um sorriso.

"Claro, claro!", berrou o pai. "Vocês, garotos, sabem tudo! Mas vão levar na cabeça, vão mesmo, e não vai..."

"Você está torcendo."

"Eu torcendo? Deus, Deus, você está levando na cabeça, agora", disse com expressão de agonia, "mas acho que deve haver uma espécie de nova coragem entre vocês. Vocês agüentam tanto e não dão a mínima e ainda continuam por aí com aquele sorriso. Dou crédito a vocês por isso, a todos vocês. Mas você não *liga*! Não liga para seus pais que amam você. Aconteceu alguma coisa *má* e horrível, só há infelicidade por toda parte. E a *frieza* de todo mundo!"

"Não sei do que você está falando", disse Peter.

"A vida é viver, trabalhar, planejar, acreditar, coisas para fazer, viver, viver, viver uma vida simples, e nela também tem Deus!"

"Algumas pessoas ficam entediadas." Peter dizia qualquer coisa que deixasse seu pai com raiva.

"Ah, essa é outra mentira inventada só Deus sabe por quê. Isso tudo é tão maluco. Eu nunca poderia sonhar que meus próprios filhos cairiam nela, *você* e Liz e Francis! Nunca poderia sonhar! Por que vocês todos querem ser tão infelizes, por que querem se castigar? Só o Senhor sabe o que vai acontecer a Charlie e ao pequeno Mickey com o tempo, ou a você. No fim das contas, isso só parte um coração de pai. Não tem jeito."

Com uma compreensão terna e imediata, Peter de repente se ouviu dizer sem pensar: "Por que vocês não vêm visitar a mim e a Judie hoje à noite e a gente vai a um cinema. É sua noite de folga, não é?"

"Para quê?", rosnou Martin, um pouco surpreso. "Não acho que ela ficaria satisfeita em nos ver."

"Mas tem de ficar, é a minha namorada, e tinha que se encontrar mais com vocês. Por que não?"

"Bem, vou conversar com Marge sobre isso. Acho que você está bem sério com essa garota, não está?" O pai olhou para longe, de modo amável. "Não quis dizer o que falei sobre ela, eu nem a conheço, esse é todo o problema..."

"Eu não tenho intenções sérias com ela, acho que não sou sério com coisa nenhuma, ou acho que só levo a sério as coisas que não podem ser feitas. Não sei", murmurou Peter com tristeza.

"Bem..."

"Venham hoje à noite", balbuciou. "Vamos fazer *alguma coisa*. Vejo vocês à noite? Hein? Não esqueça." E Peter saiu despreocupadamente. Quando fechou o portão de ferro na calçada, viu o pai sentado dentro de casa em atitude de solidão meditativa.

"A idéia mais tola da face da Terra", pensou inexplicavelmente, "é a idéia que uma criança tem de que seu pai sabe tudo."

No metrô ele meditou sobre o pensamento de que *aquela* devia ser a idéia que os homens sempre tinham feito de Deus. Mas recordou com pesar que quando a criança crescia e buscava conselhos, recebia apenas palavras humanas sinceras e hesitantes, quando a criança buscava alguma espécie de caminho, descobria apenas que o caminho de seu pai não bastava, e ficava apavorada ao se dar conta de que ninguém, nem mesmo seu pai, realmente sabia o que fazer. E ao mesmo tempo, que pais e filhos deveriam ter uma noção em suas almas de que deveria haver um caminho, uma visão de vida, uma maneira adequada, uma ordem em toda a desordem e tristeza do mundo – que só Deus deve estar sempre nos homens. Não importava se os homens podiam viver sem tensões e aflições interiores, sem escrúpulos ou morais ou trepidações sombrias, sem culpa, auto-humilhação ou horror, sem suspiros e uma incômoda preocupação espiritual que não tem nome – não importava, eles continuavam a achar isso. Em suas almas, prevaleceria com força o *deveria-ser*, isso era sempre assim.

[8]

Quando Peter entrou sem bater no apartamento de Judie, encontrou-a na sala da frente com um rapaz que ela conhecera em um bar naquela manhã. Estavam bebendo cerveja e conversando. Era um jovem marinheiro que tinha acabado de voltar de uma longa viagem ao Brasil, usando óculos escuros, calças folgadas e uma echarpe de colorido estranho em torno do pescoço. No início, ele olhou com raiva para Peter, sem entender a situação, sem saber que era vítima das tramas intermináveis de Judie para deixar Peter com ciúmes. Peter resolveu não parecer com ciúmes e foi para o escritório e sentou-se e ficou olhando para os telhados cinzentos do dia.

Quando o jovem e estranho marinheiro foi embora, Judie veio e sentou-se no braço da poltrona de Peter com ar nervoso e irônico.

"Está com ciúmes?"

"Não, não estou com ciúmes. Quando você vai crescer, sua maldita idiota?"

"Quando *você vai* crescer, senhor Martin! Você desaparece e acha que vou ficar esperando sentada."

"Fui passar um tempo em casa, só isso."

"Você foi para casa", arremedou ela com sarcasmo, "para casa e para aqueles seus malditos pais que não fazem nada além de criticar o dia inteiro. Bem, pode ficar com eles, meu irmão!"

"Escute aqui", disse Peter, levantando-se e agarrando-a pelo braço e quase a sacudindo, "você quer se casar, mas não quer nada do que vem junto com isso". Peter estava gritando. "Claro, claro, você quer se casar – e não troca uma palavra civilizada com meus próprios pais. Nem sei que tipo de mãe você daria..."

"Você não me ama?", perguntou ela de repente, chorando. Ele a havia assustado. Ela foi para um canto do aposento e ficou olhando para ele assustada, e ele sentiu por ela uma torrente de piedade.

"Olhe, Judie, droga, eu amo! *Gosto* de você. Talvez eu e você fiquemos juntos, talvez por toda a nossa vida, mas você faz algumas coisas de que não gosto!" Ele estava atrapalhado e dilacerado por essas coisas que não queria dizer.

"Bem, você também não é perfeito!", exclamou ela.

"Está bem, não sou perfeito – mas o que vamos fazer?", botou para fora finalmente, com enfado. Ele se sentou. "Escute", disse por fim, "meus pais vêm aqui hoje no fim da tarde. Eu os convidei. Vamos todos sair para jantar e ver um filme".

"Eu não vou. Não quero vê-los."

"Bem, é isso o que eu digo."

"Quero me casar com você, não com eles."

"Ninguém está pedindo que você se case com eles. De onde venho, jovens recém-casados se dão bem com seus pais..."

"Não me importa de onde você vem, cidades pequenas e gente pobre e todas as suas regras tolas. Vou viver do jeito que quero e não me importo com o que ninguém pensa. Você está ficando igual a seu pai, só um bode velho resmungão sempre preocupado com uma coisa ou outra. Você *adora* se preocupar! Por que não tenta apenas aproveitar a vida – como meu pai costumava fazer antes de morrer", acrescentou de modo contemplativo. "Quando nos conhecemos, Peter, achei que você era igual a ele – seu sorriso e o jeito de fazer as coisas, um grande atleta, e o jeito como gostava de comer e fazer amor e – apenas ser! Mas agora você está igual ao seu pai! Ah, eu o odeio!", gritou com raiva.

Peter estava sentado perto da janela onde uma chuva triste tinha começado a tamborilar no vidro, e olhava fixamente para fora. Judie o viu desse jeito, e se aproximou e sentou em seu colo, e encostou o rosto no dele, com ternura. E só a sensação da têmpora dela encostada em seu rosto, do crânio pequeno e cálido apertado apaixonadamente contra ele e da mãozinha enroscada na dele fez com que se esquecesse de todo o problema.

Na penumbra encararam as órbitas escurecidas dos olhos um do outro, para os olhos levemente luminosos de si mesmos, e ficaram pensativos e escutaram a chuva nos telhados. Sabiam tanto um sobre o outro, no fim, que devia ser impossível que brigassem outra vez. Todo o mundo chovia, mas eles estavam juntos na atmosfera cálida e doce de si mesmos, na luz tênue que seus olhos emitiam na escuridão, no clima que seus corpos faziam ao se abraçarem, ao sabor de sua tristeza amorosa. Estavam completamente sozinhos, juntos na doçura daquilo e só então, por alguma razão só então, puderam recordar do enorme amor que deviam sentir por todos no mundo. E a sabedoria do fato afetuoso de que se amavam era muito verdadeira e definitiva. Tanto que ficaram por horas juntos no escuro sem dizer palavra, ficaram só ali, quietos.

Quando a mãe e o pai de Peter chegaram às sete, a própria Judie abriu a porta e os cumprimentou com ternura tímida. Peter não se lembrava de ter estado mais feliz que naquele momento.

Seu pai se sentou nervoso na beira do sofá, com o ar cansado, modesto e decente desse tipo de homem, com seu vasto aspecto triste mais tocante que nunca, quando olhou para a pequena Judie e pareceu decidir que, afinal de contas, ela era uma boa garota. Seus olhos estavam luminosos, úmidos e tímidos ao olhar para ela. Peter sabia que antes de tudo seu pai perdoava com facilidade, perdoava por dentro antes mesmo de perdoar em um sentido formal. E sua mãe, com seus olhos astutos observadores e seu jeito tímido e alegre, também era uma pessoa de quem se orgulhava – por causa de sua enorme compreensão que sempre ficava escondida sob seu jeito alegre e pesaroso. Ela ria e "tentava tirar o melhor das coisas", sempre, e Peter sentia com força o valor disso.

"Bem", disse o pai, "estamos todos prontos para encarar um belo jantar e um cinema?"

"E eu sei o lugar certo para irmos!", exclamou Judie com alegria, corando. "Um restaurante ao qual aposto que você nunca foi! *Você!*"

"Eu?", exclamou o pai satisfeito por ela estar se dirigindo a ele. "Está bem, minha querida, diga o nome dele e vamos ver."

"Bah!", desdenhou Judie. "Não vou dizer. Vamos até lá e aposto que vai admitir que nunca esteve lá."

"Feito!", riu o pai, sacando e acendendo um charuto. Quando Judie foi para o quarto se vestir, a mãe virou-se para o velho Martin e riu com alegria.

"Ela é uma graça! Tão simpática, Petey! Que bom que viemos. Sabe, ela tem o mesmo jeitinho que Lizzy tinha!" Ela esfregou o olho inexplicavelmente. "A coisinha."

Quando a campainha tocou, Peter correu até a porta com o sentimento tremendo de que tinha acabado de aprender a viver e a amar, e nunca iria se esquecer desse segredo. Abriu a porta com o ar de alguém que aceita um desafio, como um garotinho, vagamente consciente da alegria tola daquilo tudo – ainda assim com o medo misterioso de algo opressor e esmagador e desconhecido. Lembrou-se dessa sensação mais tarde, e reconheceu com tristeza sua presença. O homem na porta mostrou um distintivo da polícia e entrou de modo desinteressado.

"Qual o problema?"

"Você é Peter Martin? Vai ter de nos acompanhar até Downtown. Só queremos fazer algumas perguntas para esclarecer uma coisa. Houve um suicídio, um sujeito chamado Waldo Meister. Pulou da janela do apartamento de Kenneth Wood. Mas nossas investigações ainda não estão completas. Ponha seu casaco."

O detetive se sentou na sala da frente e começou a conversar com os outros, contando a eles os fatos com cortesia. Peter permaneceu pensativo em seu quarto por um momento, cheio de sentimentos tristes. Waldo Meister estava morto!

"Ah, é *só* isso!", ouviu Judie dizer com desprezo. "Não tem problema. E eu espero que o próprio Kenny tenha feito isso!"

O detetive reagiu de imediato. "Olhe aqui garotinha! Você pode não saber, mas essa é uma acusação séria..."

"Ah!", zombou ela, e saiu andando pela sala de seu velho jeito apressado e irrefletido. "Esse filho-da-mãe tentou matar meu gato, e estou satisfeita que ele tenha morrido, eu mesma ia matá-lo."

"Calma, Judie", disse Peter com raiva.

"Ah, cale a boca!", rosnou o velho Martin, andando pela sala. "Agora meu próprio filho está envolvido em um caso de assassinato! Agora acabou acontecendo! Falei a você para não se misturar com essa gente, avisei cem vezes! Agora você está encrencado! É, meu bom Deus! Assassinato!"

O detetive sorriu como se apreciando a cena. "Bem, não temos certeza *disso*! Pessoalmente, acho que é mesmo um suicídio."

O velho o encarou. "Já não é ruim o bastante? Que um homem se jogue da janela da casa de um garoto por algum motivo bobo! É nisso que o mundo está se transformando hoje em dia! Você devia saber disso por si mesmo em sua profissão!" Ele estava com o pescoço vermelho e o rosto totalmente pálido.

De repente, todo mundo percebeu que a mãe de Peter estava chorando. Peter correu até ela e a tomou nos braços; ela estava tremendo. "Calma, mãe, não é nada, vai ficar tudo bem."

"Todas essas coisas terríveis!", gemeu ela. "Petey, o que vão fazer com você?" Ela se agarrou a ele com medo, tremia toda e estava pálida.

Judie de repente riu de um modo quase histérico. "Bom Deus!", exclamou, sem pensar muito, e Peter virou-se para ela com uma expressão de ódio.

"Cuidado com o que você faz, sua..."

"Calaboca!", berrou desafiadoramente Judie, e os dois se encararam por um momento.

O velho estava enfurecido. "É isso o que eu devia ter esperado de pirralhos mimados! Vocês são todos iguais, todos vocês. Se tivessem ficado em casa e cuidado das suas vidas, ou feito amigos decentes, não estariam se metendo em encrencas terríveis como esta! Bem, vocês não escutaram, pediram por isso!"

"Ah, como é bom dizer eu avisei!", exclamou Judie em tom de mofa.

"Cale a boca!", gritou Peter, fora de si. Ele correu até Judie, segurou-a pelo braço e, por alguma razão, em sua confusão agoniada, tentou sentá-la em uma poltrona. Judie livrou-se dele com expressão de repulsa. Os joelhos dele estavam bambos, precisava se sentar. O próprio detetive agora estava um tanto confuso, mas saiu rapidamente desse estado e reassumiu suas faculdades oficiais e disse que estava na hora de ir.

"Você vai ter de identificar o corpo no necrotério."

"Posso ir junto?", exclamou Martin, pegando de repente o casaco.

"Não será necessário, sr. Martin."

"Mas eu quero ir junto. Se meu filho estiver com problemas, quero ver se posso ajudar. Não quero que cometam nenhuma injustiça com ele…"

"Não, não, não tem nada disso, ele não está com problemas – nenhum de que eu saiba. É um caso bem simples, mas estamos só conferindo. Se eu fosse vocês, gente, não ficaria preocupado."

"Mas não posso evitar!", soluçou a mãe de Peter. "É uma coisa que nunca aconteceu a nenhum dos meus filhos, eles nunca se meteram em nada como isso. Meu marido não pode ir junto e ajudar? Ah, Petey, você deve dizer a verdade a eles, tudo o que você souber, não minta para eles, Petey. George, por que não vai junto com ele. Ah, o que vou fazer agora?"

Peter estava de coração partido enquanto ela dizia essas coisas. Tinha uma sensação embriagadora e cega de estar tropeçando de uma pessoa para outra em um pesadelo horrível. Não via a mãe chorar desde que era criança, e vê-la assim deixou-o arrasado. Ele também estava chorando, em silêncio, escorriam pelo seu rosto grandes lágrimas que esfregou admirado com tudo aquilo.

Judie estava aborrecida e de repente vestiu o casaco e saiu depressa de casa.

"Aonde você vai?", berrou Peter, atravessando a sala aos tropeções atrás dela.

"Estou de saco cheio de todos vocês, malditos escravos. Eu volto para a minha casa quando vocês todos tiverem ido embora. Sabe de uma coisa?", acrescentou de repente, correndo de volta para a porta. "Isso é bem típico de gente pobre, sempre com medo de tudo. Bem, isso não é para mim! Se você se meter em encrenca e precisar de dinheiro para sair da cadeia, sou eu quem vai poder tirar você, não eles!", gritou com desprezo. "E então vejo você mais tarde, seu tolo."

"Escute, senhorita", rosnou o velho Martin atrás dela, "você sempre pode botar perfume no nariz, para não sentir seu próprio fedor. O que acha!" Ele enfiou o chapéu na cabeça e ficou andando de um lado para outro encolerizado, enquanto Judie batia a porta e saía. O detetive parado ao lado de Peter olhava pasmo para todo mundo. "Então é isso", suspirou o velho Martin, tirando o chapéu e o segurando e olhando ao redor cheio de pesar, como se de alguma forma estivesse demonstrando respeito pelo horror do que tinha acontecido, sem saber mais o que fazer.

Peter foi até Downtown com o detetive, e seus pais simplesmente foram para casa de metrô. O pensamento de como eles iam se sentir agora em todo o seu terror e inocência o deixou completamente arrasado.

Quando chegaram ao apartamento de Kenny Wood no Palmyran Towers, Kenny estava pálido e obviamente fora de si de medo devido ao desenrolar dos acontecimentos. Olhou com o rosto lívido para Peter. Seu pai estava lá dando telefonemas para seus amigos influentes por toda a cidade. Era um homem de boa posição e elegante, as têmporas grisalhas, jovial em sua energia e equilíbrio, um corretor conhecido em Wall Street e uma figura conhecida na sociedade de Nova York. Peter nunca o havia visto antes em todos os anos que conhecia Kenny. Agora que o filho estava com problemas, era claro que o pai estava preocupado apenas com a possibilidade de repercussões escandalosas.

"Sabe", ele estava dizendo para outro detetive, "tenho uma reputação para preservar. Só gostaria que a investigação tivesse sido conduzida com mais decoro. Os tablóides vão fazer uma festa com isso."

"Não podemos fazer nada em relação à imprensa, sr. Wood."

"É, acho que não." Ele deu um sorriso rápido. "Quem é esse?", acrescentou, olhando para Peter, mas Peter o odiou tanto naquele momento, com uma espécie de prazer sombrio, que o homem recebeu um olhar feio por sua curiosidade. Por fim o sr. Wood foi embora, explicando que tinha um compromisso importante, apertando o braço de Kenny, dizendo algo em voz baixa enquanto o rapaz ouvia sorrindo e ao mesmo tempo fazia movimentos enérgicos de quem tentava escapar com uma espécie de alegriazinha embaraçada.

Cansado e confuso, Peter resolveu ir para a sala da frente enquanto esperava por o que quer que os detetives quisessem. Percebeu ao cruzar a soleira da porta que a bisavó de Kenny estava na sala. Tinha quase esquecido de sua existência. Na verdade, ele era um dos favoritos dela há muito tempo.

Era uma senhora mirrada, mas ainda possuía traços de uma antiga força magra e ossuda. Estava sentada com uma manta xadrez sobre o colo, óculos de aros de ouro na mão virada para cima, algumas flores ao seu lado em vasinhos de barro de que ela cuidava, e uma bengala de bambu repousada contra a poltrona. Ela franziu o cenho, pensativa. "Estava aqui sentada", disse, e eles vieram e me contaram. Sabe de uma coisa? Não acho grande coisa. Já *vi* homens cometerem suicídio em minha vida. Vi um homem pular de um penhasco no rio Missouri muito tempo atrás, eu era uma menininha."

"Há quanto tempo foi isso?"

"Bem, Petey, eu não consigo mais lembrar, acho que foi nos anos 60; como falei, eu era uma menininha. Você ouviu lá dentro quando *ele* falou de sua reputação? Sabe do que ele está falando? Do trabalho e do sofrimento dos homens que vieram antes dele, meu marido, o filho de meu marido. Quando souberam que havia ouro, eles partiram. Não acharam ouro, bem, nada que valesse a pena, quero dizer, e você sabe, eles fizeram todo o caminho *de volta*. Alguns foram para o Oeste, e muitos voltaram, mas não fazia diferença, todos estavam desesperados por trabalho. Meu marido começou a cortar árvores na Virgínia e meu filho fazia papel e vendia. Então eles entraram no negócio de gado no Kansas. É essa a reputação *dele*!"

Aquela senhora de idade estava perturbada, algum rancor profundo contra o neto, pai de Kenny, estava se revelando.

"Ele nunca foi um pai. Nunca foi nem mesmo um filho. Sempre me perguntei por que uma linhagem de homens começa forte e termina desse jeito... Agora o pequeno Kenny tem muito de Wood nele, mas nunca teve oportunidade. Eu era velha demais para fazer muita diferença, de qualquer jeito. E os homens que vieram antes não podiam fazer muita coisa da cova por seus descendentes. Ele não teve estímulo nesta casa, nunca teve – e a mãe dele se casou com um conde austríaco, ora, *isso* é alguma coisa! Costumávamos rir disso na casa velha em Richmond. Naqueles dias nos anos 90 éramos muito ricos e as tias de Kenny ficaram caidinhas por dois ou três condes europeus de quem me lembro, mas no fim das contas acabaram se casando com homens comuns do Kentucky ou do Missouri. Ah, mas eu vi esta família mudar – das casas grandes cheias de irmãos e irmãs até se reduzir a isto. Isto!" Ela acenou desdenhosamente com a mão débil. "Mas agora ninguém me escuta mais – só fico aqui sentada pensando sobre isso."

Ela pôs os óculos vagarosamente e espiou Peter. "Venha me ver de novo outro dia. Seja um bom filho e vai ser um bom pai, e isso vai seguindo adiante o tempo todo." Ela olhou séria para ele. "Meu Deus, uma mulher ama um homem bom – e isso segue adiante o tempo todo."

Foi comovente ouvir essas coisas depois de tudo o que tinha acontecido, depois de tudo o que Peter conhecera em Nova York nos dez anos anteriores. Essa senhora sentada perto de uma janela na Manhattan altaneira, recordando o Missouri em 1860 e os homens e coisas daquela época, recordando desde as primeiras serrarias da Virgínia, e os dias das trilhas de gado, aos primórdios americanos de grandes florestas e planícies selvagens. Esses lugares e sua simplicidade crua agora tinham mergulhado na noite, muito além da expansão incompreensível dos subúrbios enfumaçados e cancerosos, da ruína e das cicatrizes enlouquecidas pelas ruas da cidade de Nova York e suas Chicagos, Cincinnatis, Milwaukees, Detroits e Clevelands espalhadas – tão facilmente esquecidas no turbilhão do tempo urbano, da conversa urbana e da fadiga urbana, em todos os Brooklyns e Babilônias, Baltimores e Gomorras, Gazas e Filadélfias, e as Pittsburghs entulhadas e destroçadas com todas as suas Toledos e Bridgeports, Newarks e Jersey Cities em ruínas e os seus satélites, as Hobokens e Akrons e Garys empoeiradas da terra.

Na voz dela ouviu as vozes de todas as pessoas velhas, vozes sem sarcasmo, fastio ou repulsa, vozes fortes contando sem pressa a crônica de trabalho e crença e alegria humanos. Na voz dela ouvia a voz de sua própria mãe, as vozes de seus avôs e avós, as vozes que ele queria ouvir de novo, as vozes que acalmavam em um mundo duro, em um mundo de trabalho real e esperança verdadeira.

Peter beijou a velha senhora no rosto e se despediu. Nunca mais tornou a vê-la; ela morreu um mês depois, a poucas semanas de fazer cem anos de idade.

Começou a chover torrencialmente. Peter e Kenny e os dois detetives foram de carro até o Hospital Bellevue para identificar o corpo no necrotério.

Subiram depressa as escadas e entraram rapidamente, quase com violência, mas imediatamente sentiram o cheiro acre de decomposição e morte. Um atendente atrás de uma mesa cochilava sobre uma revista, um relógio velho fazia tique-taque na parede, a chuva caía lá fora. Peter e Kenny olharam um para o outro com uma tristeza aterrorizada. Depois de conferir alguns papéis na mesa, um dos detetives indicou o caminho para os rapazes e desceu um lance de escadas largas até o porão. Enquanto desciam, o som da chuva diminuiu, o silêncio da morte tomou conta, e os corações dos garotos bateram com horror e curiosidade sôfrega.

Na atmosfera fria, úmida e cimentada do subsolo, nas catacumbas da cidade, havia a presença de algo horrível e secreto e oculto – os inúmeros mortos trazidos das ruas brutais acima.

Quando Peter e Kenny viram como o necrotério era realmente, tremeram até os ossos. Esperavam ver fileiras de lajes de mármore e cadáveres cobertos por lençóis brancos. Tinham lamentavelmente essa idéia por causa de filmes e revistas policiais. Em vez disso – e com uma sensação de que não podia ser de outra forma – viram fileiras e fileiras de gavetas por todos os lados com números e puxadores nas portas. O detetive olhou com impaciência para o pedaço de papel em sua mão, especulou apontando com um dedo, escolheu uma gaveta, agarrou o puxador e falou, exultante e em tom de desafio: "Está aqui! Sessenta e nove!" – e ele puxou a gaveta. Lentamente, sobre rolamentos, o corpo de Waldo Meister surgiu diante de seus olhos.

Se é que *era* Waldo Meister. O cadáver que jazia ali de costas era alguma coisa destroçada, não era humana de jeito nenhum. Esmagada, quebrada, com um cotovelo virado para cima ao contrário, um joelho torcido para o outro lado, uma massa disforme marrom coagulada onde deveria haver um rosto, e o cabelo parecendo um esfregão usado num abatedouro. Uma mosca solitária saiu zumbindo quando a gaveta se abriu, mosca solitária que tinha ficado dentro do nicho desde a tarde, e agora voava momentaneamente para longe.

Peter sentiu seus joelhos fraquejarem. Kenny ficou branco como papel. O silêncio por toda a volta ficou medonho com a presença súbita daquela aparição.

"É ele!", exclamou o detetive sorrindo para os jovens e se afastando para olhar com imparcialidade oficial para a coisa naquele gavetão. "É só identificá-lo e chega por esta noite. A patroa está me esperando com o jantar no fogo." Enquanto falava, um atendente grande, um homem ruivo musculoso de calças brancas antiquadas justas e de cintura alta e camiseta branca saiu gingando das sombras no fim do corredor, comendo um sanduíche e olhando para eles com curiosidade. Estava comendo a uma mesinha perto da porta dos fundos do porão, onde uma caminhonete dava ré naquele momento. Dois homens entraram carregando nos braços uma caixa comprida que continha, supostamente, outro corpo recolhido nas ruas acima. Estavam reclamando e gritando porque caía chuva sobre eles de uma calha com defeito.

"Bem, vocês podem identificá-lo?", perguntou o detetive.

"Como diabos podemos fazer isso!", reclamou. "Isto aqui não se parece com ninguém que eu conheça. Por que não fecha isso e a gente vai embora?" Ele recuou instintivamente, quase tocando outra fileira de gavetas. Saltou para frente mais uma vez em um reflexo aterrorizante. Sentiu uma necessidade súbita de sair dali correndo como o vento.

"Ele não vai machucar você, garoto", resmungou o atendente de camiseta com o sanduíche, "*agora* não vai". E para a surpresa absoluta dos dois rapazes, esse homem se aproximou do cadáver, levou a mão até ele e mexeu no cabelo cheio de sangue seco, movendo o crânio de um lado para outro grotescamente enquanto comia o sanduíche. "Tinha cabelo, não tinha? Está vendo o cabelo castanho aqui por baixo do sangue? Cheguem *mais perto* e olhem. Não dá para ver nada daí." Ele virou a cabeça de lado, aquela cabeça triste e abominável...

"Vamos, vamos!", comandou impacientemente o detetive. "Não posso ficar aqui a noite inteira. Vocês nunca viram um presunto antes?"

Kenny estava tentando balbuciar algo, esfregando e apertando as mãos e olhando desesperadamente para o outro lado. "Não... sei... quem é esse... juro por Cristo que não sei." Seu rosto era uma contorção de pesar e repulsa.

"Bem, você reconhece as roupas? Está vendo os sapatos ali!? E a carteira!"

"Carteira?"

"Bem embaixo daquele braço quebrado, a carteira, ali. Vocês já viram essa carteira antes?", exclamou o detetive.

O atendente esticou o braço e puxou a carteira e a mostrou para Kenny, que olhou para ela com medo e balançou a cabeça, dizendo: "É, essa é a carteira de Waldo. Eu... eu me lembro bem dela."

"E os cabelos castanhos?", disse o atendente, com um sorriso de soslaio para Kenny. De repente, arrancou um tufo de cabelo do crânio que fez um estalo seco, e segurou a mecha embaixo do nariz do rapaz.

Kenneth deu um pulo para trás com um grito agoniado. "Seu filho-da-mãe maluco!"

"Ruá! Ruá! Ruá!", gargalhou o atendente, jogando fora o cabelo e girando triunfantemente sobre um pé. Sem dizer outra palavra, voltou caminhando pelo corredor apavorante, comendo seu sanduíche.

"Por favor, vamos dar o fora deste lugar", implorou Peter. "Qual o sentido disto tudo? Só empurre ele de volta e vamos embora." Ele se virou e andou na direção das escadas com a visão do cadáver queimando como se nunca mais fosse se apagar de sua mente. Ele o via mesmo quando fechava os olhos, e sabia que nunca ia se esquecer daquilo. Não era só o cadáver, mas o lugar onde ele estava arquivado e registrado, sem nome e morto, no porão úmido do submundo da cidade.

Enquanto esperavam no escritório lá em cima, receberam um telefonema da central de polícia mandando liberar Kenny Wood. A investigação estava encerrada. Os garotos saíram juntos e tontos na chuva e foram embora do necrotério a pé.

"Eu fiz aquilo com o sujeito?", lamentou-se Kenny, olhando para Peter sob o aguaceiro. Seu rosto estava todo molhado de chuva e lágrimas, pálido de terror, todo retorcido e atordoado.

"Você não fez *aquilo* com ele, Ken."

"Ah, fiz, sim... do meu jeito. Igual a Cinara, assim.."

"Há vida e morte, cara, e ele está morto. Todo mundo morre..."

"Você não sabe do que está falando", desdenhou Kenneth de modo sombrio.

Caminhavam mecanicamente pela chuva sem qualquer intenção de se abrigar e nenhuma idéia de onde estavam nem para onde iam.

"Bem, adeus, Pete..."

"Aonde você vai?", berrou Peter.

"Como diabos posso saber... aonde *você* vai?"

"De qualquer jeito, vamos juntos." Peter fechou a cara e tomou-o pelo braço, e se perguntou o que poderia dizer. Não conseguiu pensar em nada. Talvez continuassem a caminhar a noite inteira pela chuva. As luzes de néon de um bar estavam brilhando na chuva do outro lado da rua.

"Vamos lá tomar uma bebida", disse Kenneth. "Ainda tenho um pouco do dinheiro que Dennison me deu para ir para o México."

"Ah, não se preocupe, Ken, você vai ficar bem..."

"Você diz muitas coisas sem sentido..."

"Então vá para o inferno."

"Acabei de sair de lá. Vamos beber e fazer um brinde a alguma coisa, talvez um brinde à minha avó."

"Você me ouviu conversando com ela esta noite?", Peter soltou um risinho.

"Claro que ouvi!", suspirou Kenny, e de repente, sem qualquer aviso, enfiou as mãos nos bolsos, tirou-as de lá com um punhado de notas, jogou-as fora e saiu correndo pela rua. Peter ficou parado em choque, ainda se perguntando o que estava acontecendo. Saiu atrás de Kenny, voltou, procurou febrilmente pelas notas, que se encharcavam na sarjeta, apanhou-as e disparou a toda velocidade atrás do rapaz, alcançando-o na esquina.

"Aonde você vai!?", berrou, agarrando-o pelo braço e puxando-o impulsivamente.

Kenny se virou e olhou para ele admirado, cansado, de modo quase submisso, e sentou-se, sem dizer palavra, no meio-fio – com os pés dentro de uma poça –, botou a cabeça entre as mãos, curvado, e de repente intercalando tudo isso com violentos tremores espasmódicos.

"Não foi sua culpa, Ken... Pelamordedeus, esqueça isso e se componha. Vamos tomar aquela bebida. Não fique sentado na sarjeta, você vai pegar a sua morte."

"Eu sempre me sento na sarjeta. Costumava me sentar na sarjeta o tempo todo. Uma vez vi um cara morto na rua todo esmagado por um carro quando estava *indo ver uma garota que eu estava namorando na época em Yonkers, e pensei, Sempre sou tão mais gentil que a morte.*" Ele afastou o olhar para o fim da rua. "O que diabos tem um Kenny Wood a fazer neste mundo? Não por causa disso, mas por conta de princípios gerais diluídos. Na verdade, por acaso é realmente bom sentar na sarjeta, é um jogo maravilhoso que as pessoas sempre jogam em momentos como este. Você não sabe nada, Martin? Talvez eu devesse dormir no rio esta noite."

Peter se sentou ao lado dele, mas se levantou instantaneamente porque estava frio e molhado demais. Ele recuou para uma soleira. "Eu só sei que é burrice sentar aqui na sarjeta."

"Lindo, lindo."

"O que é lindo?"

"Todos neste mundo são burros e lindos..." Kenny de repente soltou uma risada. "Então despacharam o velho. E, ah, ele virou um belo picadinho! A mamãe Meister sempre foi tão radical..."

"Vamos para um bar", disse Peter, tremendo.

"Até como um presunto. Bem, Pete, até logo." Kenny se aproximou e apertou a mão dele com a cabeça baixa.

Peter se ouviu dizer "Até logo" baixinho, mas quando Kenny foi embora, ele o seguiu por alguns passos, e então, outra vez, Kenny estendeu a mão, agora de um jeito triste e lamentável. Tinha algum troco na mão e, quando apertaram as mãos, as moedas tilintaram e algumas delas caíram na calçada.

"Eu apanho!", sorriu Peter, nervoso.

"Vá em frente. Até logo, Pete."

"Até logo, Ken."

Kenny saiu andando com determinação sob a chuva, e desapareceu ao virar uma esquina. Peter pegou as moedas da calçada e voltou para ficar de pé na soleira. Ficou ali olhando para a chuva, perguntando-se para onde ir. Olhou de um lado para outro da rua deserta e se perguntou quem era e por que chovia tão suavemente, e o que era tudo aquilo.

De repente, viu Kenny correndo pela avenida em sua direção.

Saiu correndo e gritando, "O que aconteceu?"

Kenny parou de correr e começou a caminhar despreocupadamente fazendo um pequeno círculo. "Minhas luvas brancas estão começando a esquentar. Não posso ir para casa agora – sabe, são as luvas brancas."

"Que luvas brancas?"

"Eles usam, sabe... os duques franceses.... quando enfrentam o pelotão de fuzilamento. O que vou fazer com elas? Você quer?"

"O quê?"

"As luvas brancas! As luvas brancas!"

Peter olhou ao redor e para a sarjeta, de modo lúgubre. "Isso é fácil, é só largá-las na sarjeta, olhe."

E Kenneth tangeu o ar acima da sarjeta, de modo mágico, e abriu a mão com dedos rígidos e teatrais, e olhou para baixo.

"Vou acompanhar você até a sua casa", disse Peter.

"Está bem. Mas por outro lado, vamos ficar aqui um pouco nesta bela soleira. Não, acho que vou para casa. Vá você para aquele bar e beba uma por minha conta, aquele brinde à minha bisavó. Até logo, Pete."

"Tudo bem", disse Peter, virando-se confuso e aborrecido.

Kenny foi embora novamente, dessa vez caminhando pela avenida, em linha reta, e desapareceu na escuridão chuvosa enquanto Peter inclinava-se para fora da soleira e olhava, olhava. Quando perdeu de vista a forma oscilante, ficou pensativo embaixo da chuva, em algum lugar da 2nd Avenue, no halo da luz de um poste enquanto a chuva de abril caía obliquamente sobre ele e cintilava na rua, enquanto uma longa melancolia se espalhava, reluzente e vazia.

Um caminhão solitário veio roncando pela avenida e desapareceu rua acima com um piscar das luzes traseiras. Os sinais de trânsito piscavam e faziam clique, piscavam e faziam clique para as ruas vazias. Peter se lembrou de Washington naquele amanhecer com seu irmãozinho Charley. E as fachadas dos cortiços estavam escuras e adormecidas por toda a volta na chuva mundana daquela noite.

Por volta de meia-noite voltou para casa, para o apartamento de Judie. Estava vazio. Apenas algumas horas antes seu pai e sua mãe estavam ali, e Judie. Agora todos tinham ido embora e ele estava sozinho com as ruínas assombradas da infelicidade deles, e da sua própria, pensando na morte e no fim irredimível de Waldo Meister, na futilidade louca de Kenny Wood, e na chuva cerrada das ruas lá fora.

Foi até seu quarto e deitou-se no escuro e acendeu um cigarro. Logo soube que ia começar a imaginar Waldo sangrando e cego à espreita no quarto, os braços estendidos para frente, com o grande monstro do suicídio agarrando o seu rosto disforme... Estremeceu e sentou-se.

Havia correspondência sobre a mesa ao lado da cama, duas cartas de Alexander Panos da Itália e outra de sua irmã Ruth de Los Angeles. Peter pegou as cartas como um homem paralisado. Acendeu o abajur da cama, com o sentimento estranho de ser única pessoa que restava viva em Nova York, e começou ansiosamente a ler primeiro a carta da irmã. Estava aproveitando umas folgas nos vales da Califórnia com alguns amigos, perto de Fresno, da Fresno que Alexander tanto amava por causa histórias que lera de William Saroyan sobre crianças armênias.

Começou a abrir distraidamente uma das cartas de Alexander quando se deu conta de que estava endereçada com sua própria letra, endereçada a A.A. Panagiatopoulos – meu Deus! Esse era o nome verdadeiro do rapaz – em sua própria caligrafia extremamente descuidada, que parecia tão estúpida ali no envelope. Olhou pensativo para a própria letra, com a sensação vazia de não compreender algo. Bem embaixo do endereço estavam as palavras carimbadas em tinta vermelha: "DESTINATÁRIO FALECIDO".

Peter deu um sorriso nervoso com um leve e louco tremor nos lábios. Abriu rapidamente a outra carta com dedos trêmulos e leu curioso e surpreso as últimas palavras escritas por seu camarada. Tinha certeza de que alguém cometera um erro. A carta – curta – dizia o seguinte:

Caro Pete,
Passeando em um caminhão por campos cobertos de folhas vermelhas do último outono, as arvorezinhas italianas nuas e os mortos, os jovens soldados ingleses que agora não podem ir para casa e jazem ali juntos em meio às folhas vermelhas. Mando esta folha de um campo italiano solitário para você.

Todas as cartas de Alexander do exterior tinham sido assim, belas, poéticas e tristes. Essa não era muito diferente das outras, mas de algum modo havia um ar de exaustão, término e conclusão nas palavras, algo retorcido, triste, completo. Ele meditou sobre a folha olhando para ela quase com indiferença, mas também com uma pontada de dor profunda e irrefreável.

A carta estava assinada:

"Eu mantive a fé, eu me lembrei – Alexander."

Foi como se algo tivesse se quebrado dentro dele, tudo estava desmoronado e arruinado. O que tinha acontecido a seu amigo querido? Agora seu rosto moreno estava perdido, o rosto de Alex, no mundo estranho e irracional, todo horrível, esfolado e sofrido.

5

No outono de 1945 os grandes navios de transporte de tropas começaram a chegar à baía de Nova York lotados de proa a popa de ex-combatentes. Nos dias fabulosos de outubro quando o sol e o vento faziam as águas da baía cintilarem com todo o fascínio do próprio mundo marinho ensolarado, quando gaivotas arremetiam acima de chaminés e mastros de navios, e faziam círculos ao redor de rebocadores fumarentos, e ficavam espiando pousadas sobre estacas mofadas e imperiais nas docas, e quando bandeiras tremulavam e desfraldavam-se por toda parte ao vento exultante, e os apitos e buzinas dos navios vociferavam na grande confusão demente do fim da guerra, e multidões acenavam nas docas – havia algo furiosamente triste, raivoso, mudo e comovente no ar, algo pateticamente feliz, também. Grandes navios arrastavam-se lentamente nas águas antes do tumulto indistinto e da massa cercada de fumaça de Nova York. E os soldados olhavam para aquilo com um sentimento de cansaço e conclusão, alguns com um tipo de alegria sarcástica, outros sem um comentário em seus corações, e outros com pasmo e assombro por estarem realmente de volta.

Em um desses navios, debruçados com fastio sobre a amurada, estavam Joe e Paul Hathaway, mais velhos, rabugentos, sombrios e bêbados que nunca. Ambos tinham ficado marcados, sorumbáticos e amargurados pela guerra, mas também mais calmos, na verdade mais em paz consigo mesmos que nunca, sarcásticos, enfadados, sábios, vigorosamente mordazes, espontaneamente divertidos. Olharam um para o outro com solenidade quando os rapazes começaram a assoviar para as garotas a mais de um quilômetro de distância nos píeres. Sacudiram a cabeça, viraram e olharam carrancudos e com sarcasmo para a grande Nova York e seus esplendores emplumados, jogaram seus cigarros na água, debruçaram-se sobre a amurada em silêncio e observaram.

Algumas tardes depois estavam andando pela Times Square com bolsas nas costas, fumando cigarros e olhando ao redor. Chamaram táxis com gestos calmos e determinados e xingaram várias vezes quando eles passaram sem parar. Jogaram as bolsas na calçada para se sentar e deliberar tenebrosamente. Então você os viu em um bar, sentados juntos a uma extremidade do balcão, só bebendo e sem dizer uma palavra, pedindo mais bebidas, olhando fixamente para frente com olhos injetados, enfastiados, pensativos, acendendo cigarros com reflexão e meditação, ficando só ali pensativos.

Os dois eram sargentos. Paul tinha sido mecânico em uma tripulação de terra com algumas horas de vôo a seu crédito, mas seu trabalho tremendamente grosseiro em terra em meio a destroços de motores e ferramentas e trapos sujos de óleo e pistolas de lubrificação tinham tornado a ele e a muitos outros homens no tipo desolado e instável indispensável em uma guerra que fora vencida pelo trabalho de todos os tipos. Joe começara como mecânico, e mais tarde foi designado engenheiro de vôo em um B-17 que sobreviveu a quarenta e tantas missões sobre a Europa antes de ser atingido e ter de fazer um pouso de emergência na costa inglesa. No acidente Joe se feriu gravemente e quebrou o braço. Aconteceu em uma época em que estava prestes a ser transferido para o teatro do pacífico, mas, quando saiu do hospital, a guerra na Europa tinha terminado. Houve atrasos e confusões, a guerra japonesa acabou, e ele e Paul foram mandados para casa no mesmo barco.

Algo estranho tinha acontecido a Joe na Inglaterra, algo como exasperação, fastio, uma melancolia terrível. De repente, ele "não se importava mais". Saiu sem permissão oficial por toda a Inglaterra e mais tarde mal se lembrava do que tinha feito em seus dias e noites bêbados. Passou um tempo na cadeia por isso, mas também não se importava com aquilo, não fazia diferença. O mais importante foi que parou de escrever para Patricia Franklin. Quando chegou a Nova York naquele outubro de 1945, não escrevia para Patrícia havia oito meses, não tinha idéia de onde ela estava, e não se importava. Às vezes pensava em como era *tênue* a linha traçada dentro dele entre amor ou indiferença, devoção ou aversão, preocupação ou negligência, e finalmente – entre a alegria viva e a fúria criminosa. Podia rir e se divertir, e de repente sair e quebrar algo com a violência de um louco. Às vezes pensava sobre isso, mas na maior parte do tempo não estava nem aí para pensar nisso. Lembrava de se sentir assim antes, especialmente quando tinha seus vinte anos, cheio de atrevimento louco, fúria bêbada suicida, e agora estava de volta, mas não havia mais alegria, de algum modo não havia mais beleza naquilo, nem a admiração e o prazer de um jovem naquilo, e lhe parecia que alguma coisa tinha terminado.

Foi para casa no Brooklyn com Paul Hathaway, para ver a família. Encontrou o pai em sua poltrona de doente. Na luz oblíqua da tarde, perto da janela do porão que dava para a calçada, o velho George Martin estava sentado morrendo e meditando e pensando com um cobertor sobre as pernas, um roupão de banho velho nas costas, seus óculos de armação de prata antigos ampliados e esqueléticos em seu rosto magro, seu *Daily Racing Form* em uma mesa ao lado da poltrona. A mudança que se abatera sobre ele, seu rosto e físico, desde que Joe o vira três anos antes, bastou para trazer de volta a Joe uma sensação terrível de tristeza e terror infantis.

George Martin estava ali sentado, magro, de olhos fundos e exaurido pelo sofrimento, o peito outrora protuberante agora estava encolhido como o de um tuberculoso, as mãos pálidas e manchadas com pintas amarelas de cirrose (e ainda com as unhas sujas de tinta), e seus olhos azuis enormes espiando tristemente do fundo das órbitas do rosto ossudo, cheios de medo e consternação muda, e um olhar ávido alegre que era mais angustiadamente intenso que qualquer outra coisa que Joe já havia visto. O velho chorou, e riu, e brincou, e abraçou seu filho, e falou e chorou de novo. Parecia que toda a avidez e o sofrimento sincero na alma do velho tinham crescido na proporção que seu corpo definhara e encontraram um foco triste, fixo e selvagem em seus grandes olhos azuis.

"Senhor, Senhor, Senhor!", exclamou. "Pensei que nunca mais ia ver você, achei que tinham matado você, Joey! Oh, oh, oh!", chorou. "Mas eles mataram o pequeno Charley, tenho certeza disso! Marge, você sabe que é verdade, lá dentro você sabe."

"Charley?", exclamou Joe com surpresa. "Ele não está em Okinawa? Vocês têm notícias dele?"

"Não, ah, não", disse o velho com tristeza, "ele está morto. Não recebemos notícias dele há muito tempo. O pequeno Charley está morto. Só um garotinho e antes da *minha* hora, é isso, tenho certeza."

"Bem, talvez simplesmente ele não tenha escrito! Droga, o Departamento de Estado teria avisado..."

"Eu sei... espero por isso qualquer dia desses, agora, Joey. Deus, coitados de vocês! os dois! Como vai você, Hathaway? Como está se sentindo? Um pobre coitado da sua idade..."

Às vezes o velho se exprimia desse jeito confuso e parecia esquecer o que estava dizendo, ou mesmo que havia alguém na sala com ele. Então fazia uma pausa e olhava fixamente para o abismo de sua morte que se aproximava e apenas ficava com o olhar loucamente fixo, e saía daquilo com um suspiro enorme e uma exclamação e uma olhada cheia de pesar ao redor da sala e finalmente era tomado por uma alegria que vinha do fundo do coração apenas por ver qualquer um que por acaso estivesse ali.

"Joey, você nunca vai saber o que sua mãe tem passado comigo. Sou apenas um grande monte de carne inútil aqui sentado, eu devia simplesmente ser levado lá para fora e jogado no lixo, por todo o trabalho! Joey, ela trabalha e moureja e eu só fico aqui sentado impotente, Joey! Posso andar, sim, mas... ei, a propósito!", exclamou de repente, cheio de alegria, "sabe de uma coisa? Fico aqui o dia inteiro estudando os cavalos, ainda posso cuidar um pouco de mim. Rá, rá, rá! Ela volta para casa à noite pensando que talvez eu vá estar aqui sentado suspirando e gemendo, mas por Deus, estou aqui ouvindo os resultados das corridas e vendo como me saí no dia..."

"É verdade", disse a mãe, parada de pé atrás da cadeira de Joe e acariciando seu cabelo, "ele nunca reclama, Joey. Tudo o que faz é estudar os cavalos" – e sacudiu a cabeça, olhando em silêncio para o marido.

"Eu podia ter ido para um hospital", sorriu o velho, "mas eles botam você deitado lá sem fazer nada! Em casa posso ouvir rádio e estudar os cavalos. Achei que não ia mais ver você outra vez, Joey. Estou velho e doente e morrendo e cheio de pensamentos de morte. Não, achei que só ia encontrar você seja lá no inferno de lugar para onde eles resolverem nos mandar!"

"Não diga essa palavra", berrou Joe, pulando de pé. "O que você quer fazer, influenciar o diabo?"

"Nossa!", berrou o pai, rindo, "é tão bom ter Joey de volta. Nem me lembro da última vez que se riu nesta casa! Odeio este buraco infernal que é Nova York. Joey, *odeio* mesmo! Bem que Deus podia me deixar morrer em paz lá na bela Nova Inglaterra, era tudo o que eu podia querer. Neste lugar, os homens não vivem do jeito que

Deus queria que eles vivessem! Faça o que fizer, Joey, não fique neste lugar, por favor, não fique aqui! Marge, dê alguma coisa para Joe comer, algo para beber, e Paul, fique à vontade, faça de conta que a casa é sua, e tire essa maldita roupa de soldado."

E então um momento depois ele mergulhou pensativo no abismo da morte, envolto em pensamentos e maravilhas silenciosos, os grandes olhos azuis vidrados, as mãos vacilantes, o lábio inferior pendente, o rosto magro inclinado reverentemente sobre o mistério de sua própria vida.

Quando os outros estavam na cozinha e ele sozinho na sala da frente, e quando Mickey chegou pelo portão de ferro na calçada lá fora, ele ergueu os olhos de seu devaneio pasmo, atônito, e gemeu em voz baixa:

"Deus tenha piedade de minha alma."

Quando Joe terminou a segunda xícara de café na cozinha, pegou a carteira e jogou uma enorme quantidade de dinheiro sobre a mesa.

"Agora me escute, mãe, você não vai trabalhar mais naquela fábrica, vai ficar bem aqui em casa com o pai e cuidar dele e cuidar de você mesma. Está me ouvindo?"

"Mas, Joey, não tem mais dinheiro entrando nesta casa, e além disso, não me importo com o trabalho, eu gosto, já fiz isso antes..."

"Deixe isso para lá!", exclamou com raiva. "Tem cerca de dois mil e duzentos dólares aí em cima da mesa." Ele pegou o dinheiro e o espalhou. "É dinheiro de pagamentos atrasados, parte dele, e a maioria ganhei jogando dados na viagem de volta. É seu. Está me ouvindo? Você não vai mais trabalhar um minuto, vai ficar bem aqui em casa."

"Mas Joey, não quero ficar com seu dinheiro", exclamou ela cheia de pesar.

"Você me ouviu? Eu falei para deixar disso!"

"Mas o que você vai fazer?"

"Vou ficar aqui quando der baixa – e vou arranjar um emprego, acho. Mas até a minha baixa, tenho um dinheirinho para andar por aí. Esse é para você. A diferença é que vou me embebedar de birita vagabunda e não com scotch para variar, só isso", e ele se virou e piscou para Hathaway, e para Mickey, que estava parado olhando cheio de alegria para ele. "Por que diabos você não me escreveu e contou tudo isso, eu podia ter mandado um monte de dinheiro há dois meses atrás, na época eu tinha muito!"

"Joey", disse a mãe, suspirando, "não queria preocupar você. Mas nossa – isso é mesmo um monte de dinheiro para alguém dar assim desse jeito. Você não sabe que alívio isso é", reconheceu por fim com pesar, e eles viram, nos olhos perturbados e preocupados dela, como tudo tinha se tornado tão triste, turbulento e sem esperança para ela no último ano em Nova York. Ela abraçou Mickey mergulhada em seus pensamentos. "Queria que ele ficasse na escola, acontecesse o que acontecesse."

"E onde está todo mundo!", gritou Joe furiosamente. "É verdade o que ele estava dizendo sobre Francis e Peter e todos eles?"

"Peter tem nos dado dinheiro, sempre que vai para o mar. Francis... bem, não sabemos o que ele está fazendo."

"E Liz? O que *ela* está fazendo?"

"Não sabemos nem onde ela está, Joey."

Ele acenou violentamente com a mão, resmungou, afastou-se e parou junto à janela olhando para fora, quase com tristeza, com um pequeno gesto convulsivo de pesar e desgosto nauseantes. Ficou longo tempo em silêncio, e por fim disse:
"Em que diabo de família esta se transformou."

Por um momento, enquanto olhava para fora, sua atenção foi desviada pelo anúncio enorme do homem segurando a cabeça em tormento na parede do armazém. Olhou fixamente para ele. "Droga, eu mesmo fui ruim o suficiente... mas isso! Quem teria imaginado, quando éramos todos crianças em Galloway, na casa – quando *ele* era grande e cheio de disposição. Se houvesse algum jeito de fazer tudo voltar ao que era antes, ou algo assim, e não deixar as coisas continuarem assim até ele morrer. E ele *vai* morrer, qualquer um pode ver isso, e não vai demorar muito."

"Não, Joey, não vai demorar muito", disse a mãe, sacudindo lentamente a cabeça.

Liz na verdade estava morando em Nova York, em quartos na 5th Street, perto da 9th Avenue, estava morando ali havia muito tempo, pelo menos um ano e meio.

Um dia Peter foi ver a irmã. Ele agora estava morando sozinho em um quarto barato na zona portuária, no Instituto da Igreja dos Marinheiros, sabendo que seu pai estava morrendo, com medo de ir para casa e vê-lo morrer, sabendo que entre Judie e ele estava tudo acabado, escondido na grande expansão da cidade com sensação de perdição.

Enquanto esperava que Liz chegasse em casa, passou uma hora agradável conversando com uma bela garota morena de olhos escuros que disse se chamar Pat. Ele nem sequer sonhou que fosse a noiva de Joe, Patrícia Franklin. Nunca a havia visto antes.

A própria Patricia tinha procurado por Liz havia cerca de um mês, depois que as cartas de Joe pararam de chegar sem explicação. Foi com aquela esperteza surpreendente e inexplicável que as mulheres às vezes têm que essa garota resolveu encontrar a irmã de seu amor, e quando a encontrou – algo que Buddy Fredericks nem sempre conseguia fazer – conseguiu conquistá-la, conseguiu pelo menos sua confiança, e elas se tornaram amigas extremamente íntimas. Liz e Patrícia eram tão diferentes quanto o dia e a noite. Patricia era o que sempre fora, essencialmente uma garota de cidadezinha, um tanto mesmo fora de moda, fundamentalmente igual a como Joe a encontrara – uma garota de família resoluta e de princípios.

Liz tinha mudado muito desde o dia em que perdera o bebê em um hospital de Detroit. Tinha se tornado uma das muitas garotas nos Estados Unidos que pulavam de cidade em cidade em busca de algo que esperavam encontrar e que não sabiam nem o que é, garotas que "sabem todas as manhas", conhecem mil pessoas em cem cidades e lugares, garotas que trabalham em todo tipo de empregos, impulsivas, desesperadamente alegres, solitárias, garotas endurecidas. Fogem de casa aos dezoito anos e nunca param de fugir, podem cuidar de si como homens, têm um coração feminino e mente masculina, são bruscas, práticas, empolgadas, alegres, passionais, para sempre no curso de aventuras passionais que ou são bem-sucedidas ou "são deixadas no meio do nada". Em busca de algum tipo de lugar para descansar em suas vidas, que na verdade não querem, viajam de ônibus e trem e às vezes de carona (de calças compridas). São garotas que "sabem tudo" e não sabem nada, "garotas avançadas" que são vistas em Hollywood trabalhando em drive-ins ou passando correndo pelo Hollywood Boulevard no conversível de algum "produtor", ou nos braços de um *bookmaker* em Miami, ou com um jogador em Las Vegas, ou em uma boate de Chicago, ou circulando com músicos de jazz em Nova York. Elas se apaixonam e deixam de amar uma dúzia de vezes por ano, saem em roupas esfarrapadas e voltam de casaco de pele. São garotas que conhecem seus direitos, sabem o que querem, sabem se virar, e acabam insultadas, perplexas e frustradas por todo personagem noturno no fim de toda noite da vida americana.

Liz tinha se tornado uma dessas garotas. Seu rosto tinha ficado um pouco duro, graças principalmente à maneira com que usava o cabelo e como o tingira de louro. A mudança estava, de algum modo, principalmente em sua boca, na posição sombria em que ficava em momentos de reflexão, com um esgar, quase carrancuda e certamente amarga. Seus olhos azuis amendoados, que costumavam se encher de lágrimas em momentos de alegria envergonhada, agora estavam constantemente apertados e atentos e duros. Quando Peter viu sua irmã depois de todos os anos de guerra, ficou emudecido e mortificado.

Liz tinha um retrato dele tirado depois que largara a faculdade em 1941, uma espécie de foto melancólica que o mostrava olhando sem expressão para o vazio e parecendo extremamente obstinado – com a consciência, quase, do que sua vida poderia muito bem se tornar. Ela guardava esse retrato e o tratava com carinho em todo lugar que ia, pendurando-o em lugares de destaque de seu quarto.

"Sabe por que eu gosto dessa foto?", riu. "Ela mostra você exatamente como você é, é o retrato de um personagem jovem que apanhou na cara e não sabe o que fazer."

"Não aconteceu com todos nós?"

"Cara, acho que aconteceu, sim, mas alguns revidaram, sabe, alguns de nós não gostam de apanhar. Esse é o retrato de um cachorro espancado, um cachorro que desistiu do direito de reagir."

"Você sem dúvida tem uma ótima opinião sobre seu irmão", murmurou ele.

"Ah, pare com isso!", exclamou Liz, enfurecendo-se com seu jeito ameaçador. Andava de um lado para outro no quarto como uma leoa enjaulada. "Gosto de coisas *reais* e essa foto é real, além disso, como eu digo, ela se *parece* com você. Devia lembrá-lo, de qualquer jeito, do fato de que você não pode andar por este mundo com os ombros caídos e esperar se dar bem assim."

Peter provocou-a cheio de alegria. "Agora você está falando igual àquela gente 'como ganhar amigos e influenciar pessoas', como a Câmara de Comércio, uma grande rebelde social como você."

"Será que é possível alguém ser outra coisa que não um rebelde num mundo convencional como este? Mas fique frio, amo você do mesmo jeito, pequeno."

Quando ela falou assim, Peter se lembrou daquela noite de verão em que a ajudara a fugir com Buddy, quando era tão selvagem e ainda assim timidamente orgulhosa, tão doce e confusa com a maravilha e estranheza de seu próprio coração. Agora era certo de que nada a iludia, que tinha pouca fé nas pessoas, menos ainda nos homens, depois de todas as coisas que fizera e vira, de todos os venenos e distorções que de algum modo tinha adquirido pelo caminho.

Ela adorava provocar as fraquezas de Peter. "Bem, garotão, lá *vai* você fazendo bico de novo. Isso não é uma estupidez?"

"Bico? Talvez tenha pego isso do papai, ele faz bico o tempo todo. Eu estava lendo em *Moby Dick* como a baleia branca faz bico..."

"Que história é essa da baleia branca? Qual é a sua onda, agora?"

Com Liz tudo tinha virado uma "onda" – ou você estava – "curtindo", na onda da curtição, só cheio de preguiça e sem fazer nada de um jeito deliberado, formal, quase desesperado, ou estava ouvindo música que vinha sob o rótulo de onda emocional, ou estava apaixonado, o que era outra onda, ou odiava alguém e botava seu nome no pequeno livro negro e *isso* era outro tipo de barato – e seguia por aí, tudo dividido em categorias claras através das quais a existência ia em frente.

Liz e o marido Buddy agora eram "apenas amigos". Havia certa onda em seu novo relacionamento, um "barato legal" – Buddy era "mãe" de Liz. Aparecia de vez em quando para conversar um pouco com ela, para trocar notícias sobre acontecimentos lá de Los Angeles até Boston, de Miami a Seattle, notícias de outros "caras" e "brotos" como eles próprios, de alguma forma conectados com jazz, boates e o showbusiness, e depois disso ele a beijava no rosto e voltava tranqüilão e para seu jazz, só isso.

Em Nova York, Liz teve vários tipos de emprego, às vezes cantando em clubes pequenos, outras vezes fazendo figuração e mostrando as pernas em shows de variedades de segunda classe, outras vezes perambulando "esbaforida" pela cidade em busca de algum outro emprego ou benfeitor ou "cascalho" ou "grana". Quando você estava cheio de cascalho e curtindo sua onda, isso era viver; mas quando estava de bode sem grana e não conseguia nada, isso era uma droga.

E era ainda mais surpreendente ver Patrícia morando com Liz, ver as duas garotas conduzindo suas vidas separadas em entendimento perfeito – Patrícia trabalhando de datilógrafa em Downtown com o mesmo silêncio paciente, reflexivo e pensativo, como tinha feito em Denver para ficar perto de Joe muito tempo atrás, Liz ia tocando seus próprios assuntos impetuosos e fantásticos que sempre provocavam uma grande e estranha confusão no apartamento. Às duas horas de qualquer madrugada podia haver uma procissão de músicos de jazz vestindo boinas e usando lenços no pescoço e óculos escuros, ou dançarinas e coristas e modelos, e todos os tipos de personagens estranhos de algum lugar, maconheiros (Clint, o cara da maconha que treinava suas baratas, era um no meio desse bando). Enquanto tudo isso acontecia, havia Patrícia Franklin, cuidando de seus próprios assuntos melancólicos na privacidade de seu quarto.

Certa noite, Joe bateu à porta de Peter bem tarde. Quando Peter foi atender, vê-lo foi como sentir todo o propósito da vida – ver por que Patrícia tinha vindo morar com Liz, e por que, de algum modo insondável, deixara por conta dele trazer Joe de volta para ela. Peter se deu conta disso em um momento nítido e extático de alegria sobrenatural, ao ver o irmão mais velho ali de pé cheio de energia e magro e tomado de solidão.

"Vamos!", exclamou Joe. "Vamos sair e beber alguma coisa e botar o papo em dia. Que diabo você tem feito? Por que não foi lá em casa?"

Paul Hathaway estava parado no corredor. Era por volta de meia-noite.

"Viu o papai?", perguntou Peter com uma curiosidade nervosa.

"Vi, sim, e ele está com um pé na cova, e você sabe disso."

"Escute", disse Peter, "tenho uma coisa para mostrar a você, tenho *alguém* para mostrar a você, quero dizer. Mas primeiro espere um minuto – não precisa ter raiva de mim por eu não ter ficado em casa. Você acha que eu amo ver o velho se acabando aos poucos todo dia? Prefiro ficar aqui sozinho, só isso, prefiro fazer isso qualquer dia..."

"Não importa o que você prefere!", fechou a cara sério o irmão mais velho. "É o que você *tem* de fazer neste mundo que conta."

"Talvez você tenha razão."

"Pode ter certeza que eu tenho razão."

O clima estava meio tenso. Hathaway tinha uma garrafa e todos eles tomaram um gole e saíram para a noite cálida de outubro para rodar os bares. De repente, sem aviso, enquanto andavam por uma rua escura, Joe sacou uma trinta-e-dois automática, olhou rapidamente ao redor, quase timidamente, e apontou-a para um barril de cinzas e atirou. Fez um barulho enorme no silêncio murmurante. Nada aconteceu, não havia ninguém por ali. Peter, de repente, ficou surpreso, quase exultante.

"É melhor tomar cuidado com esse negócio, os tiras podem pegar você por conta da lei Sullivan...*"

"Pro inferno com Sullivan", resmungou de cara fechada. "Domingo errei por pouco uma gaivota nas docas, você devia ter visto a cara de um sujeito que estava passando. Ruá! ruá! ruá! Tome, experimente!"

Ele entregou a arma a Peter, não a garrafa, mas Peter, em desespero, dispensou-a com um gesto, apesar de não conseguir evitar o forte impulso reprimido de dar um tiro.

"Ouvi dizer que você teve um problema com os canas", disse Joe. "Não vai querer que esses sujeitos façam gato e sapato de você, você é da marinha mercante, não é? Lute pelos seus direitos, cara! Tome, dê um tiro naquela lâmpada. Quero ver se você sabe atirar!"

"Você é maluco!", riu Peter. "A gente vai acabar acertando alguém. Mas escute, quero perguntar uma coisa, você tem notícias de Patrícia?" Ele olhou com malícia para Joe. "Tem alguma idéia de onde ela está?"

Joe girou a arma no dedo, guardou-a de volta e não falou nada.

"Onde ela está?", insistiu Peter.

"Como diabos eu poderia saber? No Maine, eu acho, e acho que ela está bem, no Maine."

"Todo mundo está na boa no Maine", ecoou de um jeito sombrio Hathaway.

"Viu? Tudo está ótimo no Maine", disse Joe, e mandou outro tiro no barril, desta vez atirando despreocupadamente com a arma na altura do quadril sem olhar.

---

* O *Sullivan Act*, de 1911, é uma das leis de controle de armas mais antigas dos Estados Unidos. Exige dos nova-iorquinos permissão para portar armas pequenas o bastante para serem escondidas. A lei ainda hoje está em vigor. (N.T.)

A janela de um cortiço se abriu acima e uma pessoa meteu a cabeça para fora com curiosidade desconfiada. Um homem que vinha pela rua desapareceu de repente. A rua estava deserta e estranha; eles foram embora apressados, falando em voz alta.

Enquanto subia os três lances de escada na pensão decrépita na 9th Avenue onde moravam as garotas, Joe queria saber do que aquilo tudo se tratava. "Por que está nos trazendo aqui, seu piadista? Que mistério todo é esse?"

Mas Peter estava perdendo a sensação de alegria astuciosa que sentira no início por levar Joe até Patrícia. De repente, sentiu-se confuso e parou no meio das escadas.

"Escute, Joe, aqui é onde Liz... mora."

"Lizzy?", exclamou Joe cheio de alegria.

"É, Lizzy, E também tem mais alguém aqui. Eu acho que devo dizer a você que Pat também está aqui."

"Que Pat?"

"Pat Franklin, pelo amor de deus."

Joe olhou para ele boquiaberto.

"Então se você quiser subir, vamos lá – se não quiser, não diga que eu não avisei."

"O que você quer dizer com Pat Franklin!", Joe quase berrou, vermelho de raiva. "De que você está falando! O que ela estaria fazendo *aqui*!"

"Vá lá, bata naquela porta e veja você mesmo."

Ficaram parados no meio da escada indecisos até que finalmente Hathaway, que não dizia uma palavra havia quinze minutos, abriu caminho entre eles. Começou a bater na porta com o punho, apesar de fazê-lo com suavidade. Olhou de volta para eles com um sorriso realmente doce e radiante.

"Não sei sobre vocês, caras, mas se Pat está aqui, eu quero vê-la de qualquer jeito."

Quase no mesmo instante a porta se abriu, e lá estava Patrícia Franklin.

Nos quinze minutos seguintes Joe ficou sentado em um canto escuro do quarto com os cotovelos apoiados nos joelhos, apenas olhando fixamente para o chão em total perplexidade, enquanto Paul e Patrícia e Peter mantinham uma conversa nervosa e vazia sobre qualquer coisa que passasse por suas cabeças. Ninguém sabia o que fazer, ou dizer – muito menos Joe no seu canto escuro, e Patrícia. O momento pelo qual ela devia estar esperando por tanto tempo finalmente tinha chegado, de um jeito quase louco, e seus pensamentos sobre Joe estavam pateticamente obscuros naquele momento único, inominável de impurezas. Ela e Joe chegaram ao ponto de fingir não se verem. Paul e Peter apenas agiam como se tentassem esconder os amantes um do outro. Era completamente insano, e de repente, durante um momento de perturbação silenciosa por toda a volta, Joe se levantou e saiu sem dizer palavra.

"A propósito, onde está Liz?", perguntou Peter ansioso, quando a porta se fechou. "Tinha certeza de que ela estaria por aqui."

"Ah", disse Patrícia, encarando Peter com olhos ardentes, "ela está lá embaixo no bar, aquele lugar, o Kelly's..."

"Eu queria saber aonde foi Joe", disse Paul. Ele pulou de pé, nervoso, dizendo que ia descer para comprar um maço de cigarros, e saiu.

"Vou descer para ver Liz", disse Patrícia com firmeza, e sem sequer passar um batom ou pegar um casaco, abriu a porta, olhou distraidamente para Peter e saiu. Peter, sozinho no quarto, abriu a janela e olhou para o beco negro escuro lá fora; ficou um tempo sentado perto da janela fumando. Tudo estava acabado, seu pai estava morrendo, lá fora estava escuro e sujo, era grande e cercado por muros, o grande final incompreensível do beco da noite. Ele saiu apressado e desceu em um turbilhão de pensamentos.

Joe estava perambulando pelo quarteirão com as mãos nos bolsos, tentando penosamente achar algum sentido naquilo tudo, quando Paul Hathaway o alcançou.

"Cara! Nunca vi um bando igual de malditos palhaços malucos!", rosnou o veterano com um asco infinito. "Qual o *problema* com você? Não tem nada de errado com aquela garota, é a melhor garota que eu conheci, já disse isso a você mil vezes, disse há anos!"

Joe olhou para ele com enfado. Estava simplesmente cansado – cansado porque tudo era tão confuso e doloroso, e ao mesmo tempo porque era tão insuportável e torturante para um novo sentido de orgulho selvagem que tinha acabado de surgir dentro dele. De repente se deu conta de que nunca quis fazer o que *esperavam* que fizesse, não fazia nenhum sentido. Não conseguia nem lembrar de por que deixara de escrever para Patrícia – simplesmente parara, só isso. Foi tomado por uma sensação de terror. Ele encarou Hathaway seriamente.

"Juro por Deus, Paul. Não sei qual o problema comigo esta noite. Acho que bebi demais, não acha? Estou me sentindo alto, não consigo pensar."

"Você gosta ou *não* gosta dessa garota, era isso o que eu gostaria de saber", resmungou Paul, baixando nervosamente o rosto carrancudo.

"É uma boa pergunta! É como me perguntar... Ah!"

"Como perguntar o que a você?"

"Não *sei* o quê! Eu simplesmente não sei mais nada. Não estou me sentindo bem, Paul, estou me sentindo enjoado, louco, enjoado – tudo. Eu digo a você que não sei mais onde estou. Não sou mais o mesmo cara. Vamos voltar, quero olhar para ela, ver como é a cara dela. Não consigo me lembrar de como ela é!", exclamou.

Eles correram de volta para a pensão. Paul botou a mão no ombro de Joe e começou a falar do modo mais sincero e sério que jamais tinha feito, como se os acontecimentos da noite o tivessem afetado profundamente. "Sabe o que é, Joe? É a sensação de que tudo está de cabeça para baixo e virado do avesso, de cabeça para baixo, por isso, para o inferno com tudo, sabe? Você quer ser deixado de fora de tudo de propósito! Então pode ir e sentir pena de si mesmo e ficar completamente bêbado o tempo inteiro!"

"Por que *você* deveria se importar?", perguntou Joe, de modo quase insolente, mas com um olhar sentido e brando para ele.

"Só estou avisando, só isso, espertinho!", berrou Paul com desdém. "Vá em frente e faça o que quiser, não me importa. Olhe, vou para esse bar e se quiser você pode me encontrar lá." Era o Kelly's. Peter estava de pé na entrada, como um mendigo desconsolado, olhando com tristeza para eles.

"Vocês querem saber uma coisa, caras?", disse, gesticulando solenemente. "Este é o fim – tudo isso." Apontou solenemente para a rua e para dentro do bar. "Está vendo sua irmã e sua namorada ali? Não está vendo sua irmã, está? É porque não a está reconhecendo. Você nunca a viu como ela está, agora."

"De que você está falando?"

Joe foi até a janela do bar e olhou para dentro com curiosidade. "É a Liz sentada ali com Pat? Aquela loura com jeito de vadia, Liz?" Ele ficou ali parado com uma espécie de fascínio abatido. "A bobinha maluca, sempre soube que ela ia ser uma doida desde o começo." E continuou a olhar para ela sem acreditar, com relutância e curiosidade.

"Vamos entrar e beber alguma coisa!", exclamou Paul enfaticamente.

Eles se meteram no bar que estava cheio àquela hora com soldados, marinheiros, bebedores habituais da vizinhança e bandos de garotas que pareciam ter saído misteriosamente do nada. Joe e os outros dois se deram conta de quem e o que eram aquelas garotas – garotas em sua maioria iguais a Liz e Patrícia, garotas de outras cidades que tinham vindo para Nova York por um motivo ou por outro, parte de toda uma fraternidade nômade de mulheres que tinha se desenvolvido durante a guerra. Como conheciam Liz e Patrícia tão bem e as tinham visto por todos os lados, humano, fraternal, como crianças e mulheres, era como se conhecessem todas as garotas no lugar por sua solidão triste, suas próprias personalidades pungentes escondidas por baixo do batom, dos penteados, das poses estudadas. Viam todas aquelas garotas como elas realmente eram. Viam-nas com seus bobes nos cabelos, passando roupa para a mãe na cozinha; viam-nas na varanda em noites quentes fofocando animadamente com suas amigas; viam-nas no sótão limpando a bagunça furiosamente; viam-nas cruzando o quintal de macacão para chegar ao balanço na frente de todo mundo; viam-nas carregando grandes fardos para o porão com mechas de cabelos caídas sobre a testa e a língua se retorcendo sobre os lábios com empenho voraz; viam-nas sentadas por horas diante dos espelhos com toalhas e cosméticos e loções por toda a volta; e finalmente viam-nas caminhando pela estrada de terra úmida em uma noite de verão de mãos dadas com o garoto da vizinhança no universo indistinto e transcendental com estrelas lácteas.

Finalmente uma espécie de oficial da marinha mercante que estava conversando com Patrícia – ela fingia não ter percebido Joe – botou o braço em torno dela e começou a sussurrar amorosamente em seu ouvido.

"Está vendo aquilo, Joe?", sorriu Peter. "Acho que ela está tentando mostrar algumas coisinhas a você."

"Deixe ela! E olhe para aquela boba da Liz entornando a birita como um mendigo do Bowery. Ei, tive uma idéia! Por que a gente não acaba com esse lugar, hein?"

No intervalo de minutos, desenvolveu-se uma grande confusão. Começou quando Peter foi falar com as garotas e ignorou deliberadamente o oficial, que quis saber quem ele achava que era, e Peter, então, disse a ele e perguntou o que *ele* sugeria que fizessem em relação àquilo, e o oficial o chamou lá para fora. Eles saíram andando em fila indiana com os corações batendo forte – o murmúrio morreu no bar – e lá fora, na calçada, o oficial assumiu uma pose absurda de John L. Sullivan* com os punhos. Peter, um pouco surpreso por esse detalhe inesperado, ainda assim iniciou uma saraivada furiosa de socos em gancho que derrubaram o oficial de costas só pela grande quantidade deles. Mas ele se levantou imediatamente. No momento seguinte o amigo do oficial lançou-se sobre Peter de uma maneira que lembrava o vôo de um defensor de futebol americano tentando agarrar seu pescoço, mas levou a ponta do ombro de Peter bem na cara, e saiu rolando e caiu esparramado na calçada. Mas a situação de Peter se complicou quando eles o empurraram de cara contra a porta, o rosto ensangüentado e rosnando. Por alguma razão Peter começou a rir.

"O que foi?", gritou. "Dois contra um? Qual o problema com vocês, caras? Ei!", exclamou com um sorriso louco e embaraçado, mas eles o prensaram contra a parede sem dizer palavra e o jogaram na a calçada enquanto ele girava e tentava escapar deles. Um oficial que tinha agarrado o cabelo de Peter tentava bater sua cabeça contra a calçada. Peter, rindo loucamente, segurou com firmeza o pescoço e continuou a conversar desoladamente com eles. Algo horrível, triste e feio tinha entrado na briga naquele momento.

Naquele instante, Joe saiu do bar e deu um chute em um dos oficiais com seu coturno e o mandou para longe. Paul, com uma demonstração repentina de júbilo selvagem, deu um grande salto no ar e aterrissou em cima de todo mundo, incluindo Peter, cuja cabeça foi achatada no ato.

Marinheiros saíram correndo do bar, e soldados e marinheiros mercantes. Por algum movimento invisível o Exército se alinhou contra a Marinha, e os marinheiros mercantes se dividiram. Peter juntou-se ao Exército – e todo mundo ficou parado por ali conversando simpaticamente quando o carro da polícia virou a esquina ameaçadoramente.

Na confusão Joe tinha conduzido Patrícia e Liz para um reservado e estava conversando com elas quase saindo do sério, enquanto Paul e Peter estavam de pé no balcão se enchendo de doses de uísque com grande discernimento e tristeza.

"Aposto que vocês adoraram essa briga, as duas! Esse é o tipo de coisa de que vocês gostam, não é?" Ele berrava com as duas por cima do burburinho e da música, debruçando-se loucamente sobre a mesa ao falar, enquanto as duas garotas sentavam-se encostadas olhando para ele com ar divertido. "Fazer pessoas brigarem por vocês, essa é a brincadeira, não é?"

"Vocês querem *ouvir* o que ele está dizendo?", brincou Liz, rindo. "O grande soldado volta das guerras, diz às suas mulheres o que fazer. Quem pensa que é, figurão? Vocês podem lembrar que nem eu nem Pat começamos a briga. Foi o Pete valentão ali na sua ânsia de mostrar que..."

E Joe de repente tinha agarrado Patrícia pelos braços e virado-a de frente para ele. Estava encarando-a com olhos sérios e perturbados, e ela, tomada de surpresa por aquela circunstância bela e estranha, não conseguia fazer nada além de retribuir seu olhar. Hathaway e Peter estavam parados no bar, bebendo em silêncio.

---

* John Lawrence Sullivan (1858-1918) foi um famoso boxeador na segunda metade do século XIX, considerado o primeiro campeão moderno dos peso pesados. (N.T.)

Liz, momentaneamente sozinha, ficou sentada olhando o irmão pelo canto do olho. Agora se lembrava de todas as coisas que tinham acontecido muito tempo antes, quando Joe era sua imagem da juventude selvagem e indomável de quem seria seu marido para sempre. Ela se lembrou de coisas sombrias, alegrias sombrias, e esperanças maravilhosas do fundo do coração de uma garota. Lembrou-se do dia em que Joe apareceu em um carro velho caindo aos pedaços para ajudar a ela e a Charley quando eles estavam trabalhando nas planícies frias de inverno no depósito de lixo municipal por razões que ela agora mal podia lembrar, mas também nunca poderia esquecer. O tempo inteiro sua vida devia ter ficado aprisionada em algo sóbrio, algo cheio de alegria e secreto, algo como era seu irmão mais velho, e algo que era como o jovem Buddy, algo inexplicavelmente belo e que agora não existia mais. Por que ela fugira de casa para ir para cidades, boates e conversas pretensiosas e vazias? Quando aquela alegria secreta e sombria pairava lá em Galloway, e esperava por ela, e pranteava como o vento à noite em outubro, e algo batia contra a casa e emitia chamados tristes, ela não estava lá. Uma garotinha de macacão tinha perdido a boneca, subiu na árvore para procurá-la e viu, em vez disso, grandes fachos de luz girando e brilhando no horizonte da noite. A sabedoria e a consciência disseram a Liz que o pesar era o ouro do tolo do mundo, e ela sorriu, um sorriso que era sua nova chave estabelecida para coisas e compreensão. Mas era uma chave pobre, que não se encaixava em nenhuma fechadura no mundo, nunca, em lugar nenhum.

Ela se levantou e pegou suas coisas e andou até a extremidade do balcão, tocou Peter no braço, disse, "Boa noite, Pete valentão", e foi embora sozinha.

Joe, sentindo quantas coisas tinha de dizer a Patrícia enquanto olhava para ela, sentindo toda a sensação do amor e da verdade voltando, tomou Patrícia pela mão.

[2]

Para Francis, Nova York significava a liberdade do Greenwich Village de morar com uma mulher em um apartamento pequeno, e circular pelas lojinhas ao redor de Washington Square em noites enevoadas, assombrar os bares onde quase todo mundo tinha alguma coisa a dizer sobre arte, ir a festas onde pessoas de aparência fantástica despejavam análises psicodinâmicas, Jean-Paul Sartre, a teoria do orgônio, Jean Genet, e toda a última palavra na maneira mais fácil conhecida pelo homem para, finalmente, se contorcer no melodrama do "horror frustrante moderno" em um ambiente afetado e exibicionista. Era a liberdade de circular por aí e mergulhar profundamente em idéias responsáveis enquanto se ia de um filme estrangeiro a outro, de um museu de arte a outro, de palestras na Modern School of Cultural Research ao balé, ao New Theater, a concertos, a manifestações políticas, de shows de transformistas a leituras de poesia onde algum jovem poeta desconhecido berrava "Merde!" para tudo o que era apresentado, para festas de caridade, demonstrações em lojinhas simpáticas de artesanato como a Taos (casa de Kit Carson) Shoppe.

Francis tinha chegado ao ponto em que as pessoas para ele não significavam mais que frases únicas:

"Ah, ele? É um cara chato de Chicago que adora Bach, espaguete, passeios de barco e mulheres cheinhas e pinta em Carmel no verão." "Aquele ali? Ele só mora com a avó em Long Island e escreve romances. Muito neurótico." "Mas *essa* é uma mulher fascinante! Vendia cocaína nas ruas de Berlim nos anos 20 e se casou com um estudante de Harvard para escapar dos nazistas, e agora está, eu acho, tendo um caso com a irmã de uma famosa bailarina." "Ela?... mulher sem graça, mas *um tipo*. Acho que uma vez se prendeu com correntes ao arco da Washington Square em plena luz do dia e acabou mandada para Bellevue. Conhecia Djuna Barnes." "Agora, *essa* é uma pessoa que você devia conhecer! Parece que sua tradução de Isidore Ducasse é a mais linda e sensível. É íntimo de Bauer, da antiobjetividade e de Max Bodenheim, e de Eleanor Roosevelt. Por algum motivo, Joe Gould não gosta dele." "*Quem é* aquela criatura encantadora ali parada perto da estante de livros com um ar tão triste? Está vendo um livro de Denton Welch. Bem, isso não é, de certa forma, triangular! Sabe ela parece igualzinha ao retrato de Madame Castaigne, só que mais acabada? Você me apresenta?"

Em todas as cenas o sério Francis era como um jovem ministro da igreja que tivesse sido exonerado de suas ordens no início da carreira depois de um escândalo de proporções teológicas tremendas. Era refinado, sombrio, reflexivo, reservado, misterioso. De algum modo havia alguma coisa nele; as moças de Iowa e da Geórgia que tinham vindo para Nova York para serem intelectuais, e ficavam apenas bêbadas o tempo inteiro, olhavam para ele com fascínio voraz e diziam: "Mas quem é essa pessoa de aparência tão monasterial?" Com Dora Zelnick pelo braço nessas reuniões – ela com seu ar de Scherazade de pele azeitonada e seus balangandãs e braceletes e xales persas que faziam com que ficasse igual a todas as outras garotas do Village com a exceção das que eram magras como varas e *tinham de* se parecer com Madame Castaigne – Francis parecia ainda mais encantador e diabolicamente sutil. Todos acabavam sabendo que ele viera de Galloway, Massachusetts, trabalhara enquanto fazia faculdade, passara um "papo" na Marinha, estava "trabalhando em um livro", tinha um emprego na cidade, não tinha dinheiro, e era apenas mais um gaiato como todo mundo. Como Francis não tinha a audácia de sair por aí com um repertório de enigmas misteriosos e ambíguos para representar – a técnica de todos os astros intelectuais – ninguém o seguia para ler os significados perfumados que ele podia timidamente deixar cair.

Depois de um ano e meio no Greenwich Village, Francis começou a migrar cidade acima, para o East Side. Havia algo ali que o Village não tinha: intelectuais que repudiavam todos os laços com o Greenwich Village, claro, mesmo se tivessem sido levados até ali pela escassez de moradia; intelectuais que se inclinavam na direção de mais sofisticação, uma espécie mundanidade estilo *Time* and *Life*, mais precavida, apontando para a margem da riqueza e da sociedade, menos "politicamente passional" mas, em outro sentido, em nada diferentes dos outros.

A "turma" do East Side o atraía mais. Ele achava que era como a diferença entre Montmartre e o Montparnasse, algo assim. Através do amigo Wilfred Engels tinha conseguido arranjar um emprego no Gabinete de Informação Internacional. Começou a passar finais de semana em propriedades rurais em Connecticut onde as pessoas soltavam, como se fosse a coisa mais normal do mundo, observações que o secretário Morgenthau tinha feito poucos dias antes. Ali, finalmente, erguendo-se à sua frente, estava a oportunidade não apenas de ser superior na mente, mas superior em situação e posição. Ele se lembrou da admiração que tinha pelos jovens heróis de Balzac quando conseguiam sair da pobreza e obscuridade de pensões baratas e galgar grandes posições no ministério e situações favoráveis em meio às maiores mulheres do mundo, as mulheres parisienses da riqueza, diplomacia e alta corrupção. Toda mulher bem casada que ele conhecia em coquetéis trazia a promessa de alguma grande paixão que seria capaz de desenvolver por ele, o jovem pensativo de Rastignac tão sem dinheiro e desconhecido e talentoso. Ele começou a se vestir extremamente bem. A solidão de sua existência desolada às vezes o fazia rir, e maravilhar-se, e gemer no travesseiro, e o que ele iria fazer depois?

Wilfred Engels era o chefe de uma das divisões do Gabinete de Informação Internacional. Quando fazia viagens oficiais a Washington, às vezes Francis ia com ele. Trotava atrás do apressado Engels como um jovem assessor bem treinado nos melhores modos diplomáticos. Francis estava empolgado, apesar de jamais admitir isso, por conhecer os homens que recebiam ordens diretas das figuras do "alto escalão" no Capitólio.

Certa vez jantou em uma residência palaciana em Chevy Chase com o representante diplomático oficial francês de um lado e a esposa de um oficial provedor do exército do outro, e passou aquela hora agradável falando francês ruim com o homem da missão diplomática e lançando olhares tímidos para a senhora. Para sua grande e quase apavorada surpresa, ele conseguiu ficar sozinho com ela naquela noite às onze em um barzinho em Bethesda, e, para maior surpresa ainda dela, nada aconteceu.

Em um fim de semana o irmão de Dora, Louis Zelnick, um dentista de Boston, veio para uma visita com a esposa Anne, e os quatro saíram juntos para ir ao teatro e a museus e a filmes franceses e esse tipo de coisa. Dora e Francis se encontraram com eles no metrô e saíram para beber uns drinques em um barzinho da Lexington Avenue.

Toda a excitação que Nova York representava para Francis de repente se concentrou naquele único momento. Era uma tarde chuvosa de sábado em janeiro de 1946. No caminho, Louis Zelnick tinha comprado um exemplar novo e reluzente da *New Yorker*, que jogou despreocupadamente sobre a mesa quando se sentaram no bar perto das janelas que davam para a rua. As pessoas passavam lá fora, o ar estava cinzento e escuro, e algumas luzes de néon já estavam brilhando às três da tarde. Era uma cena sombria, profundamente excitante e importante para Francis. Ele se deu conta de que era sua primeira sensação agradável e prazerosa em anos.

Pegou a revista com seu brilho e seu cheiro de tinta nova, a capa nova da semana, a sensação forte de roçar as mãos por sua superfície lisa, abriu descuidadamente em uma página e olhou de relance para algumas frases. As frases em si eram tão frescas e lustrosas e novas, as "últimas", de certa forma as mais inteligentes, a última novidade na grande cena que era Nova York e mesmo Washington, Boston e Chicago, tudo de alguma forma ligado por redes de trilhos e vagões-restaurante nos quais as pessoas liam a *New Yorker* e bebericavam martínis, um mundo ligado por rumores, excitação, notícias, estilo, opinião, moda e papo inteligente.

Levantou os olhos da revista e maravilhou-se com a aparência chique das duas mulheres, Dora com sua intensidade sombria e distinta, e Anne com seu ar pálido, frágil e intelectual, seu leve sorriso de reprovação, incerteza e deleite distante. Ele amava suas roupas e a maneira como elas as vestiam, como se vestissem a expressão de seus rostos. Francis ficou ali sentado pensativo e contente, lembrando-se da noite há muito tempo atrás em que voltava para casa da praça em Galloway na noite de ano-novo, jovem e exasperado e lúgubre pelo ressentimento com a feiúra crua da cidadezinha industrial, a obscenidade e grosseria das pessoas nela. Toda a sua vida passou diante dele em uma espécie de náusea momentânea.

Entretanto, sentia que seus sentimentos felizes atuais talvez se devessem ao fato de que Anne estava ali, uma mulher casada que o havia fascinado tanto em Cambridge. De vez em quando eles trocavam olhares com uma espécie de divertimento leve quando o irmão e a irmã discutiam calorosamente sobre Yalta e coisas assim.

"De algum modo, não pareço *sentir* essas coisas", disse Anne depois de alguns martínis. "São tão distantes e confusas e irreais."

"Minha querida garota, essas coisas deviam ser da maior importância para você enquanto cidadã do Único Mundo", lembrou-a o marido com um sorrisinho embaraçado. "Essa é a realidade de nossos dias. Não consigo pensar em nada *mais real*."

"Ah, acho que não. Mas posso pensar em coisas mais reais. Mesmo neste momento em particular", ela olhou ao redor, de modo vago. "Este momento em particular é como algo refletido na água, e a qualquer minuto a água vai ser mexida. Aquele homem no bar parece que pode se desfazer em ondas em um instante." Ela deu um sorriso desconsolado.

"Mas isso está dentro do reino da arte", observou Dora Zelnick, de modo sombrio. "Se fosse alguma vez levado para a política, todos estaríamos em um grande campo de concentração de Buchenwald."

"Mas não estamos?", perguntou Anne, de modo quase submisso.

Francis estava fascinado por ela.

Duas semanas mais tarde o Gabinete de Informação Internacional começou a reduzir seu pessoal e Francis perdeu o emprego. De repente pensou em Anne e no que ela dissera no bar sobre o mundo movendo-se em ondulações, irreal, vastamente absurdo. Com uma pontada de algo que se parecia tolamente com amor, começou a ver tudo com os olhos de Anne.

Certa noite nebulosa ele estava em uma livraria passando olhos pelos livros. Havia um em que estava particularmente interessado, mas uma moça estava parada bem em frente à prateleira, olhando outro livro. Ele aguardou, esperando que ela finalmente saísse dali, mas ela permaneceu imóvel, numa espécie de desespero entrincheirado. Então ela começou a mover-se lentamente, aproximando-se de outra prateleira, olhando os livros. Quando ele finalmente estendeu a mão com delicadeza para pegar o livro desejado, percebeu que estava longe demais e que nunca conseguiria. Foi até o outro lado da moça. De repente sentiu o impulso de estender a mão em torno dela e agarrar o livro. E enquanto estava ali parado pensando no que fazer, a garota fechou o livro subitamente, com irritação, olhou para ele e, de repente os dois se reconheceram. Era Anne.

363

"Sabe, você não devia ter fingido que você não existia quando tentou pegar o livro", riu ela, enquanto caminhavam pela rua. "Foi isso que me irritou tanto, aquela justificativa tímida por simplesmente *existir* e ocupar um espaço."

"E você não tinha de mergulhar o nariz nessa conscienciazinha da sua personalidade como se o resto do mundo não estivesse ali também!"

"Ah, bobagem, eu não estava fingindo que era invisível. Pelo menos tinha uma sensação de... estar no caminho."

"Foi por isso que fechou o livro daquele jeito?"

"Aquilo foi totalmente automático."

"Prefiro pensar", disse Francis, "que dei a volta em você na ponta dos pés por um sentimento de pesar".

"Que romântico!"

Conversaram por longo tempo antes de pensarem de repente em fazer perguntas um sobre o outro. Francis disse a ela que estava procurando emprego. Por um momento quase disse que tinha pensado muito nela nos últimos tempos, mas ficou um tanto receoso que ela dissesse "bobagem" outra vez. Ela contou que as coisas em Boston estavam chatas e que tinha vindo para Nova York sob o pretexto de visitar o avô em Teaneck.

"E ele mora em Teaneck?"

"Mora. Mas eu sempre fico em um hotel e vou visitá-lo no último minuto, para poder mandar um cartão para o dentista postado na data apropriada."

"O dentista? Louis? Estranho você chamá-lo de dentista."

"Ele *é* um dentista, você sabe..."

Com uma sensação quase lírica de liberdade, Francis levou Anne ao apartamentinho de seu amigo – ele tinha a chave – e começou a preparar café na quitinete.

"Se vai tentar me seduzir, gostaria que falasse logo", disse Anne da sala da frente. "Do contrário, seria terrivelmente inconveniente ser pega desprevenida como a estudante que fez um juízo equivocado de seu amado."

Tomando café puro, sem quaisquer preliminares, começaram a conversar com alto grau de sinceridade e com uma sensação súbita de agradável harmonia.

Anne olhou ao redor da sala com leve sorriso. "Sabia, é muito estranho estar aqui."

"O mundo está se desfazendo?"

"No momento, não. Só tenho uma sensação de estranheza como se eu já tivesse estado aqui antes..."

"Talvez seja porque vou herdar este apartamento de meu amigo quando ele deixar Nova York no mês que vem", disse Francis em tom sério.

Em dois meses eles estavam morando juntos naquele apartamento no lado leste na altura da 50th Street. Francis apenas retomou uma velha discussão com Dora Zelnick, agravada com cuidado no espaço de alguns dias, e deixou-a de forma dramática com sua bolsa no meio de uma grande discussão. Mais uma vez ele teve a sensação, que experimentara com o psiquiatra da marinha, de que era realmente possível ser "esperto" no fim das contas. Além do mais, tirando o remorso que o corroía por ter rompido com aquele sentimento de profunda afinidade que ele e Dora tinham desenvolvido em sua "vida no Greenwich Village" juntos, sentiu que tinha um perfeito direito individual de romper completamente com o passado sem qualquer processo prolongado.

Anne, de sua parte, simplesmente foi saindo da casa do marido em Boston em pequenas prestações, sem desculpas, quase sem uma cena, deixando o dentista zeloso obstinado com a sensação de que tinha se casado com uma espécie de fantasma que acabou por desaparecer de sua vida. Não houve discussão sobre a criança; Anne simplesmente foi embora e deixou-a aos cuidados dele.

Francis sentiu o prazer total e a perversão quase idiota que os homens realmente indiferentes sentem quando "roubam" a mulher de outro homem sem pensar muito no assunto. Às vezes Francis ficava com um sorriso extático atônito no rosto – mas então também se sentia ansioso. Conseguira arranjar um emprego novo quase no mesmo momento em que herdou o apartamento, e teve certa sensação de poder por toda a situação inesperada.

Wilfred Engels outra vez o ajudou a conseguir um emprego novo – dessa vez em uma pequena agência de assistência social, para a qual Francis fazia muito trabalho burocrático em um escritório pequeno e atulhado na Madison Avenue. Teve sorte de conseguir outro emprego simples e fácil, ainda mais porque Engels tinha acabado de ser citado por um comitê de Washington sobre atividades antiamericanas e fora obrigado a tirar férias no México para sair do ar por um tempo. Houve uma conversa sobre algo que parecia ser uma falsificação de passaporte. Mas Francis não tinha interesse nessas coisas; estava totalmente envolvido em uma vida inteiramente nova com sua assombrosa Anne. E tinha acabado de começar a fazer psicanálise.

Francis corria para casa quase alegremente para contar a Anne o que tinha acontecido todo dia. "Ah, Deus, se você soubesse o que aconteceu comigo hoje! O que meu psicanalista vai *fazer* com isso!"

"Comece pelo princípio e vou ser uma esposa compreensiva", sorria ela, e entregava a benzedrina para ele. "Quer uma bola antes?"

"Daqui a um minuto. Tudo começou de manhã quando eu estava com uma depressão de benzedrina da noite passada. Alguém entrou no escritório, um dos chefes, acho, e começou a conversar comigo do jeito mais estranho, quase louco. Aos poucos entendi que queria que eu fosse a um determinado hospital apanhar alguns suprimentos para serem empacotados – mas, honestamente, no início não conseguia entender o que ele estava dizendo, *por que* estava dizendo qualquer coisa, com aquele ar completamente estúpido de urgência no rosto..."

"Já tive essa sensação."

"Então lá fui eu! Desci para o metrô, onde tive a sensação mais terrível e irreal de que meu trem nunca ia chegar."

"Que desagradável!"

"Durou uma eternidade! Finalmente entrei em um trem qualquer e segui para meu destino. Parecia que as pessoas estavam olhando para mim, eu me perguntei por que estavam me encarando, sabia muito bem que estava tendo um surto de depressão de benzedrina. Quando saí na rua vi o hospital e segui direto para ele, subi as escadas e entrei – com uma sensação empolgada de certeza, quase exultante, sabe, mas aos poucos comecei a ver sinais de que devia ser uma escola em vez de um hospital, e com uma sensação horrível e lancinante de inutilidade, comecei a correr em direção à saída mais próxima. Não queria sair por onde tinha entrado, simplesmente tinha de correr, escapar de meus erros e sair por outro caminho!"

"Coitado de você, querido. Eu devia estar lá!", riu Anne.

"De repente, encontrei uma *turma* de crianças descendo o corredor em forma. Sabe como elas desfilam de uma sala de aula para outra? Todas elas estavam me olhando cheias de curiosidade. De repente, desapareceram, e além de tudo isso eu não conseguia encontrar outra saída, não havia absolutamente outro caminho para sair dali além daquele por onde eu tinha entrado. Foi bem divertido me ver no meio da atmosfera de giz e lápis de uma escola primária outra vez, sabe, mas ao mesmo tempo você pode imaginar meu horror e frustração e tudo mais. Aquela experiência toda acabou comigo."

"Você por um acaso achou o hospital?"

"Achei! Mas me perdi dentro dele. Era um lugar enorme, eu estava simplesmente perdido, perambulando por corredores reluzentes. Lembro de uma enfermeira que conversou comigo atenciosamente, mas teve de ir embora para fazer alguma outra coisa."

"Ah, coitadinho!"

"Sabe o que passou pela minha cabeça, então? Eu me lembrei do que você disse sobre a observação de Nietzsche, 'Nada é verdade, tudo é permitido.' Como foi que você disse? 'Nada é verdade, tudo é igualmente absurdo?' Bem, foi nisso que pensei, e fiquei repetindo para mim mesmo. Finalmente encontrei o homem que estava procurando e ele me entregou os pacotes e disse algo e desapareceu. Deixei o hospital, só que pela porta errada, e me vi em uma espécie de pátio vazio..."

"Ah, meu Deus, igual a Kafka!", berrou Anne com prazer.

Certo dia, em uma tarde de sábado, a campainha tocou, e Francis foi atender à porta. Lá estava seu irmão mais novo, Mickey Martin. Mickey tinha crescido bastante, mas Francis o reconheceu pelos olhos acanhados e o mesmo cabelo castanho macio caindo sobre a testa. Todo o resto nele tinha se tornado esbelto, cru e poderoso, para a surpresa e pasmo do irmão mais velho. O garoto sorriu para ele com uma vergonha atônita, e acenou com a mão grande e carnuda em saudação.

"Oi, Francis!", exclamou. "É aqui que você mora? Que lugar legal!" Quando viu Anne, quase tropeçou no tapete.

"Tem alguma coisa errada?", perguntou-se Francis em voz alta.

Mickey lentamente concentrou-se nele com uma expressão séria. "É o papai. Ele está muito doente, e a mamãe me pediu que eu viesse aqui contar a você. Ele está doente há muito tempo". Disse isso com aquele toque sincero e pesaroso na voz, tão característico dos Martin, que Francis não ouvia há muito, muito tempo.

"Há quanto tempo ele está doente? O que é?"

"Agora faz dois meses que ele está em casa, e a mamãe está trabalhando em uma fábrica de sapatos no Brooklyn e eu trabalho depois da escola em uma loja lá. O médico disse que é câncer."

"Câncer."

"É. O médico disse que ele devia ter cuidado disso muito tempo atrás. Mas o papai não sabe que tem câncer, o médico disse a ele que é outra coisa." E Mickey explicou todas essas coisas com o mesmo ar triste, meio interrogativo e seriamente preocupado que persistiu mesmo depois daquele momento para atormentar a memória de Francis. A última vez que uma pessoa tinha falado daquele jeito com ele foi quando seu pai o visitara no hospital naval em Chicago naquela noite estranha, agitada e melancólica, dois anos antes.

"Então a mãe se perguntou se você poderia ir lá uma hora dessas", disse Mickey devagar, "para vê-lo e conversar com ele, sabe, vê-lo?"

"Sei", disse Francis distraído. "Bem, claro, sem dúvida tenho de fazer isso."

"Vou contar a ela", disse simplesmente o garoto, e virou-se para ir embora. De maneira quase compulsiva, Francis despertou de seu devaneio meditativo e pediu que ele se sentasse e ficasse um pouco. Com isso, Mickey se sentou desajeitadamente na beira de uma cadeira e parecia corar sem parar. Anne se levantou e preparou uma Coca com gelo para ele. Ninguém conseguia pensar em nada para dizer e houve momentos longos de silêncio embaraçoso enquanto Mickey ficava ali sentado bebendo a Coca, olhando de vez em quando para Francis com uma expressão grave e perplexa.

Depois que o garoto foi embora, Francis disse, "Bem, o que achou de meu irmão caçula?"

"Bem, na verdade, ele *fica corado* direitinho."

"Deus! Agora tenho de ir lá uma hora dessas e prestar meu respeito ao meu pai. Fiquei muito triste em saber que ele está tão mal."

"Eu temo que você tenha de ir", sorriu levemente Anne. "Não há nada que você possa fazer. Quando pedem para você desse jeito..."

"É."

Lá fora, enquanto escurecia nas ruas, o jovem Mickey correu para casa olhando ao seu redor com o fascínio ávido de um garoto criado em cidade pequena que se via sozinho mo meio da Manhattan fabulosa e elegante. Todo mundo era tão bem-vestido, os homens elegantes e distintos, alguns deles com chapéus de feltro, as mulheres adoráveis, misteriosas e ocultas em belas peles. Todos estavam a caminho de coquetéis e restaurantes e cinemas enquanto escurecia e as luzes cintilavam como diamantes. Era tão diferente do Brooklyn e, é claro, tão diferente da mais escura Galloway.

"Que apartamento legal esse onde Francis mora", pensou, "bem no meio de Nova York, e que bela loura ele tem lá, que mulher tranqüila, bela e simpática ao seu lado. Imagine ter uma garota assim bem no meio de Nova York, e um bom emprego, e sair à noite para ir a grandes restaurantes e ir a shows e tudo mais. Uau! Que cara de sorte!"

[3]

PETER JUNTOU-SE à sua família naquele outono.

Então, abatera-se sobre ele uma noção precisa da solidão trágica da existência e da necessidade de repeli-la com uma autopunição perversa, cruel e desnecessária que via por toda a parte ao seu redor, e que ele próprio tinha cultivado por tanto tempo.

Seu pai estava morrendo – e sua própria vida estava morrendo, tinha chegado a um beco sem saída na cidade, não tinha mais lugar nenhum para onde ir. Peter não sabia o que fazer com a própria vida mas de algum modo sabia o que fazer em relação a seu pai, que agora era não apenas seu pai, mas seu irmão e seu filho misterioso também.

Passou o inverno moribundo no Brooklyn e ajudou com as despesas da casa e com as contas dos médicos trabalhando em uma cafeteria que ficava aberta a noite inteira. Chegava em casa do trabalho toda manhã por volta das sete, justo quando a mãe saía para a fábrica de sapatos e o irmão Mickey se preparava para ir para a escola, e fazia um bule de café e bebia uma xícara com o pai na cozinha e discutia e batia boca com ele como sempre fizera. Agora os dois sabiam que o fim estava próximo e suas discussões eram cada vez menos freqüentes, não eram mais discussões. Riam juntos mais do que jamais tinham feito. O pai estava muito feliz que seu filho mais próximo, triste e sério tivesse finalmente voltado para ele.

"Ah, Petey, a vida não é longa o bastante, tem tanta coisa que eu poderia ter feito!", exclamou Martin de manhã. "Se eu tivesse feito a coisa certa, investido meu dinheiro com cuidado em algo bom, em uma casa ou uma fazenda ou algo assim, pense em como agora seria diferente, talvez eu não estivesse doente e sua mãe não precisasse trabalhar em uma fábrica de sapatos nos meus últimos dias. Ah, agora sei quanto subestimei essa garota no meu tempo."

"Garota?"

"Sua mãe, Petey, sua mãe. Você não sabe como são os homens? Eles subestimam suas mulheres, chamam-nas de idiotas a vida inteira, até que eles se dão conta no fim de quem é o idiota! Hein? E, sem dúvida, se eu tivesse feito a coisa certa, talvez não estivesse morrendo por todo o desapontamento que tive desde que perdi minha gráfica lá na nossa terra, desde que vim para Nova York. De algum modo, em algum lugar, estaríamos vivendo uma vida melhor e estaríamos felizes o bastante para fazê-la funcionar. Nossa, eu queria poder começar tudo outra vez!", exclamou, batendo no braço da poltrona com seu ar intenso, lacrimoso e enfático de determinação pesarosa.

"Está se sentindo bem esta manhã, hein?"

"*Claro* que estou me sentindo bem! Não estou nem um pouco morto, sabe! Por Deus, às vezes me sinto tão bem que quase posso sentir esse maldito lixo no meu corpo se desfazendo e se curando de algum modo. Sabe, isso podia acontecer", acrescentou com perspicácia, "podia acontecer com tanta certeza quanto que estou aqui sentado. Às vezes, se acontecesse! Eu pulava daqui outra vez e fazia alguma coisa, apesar de estar muito fraco, estou fraco, é verdade, estou fraco, Petey, e muito mais velho, não sei se vou prestar para alguma coisa por muito mais tempo..." Sua voz foi sumindo.

"Do jeito que entende de cavalos, podia se mudar para a Flórida e fazer disso sua profissão!"

"Bem, *claro*! Eu mostrei a você os números da semana passada, como eu me saí?" Ansiosamente, com a concentração louca de um menininho brincando, o velho pegou sua grande confusão de números e explicou-os detalhadamente com muitos gestos e movimentos e desejos de estar na Flórida naquele exato momento. Então eles tomaram mais café e conversaram, por horas.

Peter trabalhava lavando pratos por horas em um emprego noturno miserável que se arrastava nas noites lúgubres do tempo e do negrume da cidade, e voltava para casa nas auroras cinzentas pelas ruas cobertas de guimbas e jornais e embalagens de chicletes, pelas calçadas com bueiros que respiravam o ar acre dos metrôs. Quando o próprio céu estava escabroso e a terra coberta com aquele calçamento cor de rato sobre o qual viviam as pessoas da cidade – voltava para casa de seu emprego, fumando e em silêncio, a pé, a mente vazia, a alma endurecida, o coração se partindo: voltou para casa para ver o pai definhando do inverno até a primavera em meio a uma tristeza assoladora. Um toque de primavera surgiu no ar, algo que sugeria pássaros a se balançar nos galhos em doce cantoria fascinante, e o ar doce, e o amanhecer homérico – mas era uma sugestão por apenas um curto período, logo esquecida no barulho da manhã no Brooklyn.

O velho Martin oscilava com coragem surpreendente entre dias alegres, quase robustos, quando adorava conversar e beber café e escutar o rádio e ler livros, e dias em que ficava apenas ali sentado encurvado e destituído de toda sua força, quase morto, enterrado no grande fastio da doença e do pesar atordoante.

Havia noites estranhas, também, quando acordava no meio da madrugada e ia se sentar solitário na cozinha e falava consigo mesmo enquanto os outros dormiam. Conversava com sua própria mãe e seu pai, dirigia seus apelos a eles como um filho, chorava por eles que estavam há tanto tempo enterrados, pedia seu conselho sombrio, lembrava-se estranhamente dos seus pálidos rostos. E conversava com Deus, às vezes com familiaridade acalorada e grande energia para discutir, perguntava por que as coisas eram tão difíceis para os homens, por que, e se não havia porquê, então o *que* era tão estranho, belo, triste, curto, escabrosamente real, tão sofrido e inconsolável. Perguntava a Deus por que tinha sido feito por Ele, com que propósito, por que razão à Sua imagem e semelhança, e o seu desaparecimento para sempre da face da Terra; por que a vida era tão curta, tão dura, tão furiosa com os homens, tão impossivelmente mortal, tão cruel, impaciente, doce, tão mortífera. E conversava com o eu solitário que morreria com ele para sempre. "George", dizia, "George, toda essa desgraça do mundo e o que você pode fazer em relação a isso no fim? George, há infelicidade demais em você, dor de cabeça demais, você não pode durar muito. Toda a sua vida passou entre seus dedos e você riu disso porque achou que tinha todo o tempo do mundo. Você tinha todo o tempo do mundo, é verdade, todo o tempo que ele lhe dá, e nada mais. E eu sempre ficava aborrecido quando algo dava errado, e o tempo todo era apenas *eu* que estava errado. George! Por que diabos você nunca fez o que estava prestes a fazer! Às vezes, quando acordava no meio da noite, você sabia, *sabia*, George! Aquela coisa grande pela qual sempre estávamos esperando e que ninguém jamais fez... Nós? É, *todos* nós, *todos* nós – Ah, estamos todos morrendo! Todos os outros e toda a infelicidade acumulada. Mas o que é infelicidade, George? – sua própria tolice ignorante no meio da vida. No meio da vida. Ah, Deus, eu quero estar no meio da vida! É triste, é triste morrer, é uma infelicidade morrer assim, sabendo. Não quero morrer!" Mordia o lábio enquanto pensava nisso. "Mas estou pronto para morrer, Deus, acho que pelo fato de ser a única coisa que me resta. Estou pronto – mas, Deus, seja lá quem eu for e seja lá por que razão o senhor me fez viver, sei apenas de uma coisa, Deus, eu gostaria de ter certeza de uma coisa – sobre minha mulher e meus filhos. Eu os conheço, Deus!" Ele ria, coçando o queixo. "Ah, mas eu os conheço bem, sei tudo sobre eles. Rá! Rá! Rá! Eu já os vi e ouvi e os senti muito bem. Só cuide para que eles fiquem bem depois que eu me for." Levantava o rosto cheio de pesar para o teto pobre e rachado da meia-noite, olhava para o céu através das fendas no gesso do Brooklyn. "Por favor, que eu possa olhar da cova e ver como eles estão se saindo, de um jeito ou de outro, deve haver um truque para fazer isso. Ver que eles estão felizes, Deus!"

Ele zanzava pela cozinha às quatro da manhã falando desse jeito. Às vezes olhava fixamente para a noite negra do Brooklyn pela janela e a amaldiçoava de cima a baixo pelo que ela parecia ter feito a ele.

E quando Peter voltava de manhã, o velho perguntava o que tinha acontecido a noite inteira na cafeteria. Nada tinha acontecido, as pessoas apenas chegavam para comer rosquinhas e beber café na calada da noite, e iam embora, todas no meio da vida. E então pai e filho olhavam um para o outro e conversavam sobre o passado, todas as coisas no passado fulgurante de um milhão de sombras, e sobre o que gostariam de fazer, o que poderiam ter feito, o que deveriam fazer agora. Pai e filho também eram dois homens no mundo, sentados à toa juntos por um momento, reconhecendo em comentários com voz triste que o destino do homem é chegar às margens de rios, e atravessá-los de um jeito ou de outro, por esse ou aquele caminho dos homens ou de qualquer outro modo possível, e transpô-los ou retornar derrotados e sarcásticos. Nessas horas eles experimentavam momentos de contentamento ao falar um com o outro. Essa era a última vida na qual jamais iriam conhecer um ao outro, e ainda assim desejavam poder viver cem vidas e fazer mil coisas e conhecer um ao outro para sempre de um milhão de maneiras novas, desejavam isso no meio de sua última vida.

Essas coisas começaram a provocar uma mudança no jovem Peter, que finalmente viu – como em uma visão antiga extraída de seu ser – do que a vida realmente se tratava. Viu que ela era amor e trabalho e esperança verdadeira. Viu que todo o amor no mundo, que era doce e bom, não era amor sem seu trabalho, e esse trabalho não podia existir sem a bondade da esperança. Olhava para o rosto dessas coisas finalmente como olhava para a morte iminente de seu pai, dentro de olhos que logo estariam cegos e mortos. Entendia essas coisas quando ajudava o velho frágil a sair da cama de manhã e o apoiava sobre os mesmos pés errantes que costumavam caminhar a passos largos barulhentos nas noites de sábado à noite em Galloway, viu essas coisas quando seu pai despertou de devaneios febris para comer, lavar-se e arrumar as coisas ao redor de sua poltrona para recomeçar outro dia.

Viu que a luta da vida era interminável, cansativa, dolorosa, que nada era feito rapidamente, sem esforço, que precisava passar por mil dobras, revisões, modelagens, acréscimos, remoções, enxertos, cortes, correções, alisamentos, reconstruções, reconsiderações, pregadas, colagens, raspagens, marteladas, levantamentos, conexões – todas as coisas incompletas hesitantes e incertas do esforço humano. Elas continuavam para sempre e estavam para sempre incompletas, longe da perfeição, refinamento ou polimento, cheias de memórias terríveis de fracassos e medos de fracasso, ainda assim, do seu jeito, de algum modo nobre, completas e reluzentes no final. Isso ele podia sentir mesmo da casa velha onde eles moravam, com suas paredes e pisos solidamente construídos que se mantinham juntos como rocha: algum homem, possivelmente um homem raivoso e pessimista, tinha construído a casa muito tempo atrás, mas a casa permanecia de pé, e sua raiva e pessimismo e suores irritados do trabalho foram esquecidos; a casa permanecia de pé, e outros homens viviam nela e ficavam muito bem abrigados nela.

Peter e o pai, só de olhar penosamente um para o outro, pareciam entender que questionar as incertezas e dores da vida e do trabalho era questionar a própria vida. Faziam isso todo dia, mas não odiavam a vida, eles a amavam. Viam que a vida era uma espécie de obra, um fragmento pobre, miserável e sem conexão com algo melhor, muito maior, apenas um esforço fragmentário e isolado durante um momento na goteira do tempo da pia do mundo, uma impureza esfarrapada que levava de um momento para outro na direção das grandes fornalhas puras da vida de trabalho cotidiano e da compreensão humana amorosa.

E o velho George, quando a cegueira da dor e da desintegração turvou seu cérebro, rolava loucamente os olhos em suas órbitas. Quando estava assim em seus dias lúgubres moribundos de terror demente, a solidão e a brutalidade daquilo apunhalavam Peter bem no coração, e tentava animá-lo e sentava-se com ele, e morria de preocupação.

"Ah, estou doente há tanto tempo, e tão cansado... Petey! Petey! a vida é longa demais, demora demais para acabar..."

Isso era insuportável para Peter, encerrado em sua própria visão de morte, tentando sair dela como um homem rastejando para fora de um Desfiladeiro Negro enquanto os abutres obscureciam o sol. E se ele conseguisse sair desse abismo se agarrando e se arrastando só para encontrar o pai morto, sem esperança? E se visse de repente todo o enigma desolado e terrível como nenhum outro homem jamais o vira, e morresse ele próprio disso?

Mas solenidade, alegria e admiração retornavam para seu pai pelo milagre do bater diário do coração, e ele erguia os olhos de um sonho de morte para ver a mãe e Mickey e Peter circulando pela casa, via os movimentos lentos e de certa forma estúpidos do mundo ao seu redor, suas coisas amadas e patéticas, e uma piedade imensa tomava-o inteiro como se fosse uma droga, alguma visão acendia seu cérebro inflamável com suas imagens de alegria e arrependimento e afeição triste e trêmula, e ele iria falar e rir para elas, para a matéria-prima de meio-dia do sangue de sua vida. Tudo isso e a revelação e seu assombro, o conhecimento da pobre mortalidade, o pavor das criancinhas, dos propósitos e paixões e amores do dia-a-dia dos homens em seu apogeu, do silêncio e pesar dos velhos, todas essas coisas se inflamavam em sua mente como explosões de luz, como os tremores poderosos da luz de uma vela perto do fim.

Mas a vela, que é luz, é extinguível porque é luz. E em uma manhã de maio ele morreu.

Uma coisa estranha aconteceu um dia antes de ele morrer. Por algum motivo os velhos ânimos exaltados para a discussão tinham se elevado entre ele e Peter, e os dois voltaram a discutir. Começou quando Peter comentou algo que estava lendo.

"Escute isso, pai, só para mostrar a você o tipo maravilhoso de sujeito que era Tchaikovsky – *você* sabe, o compositor. Aqui diz que ele chegou em um hotel, foi levado para seu quarto, pediu o jantar, conferiu todas as toalhas e tudo mais, deu gorjeta para o garçom, e quando tudo estava arrumado e ele estava sozinho no quarto, simplesmente se jogou na cama e começou a chorar... sem qualquer razão."

"Por que ele fez isso?"

"Ele era esse tipo de cara, *você* sabe, um compositor russo melancólico. Eu fico maravilhado por ele ter feito isso."

"Claro, claro!", exclamou o velho com amargura. "Você está maravilhado, certo. Está maravilhado porque ele é um russo e um compositor e porque todo mundo escreve sobre ele, não é um cara comum como *eu*."

"Eu não disse isso!"

"Ah!", exclamou Martin com um aceno violento. "Chekoski e Plakoski, enquanto for algum nome russo metido a besta significa muito mais quando *eles* choram!"

"Por que você está dizendo tudo isso?", perguntou Peter, que estava profundamente magoado.

"Por quê? Porque vejo no que vocês malditos garotos de hoje estão pensando o tempo todo, é por isso! Por que você tem que admirar Chekoski? Por quê? Só porque ele chora?", berrou furiosamente, esmurrando a poltrona. "Droga, eu choro, eu também choro! Mas não significa droga nenhuma quando *eu* choro, não sou Chekoski, não sou um compositor russo, sou só um pobre americano comum e sem graça, só isso. Quando *eu* choro é porque sou um infeliz, não porque sou maravilhoso!"

Peter saiu da sala com passos pesados e ficou andando pela cozinha em um acesso cego de fúria e vergonha.

"Eu também choro! Eu também choro!", gritava seu pai do outro aposento. "Lembre-se disso, meu jovem filho refinado com todos os seus livros metidos a besta!"

Eles mal trocaram uma palavra pelo resto do dia. Peter estava de folga do trabalho naquela noite, um período que normalmente teria passado conversando com o pai na cozinha bebendo uma caixa de cerveja enquanto a mãe e Mickey dormiam. Em vez de ficar em casa, saiu andando por todo o Brooklyn no torpor mais profundo que havia conhecido na vida. Nunca tinha se sentido tão deprimido que tivesse de arrastar os pés, compulsivamente, enquanto seguia pelas calçadas como naquela noite. Tentou andar de um jeito normal, mas acabou arrastando os pés e seguiu devagar, abatido e desamparado, perguntando-se vagamente por quê. Cobriu quilômetros e quilômetros de ruas desse jeito, com a cabeça baixa, as mãos penduradas ao lado do corpo, os sapatos batendo de leve sobre o calçamento, sem olhar para nada em especial pelo caminho.

Quando voltou para casa às três da manhã o pai estava na cama dormindo. Na cozinha onde se sentou com a cabeça abaixada sobre a mesa em pensamento profundo e desamparado, Peter de repente começou a tentar respirar no mesmo ritmo dos roncos de seu pai, só por capricho, quase de brincadeira, e percebeu enfastiado que não podia acompanhar aqueles chiados desesperados sem se sentir mal e ficar tonto. Nunca lhe passou pela cabeça que algo estava errado, apesar de, pelo fato de estar tão completa e fisicamente deprimido, ele ter se dado conta mais tarde de que sua própria natureza mais profunda devia saber que o pai estava lentamente se aproximando da morte durante aquelas mesmas horas. O médico viera na noite anterior para drenar mais um pouco de água da barriga devastada do velho, como fazia havia quase um ano, e finalmente a fraqueza e o colapso estavam conspirando para trazer o fim, algo que o médico imaginara que teria acontecido muitos meses antes.

Ao amanhecer Peter levantou a cabeça da mesa quando sua mãe entrou na cozinha arrastando os pés para se preparar para o trabalho. O velho os chamou do quarto ao lado e disse que ficar deitado na cama o estava deixando tonto, então eles o ajudaram a ir até sua poltrona. Ele olhou cegamente para os dois e disse:

"Se eu vou morrer, droga, quero morrer na minha poltrona."

Peter o ajeitou sentado confortavelmente na poltrona e arrumou os cobertores em torno de suas pernas. Seu pai, estranhamente, disse:

"Isso mesmo, meu pobre garotinho."

Sua esposa perguntou se queria tomar café-da-manhã e ele disse que não estava com fome, bastava um copo de suco de pomelo. Ela trouxe para ele e segurou o copo junto de seus lábios enquanto ele engolia cegamente. Olhou para ele com dor, solenidade e tristeza ternas, e então teve de ir para o trabalho e disse a Peter que preparasse um café-da-manhã leve para ele mais tarde. Saiu para trabalhar em silêncio, e triste, e Mickey foi para a escola. Sozinho com o pai na manhã cinza, Peter preparou um bule de café. Podia ouvi-lo roncar no aposento ao lado sob a música do radinho da cozinha.

Depois de vinte minutos passados lugubremente em cima de uma xícara de café, Peter foi até lá perguntar a ele se queria café ou comer alguma coisa, e o viu ali com a cabeça baixa, totalmente imóvel em sua poltrona, o lábio inferior entreaberto, o cabelo despenteado. Chamou seu pai na imobilidade vazia da casa. O velho não ergueu os olhos com sua expressão surpresa e assombrada. O sangue de Peter fervilhou com a compreensão terrível. Seu pai não estava respirando, sua barriga não subia e descia em chiados torturados como antes, e havia uma imobilidade repentina ao seu redor.

George Martin tinha morrido como se estivesse dormindo, de modo tão silencioso que ninguém nem percebeu. E o que Peter imaginara serem seus roncos na verdade tinham sido seus suspiros solitários de morte.

Mas Peter, compreendendo que ele estava morto, ainda assim se recusou a acreditar que era verdade. Foi até ele e pegou um braço inerte e tentou sentir o pulso. A mão velha caiu de volta ao mesmo lugar. Pôs a mão na testa do pai com antecipação temerosa do mármore frio da carne, mas a fronte estava morna, quase quente. Ajoelhou-se diante do pai e gritou: "Pai! Você morreu, pelo amor de Deus? Pai!" – e não houve resposta.

"Coitado de você, velho, coitado de você!", exclamou ajoelhado em frente ao pai. "Meu pai!", gritou alto, com uma voz que soava a loucura solitária na casa vazia. Ele ainda se recusava a acreditar naquilo. Com uma sensação de espanto terrível estendeu a mão e acariciou a face do pai, como uma criança, e a noção de que agora podia acariciar o rosto do pai à vontade porque ele estava morto e não sabia era horrível, entalou-se na garganta de Peter. Poder gritar e falar daquele jeito, louco e tolo, apesar de seu pai estar ali sentado, também encheu seu cérebro com um horror incompreensível. Sem pensar, limpou a saliva da boca dele, ajeitou um pouco o cabelo despenteado para trás, manteve sem acreditar a mão na cabeça do pai, e o beijou na testa com um sentimento de pesar doce e arrasador, e de loucura, e de medo.

"Ruthey!", berrou Peter, olhando ao redor do aposento, os pensamentos de repente fixos e febris na imagem de sua irmã Ruth, aquela filha doce e forte que estava longe do velho enquanto ele estava sentado ali morto. "Rápido, Ruthey, pelo amor de Deus!" Peter estava fora de si, como se ela fosse ouvi-lo e viesse correndo imediatamente. "Ah, alguém venha logo! Vocês todos! O papai morreu, o papai morreu!"

Ele saiu aos tropeções, parou para olhar embasbacado para a parede, parou quase distraído em seus pensamentos, de repente explodiu em um golpe impressionante de seu punho contra o gesso e olhou com satisfação louca para a mão machucada e dolorida. Acalmou-se quase no mesmo instante, sentou-se em uma cadeira do outro lado do aposento, olhou para o velho morto e começou a decidir o que fazer agora, o que fazer agora.

"O que vou fazer?", perguntou ao pai com embotamento crescente.

Encarou o rosto dele, a máscara pálida de um rosto, o pobre rosto que tão cedo ia encarar silenciosamente a escuridão, tão cedo prantear os humores do túmulo, mirar as camadas de barro negro e o silêncio e a noite decomposta. Olhou fixamente para as pálpebras baixas em seu último voto piedoso e complacente, seu sono lúgubre, seu pesar devotado, seu conhecimento religioso voltado para o interior, sua ternura humana e a compreensão final secreta. Não podia acreditar. Em nome de Deus, o que tinha matado seu pai? Não havia feito aquilo sozinho, não era verdade que ele mesmo fizera aquilo! Mil vezes pareceu que ele tinha feito aquilo, mas não era verdade! Quem poderia dizer que ele havia feito aquilo! Como jamais saberia que não fora ele mesmo quem fizera aquilo!

Por que estava sozinho desse jeito com o pai, o que havia acontecido? Onde estava a Ruth doce, e o Joe aventureiro, e a pobre Liz sarcástica, e o Francis sombrio, e a grande Rosey, e o pequeno Mickey, e o Charley perdido? Onde estava sua mãe triste e silenciosa? Onde estava a casa velha, lá de Galloway? E o que tinha matado seu pai? Por que ele estava ali sentado com o beiço meio espichado como se vivenciasse uma experiência de desamparo?

Por que ele jazia agora afogado no oceano estranho do Brooklyn longe do lar verdejante de sua juventude? O que acontecera com ele nos 57 anos de sua vida em meio à confusão e à dispersão de perdas e pesares e prantos impossíveis no pobre mundo desesperado? Em meio a um assombrado desapontamento, e amor preocupado, e mistérios e desejos queridos e loucos, em meio a guerras nas quais as crianças da terra enlouqueciam – não adianta, não adianta...

Tinha morrido das coisas que Peter sabia que ele iria morrer... Lá estava seu pai, sua rara imagem de flor no mundo, que viera para viver, e amar, e trabalhar, e morrer, e partir – sem deixar nada agora, nenhum selo ou marca de seu amor em lugar algum, nenhum monumento à sua figura meiga, nenhuma placa para celebrar seus feitos de devoção tola e acabrunhada. Lá estava seu pai, encurvado e acabado no mundo duro e catastrófico, morto em meio a fúria e poeira, morto de seu próprio jeito verdadeiro e sofredor, seu jeito doce, real e excelente, seu grande jeito. Seus olhos envergonhados e tímidos, seu jeito modesto, coração forte, mãos fortes, mãos verdadeiras manchadas de tinta, suas pernas fortes e o pescoço musculoso e o queixo ossudo, e o amor de outros homens e crianças, e o amor estranho e voraz de mulheres atenciosas e deliciosas – sua vida admirável totalmente acabada, sua alma plena...

Peter saiu e foi até uma loja de doces e ligou para a mãe na fábrica de sapatos, e para Mickey na escola, e depois voltou para casa e se sentou e olhou para o pai pela última vez.

"Em um minuto, em um minuto", ficava falando ansiosamente, "tudo vai ficar bem em um minuto, agora".

[4]

Cerca de alguns dias depois da morte de George no Brooklyn, do outro lado da Terra, em Okinawa, dois homens estavam operando um trator em uma pilha de entulho ao lado de uma pista de pouso quando perceberam um corpo escuro, retorcido e sujo de um soldado girando no meio das pedras e da areia. Desligaram o motor, um dos homens enxugou a testa, saltou, foi até o monte de entulho, e o outro homem desceu num pulo e se encostou na máquina grande e acendeu nervosamente um cigarro.

"Qual o problema com você?", perguntou o primeiro em voz alta e abrupta. Chutou algumas pedras da pilha do monte e apoiou o cotovelo no joelho para examinar o corpo.

"O que diz na placa de identificação dele?", perguntou nervosamente o outro homem. "Ele tem uma placa, Thompson?"

Thompson não falou nada, só ficou ali debruçado e refletindo ao lado da pilha de entulho, como se estivesse pensando em outra coisa.

"Ele não tem uma plaquinha, Thompson?"

"Ah, ele está virado de bruços. Não quero mexer nele."

"Por que não vê se ele tem uma carteira no bolso de trás."

Thompson puxou uma carteira das calças que pendiam frouxas e começou a examiná-la lentamente.

"O que tem aí?"

Thompson estava calado contemplando algo que tinha na mão, e o outro homem observava ansiosamente. A escuridão da tarde se aprofundava, algo quase frio surgia no ar empoeirado, um cachorro latiu ao longe.

"O que diz aí, cara?"

Thompson remexeu lentamente a carteira com curiosidade solene, calada e minuciosa.

"Encontrou o nome dele?"

Thompson esfregou a testa e ficou deliberadamente em silêncio.

"Encontrou o nome dele?"

Thompson perdeu a paciência, virou-se, segurou uma carteira diante do rosto do outro homem e berrou, com voz alta e irritada: "Charles Martin! Charles G. Martin! Galloway, Massachusetts! Nascido em 16 de junho de 1926. Agora está satisfeito?!!"

"Esse é o nome dele? Charley Martin." O soldado sentado pensou ridiculamente sobre o nome por um momento. "Eu acho que não conhecia *ele*."

"Achou que ia conhecer, seu idiota? Acha que é o único cara aqui, você e seus primos da Louisiana?"

"Bem, eu *podia* conhecer, não podia? Por que é que você está fazendo piadas ruins com um sujeito morto bem na sua frente?"

"Não estou fazendo piadas ruins. Você é que não faz nada além de ficar aí sentado fazendo perguntas bobas."

"Deus, não consigo ficar aqui sentado olhando para gente morta, só isso."

"Você devia estar aqui três meses atrás, só isso."

Silêncio, silêncio solene e taciturno...

"O que é isso que você está olhando agora?"

"Uma carta, uma carta. E está maluco se acha que vou ler a carta de um homem morto. A carta é *dele*, não é?"

"Eu não *pedi* a você para ler a carta, só quero saber o que diz nela", reclamou o outro homem.

"Diz Soldado Charles Martin, Correio do Exército, São Francisco, é tudo o que diz, e foi enviada por um cara chamado George Martin de State Street, nº 255, Brooklyn, E.U.A.."

"Você não disse que ele era de Massachusetts?"

"É, era de Massachusetts, mas tem uma carta aqui do Brooklyn, de um cara que ele conhece, talvez seu irmão, ou seu pai, ou um primo ou alguma outra pessoa" – Thompson estava falando agora com um enfado derrotado e gentil – "alguém com o mesmo nome e que mora no Brooklyn, entendeu?"

"Então, era só isso o que eu queria saber, rapaz."

Thompson se aproximou e se sentou e acendeu um cigarro, e olhou para a extremidade deste em silêncio reflexivo. Ficaram só ali sentados olhando ao redor e se perguntando sobre o garoto morto chamado Charley Martin, a figura toda suja que tinham acabado de desenterrar.

[5]

Enterraram George Martin em New Hampshire, em uma longa encosta gramada ao pé de uma colina, na região rural nos arredores de Lacoshua. Era um cemitério pequeno de mais de cem anos de idade, com lápides antigas tombadas tristes em meio à grama ondulante, algumas caídas e meio enterradas no barro, os restos de coroas antigas misturados com pinhas, flores silvestres, e um muro de pedra que tinha se transformado em trepadeira em meio à vegetação rasteira selvagem da terra. Um grande bosque de pinheiros antigos cercava esse cemitério, debruçando-se frondoso sobre ele em três lados. Da estrada de terra no sopé da encosta subia uma trilha de carroças sobre a qual marchara o funeral do pequeno Julian Martin duas décadas atrás e, antes disso, o funeral de Jack Martin, o próprio pai de George Martin, quase incríveis cinqüenta anos antes.

Ao longe, do alto dessas colinas, era possível avistar as terras e plantações e florestas de pinheiros da velha terra de New Hampshire da qual os Martin de dois séculos se ergueram em segredo, escondidos e incógnitos, fechados e furiosos, para viver e trabalhar e morrer na presença reflexiva de si mesmos e da terra, na atmosfera sombria de seus próprios sonhos melancólicos das coisas. Muitos deles estavam enterrados ali, avôs, avós, seus progenitores desconhecidos e perdidos, crianças esquecidas, tias tenebrosas, tios, primos, antigos irmãos e irmãs e incontáveis parentes e aparentados de outras famílias.

O velho pedira para ser enterrado nesse lugar, e sua esposa concordara como se sempre houvesse sabido que ele tinha tal desejo em mente.

Quando Peter soube disso ficou surpreso. Mas sabia que seu pai jamais teria consentido ser enterrado em Nova York em meio aos incontáveis mortos estranhos da cidade do mundo. Ficou surpreso porque seu pai jamais mencionara isso a ele e porque esse pacto secreto e silencioso existia entre seus pais havia muito tempo, mais velho e profundo que sua própria mera condição de filho. E quando Joe soube, e Mickey e as irmãs, Ruth e Rosey, ficaram intimidados com a consciência de alguma regra inevitável no enorme círculo sombrio das coisas. Mas Liz se perguntou que diferença podia fazer o lugar onde você era enterrado. E Francis, ao receber o telegrama que o avisou da morte do pai e do enterro em Lacoshua, observou para Anne: "É evidente que ele quis ser enterrado em meio aos seus parentes. Parece um tanto patético, não?"

A mãe da família acertou tudo no Brooklyn para enviar o corpo de seu marido a uma casa funerária em Lacoshua administrada por um homem que conhecera Martin na juventude e que conhecia o velho cemitério a dez quilômetros da cidadezinha. A mãe agora percebia por que o marido ficara tão preocupado em enterrar seu garotinho Julian, irmão gêmeo de Francis, ali, há muito tempo, entre gerações de Martin, como se pressentisse que ele também, tantos anos depois, seria enterrado ali antes de qualquer outra pessoa da família. Ela estava satisfeita porque ele jazeria ali para descansar perto do anjinho triste da família, a criança abandonada da eternidade em suas almas, "para olhar por ele". Os agentes funerários do Brooklyn levaram o corpo direto para Lacoshua em um carro fúnebre duas noites após a morte dele, depois de ele ter permanecido dentro do estado por uma noite em uma casa funerária solitária em uma rua escura com néons piscando no Brooklyn, sem ninguém para velá-lo além da mulher e de alguns estranhos que entraram ali por engano. Quando a família foi embora, depois da meia-noite, uma luz solitária foi deixada acesa ao lado de seu caixão, e a noite no beco lá fora sussurrou até o amanhecer. No sábado à tarde o carro funerário deixou o Brooklyn e o levou para o norte, para a Nova Inglaterra. A mãe, Joe, Patrícia Franklin Martin, agora esposa de Joe, e Mickey e Peter viajaram durante a noite em um carro que Joe comprara poucas semanas antes.

Então começaram as odisséias enlutadas para o enterro. Ruthey e o marido, Luke Marlowe, que tinha voltado da guerra, vieram de carro do Tennessee e chegaram no domingo de manhã apenas algumas horas depois do grupo da mãe. Rose veio com o marido e o filho de avião do Oeste distante, de Seattle, e chegou na mesma hora. Liz veio de trem com Buddy Fredericks e chegou no domingo à tarde. Francis, o último dos Martin a aparecer, chegou no fim da tarde de domingo, sozinho.

Em Lacoshua, o corpo foi posto em uma grande casa de madeira branca de proporções nobres, agora convertida em funerária, uma estrutura elegante e cara com venezianas verdes, pousada no alto de um extenso gramado, sob árvores antigas, e bem afastada da rua sossegada. A mulher do morto e alguns de seus filhos ficaram satisfeitos por ele estar ali, nem que só por uma noite, no tipo de casa em que sempre imaginara viver quando era mais jovem, e ainda pensavam em seguir seus desejos.

Quantas vezes o ouviram dizer, em seus passeios de carro dominicais pelo interior da Nova Inglaterra nos velhos tempos: "Nossa, olha só aquela casa linda atrás das árvores! Imagine, só como seria tranqüilo e digno passar o resto de seus dias aí! Às vezes eu me pergunto por que quebro minha cabeça trabalhando e gastando dinheiro quando eu podia comprar uma casa dessas em alguns anos e viver na paz e na tranqüilidade..."

A mãe e os filhos chegaram às dez. Era um dia lindo de maio, uma manhã de domingo na cidadezinha, fresca com as plantas verdes novas cheirosas, que invadia tudo suavemente com o som dos sinos de igreja no ar distante da zona rural de New Hampshire. A mãe, parada no gramado da casa grande, sacudiu a cabeça com tristeza. "Ah, Joey, seu pai esperou tanto por um dia como este durante a primavera inteira, perdeu tanto sangue e sentia tanto frio naquela casa... Eu só queria que ele pudesse ver isto, agora."

"Bem", disse bem sério Joe, "de qualquer jeito, ele está aqui... É aqui que ele queria ser enterrado."

"New Hampshire, New Hampshire", suspirou Marguerite Martin, olhando ao redor para a bela manhã e para as árvores e os campos ao longe. "Ele queria voltar aqui de qualquer maneira." Odiava tanto Nova York! Joey, foi aqui que seu pai e eu nascemos e crescemos, foi aqui que nos casamos. Quando chegamos na cidade, tinha aquela igrejinha em Miller Street onde nos casamos. E ele queria tanto voltar, terminar seus dias aqui, Joey, você nunca vai saber como ele era infeliz lá..."

"Eu seu, eu sei."

O pai foi depositado em seu caixão em meio a cestas de flores. Parecia um homem jovem doce e religioso, puro e introspectivamente devotado em sono contemplativo, silencioso, virtuoso com a morte, magnificamente satisfeito em seu travesseiro de cetim. Joe e Peter concordaram que não se parecia em nada com ele. Não havia pesar nem intensidade ávida e atormentada naquele rosto esticado e empoado, mas a mãe, sentimental em sua dor, ficou tocada, até mesmo surpresa com a transformação que o embalsamador realizara na casa funerária do Brooklyn. Ela sussurrou cheia de pesar ao lado de seu ataúde:

"Bem, agora ele está igual ao dia em que nos casamos! Veja como eles o deixaram bonito e jovem, não é maravilhoso? *Igualzinho* a como ele era quando jovem. Pobre George, pobre George!", murmurou com insistência. Peter e Joe e Mickey sentiam uma tristeza esmagadora, e se juntaram em torno da mãe. Ela preferiu ficar ali olhando para seu rosto juvenil sacudindo a cabeça com admiração e lenta recordação, e eles saíram e a deixaram sozinha.

Os rapazes ficaram felicíssimos quando Ruth chegou com o marido que eles nunca tinham visto. Alguns minutos mais tarde Rosey chegou com o bebê nos braços e o marido baixinho, atarracado, forte e de cara séria e fechada de Seattle. Foi um doce consolo ver aqueles dois homens, aqueles estranhos que tinham se casado com suas irmãs, demonstrando sentimentos por um velho que na verdade eles nunca conheceram. O marido de Ruth, Luke, tinha visto George Martin uma vez, mas ambos receberam cartas tumultuosas dele. Vê-los solenes e desconfortáveis e ternamente discretos, espichando seus pescoços queimados, movendo-se com a solicitude rígida e estranha dos homens fortes em encontros solenes, chegando depois de uma noite longa e dura de viagem com a expressão severa de determinação e pêsames, era consolador. Os irmãos Martin apertaram suas mãos cheios de gratidão e ficaram com eles na varanda do lado de fora.

Luke Marlowe era um cara forte e de fala mansa do Tennessee que se parecia exatamente com o caçador que vivia no mato que era. Falava muito pouco, sorria muito, era extremamente educado, atencioso, vasto de conhecimento instintivo e profundo, e bondoso como um passarinho. Apesar disso, ficaram impressionados com o volume de seus ombros e com algo rústico e poderoso no jeito pesado de suas mãos sob os punhos brancos e limpos da camisa.

O marido da grande Rosey, que se chamava Tony Hall, em um primeiro momento parecia ser o oposto completo de Marlowe. Andava em passos rápidos com pernas arqueadas, girava com atenção rápida sempre que alguém falava com ele, virava compulsivamente a cabeça para o lado em respeito veloz e resoluto, respondia com uma espécie de concisão – e ainda assim viram que ele também falava muito pouco, que era franco, tinha atenção e consideração sinceros, era interessado, sensível, nervoso com uma apreensão educada e, como Marlowe, com uma força rústica, em seu caso uma espécie de força reprimida e furiosa que parecia pulsar no movimento rápido de seu pescoço e na ação rápida de mãos curtidas pelo trabalho. Ele e Rosey e o bebê iam morar no Alaska em menos de um ano. O jovem Hal tinha idéias e músculos vigorosos adequados àquela região selvagem e desconhecida.

A doce Ruthey parecia menor que nunca agora que estava levemente grávida. A grande e poderosa Ruthey já começava a se parecer com a jovem mãe de inúmeros filhos, com suas faces coradas, olhos escuros fulgurantes, antebraços grandes e discurso autoritário. "Algum de vocês já comeu?", perguntou, quase com raiva. Ninguém tinha comido – e ela foi direto procurar alguma coisa para preparar um lanche para todo mundo.

"E, Petey!", exclamou Ruth, abraçando alegremente o irmão. "Não vejo você há tanto tempo! O que eu falei para você do Luke!..."

"Nossa, como estou feliz por você", exclamou Peter com um sentimento inesperado, olhando para longe pesarosamente. "Esse é o tipo de cara com quem você *deveria* se casar."

"E eu casei!", exclamou ela com alegria. "Estamos comprando uma casa no Tennessee no mês que vem e vamos morar lá. E Liz? Você acha que ela vem? Acha que talvez não venha?"

"Não sei, não sei. ..."

Todos estavam parados de pé diante do caixão do pai morto, diante da mãe que estava ajoelhada e sussurrava baixinho em cima das contas de seu terço. Todas aquelas pessoas jovens, ansiosas e excitadas com a vida. Explodindo com mil coisas para dizer uns aos outros, viram, naquele silêncio e à luz sorumbática das velas, como todos os seus esforços e alegrias e dedicações terminariam. Ainda assim a imobilidade que formigava em seus corações não era convincente. Sim, a morte tinha acontecido, mas de algum modo não ia acontecer com eles. Era seu próprio pai, e sua própria mãe recurvada, aflita e com seu terço, mas de algum modo eles seriam pais e mães que não acabariam nunca, que nunca morreriam, que nunca se debruçariam e rezariam sobre o fim doce e triste cercado por flores como o que viam ali. Mas quando pensaram: "Este é meu pai, este é o homem que eles chamavam de George Martin, este é o George que minha mãe chamava lá em casa, é ele, tão triste e irritável e cheio de alegria e argumentos, tão perto agora, posso vê-lo ainda vivo, posso escutá-lo, onde ele está? Onde ele está? ESTE É O MEU PAI!" Quando se deram conta disso, olharam uns para os outros e souberam que todos eles também iam morrer.

Ruth estava quase com raiva por seu pai ter sido tão arrumadinho pelo embalsamador. "Pelo amor de Deus, esse aí não se parece com ele! Era *ele* quem eu queria ver. Achei que ia ver de novo o rosto de meu pai, pensei nisso a noite inteira. Disse a mim mesma, 'Bem, papai morreu, mas por Deus, vou poder vê-lo pela última vez'. E agora vejam, o que fizeram com ele! Já viram alguma coisa tão idiota!"

Naquele exato momento, a mãe da família Martin estava contando para seus dois genros novos como estava maravilhosa a aparência de seu marido – exatamente como era quando se casaram muito tempo atrás. Eles ouviam com simpatia e afeição ávidas e repentinas por ela.

À tarde os parentes começaram a chegar. A mãe telefonara para o jornal de Galloway na véspera, de Nova York, e saiu uma notinha ali nos obituários de domingo. Mas em Lacoshua todo mundo sabia que George Martin tinha morrido, quase todo mundo sabia quem ele era, e muitos deles o haviam conhecido no passado. E agora, para a surpresa dos jovens Martin, e enquanto a mãe deles observava com sua compreensão sagaz e antiga, hostes inteiras de parentes desconhecidos começaram a chegar à funerária. As crianças conheciam o tio Harry Martin e as tias Martha e Louisa – tinham sido sacudidos em seus joelhos muitas vezes – e conheciam alguns primos, mas não conheciam os estranhos que entraram aos bandos na casa velha sorrindo tristemente para eles.

"Vocês não conhecem seu próprio primo?", exclamou com alegria a mãe. "É um dos filhos de Williams, irmão do vovô Jack, e esses são seus filhos. Vocês não se lembram, não conhecem todos eles – mas eu conheço. Ah, é tão bom ver você outra vez, Arthur!" Ela abraçou o homem e beijou os filhos dele, jovens e velhos, e os Martin jovens ficaram surpresos. Parentes desconhecidos chegavam em carros velhos manchados com lama do interior com suas tropas de filhos, suas jovens mamães, seus velhos pais melancólicos e sábios, seus rapazes morenos todos bem vestidos na melhor roupa de domingo, e desfilavam diante do caixão de George Martin com comportamento solene e respeitoso. Vieram de todo New Hampshire, todos souberam que George Martin tinha morrido.

"Será que um dia vou esquecer a discussão que tive com George há quase quarenta anos, Marge?", exclamou um homem muito velho, tomando a mão da mãe e olhando fixamente para ela com ternura. "Você se lembra daquela noite? Estávamos todos bebendo cerveja no quintal dos fundos da minha casa. Acho que era 4 de Julho, de qualquer modo, era verão, e estávamos falando de política, quer dizer, *começamos* a falar de política, mas no fim estávamos *gritando* sobre política e toda a cidade ouvia do outro lado da cerca..."

"Lembro dessa noite. Eu era uma garotinha. George tinha dezoito anos e estava sempre discutindo com homens mais velhos para mostrar que era o tal, e costumávamos ouvi-lo e rir, todos os meus priminhos e eu!" Ela riu de verdade. "Ah, como ele era exibido naquela época..."

"E como! Sempre discutia com o velho tio Ray!" Quase soltando uma gargalhada na casa solene, o velho Ray abraçou a mãe da família Martin e rodopiou com ela. "Margie, eu podia reconhecer você. Quem é esse? Que rebento é esse? Mickey? É o mais novo? Olhe aqui, Mickey, garoto, eu conheci a sua mãezinha aqui quando ela era desse tamanhinho, e quero que você saiba que ela é a melhor garotinha que já existiu! Olhe para ela! Qual o problema? O gato comeu sua língua! Quem é aquele rapaz alto ali, é o Joe Martin de quem ouvi falar? Venha cá, Joe, não se lembra do seu tio Ray?!!"

Joe o havia visto uma vez. Tinha sido balançado em seus joelhos aos dois anos de idade em uma noite esquecida na cozinha de uma casa de fazenda em que havia um grande círculo de rostos sorridentes cercando seu assombro infantil.

"Bem, ele cresceu, não é? E como cresceu. Cresceu à beça!"

Leves lampejos de lembrança e reconhecimento assombravam as mentes dos jovens Martin enquanto os parentes passavam em grupos, rostos lembrados de alguma compreensão da infância, rostos mudados e envelhecidos mas ainda assim assustadoramente familiares, rostos que recordavam a eles a floresta lúgubre de pinheiros e a noite de New Hampshire muito tempo atrás, quando o jovem George Martin e sua jovem esposa visitavam com orgulho inúmeros parentes para apresentar seus filhos.

"Quem foi o que jogou futebol universitário? Qual o nome dele, Charley?"

"Não, Pete. É o que está parado ali na varanda."

"Então *esse* é ele, é o sujeito sobre quem eu lia nos jornais. *Nossa*! Ele é igual ao meu sobrinho Barney Martin... você conhece Barney, já viu esse rapaz, o Barney, alguma vez? Ele não está aqui hoje, está lá no Maine, planta batatas lá com a moça com quem se casou, Althea. Você conheceu Althea Smiley?"

"Bem", pensou a mãe dos Martin, "se não me engano, acho que conheço. A filha de Emma Martin, não é?, que se casou pela segunda vez depois que o marido morreu, casou com um tal Jim Smalley – de Welford, não é isso?"

"Isso mesmo! isso mesmo! Poxa, Marge, você conhece todo mundo, não é! Huá! huá! huá! Essa mesmo, a filha de Emma Martin..."

"Nenhuma relação com a sua gente", acrescentou a mulher com satisfação.

"Isso mesmo! Nenhuma relação! Rapaz... Nossa, você conhece todo mundo!"

E então, para se juntar aos inúmeros Martin e parentes dos Martin por casamento, chegou a família da mãe, os Courbet. Eles também eram muitos. Todo mundo ali naquela tarde perdeu a conta de todas as famílias e linhagens representadas, todos os parentes por afinidade e as gerações que se propagavam e os relacionamentos, daquela coisa que se misturava e se misturava e gerava mistérios sobre a terra, todo mundo, menos a mãe Martin em todo seu conhecimento imortal dessas coisas.

E então chegaram os amigos de George Martin, que viajaram em grupo de Galloway, Massachusetts, cinqüenta quilômetros ao sul; e vieram, dos arredores de Lacoshua, homens que o conheceram quando menino e tinham ido nadar com ele, homens que trabalharam com ele nas serrarias, homens que conheciam bem seu pai, homens que tinham conversado muitas vezes com ele nas barbearias de Lacoshua, que rivalizaram com ele pela atenção das beldades da cidade nas noites de verão de muito tempo atrás. A mãe se lembrava da maioria deles, os filhos nunca os haviam visto, mas mesmo assim pareciam conhecê-los bem. Aquilo tocava muito fundo. Era bastante misterioso e de uma alegria profunda ver seu pai homenageado e lembrado com a intensidade de homens modestos e tristes.

"Ele está ali", disse baixinho um homem, segurando o chapéu contra o peito.

"É o Georgie, o velho Georgie", sussurrou outro homem, e aqueles velhos parceiros se viraram devagar, conversaram um pouco com a viúva, sorriram para os filhos; ficaram por ali sem jeito, embaraçados e solenes na sala de velas tremeluzentes por alguns minutos, e então saíram e caminharam juntos de volta para a cidade ensolarada.

A grande multidão de amigos de Galloway foi uma alegria e um consolo que dilacerou seus corações. O velho Joe Cartier chegou com a família inteira, um bando alegre e barulhento que tinha animado muitas festas na casa velha dos Martin em feriados. Vê-los entrar ali, um atrás do outro com expressões perturbadas e sinceras de dor e pesar, perceber sua tristeza verdadeira, sua perturbação, sua perda, foi uma visão de aquecer o coração. O velho Cartier não tinha mudado nada, ainda era o homem grande e vigoroso que fora amigo a vida inteira de Martin, ainda o mesmo veterano de rosto corado e cabelos brancos, impassível, com o poderoso olhar saliente de determinação inquebrantável, ainda leal, seus sentimentos ainda firmes.

Ficou parado em frente ao caixão, olhando para Martin. Tomou a mãe Martin pela mão, sacudiu a cabeça e disse apenas: "George, George, coitado de você, garoto!" E virou-se com a sensação agoniada de algum erro impossível.

Martin estava morto, e eles vieram e passaram diante de seu caixão, lembrando dele como era "parece que foi ontem", recordando a avidez enorme de sua alma a partir da casca de carne empoada que jazia ali. A morte parecia tão impossível para ele, especialmente para aqueles velhos amigos que não o haviam visto nos últimos anos lúgubres longe de Galloway.

Lá estava o jovem Edmund, que trabalhara por tanto tempo na gráfica de Martin, e o velho Berlot, o barbeiro, que chegou parecendo a própria morte em sua idade avançada desalentadora, e o jovem Bill Mulligan e sua esposa, que nunca viram Martin sem um charuto e uma bebida nas mãos. E lá estavam muitos outros amigos que antigamente formavam uma associação informal de festas em rodízio nas suas casas em Galloway, gente que conhecera Martin quando era mais indômito e maravilhosamente afável. E, finalmente, lá estava Jimmy Bannon, o editor convulsivo, que se agitava de modo grotesco em frente ao caixão, espichando o pescoço torturado, fazendo um esforço terrível para manter os olhos sobre esse homem que conhecera e com quem trabalhara. Sempre tivera grande consideração por "Joth, o grande Joth", como se esforçou para explicar à sra. Martin na ante-sala.

O dia transcorreu em direção ao fim da tarde, os Martin estavam exaustos e com fome, muitos visitantes tinham chegado e partido, muitas condolências sentidas tinham sido trazidas, muito pesar torturante havia retornado toda vez que viam o rosto do pai no travesseiro de cetim. E todos sabiam como era bárbaro manter seu pai morto em exposição por tanto tempo. Estava morto, acabado, eles odiavam o brilho encerado de sua carne abandonada, gostariam que ele fosse enterrado e lembrado como realmente era.

"Quando papai morreu no Brooklyn", disse Peter para Joe enquanto fumavam sentados na balaustrada da varanda, "eu achava que devia ter saído e cavado um buraco para ele, alguma coisa assim. É isso o que eu achava que devia ter feito. Mas, Deus, você já viu *tanta* gente junta assim em sua vida?"

"Isso faz muita diferença para ele, agora."

"Ele ficaria feliz se soubesse. Ia *rir* se soubesse!"

"Claro que ia."

Por fim tia Martha tomou a mãe atormentada pelo braço e levou-a até a varanda e disse: "Agora me escute, Marge. Não pode dizer não. Estou com um jantar enorme esperando todos vocês lá na fazenda. Passei a tarde toda fazendo isso e preparei o melhor peru que você jamais vai comer. Louisa e John estão esperando por vocês, e o tio Ray, Arthur e todos os outros. Vamos todos comer e nos divertir por algumas horas, então pegue suas coisas e não diga que não."

"Ah", suspirou a viúva, olhando para a irmã de seu marido com um ar de exaustão e derrota bem-humorado. "Acho que não deveria recusar. Nem sei mais o que estou fazendo direito. Mas, Martha... Você já viu alguma vez tanta gente", acrescentou com fervor. "Não achei que seria nada assim... Vieram todos."

"Claro. Meu irmão sempre foi popular. Todo mundo gostava dele. E vi que ele também tinha muitos amigos em Galloway!"

"Mas Martha... ele estava tão *solitário* em Nova York, não conhecia uma alma por lá, ficava sentado por horas e só falava sobre os velhos tempos por aqui e desejava poder voltar. Eu digo a você, ele estava *tão* infeliz."

"Bem", disse a tia com firmeza e ponderação, "ele devia ter ficado em casa."

Todo mundo entrou nos carros e seguiu para a velha fazenda dos Martin por dez quilômetros através de plantações e matas do fim de tarde, Luke Marlowe, Tony Hall e Joe ao volante dos três carros lotados pelas estradas de terra.

Logo depois que saíram, enquanto algumas velhas vestidas de corvo circulavam em torno do caixão de George Martin, Francis chegou.

As três velhas viraram-se para ele com olhos penetrantes. "Vejam", disseram, "aquele deve ser um dos *filhos* dele, é um dos filhos dele bem ali!" E cochicharam em entre si como pessoas desprezíveis ávidas e excitadas. "É, disseram, "é um rapaz elegante, não é? Ah, ele se veste *muito* bem, é muito elegante. É uma pena, que *pena*, tsc, tsc, tsc!"

Francis saiu e deu uma volta no quarteirão e quando voltou, perguntando-se o que em nome dos céus estava fazendo em uma cidadezinha de New Hampshire em uma tarde de domingo em maio, ficou quase satisfeito ao ver que Liz e Buddy Fredericks tinham chegado. Na verdade estavam na cidade há horas procurando um quarto para passar a noite.

"Nossa, faz um século que não vejo *você*!", exclamou Liz com surpresa. "Francis! Quase tinha me esquecido completamente de você, cara! Por onde você andou durante todos esses anos! Onde está todo mundo?" Ela abraçou Francis com a recordação surpreendente de nunca ter feito aquilo antes.

"Não sei onde está todo mundo e tenho uma vaga idéia de que tudo isso é uma espécie de sonho maluco..."

"Legal! Vamos sair daqui. Vamos para o hotel para nos divertirmos um pouco, não agüento isso aqui. Não quero desrespeitar o papai, mas isto é o *fim*."

Francis e Liz tiveram de esperar um pouco na varanda enquanto o grande Buddy Fredericks, que sempre gostara do velho Martin, entrou e prestou sua homenagem silenciosa ao homem que fora como um pai para ele muito tempo atrás, antes que algo, talvez a pequena Liz, tivesse partido deste mundo. Ela ia voltar para cantar na Costa; ele ia para Nova York e sua noite de bebop.

A velha fazenda dos Martin tinha sido administrada pelo bisavô Joseph Martin e seus filhos, e Jack Martin fora um dos últimos a partir e ir para a cidadezinha se tornar carpinteiro. A fazenda agora pertencia às últimas irmãs de George Martin, Louisa e Martha, e era tocada pelo marido de Martha, um homem atarracado, silencioso e marcado chamado Will Goldtwaithe que parecia viver em um mundo próprio enquanto a mulher e a cunhada conduziam seus vastos interesses e afazeres familiares.

A fazenda ficava bem no meio da mata. Um brejo nos fundos separava a casa e os celeiros de uma linha de trem. De um lado havia quatro hectares de plantações de milho, e dos outros dois lados uma parede sólida de florestas de pinheiros tão escuras e densas quanto as florestas lendárias de contos de fadas antigos. Os filhos dos Martin lembravam-se bem dessa floresta e da casa da fazenda onde tinham passado verões no passado mistificado da alegria infantil.

Até o velho cachorro collie, Laddie, ainda estava vivo. Arrastava-se lentamente e definhava e babava por causa da idade. Os garotos se lembravam dele quando corria veloz pelo brejo atrás de coelhos, quando latia em noites enluaradas para os carros velhos que chacoalhavam pela estrada de terra ao lado da linha de trem, quando passeava a passos largos por seu território como um príncipe aventureiro dos cães. Agora estava quase cego e ficava sentado aos pés do velho Goldwaithe.

Havia muita gente lá. Era uma expansão vasta e tribal da vida que nascera e começara naquela fazenda gerações atrás, do patriarca mais velho que usava um bigodão de pontas finas e ainda era lembrado, Joseph Martin, até o bebezinho nos braços da mãe. A mãe Martin parecia conhecê-los, ligá-los, com facilidade, aos recônditos mais distantes das dobras da terra e das trevas.

Rapazes de camisas brancas limpas, primos, estavam pelo jardim fumando em grupos, conversando sobre seus carros e trabalho. Lá dentro, as mulheres mais velhas aprontavam o jantar na cozinha grande, e as mais jovens estavam reunidas na sala de estar com os bebês. Os homens velhos estavam sentados na outra sala, fumando e discutindo solenemente questões, às vezes irrompendo em gargalhadas altas. E os pequenos que tinham idade o bastante corriam soltos por toda a casa e pelo jardim e pela mata.

O sol caiu e se avermelhou, a grama esfriou, saía fumaça da chaminé da casa. Para Peter, que estava no quintal com os rapazes, parecia que algo, alguma fertilidade inexplicável, tinha se erguido da terra para honrar a morte de seu pai. Olhou ao redor e pensou: "Eu devia saber!". Havia uma garota bonita, uma jovem prima sua, pelo que pôde entender, que não parava de olhar para ele ruborizando e tinha ficado caída por ele. Isso também era algo de que nunca se dera conta antes, algo repentino, inexplicável e fértil. Estava surpreso e encantado e triste tudo ao mesmo tempo. Parecia que estava há muito tempo longe, quase há mais tempo do que podia se lembrar, longe dessas coisas, desse lugar, dessa gente que era a sua gente.

Quando os perus cheirosos foram tirados do forno, todos se sentaram e comeram. Então, quando o sol começava a se pôr, Joe e Peter escaparam para pescar um pouco no riacho antes que anoitecesse. Pegaram emprestados a vara e o molinete e as iscas artificiais de Luke Marlowe e saíram de carro.

Ouviram dizer que Francis e Liz e Buddy Fredericks estavam na cidade e então seguiram pelas ruazinhas de Lacoshua até que viram Francis comprando cigarros em uma lojinha de esquina.

Joe deu uma buzinada e berrou: "Vamos lá, garoto, estamos indo pescar!"

Francis pulou para dentro do carro um pouco surpreso e eles partiram para o riacho na mata. Quando chegaram lá, Joe pegou a vara e o molinete e se posicionou na margem e começou a lançar a linha com um ar concentrado e solitário, Peter se esticou no chão, e Francis se sentou no estribo do carro um pouco pesaroso. O céu avermelhado, suave com cores profundas, derretia-se calidamente no poço do riacho, silhuetas de pinheiros escurecidas por toda a volta, os insetos de verão voavam para todos os lados no ar silencioso, um cachorro latia à distância, vozes murmuravam através da quietude das plantações das fazendas de Lacoshua. Por toda a mata em meio a moitas e folhas e copas de árvores, e no chão secreto e misterioso da floresta murmurante com grilos, havia algo sombrio e esplêndido e suave... o cair da noite na terra em maio.

"Acho que o velho estaria aqui com a gente se pudesse", sugeriu Joe, olhando para os irmãos e sorrindo, "então acho que ele não vai reclamar de uma pescariazinha."

"Ele seria o último a ficar naquele caixão", disse Peter, olhando perdidamente para o alto através das árvores. "Isto aqui está ótimo – ou pelo menos", virou-se para Francis, "pelo menos é muito melhor que ficar sentado no Central Park..."

"Ah, é... isto aqui é de *verdade*", murmurou Francis, sorrindo.

"Vou contar uma coisa a vocês", disse Joe, arremessando a linha de novo, e umedecendo os lábios de modo ágil e metódico, "eu já arranjei tudo para comprar a fazenda do velho Bartlett perto de Galloway. Vocês sabem, aquela perto da linha de Shrewsboro. Ele é um bode velho, sabiam, e está tão de saco cheio de ficar lá sentado que está disposto a vender barato, com equipamento e tudo. Vou fazer um lar para mamãe e Mickey e para meus próprios filhos. Tem vinte hectares lá, posso plantar milho, batatas, forragem, tudo."

"Você precisa de dinheiro e ajuda para começar uma fazenda, não precisa?", observou Francis.

"Vou pegar um empréstimo para ex-combatentes e cuidar eu mesmo do trabalho. Que diabos, eu tenho duas mãos, não tenho?"

"Você nunca trabalhou no campo antes."

"Aprendi um pouco aqui na fazenda quando éramos crianças, e, além disso, posso aprender, não posso? Mickey vai para a escola, mas pode ajudar."

"Se você aturar o campo..."

"Claro que vou aturar!", riu Joe de bom humor. "Vou dar muito espaço para meus filhos brincarem! Deixá-los correr soltos! Quero levar uma vida boa e me divertir! Rapazes, depois daquele maldito Brooklyn, eu preferia morar no meio do nada, até no Wyoming, e se vocês conhecem o Wyoming sabem o que quero dizer. Huá! huá! huá!"

"Não tive esse prazer", riu Francis.

"O que você vai fazer agora, Francis?", perguntou Peter repentinamente.

"Ah", sorriu Francis, "vocês não sabem? Vou para Paris."

"Verdade?"

"É, sim. Já recebi a carta de admissão."

"E o que você vai fazer lá?", perguntou Peter com curiosidade.

"Nada, eu acho. Talvez procurar algum tipo de perspectiva."

"Perspectiva? O que quer dizer com isso?"

"Sobre este país, eu acho. Todos que vão para lá estão dizendo a mesma coisa. Estou apenas repetindo o que ouvi." E Francis deu o sorriso mais leve possível. "*Vocês* sabem, de um ponto de vista diferente – uma cultura diferente, essas coisas. De qualquer modo, acho que por si só vai ser legal. E então", disse Francis, sorrindo e estendendo a palma da mão, "o que *você* vai fazer agora?"

"Eu?", exclamou Peter, quase aturdido por essa pergunta simpática e inesperada. "Nossa, sei lá." Olhou para Francis com expressão aturdida. "Não tenho a mínima idéia, ainda nem pensei nisso."

Francis apenas balançou a cabeça como se aquilo fosse o fim, e caiu em silêncio, e pareceu divertido mas ao mesmo tempo satisfeito com essa resposta. E Joe caminhou ao longo da margem do rio com seu caniço.

No momento seguinte, ouviram uma exclamação quando fisgou e puxou uma perca negra reluzente, que se debateu e lutou por sua vida em um borrifo solitário e furioso no silêncio do anoitecer. Ele a pendurou na margem, presa dentro d'água a uma corrente para mantê-la fresca, com um anzol espetado na boca estúpida.

Peter estava sentado na margem em silêncio profundo, olhando o peixe nadar de um lado para outro preso à forte corrente.

"Está tudo bem, Willie, calma", riu Joe, olhando por cima do ombro de Peter, "você pode relaxar tranqüilamente enquanto vejo se pego seu irmão para lhe fazer companhia", e ele lançou a linha de novo, provocando Peter com exuberância.

Peter não conseguia tirar os olhos do peixe acorrentado que se debatia. Tinha pescado umas vezes quando era menino, mas agora depois de tantos anos, e talvez também por toda a pressão pela morte do pai, havia algo que não conseguia entender, algo inexplicavelmente inquieto em seu sentimento em relação ao peixe e ao fato de haver um anzol espetado em sua boca triste. Observou seus olhos vidrados quase com terror. Inexplicavelmente lembrou-se de algo que lera alguns dias antes, no Novo Testamento, algo sobre Jesus e seus pescadores lançando suas redes ao mar.

"Isso é o que acontece com todos nós, é o que acontece com todos nós!", Peter não parava de pensar. "O que vamos fazer, para onde vamos quando todos morrermos desse jeito?" Por um momento pensou que fosse chorar, como se tivesse perdido o controle. Olhou com ternura para Francis, que percebeu; e Peter não tinha idéia do que o fizera olhar daquele jeito para Francis, ele se sentiu envergonhado e infantil.

"Venha aqui e veja isso", disse Peter por fim.

Francis foi até lá e olhou com um sorriso, balançando a cabeça como se estivesse gostando.

"De um lado para outro, de um lado para outro, com um anzol na boca."

"É", disse Francis.

"Há um minuto tudo estava bem... e agora! Como as pessoas, não acha?"

"Está falando do peixe!", berrou Joe lá debaixo na margem. "Ele não sente nada nem sabe de nada. É só um peixe."

"Daí vem a expressão 'mudo como um peixe', eu acho", disse Francis.

"Você já ouviu aquela expressão que eles usam em Nova York, Francis? Quero dizer, especialmente os escritores do Village. Eles dizem 'salvação através da sensibilidade'. A pequena sensibilidade que esse peixe tem não o está salvando neste momento, só está dizendo que ele está condenado ao sofrimento."

"Você fica tão preocupado. Por que se incomodar?"

"Onde você aprendeu a não se incomodar, *você* entre todas as pessoas. Não se lembra daquela vez que a gente conversou no sótão, de todas as coisas que falou?"

Francis riu.

"Por que está rindo?", perguntou Peter, com olhar duro para ele, e de repente quase empalidecendo com um sentimento aterrorizado de raiva, ressentimento e solidão tola.

"Bem, por Deus, por que eu não devia rir?"

Peter estava ficando vermelho de vergonha, percebeu que estava agindo como um idiota, de modo nervoso e tolo, mas mesmo assim, "não havia outro jeito", ficava pensando, não havia outro jeito possível para ele ser neste mundo, como se também tivesse um anzol espetado na boca e estivesse acorrentado ao mistério de sua própria compreensão muda.

Observou Joe pescando e se perguntou no que pensava Joe silencioso e absorto como estava. Observou Francis e o halo inescrutável de indiferença que sempre parecia envolver seu rosto pálido e estreito.

"E portanto", suspirou Peter, "a gente pega um peixe, tranca-o em um compartimento sem água e ele sufoca e morre sozinho, enquanto a gente segue de carro pelo ar fresco de New Hampshire. Ele tinha a água desse riacho e o brilho do sol à tarde... e agora vamos jogá-lo na mala do carro e deixá-lo morrer. É isso."

"Que diabos você quer que eu faça", gritou Joe, "que eu o devolva para a água?"

Joe estava irritado e impaciente com tudo aquilo, por mais bobo que fosse naquela pequena pescaria que ele queria aproveitar. Mas Peter, delirante com a idéia, idiota diante dos irmãos, insistiu, com nervosismo estranho e raivoso, adquirindo aos poucos uma satisfação embaraçada, e mesmo assim enfurecido porque aquilo não era nada do que queria.

"Está bem, ele só está interferindo no sistema de Deus", brincou Francis de modo quase complacente.

"Não sou Deus, não é esperado que eu interfira", exclamou Peter, encarando-o preocupado, "e mesmo que pudesse, se tivesse o poder do milagre, não poderia aliviar o sofrimento sem romper com o propósito de Deus na coisa toda".

"Aí, talvez, esteja o xis da questão."

"Ah, é tão fácil falar! O que nós devemos fazer em um mundo de sofrimento... sofrer? Isso não basta para satisfazer o grande sentimento que podemos ter de querer tudo e querer gostar de tudo. Como podemos ser justos em uma situação injusta como esta?"

"Por que você insiste tanto?", brincou outra vez Francis, agora em um nível impiedoso.

"O motivo de suportarmos nossos problemas e sofrimentos é porque acreditamos... na força moral..."

"Isso é papo de novela, meu caro rapaz. Você devia dizer 'desespero silencioso'."

"... e temos de acreditar na força", ignorou Peter, "claro que temos, mas nós não concedemos essa força para criaturas semelhantes como o peixe aqui". Apontou para ele com hesitação.

"Que estranho!", disse Francis com curiosidade repentina. De repente lhe ocorreu que Peter devia estar louco.

Peter pareceu sentir isso. Apontou o dedo de modo quase acusador, mas com um sorriso, e vociferou: "Jesus alertou contra o pecado de acusar qualquer homem de loucura, chegou a dizer que nenhum homem era louco!"

"E daí?"

"Ah, pelo amor de Deus, não fique aí sentado com essa *expressão* no rosto!", exclamou Peter, pulando de pé exultantemente. "Pare de pensar que sou maluco. Sabia, por exemplo, que Jesus sempre ficava com raiva quando levavam um lunático diante dele? Ele sabia quem era responsável, sempre, sabia melhor o que significava loucura do que qualquer outra pessoa desde então. Disse a uma mulher que levou a ele sua filha louca: 'Não é certo tomar a comida das crianças e dá-la aos cães'. O que acha dessa? Foi tudo o que ele disse. Então outra vez, quando seus discípulos reclamaram que não conseguiam curar certo lunático, ele disse, 'Ah, geração descrente e perversa – é por causa da sua descrença'. Foi a descrença que criou e agravou a loucura do louco. A fé que move montanhas não reconheceu a loucura em lugar nenhum, reconheceu apenas pessoas, pessoas que são responsáveis, como os pais aborrecidos que você às vezes vê nas ruas batendo nos filhos... vocês não vêem essas coisas?"

"Por que pergunta sempre 'vocês não vêem, vocês não vêem!'" Francis observava Peter com curiosidade e interesse divertido, ainda assim com uma preocupação verdadeira, agora quase perturbado.

"E por que você sempre pergunta isso?", exclamou Peter, corando.

"Por que, não tenho a menor idéia", riu Francis, olhando para ele. "Mas, a propósito, esse seu pai, que bate no filho, seria um tanto aborrecido, não seria, conectar essa responsabilidade com o tapa na cara original que todos receberam? Não seria?" Naquele momento, Francis sorriu divertido, mas de modo um tanto reservado, e também corou fortemente.

"É por isso que *você* desiste?" Peter olhou para ele com uma curiosidade sutil repentina.

"Ah, não. De jeito nenhum. Sabe", Francis corou, "é que... na verdade... o tapa na cara original desapareceu... completamente. Não se pode saber quem fez isso. É tudo aborrecido – ninguém sabe... ninguém pode ser responsabilizado... Onde estão seu pai... ou a descrença... ou seja lá o que originais? *Portanto*, sabe...", Francis inclinou-se para frente com a palma da mão estendida.

Peter o encarou. Francis ainda estava inclinado para frente com seu gesto.

E Joe, que estava escutando em silêncio, aproximou-se e se sentou e acendeu um cigarro, e disse, "Não sabia que você lia a Bíblia, Petey". Olhou sério para Peter, com uma seriedade reverente que era cheia de bondade, até para Francis, que percebeu.

Eles partiram para outros assuntos e conversaram animadamente, desfrutando da companhia um do outro com uma espécie de compreensão que nunca existira entre eles antes. Era como se Peter tivesse revelado sua situação comum, e suas diferenças nela, seus pesares individuais, e os pesares de Francis, ao se expor como uma criança e agitar o drama de suas preocupações ocultas e especiais, fazendo-os ver uns aos outros com seriedade. Isso era, no fim das contas, muito parecido com a atitude do homem que fora pai deles.

O enterro foi realizado de manhã. A família da mãe, os Courbet, estava lá, assim como os parentes do pai. Os filhos da família Martin perceberam pela primeira vez com impacto peculiar a diferença tremenda entre as famílias do pai e da mãe. Os Courbet, tio Joe e todos os outros, tinham cabelos brancos, eram calmos, pessoas quase belas de silêncio, desinteresse e dignidade. Como a mãe deles, nada os perturbava, e eram fortes e determinados. Mas os Martin, todos eles tão fartamente parecidos com o morto, eram tristes, tempestuosos, dados a discussões, sensíveis, nervosos, furiosos.

Às nove o caixão foi fechado, e quatro homens jovens, fortes e solenes, Luke Marlowe, Tony Hall e dois dos primos Martin, ergueram o ataúde e o levaram até o carro fúnebre sob a luz brilhante do sol da manhã. Os filhos homens dos Martin, até Francis, estranhamente observavam com sentimento orgulhoso e inexplicável de gratidão, já que como filhos do morto não deviam carregar o caixão, e a visão daqueles jovens estranhos e solenes levando o peso de seu pai era como penitência, humildade, trabalho e honestidade, como todas as coisas tão inquestionáveis quanto a própria honra da humanidade. Não sentiam mais tristeza por seu pai – o funeral moderno tinha feito seu trabalho educado e diplomático –, mas esse ritual, esse último ritual, era bom, e de algum modo verdadeiro.

O cortejo pôs-se a caminho. Luke Marlowe conduziu o primeiro carro com Joe e Patrícia sentados na frente; e a mãe, Ruthey, Mickey e Peter, atrás. Os outros seguiram em seus automóveis. Seguiram pelas ruas da pequena Lacoshua atrás do carro fúnebre cheio de flores, e os moradores da cidade, que conheciam todos o nome do morto, fizeram uma pausa nas suas tarefas matinais de segunda-feira para olhar, os homens tirando o chapéu – rapidamente – antes de retomarem seus caminhos. Em algum lugar tocava um sino de igreja, e por toda parte os moradores de Lacoshua sabiam que George Martin tinha morrido.

"Ah, Ruthey", disse a mãe, segurando a mão da filha, "agora eu *sei* que fiz a coisa certa ao trazê-lo para casa. Estou *tão* feliz! E olhe lá... nossa igrejinha, onde nos casamos há trinta anos".

Ela finalmente começou a chorar, na privacidade do carro com seus filhos, enquanto passavam pela igreja velha. Toda a vida dela com aquele homem tomou seu coração e sua memória, ela olhou fixamente para o carro fúnebre na frente e pensou nele deitado ali sobre flores, e houve um gemido em seu peito. Fora uma órfã, sozinha no mundo, e então George Martin a encontrara e se casara com ela e eles viveram uma vida inteira juntos, e agora ela era viúva, mãe dos dois jovens circunspectos e silenciosos ao seu lado. Passaram pela igreja sob as árvores, e depois pela casa escura onde brincara quando garotinha, pelo lugar onde ficara o circo quando viera à cidade com Touro Sentado e Buffalo Bill muito tempo atrás, o parque onde conhecera Martin, os lugares onde passearam sob o luar solitário, e então o campo, o velho cemitério na colina, sob pinheiros altos e frondosos, onde ele seria enterrado para sempre.

[6]

Numa auto-estrada em uma noite chuvosa no verão daquele ano, perto das águas reluzentes de um rio em um lugar perto das luzes de uma cidade, em meio às colinas e margens íngremes de rios que eram como sombras, um caminhão vermelho grande parou no cruzamento onde havia um sinal luminoso. Peter Martin, com sua jaqueta de couro preta, carregando o velho saco de lona no qual estava empacotado tudo de que precisava nessa viagem longa, saltou do caminhão.

"Não se preocupe comigo", gritou enquanto acenava. "Não está chovendo nada forte. Está vendo? É só uma garoa, só uma garoa. Vou ficar bem."

O motorista do caminhão, protegido em sua cabine alta, gritou de um jeito triste: "Certo, acho que você vai ficar bem, então. Lembre do que eu disse a você, agora. Ande uns quinhentos metros pela estrada. É só seguir o rio até chegar à ponte da linha do trem. Se começar a chover forte você pode esperar lá. Então você vai chegar às luzes vermelhas do entroncamento principal, e lá vai ver os postos de gasolina e os restaurantes, bem na auto-estrada principal que vai levar você para lá. Ela passa por cima da ponte. Entendeu? Boa sorte, cara!" Ele engrenou a primeira e partiu pela estrada.

E Peter ficou sozinho na noite chuvosa.

Estava outra vez na estrada, viajando pelo continente rumo ao oeste, partindo para anos cada vez mais distantes, sozinho pelas águas da vida, sozinho, olhando na direção das luzes do promontório do rio, na direção de lampiões queimando quentes nas cidades, de olhar baixo pela margem recordando-se do carinho de seu pai e de toda a vida.

Os relâmpagos distantes brilharam suavemente no escuro, e margens cheias de copas de árvores e águas errantes surgiram através de sudários de chuva. Quando os trens gemiam e os ventos dos rios sopravam, trazendo ecos através do vale, era como se um burburinho louco de vozes, as vozes amadas de todo mundo que ele conhecera, estivessem chamando: "Peter, Peter! Aonde você vai, Peter?" E então caiu uma grande pancada de chuva.

Ele levantou a gola da jaqueta, baixou a cabeça e apertou o passo.

Impressão e Acabamento

Prol
EDITORA GRAFICA